U0484308

大风

之

西楚霸王

于泽俊 著

华夏出版社
HUAXIA PUBLISHING HOUSE

图书在版编目(CIP)数据

大风之西楚霸王/于泽俊著.—北京：华夏出版社，2013.5
ISBN 978-7-5080-7598-3

Ⅰ.①大… Ⅱ.①于… Ⅲ.①长篇历史小说-中国-当代 Ⅳ.①I247.5

中国版本图书馆 CIP 数据核字(2013)第 096891 号

大风之西楚霸王

作　　者	于泽俊
责任编辑	田红梅　陈　默

出版发行	华夏出版社
经　　销	新华书店
印　　刷	三河市李旗庄少明印装厂
装　　订	三河市李旗庄少明印装厂
版　　次	2013 年 5 月北京第 1 版 2013 年 5 月北京第 1 次印刷
开　　本	720×1030　1/16 开
印　　张	21.5
字　　数	421 千字
插　　页	2
定　　价	38.80 元

华夏出版社　地址：北京市东直门外香河园北里 4 号　邮编：100028
　　　　　　网址：www.hxph.com.cn　电话：(010)64663331(转)
若发现本版图书有印装质量问题，请与我社营销中心联系调换。

书赠泽俊贤弟

胸中自有豪气在
敢遣霸雄战笔端

二〇〇九年十月十五日于京

梁晓声

序

家天下是不可持续的

我喜欢这部书稿。

两部书共八十章,约六十万字,众多历史人物,巨细纷呈,驾驭起来委实不易。然而,我读时的感觉是,作者驾驭得很自信,因而很从容,一切了然于胸,十分稔熟,故体现着一种娓娓道来,行云流水般的叙述风格。

我之喜欢这一部书稿,是逐渐的过程。起初,却是有些讶异的。

当刘邦口中骂出"他娘的",我讶异了。

刘邦、萧何、樊哙、张良……这些历史人物之间"起事"之前便有交往了吗?对此我怀疑,便也讶异。

那是一段刀光血影、铁马金戈、征战不息的历史。为什么对两军拼杀,每每几万人、十几万人、几十万人恶战得天昏地暗、鬼哭神泣的大场面缺乏"落日照大旗,马鸣风萧萧"、"刀剑千万一夜杀,平明流血浸空城"、"将军夸宝剑,功在杀人多"的渲染描写呢?不解。讶异。

怎么起初的刘邦们、项羽们,其言其行,其喜其怒,其冲动其城府,读来竟仿佛如今的些个农民兄弟呢?困惑顿生,讶异大矣。

然而还是被作者自信满满、从容不迫、娓娓道来的铺展所吸引。这是一部可读性很强的文稿。终于罢读,结果是感慨多多。

我曾因我的种种讶异,与作者交换了一次看法。

泽俊先生笑问:"你对那段历史,那些古人,一向已有定见,是吧?"

我点头。

连中国象棋历来都以"楚河"、"汉界"分开红黑棋子,足见那段古史对后世的影响是多么深远,我当然亦知二三的。依我看来,那一段大事件在中国古代史中的分量,与战国时期,与三国时期,是难分轻重的。

泽俊先生又问:"那么,在你心目中,刘邦们项羽们等历史人物,究竟应该是怎样的呢?"

于是我想到了"霸王别姬"、"鸿门宴"、"韩信点兵"、"萧何追韩信"等等京剧剧目;想到"四面楚歌"、"项庄舞剑"、"沐猴而冠"等成语典故;想到了"力拔山兮气盖世"、"普天之下,莫非王土"、"大风起兮云飞扬,安得猛士兮守四方"等等豪言壮语;

想到了各种开本、各种画法的刘邦们和项羽们,他们一个个气宇轩昂,神威凛凛,皆如天生的英雄,胎里形成的霸王种子一般。正所谓成也了得,败也了得。尤其刘、项二人,哪个不是"运筹策于帷帐之中,决胜于千里之外",一叱咤风云陡转,一挥师地动山摇的雄霸呢?

我说:"总而言之不该像些个农民吧?"

泽俊先生又微笑了:"撇开萧何、张良、韩信、叔孙通等儒者人士,刘邦以及当初与之起事的那些人物,其实都是古代走投无路,被迫造反的农家子弟呀!项羽虽有贵族血统,但也是亡国贵族的后代,所受古文化的影响极有限,在起义之前,气质上终究还是'愤青'的成分多一些的。所以,我对自己的要求是,写农民造反,应像造反的农民,切莫先入为主地已视他们为英雄,于是沿袭英雄该怎么写的套路。英雄不英雄,那是他们后来的事。起初的吕雉,我也只当她是一个普通的农妇来写;起初的妙逸(虞姬),我觉得与现今沦为'三陪女'的农家少女大约也没什么两样的。刘邦与女人们的多角关系,项羽与妙逸的生死恋,都带有得势前后的农家子弟、一朝称霸的破落贵族子弟与女人们的关系色彩,依我想来似乎更符合古事古人的原貌。还有他们和她们的语言,我也要求自己以白话文甚至现代语来写。我不想写成一部文言连篇的书。古代的那样一些人物们究竟怎么说话,其实是我们今人谁都不敢断定的。我们已经接受了的人物语言,都是修史的古代史家们以自己的文采加了的。按那种语言水平看,刘邦们,项羽们,陈胜们,吴广们,岂不都成了文言大师了么……"

我茅塞顿开,困惑全释,连刘邦动辄"他娘的",也一并认同了。

泽俊先生的书稿,某种程度上颠覆了我对古史今写一类书的看法。我因我的阅读习惯被颠覆而更加喜欢它。

这部书稿中,有些人物的对话给我留下极深印象,如——

刘邦对吕雉说:"我这么拼死拼活地打天下容易吗?我又为了谁?还不是为了你,为了这个家吗?"

刘邦对刘太公说:"儿臣小的时候,太上皇常骂儿臣无赖,不如刘仲能治产业,现在大人看看,谁治的产业多?"

还有刘太公与王陵的母亲的一段对话:

刘太公:"咳!这些孩子们瞎折腾,也不知能不能成事,害得我们这些快入土的人整天跟着他们提心吊胆。"

"太公不必担忧,孩子们肯折腾是好事,好男儿就该如此,哪怕不成,也不能失了男儿这口气。况且,我看汉王行事,一定能成!"

"果真如此,我们这些罪也没白受。"

又如妙逸对吕雉说:"我从来没想过让他(项羽)当什么王、什么帝,只要两个人能在一起就好。"

还有刘邦去世前与诸臣刑白马盟誓时说的话:"非刘姓而王者,天下共诛之!"

也有一些事情给我留下极恐怖的印象,如吕雉对戚姬的残酷迫害,将彭越的肉熬成羹分送给被她视为"敌对势力"的人,与美国恐怖电影中变态杀人魔的行径没什么两样。

于是联想到"文革"时期毛泽东对江青的评价:"有吕后之心,无吕后之才。"——不禁脊上一阵发寒。

毛泽东在其著作中曾经写道:"阶级斗争,一些阶级胜利了,一些阶级失败了,这就是历史,这就是几千年的文明史……"

如果说刘邦们、项羽们当初造反是为了推翻秦暴政,属于阶级斗争的性质,那么,他们之间后来的连年大战,致使民不聊生,哀鸿遍野,又说得上是哪门子阶级斗争呢?还不都是为了自家当皇帝!他们的追随者们,还不是图的封王封侯,各人日后的荣华富贵?在这一种性质的征战中,战而败者,只有死路一条。不战而降者,也只有死路一条。当时幸免一死,日后也几乎必死无疑。因为,企图将天下一统之后当成"家业"的人,他是谁都不信任的。君不见,韩信的下场如何?刘邦对萧何那样鞠躬尽瘁、死而后已的忠相,也是多么的惕心重重!对张良那么轻功名、求淡泊的谋士,居然也腹议再三啊!萧何被刘邦下过大狱,樊哙也几乎被刘邦杀了。甚至对皇后吕雉,不是也曾暗暗叹过——夫妻关系,只剩下了相互利用的权力关系了吗?结果怎样?自己一命呜呼之后,他刘姓家族的皇亲以及忠于他们的臣将,还不是被自己老婆吕姓家族的势力赶尽杀绝吗?而吕雉亡后,她家族的权贵人物,同样也被周勃、陈平几乎斩草除根,京城里死了几千人,血腥弥天……

谈开去,一部中国史,尧、舜、禹三帝时代,乃"天下为公"的时代。神话也罢,传说也罢,起码有文字的史中,确曾那么记载过。之后,"家天下"的史页就翻开了。

于是争来战去,一时你是"贼",一时我成了"逆",左不过都想使天下有朝一日姓了自家的姓,并且能将天下作为祖业,代代相传,千年万年,固若金汤。

大清王朝经营家天下的时间算是长的了,但也不过二百多年。在历史的长河中,那叫"一瞬"而已。

国土沦丧了,大清的皇子皇孙们,每对皇祖皇宗们的牌位愧曰:祖上传下的社稷江山怎样怎样……

疆土成了一家一姓的江山;国家成了一家一姓的社稷,封建统治之根子上是腐朽的,正是腐也腐在此点,朽也朽在此点。即使明君贤主,坐在"家天下"的皇位上,迟早也要连自己一并腐掉了,朽掉了。因为人类社会的文明进程是历史大趋势,而"家天下"终究是不可持续的。

一部书稿能引我发出这些情不自禁的议论,我认为便是很值得我读的书了。

如果说我对此书付印前还有什么建议,那就是——我赞成作者并不在战前事后的谋略和战争场面两方面耗散太多笔墨,而侧重于对人物之间的种种复杂微妙的关系的揭示。但,有几场战争的惨烈,该渲染的还是以渲染一下为好,比如楚汉两军的最后一役、项羽之死。毕竟,从文学的角度,那是很值得以泼墨笔法与工笔笔法交错呈现给读者看的……

  大兵如市,
  人死如林,
  持金易粟,
  粟贵于金。

抄一首汉代童谣,结束此序。

梁晓声

2009年9月10日于北京

目 录

楔　　子	天尽头	1
第一章	龙种	15
第二章	旷世奇才	24
第三章	相亲	31
第四章	农家媳妇	44
第五章	亡隐	52
第六章	将门之后	63
第七章	虞兮虞兮	74
第八章	吴中豪杰	83
第九章	血雨腥风	92
第十章	芒砀山中	103
第十一章	患难夫妻	115
第十二章	大风起	123
第十三章	名士风流	128
第十四章	高举义旗	136
第十五章	八千子弟	144
第十六章	沛公	156
第十七章	大厦将倾	164
第十八章	千古英魂	173
第十九章	父老乡亲	182
第二十章	渡江	192

第二十一章	淮阴少年	199
第二十二章	帝者师	209
第二十三章	军中女人	219
第二十四章	血战东阿	229
第二十五章	将星陨落	242
第二十六章	三个女人一台戏	252
第二十七章	重整旗鼓	262
第二十八章	西征	273
第二十九章	决战巨鹿	283
第 三 十 章	人间罪孽	292
第三十一章	白马素车	300
第三十二章	约法三章	309
第三十三章	鸿门宴	320
第三十四章	西楚霸王	329

楔子　天尽头

秦始皇三十七年(公元前210年)十月,嬴政带着他的小儿子胡亥,再次出游。这次出游,嬴政带了六万大军。左丞相李斯、宦官赵高、上卿蒙毅随行。自从二十六年统一了天下之后,嬴政已经是第五次出游了。出游,是他巩固政权的手段,一为显示他的威仪,以慑服天下;二为督察官员们尽职尽责。

秦采用颛顼历,以十月为始。也就是刚过完年,嬴政就带着出巡队伍浩浩荡荡出发了。一大早,队伍按照步兵、骑兵、车兵的顺序陆陆续续出了咸阳,逶迤向东而去。旗幡蔽日,尘土飞扬。前面的队伍已经出城十余里,后面的还排着队站在咸阳宫门口没动窝。随着一阵金鼓声响起,六辆温凉车依次驶出了咸阳宫,这些温凉车都是始皇帝的乘车。为了安全起见,始皇帝的乘车始终不固定,行途中六辆车也不在一起走,乘哪辆车随机选择,此刻只是为了礼仪的需要,六辆车才排在一起,依次出了宫。天下初并,嬴政信心满怀,他站在第一辆车上,频频向路边的臣民百姓挥手致意,直到出了城才钻进车轿里去。

出巡的队伍经云梦泽到达九疑山,始皇帝祭拜了虞舜帝,又带着队伍沿长江而下,过丹阳,至钱塘,登会稽山,祭祀大禹,在会稽山上立石刻讼。颂词是由李斯草拟,嬴政亲自审定的。看了石刻,嬴政觉得十分满意,祭奠之事遂告一段落,一行人马离开会稽郡治吴中,浩浩荡荡来到胶东郡的成山角。

嬴政此次出行,还有一个说不出口的目的,就是寻找长生不老之药。前面那些官样文章一方面是做给人看的;另一方面是要把各方神灵拜到,以确保找药成功。找药才是他此行的最终目的。这些年来,为了找药,耗资巨万,一无所获,那些方士们却从始皇帝手里骗了不少钱财去。嬴政找药几乎到了走火入魔的程度,连朝政都懒得理了。方士们告诉嬴政,得道成仙的真人不应与凡人一样,谁都可以随便见,修道成仙首先要深居简出,尽量少见人。于是嬴政下令在咸阳大修甬道(两边筑有围墙的专用车道)、复道(过街天桥),并且是封闭式的,为的是他行走时不被人看见。嬴政自称上上真人,躲进深宫不见人,大臣们有事只能在定期上朝的朝会上奏报,而嬴政上朝的次数却越来越少。天下统一之后,由于连年战乱,再加上修长城、修陵寝、修直道,徭役、赋税太重,已经到了民怨沸腾的地步,但是嬴政却丝毫不知晓。大臣们的奏报中,无人敢说实话,只有太子扶苏不断上书劝谏,嬴政哪里听得进去,一怒之下罢了扶苏的太子之位，将其发往边塞监军去了。年轻时的嬴政，事事勤勉，每天批阅的公文要论斤称，看不够百斤绝不休息，现在却完全陷入一种痴迷的状态，除了找药，什么事都提不起他的兴趣，朝政几乎完全荒废了。刚刚五十岁的嬴政变得越来越怪僻，越来越刚愎自用，尽管天下生灵涂炭，怨声载道，徭役依然不减，赋税还在增加，刚刚建立起来的秦王朝已经危机四伏，嬴政却全然不觉，耳朵里充斥着赞歌颂词，这些赞歌唱得他飘飘然，昏昏然，以为天地之间，他已经无所不能，只剩下一事他必须努力的，就是长生不老。

　　成山角位于今山东荣成市，成山山脉的最东端，有中国的好望角之称。这里峭壁峥嵘，惊涛拍岸，巨浪飞雪，气势恢弘。站在成山头向东望去，是一望无际的大海。传说姜太公助周武王定天下之后，曾在此拜日神迎日出，并修建了一座日主祠。九年前，徐巿带领三千童男童女入海去找药，便是从这里出海的。嬴政率领文武百官登上成山头，亲自为徐巿送行。胶东郡守告诉他，这里就是天尽头，于是始皇帝命人在成山头上立了一块儿石碑，上书"天尽头　秦东门"六个大字，至今成山头上还有一座"始皇庙"，是现今保存下来的唯一的一座秦始皇庙。

　　徐巿一去便没了消息。有人说他卷了皇帝给的金银财宝从海上逃了，也有人说他出海找不到仙药不敢回来了，还有的说徐巿早就死在海上了。直到去年，嬴政才接到胶东郡的报告，说捉到了徐巿。其实徐巿出海不久就回来了，一直藏在民间不敢露面。徐巿找药不过是个幌子，无非是想从皇上手里骗些钱财，不料牛吹大了，皇帝当了真，他也只好顺着杆往上爬，否则就收不了场了。谁知船队刚一出海就遇到了大风浪，船队被风浪吹散，三千童男女也不知去向，只有不多的几个人回到了胶东。徐巿没法向皇上交代，就隐姓埋名藏在了乡间，打算就此苟活一生算了，不料事情过去八年又被地方官府抓住了。胶东郡派人将徐巿送到咸阳，朝野上下都以为这次徐巿性命难保，谁知始皇帝非但没有杀他，反而又从府库中给他拨出重金，让他筹划下一次出海找药行动。始皇帝此次出行，便是为找药而来。

　　徐巿早在皇上离开咸阳之前就到达了胶东郡，和地方官员们一起造好了出海的船只，挑选了五百童男五百童女，准备再次出海寻找长生不老之药。这一次，秦始皇打算亲自带领人马，和徐巿一起出海。因此，胶东郡不仅要满足徐巿出海用船，还准备了不少大船，是为皇上准备的。

　　嬴政一到胶东，就迫不及待地带领李斯、蒙毅、赵高一行登上了成山头。九年前刻下的那块碑还在，仿佛新的一样。眼前是一望无际的大海，天空晴朗，万里无云，碧蓝的海水在灿烂的阳光照耀下，闪耀着一片银色的粼光。始皇帝若有所思地望着大海，对身边的李斯说道："传徐巿上来。"

　　徐巿一直跟在地方官员们的后面，听见皇上传他，上气不接下气地跑到了前面，只见他穿一身黑衣黑裤，头上裹着黑色的头巾，看上去就像个走夜路的盗贼。来到山顶，始皇帝问他："你不是说已经找到藏仙药的地方了吗？在哪里？"

徐市指着面前的大海,点头哈腰地答道:"找到了,找到了,就在前面不远的一个海岛上。"

"离这儿有多远?"

"大概,大概有三百多里。"徐市为了保命,只是顺口胡编,在场的大臣甚至那些黄门侍者和武士们都不相信,可是嬴政已经鬼迷了心窍,对徐市所说,丝毫也不怀疑,转过头来问道:"你说的是真的?"

"一点儿没错!"徐市指着海上说,"就在前面不远的一个岛上,那个岛是个仙岛,岛上有个洞,仙药就藏在洞中。但是仙岛为一个海怪所控,海怪派了一条大鱼把守海岛,那鱼像小船那么大,船一靠近就被大鱼顶翻了。只要皇上肯发兵,用连弩射死大鱼,臣就可以上岛去求仙药。"徐市说这话时大概连他自己都不相信,可是嬴政却深信不疑。

李斯怕皇上再次上当,在一边敲打道:"徐市,你可不许顺嘴胡说,你要敢欺骗皇上,可知道该当何罪!"

"臣绝无半句假话……"徐市正在赌咒发誓地解释,天空中忽然响起了一声炸雷。刚才还是响晴的天,突然阴了下来。

李斯根本不相信徐市的鬼话,借着天气突变,逼问道:"你满嘴胡言乱语,惹得天都发怒了,还敢胡说?"

"臣没有胡说。臣若有半句假话,立刻让雷劈死。"

李斯丝毫不给他喘息的余地,继续追问道:"那你说说,刚才还好好的天,怎么你一上来就突然变了?"

徐市答不上来,一抬眼看见了"天尽头"几个大字,他知道李斯不信他这一套,要活命只有靠皇上发话,于是灵机一动说道:"丞相看见'天尽头'那几个大字了吗?恕我直言,丞相不该带皇上到这里来,皇上本为天之骄子,动辄惊动天下,本应稳居天下之中,方可四方太平,如今皇上到了天尽头,自然天下失重,大地倾斜……"

正说着,瓢泼大雨下了起来。李斯指着徐市说道:"你真是狗胆包天,信口雌黄,到了这种地步,还敢胡说!"

徐市知道自己难逃一死,反正豁出去了,直着脖子说道:"陛下若肯信臣一言,立刻就随臣下山去,臣敢保陛下下山之后,风雨立刻平息!"

李斯还要说什么,始皇帝发话了:"那就按他说的,咱们先下山去,看看他说的灵验不灵验。果真灵验,朕就相信你。你要是敢跟朕信口雌黄,朕立刻杀你的头!"

说着,一行人下了山。果真如徐市所说,众人刚下到山脚下,雨就停了。紧接着,太阳从云缝里钻了出来。徐市得意地说道:"怎么样?我没说错吧?陛下,这回相信我了吧?"

嬴政转身对众人说道:"看来徐市果真是有点造化的,不信不行啊!"

其实徐市也是被逼急了,才想出了这么个法子。他在海上混了多年,对海上的气候了如指掌,从一开始他就看准了这是一场雷阵雨,很快就会过去,所以才敢拿命来打赌。李斯等人无奈,只好由着皇上去了。雨停之后,嬴政传下命令,准备第二天出海射杀那条大鱼。

始皇帝要亲自率船出海,捕杀大鱼,李斯、蒙毅等一齐劝说也没用,他们都知道嬴政喜怒无常的脾气,不敢再多说,只好跟着一起上船。船队开出去不远,果然碰到一条一丈多长的大鱼,始皇帝兴奋之极,手持连弩,连发数箭,将士们更不敢怠慢,霎时间船上万箭齐发,大鱼身中无数毒箭,立时沉下水去,众人也不知道射死了没有,一齐盯着海面等待大鱼再出现。过了有半个时辰,大鱼肚皮朝上翻到水面上来,已经死了。始皇帝欣喜若狂,命人将大鱼拖回岸边,立刻召徐市商议登岛取药之事。

徐市本是顺口胡编了一些找不到药的理由,用来搪塞皇上保性命的,不料还真的射着一条大鱼。这下要是找不到药可真的要掉脑袋了。始皇帝问他:"那个仙岛你上去过吗?"

"启禀皇上,臣没有上去过,只是远远地望见过。"

"从这里出发,几天能到?"

"要是天气好,没有风浪,三四天就到了。"徐市一面信口胡说,一面盘算这一次怎么脱身。

"那好,朕传令下去,今晚连夜准备,明天一早就出发,朕和你一起去,这一回朕要亲自登岛取药。"

"万万不可,万万不可。"徐市听说皇帝要亲自去,脸都吓白了。因为根本就没这么个岛,骗着皇上在大海上瞎转悠,随时可能被皇上砍了脑袋。

"这是为何?"

"皇上还记得我跟您要三千童男女的事么?那仙岛本是清净之地,皇上带着兵马登岛,恐怕会惊动了神仙,药就拿不到了。"

"朕只带人马护送你到岛跟前,并不上去,如何?"

"那也不行,至少得在百里以外,兵马就得停下。"徐市满脑子想的是怎样逃脱性命,看来只能从海上跑了,要跑,必须甩开皇上的船队,所以才给皇上出这样的主意。

"那好,一言为定。我率军护送你到仙岛百里之外等你。"

徐市无奈,只好同意皇上的部队在后边跟着。徐市见甩不掉皇上,便又在天气上做开了文章,专门选了一个风雨天。出发的那天,狂风大作,风雨交加,海面上掀起了一丈多高的浪头,船上的人连站都站不稳。李斯等人均劝徐市改个日子,可是徐市说,日子是事先找人算好的,绝对不能变。众人望着始皇帝,希望他能改变主意。不料始皇帝却说:"听徐市的,按原定计划,出发。"

徐市率领着一千童男女出发了,始皇帝亲自率领大军尾随于后。众文武也跟着上了船,心里都捏了一把汗。

船刚一出海,暴风雨就来了,海面上掀起了几丈高的浪头,整个船队被暴风雨打散了。嬴政所乘的船只被大风刮断了桅杆,不仅找不到徐市的船,连自己的队伍都找不到了。李斯劝皇上立即返航,嬴政哪里肯答应,暴风雨过后,又在海上转悠了几天,碰到几艘冲散的船只,有徐市的人马,也有自己的将士,就是不见徐市乘坐的那条船。那天嬴政淋了点雨,当晚就觉得头疼体热,浑身不舒服,夜里做了个梦,梦见海神上门来兴师问罪,那海神长得和人一般模样,只是身上、脸上长满鱼鳞,样子十分凶恶。只见他左手提着一个葫芦,里面想是装的仙药,右手提了一把宝剑,以嘲笑的口吻问他:"你不是想要长生不老之药吗?拿去呀!"嬴政明知他是在戏弄自己,还是伸手想去接那葫芦,海神挥剑一挡,恶狠狠地说:"找药便说找药,为何杀我守岛大将?快快跪下谢罪!"嬴政心里明白,海神指的是那条大鱼,想要说句道歉的话,但那海神不可一世的霸道劲实在让他无法接受,于是拔出身上的佩剑上前迎战,不料胳膊却使不上劲,平日所练的剑法,招招都刺不到位。那海神的剑法并不怎样,可是眼看他手舞宝剑在自己眼前晃来晃去,就是拿他没办法。最后,海神一剑向他咽喉刺来,嬴政刚想挥剑抵挡,对方剑锋已抵他的喉咙,惊得他大叫了一声,吓醒了。第二天便觉精神恍惚,浑身无力。起初,靠着一股找药的精神头还勉强撑着,没想到,在海上漂泊了几天,病情越来越重,最后索性卧床不起了。望着茫茫大海,不见徐市的影子,嬴政只好同意返航,回到岸上去等徐市的消息。等了半个月,仍不见徐市的影子。按照徐市的说法,仙岛距这里不过三百多里,三四天就能到达,往返至多十天就够了。风暴过后,海上一直风平浪静,如果不出意外,徐市早该回来了。嬴政知道自己又让徐市骗了,这一次他彻底绝望了,眼看着病情一天天加重,只好下令往回返。

起初,谁都没把皇帝的病当回事,以为不过是伤风感冒,过几天就好了,谁知越走病情越重,到了平原津,嬴政已经支持不住了。这一下,文武大臣们都慌了。李斯沿途派人到处寻访名医,无奈嬴政就是不肯用药。嬴政听信了方士们的话,信医不信神,信神不信医,这次出巡特意嘱咐李斯,不让宫中御医跟随。皇帝不用药,眼见得病势一天天加重,急得李斯、赵高、蒙毅、胡亥等一齐进帐来劝说:"陛下圣体安康乃关乎社稷万民之大事,不可听信方士们的鬼话。"这话说出来已经是乍着天大的胆子了,因为众臣皆知始皇帝最不爱听这些。这一次秦始皇倒没有生气,只是上气不接下气地说:"朕的病朕自己知道,这一次恐非药力所能及。"

赵高最会揣摩皇帝的心思,接口说道:"陛下想是在海边碰到了神怪,臣闻山神可镇海妖。此地离泰山不远,我看我们奔泰山去祭祭山神吧?"

李斯听了这话直皱眉头,始皇帝病得命若悬丝,哪还经得起这么折腾!眼下根本不宜乱动,最好的办法是就地休息,让皇上将养几天,待病情稍有好转立刻回咸阳。可是还没容他开口,皇上已经发话了,只见他摇了摇头,说:"朕平生最尊崇大禹。游会稽时,亦感神清气爽,有恋恋不舍之意,若去得会稽,我想我这病自然会好的。"李斯心中有些诧异,不明白皇帝为什么刚刚祭过大禹又要去祭。皇帝年轻时不信神,后来受了方士们的鼓动,才经常举行祭山川的活动,皇上心目中最重要的山是泰山,曾经亲自登泰山祭天,并在泰山举行封禅仪式。这一次却不知为什么要去会稽山。会稽山远在千里之外,皇上身体这个样子,折腾得起吗?于是劝道:"陛下说得极是,可是陛下身体虚弱,不宜远行。可先在这里将养几天,等病好了再去不迟。"

皇帝听了十分不悦:"在这里朕的病怕是好不了了。"

李斯知道是自讨没趣,向后退了一步,赵高上前说道:"陛下,依臣之见,可先派一位大臣代陛下前去祭奠,待陛下康复之后再亲自去祭拜。"

嬴政还是想亲自去,但是挣扎了半天连坐都坐不起来,沉吟了半晌才点点头说:"那就有劳丞相了。"

"不可不可。"赵高连连摆手说:"丞相日理万机,行营中诸事全仰仗丞相,须臾离开不得,还是另派一位大臣吧。"

赵高与李斯打了半辈子交道,但是两个人并没有深交,见了面总是客客气气的,互相戒备都很严,李斯知道赵高一肚子鬼心眼,生怕不谨慎说错话让他抓住把柄;赵高觉得李斯老谋深算,又深得皇帝信任,也怕李斯在皇上面前说他的坏话。多年来两个人一直保持着这种默契的距离,一见面互相吹捧一阵,一句真心话没有。眼下赵高这么重视李斯,李斯反倒警觉起来,但是他并不知道赵高打的什么算盘,接口说道:"那就请中车府令跑一趟喽?"

赵高站在皇帝身侧,一脸的焦急,冲李斯直挤眼,嘴里说:"我伺候皇上一辈子了,皇上的饮食起居习惯,只有我最熟悉,皇上病得这么重,我怎么能离开呢?"

"没关系,十天半月的,让那些小黄门来伺候朕就行了。"嬴政亲自发话了,可是赵高还是不死心,马上转了个心眼,说:"陛下舍得自己的身体,我还舍不得呢,我怕他们伺候不好皇上。再说,我一个残废之身,祭祀这种事,还是躲远一点好。千万不要得罪了神明。"

后面这句话似乎说服了嬴政,嬴政把视线移向蒙毅,还没说话,蒙毅先开口了:"依臣看来,让中车府令去也没什么不妥,赵公公长年不近女色,反倒比我们这些俗人干净些,也免了许多斋戒沐浴的麻烦。臣愿随陛下左右日夜陪伴伺候。"蒙毅早已看透了赵高的心思,眼下皇上病重,能否活着回到咸阳还不知道。皇上一死,恐怕天下有变,赵高与他素来不和,在这个时候把他支走,用意还不清楚吗?所以,他无论如何也要争取留下来。两个人在这里勾心斗角,嬴政看得明明白白,自己还没死,他们就各人打起各人的小算盘来了,嬴政气不打一处来,蒙毅的话还没说完,他就火了:"怎么?你们都不愿意去?那还是朕亲自去好了。你们是不是觉得朕不行了?那朕就亲自去一趟给你们看看。"说着就要起身,一用力,立刻大喘起来,手指着蒙毅说不出话来,憋了半天,哇的一声吐出一口鲜血,吓得蒙毅、赵高、李斯三人一齐跪下,齐声说道:"臣愿去会稽山祭祀。"

蒙毅走后,赵高来到李斯帐中。

赵高本是赵国王族中的远支亲属,兄弟几人都出生在隐宫。对于隐宫,史学家有两种解释,一种说法认为隐宫即宫刑,另一种说法是宫为官字之误,隐官是隐蔽的官府机构,是受了肉刑的刑徒免罪之后的服役场所。赵高的母亲受过肉刑,曾在隐官劳改,劳改时生了赵高。赵高长大后在赵国娶了妻,并且有了一个女儿,但是由于出身低贱,找不到进身之路,又不甘心这么穷困一生,于是才下决心做阉人,入宫做了黄门。赵高凭着自己的机灵乖巧,很快就得到皇帝的赏识,嬴政初继位不久,他就在嬴政左右伺候起居,深得始皇帝宠信。他从小学过一些武艺,身高力大,放这样一个人在身边,嬴政也觉得安全。由于出身卑贱,无所依靠,赵高十分勤奋。白天伺候皇帝,两只眼睛从不闲着,留心观察每一个人,每一件事,晚上闲了则钻研律令狱法,宫里的黄门侍者像他这样用功的不多。工夫不负有心人,这么日积月累下来,他居然熟悉了大秦的整套法律以及与此相关的各种知识,称得上精通。朝廷大员里面,除了丞相李斯和蒙恬、蒙毅兄弟,几乎没人能与之相比。地方官吏乃至朝廷重臣,碰到难断的案子,也经常来向他请教,就连嬴政本人在处理一些重大案件时,也经常找赵高商量。嬴政对赵高非常器重,任命他为中车府令,专管皇帝车马出行等事务。

赵高这样下工夫钻研律法,除了追求功名利禄以外,还有一个重要的原因是要为母亲报仇。他母亲曾经为把邻居家的一只母鸡圈进自家鸡窝而受过黥刑,脸上被刺了一个"贼"字。这是赵高的奇耻大辱,他发誓长大了一定要报此仇。更让赵高感慨的是,那天恰好同时审理两件偷鸡案,另一起却把原告判了个诬告。赵高虽然年幼,心中却不服。在他幼小的心灵里,种下了这样的看法:什么是法?法是死的,人是活的,全看怎么解释了。什么是理?理就在你嘴上,看你怎么说了。成年之后,他不仅能够精通法律,而且练就了这样一张铁嘴,有把死人说活的本事。他在皇帝身边的地位一天天在上升,官也越做越大,终于找到了报仇的机会。他找了个借口,将仇家十几口人抓进了监狱。仇家不服,则严刑拷打,不料狱吏下手太重,把人打死了。赵高怕日后仇家报复,竟然派人把仇家大小十几口人全部毒死在狱中。然而,赵高也未能脱得干系,追查凶手,查到了他的身上。御状告到了皇帝面前。嬴政派了蒙毅去审理此案。蒙毅秉公断狱,判了赵高的死刑。可是,嬴政念及赵高服侍自己多年,不忍心杀他,关了几个月就下令把他放了,不久又官复原职。从此,蒙毅和赵高结下冤仇。

蒙毅祖上是齐国人,他的祖父蒙骜年轻时在齐国不得志,于是西入秦事秦昭王,官至上卿。后又率兵出征,攻城略地,为秦王朝立下了汗马功劳。蒙骜是秦国的三朝元老,几十年出将入相,直到秦始皇七年才去世。蒙毅的父亲蒙武也是秦国的一员猛将,秦始皇二十三年,蒙武作为副将与大将王翦一起进攻楚国,杀了楚国大将项燕,秦始皇二十四年又生俘楚王,威震天下。蒙毅的哥哥蒙恬现今是朝中第一员大将,曾跟随父亲帮助始皇帝打天下,统一天下之后,蒙恬又率领30万大军向北驱逐戎狄,修筑长城。蒙恬与匈奴交手,接连打了几个胜仗,威震敌胆,只要有蒙恬在,北方匈奴就不敢南犯半步。

蒙氏兄弟素与太子扶苏要好,一旦始皇帝驾崩,扶苏继位,必是起用蒙恬做丞相,而蒙氏兄弟一旦掌了大权,赵高恐怕连性命都保不住,因此,赵高千方百计要把蒙毅支开,以便从中弄权。他心中正在酝酿着一个大胆的偷梁换柱的计划。这个计划必须有李斯的配合。

一阵寒暄之后,赵高切入了正题:"丞相,你说皇上的病还能好么?"

这是近几天大家都在考虑的问题,可是谁也没说出口来。

"皇上是上上真人,有上天保佑,一定不会有事的。"

"丞相,这里只有你和我,你就别和我来这一套了,恐怕要考虑后事了。"

李斯心里一惊。赵高说的是实话,李斯一直不愿意往这上面想,可是眼下却不能不想了。李斯一句话不说,沉默了一会儿,斩钉截铁地说道:"必须赶回咸阳!一定不能在半路上出事!"

"我也是这样想,可是皇上恐怕坚持不到咸阳了。"

"你胡说,皇上的病一定能好。"

"我也希望这样,可是万一要是好不了呢?"

"万一要是在半路上出了事,天下非乱不可。靠你我能镇得住?"

"现在只有靠你我了。"

"什么?你我?"李斯惊得瞪大了两只眼睛。他这会儿才明白赵高为什么要把蒙毅打发走,原来他早有打算。赵高早已看出李斯的心思,说道:"我是个阉人,身体已经残缺不全,可是谁让我赶上这事了呢?丞相不要瞧不起我,我有几句真心话要对丞相讲。"

赵高刚要开口,一个小黄门来报,说皇上找他,赵高只好先告辞。

蒙毅走后,嬴政感到自己不行了,于是写好了遗嘱,让赵高拿去盖上印玺,立即发给扶苏。赵高接过遗嘱看了看,只有七个字:与丧会咸阳而葬。

赵高见始皇帝已经不行了,便将遗嘱偷偷压了下来没发。李斯还一直等着赵高的下文,可是赵高去了皇帝那里一趟,之后就没有再和他说过什么。一连几天,赵高一直回避和李斯对话,李斯觉得纳闷,几次试探着重新提起原来的话头,可是赵高总是顾左右而言他,不做正面回答。

李斯是楚国上蔡人。年轻时,曾在郡里做过小吏,有一次上厕所,看到厕所里的老鼠偷偷摸摸的见了人就跑,于是他想起粮仓里见过的老鼠,比之厕所的老鼠要从容得多,甚至见了人都不躲,联想到自己的处境,大发感慨,觉得人和鼠是一样的,全看自己处在什么样的环境下了。他觉得这样混一辈子没什么意思,于是辞了公职,拜在当时名震天下的学者荀卿门下,学帝王之术。荀卿在当时的影响非常大,在诸侯争霸,人人都想拥有天下,迫切需要一种切合实际的统治理论的环境下,他的学说的影响,甚至超过了孔孟。他精于治学,长于辩论,曾在天下公认的学术之都临淄城西门下学宫里连任三届学宫领袖。他遍游天下讲学,曾与秦昭襄王商榷治国之道,与赵孝成王讨论用兵之法。名师出高徒。荀卿有两个得意门生,一个是韩非,一个是李斯。两个人后来都有所建树。韩非是韩国贵族子弟,念念不忘强盛故国,学成之后便回到韩国去了,李斯则西入秦,在秦国做了官。

初入秦国,李斯曾在吕不韦帐下做过几天舍人,深得吕不韦的赏识,不久便保举他进宫为郎。李斯以他出色的才华和学识,很快便得到了重用。李斯入宫不久,一个名叫郑国的韩国人以修筑灌溉渠为名,来秦从事间谍活动被发现,于是那些缺乏远见的宗室大臣们劝说秦王嬴政驱除所有来秦的六国客卿,李斯也在被驱逐之列。李斯听说后,给秦王上了一封《谏逐客书》,这篇名垂千古的文章,为秦国保留了一大批人才,也保护了李斯自己。

李斯入秦二十余年,随着始皇帝嬴政东征西讨,终于统一了天下,之后,又帮助嬴政确立了郡县制,制订了官制及各项法律制度,使刚刚止息干戈的国家很快安定下来。李斯是法家的主要代表人物之一,他奉行的法家政治思想不仅使秦国很快强盛起来并统一了天下,而且成为历代封建统治者的思想武器。历代帝王无论表面上多么尊儒崇儒,骨子里都离不开法家的治国之道。李斯在秦的官位也不断上升,从长史至客卿,由客卿至廷尉,由廷尉至丞相。李斯已成为秦王朝的栋梁之臣。李家与秦王室也结下了不解之缘,几个儿子皆尚公主,女儿悉嫁诸公子,长子李由才二十多岁,已经做了三川郡守。嬴氏天下差不多有一半是李家的。李由上任后第一次回家,李斯大摆酒宴为之庆贺,咸阳城里大大小小的官员差不多都来了,门前车马竟以千计,李斯喟然叹道:"嗟乎!吾闻之荀卿曰'物禁太盛'。夫斯乃上蔡布衣,闾巷之黔首,上不知其驽下,遂擢至此。当今人臣之位无居臣上者,可谓富贵极矣。物极则衰。吾未知其祸福!"

这几天,李斯的压力非常大。皇上的病一天比一天重,眼看就要撒手而去,但是对后事却没有任何交代,李斯每天都要到皇上大帐中看望,希望能得到皇上的明确旨意,但是皇上始终只字不提。赵高心怀叵测,蒙毅去了会稽山,皇上真的突然咽了气,那可怎么办?身边连个商量的人都没有。

秦始皇这次出游,走了将近十个月。七月初,西归的队伍走到沙丘平台,嬴政不行了,他一只手向天上指着,似乎想说什么,但是一句话也说不出来。李斯令黄门侍者们统统出去,没有命令不准进来。大帐里只剩下他和赵高两个人。李斯还希望在最后的时刻能听到皇上对后事的旨意,但是嬴政始终没有说出来。

子夜十分,始皇帝死了。

李斯和赵高两个人你望望我,我望望你,谁也不说话。沉默了一会儿,李斯对赵高说:"传令,烧水,皇上要沐浴。"

赵高心领神会,冲着大帐外面喊了一声:"烧水!"说完,又加了一句,"传膳房,预备夜宵,皇上要进食!"

始皇帝驾崩,长公子扶苏监军在外,李斯唯恐诸公子有变,决定密不发丧。这一点和赵高想到一起去了,两个人一唱一和演起了双簧。

李斯道:"今夜事关重大,我去巡视宿卫,顺便察看一下各营的情况,军中绝对不能出乱子。这里就交给你了。天亮之前,务必把皇帝的遗体转移到温凉车上。绝不能走漏半点风声。"

"我知道其中的厉害,丞相请放心。不过,这事恐怕得让胡亥知道吧?"

"赵公公是胡亥的老师,那就由你和他讲吧?"

正说着,一个小黄门提着一桶热水进来了,看见皇帝已经死了,吓得大叫起来:"皇上死……"

李斯急忙上前一把捂住了那孩子的嘴,赵高手疾眼快,伸手取下墙上挂着的宝剑,一剑刺入了那个小黄门的后心。然后,赵高把在嬴政跟前伺候的几个小黄门统统叫了进来,问他们:"你们都来看看,皇上怎么了?"

"皇上死了。"一个胆大的黄门答道。赵高揪着他的耳朵提到皇上面前,又问:"你再仔细看看,皇上怎么了?刚才这位小兄弟就是没看清楚送了命。"

那个黄门看见死去的同伴身上还在流血,吓得面如土色,不过还算机灵,立刻改口说:"皇上睡着了。"

"嗯,你们几个都过来看看。"

然后,赵高一个一个地问:"皇上怎么了?"

几个黄门都答是睡着了,赵高狞笑了几声,指着地上死去的小黄门说:"你们都看清楚了?谁要是看错了,就和他一样下场。"说完,又详细地交代了今后怎样"伺候"皇上的一些细节问题,才把他们遣散了。

嬴政有病的这些日子,胡亥来大帐的次数并不多,并非他不孝,而是为了避嫌。赵高给他交代过,皇上病势沉重,大臣们每天都来请安探望,各人心里都有自己的打算,为了公子的前途,最好回避一下,不要搅进他们的纠葛中去,惹皇上生气。去多了皇上也会疑心。对于赵高的话,胡亥是言听计从。胡亥幼年的时候,皇上给诸公子请了老师,但是胡亥对老师讲的那些东西不感兴趣,倒是赵高经常讲一些寓言、笑话什么的,颇能逗他开心。赵高做官十分肯下工夫。他知道始皇帝最喜欢这个小儿子,于是千方百计讨他欢心。随着胡亥渐渐长大,对那些笑话、故事不感兴趣了,赵高就教他兵法权谋之类的东西,这些也是课堂上没有,或者老师讲得不好的,胡亥觉得很有用,特别是律法方面,更是赵高擅长的,他经常给胡亥讲一些生动的案例,有时断案还把胡亥带在身边,胡亥十分感兴趣,主动要求拜赵高为师,始皇帝也高兴公子能有这样一位精通律法的老师,因此赵高在皇帝面前的地位愈加巩固了。

胡亥来到大帐,见父亲已死,悲痛欲绝,又不能放声大哭,只是低头啜泣,憋得气都上不来了,赵高劝道:"公子,现在可不是哭的时候,人死不能复生,还是赶紧考虑一下后面的事吧。马上就要大难临头了!"

胡亥这才止住哭声,惊讶而又茫然地问:"什么?大难临头?你是说有人要造反?"

"那倒没有,可是如果后事安排不好,马上就要大难临头。"

"父亲有遗嘱吗?"

"有。"说着,赵高从怀里掏出遗嘱递给胡亥。

胡亥看过之后,十分不解:"就这么一句话?"

"就这么一句。"

"父皇还说什么了?"

"没说什么。皇上走的时候我和丞相都在,皇上一句话也没说。"

胡亥想了想,说:"不过这也就算交代了。"

"交代什么了?"

"这不是把后事交代给扶苏了吗?"

"可是由谁继位却没有说。"

"当然是扶苏啦。这意思不是很明白吗?"

"谁说的?我的傻孩子。皇上早就想立你为储,只是因为你年龄太小,怕诸公子不服,才一直没有正式宣布。"

"我?我可没那本事。"

"话不能这么说。这天下扶苏坐得,公子也坐得。先帝从你祖父手里接过大秦江山的时候才十三岁,公子如今已经二十了,比先皇那时所见要多得多,以公子之贤明,定能承继大统,干一番惊天动地的事业。"

这几句话说得胡亥有点动心:"就算能干又怎么样?父皇已经这样交代了,难道还能改变吗?"

"当然可以,事在人为嘛。况且,皇上交代什么了?他什么也没交代。天下权柄就在你、我、丞相三人手中,只要你吐口,愿意做这个皇上,我去和丞相说,千万不可错过这个良机。"

胡亥已经动了心,但是还有些顾虑:"我做皇上恐怕天下人不服吧?废兄立弟,先背了不义之名;不奉父诏又是不孝,怎么能让天下人服气呢!况且,扶苏的德能胜我十倍,这种事我不能做。"

"这算什么不孝!成大事者不拘小节。商汤王、周武王都是弑主而立,却得到天下称颂,有谁说他们不义了?卫君弑其父,连孔夫子都称赞……"所谓卫君弑父历史上根本没这回事,赵高不过是顺嘴胡编,胡亥也不知是真是假,听得大眼瞪小眼的。"先帝不只一次和我说过,说你天资过人,将来必有大成,让我好好辅佐,以保大秦江山千秋万代永不变色,你说这不是想立你是想立谁呀?这样的事难道还要谦让吗?"

"可是丞相会同意吗?"

"我去和他说。晓以厉害,我想由不得他不同意。"

赵高说服了胡亥,连夜来找李斯。李斯刚从营中视察回来,看到军中及宿卫部队秩序井然,心中稍稍松了一口气。已经是深夜了,李斯疲惫不堪,刚想打个盹,门下报告赵高来访,李斯顿时睡意全无,将赵高让至大帐中,寒暄了几句,赵高拿出了嬴政给扶苏的信,李斯接过来看了,心中顿时觉得轻松了许多,原来皇帝早有考虑。

"皇上是什么时候把这封信交给你的?"

"在平原津就给我了。"

"为什么不早告诉我?我这些天天天到皇帝面前等他的遗旨,原来皇上早就有遗嘱,是压在你这里。怎么这么多天还没送走?"

"我根本就没想送!"

"什么?你好大胆,居然敢私自扣押皇上的圣旨!"

赵高嘿嘿一笑:"这有什么不敢的?猫老了不避鼠,皇上走了,我还怕谁呀?"

赵高在这个时候才拿出嬴政的信是有很深的用意的。在平原津那次谈话,赵高就想劝说李斯立胡亥。拿到这封遗嘱后,赵高又改变了主意,他决定不到最后一刻不亮出底牌,因为不到事到临头的时候,人们考虑问题往往会有侥幸心理,恐怕没有十分的把握能说服李斯。皇帝还没死,万一说服不了李斯,这颗脑袋就要搬家了,所以这几天他一直回避和李斯对话。

李斯过去只知道赵高这个人阴险,此刻他才真正认识到赵高的可怕,他激动得嘴唇直发抖:"简直是反了!这么大的事也不和我商量你就私自把圣旨扣下了,扶苏是长公子,后事怎么办得由他说了算,你我能做得了主吗?"

赵高依然笑嘻嘻地说:"当然做得了主。不但后事做得了主,所有的事都做得了主,连谁当皇上都得由你我做主。"

"住口!简直是亡国之言。你不要命啦?"

"嘿嘿!不是我不要命,眼下我倒是替丞相的性命担忧啊。"

"你这话是什么意思?"

"我只问丞相几件事,您对秦国的功劳有蒙恬大吗?"

"没有。"

"领兵打仗您比蒙恬如何?"

"不如。"

"您与属下的关系比之蒙恬如何?"

"不如。"

"您与长公子扶苏的关系比之蒙恬如何?"

"不如。"

"这几项都不如,那么,扶苏继位之后肯定要用蒙恬做丞相,到那时,您的位置在哪里呢?"

扶苏继位势必用蒙恬作丞相,这一点李斯也不是没想到,但是无论谁作皇上谁作宰辅,朝中都不会没有他李斯的一席之地。凭他李家与皇室的关系,蒙恬即使做了丞相又能把他怎么样?况且,他与蒙氏兄弟素来无怨无仇,蒙氏掌权也不会加害于他。思前想后,他觉得无论谁作皇帝谁掌权都不会对李家太不利,所以对赵高的话并不在意,赵高说完,他哈哈大笑,说:"李斯老矣,早就想退隐山林,种几亩薄田,钓几尾闲鱼,优哉游哉,安度晚年,至于什么丞相宰辅,谁爱当谁当去吧,与我何干?"

赵高根本不相信李斯的话,进一步劝说道:"能归隐山林自然是好,只怕到那时就回不去了。"

"为何?"

"眼下丞相权势赫赫,可能暂时没有什么后顾之忧,真的要下来那可就不一样了。您想想,这些年来,您一直追随皇上,倡导严刑峻法,不知道杀了多少人,您要是真回乡下去做了布衣,不怕有人来杀您吗?您做廷尉多年,不知道多少朝廷要员死在您的手下,他们的子孙现在都已经长大了,有的官做得比他父亲还大,您就不怕这些人报复您吗?"

"臣所作所为都是为了国家社稷,皇上圣明,绝对不会听信那些小人的谗言的。"

"哼哼!您听说过三人成虎的寓言吧?知道曾子杀人的故事吧?只要说的人多了,由不得皇上不信,到那时您就是有一千张嘴也说不清楚。"

听到这里,李斯已经感到气短理屈了。赵高接着说:"您还别说为国家社稷,为国家社稷的人多了,商鞅是怎么死的您知道吧?白起是怎么死的您知道吧?难道他们不是为国家社稷?远的不说,吕不韦比您的地位高不高?嫪毐比您的权势大不大?他们是怎么死的,您可能更清楚吧?丞相,您聪明一世,怎么连这么点事情都看不清楚?这个时候可千万不能糊涂啊?官场上哪有情谊可讲?为了权力,兄害弟,子弑父的例子还少吗?您不是亲手杀了您的师兄韩非吗?您不是还帮着皇上坑了四百多儒生吗?"

"胡说!那不是我干的。"

李斯最怕别人提起这两件事,这是他一生洗不掉的污点。可是赵高不管那一套,继续说道:"现在,该轮到他们来杀您了。所以我说为大人的性命担忧。生死关头马上就要到了,难道我说的不对吗?"

一席话说得李斯脸色煞白,坐在那里一言不发,赵高见他已经把话听进去了,又加了一把火:"我扯得可能有点太远了,简单地说,扶苏继位,朝中是由蒙氏兄弟说了算；胡亥继位，可是由您说了算哪，自己的命运是由自己掌握好呢，还是交给别人好呢，这不是很明白吗？"

最后这句话终于打动了李斯，李斯问道："那依着你怎么办？"

"立胡亥做太子！"

第一章 龙 种

沿徐州向西北行八十公里，是江苏省的西北边界——丰县。两千多年前，这里只是沛县的一个乡邑——丰邑。历史上由于黄河多次泛滥，从黄河上游冲下来的大量泥沙，早已将古丰邑掩埋在地面十米以下了，可是十米以下两千年前发生的故事，却一直流传至今。

丰邑中阳里，曾是汉高祖刘邦的故乡，为了怀念这位远古的帝王，人们在十米以上的地面上，又重建家园，而且就在街边公路旁，赫然立起书着"中阳里"三个大字的石碑，离石碑不远处，有一座三星级的中阳里大酒店。前来参观考察的旅游者和历史学家们，往往都喜欢住在这里，喝一杯当地产的白酒，吃一块儿称得上中国最老的老字号品牌的樊哙狗肉，然后便随口谈论起地下十米两千多年前发生的故事，似乎只有住在这里，喝着这里的酒，吃着樊哙狗肉，说起这里的故事来才显得更真实，更有味道。

今日的丰县是一片平原，农作物以玉米为主，秋天到这里来，公路两边是一望无际的青纱帐。路边的树木大多是杨、柳、槐树，风土人情更接近于北方。可是在两千多年前，却没有这么多耕地，从丰邑西出不远，便是一片大泽，泽中不仅有芦苇、荷花、菱角和鱼虾，传说还有真龙出没于泽中。

刘邦的父亲名煓，又名昂，字显初，人称刘公。母亲李氏，人称刘媪。一日，刘媪去泽中割芦苇，累了，躺在大堤上休息，不知不觉就睡着了，梦见自己赤身裸体被一条龙盘住，要与她行男女之事，刘媪虽百般羞怯，却并不害怕，只觉得浑身发软，没有半点反抗的力量。醒来之后，便觉有了身孕。刘媪醒来之时，天上正下着雨，刘公赶到堤上来给她送蓑衣，见她衣冠不整，神色异常，便盘问原因，刘媪一五一十地把刚才的事说了。刘公非但没有生气，反而对这事十分重视。他说怪不得我刚才看见云中有条龙飞走了，刘媪不相信，说，那不过是个梦，你还当真了。可是刘公却一口咬定说他真的看见了龙在天上飞。

刘公有四个儿子，庄稼人不讲究，就按伯、仲、叔、季的顺序给几个儿子取了名，刘邦排行老四，因此取名刘季。刘叔早夭，后来又添了个小儿子刘交。自打刘季生下来，刘公就对他格外重视，专门请先生给他取了个大名叫刘邦，希望他将来能有大出息，出将入相做出一番事业来，也好光宗耀祖，于是从小便着意培养，送他去读书。刘邦倒是满聪明，什么东西一学就会，却不喜欢读书。他生性乖巧，很会看大人的脸色，会讨人喜欢，弟兄几个淘气惹了祸，回家免不了挨打受罚，但是刘邦每次都能想办法把自己开脱出来。随着刘邦逐渐长大，刘公对他也越来越失望，书不肯好好读，庄稼活也不想干，整天和一帮游手好闲的年轻人在一起鬼混，干些偷鸡摸狗的勾当，到处惹是生非，正经本事一点没有，却学会了喝酒、赌钱、搞女人，害得刘公整天提心吊胆的，生怕他惹出什么大祸来，因此一门心思想给他说房媳妇，好把他的心拴住。可是刘邦在外名声不好，谁家的姑娘都不肯嫁给他，混到二十七八了还是光棍一条。这一天中午，刘公托的一个媒婆找上门来，说是给刘邦说下了一门亲事，刘公高兴得不得了，老两口正和媒婆叙话，刘邦回来了，手里抱着一个刚刚出生没几天的孩子。刘公一见，气得浑身发抖，问道："这孩子哪来的？"

"嘻嘻，路边捡的。"

"你给我说实话！"

"就是捡的嘛，你要是不喜欢，我就把他扔了去。"说着，刘邦抱起孩子就往外走。刘媪在一旁早看明白了，忙追上去说："快把孩子给我，别摔着。"刘公抄起一根扁担，照着刘邦屁股就是一扁担："你给我说实话，不然我今天打死你。"

"哎呦，你老人家真打呀？"

"不真打还和你闹着玩呀，你这个不争气的东西，气死我了。"说着，刘公上来又是一扁担。

"哎呀！您老人家轻点，别打了，我说还不行吗？这孩子，是，是我的。"刘邦一把将孩子塞到了母亲怀里，趁机躲到了母亲身后。

"那个女人呢？是谁？"刘公举着扁担追着问，刘邦围着母亲转圈躲着说："是南里的曹寡妇。"

"你还要不要脸？"刘公追着又是一扁担，"还没结婚就和一个寡妇鬼混，你这辈子还想不想娶媳妇？背上这么个名声，谁家的姑娘肯嫁你？"

"这您就别管了，大丈夫三妻六妾，还怕娶不上个媳妇！"

"你还有没有点廉耻？你给我跪下！"

刘媪见丈夫真的发了火，赶紧劝道："还不快点给你爹跪下！"刘邦非但不跪，反而还嘴说："难道我说的不对？只要有本事，想娶几个娶不上？你老人家不是也有过相好的吗？"

刘邦当着媒婆的面揭了父亲的短，气得刘公火冒三丈，举着扁担追过来，刘邦早已逃出门外，反身把门锁住了，刘公在里面气得直跳脚，刘邦却扒着门缝笑嘻嘻地对父亲说："你老人家琢磨着给你孙子取个名吧！"

刘邦走出家门，嘴里吹着口哨沿街闲逛，正闲得难受，看见卢绾气喘吁吁地跑了过来，后面有两条大狼狗在追他。刘邦从地上捡了根树枝，把狗轰跑了。卢绾跑得满头大汗，裤腿也扯破了，露出小腿肚子，两片破布在腿肚子后面啷当着，刘邦一见他这副狼狈样子,笑了:"你这是怎么了?"

卢绾和刘邦是同年同月同日生,从小在一起长大,一起读书。卢绾的父亲与刘公十分要好,生他俩时,邻里们都觉得是件奇事、喜事,全里的乡亲们都来贺喜,刘、卢两家杀猪宰羊招待乡亲们,刘公趁着酒兴说出了刘媪梦中得子的经历,大伙更觉得这两个孩子生得不一般,说不定是应了天命而来,将来会有大作为的,于是在两个孩子入学的那一天,又凑钱办了一次盛宴为两家庆贺。谁知道这两个家伙长大了却不争气,读书人不像读书人,庄稼人不像庄稼人,四处惹是生非,几乎成了里中一害,大伙见了都躲着走。

"他娘的,刚才从雍齿家门口过,那小子放出狗来咬我。"

"哈哈,原来是让狗咬的。我说怎么这么狼狈!"

"你小子还他娘笑呢,还不想办法帮我去报仇。"

"得了得了,报他娘什么仇,你套了人家的狗,还不许人家吓唬吓唬你?咬着你了么?"

"没有。"

"那不就得了?算了。走,咱们进城找樊哙喝酒去。"说完,拉着卢绾就走。

"哎,刘季,你的腿怎么了?"

"咳!别提了,都是那个小寡妇害的,我他娘也没和她睡几天,谁知道弄出孩子来了。害得我挨了老爹几扁担。"

"哈哈!怪不得走路有点瘸,原来是挨揍了。"

两个人边说边走,才走出不远,迎面看见雍齿走了过来。刘邦东张西望地看了看,说:"赶紧藏起来。"

"怕他个鸟,咱们俩还打不过他一个?"

卢绾在丰邑是出了名的打架不要命的主,正想和雍齿打一架。可是雍齿长得五大三粗的,还有一身好武艺,卢绾和刘邦加起来也未必是他的对手。加上头一天晚上刘邦和卢绾等一帮子年轻人套了雍齿家的一条狗吃了,刘邦自觉理亏,道:"算了,好汉不吃眼前亏,咱们还是躲着点吧。"

说着,雍齿已经到了跟前,手里提着一张血淋淋的狗皮,过来二话没说,把狗皮往地上一扔,抓住刘邦就要打。卢绾照着雍齿后屁股给了一脚,雍齿转回身去对付卢绾,这边又着了刘邦一脚。这些年轻人平时就喜欢练点拳脚,出手就不轻,这两脚把雍齿踢得火冒三丈,想揪住一个痛打一顿,可是这两个家伙又不是那么好对付的。于是雍齿把拇指和食指弯成一个圈,往嘴里一放,吹了一个响哨,刚才那两条狼狗忽的一下从巷子里窜了出来。

秦时俗兴养狗,甚于养猪羊,因为狗不像猪那么能吃,也不用像养羊那样需要专人去放。因此,几乎家家都养着几条狗,一般人家养狗除了看家之外,主要是为了吃狗肉、卖狗皮,可是雍齿养狗却不是为了吃肉,而是喜欢狗。他养了一群狼狗,昨晚被人套了一条,心里别提多窝火了。他知道是刘邦和卢绾他们干的,正憋了一肚子火要找他们算账。两条狼狗扑过来,疯狂地往刘邦和卢绾身上蹿,两个人手忙脚乱地应付着,吓得刘邦大喊:"雍齿,你他娘有话好好说,别这样好不好?"雍齿没理他,照着卢绾一顿乱拳打过去,打得卢绾跟头趔趄一个劲地往后退,最后实在招架不住,转身躲进一家院子里把门从里面拴住了。这下两条狗一起朝刘邦扑过去,刘邦吓得脸色惨白,躲在墙根下一边招架一边骂着:"狗日的雍齿!你真想要我的命呀!"

雍齿哈哈笑着说:"你还敢骂老子,再骂我可真不管啦!"

"别别别,雍大哥,你是我的好大哥,快把你的狗叫回去。"

雍齿又打了一个响哨,两条狗回到他身边,一面摇着尾巴一面冲刘邦狂吠。雍齿拾起地上的狗皮,带着满脸的坏笑走到刘邦跟前,问:"你老实说,昨晚是不是你们套了我家的狗?"

"没有没有,我对天发誓,绝无此事。"

"你他娘的还不承认……"雍齿说着,一抬手把那张狗皮捂在了刘邦脑袋上,然后把刘邦按在地上一顿拳打脚踢,打得刘邦直求饶:"雍大哥饶命,雍大哥……"

这时,卢绾手里提着一把菜刀冲了出来,朝着雍齿扑了过去。街上这会儿已经围满了人,几个年长的出面把他们拉开了。刘邦从地上爬起来,当着这么多人,觉得很没面子,甩掉头上的狗皮,拉着卢绾走了,刚走出不远,便破口大骂:"雍齿,你他娘的小心着,当心哪天老子把你的皮也剥下来!"

樊哙家住在城东南角,离丰邑还有几十里地,两个人赶到城里的时候,天已经黑了。樊哙没料到刘邦来,白天把狗肉卖完了,没有下酒的菜,急得直搓手,嘴里自言自语:这么晚了,到哪儿去弄条狗来呢?卢绾说,这好办,你去烧个萝卜来,烧熟就行。卢绾和刘邦干这个可是轻车熟路,打从十几岁就偷人家的狗吃,套狗的技术十分娴熟。樊哙按照卢绾的吩咐把萝卜煨熟了,卢绾拿了一块儿熟肉夹在萝卜里,用线把萝卜缠住,挂在樊哙家门前的一棵树杈上,然后又找了根粗绳子做了个活套,悬在萝卜前面,然后三个人躲在屋里等着。刘邦说:"下上套就不用管了,咱们先喝着。"樊哙说:"待会儿狗一叫,四邻八舍都来看,我还怎么在这条街上卖狗肉啊?"卢绾说:"你就放心吧,我保证让它一声都叫不出来。"这是卢绾套狗的诀窍,热萝卜中间夹上一块儿肉,狗闻到香味就来咬,一口咬下去,萝卜上的线就嵌进牙缝甩不掉了,既不能咬人,也叫不出声音,因此套住套不住都不至于被主人发现或被狗咬伤。樊哙心里还是放不下:"那要是套了邻居的狗怎么办?"

"管他呢,先吃了再说。"

正说着,一条黑狗冲那个萝卜去了,萝卜挂得不高不低,黑狗蹦了两蹦刚好咬住那个刚烧好的萝卜,同时也牵动了挂在树上的绳套。绳套恰好落在狗脖子上,卢缩冲出去把绳子向上一拉，狗被吊在了树上，那狗踢腾了一会儿就无声无息了。

樊哙以屠狗为业。在沛县提起樊哙没有不知道的。樊哙屠狗不收钱，只留一条狗腿，有的人不要狗皮，他便免收狗腿，留下狗皮换点粮食、盐、布匹。他孤身一人，没有父母，也没有兄弟姐妹，生活很随便，冬天来宰狗的人多，便能混个酒足饭饱，夏天生意清淡，就常常饿肚子。

樊哙不仅屠狗技术好、利索，而且煮得一手好狗肉，他煮的狗肉比别人家的都香，别人问他有什么诀窍，他也说不出来。其实他也没什么诀窍，他煮的狗肉香主要是因为懒，一是懒得刷锅，上顿煮的汤不倒，下顿还用这锅汤煮，老汤一直留着，没想到这种留老汤的办法以后竟然成了烧卤业的规矩；二是懒得剥葱剥蒜，整根的大葱带着葱胡子就扔到锅里，大蒜带着蒜皮和蒜瓣子就放进去了。葱胡子和蒜瓣子对于去狗肉的腥臊味特别有效，所以后来人们煮狗肉都要放葱胡子和蒜瓣子。别人还以为他有什么绝招，就偷偷跑到他家里来看，回去也按照他的办法煮，煮出来还是没有他煮的好吃，渐渐地，樊哙狗肉在沛县出了名。从此，樊哙不仅屠狗，还做起了狗肉生意，也能勉强混饱肚子了。

樊哙生得五大三粗，面相很凶，他屠狗的时候，无论冬夏都光着膀子，这副样子谁见了都害怕，可是他的心地却不坏，碰到邻里们有婚丧嫁娶之事，都要跑去帮忙，过后却没有人想起他。沛县城里没有人瞧得起他这个屠狗的。可是这一年夏天，樊哙却干了件惊天动地的大事，他把城南的龙王庙砸了。光砸龙王庙还不算什么，奇的是他一锤子下去竟砸得龙王下起雨来。那年大旱，地里干裂了缝，刚长出半尺多高的玉米苗眼看着枯萎下去，再有几天不下雨，庄稼就要死光了。人们天天带着猪羊等祭品去龙王庙求雨，可是天上连一丝云彩都没有。龙王庙是大伙凑钱修的，祭品也要大伙凑钱买，樊哙在龙王庙前卖狗肉，也要向他收钱。樊哙想不通：我又不种庄稼，下不下雨关我什么事！说是这么说，每次敛钱的时候，他都如数把钱交了，可是求来求去龙王还是不显灵。樊哙看着乡亲们每天不停地往庙里贴钱，觉得心疼，说：你们花那个冤枉钱干什么？求龙王有个屁用，赶紧想别的办法吧。可是樊哙的话根本没人听，大伙照样每天上供，每天来磕头，所祭的供品一天比一天多，一天比一天贵。气得樊哙骂道："他娘的，咱们花这么多钱进贡，龙王连眼皮都不眨一眨，明天要是还不下雨，老子就把这龙王庙砸了。"樊哙说到做到，第二天中午，他果真提了把大钉锤进了龙王庙。乡亲们见他要砸龙王庙，都吓坏了，惹怒了龙王可怎么得了，以后还吃不吃饭了？于是一齐上来拦他。樊哙力大无比，哪里拦得住？他两手一扒拉就扒拉倒一片："谁也别拦我，我今天非把这害人的庙拆了不可！"说着，他冲上了供着龙王塑像的台子，抡起钉锤，一锤把龙王脑袋砸碎了。他这一锤砸在了乡亲们的心上，大伙都吓坏了。几个老者跪下来求他住手，可是樊哙不管那一套，三下两下把个龙王的泥塑身砸了个稀巴烂，他抡着大钉锤正砸得痛快，忽听外面有人喊："龙王显灵了！龙王显灵了！"

樊哙随着众人走出庙堂一看，果然，黑压压的云彩从东南方向压过来，不一会儿，大雨倾盆而下。樊哙哈哈大笑："看来龙王也是个吃硬不吃软的家伙！"众人这才想起樊哙，刚才那几个求他住手的老者带头，扑通一下跪在樊哙面前："先生真是天神下凡哪！请受我等一拜。"接着，来上香求雨的人扑通扑通都跪了下来，一下子庙里庙外跪满了人，樊哙哪里承受得起，急忙去拉那几位老者："各位父老乡亲！千万别这样，别折了我樊哙的阳寿。"可是樊哙拉起这个，那个又跪下去，他怎么喊怎么劝也不听，没办法，只好挑起他的狗肉挑子逃之夭夭了。

从此，沛县关于樊哙的故事就多了起来，樊哙家门口有一口井，樊哙屠狗煮狗肉就用这口井里的水。人们说，那口井是口神井，底下直通东海龙王的龙宫，樊哙的狗肉之所以好吃是因为龙王相助，樊哙封了侯之后，人们便把这口井称作樊哙井，把樊哙住过的那条街叫做樊哙街。如今井还在，樊哙狗肉也成了名牌产品，但是井已经不是原来的井了，是人们为了纪念他重修的。可是樊哙的魅力依然不减，在沛、丰两县，人们说起历史，最津津乐道的除了刘邦，第二个就是樊哙了。

刘邦与樊哙第一次相识是在樊哙的狗肉摊子上，那天刘邦进城买稻种，买完种子身上没钱了，恰好走到樊哙的狗肉摊子前，看见煮熟的狗肉馋得慌，又没钱，心想，管他呢，先吃了再说，于是大模大样地往那儿一坐："称二斤。"

樊哙把肉称好切好端上来，刘邦又说："这么好的狗肉怎么没酒啊？"

"先生要喝我可以到旁边铺子里给你打去。"

"去，打二斤来。"

樊哙打了酒来，刘邦道："来来，坐下一块儿喝。"

"你喝你的，我还得照顾我的生意呢。"

"边喝边卖，不耽误，来来来，别客气！"

樊哙碍不过情面，坐下来陪刘邦喝酒，刘邦一面喝一面和樊哙东拉西扯，两斤酒下肚，狗肉也吃完了，还没想好脱身之计，浑身上下乱摸，面露尴尬之色。樊哙一看，气不打一处来，伸手揪住刘邦就要打："你他娘的想白吃是不是？"

刘邦嘿嘿一笑，说："别那么小气嘛，那酒肉又不是我一个人吃的。"

樊哙自觉有点理亏，气已经不似先前那么壮了："原来你请我喝酒就是为了赖账！就算你一半，把钱拿来！"

"老子今天没带，我还能欠了你的几个狗肉钱？你知道我是谁吗？"

"我管你是谁，吃了肉就得给钱！"

"你认识县里的萧何萧主掾么？"

"我管他什么主员副员的，就是县太爷来吃肉也得给钱。"

"我操，你他娘的别不识抬举，老子陪你喝了半天酒，还要钱！"

"你这是什么道理？吃肉当然得给钱！"

这时周围已经围了一大群人，刘邦见赖不过，只好把半口袋稻种往肉案子上一撅,道:"不就是几个狗肉钱吗?给你!"说完就要走。这下樊哙倒不好意思了,一把拽住刘邦,说:"我也要不了那许多。"

"都给你了,剩下算我下次来吃肉的钱。"樊哙见这人这么大气,心里反觉得有点愧疚:"要不,就算了吧。你下次带来。"

"这还差不多,不就二斤狗肉么?日后老子发迹了,还你一百倍。"说完,刘邦背起稻种就走了。从那以后,刘邦每次进城都要到樊哙的摊子上吃狗肉,日子久了,两个人倒成了朋友。刘邦经常是囊中羞涩,樊哙也不提钱的事,但是刘邦有了钱绝不小气,往案头上一拍就是一大把,不数也不让找零。再后来,樊哙就不收他的钱了。在樊哙眼里,刘邦是个读书人,能和他这样的人交朋友是瞧得起他,因此,他对刘邦格外敬重,也喜欢他豁达不拘的性格。

樊哙三下两下把一条狗剥了下到锅里,三个人坐下来喝酒。闻到狗肉香,邻居几个小伙子也跑来打秋风。这几位常来,樊哙高兴了就给他们捞点肉吃,不给他们也没怨言,聊聊天磨蹭一会儿就走了。今天有刘邦在,樊哙不想让他们来打搅,说:"我这儿有客人,明天再来吧。"刘邦在一旁看见了,说:"来来来,进来一块儿喝两杯,人少了不热闹。"樊哙见刘邦这么说也就没再拦。

几个年轻人坐下来喝酒,其中一个指着卢绾说:"你看他嘴角上有颗痣,那是吃四方的嘴,将来肯定有福。"

"我这算什么呀?人家刘季,那才是大福大贵呢。"

卢绾这么一说,大家都转过脸去看刘邦。刘邦生得高鼻梁、大眼睛,眼梢微微向上挑,眉毛又粗又浓,相貌确实不俗。但是大家的注意力不在他的相貌上,而是瞪着眼睛在他脸上找哪里有痦子。找了半天也没发现。都用疑惑的眼光看着卢绾,卢绾说:"刘季,给他们看看。"

几杯酒下肚,刘邦也有点兴奋,把左腿裤腿使劲向上一撸,只见大腿上露出密密麻麻一大片黑痣,大伙举着灯去数,卢绾说:"不用数了,七十二个。"

樊哙还不知道刘邦有这等秘密,惊讶地说:"原来大哥不是凡人哪!"

卢绾得意地说道:"当然不是凡人,听老人们说,他娘怀他是在大堤上得的,那天他娘在大堤上睡觉,梦见一条龙,他娘和龙那个了。"

卢绾不会说话,气得刘邦骂道:"去你娘的,你娘才那个了呢。"

卢绾也不生气,接着说:"大哥说不定就是当今的真龙天子呀!"

樊哙听了这话十分兴奋,他平时就有点崇拜刘邦,更喜欢真龙天子这个说法,而且确信不疑,"原来大哥是真龙天子,来,咱们大家一起跪下,给大哥磕个头。"几个年轻人果真扑通扑通跪下磕起头来。

"都给我起来!别他娘的皇上没当成,先把老子的命送了。来,喝酒,咱们是屋里要笑,出去可别他娘的瞎说,我可就这一个脑袋。"

酒喝到半夜,一群人都已经醉醺醺的了。刘邦还觉得不够尽兴,借酒遮脸对樊哙说："樊哙,到哪儿找几个女人来陪咱们玩玩？"

"这深更半夜的,让我到哪儿去找女人？别说半夜,白天让我找我也找不着。"

"你小子,装什么蒜,你他娘的什么没干过？"

"大哥这话可是冤枉我了,我可连女人的边都没沾过。"

"这城里有青楼吗？"

"青楼没有,暗门子倒是有几家。"一个年轻人答道。

"那好啊,在哪儿？赶快带我去。"

"我也是听说的,没去过。"

"你把我带到地方就行。"

"算了算了,深更半夜的,找什么暗门子,朝廷有宵禁令,半夜三更的,别闹出点什么事来。"卢绾劝道。

"操,我怕什么！咱官府里有人哪！"

"要不,我们哥儿几个陪大哥赌一把？"樊哙说。

"那也行,不过你这地方太小,灯也不亮,要赌咱们到县衙门赌去,值夜的那些衙役我都认识,走！"说着,刘邦站起来就要走,大伙劝了半天劝不住,于是一群醉汉跟着刘邦吵吵嚷嚷地上了街。才出门不远,就被巡夜的官兵抓住了。

"我操,你们这些兵痞,敢抓你大爷……"

刘邦刚要骂出口,屁股上早让人踹了一脚,急忙改口道："哎呦大爷饶命！"

"把他们给我捆起来,押到县衙门里去！"领头的伍长叫周勃,常到樊哙的摊子上来吃狗肉,和樊哙很熟。樊哙一听是周勃的声音,心里立刻踏实了许多。小声叫着周勃说："周勃,周勃,是我呀！"

周勃见是樊哙,一时不知道怎么办好,"你们怎么半夜跑出来了,不知道有宵禁法吗？"

"弟兄几个喝了点酒,把这事忘了。兄弟通融一下,这是我大哥刘邦。"

"你大哥我有什么办法？我是在执法。"

刘邦见樊哙认识周勃,也凑上来说："禁令是死的,人是活的嘛。这位兄弟别这么死心眼。"

"我这是执行公务,你们让我放了你们,这不是为难我嘛。樊大哥,对不起了,跟我走一趟吧。"

刘邦道："这有什么为难的,明天我请弟兄们喝顿酒,大家别声张就是了。你怎么那么死心眼呀？"

"我就是死心眼。"

"我跟咱们县上萧主掾、曹狱掾都熟,放我一马,日后我跟他们说说提拔提拔你。"

"我不想提拔,更不想犯法。你们还是别难为我了。"

刘邦见周勃不肯通融，就动了心思想跑，他往地上一蹲，喊了起来，"哎呦，我肚子疼，哪有茅房呀？"一边喊一边用肩膀和胳膊肘猛击周围几个士兵的腿弯，那几个士兵不防备，一个个扑通扑通全跪倒了，刘邦趁机撒腿就跑，周勃大喝一声：站住！说完，从肩上摘下随身携带的弓箭，挽弓搭箭，只听"嗖"的一声，刘邦头上戴的竹冠被射穿了。

周勃是卷县人，被朝廷迁徙到沛县来的。小时候，跟父亲学过一点竹编手艺，以编养蚕器具为生。沛县干这一行的人很多，竹器卖不了几个钱，很难维持生计，于是周勃又去当吹鼓手，吹唢呐，替人办丧事。有事就去吹，没事就在家编竹器。后来，县里招收武卒，周勃应征入伍。周勃有一身好力气，入伍后做了强弓手。他能吃苦，干什么都认真，练武十分肯下工夫，很快便练得一手百步穿杨的神箭功夫，还被提升为伍长。刚才这一箭恰好穿过刘邦头上的竹冠，箭镞擦头皮而过，刘邦只觉得头上一股凉气穿过，那箭要是再低两寸就把他的脑袋射穿了。刘邦吓得出了一身冷汗，站在那里不敢再跑了。

众人追上来，看见刘邦的竹冠上插着一支箭，前面露着箭镞，后面露着箭羽，仿佛给那顶竹冠上又加了点装饰，齐声称赞：好箭法！说话的工夫，刘邦发现人群里不见了卢绾，知道他跑掉了，于是冲着黑夜喊道："卢绾，快去找萧何！"

第二章 旷世奇才

萧何也是丰邑人，生得鼻正口方，器宇不凡。他自幼饱读诗书，聪敏过人，写得一手好文章，在沛县无人能与之相比。为了谋生计，萧何曾钻研过一段秦律，在沛县做了一个小吏。萧何办事勤谨，处理政务井井有条，他处事公平，待人宽厚，年纪不大却颇有长者之风，于是很快被提拔为主吏掾。县令周让对之十分倚重，视之如左右手。有一次，朝廷派御史来郡里调查一桩盐税贪污案，萧何被派去协助调查。案子已经反复查过几次了，但是由于案情复杂、阻力大，始终查不下去。这桩案子牵连的人太多，上至秦公子、朝廷重臣，下至普通税员，牵扯到几百人，处理起来颇为棘手，御史十分为难，萧何向御史建议说："此案宜大事化小。若和盘托出，诛杀牵连必多，罪魁祸首却未必能老老实实伏法，轻者重罚势必造成冤案，牵连太多又于大人不利。所以重点应放在堵塞盐政漏洞、消除弊端、杜绝后患上。后患不除，杀了一百还有一千，杀了一千还有一万，岂是能杀得完的？"

一席话，说得御史茅塞顿开。

"那么，依你看，盐政上的主要弊端在哪里，又如何消除呢？"

萧何一一列举了盐政管理上的种种弊端，并提出了相应的解决办法，御史一一记下，准备报奏朝廷。

"萧公在贵县可曾管过盐政？"

"不曾。"

"那为何对盐政弊端了如指掌？"

"只是近日随大人办案处处留心而已。"

"公真奇才也，某自愧不如。君为吏数年，想必对当今吏治还有更深的见解。"

"臣区区小吏，不敢妄评朝政。"

"吾乃诚心就教于君，但说无妨。"

"在下以为当今行政最大之弊端乃失之过猛。古人云：为政之道，宽当济之以猛，猛当济之以宽，宽猛相济，方能为治。一味施之以猛……"

这话说到了御史心坎上，他和萧何的看法一模一样。可是萧何说到这儿突然打住了。御史把椅子向前挪了挪，道："说下去！"

"恐难长久。"

"……"

御史和萧何谈得十分投机,两个人从中午一直谈到掌灯时分,御史觉得自己发现了一个奇才,兴奋地拉住萧何的手说:"君之才高我十倍,我愿修书一封,荐于丞相李斯,君可即日启程去咸阳,一展宏图。"

没想到萧何却婉言谢绝了:"谢御史大人知遇之恩,臣区区小吏,愚驽不才,何敢入咸阳谋国事!恕我不能从命。"

"君不必谦辞,连日来我察君有操守而无官气,多条理而少大言,胸有丘壑又不失勤谨,正是成大事的气象,为国家社稷计,望君切勿推辞。"

萧何有点后悔和御史说得太多了。沛县城中,萧何没有能这样深谈的朋友,今日偶遇知音,便多说了几句,不料却引出这样的后果,这是萧何始料不及的,只好找借口推辞:"俗话说,道不同不相谋。我读过丞相的书,丞相历来主张严刑苛法,臣不敢苟同,若固执己见,丞相必不能用我,不如不去的好。"

"我可直接向皇上举荐。我是御史,有这个权力。"

"不不不不,大人万万不可。臣家中有八旬老母在堂,一时恐难以离得开。"

萧何见御史一心要荐他去咸阳做官,着了急,编起谎来。萧何为何不愿意入朝做官?以他之才,以他之志,当然不甘心这样默默无闻一辈子,他的确想干一番事业。但是他绝不会轻举妄动。他看到,秦虽然灭了六国,统一了天下,但是人心并未归附,六国后裔无时无刻不在想着推翻秦王朝的统治,恢复自己的国家,刚刚统一的国家创痍满目,沉重的徭役和没完没了的苛捐杂税压得百姓透不过气来,严苛的刑罚使百姓们摇手即犯法,天下怨声载道。自从秦统一天下以后,几乎没有一天太平过,不是这里暴动就是那里起义,萧何断定这样的统治是不会长久的,因此,他不愿意踏上这条沉船。世无道则独善其身,世有道则兼善天下,这是他不可动摇的人生信条。御史也看出了他的心思,直截了当地问:"既然道不同不相谋,先生为何在此为吏?"

萧何见被御史窥破心机,有点害怕,搞不好会惹来杀身之祸,但事已至此,害怕也没用,凭他的判断,这位御史还不至于加害于他,于是答道:"为生计而已。"

"为生计何需如此劳苦,这样认真?"

"执人之事,食人之禄,自当效人以忠。"

"君真大贤大德之人也,臣不胜钦佩,愿君自重自爱。唉!英雄不肯归附,乃亡国之征啊!"御史长叹一声,走了。

萧何与刘邦从小就认识,还在一起读过两年书。长大了,萧何做了县吏,刘邦还是一副孩子脾气,到处惹是生非,刘邦几次犯事被抓到衙门里来,都是萧何从中调停,把事情平息了。

那天晚上,卢绾去县里找萧何,萧何不在,县衙里值夜的是主狱掾曹参。

曹参生得小鼻子小眼儿,看上去其貌不扬,为人却十分豪爽。他为狱掾,从不许狱卒虐待犯人；断冤决狱，能宽则宽，问案也不过分刨根问底，以免株连太多。表面看起来，曹参不够精明，一些明显的犯罪事实都在他眼皮底下滑过去了，可是细究这些案子，却是糊涂中透着明白。有一次，狱卒押来几个小偷，曹参问了问情况，当场就把他们放了。按秦律，偷窃罪是要脸上刺字，发配服徭役的。狱卒不服，偷偷告到县令那里，县令周让早就听说曹参办案糊里糊涂的，于是把他找来问道："听说你私自放走了几个犯人？"

"并非私放，在下已经审过了。"

"我听说只是草草了事，并未处罚。"

"那几个人本是良民，并无劣迹。不过是饿急了，掰了人家几穗玉米，算不上偷窃。如若今日不准为偷，他日必为盗，为害更甚。"

县令从来没有听说过这样的道理，听起来像是狡辩，但又确实有道理。周让进一步问道："听说你办案向来是糊里糊涂的，不问清原由就判，放跑了不少坏人？"

"在下办案并不糊涂，奸人贼子，一律严办；一般案件，能宽则宽；审案就事论事，以免株连。监狱乃善恶并容之所，犯人除非死罪都要重新做人，须得给他们留条生路。若一味严办，这些人没了后路，以后出去势必加倍作恶。临近各县狱中犯人都已装不下了，失误正在于此。而我沛县则狱中空空，此乃臣为狱掾几年之用心所在，望大人明察。"

一席话说得县令哑口无言。周让望望站在一边的萧何，萧何说："曹参所言极是。"

周让又问了问他听说的几桩"糊涂"案，曹参一一作答，案情说得一清二白，那些所谓糊涂之处，不过是他故意没有追究罢了。从此，周让对曹参刮目相看。

这天曹参值夜，在县庭里转了转，又检查了一下值夜的衙役们是否到岗尽职，看看没什么事了，刚躺下要睡一会儿，门卫来报说有个丰邑的卢绾求见。曹参一听说是卢绾，就知道准是刘邦又犯事了。他穿好衣服，让卢绾进来，才问了几句话，周勃已经把刘邦、樊哙等一干人带到了，他既是狱掾又是值夜官，这事自然得由他处置。他来到门庭，见刘邦、樊哙等被五花大绑绑在那里，不由得笑了起来："哈哈，刘季！卢绾一来我就知道有你，又犯什么事啦？"

"我操你娘曹参，还不快给老子松绑，还笑呢。"

"哦，你犯了禁令还敢在这儿骂人？来人呀，棍棒伺候！"

值夜的衙役们立刻抢着棍棒围上来。刘邦骂道："你他娘的别拿老子开心好不好？快松绑！"

"我今天非拿你开开心不可，你忘了你平时是怎么耍弄我的了？"

"操，你有完没完？当心一会儿吃老子的拳头。"

"那是一会儿以后了，现在你在我手里，嘴还这么硬，你让我怎么给你松绑啊？"

"啊！好好，咱嘴不硬了行不行？曹大官人，小人喝了点酒不小心触犯了宵禁法，恭请大人原谅,行了吧?"

"不行,态度不真诚,你这是想蒙混过关。"

"我操你奶奶,态度还不行,我叫你声曹大哥曹大爷行了吧?"

曹参看把刘邦戏弄得差不多了,对周勃说:"把他们松开。"

没想到周勃却不肯放人:"可他们确实犯了宵禁法。"

"哎呀!几个醉汉,喝醉了酒,出来撒泡尿,说话嗓门大了点,什么犯法不犯法的,放了他们。"

"就是,我们就在樊哙家门口撒了泡尿,哪儿都没去。"刘邦趁机辩解。周勃是个老实人,容不得说瞎话,反驳道:"胡说!我是在鼓楼抓到你们的。"

"不管在哪儿,算不上什么大事,放了他们吧。"

周勃这才让人给他们松了绑。刘邦揉着被捆得又酸又疼的肩膀说:"哎呦,疼死我了。"说着,趁曹参不注意,照着他后心就是一拳,曹参也是练过武的,听见后面有风声,急忙往下一蹲,刘邦一拳没打着,收了手,底下一脚又踢了过去,曹参蹲着又一侧身,顺势一个扫堂腿,刘邦没来得及躲闪,一个嘴啃泥摔倒在地,大伙都笑了。刘邦爬起来揪住曹参还要打,曹参道:"我就知道放开了就不是你了,来吧,索性一次打够,省得你天天惦记着报复。"说着,曹参把脑袋伸了过来,刘邦自觉没趣,也没接话茬儿,转过身来像老熟人一样搂着周勃的肩膀说:"周勃,明天我请弟兄们喝酒,不过记住了,我们可是在樊哙家门口撒尿来着,根本没去鼓楼。"

"就是在鼓楼嘛。"周勃还是那副死认真的样子。刘邦笑着给了他头上一巴掌,"死脑筋,不开窍。"

周勃嘿嘿一笑,没说什么。

一帮人说说笑笑来到曹参的住处,刘邦迫不及待地从袖子里摸出两个骨制的骰子,往案几上一拍,喊着:"来来来!我坐庄。押钱!"

玩的是押大小,押错的钱归庄家,押对的庄家一比一赔,因此庄家是大出大进,需要的本钱比别人大。大家身上都没几个钱,也没人和他争。刘邦一出手就不顺,连续几把都是入不敷出,口袋里几个钱很快就输光了。

"先欠着,欠着。待会儿老子赢了再还你们。"

"那不行,不许欠。"

"没钱就下来,让别人坐庄。"

"来!把骰子给我,我坐庄。"曹参道。

刘邦道:"你坐庄那就是咱俩的事了。先欠你的行吧?"

曹参道:"行,没问题。"刘邦拿起一把笤帚,顺手撅下三根笤帚苗押上了:"三百!"

卢绾道:"刘季可够黑的,我们一次不过押三个五个,你一下就押三百,欠人钱不打算还是怎么的?"

曹参道："你别管他,让他押!"

刘邦押了大头,可是曹参把骰子一甩,却是个小。曹参把三根笤帚苗收起来说道:"欠我三百啦!"

"嚷什么!不就三百钱嘛,六百!"说着,刘邦又撅下几根笤帚苗,还押大,曹参一出手又是个小。

曹参对刘邦说道:"一共九百啦!"

"九百就九百,怕什么,这回我押一千。"说着,刘邦又去撅笤帚苗。曹参一把夺过笤帚说道:"押多少你拿嘴喊吧,一会儿把我的笤帚撅成秃尾巴驴了。"

刘邦连押三把大,连输了三把,又连押了三把小,可是曹参又连续甩出三把大来。转眼间他已经输给曹参好几千了。他不断抬高筹码,引得其他人也跟着往上抬,于是越赌越大。不一会儿,一个个差不多把身上带的钱都输光了,只有曹参这个庄家赢了,于是大家也学刘邦的办法,欠。开始是卢绾提出来,接着樊哙和周勃也提出欠账,曹参一概答应,和樊哙住邻居的几个小伙子因为不熟,不好意思欠,输光就走了。屋子里只剩了他们五个人,曹参说:"你们先玩一会儿,我上趟茅房。"

曹参一走,刘邦立刻来了坏主意,他望着曹参文案上堆着的一堆小山似的铜钱,伸手抓了一把揣在口袋里,说:"咱们不能就这么输给他呀,得想办法赢回来。"于是几个人商量着怎么样一起对付曹参。

不一会儿,曹参回来了,道:"嗯?钱怎么少了?"大伙笑着不吱声,只有周勃老实,拿眼睛一个劲地瞟刘邦,曹参装作没看见,道:"还是我坐庄?接着来,押!"

那天曹参的手气特别好,尽管几个人串通一气,还是没玩过他,赌到天亮,几个人一人欠了曹参几千钱,刘邦欠了好几万。曹参眨么眨么小眼睛,看看这个,瞧瞧那个,得意地笑了:"怎么样?输够了吧?"说完,把那一堆钱往案几当中一推,说:"我得上差去了。这些钱大家平分了吧。"

樊哙道:"唉,这是什么话?男子汉大丈夫,输了钱还能往回要?"

大家都不肯拿,曹参道:"拿!不拿我生气啦。朋友们一块儿玩玩,高兴就行,何必当真呢。"

"就是,你们不要,我要!"刘邦伸手抓了一把铜钱要往自己口袋里装,卢绾一把按住他的手,说:"别动,这些钱留着大家喝酒。把欠的免了就行了。对不对曹参?"

还没等曹参答话,刘邦抢着说道:"好!我来负责保管,晚上我请客。"

曹参和周勃要去上差,樊哙还得回去照应生意,刘邦和卢绾就在曹参的床上挤着睡了。

刘邦没走是为了等萧何。前不久他通过了郡里招考吏员的考试,他打听到消息说他已经被任命为泗水亭长,但是任命还没下来。萧何是主吏掾,专管这事,他想找他打听打听消息。不巧这天萧何病了,两天没到衙门里来了。曹参到衙里的时候,县令周让正到处找他。因为萧何没来,衙门里乱了套。周让是个贪财好色之徒,初上任时还有过"三把火"的劲头,只是才能有限,几年未得升迁,便渐渐沉溺于酒色之中,县里大小事物一概委之于萧何,有时一连几天不来衙门理事。萧何一病,周让顿失左右手,不得不亲自来处理公务。久不理事,一时摸不着头绪,一天下来,累得头昏眼花,于是想到了曹参,第二天一大早便把曹参找来帮忙。曹参平日里只管断冤决狱,对县里其他事务并不熟悉,便问办事人员,这件事萧何是怎么处理的,那件事萧何是怎么回复的,然后一一仿照办理。一天下来,竟也调度得差不多。周让一看,高兴了,临走的时候对曹参说:"县里的事,你看着办吧,办不了的等萧何来了再说,有急事就到家里找我。"等到萧何病愈来县里上班,看见曹参正坐在他案前办公,一问大小诸事,均已安排妥帖,萧何大惊,说:"想不到君有如此大才,萧某不识人也。"

"弟有何才?不过是照猫画虎,一切仿照兄之旧例办理而已。"

接着,曹参把萧何生病期间处理过的大小事务一一向萧何做了交代,两人正说着话,刘邦进来了。萧何五六天没来县里,刘邦就在县里等了五六天,吃住都在樊哙那里,趁机在城里玩了个够。

"萧何,你他娘跑哪儿去了?让曹参这小子把我关了三天三夜。"

"怎么了?又犯事啦?"

"犯事了怎么样?老子衙门里有人,不怕!"

"刘季,我告诉你,你下回犯事可别来找我,我可是再也不管了。"

"谁用你管了!你管过几回呀?"

"这会儿又神气起来了,忘了挨棍子的时候了?"

"嘿嘿,下回咱找曹参。"刘邦说着把曹参头上的吏冠顺手摘下来戴在自己头上,把自己戴的竹冠给曹参扣上了,"不是说让我去当亭长么?委任状呢?快给我!"

"这是在衙门里。别胡闹,让人看见像什么话!"曹参伸手去抢自己的吏冠,刘邦一躲,顺势坐在了萧何办公的椅子上,二郎腿一翘,说:"别他娘吓唬我,衙门有什么了不起?衙门不是人坐的?连皇帝的龙椅老子都敢坐,别说你个县衙门了。快把我的委任状拿来。"

萧何和曹参拿他一点办法没有,气得哭笑不得。萧何道:"哪有你这么为吏的!我可告诉你,还有一年的试用期呢,你别又犯事,当不了三天就让人拿下来了。"

"别跟我说这个,一个小亭长还他娘的试用,老子还不想干呢。"

"不想干还等什么委任状啊?那就算了呗。"

"少他娘废话,快给我,老子好几天都没回家了,就等着你来了拿这份委任状呢。"

"你还是回家等吧,县里会派人送到家去的,哪有像你这样自己来拿的?"

"我看一眼还不行吗?"

"委任状不在我这儿,在书记室。"

"书记室在哪儿?快带我去。"

说着,刘邦站起身揪住了萧何的耳朵,萧何疼得龇牙咧嘴的,只好带他去,走到书记室门口,门锁着,没人,萧何两手一摊:"这我就没办法了。"

"哎,窗户开着呢,爬进去找找。"

"我说刘季,别胡闹了好不好？你也快三十了,马上就要当亭长的人了,怎么还这样？"

刘邦嘿嘿笑着说:"我看一眼就走,进去找找,来,我揪你！"那窗户很高,刘邦抱着萧何的两条腿就往窗台上揪,萧何连喊:"别胡闹,快松手！"刘邦不管那一套,约么着萧何的腹部已经过了窗台,把他两条腿使劲一揪,只听咕咚一声,萧何从窗台上掉下去了。刘邦扒着窗台问:"你没事吧？"

第三章 相 亲

刘邦几天没有回家,没想到家里出了大事,大哥刘伯去咸阳服徭役,死在了工地上。人是怎么死的,尸首现在何处,都无处查问,这还是一起服徭役的人捎回信来家里才知道的。刘邦当即就要去咸阳问个究竟,众人见他那副拼命的架势,怕他去了惹祸,死说活说把他劝住了。

"狗日的朝廷,把人命就这么不当回事,难道我大哥就这样白死了么?"

不白死又能怎样呢?服徭役的人病死累死被打死的成千上万,谁家敢去找朝廷讲理!死了人还不算,还要家里再出一人去服徭役。刘邦争着要去,一家人商量了半天,觉得刘仲去比较合适。一来怕刘邦惹祸,二来刘邦做了亭长,对家里多少有个照应。大哥死了,刘邦哪有心思去当那个亭长,可是思来想去,当还是比不当好,至少家里有什么事还可以在官府里说上话。于是只好打起精神去上任。

听说刘邦来泗水亭当亭长,泗水的百姓都觉得头疼,以为来了一害,可是刘邦上任不久大家就改变了看法,因为他在县里人熟,给泗水减免了不少赋税徭役;十里八乡的地痞流氓也都怕他,没人敢到泗水来骚扰,百姓们安宁了不少。要是真有谁家丢了鸡鸭猪狗什么的,那准是刘邦自己指使人干的,不过刘邦现在已经很少干那些淘气勾当了。他现在有地方喝酒了。

泗水镇上,离亭公所不远,有两家小酒店。开店的是两个女人,一个叫王媪,一个叫武妇。王媪年纪大了,武妇却还有几分姿色,丈夫两年前服徭役死在外面,一个人生计无着,便开了这家小酒店。刘邦常去这两家酒店喝酒,没钱了就欠着。王家欠多了,王媪不高兴,就跑到武家,武家欠多了,武妇吊脸子给他看,没办法,再厚着脸皮去王家。后来,两家都觉得不能容忍了,刘邦一去就往外轰他。这一天,刘邦从外面办事回来,又走进武妇的酒店,武妇摔摔打打满脸的不高兴,刘邦知道这一次赖不过,掏出一把铜钱往桌子上一撂:"别把脸吊那么长好不好?不就欠你几个酒钱么?以后还你就是了,先拿酒来。"

武妇磨磨蹭蹭走过来,一边数钱一边说:"光说还、还,可是还的没有欠的多,谁供得起你白吃白喝呀!"

"哎我说武妇,说话可得凭良心哪,别说我还应承着还你,就是不还,你从我这儿赚的钱还少吗?这兵荒马乱的年月,镇上有几个人来你这里喝酒?到你这儿来的不都是我的朋友吗？要没有我刘邦，你这小酒店早他娘的关门了。"

武妇仔细想想，也是这么个理，于是马上换了副笑脸说："亭长大人，别生气呀，我不过是说说。我这就去给您备酒。"

武妇的小酒店不大，只雇了一个厨师，端菜跑堂都是她自己张罗。不一会儿，厨师就炒好了几个菜，看看天色已经不早，估计不会再有客人来了，武妇就让厨师先走了。刘邦一个人在堂上喝酒，武妇在一旁做针线，有一搭没一搭地陪他聊天。

"你瞎忙什么哪？过来陪我喝一杯。"

"你瞅我这身上油脂麻花的，能上得了桌子吗？大人还是自己喝吧。"

"那有什么？我又不是来相亲的。来，一块儿喝。"

武妇平时前店后堂地忙活，从来也不打扮，这会儿见刘邦让她上桌喝酒，有点受宠若惊，又有点自惭形秽，急忙说："大人稍等片刻，我去洗把脸。"

"哪儿那么多啰嗦事！"

武妇进了后堂，匆匆忙忙洗了把脸，换了件衣服，照照镜子，觉得还过得去，这才出来陪刘邦喝酒。武妇稍微这么一收拾，还挺漂亮。高高的发结挽在脑后，一件葱绿色的小抹胸，外面罩了件粉红色开襟的丝绸外衣，恰好露出脖子下面一片雪白的胸脯，刘邦顿时觉得眼前一亮："呦，没想到老板娘还是个大美人呀！来！咱们先喝个交杯酒！"

"交杯就交杯，你以为老娘怕你呀！"武妇开酒店几年了，打情骂俏还是会的，可是没想到刘邦手极快，趁着碰杯的工夫一下把手从她胸前伸了下去，狠狠抓了一把。

"哎呦，死鬼！你想干什么！"武妇又气又恼又怕得罪刘邦，一时不知道该怎么应付，憋得脸通红。

"哈哈，真肥呀，不错不错！"

"去！老实喝你的酒，不许这样啊！欺负我一个寡妇人家算什么英雄！"

"这怎么叫欺负呢。不是喜欢你嘛。晚上就住你这了，行不行？"说着，又在武妇屁股上掐了一把。

"老实点！再这样我可不陪你啦，你一个人喝吧。"说着，武妇站起来要走。

"哎，别走啊，坐下坐下，陪我说说话，一个人喝有什么意思！"

"还当亭长呢，一点正形都没有。"

"亭长怎么了？亭长也是人哪，也得娶妻生子，见了漂亮女人也一样动心，你说是不是？说实话，我从来没见过你像今天这么漂亮。"

"说点正经的好不好？"

"我就是跟你说正经的呢，晚上就睡你这儿了，行不行？"

"去！越说越离谱，我可不想败坏自己的名声，我还想好好嫁个人呢。"

"那就嫁我呗，刚好，你也一个人，我也一个人！"

"我听说你都有孩子了？"

俗话说，打人不打脸，说话不揭短，武妇不小心揭了刘邦的伤疤，刘邦脸上有点挂不住："怎么了？你觉得我不配是不是？"

"不是不是不是，我不是那个意思。"武妇说走了嘴，不知道怎么解释好，一时语塞，停了一下，问道："刘大哥真的肯娶我？"说完又觉后悔，心想，刘邦怎么会看上她一个徐娘半老的寡妇呢，于是又改口说道："大哥走南闯北的认识人多，有机会帮我保个媒吧？一个人过日子太难了。"

刘邦这会儿酒已上头，晕晕乎乎的了，醉眼朦胧地望着武妇那副怯生生的可怜样子，更觉得她妩媚动人，伸手一把把武妇抱到了怀里，武妇挣扎着说："不！不！你不能这样。"

"哎呀！你也是过来人了，怕什么！来吧！"说着就把武妇往后堂抱。武妇挣扎着说，"你答应我一件事我今晚就给你！"

"答应答应，你要什么我都答应。"

"你保证会娶我？"

"保证！一定娶你。"

……

一连半个月，刘邦就睡在武妇的酒店里。武妇见他也不提娶她的事，整天就这么白吃白喝白住，心里犯嘀咕，脸上也带出了不高兴。刘邦也看出来了。这一天完了事，刘邦穿好衣服，临出门说："我不会白睡你的，酒钱也不欠你的。等将来老子做了大官，加倍还你。"

"放屁！你给我回来！"武妇一听这话就火了，腾地从榻上跳了下来，点亮了油灯，把刘邦过去所欠的债券全找了出来，噼里啪啦扔了一地。汉代的债券是竹制的，一剖两半，债权人和债务人各持一半，那竹制债券扔在地上噼啪作响。武妇边扔边骂："你口口声声说要娶我，原来是假的，就是想占点便宜是不是？五尺高的汉子，亏你说得出口！连个酒钱都挣不出来，还整天当大官当皇上，当个屁！都三十岁的人了，连个老婆都娶不上，靠着女人喝蹭酒吃蹭饭，还有脸说呢！我一个妇道人家都要靠自己吃饭，亏你还是个男子汉，羞煞你祖宗！你以为我指望你还钱呀？我知道你这辈子也还不上，这些钱我不要了，你给我滚，滚！"

刘邦被武妇骂了个狗血喷头，一句话说不出来，趁着天黑，溜走了。从此再没登过武妇小酒店的门。武妇听说刘邦押徭役去了咸阳。

过了几个月，刘邦回来了，给武妇带来一双玉镯，又从怀里掏出一块儿黄灿灿的金子递给武妇："这是我欠你的酒钱。"

武妇有些难为情："酒钱哪有这许多？换成钱，你自己留一些吧。"

"多了就算我预付的酒钱。"

武妇接过金子，又想起刘邦的许多好处，后悔当初不该那样对待他："我那天真不该骂你那么狠,还请刘大人多多原谅。"

"骂得好!男人嘛,是应当有点志气。哎,你知道我这次去咸阳瞧见谁了?"

"我哪知道!许是瞧见你二哥了?"

"我瞧见皇上了!"

"又吹牛,我不信。皇上长什么样?"

"看不清,只能看见个下巴颏。人家戴的那个帽子,对了,人家不叫帽子,叫冕,就像头上顶了块板子,前后檐都是一串一串的珠宝穿成的珠帘,那叫毓,毓把脸遮住了,看不清楚……"

这次去咸阳,刘邦大开了眼界,他对咸阳的宫室之美、皇帝的威仪之重感到震惊。还没进函谷关,就看到几座皇帝的行宫,进关之后,类似的宫殿式建筑越来越多。越接近咸阳,建筑越奢华、越密集,一座连着一座,以至路上几次刘邦都误以为已经到了咸阳。

咸阳位于九嵕山之南,渭水之北。山之南为阳,水之北为阳,故称咸阳。咸阳原是秦王修建的一座宫室,故址在今咸阳市东约二十里的地方,后来,咸阳宫不断扩建,宫外又不断修建新的宫室,才逐渐形成了城市。从秦孝公开始,秦国以咸阳为都。因此,古咸阳有两种地理解释,一是指咸阳宫,一是指咸阳市。据《三辅黄图》记载:"咸阳北至九嵕、甘泉,南至户、杜,东至河(黄河),西至汧、渭之交,东西八百里,离宫别馆,相望联属。木衣绨绣,土被朱紫,宫人不移,乐不改悬,穷年忘归,犹不能遍。"按照这种说法,把整个关中都划为咸阳了。尽管有些夸张,但是可以从中看出,当时的关中到处都是宫室,咸阳城已经大得没有边界了。

秦国原处西陲,其建筑依据山多林木的特点,多以板木为屋,形制十分简陋,后来随着国力增强以及与中原文化的交流和融合,建筑艺术有了很大发展,但是建筑风格上仍与关东诸国有很大差别。秦在进军六国时,每攻灭一个国家,便模仿其宫室制度在咸阳北坂仿造。秦灭六国之后,又迁六国豪强十二万户至咸阳,这些豪门巨室,也在营造自己的新居,致使咸阳城繁华如锦绣。整个咸阳城可以称得上是一座华夏建筑艺术的博物馆,可惜后来被项羽一把火烧掉,再也无法寻其踪影了。

在咸阳交了差,刘邦玩了个够,他从渭河之滨沿直道一直走到终南山顶,又从北坂走到骊山,参观了上林苑、章台宫、兰池宫、信宫、阿房宫等大小几十座宫室以及皇祖的庙陵。说是参观,实际上只能远远地望一望,然而,就是这么望一望,也足以使他大饱眼福,惊叹不已。

一日,刘邦正在街上闲逛,恰好赶上皇帝出行,老远就看见旌旗蔽日,尘土飞扬。出行的队伍浩浩荡荡,鼓乐喧天,前面是骑兵开道,接着是战车,战车后面是步卒,然后是举着黑色旗帜的仪仗队,再后是鼓乐队,光是这些队伍就过了一个多时辰。秦始皇乘坐的温凉车,宛如一座悬在半空的宫殿,雕镂精美,装饰豪华,由六匹高头骏马拉着。皇上也许是那天特别高兴,也许是为了向臣民们显示他的威仪,身着绣着日月星辰十二章纹的冕服,头带缀满宝珠的冕冠,站立在车上频频向左右两边路旁的黔首们招手,透过由一串串珍珠串成的冕毓,可以看见皇帝嘴角带着微笑。路两边围满了看热闹的人,在各级官吏的组织和带领下,长跪在那里,不停地喊着:"万岁!万岁!万万岁!"刘邦感到了心灵的震颤,情不自禁地说了一句:"大丈夫当如是也!"

在咸阳,他没有忘记去看望他的二哥刘仲,并且千方百计地寻找大哥刘伯的下落。认识刘伯的人告诉他,刘伯确实是死了,至于葬在哪里,役夫们都劝他别找了,工地上每天都死人,死了的役夫都埋在一个山谷里,根本分不清谁是谁,监守工地的官军也不让家属来认领死者。

回来的路上,刘邦心情十分沉重,手足相亲的一幕一幕在他脑海里闪过。大哥去了,二哥还不知道能不能活着回来,还有他刚刚送去的三百名役夫,又不知道会有多少人死于他乡。这个从来不懂得忧愁的汉子,开始想事情了。一队队役夫还在络绎不绝地开往咸阳,有平民,也有囚犯。那些囚犯,重的戴着枷锁,轻的脸上刺着字,有的被砍掉了手指,有的被割去了耳朵,与路边的亭台楼阁、灯红酒绿,恰恰形成了一个鲜明的对比。刘邦走累了,坐在路边拿出一块儿干粮来,刚要吃,一个囚犯冲上来把他手里的干粮夺走了,然后没命地往嘴里塞。两个押囚犯的士兵冲上来,照着那个囚犯就是一顿乱拳,那囚犯当场口吐白沫死在路边。刘邦不忍心看下去,起身走了。边走边想,天下哪来的这么多囚犯?难道他们都有罪?有罪就该这样处罚吗?刘邦想起自己几次被抓进县大牢,都是为一些鸡毛蒜皮的小事,难道为这些就该抓人杀人?对朝廷和官府的仇恨开始在他心里萌生,而这颗仇恨的种子一旦发了芽,便迅速地生长起来。

刘邦不在的这段时间,王、武两家酒店冷冷清清,几乎没有客人,就差关门了。刘邦一回来,酒店立刻兴旺起来。王媪和武妇也琢磨过味来了,没有刘邦酒店根本开不起来,于是把刘邦所欠的债券都找了出来,当着刘邦的面烧毁了。

这泗水亭原本是个冷冷清清的亭公所,可是自从刘邦当了亭长之后,就车水马龙客人不断。刘邦在丰邑时就结交了不少朋友,当了亭长以后,十里八乡结交的人更多了。虽说刘邦行迹近乎无赖,可是三教九流的人却都愿意和他来往,甚至有远道慕名而来找他喝酒交朋友的。刘邦就像一块儿磁石,把周围的人吸引到他身边来。其实,刘邦的无行不过是些小孩子淘气的把戏,并不影响他的人格魅力,人们喜欢他那种豪侠仗义、豁达不拘的性格。

从咸阳回来以后,刘邦变化很大。朋友还是照样交,但是开始有选择了,那些纯属偷鸡摸狗的酒肉朋友,他渐渐地开始疏远,而主动结交一些有识之士;酒还是照样喝,但是话少了,开始注意从别人的言谈话语中吸取有益的东西,而且比较关心时局的变化。北方匈奴入侵了,南方发生民变了,朝廷又颁新法了,诸如此类的话题都成了他关注的对象。他不仅关注这些问题,而且关心人们对这些事情的看法。表面上看,刘邦还是过去的刘邦,还是那副大大咧咧的样子,但是他脑子里却多了一根弦。不留心不知道,一留心刘邦发现,人们痛恨秦王朝的情绪比他要大得多,虽然都不大敢说,但是只要一有合适的机会,这种情绪就会表现出来。在泗水亭的王、武两家酒店里,又多了一些新面孔,时而还有一些儒生出没,刘邦也想结交一些读书人,但是就近一接触,刘邦立刻感到与他们格格不入,他们谈的那些修身齐家治国平天下的道理,在刘邦看来太不实际,他也不可能坐下来花几十年去读书修身,开始他还听听他们怎么说,后来一听见他们谈那些致知格物的道理就烦,有一次他喝醉了酒,索性把一个儒生的帽子摘下来往里面撒了一泡尿。

谁都没有注意刘邦的这种变化,只有萧何有所察觉。其实萧何早就知道刘邦不是个等闲之辈,如有合适的机会或许还能成就一番大事,所以尽管刘邦形同无赖,他可从来没有小看过刘邦。刘邦去咸阳的时候,同僚们按照惯例每人给刘邦送了三百钱,萧何送了五百,可见刘邦在他眼里的分量。

一天中午,刘邦独自一人坐在武妇的小酒店里喝酒,远远地望见一个人骑着白马朝这边飞奔而来,手里还牵着一匹黑马,他一眼就认出是夏侯婴,急忙迎了出去。

夏侯婴是县里的司厩,家里穷,没有田产,从小就跟着父亲给人喂马、赶车,吃在马棚里,住在马棚里,对马的脾气秉性摸得很透,什么马适合耕田,什么马适合驾车,什么马适合跑路打仗,他一眼就能分辨出来。他喂的马个个膘肥体壮,碰上马有点小病,他也能治。没事的时候,他就和马说话,他的马也真能听懂他的语言,让跪下就跪下,让躺下就躺下。碰上他高兴的时候,还给孩子们表演驯马。夏侯婴瘦高个儿,人很厚道。表面上看起来温和腼腆,却是个有肝胆的汉子。有一次刘邦和夏侯婴练拳,刘邦占了上风,把夏侯婴逼得节节后退,不小心被身后一块儿石头绊倒了,摔破了头,看样子伤得不轻。因为是戏耍,夏侯婴也没当回事,但是当时围观的人不少,有人告到县里,说刘邦打伤了人。县里来人传唤刘邦,刘邦矢口否认,又传夏侯婴,夏侯婴也说是自己不小心摔伤的。县里有曹参在,事情到此也就过去了,可是告状的人过去就和刘邦有点过节,心中不服,又告到郡里。郡里派人来重审此案。按照秦律,官吏打伤人是要罪加一等的,如果罪名成立,刘邦不仅亭长当不成了,恐怕还要服刑。可是此事对夏侯婴来说,关系也十分重大,因为夏侯婴刚刚试补县吏,如果作伪证,这个吏员也就当不成了。当时目击者甚多,事情不查自明,但是夏侯婴一口咬定是自己不小心碰伤的,办案的人定不了案,把夏侯婴抓了去,连审了几天,夏侯婴挨了几百鞭子,被打得皮开肉绽,就是不改口,这才算把刘邦救了。为此事夏侯婴在大牢里被关了半年多,后来郡里办案的人走了,萧何、曹参等才暗中疏通把他放了出来。

从那以后,夏侯婴与刘邦成了患难之交。夏侯婴每次赶车路过泗水亭,都要到刘邦这里来坐坐,两个人一聊就是大半天。

刘邦几次去咸阳押送役夫，夏侯婴都亲自赶着马车来给刘邦送行，刘邦觉得有些过意不去，夏侯婴却说："这有什么！大哥坐过几回我的车？今天能送大哥一程，也是我的荣耀。只要大哥愿意坐，我愿意给大哥赶一辈子马车。"后来，他果真给刘邦赶了一辈子马车。即使在封侯拜将之后，刘邦有重大事情出行，他还是要亲自为刘邦驾车。

到了酒店门前，夏侯婴翻身下马，刘邦接过缰绳问道："是来接我的吧？有什么好事吗？"

"当然有好事，快上马！"

"你先说什么事？"

"县里来了贵客，是周让的老朋友，姓吕。周让正在衙门里大摆宴席，县里有头有脸的差不多都到齐了，就差你了。"

"我当是什么好事，跟他们喝酒有什么意思？还不如咱们俩在这儿喝呢。"

"你不知道，这位老先生是到沛县避仇来的，打算在这儿定居。老先生还带着两个如花似玉的女儿，打算在沛县招亲呢。"

"是么？有这等好事？那可得瞧瞧去！"

泗水亭离县城不远，两个人骑着马一会儿就到了。在县庭门前下了马，刘邦看见樊哙一身油脂麻花的衣服，被知客挡在了门外："我说樊哙，你怎么也不分个时间场合，这种地方你也好意思来？"

刘邦一听就火了："你他娘的怎么说话呢？他怎么就不能来？"

知客不认识刘邦，瞪着眼睛问："你是干什么的？"

"我是干什么的？说出来吓你一跳。"刘邦趴在知客耳朵上说，"我是你爹！"

那知客恼羞成怒，举拳要打刘邦，被樊哙一把抓住了手腕："你眼瞎啦？敢跟我大哥动手！"说着抡起拳头就要打，让夏侯婴拦住了。知客见是夏侯婴领来的客人，知道惹不起，没敢再拦，说："二位登记一下礼钱。"

刘邦一摸，身上分文没有，脸上有点尴尬。旁边另一位知客正在唱礼：薛知书——礼钱一千，堂上请！魏达理——礼钱八百，堂下请！柳长安——礼钱两千，堂上请！

县令有客，历来是萧何张罗。萧何吩咐知客，礼钱不满千钱的坐堂下，超过一千的坐堂上。

刘邦看了一眼，立刻有了主意，学着知客的腔调唱了一句：刘邦——贺钱一万——堂上请！来吃酒的，最多不过贺钱三千，刘邦唱出一万的数，大伙都吃了一惊，满堂的人都转过头来看他。刘邦非但不脸红，反而有点得意，拉着樊哙和夏侯婴直奔堂上。周让早就听人说过刘邦，今天才第一次见，看他的衣着相貌倒不失体面，可是拉着个卖狗肉的樊哙可真让他觉得很没面子，而且居然还奔堂上来了。萧何也看出来周让不高兴，刚要下堂去安排一下，吕公已抢在他前面迎了上去："贵客贵客,快快堂上请！"吕公左手拉着刘邦,右手拉着樊哙,让他们一左一右坐在了自己身边。樊哙恰好挨着县太爷周让,周让闻着他一身的汗酸味,心里那个气就别提了,萧何一见这场面,赶紧出来打圆场:"这是本县的刘邦,好热闹,多大言少成事,吕公不必和他太认真。"

"萧何,你他娘的怎么连句好话都没有？我几时说大话来着？"说完,刘邦转过头来对吕公说:"吕公,你别听他的,我是泗水亭的亭长,官虽不大,可是这几年还为百姓做了一些好事。以后时间长了您就知道了。来,我先敬您一杯。"饮罢又说:"我官小是因为县令大人不肯提拔我,刚好您来了,跟我们县太爷说说,也把我提拔提拔。来,我也敬咱们周大人一杯！"

周让一脸的不高兴,勉强举了举杯,萧何在一旁觉得很尴尬,刘邦可一点都不拘束,直接问周让:"县大老爷,今天怎么有点不高兴啊？是不是觉得樊哙坐在这里给老爷丢人了？没关系,吕公什么人没见过,您是把樊哙的狗肉给吕公尝尝,吕公要是吃了樊哙的狗肉,保证想见他这个人。这四乡八县的百姓,提起您老人家来可能有人不知道,可是说起樊哙谁不知道？要我说,樊哙是咱沛县的光荣,他坐在这儿不但不丢你老人家的人,还给你老人家脸上争光哪！"

"原来你就是樊哙？"吕公问道。樊哙不好意思地点点头。

萧何指着桌子上吃剩的半盘狗肉道:"这桌子上的狗肉就是他烧的。"

"这狗肉是你烧的？"吕公问。

"是。"

"老夫吃了一辈子狗肉,还没有吃过像你烧的这么好的。来来来,老夫敬你一杯。"樊哙受宠若惊,端起面前的酒一饮而尽。周让见吕公并不计较,脸上这才慢慢恢复了笑容。刘邦趁机又递上一杯酒,说:"怎么样,我的县大老爷？提拔的事就算定了？我再敬您一杯。"

周让端起酒杯笑着说:"我听说你把我这县廷里大小官吏耍弄遍了,今日是不是又要来耍弄老夫啊？"

"岂敢岂敢,您别听萧何、曹参他们胡说,我是个老实人,他们官都比我大,他们不欺负我就是好的了,我哪敢欺负他们！"刘邦一面说一面坏笑着,他已经想好了点子要捉弄一下这个老家伙。周让喝完一杯酒,刘邦煞有介事地说:"我前几天读古诗,有一句怎么也读不懂,听说周大人学问渊博,想请教一下。"

周让听了此话心想,刘邦能读过几首诗,估计难不倒他,就想当众卖弄一下,于是问:"你说的是哪一句？"

刘邦用指头蘸着酒在桌子上写了四个字:安是春竹。

他一边写,周让一边念:"安是春竹？这句诗倒是不难解,就是什么是春天的竹子。可是老夫怎么没见过这句诗呀？"

"开始我也这么解,可是人家都说不对,特别是念起来不对劲。不信您大声念。"

"安是春竹。"周让又念了一遍,说,"这不太像诗呀?"

"我也觉得不像,"刘邦见周让还没回过味来,说,"您再大点声念。"

周让又用吟诗的语气大声念了一遍:"安——是——春——竹!"这下堂上堂下都听清楚了,哄堂大笑了起来,原来这四个字就是用中原一带口音说的俺是蠢猪,在座的大都听得懂中原话,大家一笑,周让也明白过来了,臊得脸通红,当着这么多人也不好发作,只好自我解嘲:"我就知道你要捉弄老夫,来,罚你一杯。"

"我甘愿受罚,不过我想问问周大人,我提拔还有望么?"

吕公在一旁说:"依老夫看是没指望了。"

"吕公!还指望您老人家给我说句话呢?您怎么这么说?"

"老夫喜欢看相,一生相人无数,未见有贵如君相者。区区沛县恐怕装不下你这尊大神。"

类似的话刘邦在别处也听到过不少,可是经吕公嘴里说出来,刘邦仍然高兴得心花怒放,甚至有点不相信自己的耳朵:"吕公该不是拿我开心玩吧?"

"适才公一进来,老叟便觉公相貌不俗。"

众人听说吕公会看相,纷纷要求吕公给自己看看,刘邦还想再问点什么,已经插不上嘴了。先是樊哙,吕公说他也是贵相,日后必封侯拜将,接着萧何问:"吕公相我如何?"

吕公答:"君相乃在一人之下,万人之上。只是要操劳一生。"

"那我呢?"曹参一直没怎么说话,这会儿也迫不及待地问道。

"君命九死一生,若能躲过这些劫难,老来大贵。"

周让见吕公连相几人皆言贵,讥讽道:"不知老友亦会逢迎,见人皆言贵,君言会相人,如此相法,我也会。"

"并非逢迎阿谀,贵县贵人多矣,就连前日接我来之司御亦是贵人之相。贵县真乃藏龙卧虎之地呀!"

周让笑道:"哈哈,我为沛县令多年,从未听说沛县出过大才,居官未有高过本县者,何言藏龙卧虎?"

"此乃时也,运也,我夜观天象,贵县出人,正当此时。"

"老友能否讲出个道理来,老夫也心中服气。"

"譬如曹狱掾,鼻小、口小、眼小、耳小,此乃相书上所言五小之相,五小缺一则贱,五小俱全,大福大贵。然曹君两眉中间一道川字纹又主凶,这川字纹若在普通人脸上主劳碌,而长在曹君这样的大福大贵之人的脸上则主凶,川字三竖,三三见九,故曰九死一生。命中若担得起这大福大贵则能化险为夷……"

众人见他说得头头是道,均深信不疑,更加没完没了地缠着吕公给自己看相,就连周让也忍不住想让吕公给看看。吕公不肯再相,端起酒杯连说:"喝酒!喝酒!"

说完把话锋一转,问刘邦是否婚娶,刘邦说不曾,于是吕公对刘邦说:"老朽有一女名稚,字娥姁,愿为君箕帚妾,不知君意下如何？"

吕公当众把女儿许配给刘邦,举座皆惊。

宴席散后,刘邦已喝得醉醺醺的了,就在樊哙那里凑合了一夜,没有回家。第二天醒来,太阳已经老高了,樊哙早就烧好了一锅狗肉,收拾了担子,准备出去卖肉。看见刘邦醒了,樊哙道:"大哥还不回家给太公报喜去？"

刘邦揉了揉惺忪的睡眼,道:"我不能走。我得见见我那没过门的媳妇。"说完,站起身来伸了个懒腰,然后问樊哙,"有钱么？借我点。"

"大哥这是说的哪里的话,借什么,拿去用就是了。"说着,樊哙掀开了炕席。炕席下面有一堆铜板,看样子有五六千。刘邦伸手拿起一个铜板往空中一抛,伸手接住说:"那我就不客气了。不过这点钱可能还不够。"

"你要多少？我再想办法去借。"

"算了,你去卖你的狗肉吧,我再找夏侯婴他们想想办法。"说完,刘邦将那一堆铜板收拾到褡裢里,对樊哙说:"把那狗肉再给我切几斤,好去孝敬老丈人。"

樊哙依言办了,挑着担子出了门。刘邦到县庭找夏侯婴又借了点钱,给自己置办了一身新衣裳,还特地买了一顶新竹冠戴上。刘邦很爱美,平时对穿着比较讲究,他喜欢戴竹冠,自己还亲自动手编,当了亭长以后,听说薛郡的竹编好,就专门设计了一种式样,派亭里的求盗(官职,相当于副亭长)去薛郡给他按样定做了一顶。刘邦看了非常满意,经常戴在头上,还给它起了个名叫刘氏冠。后来他做了皇帝还常常戴这种冠,而且颁发诏令,只有达到一定爵位的人才有资格戴这种冠,并把它列为汉朝的定制。可惜他头上戴的这顶已经旧了,再去找人定做又来不及,只好临时买了一顶。收拾停当之后,他又买了一对玉镯、两罐好酒,准备去吕家看望未来的老丈人和没过门的媳妇。恰好樊哙已经把一锅狗肉卖完,挑着空担子回来了,刘邦便拉着樊哙一起去。樊哙道:"你看你打扮得新郎官似的,我这一身叫花子打扮,怎么跟你去？"

刘邦道:"那有什么？吕太公不计较这些,我看昨天酒席上,吕太公对你印象满不错的,不是说太公有两个女儿吗？说不定咱们俩还能做个担挑儿呢。"

"你要去就去,别拿我打趣好不好？我一个屠狗的,谁家的姑娘肯嫁给我？这辈子不打光棍就不错了,哪还敢有那种非分之想？"

"屠狗的怎么了？咱们靠力气、凭本事吃饭,比谁矮一头了？听我的没错,走,跟我走一趟。"说着,刘邦把自己刚换下来的一身衣服硬给樊哙套上了,两个人来到了吕宅。

却说头天散席之后,吕公回到家里,把嫁女儿的事对老伴一说,老伴说什么也不同意。吕公老家在单父,那里民风十分彪悍,自古就是个出响马的地方。吕公在乡里虽算不上大户,也是个响当当的人物。吕公共有三个女儿,两个儿子。大女儿已经出嫁,两个儿子大的叫吕泽,小的叫吕释之,因躲避仇家追杀,一直流亡在外,是死是活还不知道。两个儿子走后,吕公被仇家逼得在原籍生活不下去了,这才来投奔老友周让。二女儿吕雉是吕公最疼爱的一个,还有一个小女儿名叫吕媭。吕雉是这五个孩子当中最聪明的一个,长得花容月貌,平时话不多,却很有主意,吕公视之如掌上明珠,常说雉儿比她两个哥哥强,将来吕家要光耀门楣,恐怕要靠这个女儿了。在老家时,就有不少媒人来给雉儿提亲,可是吕公一个也没看上,一心要给女儿找个好女婿。来到沛县之后,周让还托人来提过亲,希望与老友做个儿女亲家,吕公也没有答应,搞得周让有点下不了台。如今要把女儿嫁给一个三十来岁的乡间无赖,吕夫人怎么也想不通:"你不是常说要靠雉儿耀祖光宗呢吗?多少大户人家来求亲你都不允,连周大人你都一口回绝了,怎么把雉儿嫁给这么一个人家?"

"你说的那些大户人家,我都打听过,只是家里殷实,子弟却不怎么样。子弟要是不争气,再大的家当也会坐吃山空的。雉儿要嫁的是人,不是那家的财产。"

"可是你怎能保证刘季就是个有本事的?"

"我会看相,我相的人保准没错。"

"那不行,明天我要亲自去打听打听刘季究竟是个什么样的人。"

第二天一大早,吕夫人就出门找人打听去了,刘邦在沛县城里也算是个有名的人物,吕夫人没怎么费劲就把刘邦的底细摸清楚了。回来以后,更加激烈地反对这门亲事,老两口为此吵了起来。吕雉正在自己房子里做针线,听见父母亲为她的婚事在争吵,便放下手里的活计走了出来,"爹,娘,你们别吵了。能让我见见这个人么?行不行由我自己决定。"

吕公道:"也好。不过你要相信你爹的眼力,千万别错过这场好姻缘。"

吕夫人道:"别听你爹的,我已经打听清楚了,刘季就是个乡间无赖。还没结婚就有孩子了。"

吕公道:"雉儿,你不要听你娘的,自古成大事者不拘小节,年轻人有点小毛病算不得什么!"

吕夫人道:"这可不是小毛病……"

两个人正吵着,吕公从窗子里望见刘邦和樊哙进了院子,于是说:"别吵了,人来了,你们娘儿俩自己相看吧!"说着,吕公把刘邦和樊哙让进了堂屋。

刘邦将手里的东西放下,大大方方地给吕公吕夫人行了礼,道:"岳父岳母大人,请受小婿一拜。家父家母远在乡下,还不知道这桩婚事,今日小婿特代他们来看望二老。"

吕夫人见刘邦长得堂堂正正,把先前种下的印象冲淡了不少,但是刘邦张口就叫岳父岳母,她觉得十分别扭,正不知怎么回答好,吕雉先开口了:"先别叫得那么亲热,谁是你岳父岳母?"

吕雉生就一对凤眼,眼梢向上挑,刘邦第一眼看见她,就觉得这姑娘厉害,但是也深为她的美貌所折服,心想,今生能娶她为妻也算没有枉活一生,但是没想到吕雉一见面就这么不客气,心里咯噔地一下,不过他毕竟是见过一些市面的,急忙赔着笑脸说道:"这位想必就是娥姁姑娘了。今日本是来看望岳父岳母大人,不期与姑娘相遇。若有失礼之处,还请多多包涵。不过我以为,既然岳父大人把你许配与我,我当然应该这样称呼,不知有什么不对?"

刘邦搜肠刮肚地把肚子里的一点文词全用上了,生怕说错了什么,把事情搅黄了。吕雉道:"你一口一个岳父,可是刚才你还说你父母亲都不知道,这婚事能算数吗?"

刘邦一听是为这个,心里稍稍松了一口气:"家父读书不多,也没见过多少市面,因此家中大小事情都由我做主。"

"你们家由你做主,可是你做得了我的主吗?我还没答应呢!"

刘邦一听这话,顿时急出了一身汗,心刚放到肚子里,这会儿又提到了嗓子眼,他想说吕公答应了就应算数,但是又怕这么说惹恼了吕雉,把事情搞砸了,正不知怎么回答好,吕雉的妹妹吕媭跑了进来,冲着樊哙嚷道:"呦,你不就是街上卖狗肉的那个樊哙吗?"

吕媭比他姐姐小几岁,说话嘴上没遮拦,吕公呵斥道:"媭儿,不得无礼,你该叫大哥才对。"

吕媭调皮地说道:"好,那我就叫你狗肉哥哥吧。"

吕公喝道:"越说越不像话了!"

樊哙道:"没关系,狗肉哥哥就狗肉哥哥,这么叫也没什么不好。"

吕公冲吕媭说道:"去!出去玩去,我们在谈正经事呢!"

吕媭道:"谈什么正经事,别以为我不知道,你们在给姐姐相亲对不对?这位刘大哥就是爹给我找的姐夫吧?"

吕公吓唬她道:"再胡说我可打啦!"

吕媭是家里最小的一个,从小就娇宠惯了,根本不害怕,继续说道:"狗肉哥哥,人家在这儿相亲,也没你什么事,你在这儿待着干吗?走,跟我玩去,我爹刚给我买了两只小狗,可好玩了!"说完,不由分说硬把樊哙拉走了。

刘邦趁机从口袋里掏出那对玉镯,对吕雉说道:"这是给姑娘买的,不值几个钱,一点心意,算个见面礼吧。"

吕雉犹豫了一下,接过玉镯放在一边,说:"先生请坐吧,我还要问你几个问题。"

吕公见女儿接了玉镯,觉得事情有门,便拉着吕夫人也出去了。刘邦刚坐下,吕雉便问道:"我听说你已经有孩子了是吗?"

这一问问了刘邦一个大红脸,但又不敢否认,只好嗫嚅着说道:"那是,那是因为我当时太年轻,不懂事……"

"那你打算把这孩子怎么办？"

刘邦急忙说道:"由你,你说怎么办就怎么办！"

"你在外面还有外妇是吗？"

刘邦矢口否认道:"绝对没有,这个孩子不过是我一时糊涂做错了事才有的,后来就和她再没有来往了。我可以对天发誓！"

吕雉道:"以前有没有我不管,以后绝对不许这样！"

刘邦一听,喜出望外:"那是,那是,这么说姑娘答应了？"

吕雉道:"我还有一个条件,就是那个孩子要让他娘领走,不能待在刘家。"

刘邦满口答应:"没问题,没问题,来,让我帮你把这对镯子戴上……"

第四章　农家媳妇

刘邦离开吕家,打算回去给爹娘报个信,夏侯婴套了一辆车来送他,樊哙等一帮朋友也吵吵嚷嚷地要跟着刘邦一起去,刘邦是最好客的,巴不得大家一起去热闹热闹。

丰邑是个大邑,秦未统一天下之前,曾做过魏国的临时国都。村前有一棵大柳树,树旁是一口井,井挨着官道,经常有过往的车马行人在此停留,喝水、饮马、问路,那棵大柳树下也成了传递各种消息的场所。夏天,妇女们就坐在树下做针线,聊天。刘邦的家就在离井不远的中阳里。

刘邦到了家,老父老母都不在,只有大嫂一个人在厨房里做饭。走了一路,大伙都已经饥肠辘辘了,刘邦兴冲冲地跑进厨房问:"嫂子,有饭吗?"

正是秋收季节,家里忙得不可开交,连刘公刘媪都下地了,刘邦却一连几天不回家,好不容易回来了又带来这么多狐朋狗友,大嫂一看就一肚子气:"你外面不是有地方吃么?回来干什么!"

刘邦嬉皮笑脸地说:"嘿嘿,大嫂。今天给我个面子,这些都是我最要好的朋友。"说着,刘邦伸手去揭锅盖,大嫂"啪"的一下把他的手打开了,"不行,这饭不是给你做的,是给下地干活的人吃的。"

"大嫂,你小点声啊,别让人听见。"

"我不管,想吃自己做去,我还等着往地里送饭呢。"

"大嫂,我跟你说,我有媳妇啦!"

"好哇,既然有媳妇了,那就等着你媳妇来给你做!"

大嫂说完,掀开锅盛饭,一边盛还一边摔摔打打的。樊哙等一干人一见这个样子,纷纷告辞了,刘邦怎么留也留不住。

客人走后,刘邦感到肚子饿了,掀开锅看看,只剩了一点锅巴,于是拿起铲子站在灶台前铲那点锅巴吃。吃完了,一边琢磨着上哪儿去逛逛,一边往外走。刚出门,迎面走来一个妇人,正是南里的曹寡妇,刘邦心里一惊,问道:"你来干什么?"

"我来干什么?来看我儿子。"

"他不在家,爷爷奶奶领着下地去了。"

刘邦的长子刘肥已经三岁多了,一直由爷爷奶奶抚养着,当初曹氏逼着刘邦把孩子抱回家是为了逼他成亲,刘邦也口口声声答应曹氏一定娶她,但是三年过去了,曹氏仍是孤身一人。她对刘邦已经不抱希望,只是常来看看孩子,有心把孩子接走,但是自己一个人,生计无着,怕孩子跟着自己受罪,一直下不了这个狠心。刘邦倒不是完全无情无义,有心接济她一点,但是曹氏不是那种没有脸皮的人,刘邦每次去都被骂得狗血喷头,后来也不敢再去了。刘邦心中有愧,曹氏来了不敢怠慢,急忙往屋里让。曹氏见孩子不在家,转身要走,刘邦把她叫住了:"屋里坐吧,我有话和你说。"

曹氏进了门,坐下,问:"什么事?说吧。"

"要不,你把孩子带走?你们俩的生活我管。"

"为啥?"

刘邦也不回避,直截了当地说:"我要成亲了。"

曹氏顿时就流下了眼泪,"噢,你浪够了,玩够了,把我们母子往外一踢,你要成亲了!孩子碍着你了是不是?要成亲,好啊,先把这孩子掐死,免得碍你的事。我,你可以不管,这孩子可是你刘家的骨肉,你看着办!"说完,转身又要走,刘邦拉住她说道:"你别说气话,我刘邦不是那种无情无义的人,我不会扔下你们母子不管的。难道你还不相信我吗?"

曹氏冷笑道:"相信你?让我怎么相信你?当初你还说一定娶我呢?那还不是跟放屁一样!"

"你放心,我说过娶你就一定娶你,不过不是现在。等我刘邦发迹了,把你们一个个都接回来一块儿过。"

不提这个还好,一提这话曹氏更是气不打一处来,因为正是刘邦另有新欢才把她甩了。

"哼!等你发迹?等你发迹我们母子早就饿死了。"曹氏根本不相信刘邦的话,转身走了。

秋收之后,吕雉过了门。

吕雉生得眉清目秀,一双凤眼,眉梢略向上挑,脸上总是带着微笑,但是那笑容里面却透着几分威严,尖鼻子,小口,言语不多,嘴巴常常是紧闭着的,于是嘴角就显出了几分坚毅。她从小读过一些书,接人待物落落大方,在中阳里的姑娘、媳妇里可算是出类拔萃的了。

吕雉不大爱说话,嫁到刘家来话就更少了。刘家的农家小院与她期望的大福大贵相差太远了。七八间茅屋,十几亩薄田,白天下地干活,晚上舂米磨面,一天下来,累得腰酸腿疼。吕雉算不上是大家闺秀,却也从来没有吃过这么多苦。她是个要强的人,什么都不肯落在别人后面,刘仲在外服役,刘邦不常回家,除了舂米做饭这些家务活,地里的庄稼也都是三妯娌来料理,头一次下地锄草,三妯娌一人抱住一条垄向前走，大嫂二嫂已经到了地头，她还没走到一半，两个嫂子就过来帮她。日子久了，两个嫂子就有些怠慢，言语中难免流露出不恭敬的话来。吕雉的性格是一句也不能让人说的。从那以后，无论活多重多累，她都要与两个嫂子平分，常常是两个嫂嫂早早干完回家了，她一个人在地里忙到月上东山才完事。公公婆婆看不过，说了两个嫂子，两个嫂子一起喊冤，后来老两口也知道了她的性格，便设法暗中帮她。厨房里的活计她也不熟，轮到她烧饭的时候，不是锅糊了就是饭生了，还常常让一家人等到天黑才吃上晚饭。但是她绝不让别人插手帮忙。吕雉是个聪明人，又肯吃苦，烧火做饭用不了多久就学会了，地里的活上手也很快，嫁到刘家不久，她便成了家里说一不二的主事人，不仅两个嫂子怕她，连公公婆婆也要敬她三分。

吃点苦倒没什么，父亲没少给她讲这方面的道理，她是有准备的，可恨的是刘邦不争气，家里外面的活一概不管，每日只是在外面喝酒赌钱，父亲说刘邦是贵相，可是却看不出他有一点能成器的样子。光是如此也就罢了，还在外面沾花惹草的，这是吕雉无论如何不能容忍的。刚结婚不久，街坊邻居的一些闲话就传到了她耳朵里，有的人甚至说在她当面，吕雉听了，毫不客气地说：“有本事的男人才这样呢，像你家那个窝囊废，想找外妇，有人跟他吗？"

说是这样说，可背地里吕雉却常常背着人偷偷掉眼泪。她想了不少办法试图降伏刘邦，什么跪板凳呀、掌嘴呀，都不管用，刘邦根本不在乎这些，让他跪就跪，让他掌嘴就掌嘴，他什么都做得出来，可是过后还是那样。最后，吕雉实在没办法了，就想了个绝招，每逢刘邦领着朋友到家里来，她就利用端茶倒水的机会故意做出些挑逗的媚态，给客人献殷勤，还经常当着刘邦的面和里中的年轻人打情骂俏，可是谁想占她的便宜却没门。这一招果然灵验，刘邦从此夜夜回来守着娇妻，生怕让人夺了去。不过，吕雉为此没少挨刘邦的打。

过了几个月，刘邦又开始夜不归宿了。有一次，刘邦一连几天在外面鬼混没回家，半夜里回来就往被窝里钻，吕雉不让他上床，刘邦嬉皮笑脸地还要往里钻，吕雉一脚把他踹到床下去了。房子里黢黑，刘邦没有防备，摔得半天没爬起来。刘邦哪里吃这个，掀开被子把吕雉从床上拖下来就是一顿暴打。可是无论刘邦怎么打，吕雉咬住牙就是不叫唤，打到后来，刘邦反倒害怕了，这是一种最强烈的反抗，刘邦心理上溃败了，不得不跪下来给吕雉道歉求情。从那以后刘邦再也没碰过吕雉一指头，并且发誓再也不和别的女人来往了。

吕雉满身满脸的伤痕是瞒不住的，第二天走路都一瘸一拐的。刘太公有心把刘邦痛打一顿替她出出气，无奈刘邦年轻腿快，早跑得无影无踪了。二嫂见吕雉被打成这样，就过来安慰她："老三手也忒狠了点，怎么把人打成这样子！太不像话了，自己一天到处闲逛，不干活还打人，谁家的姑娘嫁给他谁倒霉。唉！可惜呀，一朵鲜花插在了牛粪上。"

"你才插在牛粪上了呢。刘季再不济也比你那个窝囊废刘仲强一百倍。"二嫂不会说话,好心讨了个没趣。吕雉说的也是实话,她喜欢刘邦。尽管刘邦如此浪荡,如此不负责任,她还是喜欢他。刘邦身上有股说不出来的魔力在吸引着她。吕雉是个有悟性的人,结婚不久,她开始渐渐相信父亲的话了。刘邦身上的确有许多不同于常人的异秉,他不仅招女人喜欢,男人也喜欢他,刘邦的周围聚集了无数的朋友,三教九流什么人都和他来往。吕雉发现,刘邦交友并不是没有选择的,在所有来往的朋友当中,上至郡守县令,下至屠狗贩缯之徒,没有一个是窝囊废,都是些豪侠仗义之士或学有专长之人,这些人都是人尖子,可是在无形之中驾驭这些人的正是刘邦。他把这些人呼来唤去,却不留半点痕迹。刘邦不是个工于心计的人,他天生就具有这种天赋。而这些人里却没有一个人能使唤得动刘邦。这才叫大丈夫呢!吕雉暗中十分佩服自己的丈夫,同时也调动起她强烈的征服欲和占有欲,她一定要降伏这匹野马,绝不允许别的女人再染指刘邦。

　　刘邦不敢再动手打她了,这是她征服刘邦的过程中一个不小的成就。但是要管住他不和别的女人来往却万万做不到。为此,吕雉心头好像插了一把刀,那刀无时无刻不在刺痛着她。她一定要把这把刀拔出来。

　　管不住刘邦,她就开始在那些外妇身上动脑筋。她打听到刘邦常宿在武妇的酒店里,一天下午,便一个人来到武妇店中。有人偷偷告诉武妇,这是刘邦的老婆,武妇知道来者不善,急忙笑脸相迎。吕雉并没有大吵大闹,十分平静地往桌前一坐,对武妇说:"听说你这店里的鸡汤馄饨做得不错嘛!"

　　"哪里哪里,全靠大伙照应呗!我给夫人下一碗尝尝?"说着就让后堂做了一碗馄饨端了上来。

　　"近来生意怎么样啊?"吕雉一面悠闲地品着馄饨,一面有一搭没一搭地和武妇搭讪。武妇不知道她葫芦里卖的什么药,站在一边小心翼翼地伺候着,"还行,还行!"

　　"你开这家酒店一个月能赚多少钱?"

　　"没多少,也就是勉强糊口。"

　　"把这酒店卖给我好不好?"

　　"大嫂真会开玩笑,您是金枝玉叶之身,哪能干这个!"

　　吕雉把脸一沉,"我是什么金枝玉叶,还不是脸朝黄土背朝天,靠两只手给自己刨点食。命苦啊,哪像你活得这么自在,躺在家里就挣钱。"

　　这话分明是在骂武妇,武妇也不敢还嘴,只好装听不出来:"看你说的,你那是正经营生,我们这算干什么的呀?一个女人在外面抛头露面的。你要是干这个,大哥也不会同意呀?"

　　"这么说你知道我是谁了?"吕雉脸上阴沉沉地问。武妇不敢看她的脸,低着头答道:"知道。"

　　"那我请你离开这个地方,到别处开你的店去。别在这里勾引我男人。"

说完,站起身就走,武妇追着她的背影说:"大嫂,你可不要听别人嚼舌头,那都是没影的事。"

晚上,武妇把这事对刘邦说了,刘邦说:"别理她,你不走她能把你怎么样?"

"我觉得,不走她还会来闹的。"

"她不会的,她丢不起这个人,她要是在这儿闹,连她爹的脸都丢光了。你放心,没事。"

武妇还是放心不下,"你以后还是少来吧。"

"怎么了?你以为我怕她个臭婆娘!有我呢,你放心开你的店。看她能把你怎么样!"

话是这么说,刘邦心里也没底,他可知道吕雉的脾气,真要是动了心劲,什么都干得出来。

过了几天,吕雉果真又来了。仍然是不吵不闹,很平静地问武妇:"你想好了么?什么时候搬?"

越是这样,武妇越觉得这个女人不好惹,忙答话说:"我正托人找地方呢,大嫂给我一点时间,我一定搬,一定搬。"

过了半个月,武妇还是没有搬。吕雉又来了。这次还没容她开口,武妇先说话了:"大嫂,我已经托人找好地方了。很快就搬,很快就搬。"

吕雉一听,满脸带笑地说:"那就好,不是我难为你。你在这儿,让人说闲话,咱们俩脸上都不好看,不如换个地方,大家都清净。你说是不是?"说着,就进了后堂,趁武妇没注意,把事先准备好的一包巴豆扔到了武妇煮鸡汤的锅里。

当天吃了武家馄饨的人都大泻不止,武家酒店的生意立刻冷清下来。不仅如此,还有人告到县里,说武妇卖瘟鸡,害得武妇吃了场官司。刘邦费了不小的劲才把她从大狱里"捞"出来,又给她凑了几个钱,让她到邻县谋生去了。

吕雉心头还有一棵刺,那就是刘邦的长子刘肥。刘邦当初曾答应吕雉让肥儿的母亲把他领走,可是吕雉嫁到刘家时,肥儿还在刘家。这孩子已经四岁了,吕雉一进门就管她叫娘,心里别提多别扭了。她从来没答应过。刘媪还算体谅,一直让刘肥跟着自己睡,不让他去惹吕雉烦。不久,吕雉有了身孕,生下一个女孩,因是大年初一生的,因而取名刘元。自从元元降生,吕雉便容不得刘肥了。她还是采取先礼后兵的办法,找到曹氏,让她把孩子接走。曹氏已经久不和刘邦来往了,也没有什么把柄在吕雉的手里,吕雉对她这样无礼,她无论如何不能接受。

"这话你和刘季讲去,让他看着办。"

吕雉受了抢白也不生气,仍然笑眯眯地对曹氏说:"怪我多事了,其实我是看这孩子可怜,眼下刘家的景况一天不如一天,家里人口越来越多,跟上你多享福,何必在刘家争这口饭吃。"

"他怎么争你们的饭吃了?他是刘家的骨血,刘家自然就该有他一口饭吃,你做事不要太绝,有了自己的孩子就要把别人的撵出来,你也忒过分了。"

吕雉把脸一拉,说:"是不是刘家的骨血谁知道!"

"吕雉,你不要欺人太甚!"

"大姐,别那么大火气嘛,我这不是和你商量嘛。接,还是不接?"

"我不管,你问刘季去!"

谈话不欢而散。第二天,吕雉把刘肥领到了泽边大堤上。刘肥还以为是带他去玩,高高兴兴地跟着她出来了,吕雉对他说道:"去把你的小花猫带上。"肥儿转身进屋把小花猫抱了出来。刘肥知道这个后娘不喜欢他,看着吕雉阴沉沉的脸,有点害怕,跟前跟后地使劲巴结:"娘,你怎么有点不高兴啊?"

"是么?没有啊。"

"娘,你看那朵花多好看,我采来给娘戴上,一定好看。"

"不用了。"

"娘,咱们这是到哪儿去呀?"

"到了地方你就知道了。"

吕雉和刘肥一路搭讪着,来到堤上一棵大树下面,堤外荆棘丛生,堤内是块两丈多高的绝壁,正是吃午饭的时间,附近一个人也没有,只有草丛里的蝈蝈和树上的知了在一唱一和地叫着,刘肥越发觉得害怕了,问:"娘,咱们到这儿来干什么?"

吕雉蹲下来,拉着刘肥的手问:"肥儿,我是你娘么?"

"是。"

"可我不是你的亲娘。"

"你比亲娘还亲。"

"是别人教你这样说的吧?"

刘肥不吱声,吕雉又问:"你知道你亲娘是谁么?"

刘肥想了想说:"知道,是曹氏。"

"知道她在哪儿住么?"

"知道,在南里。"

"好,来,把你的猫给我瞧瞧。"

那只小花猫才出生一个多月,只有三四寸长,长得十分惹人怜爱,吕雉接过来说:"多可爱的一只猫啊,它会游泳吗?"

"奶奶说猫长大了自己都会游泳。"

"那咱们试试。"说着,吕雉一抬手把猫扔进了大泽中。刘肥"哇"的一声哭了起来,"我的猫啊!"

"不许哭!再哭我把你也扔下去。"吕雉脸一沉,抱起刘肥往绝壁边上走,吓得刘肥立刻止住了哭声,大叫:"娘,我不哭,你别把我扔下去。"

吕雉把刘肥抱到堤边说:"我不扔你,我抱你看小猫游泳,别害怕。"

"不！我不看，我害怕。"

刘肥从吕雉怀里挣脱出来，脚下离堤边只有不到一尺远，吓得脸都白了。吕雉笑着说："你的小猫还在下面游泳呢，快去叫你亲娘来看看。"

刘肥站在那里，已经吓傻了，不知道该怎么办，吕雉眉毛一拧，喝道："我让你去叫你亲娘来，没听见呀，快去！"

刘肥这才醒悟过来，撒腿跑了。从那以后，曹氏再也不敢把孩子放在刘家了。

随着家里人口的增多，朝廷赋税的加重，刘家的景况一天不如一天了。这一年，天大旱，地里的庄稼颗粒无收。家里眼看着就没粮了，吕雉正怀着孕，刘邦又奉命押差去了上郡。

押役夫的差事越来越难干了。服徭役的人死的死、伤的伤，能安全回来的没有几个，所以，不管法律多严，哪怕是株连灭族，也还是不断地有人逃跑。世面也越来越不太平，沿途不断地遇到强人抢劫，不光是抢财物，还强行逼着役夫们和他们一起落草为寇。刘邦赶到上郡时，既误了期人数也不足，当即就被扣下顶了役夫。刘邦心想，这下完了，不知道几年才能回家。干了一段时间，他一打听，所有押送役夫的，没有一批是完整送到的，他这批还算是好的，便去找管事的官员讲理，那官员说，如果沛县能把缺额补上，可以放他回去。于是，刘邦又托人给萧何带信，让他设法补缺额。这样折腾了半年多，最后总算放他回来了。刘邦是秋后走的，第二年春上才回来。这半年，刘邦心里一天也没踏实过，一直惦记着家里。这一冬天，一家大小不知道是怎么过来的。到家一看，一家人都还健在，活得好好的，还添了个儿子，取名叫刘盈，心里别提多高兴了。回来的路上，他看见地里的麦苗已经返青了，就扛起锄头想去自家地里看看。见刘邦要下地，一家人都望着吕雉。吕雉说："不用去了。"

"怎么？"

"我把地卖了。"

"什么？"刘邦一惊，"全卖啦？"

"全卖了。"

"你和太公商量了？"

"一家人都快饿死了，还商量什么！"

刘邦瞪大了眼睛瞅着吕雉，无论如何不敢相信她的话。地，是庄稼人的命根子呀！愣了半天，他才缓过神来，抡起锄头把子朝吕雉没头没脸地打去，"你这个败家的臭婆娘，光知道眼前吃饱了，地卖了，这一家人怎么活！"

吕雉也不躲闪，冷冷地说："一个大男人，在家打老婆算什么本事！好歹我还让一家大小都活下来了，你要是养不活我们，明天我就带着元元和盈儿要饭去，别在这儿耍你那臭威风。"

"卖了地你还有理了！看我不打死你！"刘邦火气未消，扔下锄头又抡起拳头来，还要打。这时,吕太公从正房里拄着拐棍儿出来了:"住手!不许胡来。季儿,你媳妇做得对。要不,这会儿你已经见不着你爹了。当时我卧病在床,我是舍不得卖地呀,卖了我怎么向你们弟兄几个交代!可是不卖又怎么办?我这把老骨头倒没什么可惜的,扔了就扔了。可是不能看着一家大小饿死呀!你媳妇说得对,只要人都好好的,地卖了可以再买,家没了可以再置。当初我和你爷爷逃荒到这里的时候,不也是房无一间地无一垄吗?你们弟兄几个都在壮年,难道连这点志气都没有?跟媳妇耍威风,算什么本事!"

　　一席话,说得刘邦羞愧难当。回过头来想给吕雉赔个不是,吕雉却不知道跑到哪里去了。

第五章 亡　隐

　　刘邦这几锄头打得吕雉伤了心。她何尝不知道土地对庄稼人意味着什么！可是刘仲、刘邦都不在家；刚成年的老四刘交为了躲兵役长年逃亡在外；刘太公卧病在床奄奄一息；大嫂、二嫂加上刘媪，一屋子女人谁也拿不了主意，她不拿主意怎么办？不能看着老太公病死、一家人饿死吧？刘邦回来不问青红皂白这样对待她，她连死的心都有了。趁着太公和刘邦说话的工夫，她一口气跑到村头井边，真想一头扎下去算了。可是，元元和盈儿两个孩子牵动着她的心，她下不了这个决心，扶着打水的辘轳直掉眼泪。恰好村里一个叫审食其的小伙子来挑水，远远地望见她在那儿哭，猜着她要寻短见，便放下水桶悄悄地走到她身后，一把抱住了她的腰。吕雉没防备，吓了一跳："你要干什么？"

　　正值冰消雪化的季节，井台上到处是冰碴子，很滑，一不小心就会摔倒，审食其怕一下抱不住反把人推下井去，所以一抓住吕雉就抱得死死的，身子朝后一倒，连滚了几个滚，两个人滚出一丈多远才松手。

　　"三嫂，是我。"审食其从地上爬起来说。吕雉惊魂未定，又问了一句："你想干什么？"

　　"我看见你在那儿哭，怕你寻短见。"

　　俗话说，家丑不可外扬。吕雉不愿意让乡邻们知道家里打架了，站起身马上装出一副笑容，说："看你说的，我怎么会寻短见呢？我来打水，站在井边喘口气。"

　　"打水怎么不带水桶？"

　　吕雉不能自圆其说，只好说实话："哦，是这样，和你三哥拌了几句嘴。一个人生气，跑出来待会儿。我站在井边吓唬吓唬他。"

　　"没吓着三哥，可把我吓坏了。"

　　"我不会的。"

　　"三哥给你气受了？"

　　吕雉见瞒不住，满肚子的委屈涌上心头，眼泪止不住又流了下来。审食其掏出一块儿手帕递给了她。

　　"三嫂和三哥为什么吵架我不知道，不过我劝三嫂几句，三哥可不是个常人，干大事的人心大，小处难免粗一些，遇事你多往大处想，多想三哥的好处，别老看他那些小毛病。"

这几句话说到了吕雉心坎上,历来给她和刘邦劝架的人都是说刘邦不好,所以总是不得要领,只有审食其说到了点子上,吕雉听了觉得很受用:"想不到食其兄弟还这么瞧得起你三哥。"

"咳,谁不知道三哥是个扛得起山河的人哪。"

"读书人就是会说话,谁不知道你三哥是个二流子。"吕雉擦了擦眼泪,说,"兄弟,我求你一件事。"

"什么事?"

"今天你在这儿看见的,千万别对任何人说。"

"三嫂放心吧,好歹我也是读过几天书的人。"

吕雉走了,却忘了把手帕还给审食其,第二天便想着把手帕还给他,于是就估摸着审食其可能来打水的时间到井台上来候他,还给他带了块她亲手做的年糕,审食其见她专门在这里候他,还给他带吃的,心中怦然一动,以为她有什么别的意思,便拿话来挑逗她:"三嫂今天怎么这么疼我呀?"

北方的风俗,大伯子不能和弟妹乱开玩笑,小叔子和嫂子则可以随便,吕雉比审食其大几岁,便没往多处想,顺着他的话调侃了起来:"瞧把你美的,嫂子看上你了,看你长得标志,天下第一美男子,行了吧?"

"真的?嫂子不是取笑我吧?"审食其一边接过包着年糕的手帕,一边把吕雉的手捏了一把,年轻人开玩笑占点便宜是常有的事,吕雉仍然没往心里去,回手给了他一巴掌,说:"去!别上脸!去撒泡尿照照,还真以为自己是美男子呢?"

审食其真的低头对着水井照了照,说:"嫂子你来看,不是美男子是什么!"等他抬起头来,吕雉已经走远了。

审食其望着吕雉婀娜的背影,心中一阵悸动。他一个人呆呆地坐在井边坐了很久。

第二天在井边打水,又碰上了吕雉,审食其便拿话来试探:"嫂子做的年糕可真好吃。"

"是么?你要喜欢到家里来吃,嫂子再给你做。"

"我可不敢去,三哥还不打断我的腿?"

"又不偷又不抢的你怕他干吗?"

"怕三哥吃醋啊!"

"瞧你说的,他那个人没心没肺的,才不管这些呢。"

"那我可真要去打搅嫂子了。"

"你尽管来!"

说者无心,听者有意。审食其觉得吕雉对他这么热情,似乎真的对他有意思。吕雉这时已经打满两桶水,挑起来要走,临走,冲着审食其一笑。审食其觉得那一笑大有深意，从此，便害上了相思病，整天茶不思饭不想，脑子里一天到晚都是吕雉的影子。一连几天，他都到井台附近去候着，希望能碰见吕雉，可是每次都扑了空。来打水的都是熟人，又不敢等的时间太长，于是就到吕雉下田的路上去等。吕雉已经卖了田，不下地干活了，但是常带着孩子到堤上挖野菜、撸柳芽，他便在她必经的路上等她。每次碰面，吕雉还是和往常一样，笑着和他打招呼，本来和从前没什么两样，可是在审食其看来，却觉得吕雉的一颦一笑一举一动似乎都对他有意，越发动了心。终于有一天，他看见吕雉没带孩子，一个人上了大堤，便抄近路先藏在了一棵大树后面，等吕雉走过来，他上去就把吕雉拦腰抱住了："我的亲嫂子，可把我想死了。"

吕雉先是一惊，待看清楚了是审食其，不禁怒从心起，她挣脱出来，"啪"的给了审食其一个耳光："没想到你是这么个不要脸的东西。"

一个耳光把审食其打懵了，他一手捂着脸，一手指着吕雉："你，你……"

"我怎么了？我不该打你？你以为你是我的救命恩人哪！我不领那个情！亏你还是个读书人，你觉得捏着我的短处了是不是？我就是想投井自杀，你出去说去吧！你以为我真怕呀？"

"哎呦，我的嫂子呦，误会，天大的误会！我不是那个意思！"说完，审食其蹲在地上号啕大哭起来，一边哭，一边不停地打自己的嘴巴，"哎呀，丢人哪，审食其呀审食其，你怎么会干这种丢人的事呀！你读了这么多年的书都读哪儿去了，你把祖宗的人都丢光了！"

吕雉怒气未消，站在一边说："对！打得好，使劲打！"审食其哭着哭着突然站起身朝大堤上面跑去，吕雉一看不对头，赶紧追上去拽住了他，"你要干什么？寻死呀？"

"嫂子，你别拦我！让我从这儿跳下去，做出这种丢人的事我还活在世上做什么？让我死了算了。"说着，审食其甩开吕雉的手又往前跑，眼看就到了堤边，吕雉见要出人命，也顾不得许多了，三步并做两步冲上去，从后面拦腰抱住审食其，向后一滚。于是又出现了那天在井台上那一幕，不过，这一次是倒过来了，是吕雉救了审食其。滚到堤坡下面，吕雉站了起来。审食其还是不肯起来，躺在地上大哭不止："嫂子，我对不起你呀，我对不起祖宗，你拦我干什么？让我死了算了。"

吕雉劝了几句劝不住，火了："你给我闭嘴！起来！我最见不得一个男人家大哭小叫的。你想把人都招来看热闹是不是？"

审食其这才不哭了，灰溜溜地爬起来，用手捂着脸，不敢看人。吕雉喝道："你听着，这事全当没发生。我不会和别人说的。你也别寻死觅活的。咱们俩扯平了，你给我滚！"

审食其跪下给吕雉磕了三个头，说："嫂子如此大恩大德，兄弟会用这一辈子报答你的。"

吕雉顿时心软了，上去把他拉起来说："兄弟别这样，嫂子受用不起，回家去吧，以后嫂子给你说一房好媳妇。"

刘邦用卖地剩下的钱，置办了些蚕子蚕具，让家里的女人们学着养蚕。但是光靠养蚕还不足以维持生计，便又破着脸皮向本县大户王陵租了三十亩地。

王家是本县第一大户，家有良田千顷，王陵为人也很豪爽，二话没说，挑了离中阳里最近的三十亩好地，让刘邦去种："什么租不租的，你就种着吧，什么时候有了，再把地还我就是了。"刘邦自然不能把这话太当真，能租给你就是好大面子了。

王陵和刘邦早就认识，但王陵从来没把刘邦放在眼里，或者说不屑于和他来往，在朋友的宴席上，刘邦多次碰到过王陵，刘邦可以把那些官吏绅商甚至萧何、曹参之流随便耍弄于股掌之上，唯独不敢在王陵面前造次。别看他平时像个无赖，其实骨子里是个自尊心极强的人。这次登门求助，刘邦是再三鼓足勇气才来的。王陵这样豪爽，让刘邦心生敬意，说："王公子如此慷慨相助，我刘邦一定不忘你的大恩大德，日后我刘邦若有了出头之日，一定加倍报答。"王陵并没有指望他报答什么，笑了笑什么也没说。

正是春耕大忙的季节，他不得不在泗水亭和丰邑之间跑来跑去，一面处理公务一面帮着家里种田。一天中午，刘邦从泗水往家走，远远地看见吕雉在和一个白发老汉说话，走到跟前，老汉已经走了。因为刘盈还小，刘太公没让吕雉下地，自己领着刘伯、刘仲媳妇去种那新租来的三十亩地。吕雉在家闲不住，背着才几个月的刘盈，领着女儿元元出来挖野菜。刘邦走到跟前，接过孩子问："那老头是谁？"

"不认识，是个算命的。"

"给你算了？"

"算了，他说我是天下贵人。我让他给这两个孩子算算，他说我之所以贵是因为盈儿，还说元元也是贵人。"

刘邦一听，把孩子塞给吕雉，赶紧去追那老头。

"老人家慢走！"

刘邦追上那人才发现，前两天在泗水镇上似乎见过他。只见他满头银发，紫红色脸膛，左眼眉心上方有一颗大大的黑痣，雪白的牙齿整整齐齐一颗不少，说起话来声如洪钟："先生何事？"

"麻烦你老人家给我也看看相。"

老者看了看刘邦，道："方才我遇到一位贵夫人，带着两个孩子，可是先生的夫人？"

"是，老先生怎么知道呢？"

"夫人和孩子长得和您极像。"

刘邦笑道："孩子长得像我倒也罢了。夫人和我不是一母所生，怎么会像我？"

"这个先生就不懂了,这就是所谓夫妻相。不信先生回去照照镜子,自己看像也不像?先生娶这样一位贵夫人不知道要做什么?"

刘邦更觉得不可思议了:"娶妻生子、传宗接代,难道还非要干点什么吗?"

"当然不是你自己想干什么,这是天作之合。"

"什么是夫妻相?"

"夫妻相乃夫旺妻、妻旺夫之相,先生之相贵不可言,再加上这么一位贵夫人相助,日后必将成就一番经天纬地的大事业。"

"什么时候?能成多大的事?老先生能不能说具体点?"

"天机不可泄露。"

听了这话,刘邦心中大喜:"那我就不问了。日后果如老先生所言,我刘邦一定不忘今日。"说着,刘邦掏出一把铜钱来递给老先生。

"以先生之贵,老夫不敢收你的钱。今日得见先生一面足矣。望先生自重。"

"原来你这几天一直在找着见我?"

老先生笑而不答,飘然而去。

刘邦回到家里一照镜子,果然如老先生所言,他和吕雉长得极为相像。问家里人,家里人过去没注意,经他这么一说,都大吃一惊,两个人长得如同亲兄妹一般。

第二天吃过早饭,刘邦正要去亭公所,樊哙来了。

樊哙和吕雉的妹妹吕媭结了婚。这桩婚事大出人们意外。沛县城中来吕家求亲的人不少,可是吕公谁家也没许。吕公有自己的打算。两个儿子逃亡在外,几年没有音信,是死是活还不知道。吕雉一出嫁,家里只剩了这一个女儿,吕公想招个上门女婿给他养老送终。在秦代,赘婿是社会的最底层,属于"贱民"之列,地位仅比囚犯稍好一点。每逢有充军服徭役之事,首先征发的是罪官、商人和赘婿。因此,不是走投无路,一般人都不愿做赘婿。因此,吕公很长时间内没有物色到合适的人选。有一次,吕公在刘邦家里喝酒,又提起此事,让刘邦留心帮助物色一个,"不必知书达理,也不论家境好坏,只要人忠厚老实,能过日子就行。最好是孤儿,这样才能毫无牵挂,安心侍奉我们老两口。"恰好刘邦的一帮朋友在座,其中樊哙是个实心眼的,一听吕公讲的几个条件自己都符合,未加思索,张口就说:"吕公,我樊哙愿意为你老人家养老送终。"

话才出口,满屋子的人哄堂大笑。谁都知道,吕公的小女儿长得天仙一般,怎么可能嫁给一个屠夫呢?

"哈哈,樊哙大概是想媳妇想疯了吧!"

"也不撒泡尿照照自己是什么德性。"

"这不是癞蛤蟆想吃天鹅肉嘛。"

"……"

大家七嘴八舌地嘲笑起樊哙来,樊哙也觉得自己太冒失,羞得无地自容:"吕公您别在意,我是随便说说,全当是开玩笑,来,我敬您一杯!"

"不,不是玩笑。老夫愿意招你为婿。"

吕公话一出口,四座皆惊。

其实樊哙也并不完全是冒失,自从那日陪刘邦去了吕家,便认识了吕媭。后来吕媭常常到他的摊子上来买狗肉,有一天,樊哙对吕媭说道:"以后你不用来了,我每日卖完给你送到家里去。"

吕媭道:"不用了,还是我自己来吧。天天吃狗肉,谁家有那么多钱!"

"什么钱不钱的,你家太公这么爱吃我煮的肉,那是瞧得起我。"

樊哙说到做到,以后果然每天去给吕家送肉。当然,太公也不会亏待他,有时樊哙不肯收钱,吕公便让吕媭给他送些粮食、衣服什么的,吕媭觉得老是给人家送旧衣服不好,便亲手做了几件给他,樊哙穿在身上,心里美滋滋的,但是娶吕家小姐的事却连想也没敢想过。夏季里一般不卖狗肉,有好长一段时间,樊哙没有上街卖肉,也没见到吕媭,这一日正在家里闲居,吕媭跑来了,手里拿着两双刚做好的布鞋递给樊哙:"这是给你做的。"

樊哙接过来试了试,说:"刚好,你的手真巧。谢谢二小姐。"

"别光说好听的,你拿什么谢我?"

樊哙尴尬地摸着脑袋,半天找不到合适的答案,道:"我这儿还真没有什么值钱的东西。不过我以后一定会谢你的。"

吕媭笑着说道:"谁要你谢了,给块狗肉尝尝就行了。好久没吃到你煮的肉了。"

刚好,樊哙院子里养着几条狗,因为天热,怕卖不出去,想等秋后再杀,听说吕媭想吃狗肉,立刻到后院里牵出一条来,当即就要宰杀,吕媭说:"你这是干什么?我不过随便说说,何必那么认真!"

吕媭拦着没让他杀,可是吕媭走后,樊哙还是把那条狗杀了。傍晚,他把香喷喷的狗肉送到了吕家。吕公把他让到正房,拿出一罐陈年老酒来,请樊哙陪他喝酒,吕媭心里觉得十分过意不去,边吃边说道:"狗肉哥哥真是个实心眼,我就随便说了一句话,你就把这么肥的一条狗杀了,多可惜呀,留到秋后肯定能卖个好价钱!"

樊哙道:"卖个好价钱又有什么用?钱这个东西生不带来死不带去。只要二小姐喜欢,你什么时候想吃,我什么时候给你煮!"

吕公对吕媭说道:"我跟你说过多次了,以后不许再叫狗肉哥哥,要懂得尊重人,知道吗?"

吕媭端起一杯酒递给樊哙,说道:"狗肉哥哥喜欢这样叫他,是吧?"

樊哙点头说道:"是,是。"

吕公道:"这个馋嘴丫头,你这么喜欢吃狗肉,那你以后就嫁给狗肉哥哥得了。"

吕夫人见玩笑开过了头,在一旁说道:"你这老头子说话怎么这么不着调,跟孩子开这种玩笑!"

因为有这一层关系,所以樊哙才敢当着众人说愿意给吕公做养老女婿。

吕公两次嫁女,都是惊人之举。不仅震动了外界,家里也闹得不轻。回到家里,吕公把这个决定对女儿一说,吕媭立刻大哭大闹起来:"爹怎么也不和我说一声,就把我许给一个卖狗肉的了!"

吕公等她哭够了,说道:"我看你们平时在一起也是情投意合的嘛!"

"那可不一样,这是要嫁给他。"

"嫁给他有什么不好?你说说,樊哙都有什么不好?"

"他是个卖狗肉的!"

"对,他是个卖狗肉的,还有呢?"

"还有,还有……"除了说樊哙是个卖狗肉的,吕媭一时还真说不出樊哙有什么不好。

"说不上来了吧。他除了是个卖狗肉的,样样都好。"

吕夫人问道:"你说他好,好在哪里?"

吕公道:"这孩子忠厚本分,知恩图报,心胸开阔,豪侠仗义。嫁给他不会有错的。"

"那我也不能把女儿嫁给一个卖狗肉的。"

"以樊哙这样的心胸气度,怎会卖一辈子狗肉?我们这样的人家,将来恐怕想巴结人家都巴结不上。"

吕公的眼光就是与众不同。樊哙进门后,对两位老人格外孝敬,如同亲生父母一般;对吕媭更是百依百顺,吕媭指东,他绝不敢往西,直到后来樊哙作了将军,怕老婆都是出名的。

樊哙刚从咸阳回来,他是从骊山皇陵工地上偷着跑回来的。人瘦成了一副骨头架子,胸前、背后、臂膀上到处是鞭伤,那是被监工打的。刘邦见樊哙这副样子,问道:"你是偷着跑回来的吧?"

"嗯,我想在大哥这儿躲几天。"

"见着媭儿了么?"吕雉问。

"还没有呢,怕别人看见,不敢回去。"

刘邦问道:"二哥怎么样,还活着呢吗?"

"二哥还在,就是瘦得不成样子了。唉——吃不饱啊!我再不跑,不让他们打死也得饿死。"

"妈的,这是什么世道!"刘邦一拳砸在桌子上,震得桌子乱晃。樊哙见刘邦如此说,便压低声音说道:"大哥,我这回回来,还让强盗劫了一回,他们看我身上没什么值钱的东西,空有一身力气,还拉我入伙呢。我没答应,趁他们不防备偷偷跑了。我听说,现在的强盗、土匪越来越多,有些还准备扯旗造反公开和朝廷干呢。这死不死活不活的日子,什么时候是个头?找个合适的时候,大哥也领着咱们反了吧!"

刘邦翻了翻眼珠,说:"这话你可不要出去乱说。"其实刘邦比樊哙更清楚,秦王朝的统治,已经快走到尽头了,近来和朋友们在一起说的几乎全是这个话题。朝廷横征暴敛、草菅人命;百姓摇手犯法、生活朝不保夕;四处盗贼蜂起,朝廷剿灭一股又冒出无数股,整个华夏大地犹如布满了干柴,马上就会燃起熊熊大火。百姓们活不下去,朝廷也统治不下去了,眼下的形势,只要有人振臂一呼,天下立刻就会响应。大风,就要起了。

刘邦道:"这事三言两语说不清楚,先跟我去泗水吧,家里不安全。"

"泗水?那可是亭公所,整天来往的都是官府的人,那不是找死去嘛。"

"嘿嘿,这你就不懂了,正因为是亭公所,才没有人怀疑呢。这叫灯下黑,知道吗?走!"

"吃了饭再走。"吕雉端来一碗白开水,递给樊哙,"怎么让他们把你打成这样?"

"驴脾气,我跟你说过多少回了,该装孙子的时候就得装孙子。"

"……"

三个人正说着话,忽听远处有马蹄声。刘邦走出院门一看,两匹快马直冲着丰邑来了。他急忙转身进屋,从枕头下面摸出几串钱来塞给樊哙,说:"快跑!"说着,那马蹄声已到门前,刘邦说,"我出去应付,你赶快翻墙走!"

来人不是来抓樊哙的,是给刘邦送紧急公文来的。刘邦打开公文扫了一眼,又要让他去押差,立时就火了:"老子刚他娘的回来怎么又让我去?"

那送信的人说:"小的们只管送信,别的事一概做不了主。"

"行了,行了,我知道了。"刘邦挥挥手把两个官差打发走了。打开公文仔细看了看,只见上面写着:

着即委派泗水亭长刘邦、伍长周勃押送五百名役夫至咸阳,限六十日内到达。沿途有逃亡者由周、刘顶替。沿途须严守大秦律令,失期者,斩;偷盗抢劫者,斩;掳掠妇女者,斩;偷窥宫室者,斩……

"斩!斩!斩!老子先他娘的斩了你们这群王八蛋!"刘邦将写着公文的白绢扔在地上,狠狠地跺了两脚。

"怎么?你又要出公差呀?我告诉你,这回走你把两个孩子都带上,我可没办法养活他们。"

"喊什么!"刘邦两眼一瞪,露着凶光。

吕雉从来没见刘邦这么凶过,吓得往后退了一步:"男子汉大丈夫,冲着女人凶什么?有本事县里闹去呀,跟朝廷闹去呀,造反呀!"

"你说什么?"刘邦两只手抓住吕雉的肩膀,用一种奇怪的、歹毒的目光看着她,咬牙切齿地说,"你以为我不敢呀?这回我真的要反了!"

听了这话,吕雉吓得脸都白了:"你可不能!那可是要灭九族的呀!"

"哼!活着不也是一点一点地灭,一点一点地死吗?索性一次死个痛快!"

吕雉吓得给刘邦跪了下来,抱着刘邦的一条腿哭着说道:"我求你了,你可千万不能走那条路啊!"

刘邦扶起吕雉说:"不到万不得已我是不会的。可是你也得有个准备,上次我押差就差点回不来了。这次万一要是回不来,这个家就交给你了。"

"你放心,只要有我在,就不会让家里饿死一个人。"刘邦被吕雉的话感动了,他紧紧地把妻子抱在怀里,他从来没有像现在这样觉得妻子是那样的温柔可爱。

刘邦按期来到县里会同周勃清点了人数,把五百人分成十队,每队十伍,指定了队长、伍长,宣布了连坐法,正准备出发,看见几个士卒押着一个犯人走过来,那犯人被五花大绑,边走边骂:"放开!你们放开老子。要杀就杀,反正是一死,老子不怕!"

刘邦一看,那犯人不是别人,正是樊哙,心里不由得一惊。按律,服徭役逃跑抓住是要杀头的。恰好县令周让和曹参走了过来,刘邦脑子一转,立刻有了主意,赶忙迎了上去:"周大人,我这儿刚要出发,突然病倒了一个。怎么办?您得给我补上啊!"

"什么?马上就要出发了,让我到哪儿去给你找人?"

"要不把他补上?"刘邦指着樊哙说。周让一脸的为难,说:"樊哙逃役,该当死罪,谁敢做这个主啊?"

曹参马上接过来说:"按律,逃役应当是死罪,过去也都是这么判的。可是现在逃役的人越来越多,朝廷也是法不责众,我看临近各县抓回来的逃亡者也都没有杀头,十之八九又都送回去服役了。"

刘邦跟着说道:"是呀,现在征役夫越来越难了,这么壮的劳力杀了可惜,您就睁一只眼闭一只眼让他补上,反正他也没跑成,既完了咱们的差,也算对得起朝廷,您说是不是?"

"如此刁民,难保他路上不再逃跑。"

"我刘邦愿以性命担保!"刘邦生怕救不出樊哙,赶紧加码,"樊哙,还不快给周大人谢恩?"樊哙梗着脖子不肯下跪,刘邦照着他后腿弯狠狠踢了一脚,樊哙不防备,扑通一声跪下了,这一脚也踢出了樊哙的聪明:"谢县令大人恩典!"

刘邦救出樊哙,押着役夫们上了路。

第一天上路就跑了十多个役夫。周勃只带了两名士卒押送,哪里管得住!秦王朝到了这个时候,已经失去了它往日的威风,百姓们横竖是一死,豁出去不怕了。过去碰到这种情况,便想办法沿途抓夫,抓住之后不管是哪个县哪个乡的,打一顿对方不敢吭气了,安个名字就顶上。可是一下子跑了这么多,上哪儿抓去呀!第二天,刘邦加强了防范,白天大小便必须凑足十人一起上,晚上天不黑就早早造饭、宿营。从沛县西行去咸阳,必须经过丰邑西面的沼泽地。这片大泽方圆上百里,到处是水洼、灌木、芦苇丛,要逃跑是太容易了。吃完饭,刘邦令人找来绳子把四百多名役夫统统捆了，十个连成一串，又令士卒严加看守，以防夜里逃跑。可是绳子是役夫们相互捆的，多数没有捆紧，天一黑又跑掉了几十个。周勃带人抓回来几个，当众抽了几十鞭子以儆效尤。按律，刘邦和周勃有权将他们处死，刘邦心里很清楚，只要杀一个，逃跑的情况立刻会减轻许多，但是这些役夫都是本县的乡亲，杀了他们，回去怎么向乡亲们交代？刘邦下不了这个手，下令先把他们捆在树上，一个人坐在一块儿大石头上喝闷酒。周勃在一旁说："大哥，心不能再软了，今晚要是不杀几个，明天人就跑光了。"

刘邦一言不发，只是大口大口地喝酒，周勃见状，不敢再多问，手扶腰刀站在那里等刘邦下决心。过了一会儿，刘邦对周勃说："你去把樊哙给我叫来。"

不一会儿，樊哙来了。刘邦问道："你从咸阳回来，在哪儿碰上强人了？"

"大概离陈县不远。"

"他们有多少人？"

"我也说不上，看样子至少有一百多人。"

"现在让你带路还能找着那个地方吗？"

"地方倒能找着，可是人在不在就不知道了。"

正说着，只听人群中一阵骚乱，有人喊道："又有人跑啦！"

刘邦站起来，问："那几个抓回来的人呢？"

周勃说："在前面树上捆着。"

"走，带我去看看。"

刘邦来到那棵大树前，周勃早就下令把所有的役夫都集中在这里了。见刘邦来了，役夫们都以为要杀人了，一个个紧张得大气都不敢出。刘邦已经喝得醉醺醺的了，摇摇晃晃走到树跟前，伸手抽出了身上的佩剑，挥剑砍断了一根胳膊粗的枝叉："这玩意不错，老子今后也要开始玩这个啦。"说着把剑架在了一个被绑着的小伙子脖子上，问他："害怕吗？"

那小伙子脖子一梗："既然要跑就不怕，怕就不跑！来吧，利索点！"

刘邦收回剑，说："好样的，有种，老子就喜欢你这样的。叫什么名字？"

"鄂千秋。"

"你为何要跑？"

"反正到了地方也难逃一死。"

"可是你小子逃了，到了咸阳就得由老子顶替，你知道吗？"

"有本事你也逃啊！"鄂千秋说。

"说得好！跑一个鄂千秋由我顶替，再跑一个由周勃顶替，可是已经跑了几十口子了，我们两个能顶得了吗？不过话又说回来了，虱子多了不咬，债多了不愁，顶一个也是顶，顶两个也是顶，反正已经跑了几十个了，你们都他娘的跑了，老子一个人能顶五百，够本，你们跑吧。"说着，刘邦用剑挑断了几个被绑着的人身上的绳子，

"路上让官府抓住就说是我刘邦让你们跑的,天大的事由我顶着,快跑!来,把绳子都给他们解开,跑!哈哈哈哈哈,我刘邦忍气吞声憋屈了半辈子了,今天总算做了件痛快事,痛快,痛快!跑啊!哈哈哈哈!"

那几个刚被松了绑的,还不敢相信这突如其来的变化,愣愣地站在那里等候发落,刘邦用剑一指他们:"还愣在这儿干什么?还不快去给他们解绳子!"几个年轻人这才走进人群去给别人解绳子。人群呼啦一下乱了套,不一会儿工夫,人就跑得差不多了,大树下面只剩了周勃、樊哙等十几个人。那个叫鄂千秋的小伙子没跑。刘邦问:"这会儿让你跑怎么不跑了?还不快点!"

"大哥,我们早就认识你。我们不跑了,跟着你,你到哪儿我们就去哪儿。"

"大哥,我早就盼着这一天了。"樊哙比众人更兴奋。

"周勃,你怎么不走啊?你回去吧,就说是我把人放了,我也跑了,你还照样可以当你的伍长。"

周勃道:"大哥把我看成什么人了,大哥有事,我能跑吗?"

"那你手下那两个兵呢?他们愿意回去让他们走。"

"他们跟我一样,都愿意跟着大哥打天下。"

"打天下?哈哈,打天下。对对对,打天下去,走,弟兄们,跟我打天下去!"刘邦酒还没醒,手提着剑醉醺醺地往前走着。樊哙说:"大哥,咱们不能瞎走啊,天亮之前得先找个藏身的地方,明天官府就要抓我们来了。"

"对,咱们得找个地方,谁知道哪儿有藏身的好地方?"

"我知道。"一个小伙子往前凑了凑说,"前面不远就进山了。进了芒山,官府就是派十万人马来也找不着咱们。"

"好啊,那你在前面带路。"

那小伙子跑到刘邦前面,刘邦等一干人随后,奔芒山方向去了。小伙子腿脚利索,不一会儿便把大家甩下老远,可是才进山不远,又气喘吁吁地跑了回来,惊叫着:"蛇!蛇!"

"什么蛇?我去看看。"刘邦跟着小伙子往前走,快到地方了,小伙子吓得直往后缩,刘邦骂道:"胆小鬼,一条蛇把你吓成这样子!"说着,一个人提着剑向前走去。走了不远,果真看见小径上横着一条巨大的蟒蛇,蛇身白色,有碗口粗,蛇头已钻进草丛,蛇尾还在另一边草丛里未出来。刘邦从未见过这么大的蛇,心里一惊,顿时惊出一身冷汗。他顾不上多想,用尽全身力气挥剑向蛇身砍去,一剑将巨蛇斩为两截。蛇头那一半哧溜溜滑进了树丛,蛇尾这一半还在小路上抽搐,众人跟上来,无不惊叹,刘邦用剑挑起蛇尾扔到一边去了。

众人还在围着蛇尾看,刘邦独自一人朝前走去。走了好远,见后面人还没跟上来,便坐在路边等,想起刚才的情景,不禁有些后怕,一阵冷风吹来,酒劲涌上了头。他醉了,卧倒在路边一块儿大石头上睡着了。

第六章　将门之后

秦灭六国之后，将十二万户豪强迁至咸阳。这样一可以繁荣京城，二能够就近控制，防止六国后裔的反叛。在这十二万户人家中，有一户是楚国大将项燕的后代。项氏祖籍在下相(秦县名，今江苏宿迁县西南)，世代都是楚国的将领，因军功封于项，故姓项。项燕的儿子项梁是个能文能武的将才，可惜生不逢时，他刚刚从军不久，楚国就为秦所灭。项梁的哥哥和父亲一起战死沙场，留下一个孩子名籍，字羽。

项羽生下来是双瞳孔，一家人都感到十分惊奇。传说舜帝是双瞳孔，人们猜测项氏是舜的后代，但无从考证。项羽自幼聪明过人，有一次，项梁与朋友对弈，中间出去小解，小项羽竟坐在棋枰前与那位朋友下起棋来。等他回来，项羽已走了十几步，而且颇有章法。项羽当时只有五岁，从未有人教过他下棋。他只是在大人们下棋的时候，偶尔在旁边看一眼。项梁见这孩子如此聪明，便主动教他下围棋，开始他学得很快，但是下了几天就没兴趣了，项梁一讲棋他就开始走神，眼睛望着屋顶看燕子做窝，嘴里不时地提一些毫不相干的问题。项梁感到很失望。

项羽从小就没了父母，是项梁一手把他拉扯大的。为了这个孩子，项梁一直没有婚娶。项羽虽然生性聪明，却不肯好好读书，就像学围棋一样，略知一二就不肯再学了，无论怎样打骂讲道理都无济于事，项梁只好作罢。等项羽稍大一点，项梁又教他学剑，开始他很感兴趣，但是学了一阵又不肯学了，气得项梁骂道："书不肯好好读，教你学剑又不学，你到底想怎样？"项羽辩解道："读那么多书有什么用？能认得名字就行了。剑，不过一人敌，我要学万人敌。像爷爷一样，做个大将军，指挥千军万马，驰骋疆场，那多威风啊！"项梁听罢大喜，又教他学兵法，什么《孙子》、《吴子》、《尉缭子》、《司马法》，项梁把当时能找到的兵法典籍都买全了，书简堆了半房子，项羽大言不惭地说："这才符合我的志向。"项羽对兵法似乎有天然的领悟，书上所讲，几乎一看就懂，一教就会。记忆力也不错，学了不长时间就能把《孙子》、《吴子》背下来了。可是他干什么都没有常性，学了一段时间，觉得兵法也没什么意思，又不肯学了。无论项梁怎么动员都没用，这下项梁彻底失望了。

项羽长得人高马大的，比同龄的孩子要高大得多，不读书不学艺难免到处惹是生非，渐渐地，项羽打架出了名，远近几条街上没人敢惹他。开始只是遇到冲突才打架，后来则专门约着打，甚至发展到群殴。咸阳的达官贵人和那些豪强子弟，有不少像项羽这样在孩子里面称王称霸的。听说项羽厉害,便专门约着来找他打架,当然这些孩子都不是项羽的对手,可是有一次项羽让一个叫季心的孩子打了。

提起季心,整个咸阳城的孩子几乎没有不知道的,甚至连大人们都知道他的名字。据说,季心在咸阳打架还没输过一场。另外一个没有碰到过对手的孩子王就是项羽。有好事的少年从中撺掇,把两个人约到了一块儿,想看看究竟谁更厉害。那天,得到消息跑来看热闹的孩子有好几百,围成一个大圈子,把两个人围在中间。季心个子要比项羽小得多,项羽站在他面前,有如一座大山,项羽觉得和他打架很丢人,说:"算了吧,你认输走人吧,我怕一拳把你打坏了。"

季心用嘲笑的口吻说:"是我认输还是你认输啊?当心我把你打坏。"

项羽见他这么不识趣,便抡着拳头扑上来,想着一拳把他打趴下走人,没想到季心从小就习武,身体极为灵活,只见他往旁边一闪,用拇指、中指和食指三个指头迅速捏住了项羽的手腕,顺势向后一拉,项羽立刻扑倒在人群里,有几个人把他扶住了,才没有趴在地上。众人哈哈大笑。项羽有点恼羞成怒,趔趄着转过身又恶狠狠地扑了过来,季心闪过正面,身子向下一蹲,一个扫堂腿把项羽绊了个嘴啃泥。项羽爬起来,已经满身满脸是土,狼狈不堪。季心站在那里连气都没喘,笑嘻嘻地挑逗着:"再来呀!再来!"

项羽发疯般地又扑了过去,季心轻轻闪过,一个后踢腿在他屁股上踹了一脚,项羽又一跤跌下去,半天没爬起来。季心两手抱在胸前问:"还打吗?认输吧?"

旁边围观的孩子们还没热闹够,在一旁起哄:"不能认输,再来!"

"再来!"

季心有个哥哥叫季布,看这样子怕出事,上来将项羽扶起,说:"你没练过武,今天就算个平手吧。"项羽爬起来说:"咱们把账记下,改天我还要和你再比一回。"

季心说:"那不行,认了输再走!"

季布冲着弟弟呵斥道:"哪有你这样的?得理不让人。学了点武术皮毛,在这里逞什么能!你知道他是谁?他是项燕的孙子。"

围观的孩子们一听是项燕的孙子,叽叽喳喳小声议论起来:"原来是项燕的孙子,怪不得打架这么厉害?"

"可还是没打过季心呀!"

"……"

不提项燕还罢了,一提项燕,项羽顿时羞得无地自容,这不是把祖宗的人都丢了嘛。他不顾一切地扒开人群逃走了。季布、季心兄弟俩原本也是楚国人,季心一听是项燕的孙子,顿时觉得不该这么伤他的面子,有心给他道个歉,项羽已经跑远了。

这件事,项羽一直瞒着叔父。倒不是怕项梁打他骂他,而是觉得给叔父丢了人。但是他不知道,季心的舅舅丁固与项梁是旧交,事情过了没几天,丁固就知道了,带着季布、季心登门道歉,这下事情败露了。项梁气得暴跳如雷,客人走后,他让项羽跪下,狠狠地抽了他一顿鞭子。从那以后,项羽开始发奋习武,每天鸡叫头遍就起床练功,风雨不误,可是对于读书一事,还是不肯上心。项梁见他还是不肯读书,劝说道:"你只知道武艺不如人要受辱,须知不读书也是一样的,将来你吃亏肯定就在这上面。"听了叔父的话,项羽有时也把那些兵书翻出来看一看,但终不肯下功夫认真研读。

在项梁的耐心指导下,项羽的武功日益精进,很快便成了一流高手。项羽渐渐长大了,个子比叔父高出多半个头,脸上生出了浓密的络腮胡子,眼睛一瞪像铜铃,说话瓮声瓮气的,浑身的肌肉疙瘩像是石块雕出来的一般,站在那里就像一座铁塔。他不仅武艺好,而且力大无比。当时咸阳没有舜帝庙,于是由关中的几个楚人提议,大家凑钱修了一座。庙修好后,要在庙门前放两个大鼎。鼎铸好了,却放不到鼎座上去,那鼎一个足有八百斤重,七八个汉子一起向上举,举了半天也没举上去,项羽道:"你们闪开,我来!"说着,他运了运气,一弓腰"嗨哟"一声将铜鼎举了起来。大家怕他年纪小把腰闪了,一个劲地让他快放下,可是项羽却连气都不喘,举着鼎说:"你们看看正不正吧,别放偏了。"于是大家指挥着把那只鼎安放好了,接着,项羽又举起了另一只。那年,项羽才十六岁。

项梁等人提议修舜帝庙是有目的的。人们来祭拜舜帝的时候,自然会和当今的皇上做一个比较。这一重用意,关中人可能不会太敏感,可是凡是从六国迁来的人们,一看心里就明白。来这里的人大多是六国后裔或对秦暴政不满的人,彼此见了面有种自然的亲近感,说话夹枪带棒,连讽刺带挖苦地大骂秦王朝,有时甚至公开在这里发泄仇恨。舜帝庙很快就成了反秦势力聚集的一个中心。时间一久,这层意思就被人看破了。有人向官府检举了此事,并且指名道姓说项梁是主谋。项梁等一干人被抓了起来,关在栎阳(今陕西临潼县东北)监狱。

项羽还是个乳臭未干的毛孩子,碰到这样的大事,他除了去拼命,拿不出任何办法,只好来找丁固。丁固发动了几乎所有在关中的楚人四出营救,一方面积极申诉,说明修庙没有任何政治目的;另一方面上下打点,托人说情。这是一桩状告谋反的政治大案,如果坐实,不仅项梁的脑袋保不住,甚至要牵连无数的六国后裔,搞不好要血洗关中,因此一般人都不敢出面说情。后来打听到有位楚人曹咎在蕲县(今安徽宿州南)做狱掾,曾与栎阳狱掾司马欣共过事,两人关系不一般。于是丁固等人决定派项羽带重礼前往蕲县去见曹咎。

曹咎是个极豪爽的人,他知道写这封信要冒灭族的危险,但是听说项梁是项燕的儿子,二话没说就给司马欣修书一封。项羽带来的那些礼物,他一件也没收,又让他原封不动带回去了。项羽十分感动,跪下给曹咎磕了个头,说了句容当后报的话便拍马赶回关中去了。这边司马欣已经收了丁固的重礼,又接到曹咎的信,很快便以谋反证据不足为由将项梁等人放了出来。

一场官司打得项梁身无分文,出狱后,他把房子和全部家产都卖掉还了债,剩下叔侄俩的几件衣服,打了一个包袱,对项羽说道:"籍儿,关中已经待不下去了,咱们得搬家。"

"到哪儿去?"

"我还没想好,到了关东再说吧。叔父这会儿要去办件事,你先到舜帝庙等我,过了头更我如果来不了,你就一个人走吧,到吴中去找你堂叔项伯。"

项羽心中一惊,问道:"叔父要去做什么?"

"我要去把那个告密的人杀掉,否则他以后还会再告,咱们走了,留在关中的楚人可就要遭殃了。"

"我和你一块儿去!"

"不行,人多了不方便。"

项羽坚持要和叔父一起去,项梁道:"听叔父的话,咱们叔侄俩不能死在一起,将来楚国反秦的大业还要靠你们来完成呢。"

项羽拗不过叔父,一个人悄悄奔舜帝庙去了。他在庙门口一直等到天黑,项梁匆匆忙忙赶来了,项羽见他浑身是血,吓了一跳:"叔父没事吧?"

项梁道:"我没事,身上溅的是仇人的血。"说着,项梁接过项羽手中的包袱,把衣服换了,把那身血衣往草丛里一扔,说:"赶快走!"

项羽跟着叔父边走边问:"人杀死了吗?"

"杀死了。"

"是个什么人?"

"是楚人的败类。"

"太好了!"项羽有几分兴奋。

叔侄俩路上不敢停留,日夜兼程走了一天一夜。第二天晚上,项羽实在跑不动了。项梁看看身后,没有发现官军的动静,便找了一家车马店住了下来。刚睡下不一会儿儿,忽听远处有马蹄声,项梁急忙推醒项羽,提着剑来到院子当中,可是已经晚了,官军包围了这家车马店。项梁挥剑斩杀了刚冲进来的一名秦军士卒,让项羽越墙先走,这下项羽不能再听叔父的了,"唰"的一下抽出了佩剑,与项梁站成了背靠背。项羽学剑已经几年了,但是还没有真正把剑术用于战斗,正想试试身手。官军二十多人把他们围在了当中,一个秦军士卒挥刀冲上来,项羽瞅准一个破绽,一剑刺过去,结果了那人的性命。项梁心中暗暗为他叫好,低声嘱咐说:"眼睛盯紧,脚下步伐别乱。跟着我向门外冲。"说完,项梁又刺死了一名官军。几个官军士卒一齐冲了上来,项梁挥剑挑掉了他们手中的兵器,一脚踢翻了一个士卒,那士卒接连又撞倒了几人,官军乱了阵脚,项梁趁机又杀死了两名士卒,官军一看不是这叔侄俩的对手,纷纷向后退去,项梁喊了一声走,拉着项羽跳出了门外。院子里面的秦军士卒跟着追了出来。项羽杀了一个秦军士卒,还觉得不过瘾,趁着秦军队形散乱,又接连刺死了几个。今日实战检验了自己的功夫,项羽兴奋不已,一时杀得兴起,追得秦军士卒四散奔逃。项梁趁机解下树上拴着的战马,叔侄俩跳上秦军的战马,连夜逃出了函谷关。

项氏本是个大家族,秦灭六国后,项氏子弟怕被秦一网打尽,采取了分头逃生的办法。项梁听说自己的本家兄弟项伯在吴中(今苏州市),便带着项羽来投奔项伯。谁知到了吴中,不但没找到项伯,身上的盘缠也花完了。叔侄俩饿得头昏眼花,饥肠辘辘地坐在街头,不知到哪里去寻找生计。堂堂楚国大将的子孙,总不能伸手去要饭吧。项羽饿得实在有点扛不住了,对项梁说道:"要不我去抢点吃的来。"

项梁道:"胡说!你能天天靠抢劫过日子?"

"那怎么办?咱们总不能饿死在这儿吧?"

"男子汉大丈夫,一身的力气还愁没有饭吃?先把眼前这一关过去,明天我带你去找点活儿干。"

"下苦力呀,我不干!"

"不干靠什么吃饭?"

"像咱们这种人家,怎么能去给人卖苦力呢?丢死人了!"

"凭力气吃饭,有什么丢人的?不下苦力怎么办?你想饿死吗?有地方下苦力就不错了。"

"我宁可去当盗贼也不干那个。"

"胡说!我平时给你讲的那些道理你都听到哪里去了?要学会忍耐,等待时机,迟早我们还要夺回楚国的天下!"

项羽没精打采地说道:"那咱们就赶快去找活儿干吧,坐在这里也等不来饭吃。"

"咱们得先想办法吃顿饱饭,否则就是找到活儿也干不动。"项梁正说着,忽然看见前面一路人马吹吹打打抬着轿子走了过来,轿子上还披着大红绸子,准是谁家娶亲的队伍。项梁道:"走,咱们去给新郎官贺个喜,讨顿喜酒吃,吃饱了再去找生活。"

"可是人家并不认识咱们。"

"这种场合,娘家的人不认识婆家的,婆家的不认识娘家的,谁也不会注意咱们的。"

"万一让人家认出来多丢人哪!"

"没关系,就是认出来也没什么,陌生人讨顿喜酒吃,料他也不会把我们赶出来。"

项梁拉着项羽跟着娶亲的队伍混进了新郎家。果真如项梁所说,非但没有人认出他们,知客还十分客气地把他们叔侄安排在了酒桌前。桌上摆满了各种糖果冷餐,漫长的娶亲仪式才刚刚开始,热菜估计一时半会儿还上不来。项羽已经等不得了,风卷残云般一会儿就把桌上的那些小点心消灭光了。项羽的吃法引起了知客的注意,一位知客过来问道:"请问贵客是娘家的还是婆家的?"

"哦,哦……"项羽嘴里还嚼着东西,一时语塞答不上来,项梁道:"我们是婆家的。"

知客有好几位,娘家婆家的都有,娘家的知客负责招呼娘家来的客人,婆家的知客负责婆家的客人。知客听项梁说是娘家的客人,便把娘家的知客找了来,那位知客一看,并不认识项梁,便来盘问根底。项梁道:"先生不必问了,我们既不是娘家客,也不是婆家客,只是路过这里,讨杯喜酒喝。"

两位知客低声嘀咕了一下,婆家的知客说:"既是如此,我们专门给讨酒喝的准备了席位,二位请随我来。"

项羽见被人认出来了,羞得无地自容,拉着项梁的胳膊说:"叔父,咱们走吧。"

项梁道:"既来之,则安之。我看这主人家乃是个好客之人,不妨就吃了这顿喜酒再走。"

知客将他们安排在吹鼓手和下人们吃饭的桌子上。那些吹鼓手见这叔侄俩是来混饭吃的,一脸的不屑,一边吃一边拿话敲打他们:"这年头,什么人都有啊!"

"就是,我看干这行倒不错,这吴中城里天天都有婚丧嫁娶之事,挨家混着吃就什么也不用干了!"

"别老看着别人容易,混饭吃就那么好混?首先得拉得下这张脸,让你去,你有那么厚的脸皮么?"

项羽被这些人说得脸上红一阵白一阵,听到这里,实在忍不住了,伸手揪住那人的衣领说道:"你说谁厚脸皮?"

那人道:"我说谁谁知道,你多什么心哪?"

项羽抡起拳头就要打,被项梁一把抓住了手腕:"咱们是来吃喜酒的,别搅了主家的好事。我看主家倒还好客,无奈客人容不得,这酒不吃也罢,咱们走吧。"

项梁拉着项羽起身要走,一位长者站起来拦住了他们:"先生且慢,我看二位气宇不凡,不像是来蹭酒吃的,况且,吴中历来就有个风俗,无论谁家娶亲,凡是来贺喜的一律有酒喝,就是讨饭的来讨碗酒喝,也是不能拒绝的。我这几位兄弟说话不恭敬,我给二位先生道歉了,请坐!"

"您是?"

"我是这个吹鼓手班儿的班头。薛二,还不快来给先生道歉?"

刚才说话的那个薛二也觉得把人撵走太过分了,急忙说道:"先生息怒,在下说话唐突,请先生不要见怪。"

项梁拉着项羽还是要走,众人一齐上来劝说,这才又坐下了。席间,那位班头问了问项梁叔侄俩的身世,项梁不敢如实相告,只说自己是带着侄儿逃荒来的,想在吴中找个差事混碗饭吃。那班头儿见他叔侄俩体格强健,恰好抬轿子这活又没人愿意干,就问他们叔侄愿不愿意留下来,项梁正愁没处找活干,当即就答应了。

生计是找到了,但是项羽心里却始终不能接受这个现实,总觉得在人前抬不起头来,白天抬轿子走过街市,满街的人都在看他,脸上火辣辣的,低着头从来不敢正眼看人。

一天中午,项羽走在街上渴了,向路边一家小酒店讨口水喝,那店主看他一身臭汗、满脸油污,怕脏了他的碗,便拿了个喂猫的碗给他倒了一碗水,项羽见那碗污秽不堪,知道主人轻蔑他,"啪"的一声把碗摔在地上说:"讨你口水喝,不给便罢了,为何这样羞辱我?"

"呦,你一个臭轿夫,给你口水喝就不错了,还闲我慢待你了,你想让我怎么待你?你进来,我给你做淮扬大菜,你吃得起么?"

项羽气得浑身发抖,真想上去给他两拳,可是看那人不像能禁得起两拳的样子,害怕惹出事来,忍下这口气转身走了。可是那人不依不饶,拽着他的袖子不让走:"赔我的碗!"

项羽胳膊一甩,把那人甩了个仰面朝天。那人躺在地上耍起赖来:"不好啦,打人啦,救命啊!"

他这么一喊,周围店里的人都跑出来,呼啦一下把项羽围住了。店主从地上爬起来,一把鼻涕一把泪地诉说着:"你们说说,他来讨水,我给他水喝,他还嫌我慢待他了,摔了我的碗不说,还打人。天下哪有这样不讲道理的!"

一个外乡人敢在这里撒野,是可忍孰不可忍!众人七嘴八舌谴责开了项羽,项羽这会儿纵有十张嘴也说不过他们,他觉得被人围在这里很丢人,也不想再和他们理论,分开人群就要走,众人哪里肯依:"不行,不能放他走!"

"让他赔了碗再走!"

"赔了也不行,让他谢罪!"

项羽不想和他们纠缠下去,掏出几个铜钱扔给店主。店主没接住,钱都掉在了地上,这下更激怒了众人,又七嘴八舌地嚷开了:"这是什么态度?让他捡起来!"

"让他跪下磕头谢罪!"

"揍他,太不像话了!"

"对,揍他!揍他!"

仗着人多势众,真有几个小伙子上来,揪住项羽就打。项羽实在忍无可忍,三拳两脚便把几个小伙子全都打倒在地。人群中有练过武的,不服气,站出来一人说:"哼!知道你学过几招,你师傅是谁?教你这点功夫难道是为了欺负百姓的?就凭你这点功夫也敢来打架,不怕丢你师傅的人吗?有本事冲这儿来,来,打我!"

那人说着把上衣一脱,扔到地上,露出了浑身的肌肉疙瘩。这时众人不再乱喊乱叫,想看看那人怎样收拾项羽,项羽这才有了说话的机会:"我并不想和谁打架。今日路过这里,想讨口水喝,他拿喂猫的脏碗给我盛水,刚才你也看到了,我赔了钱,他们还要打我,不得已我才还手。哪里是我要打架?快闪开!我没工夫陪你玩!"

项羽说完，觉得热了，也将身上的汗衫脱了，搭在肩上转身又要走。

"哪里走？"那人追过来，照着项羽后背就是一拳。项羽站下没动。那人一拳下去见项羽纹丝未动，才知道项羽的功夫之深。等他打完了，项羽转过身来问："现在能走了吗？"

项羽一只手抓着汗衫领子，一只手空垂着，所有要害部位都暴露在对手面前，这对习武的人来讲是十分忌讳的。那人见有机可乘，又运足了力气照着项羽的腹部一顿快拳，连击了数十拳，项羽依然站着没动。

围观的人们议论道："这人是谁呀？真厉害。"

"今天也太过分了，就这么点事死活缠着不让人家走。"

"就是，看人家是外乡人，就想欺负人家，这回自讨苦吃了吧？"

等那人打完了，项羽又问："现在可以走了吧？"

那人有点下不了台，见项羽还是处于没防备的状态，说："走？谈何容易！"说着，飞起一脚照着项羽裆部踢来，项羽本不想把他怎么样，可是见他出手如此凶狠，不禁怒从心起，伸手抓住他的脚踝顺势向后一拉，那人摔出好几丈远，顿时趴在地上没声音了。项羽愤怒了，大声问道："还有不让走的吗？一起来！"

众人立刻闪到了路两旁，那个店主端来一碗水恭恭敬敬递给项羽，说："今天的事是我不对，小人有眼不识泰山，请大人多多原谅。"

项羽轻蔑地看了他一眼，说："我一个臭轿夫，不配喝你的水，留着自己喝吧。"

回到家里，项羽对叔父说："明天我不去抬轿了。"

项梁道："不去抬轿吃什么？"

"宁可饿死我也不去了。"

"为什么？"

"丢人。"

"哈哈！原来是为这个。怎么了？碰到什么事了吧？"

项羽把白天碰到的事说了一遍。项梁道："事情处理得还算得体，看来你已经长大了。可是听你说话又好像还没长大。什么叫丢人？你小时候出去打架，打不过人家，说我是项燕的孙子，那才叫丢人。当轿夫凭自己的力气吃饭，有什么丢人的？我们丢人是因为亡国，不是因为抬轿子。我们是楚国的后代，是项家的子孙，难道我在街上给人家吹喇叭抬轿子就那么心安理得？就一点不觉得丢人？我也觉得丢人。可是我们为什么在这里给人抬轿子？为什么在这里丢这份人？那是因为我们是亡国之臣，是丧家之犬。既然你知道丢人，就不要忘了这国恨家仇，懂吗？"

叔父的一席话使项羽茅塞顿开。接着，项梁又给他讲了一些卧薪尝胆、能屈能伸的道理。那一天，项羽突然觉得自己长大了。

项梁嘱咐项羽，今后不准在人前卖弄武功，以免引起别人注意。项羽听了叔父的话，很长时间内没有和人发生过冲突。一日，项羽帮人办完喜事，天色已晚，匆匆忙忙往家走,忽闻不远处传来一阵丝竹声。是他从小就熟悉的楚乐,还有个女子的声音伴随着丝竹管弦在唱楚歌。仿佛醍醐灌顶,项羽顿觉一天的疲劳消失得无影无踪,浑身上下都觉得畅快无比。他寻着声音走去,快到门口了,他犹豫起来。原来他走进了青楼巷。这条小巷白天静悄悄的,一点声音都没有,可是一到晚上路两边就挂满了大红灯笼,张灯结彩有如过节一般。那些无以为生或被拐卖到这里的吴中娇娃,一个个打扮得花枝招展,倚着门框向街上的行人抛媚眼,和过往的行人打情骂俏,招徕顾客。还有些胆大的,甚至跑到街上去拉客。项羽是第一次路过这里,顿觉脑袋发晕,心怦怦直跳。到这种地方来,如果让叔父知道了,非打断他的腿不可。有心退回去,可是那声音吸引着他,怎么也舍不得走。他低着头不敢往路两边看,直奔那琴声而去,不防一个满脸脂粉的姑娘过来抓住了他的胳膊,娇滴滴地说:"兄弟,到我家去吧!"

项羽哪里见过这个,顿时羞红了脸。他一时不知道如何应付才好,把胳膊一甩,说:"别来缠我,我是路过的。"

"呦,原来是个雏儿啊,还害羞哪,是第一次吧?没关系,走吧,姐姐教你。"

她这么一嚷嚷,满街的人都把目光集中在了项羽身上,项羽十分恼火,吼道:"我跟你说了,别缠着我,滚!"

项羽眼睛一瞪,吓得那女子直往后退:"不去就不去呗,那么凶干什么?"

项羽甩开那女子,来到碧云楼,声音就是从这里传出来的。项羽站在门口,心里有点紧张,犹豫了一下,心想,只看一眼便出来,于是抬脚跨进了碧云楼。

鸨婆迎上来,迅速把项羽打量了一番,心里掂量着他的分量。看穿着不像是有钱人家的子弟,可是看他眉宇间英气勃勃,又绝非市井小民出身。鸨婆不敢怠慢,问项羽喜欢哪位姑娘,项羽支吾着说:"听支曲子便走。"鸨婆说:"找个姑娘陪陪你吧?"项羽说:"不用。"鸨婆觉得这位客人有点怪,也不敢多问,便把他让到厅堂里坐下。

碧云楼是座环型建筑,一圈是两层客房,有楼梯通往楼上,当中是个大厅,比天井大又比一般人家的院子小,装饰得十分奢华,里面灯火辉煌。此刻一个十五六岁的女孩子正抱着琵琶边弹边唱,旁边有几位乐师为她伴奏。大部分看客都在一圈厢房门口的回廊上坐着,旁边有各自挑选的姑娘陪着,厅堂里人不多,项羽个子又高大,往那儿一坐十分显眼。只听那女孩唱道:

> 皇天之不纯命兮,
> 何百姓之震愆。
> 民离散而相失兮,
> 方仲春而东迁。
> 去故乡而就远兮,
> 遵江夏以流亡。
> ……

她唱的是屈原的《哀郢》。项羽读书不多,记忆力却很好,屈原的词背得烂熟,那曲子也是他十分熟悉的。项羽便随着节拍以只有自己才能听到的声音和着她唱。那女子唱得哀婉凄切,十分动情,仿佛在诉说自己的身世。项羽深深地被她的歌声所感动,联想到国破家亡,从小没了父母,跟着叔父辗转流亡,如今落得叔侄俩在这里做吹鼓手,不由得悲从中来,忍不住两行热泪顺着脸颊流了下来。那女子不知是受了项羽的感染还是被自己的歌声感动了,唱着唱着也流下泪来。唱到伤心处,手下弹拨的力度不知不觉加大了,琵琶声伴随着她的歌声在厅堂里回荡,不仅感动了项羽,也感动了厅堂里每一个人。正在这时,随着那女子的指尖一挑,一根琴弦"啪"的一声飞了起来,琴弦绷断了。

整个大厅里鸦雀无声。

从古到今,一直有这样的说法:琴弦绷断是因为遇到了知音。

姑娘从台上走下来。只见她身着黑裙,肩披白纱,袅袅婷婷朝项羽飘了过来。白纱下面,露出两截玉臂,十指芊芊抱着琵琶,似不胜其重,让人看了不由得心动。项羽起身相迎,两个人站了个面对面,他看见姑娘长长的睫毛下面,闪动着一双清澈如水的眼睛。那双会说话的眼睛望着他,似是期待,似是失望,眼神里含着幽怨,含着哀伤,仿佛有千言万语,又透着说不出的万种风情。项羽从来没有这样近地接触过异性,只觉得她身上透着一股迷人的芳香,那不是脂粉的芳香,而是青春少女身上特有的那种体香。项羽顿时觉得有点头晕,他不敢正眼去看她,低着头望着姑娘的脚尖,问道:"敢问姑娘芳名?"

"敝姓虞,艺名妙逸。公子怎么称呼?"

"姓项,名籍,字羽。"

这时,从楼上走下一位公子,拍拍项羽的肩膀说:"看样子琴弦是为你而断。恭喜你啦,艳福不浅哪。这位姑娘也是初来乍到,还没有人梳理过,赶快回去准备银子吧。明日我们大家喝你的喜酒。啊?哈哈,恭喜恭喜!"

那位公子说着,双手抱拳就地转了一圈,向所有在场的人示意。这时整个大厅里都跟着喊起来:"恭喜恭喜!"

"老鸨,明天把喜酒预备好啊!"

鸨婆也趁机跑过来敲竹杠,伸出手来说:"恭喜公子!老身先讨个赏钱吧。"

项羽原打算听支歌就走,没料想遇到这样的麻烦,他一脸窘迫地浑身上下乱摸。不用摸他也知道,身上总共只有十几个铜子。妙逸年纪虽小,可是在江湖上卖艺时间已经不短了,见过一些世面。她看出项羽窘迫,赶紧替他解围,道:"公子休要听他们胡说。他们是故意难为你的。"说完转身对说话的那位公子说:"李公子,我不是早就跟你说过了吗?本姑娘卖艺不卖身,你为何还要拿话来耍笑人家?"

"姑娘言重了,我怎敢耍笑别人?碧云楼的姑娘刚来时都说是卖艺的,可最后还不都一样?别跟我来这套假正经好不好?不就是钱吗?你长得漂亮,价码高,我知道。

开个价吧？既然这位公子不肯出钱,还是我来做你的新郎官吧！啊？哈哈！"说着,伸手要去摸妙逸的脸蛋,被妙逸一抬胳膊挡了回去。

"李公子放尊重些,免得伤了和气,大家脸上都不好看。"

项羽见姑娘替他解了围,心里十分感激,虽然对鸨婆和那位李公子有些气,但是不敢在这里闹事,也就忍了,对妙逸抱拳施礼道:"谢谢妙逸姑娘,项羽告辞了！"

"等一等,请问公子家住哪里,做什么事情？"

这一问把项羽问了个大红脸,他嗫嚅着说:"我,我是个轿夫。"说完,慌慌张张转身就走。姑娘道:"公子且慢。今日既遇知音,小女愿专门为公子再唱一曲。"

"不了。我,我得走了。"项羽只觉得满厅堂的人都在看他,四处投来的目光刀子一般刺伤着他的自尊心,他无法再坐下去,只想赶快离开,可是鸨婆拦住他道:"公子茶钱还没付呢。"

项羽把身上仅有的十几个铜钱全部掏了出来递给鸨婆,说:"都给你了。"

鸨婆开始不摸项羽的深浅,一直对他很客气,现在见项羽不过是个穷光蛋,立刻变了一副脸:"呦！都给我了,你可真大方啊！打发叫花子哪？你知道这是什么地方？拿这么几个铜子就来了？以后打听好了再来！"说完,把那十几个铜子扔到了地上。项羽被鸨婆奚落这么一顿,恨不能地上裂开个缝钻进去。他真后悔不该来这里。看着鸨婆那张可恶的脸,他真想一拳把它打成肉饼,但是他想起叔父的嘱咐,还是忍了。妙逸上前说道:"茶钱算我的,你莫要羞辱人家。公子请坐。"

项羽哪里还坐得住,客气了一下赶紧逃之夭夭了。

那一夜,项羽失眠了。妙逸的影子在他眼前晃来晃去,怎么也赶不走。同时,想起在碧云楼所受的屈辱,恨得牙根发痒。爱和恨像两把火,同时在他心里燃烧起来。

第七章　虞兮虞兮

项梁不愧是将门之后，就是吹喇叭抬轿子也比别人吹得好，抬得出色。才干了不久，大家就公推他做了班头。自从他当了这个班头，班子的生意就开始好了起来。项梁善于调度，每逢婚丧嫁娶的场合，当事人往往忙得顾前顾不了后，不是忘了这个就是丢了那个。可是只要有项梁在，就乱不了，他会把所有的事情安排得妥妥帖帖，保证出不了半点差错。渐渐地，他在这方面出了名，凡大户人家有婚丧嫁娶之事，都来找他主持。吴中乃会稽郡治，郡里县里的一些大工程、大徭役，也经常请项梁去帮忙筹划。在旁人眼里，项梁简直风光得不得了，可是他们哪里知道，项梁的屈辱感比项羽还要强烈。一个将门之后，居然干起这种下贱行当来，倘若父亲在世，看见他们叔侄混到这步田地，真不知羞成什么样子。然而，项梁毕竟是饱经沧桑的人了，他没有流露出任何抱怨和不满，相反，却利用这些活动暗中践习兵法。每次大的婚丧嫁娶之事他都把它当成一次军事行动，以兵法来调度宾客及子弟，一方面锻炼自己，另一方面观察和检验周围的人，以试他们的才能大小。他在吴中的名气越来越大。他开始利用自己的影响来网罗各路英雄，并嘱咐项羽多结交天下豪杰和有识之士，以待有朝一日举大事。吴中豪杰，开始渐渐聚集在项梁的周围。其中有个年轻人叫龙且，年龄、个头、武艺都和项羽差不多，人既敦厚又聪明，项梁非常欣赏，视之如子，经常请他来家里吃饭、切磋武艺。

龙且是个铁匠，为人豪勇。平日里靠打造犁镰度日。光靠打铁赚不了几个钱，便偷偷打造些刀剑之类的兵器来卖。私自打造兵器是违法的，秦灭六国以后，曾下令收缴民间私藏的武器，将其统统运回咸阳，铸成十二个巨型金(属)人，立在咸阳宫前，以示天下永不用兵。但是，那是一个尚武的时代，大部分成年男子都习武，加上世道并不像始皇帝想象的那么太平，所以民间对兵器的需求量非常大，几乎所有的铁匠都在私造兵器。法不责众，官府只好睁一只眼闭一只眼，民不举官不纠。这一日，龙且担了些犁镰锄镐到集市上去卖，在那些农具下面，偷偷藏了几把自造的短剑。集市在一座石桥的两头，因为这里过往的人多，所以自然地形成了集市。龙且去得早，把摊子摆在了桥头最有利的位置。不一会儿，就有人来悄悄打听有什么兵器。这种事，买卖双方都是要背人的，龙且告诉他只带了几把短剑，若需要别的，可以定制。那人要看剑，龙且扒开上面的农具偷偷给他看，货刚露出来，就围上来一群人要买,一边看一边大声嚷嚷着讨价还价,龙且道:"诸位小声点,让人听见,我这买卖可就砸了。"

最初上来打听货的那个家伙说:"小声点可以,但是你得付点掩口费。"

龙且知道碰上了一群无赖,问道:"你要多少?"

那人伸出五个手指头,翻了一下手掌:"十两黄金。"

龙且一听就火了:"我把这一担东西都卖了也卖不了这许多钱!"

"你要是不给,我们就嚷。"说着,真的嚷了起来,"哎!快来看哪。卖刀剑啦,便宜啦,快来买呀!"

龙且怒从心起,揪住那人就要打,正在这时,人群中走出一个中年汉子,一把抓住他的手腕,小声说:"不要命啦。"说完,掏出十两黄金递给那个无赖,"拿去,别嚷了!"那汉子就是项梁,他一大早从这里路过,看见这里围着一群人,便站下来看发生了什么事情。他发现这个小铁匠长得浓眉大眼,相貌不俗,便生了怜爱之心。眼看一场纠纷要起,他怕这年轻人吃亏,赶紧出来打圆场。

那几个家伙看见明晃晃的金子,立刻不做声了,相互看了看,领头的那个说了声走,几个人转身走了。临走,又顺手把龙且打造的几把剑都拿跑了,龙且要去追,项梁低声对他说道:"算了,赶快走,否则就走不脱了。"这时,桥头已经围满了看热闹的人,龙且收了摊子,担起担子往回走,走到桥上,心中怒火难消,气得把脚一跺,没想到把桥中间一块儿七尺多长、两尺多宽、一尺多厚的巨石跺成了两截,整个桥身都跟着震动起来。从此,一脚跺断石桥的龙铁匠在吴中出了名。

自古红颜多薄命。妙逸来到吴中以后,日子就没有一天安生过,不断地有吴中的富家子弟前来骚扰。好在妙逸已在江湖上闯荡过几年,知道怎样保护自己,她用卖艺不卖身这块挡箭牌作为护身符,挡住了一些人的非分之想;鸨婆也想拿她赚个大价钱,并不急于出手把她卖掉,开出的价码让那些公子哥儿们望而生畏,这对妙逸也起到了一点保护作用。但是吴中毕竟是个繁华之地,各地豪强经常到此来游乐,哪里是她一个弱女子能挡得住的。

一日,来了个叫桓楚的,强行要娶妙逸。桓楚本是吴中黑道上的老大,生得满脸横肉,脸上还有一块儿长长的刀疤,一副凶神恶煞的样子,他有一身好武艺,吴中子弟无人敢惹他。

桓楚在黑道上的霸主地位是打出来的,曾有几股比较大的势力出来较量过,双方大打出手,死了不少人,最后都没有能争过他。这样一个混世魔王,鸨婆自然惹不起。

桓楚最近发了一笔大财,鸨婆开出的价码他满口答应,鸨婆也觉得价钱满意,便来找妙逸商量。妙逸见过桓楚来碧云楼,一想起他脸上那块刀疤就感到害怕,而且,她听说桓楚已经有了一位压寨夫人了,恶得不是一般,她去了何以自处?因此说什么也不答应。鸨婆见她不愿意,给桓楚回了话,但是桓楚不依:"既然你开出了价码,咱不还价你就不能反悔。她不是说卖艺不卖身吗?老子是明媒正娶,又不是卖身,她有什么不愿意的?我去和她说!"

鸨婆道:"你别去,还是我来跟她说吧。你去,一准说崩了。俗话说,强扭的瓜不甜。虽说是明媒正娶,也要姑娘愿意才好。"

"那是。可是话说回来了,她不是你花钱买来的么?这事能由得了她么?"鸨婆自然明白这个道理,可是她也知道妙逸的脾气,硬来说不定会闹出什么事来。就这样,鸨婆两面来回说和着,可是两个人一个是非娶不可,另一个是宁死不嫁,事情僵在了那里。末了,桓楚扔下定金,说:"你慢慢开导她吧,三天后我来接亲,你问她是愿意老老实实上花轿呢,还是愿意让我把她捆了去。"

桓楚走后,鸨婆便反过身来软硬兼施地逼迫妙逸,妙逸也知道桓楚是惹不起的,可是,又有谁能来解她的这场危局呢?辗转愁肠,忽然想起项羽。自从那日见了项羽,妙逸便时时不能忘怀,有时候做梦都和他在一起。项羽高大英俊的身影时时在她眼前浮现,他那单纯、高贵的气质是妙逸在别处没有见过的。琴弦断遇知音虽然只是一说,可是在那一刻,妙逸确实感到了心与心的碰撞。她有一种直觉,这个人就是她要找的那个可以托付终身的人。妙逸知道自己身在青楼,随时都有沦为妓女的危险,因而见了项羽便动了嫁给他的念头。可是项羽自那日走后再也没有来过。她知道项羽目前很穷困,为她赎身是不可能的事,况且只有一面之交,谁知道人家肯不肯娶她这个风尘女子?妙逸有时候觉得自己是自作多情,有时候又觉得项羽一定会再来碧云楼找她,可是直到此时此刻,项羽还没有出现。正在愁肠百结的时候,她突然想起那日唱的曲子。她很少唱屈原的这首词,因为青楼客爱听的多是艳曲,这种曲子没有几个人喜欢,那日偶然一唱便招来项羽,也许这就是缘分吧,她抱起琵琶,拨响琴弦,又唱了起来:

皇天之不纯命兮,
何百姓之震愆。
民离散而相失兮,
方仲春而东迁。
去故乡而就远兮,
遵江夏以流亡。
……

也许冥冥之中确有上苍的安排,也许只是巧合,恰巧这一天项羽在上次的同一地方路过,又听到了同样的琴声和妙逸如泣如诉的歌声,他感觉到这歌声在倾诉着什么,呼唤着什么,比上一次听到似乎感觉更强烈。自从见了妙逸,项羽无时无刻不在惦念着她,几乎到了茶不思饭不想的地步。多少次想再去碧云楼见她一面,但是自尊心阻止了他。他没有钱。他害怕那些看他的眼睛。他已经背着叔父偷偷攒了几个钱,听几次歌是足够的,可是听完又能怎样?他还是个穷光蛋,还是让人瞧不起,还要受那些刀子般的目光的宰割。所以几次走到碧云楼跟前,他又折回头走了。此刻一听到这歌声,他再也不能犹豫了,大步流星向碧云楼奔去。

当项羽出现在碧云楼大厅里的时候,妙逸惊呆了。她站起身望着项羽,手中的琵琶"啪"的一声掉在地上。她顾不上去拾琵琶,一下子扑进项羽的怀中。两个人紧紧地抱在了一起。

妙逸将桓楚要强行娶亲的事情对项羽说了。项羽找到桓楚,劝他不要强人所难。桓楚听说过这位外乡人不好惹,对他还算客气,问他:"你是什么意思?你想娶这位姑娘?你要是娶她我可以让给你,犯不着为一个女人伤了和气。你既不肯娶她,这事又与你何干?"

一句话把项羽问住了。他不知道怎么回答,憋了半天只好说:"我是要娶她。"

"那好,把我的定金还给我。"

项羽再次受窘。手中没有钱,说话也不硬,问道:"能否宽限些时日?"

桓楚说:"不行。我说了三天以后来娶亲,三天之内你若把钱拿来,人就是你的;若拿不来,你也休要再来纠缠。否则,别怪我不客气。"

三天时间很快到了,可是钱却没有筹到。看来一场恶战不可避免。第三天夜里,项羽没敢睡。在碧云楼附近守了整整一夜,害怕发生意外。天刚刚亮,娶亲的轿子就来了。青楼巷整条街上都知道碧云楼妙逸今日要出嫁,轿子一来,人们纷纷出来围观,巷子里挤满了人。桓楚骑了匹高头大马,披红戴花走在前面。走到十字路口,项羽上前拉住马缰绳,道:"我听说桓楚兄乃吴中豪杰,在下再次奉劝,不要难为一个小女子,还是勒马回去的好。"

"话我已经说过了,我也奉劝你给我闪开,否则我就不客气了。"

项羽站着没动。桓楚喝道:"来人哪,把这小子给我赶开!"

说话间,桓楚手下二十多人呼啦一下冲上来,围住项羽就打,项羽开始不想惹事,因而有点紧张。一旦打开了,便没了顾虑,三拳两脚便撂倒了几个,余下的不敢靠前,有几个功夫好点的,见项羽不好对付,提着刀剑冲了上来,先前那些人也跟着围了过来。项羽未带任何兵器,回身看见桓楚身后的轿子,伸手抓住轿柄,一把把轿子抢了起来。那轿子披红挂彩,被项羽一抢,大红丝带满天飞舞,煞是好看。围观的众人叫起好来。项羽把轿子抡了一圈,已打倒七八个,轿子也被抡散了架,只剩一根轿柄在手中,那几个手持兵器的还想再上,项羽把根轿柄耍得忽忽生风,逼得他们节节后退。项羽见众人怯了,将轿柄一扔,指着骑在马上的桓楚说道:"我今日未带兵器是怕伤你弟兄的性命,现在马上给我滚,否则我就不客气了。"

桓楚也不答话,翻身下马,解下随身佩带的腰刀,往地下一扔,说:"既然你未带兵器,老子若是拿兵器,显得欺负你,咱们就徒手练练。你若胜得过我的拳头,我即刻走人,永远不再提娶亲的事;你若是输了,马上给我滚!"

"一言为定？"

"一言为定！"

说完，桓楚踢踢脚，活动了一下胳膊腿，猛一欺身已到项羽跟前，一个双凤灌耳，两掌同时向项羽头部击来。项羽两掌从中间将桓楚两臂隔开，然后向内一挽，想抓住他两臂。谁知桓楚上面两掌只是虚晃，趁着项羽双手分开的瞬间，一头向项羽胸部撞过来。项羽还不曾见过这种功夫，不防备身子被他撞得一震，晃了一下，但是很快站稳了脚跟，一个黑虎掏心反攻回去，将桓楚打得连连后退，险些摔倒。桓楚的头功是很厉害的，曾经撞死过一个对手，如今见项羽挨他一撞只是晃了晃，知道项羽的功夫非同小可。稍一停息，左直拳右钩拳又向项羽袭来，项羽抬掌来格挡，不料桓楚这两拳还是虚晃，真正的攻击在脚下。桓楚飞起一脚直奔项羽下颚，项羽见桓楚抬腿的功夫下边露出破绽，一闪身只轻轻一脚便把桓楚钩倒在地。却不知桓楚是连续攻击，倒地只是借力，一个鲤鱼打挺跃起，双脚向项羽的胸膛踢去，项羽闪身稍慢了一点，被他踢中，身子又是一震。桓楚连续两次骗招儿都成功了，然而却没能撼动项羽，感到十分震惊，接着又向项羽下三路攻来。项羽个子高，下三路是他的弱点，可是他腿上的功夫也不弱。只见他身体下伏，单脚点地，两腿飞快地变换着招数交替迎战，踢起一股股尘土，不一会儿，两个人便把路口搅得尘土飞扬。十几个回合下来，桓楚见下身沾不着什么便宜，又起身较量拳头。两个人由伏到蹲，由蹲到立，越打越高。人群里爆发出一阵阵喝彩声。桓楚感觉两个人功夫差不多，项羽要攻到他的要害很难。开始倒是桓楚占了一点先机，只是力量不如项羽，几次袭击成功，项羽都毫发未损。项羽见他招数使得差不多了，开始反守为攻，步步紧逼，打得桓楚连连后退，有点招架不住了。正在这时，只听"嗖"的一声，人群里飞出一支飞镖，正中项羽右肩，项羽一个箭步跳出圈外，一把拔下飞镖扔给桓楚，正色问道："还有这种招数？"

桓楚知道是他手下的人干的，当着这么多人，觉得很没面子，厉声问道："这是谁呀？跑到这里来给老子丢人！"然后一抱拳，对项羽说："项公子，桓楚输了，甘拜下风。这个亲我不娶了，待我回去查出是谁放的暗器，绑来由公子发落。"

桓楚带着他的人走了。

这时，妙逸从人群里冲了出来："项公子，你看你身上的血，赶紧进来包一下。"说完，一把将项羽拉进了碧云楼。

妙逸也是楚国贵族出身，祖上世代为卿相。楚国被灭之后，落得家破人亡，十三岁时被人贩子卖到了青楼，靠着乖巧机灵得以全身。妙逸见了项羽，如遇亲人一般。当两个人坐下来的时候，又不得不为眼前的处境发愁。虽说今日赶走了桓楚，谁知明日还会发生什么事？必须尽快想办法把妙逸赎出去，可是钱呢？钱从哪儿来？妙逸这些年卖艺存了几个钱，但是离鸨婆要求的数字还差得远。逃跑？私奔？项羽倒是有一身的力气，养活妙逸不成问题。可是那样就正应了叔父的话，把叔父一生谋划的反秦大业扔下不管了。项羽左思右想没有什么好办法,每日只是到碧云楼来对着妙逸,以酒浇愁。

自从那日打败桓楚之后,项羽一夜成名,吴中子弟无不畏之,连碧云楼的鸨婆都对他刮目相看。现在她倒巴不得项羽常来坐坐,因为青楼这一行几乎天天有麻烦,要想让那些地痞流氓不来捣乱,全靠钱财打发,每月挣的那点钱,一多半倒被他们搜刮了去。项羽往这里一坐,再也没有人敢来敲她的竹杠了。因此,每次项羽来,鸨婆都是笑脸相迎,从来不收他的酒水饭钱。开始项羽还觉得过意不去,可是妙逸早把鸨婆的心思看穿了,对项羽说道:"你别觉得有什么过意不去,你来等于给她做了个不花钱的保镖,并不欠她什么!"所以项羽也就心安理得地每日来这里吃酒。这日中午,酒吃得有点多了,项羽心中烦闷,让妙逸为他抚琴,唱道:

力拔山兮气盖世,

美人相伴兮空悲戚,

空悲戚兮不可得,

虞兮虞兮可奈何?

妙逸见他心中愁苦,说道:"项郎既有这样的气概,还愁何事不成?车到山前必有路,暂且不去想它吧。"

正说着,听见街上人声嘈杂,项羽不知道发生了什么事情,急忙出门去看,原来是桓楚。他果真把那个私投暗器的家伙绑来了。

"项公子,就是这小子放的暗器,我把他绑来了,要打要罚由你发落。"

桓楚虽是黑道上人,可是说话算话,还有几分仗义,项羽心中对他不由得生出几分敬意。他平时最恨那些背后放暗箭的小人,加上心中愁闷正无处发泄,于是走到那人跟前问道:"你是用哪只手放的暗器?"

那人答是右手。项羽抓起他的右手看了看说:"做这种事的手还要留着吗?"那人一听,急忙给项羽跪下求饶:"项公子,那日放暗器是我不对,任你怎么处罚都行,求求你把这双手给我留下吧!"

项羽冷笑道:"我最恨的就是背后放暗箭的小人,最瞧不起的就是你这种没骨气的家伙。桓楚兄弟,不是我不给你面子,要这样的兄弟何用?留下他不怕丢你的人吗?"

桓楚看见他的部下在人前给他丢了人,也觉得脸面上下不来,对那位弟兄说道:"软骨头,你还有脸活着?别在这儿给我丢人现眼了!"说着,把身上的佩剑摘下来,当啷一声扔在了那位弟兄脚下。那位弟兄吓得浑身发抖,妙逸见那人可怜,急忙跑过来拉着项羽的胳膊说道:"项郎,你就饶了他吧。"

项羽拾起佩剑还给桓楚,道:"我并不想要他性命,可是也得让他记住,一辈子别再干这种小人勾当!"说着,项羽抓住那人的右臂,"喀嚓"一声将小臂撅成了两段。

那人疼得一边嚎叫着一边躺在地上打滚。妙逸吓得脸色惨白，摇着项羽的肩膀问道："你为何要这样？为何要这样？！"

桓楚将那位弟兄踢了一脚，喝道："赶紧给我滚！"

那人爬起来跑了。桓楚对妙逸说道："让虞姑娘受惊了，走，进去喝酒。给姑娘压压惊。"

妙逸感到十分吃惊："把人打成这样你们还有心喝酒？"

桓楚道："这有什么呀？喝两杯就把他忘了。"

妙逸看看项羽，项羽也是一副若无其事的样子。妙逸十分诧异，她没想到项羽竟会这样残忍，先前项羽给她留下的那点好印象顿时荡然无存，当初她要嫁给项羽的想法也产生了动摇。

项羽让鸨婆摆上来一桌酒席，和桓楚两个人像没事人一样大碗喝起酒来。妙逸心里却闷闷不乐，桓楚给她敬酒她不喝，项羽给她夹菜她也不理，项羽道："你今天这是怎么了？来，把你的琵琶拿来，给兄弟们唱一曲。"

妙逸拉下脸来说道："我不唱！"

项羽很尴尬，桓楚急忙出来打圆场："虞姑娘不唱就算了，来来来，咱们接着喝酒。虞姑娘，你也来一杯。"说着，桓楚将一杯酒端到了妙逸面前，妙逸抬手将酒杯打翻了，道："我不喝！"

项羽见妙逸这样无礼，顿时怒从心头起，"啪"的将桌子一拍喝道："妙逸，你太过分了！"

妙逸毫不相让，道："是我过分还是你们过分？我喝不下你们这种酒，你们也不要在我这里胡闹，都给我滚！"说着，妙逸一把掀翻了桌子。

项羽怒不可遏，"刷"的一下把腰间的佩剑拔了出来，妙逸并不畏惧，厉声说道："你要干什么？难道还要杀我不成？来吧，这世道反正是活不下去了，要杀就杀吧！"

桓楚一见这场面，急忙劝道："项公子息怒，虞姑娘是个菩萨心肠，见不得男人们打打杀杀的，千万别和她生气。"说着，硬把项羽拉走了。

事后，项羽十分后悔，但是因为翻了脸，很长时间不好意思到碧云楼去。一日，正在家里闲得发慌，桓楚来了，两个人闲聊了一会儿，桓楚问道，"你最近见虞姑娘了么？"

项羽垂头丧气地说道："没有。"

"你怎么不去看看她？"

"那天闹成那样，怎么好意思再去？"

"哎呀，勺子哪有不碰锅沿的，两个人几句口角别老放在心上。她在那种地方，日子可不好过，你怎么这么长时间也不去看看她？"

"怎么，她遇到什么麻烦了？"

"我听说李公子打算为她赎身。"

"什么？有这等事？"

项羽一听这话，再也坐不住了，立即和桓楚来到了碧云楼。项羽来得正是时候，李公子最近三番五次地来找妙逸，想为她赎身，娶回去做小。妙逸后悔那日不该那样对待项羽，项羽虽然心肠狠了些，但对她却是一往情深。狠又如何？在这乱世之中，不狠一点怎么生存？狠一点至少可以保护自己不受欺侮。如今自己身陷青楼，人家不挑剔你的出身就不错了，你还挑剔什么？现在，她有心回头去找项羽，又觉得不好意思，正在左右为难之际，项羽来了。妙逸把近来李公子常来纠缠她的情况一五一十告诉了项羽。项羽听完之后说道："看来这个地方是不能再待下去了，我只问姑娘一句话，你可愿意嫁给我？"

妙逸哭着说道："你明明知道还要问！"

"那好，我回去就和叔父说，明日就把你娶回家去。"

"可是有件事你一定得答应我。"

"什么事？"

"以后再不要和人打打杀杀了。"

项羽道："这怎么可能？以后还要跟着叔父完成反秦大业，不打不杀能把秦始皇推翻吗？"

"反秦是另一回事，你怎么杀，我都不拦你，可是平时能不动武么？"

项羽想了想说："能。"

桓楚见他们有话要说，便站起身说道："你们慢慢聊，我还有事，先走一步。"

项羽道："你有何事？何不就在这里叫一桌酒席，大家热闹一会儿？"

"酒就不喝了。项公子近日若有空，我倒想带你去见一位朋友。"

"什么朋友？"

"项公子可听说近日吴中来了位武林高手？"

"不曾听说。"

"那厮原本是个打柴的，住在东门外半年多了，谁也不知道他有这等功夫，前日我几个弟兄被他打伤了，在下前去找他理论，不料竟打不过他。除了公子，我桓楚在吴中还没碰到过对手，没想到居然败在他的手下。"

项羽听到这里立刻警惕起来："恕我直言，在下家教极严，若让我帮你打架，我是万万不能去的。不过你说的这个人倒是个奇人，我想和他会会。"

"刚好！我的属下已向他报了公子的大名，他也说想会会公子。"

项羽道："不过说好，我可不是帮你们去打架的。"

"公子太小看我了。我桓楚历来敬佩各路英雄，在江湖上从来不会仗势欺人。你就是肯帮我打，我还觉得丢人呢。"

"那好，你到东门外等我，我和虞姑娘说几句话就来。"

桓楚刚走，碧云楼就来了一大群人，抬着不少箱笼细软，不由分说就往妙逸的房间里搬,项羽道:"这是谁让你们抬来的?"

那些人答是李公子,项羽道:"统统给我搬出去!"

那些人见项羽不好惹,出去把李公子找了来。因为项羽常来碧云楼,李公子已经和他认识了,李公子道:"项公子,好久没在碧云楼见到你了,近来在哪儿发财呀?"

项羽没搭他的茬儿,反问道:"这些东西是你让人送来的?"

"正是,有什么不妥吗?"

项羽道:"你最好还是让人把它抬回去。"

"为何?"

"因为妙逸是我的人。"

"项公子,这就是你的不对了。当初我让你梳理妙逸,可是你不肯出钱,现在后悔晚了,我已经决定把她娶回家去了。"

"婚姻是两相情愿的事,你既无父母之命,又无媒妁之言,凭什么娶她?"

"这你就管不着了,妙逸父母皆已不在,她是被卖到碧云楼来的,鸨娘同意就是父母之命,媒人我也找好了。公子就不要操心了。"

"可是你问妙逸了没有,她是否同意你娶她?"

"这是我和妙逸的事,你有什么资格来管?"

"我当然有资格管,我和她已经定亲了。"

"什么时候?我怎么不知道?"

"就在刚才,不信你问她。"

李公子道:"别跟我来这套,你是什么根底我还不清楚?妙逸是碧云楼花大价钱买来的,就你叔父那点家当,拿什么给她赎身?"

"这不用你管,我既然和她订了亲,就有办法给她赎身!"

李公子恼羞成怒,道:"那不行!你们私自定的不算数,我已经给鸨娘付了赎金,你来晚了!"

"晚不晚要由虞姑娘说了算,她如果愿意嫁给你,我马上离开这里;如果不愿意,你休想强娶!"

"项羽,你不要不识相,在这吴中城里,还没有人敢跟我李某过不去。"

项羽道:"我也警告你,如果你要强娶妙逸,我可就不客气了。"

"那咱们走着瞧!"

第八章　吴中豪杰

离开碧云楼,项羽匆匆来到东门外。桓楚把他领到了一个农家小院。院子不大,只有两间草房,院子里收拾得干干净净,主人正坐在院子里看书,见桓楚领来个大汉,站起身来轻蔑地问道:"这就是你请来替你报仇的人?"

那人年纪很轻,和项羽不相上下,中等个儿,身材匀称,面目清瘦,长得很白净,眉清目秀的,看上去像个书生。若是桓楚事先不说,真看不出是个武林高手。

"壮士误会了。前日我桓楚冒犯了壮士,今日是专门赔罪来的。这位项公子听说壮士好身手,有心和壮士结交,不知道壮士肯不肯?"

"看来肯与不肯由不得我,那就请吧。"年轻人还是不相信桓楚的话,以为不过是江湖上的说辞,已经站好马步,准备迎战了。

项羽抱拳施礼道:"壮士确实是误会了。在下项羽,只是慕名而来,不敢造次。敢问英雄大名?"

年轻人见他们确实不是来打架闹事的,这才站直了答道:"在下复姓钟离,单名昧。不过,我历来一个人清净惯了,并不想与人结交。诸位若没有事,恕我不奉陪了。"说完,拿起书简进屋去了,把项羽一干人晾在了院子里。

晚上回到家里,项梁已经把饭做好了。项羽随便吃了几口,把碗一撂,和叔父说起了妙逸的事。

随着项羽一天天长大,项梁早就觉得该给这孩子成亲了,免得跟那些纨绔子弟们学坏了。可是说了几门亲事,项羽都不理不睬,现在事情到了这种地步,项羽只好和叔父说了实话:他打算为妙逸赎身。项梁一听就火了:"你想娶个妓女回家来?告诉你,我没钱给她赎身,就是有,也不会答应你娶她的。你就死了这份心吧。"

项羽辩解道:"她不是妓女,她是被人卖到青楼的。人家只是卖艺糊口,和妓女可不一样。"

"有什么两样?那种地方能有什么好人!"

"叔父相信我,侄儿绝不敢欺瞒叔父。"

"那也不行。要赎你自己赎去,我没有钱给你做这种事。"

项梁本以为用钱能难住项羽,不料项羽却说:"我可以向桓楚借钱,没有打算向叔父要钱。只求叔父允许她进这个家门。"

"你打算气死我呀！难道为了一个青楼女子，这国恨家仇、反秦大业你都不顾了？我对你讲的那些道理都白讲了？"

项羽道："叔父息怒，国恨家仇我一天也没忘，可是这和娶亲有何关系？"

项梁大概也是气糊涂了，有点恼羞成怒，冲着项羽吼道："娶亲，娶亲，娶个屁亲！娶到家里来给我丢人哪？我告诉你，你在外面和她爱怎样怎样，绝对不许给我往家里领！"

谈话僵住了。过了一会儿，项梁问项羽："你怎么跟桓楚混到一起去了？跟这些人混在一起能学出什么好来！"

项羽辩解道："桓楚虽是黑道上的人，但是为人却很仗义，武功也不错，与我不相上下，叔父将来若举大业，或许是个用得着的人。"

"哦？哪天你把他领来我见见。别说我要见他，只当随便邀他来玩玩。"

项羽一面答应着一面说道："桓楚今天还带我见了一个奇人。"

"是么？是个什么人？"

项羽把白天去访钟离昧遭到拒绝的事一五一十对叔父说了，项梁眼睛一亮，说："想不到吴中竟有这样的奇才！走，带我看看去。"

叔侄俩来到城东。月光下，钟离昧一身白衣正在舞剑，项梁示意项羽不要出声，两个人悄悄站在一旁观看。钟离昧早已看见他叔侄俩进来了，却全然没有理会，继续舞他的剑。只见他猿臂轻舒，蜂腰百转，柔韧的身躯俯仰自如，脚下闪转腾挪全无半点声息，仔细看脚下却是步步生根，手中利剑恰似一条银蛇在月光下翻滚，看得项梁兴起，拔出身上的剑道："我与公子对舞一场如何？"说罢，也不等钟离昧答话，跳进场中。先是和钟离昧对舞了一阵，然后一个银龙探海向钟离昧刺去，钟离昧挥剑格开，反身一个惊蛇下山，逼得项梁向后连退了几步。两个人你来我往，舞得小院子里风声四起，几十个回合下来不分胜负。项梁拿出看家的本事，佯装不支连连后退，钟离昧步步紧逼，却不料项梁一个回头望月，直奔他咽喉刺来，钟离昧闪身避过。这一剑虽未刺中，却让钟离昧大吃一惊："项家剑法？"钟离昧喊出这四个字，项梁也吃了一惊，他如何识得我项家剑法？两个人不约而同向后跳了一步，各自收了剑。钟离昧仗剑抱拳施礼道：

"敢问前辈尊姓大名？"

"在下项梁，这是小侄项羽。"

"前辈可是楚国项氏？"

"正是，家父项燕死于国难，我弟兄子侄流落四方，只我叔侄俩在这里混口饭吃。"

"晚生冒昧，在大人面前班门弄斧，真是献丑了。有不恭敬处还请大人海涵。"说罢，就要跪下给项梁磕头，项梁急忙将他扶住，道："哪里哪里，你的剑法只在我之上，不在我之下。"

"前辈过奖了,晚生哪里敢望大人项背!快快屋里请。"

钟离昧把客人让到屋里,点亮了灯。项梁发现这小茅屋里堆满了书简,翻开一看,全是兵书。书简旁放着一对大理石的围棋盒,项梁伸手摸出一个白子,光华圆润,拿在灯下仔细一看,晶莹透亮,是上等南玉磨制的,仅这一副棋子就价值千金,由此项梁断定钟离昧是个贵家公子,不得已流落至此。他也不急于问他身世,道:"好久不曾下棋了,来,我与你杀一盘。这么好一副棋子让它闲着太可惜了。"

项梁喜欢下棋,从围棋中,他悟出了不少道理。围棋与人生极其相似,平静的棋盘,处处风云变幻,得势时,看似一片阳光,实际上到处都暗藏着杀机;一个机会来了,满怀喜悦,机会的背后却往往是陷阱;失势时,要平心静气,不可逆势而动,导致满盘皆输。棋风往往体现了一个人的性格、修养,性情浮躁,大杀大砍者,终难成大器;出招凶狠,斩尽杀绝者,必不能与人很好地相处;优柔寡断,举棋不定者,不可以当大任。围棋与打仗更是一个道理,备前则后寡,备左则右寡;恋战必失势,势孤须取和;观全局,识大小,决弃取,争先手,几乎和打仗一模一样。项梁越琢磨越有味,越下越上瘾,棋艺也不断地提高,吴中城里几乎没有他的对手,所以近来很少下了。

钟离昧是晚辈,执白棋先行。棋一开局,就显出了两个人的不同棋风。项梁的风格是不拘小节,丢三五子并不在乎,只往大处着眼,还不到五十手,已把大势占尽。钟离昧则稳扎稳打,任你布下天大的阵势,全然不睬,先将自己的缺陷补牢,立于不败之地,然后再图反攻。因此前半盘项梁大大领先,到了中盘,项梁已领先几十目,自认为优势已不可动摇,不料被钟离昧抓住一块儿孤棋猛攻一阵,项梁的阵地被打开了一个缺口,他稍加判断,弃掉一块儿仍是优势,可是钟离昧却不去吃那块棋,在另一边开始掏空,项梁见他不去吃棋,便又将孤棋往回连,这一下走重了,钟离昧反身再来攻时,这块棋已经弃不得了,于是白棋趁势掩杀过来,将项梁辛辛苦苦经营起来的大势破得干干净净。最后,项梁以一子之差输给了钟离昧。

项羽心里惦记着妙逸,一刻也坐不住,不停地站起来到院子里走动。他盼望着叔父赶紧下完这盘棋回去,再说说妙逸的事。谁知两个人下完了棋又聊起天来。项梁问了问钟离昧的身世。原来,钟离昧的父祖皆是项燕手下的将领,两家原是世交,只是钟离昧为了躲避官府追杀改了名字,项梁才没有认出。当年,钟离昧的祖父和项燕一起死于国难,他的父亲发誓要报此仇,组织楚军旧部起来抗秦,坚持了两年多,最后被秦军围困在山中,钟离昧的父亲战死。朝廷为了震慑六国之后敢于反抗者,下令将钟离昧一家灭族。所以钟离昧才隐姓埋名四处逃生。这一段故事项梁是知道的,所以,见了钟离昧犹如见了自己的亲生儿子,感到格外亲切。聊到深夜,项梁还不肯走,又与钟离昧聊起了兵法,一说开头,话就收不住了。项羽心里惦记着妙逸,如坐针毡,有心一个人先走,又怕惹恼了叔父事情更不好办,只好耐心等着,最后实在困得撑不住,倒在钟离昧的床上睡着了。

太阳出来了。项梁叫起项羽往家走,不料城里突然戒严,进不去了。原来是秦始皇出游路过这里，今天要住在吴中。已经出城的百姓不准再进去，什么时候皇帝走了戒严才能解除。无奈，叔侄俩只好在钟离昧这里先住下来。这一戒严，不知城里会发生什么样的变化，李公子会不会提前动手？妙逸该不会有事吧？项羽心里如油煎般地等待着戒严解除。

秦始皇在吴中住了三天，第四天一大早就离开了。出巡的队伍恰好是走东门，三个人便早早起床，混在人群中想看看这位灭了六国一统天下的皇帝究竟长得什么样。不一会儿，城门打开了。一队士兵开出来，开始把百姓们往路两边赶，然后一字向外排开，三步一岗，直排到十几里以外没有人观看的地方。接着是骑兵、战车、步兵、仪仗队、乐队。这些队伍城里根本驻不下，这几天一直住在城西，今日穿城而过目的是耀武扬威，震慑百姓。光是骑兵、步兵就过了一个时辰，快到中午了，才见皇帝的温凉车出来。这一路，每到一个城市，秦始皇都要出来让百姓们瞻视，以显示自己的风采和威仪，只见他站在温凉车上频频向两边的百姓招手致意。看见他那副志得意满的神态，三个人心里都觉得很不是滋味，可惜今日不准带刀剑上街，否则这几位楚国后裔见了这位死敌，难保不拔剑而起。项羽道："他娘的，神气什么？早晚有一天我把他取而代之。"项梁急忙捂住他的嘴，把他从人群中拉出来，厉声说道："你不要命啦？这可是要灭九族的。"可是在心里，项梁却暗暗感到惊奇，想不到这孩子心竟这么大。

三个人无心再看下去，转身往回走，不料身后却有几个人跟了上来。项梁以为是被人盯上了，说："快走，把他们甩掉。"可是他们快后面的人也快，项梁是习武之人，能眼观六路、耳听八方，不用回头也知道后面的人离他多远，等他们快到跟前的时候，项梁猛地一停，转过身来，后面的人与他撞了个满怀。仔细一看，却是丁固和他的外甥季布。

项梁离开关中几年，季布已经长大成人，变得几乎不认识了。

"你们怎么到这里来了？"

项梁想问问分别后的情况，丁固道："这里不是说话的地方。"于是一行人来到钟离昧的小院。

原来，项梁离开咸阳不久，仇家就又开始上告，而且，这一次把丁固如何贿赂官员，为项梁开脱的事也告了。无奈，丁固只好带了季布、季心开始了流亡的生活，不料一出咸阳三个人就走散了，丁固只好带着季布四处流浪，后来才打听到项梁在吴中，便来投奔他们。

丁固的两个外甥都很有出息，季心之勇、季布之诺闻名关中。季布的武艺并不亚于季心，他成名既不是由于武艺高强，也不是由于他弟弟有名，而是因为他经常帮助别人排忧解难。无论你遇到什么样的困难，只要找到季布，他总能想办法帮你解决。不管是认识的还是不认识的，达官显贵还是市井小民，只要找到他，他都不推辞。有一次，季心惹了祸，季布顶替他去坐了半年牢，在牢中，他想起曾经答应过朋友的一件事还没办，便疏通狱吏放他出去几天，他保证按时回来。狱吏过去就和季布认识，也知他有信用，问他是什么事。季布说是一个朋友托他带的一点东西，一定要当面交给朋友的妻子。狱吏道："带点东西托什么人不行，还非要你亲自跑一趟？"

季布道："既然朋友让我当面交给他妻子，我就不能托别人去。"

狱吏觉得季布太小题大做，同时也因责任太大，没敢放他出去，谁知过了几天季布竟然偷偷越狱逃跑了。狱吏以为季布既然跑了，肯定不会再回来了，谁知他把东西交给朋友的妻子之后，又自动投案回来了。狱吏问他："你这是何苦呢？"季布道："我是怕你受牵连。"从此，季布重承诺一下子出了名。楚人有句谚语说：得黄金百斤，不如得季布一诺。

一行人来到钟离昧的小院里，正叙着离后别情，妙逸一身男装气喘吁吁地跑了进来，后面跟着龙且。

却说那日李公子受了项羽一顿抢白，心中好不窝火。李公子知道项羽不是好惹的，虽然他父亲是县令，可是父亲并没有同意他娶妙逸，因为他家里已经有几房妻妾了。娶妙逸是背着他父亲干的，项羽真要闹起来，恐怕也不好对付。戒严之后，李公子到碧云楼来了一趟，发现项羽不在，一打听，原来这叔侄俩出城去了。于是就想趁这个机会把妙逸劫走，生米做成了熟饭，项羽就是回来也不会再闹了。当晚，李公子来到碧云楼，想劝说妙逸跟他走，可是妙逸说什么也不同意。事到如今，李公子已顾不得什么面子、廉耻，当晚就赖在了妙逸那里，硬要与她同房，他不知妙逸是练过几天武的，被妙逸打得满脸开花跑了出来。李公子指着妙逸恨恨地说道："我告诉你，你那个心上人项羽出城去了，戒严解除之前他是回不来的。今晚不会有人给你撑腰了，还是回去收拾收拾跟我走吧，我马上就派人来接你。"

妙逸一听这话，心里立刻着了慌，她知道李公子说的不是假话，否则他不敢这么放肆。无奈之中，她想起了桓楚，这是目前唯一有可能帮助她的人，于是赶忙让一个贴身伺候她的丫鬟去给桓楚报信。

桓楚赶到碧云楼的时候，李公子已经把人劫走了。桓楚急忙带人去追，半路上把抢亲的轿子截住了。李公子一手提着灯笼，一手拿着一把扇子，慢条斯理地对桓楚说道："桓楚，你少管闲事，你我井水不犯河水，不要为一个外乡人伤了和气。"

桓楚道："我也不想伤和气，只要你把人给我留下来，咱们什么都好说。"

"哼哼，难道你还不明白你是什么人吗？你干的那些事，随便哪一桩抖搂出来都够治你死罪的，难道你真要让我撕破脸皮和你干吗？"

"你不用吓唬我，你们父子干的坏事难道还少吗？多年来你们不敢治我的罪，那是因为你们有把柄在我手里，你以为我怕你吗？"

"你要管也可以，你给我看清楚了，给我抬轿子的都是什么人！"说完，他把手里灯笼往高抬了抬，照亮了身边一个穿官军制服的人。桓楚一看，大吃一惊。原来，李公子把县庭里的卫队都调了出来。

李公子见桓楚不吭气了,对着桓楚手下的那些人喝道:"闪开!"

桓楚的那些弟兄站着没动,在等桓楚的命令,桓楚把心一横说道:"你们私事公办,擅自动用官军抢亲,这是违法的,难道不怕我告你们?"

李公子道:"谁说我抢亲?你们半夜出来打劫,官军这是维持治安,你懂不懂?你要是再不让路,可别怪我不客气了!"

"你敢!"

"你看我敢不敢!来人,把这个桓楚给我抓起来!"

话音未落,上来两个官军士卒就要抓桓楚,桓楚飞起一脚,踢翻了一个士卒,另一个被他扭住了胳膊一搡摔倒在地。官军见桓楚真的动起手来,十几个人立刻抽出了兵器,把桓楚围在了当中。到目前为止,桓楚还只是想把妙逸夺回来,并不想杀人,可是官军士卒挥剑将他两个弟兄刺死了。桓楚一见这情景,也顾不上许多了,抽出剑来刺死了一个官军,他那些弟兄见他已经开了杀戒,也就不再顾忌,和官军展开了厮杀,他那些弟兄也不是吃素的,不一会儿就把李公子带来的十几个官军士卒杀光了。李公子见情况不妙,撒腿要跑,被桓楚揪住了脖领。桓楚知道这下惹了大祸,索性一不做二不休,对李公子说道:"我本不想惹事,是你逼得我走到这一步,如今我在吴中待不下去了,你也休想过你的好日子!"说完,一剑刺进了李公子的胸膛。

众人七手八脚把妙逸从轿子里扶下来,妙逸手脚都被捆着,嘴里还塞着手帕。桓楚急忙让人给她解开,然后对弟兄们说道:"弟兄们,我今日之举绝不是一时冲动,官府欺负我们不是一天两天了,我早就想跟他们干了!大家都看到了,是他们逼着我们干的,就是没有今日的冲突,迟早也会被他们逼上这条路的,咱们索性就此反了吧。这两天戒严,大家先想办法分头躲一躲,愿意跟着我干的,三天以后,到城南大泽中汇合。好不好?"

"好!"

桓楚遣散了众人,自己带着妙逸来到了龙且的铁匠铺。龙且见桓楚浑身是血,忙问是怎么回事,桓楚简单地将事情的经过和他说了说,然后说道:"天一亮官军就会到处搜捕我,虞姑娘只好交给你了,你一定要想办法把她安全交给项公子。"

龙且道:"你放心吧,有我在,谁也动不了虞姑娘一根毫毛,只是你怎么办?不行就先躲在我这里。"

"都藏在这里不行。你不要管我,照顾好虞姑娘就行了。见了项公子,告诉他,我不会走远的,就在城南大泽中。我知道项大人和项公子迟早是要起事的,我和弟兄们等着他!"

说完,桓楚趁着黑夜一个人走了。第二天,城里展开了大搜捕。桓楚的几个弟兄被他们抓住了,但是多数人跑掉了。妙逸在龙且的铁匠铺藏了三天,没有被人发现。

戒严解除之后,龙且把妙逸送了过来。

项羽一见妙逸,立刻问道:"你怎么跑出来了?"

妙逸把事情的前前后后简单叙述了一遍,在场的人无不称赞桓楚的义举。丁固从妙逸的话里已经听出来她和项羽的关系,着急地对妙逸说道:"这个叫桓楚的跑了,你成了这桩命案的直接当事人,官府绝不会放过你,你怎敢这样大摇大摆在街上走?"

"龙大哥帮我换了这身衣服,他们没有认出来。"

大家这才注意到妙逸是一身男子打扮,她那纤巧的身体穿上男装倒更显得英姿勃勃。半天没说话的龙且说道:"城里正在挨家挨户搜查,藏下去更危险,所以我就把虞姑娘送出来了。"

丁固道:"你就不怕官府把她认出来?"

龙且憨厚地笑笑答道:"凭我这身功夫,就算让他们认出来,也保证能杀出城来。"

丁固继续说道:"我看这里也不宜久留,项羽先带她出去躲躲吧,等事情过去了再回来。"说完,看看项梁。项梁道:"事到如今,也只好如此了。"

大家把身上的银两凑了凑,交给项羽。项羽从小没有离开过叔父一步,此刻就要踏上流亡的旅途,心中有些难过,事情紧急,也顾不上多想,对妙逸道:"过来见过叔父。"

妙逸跪下拜道:"小女虞妙逸拜见叔父大人。"

项梁把脸一扭说道:"我不是你叔父。"然后冲着项羽吼道,"还不赶快带她走?在这儿给我丢人!"

项羽和妙逸出了门,打算先去泽中会会桓楚,然后再决定下一步去哪里。走到城南,已近黄昏,远远地看见一群官兵押着一个人走过来。项羽一眼就认出那人正是桓楚,道:"到底还是让他们抓住了。走,过去看看。"他拉着妙逸躲在人群里,想给桓楚递个话。可是他们俩都是吴中出了名的人物,很快就被人认出来了。项羽拉着妙逸赶紧离开人群。没走多远,官军就骑着马追了上来。两个人上了小道,官军也下了马改为步行,紧追不舍。项羽见被人盯上了,料难逃脱,索性站下拔出剑来,拉开了准备厮杀的架势,妙逸也抽出身上的短剑准备迎敌。十几个官兵呈扇形围了过来。项羽大喝一声,吓得那些官兵连连后退。项羽道:"我项羽的功夫想必各位早有耳闻,凭你们这几个鸟人,不出一刻,我让你们统统送命。你们看看这是什么地方?南面就是大泽。你们是想天黑前去泽中喂鱼呢,还是想回家?"

众人听了这话,无不胆寒,交头接耳商量了一番,乖乖地退走了。

天色完全黑了下来。项羽拉着妙逸继续往前走,可是走着走着妙逸不走了。

"不行,咱们得回去救桓楚。"

"我知道要救桓楚。可是你别着急,得先找个人家把你安顿下,然后我才能去救桓楚。"

"不，我和你一起去。"

"你去干什么？"

"桓楚救了我，又替我赎了身。我不能知恩不报。"

"有我替你报答还不行吗？"

"不行，我一定得跟你去。"

"你去了帮不了忙反而给我添累赘。"

"谁说我帮不了忙？我的武功还是满可以的。"

项羽以嘲笑的口吻说道："就你那点功夫也值得一提？算了吧。我去了三下五除二就把那些狱卒全解决了。"

"还嘲笑我呢，我就怕你这样。你三下五除二把他们解决了，倒是痛快了。可是叔父在吴中还待得下去吗？你们辛辛苦苦挣的那点家业全完了不说，叔父的反秦大业怎么办？"

项羽一听，觉得有道理。他没想到，妙逸除了一副侠义肝胆，肚子里竟还有些韬略，心中不由得肃然起敬："那你说怎么办？"

"最好是不声不响地把桓楚偷出来。"

"好，就按你说的办。"

两个人吃了口随身带的干粮，又重新返回城中，来到龙且的铁匠铺。龙且还不知道桓楚被抓了，听完他俩的叙说，道："这事你们不用管了，就交给我吧。你们不能在城中久留，得赶快离开！"

妙逸道："不行，不救出桓楚我哪里也不去！"

项羽也跟着说道："龙老弟就别客气了，咱们得赶紧走，以防夜长梦多。"

龙且见他们如此坚决，也就不再劝阻，在店里找了些绳子带上，三个人悄悄地摸到了监狱的院墙外面，然后分头察看了一下，拣了一个相对安全的角落，妙逸踩着项羽的肩膀上了墙，妙逸俯身察看，没发现有巡逻的，便把绳子续了下去，项羽和龙且拽着绳子爬了上来。三个人跳进院里，悄悄地摸到牢房门口，远远地看见两个站岗的狱卒，便偷偷地摸到狱卒身后，想把他抓住，问清桓楚关押在哪里。项羽和龙且一人盯住一个，刚要动手，只见草丛里跃出两个人影，已经把那两个狱卒按倒在地，项羽一眼就看见那是钟离眛和季布，不禁失声喊道："季布！"

季布吓了一跳，低声而严厉地问道："谁？"

项羽低声答道："是我，项羽。"说着，三个人走了过去，季布和钟离眛三下两下便把那两个狱卒捆了，嘴里塞上了东西。项羽问道："你们怎么来了？"

季布问道："是项大人派我们来的。你们不赶快逃命又跑回来做什么？"

项羽道："我和妙逸刚出城，就看见官军把桓楚抓了，害怕你们不知道消息，所以赶回来救桓楚。"

季布道:"那就赶紧动手吧,有话出去再说!"

几个人摸到了关押桓楚的地方,悄悄摸掉了看守的狱卒,打开牢门,救出了桓楚。桓楚已经被打得遍体鳞伤,走路都很困难。龙且将他背起来,还奔翻墙进来的地方准备出去。就在这时,听见门口方向一阵呐喊声,原来是桓楚的部下也来救他,与官军打了起来。

季布道:"你们三个人想法把桓楚从东北角背出去,项大人他们在外面等着呢。我和钟离到前面看看。"

情况紧急,项羽也不再谦让,护着龙且来到监狱大墙下面,用绳子把桓楚捆了吊上城去,早有项梁和丁固在外面接应。于是顺利地救出了桓楚。

那晚桓楚的部下打死了官军几个士卒,官府查下来,牵连到很多人。这些人都跟着桓楚到泽中落草为寇了。桓楚的队伍很快发展到上千人。项羽听了叔父的话,没有跟着桓楚去,和妙逸两人在外面躲了一年多。桓楚跑了,县令也换了,原来的案子不了了之,项羽才带着妙逸重又回到吴中。

第九章 血雨腥风

秦疆土领域的西北部是九原、北地和上郡三个郡,这里是匈奴入侵最为频繁的地区,也是京师之屏障。平定六国之后,匈奴的入侵成了秦王朝统治的主要威胁。因此,秦始皇嬴政派大将蒙恬率领三十万大军驻守在这里,以保障咸阳的安全。蒙恬的大帐就设在上郡(今陕西绥德)。

蒙恬少年时曾学过狱法,做过狱官,掌过文书。成年后,跟随父亲蒙武东征西讨,很快成为一员骁勇善战的大将。秦始皇二十六年,蒙恬率军进攻齐国,大破齐军,打败了秦国的最后一个强劲对手,使秦统一了天下。是时,匈奴南侵已达河南(今黄河河套地区,宁夏、内蒙古和陕西交界地带)。秦始皇三十二年,嬴政命蒙恬率军北击匈奴。蒙恬接连打了几个胜仗,威风大振,很快收复了河南,将匈奴驱逐到黄河以北。匈奴畏惧蒙恬大名,从此不敢南犯。蒙恬便开始按照秦始皇的旨意着手修筑长城。

蒙恬率三十万大军常年驻在塞外,又是位文武双全的栋梁之才,始皇帝多少有些不放心,于是又派公子扶苏前来监军。满朝文武都知道扶苏与其父政见不和,派到北部边境这不毛之地来监军,无异于充军发配。但是扶苏不这样想,他觉得恰恰是由于北部边境重要,父亲才派他到这里来的。事实上,秦始皇派扶苏来也是有很深的用意的。扶苏将来要继承大统,离不开蒙恬,利用监军的机会,可以使他们相互了解,建立起良好的"君臣"关系;扶苏虽然饱读诗书,断冤决狱、处理政务已经十分老练,但是毕竟没有领兵打过仗,应该让他到前线去历练一番;至于政见不同,离开京城咸阳,脱离了儒生们的影响,恰好可以让他静下心来认真思考一番。始皇帝对这位长子抱着极大的希望。他认为扶苏与他的分歧主要是因为扶苏书生气太浓,不懂得政治的残酷,对于治理国家还缺乏实际锻炼,他相信他能够改变他。

扶苏与蒙恬相处得很好,扶苏待蒙恬如兄长,蒙恬事扶苏若君王,两人出则并辔而行,一起巡视边境、监造长城;入则促膝而谈,一起研讨兵法谋略,讨论治国安邦之策,犹如亲兄弟一般。但是两个人也并非没有分歧。对于修筑长城,扶苏是有自己的看法的,一是劳民伤财,二是未必能挡住外夷的入侵。自古以来没有攻不破的城池,似这样万里长的边界,要想靠一座长城来挡住外敌入侵,那是不可能的。但是父亲给他的使命之一就是监造长城,因此他也不好再说什么。他只是跟蒙恬要了两万民夫,去搞引黄灌溉,开始蒙恬不大情愿,后来扶苏反复向他讲解这项工程的诸多好处,其中最吸引蒙恬的是三年以后塞外大军的粮食可以自给,不用再靠朝廷从内地供应了。于是才答应给他两万役夫去搞水利工程。

自古以来黄河就是条害河,它就像一匹难以驾驭的野马,流到哪里泛滥到哪里。从大禹开始,人们就梦想着利用黄河灌溉农田,但是这匹野马却始终没有得到驯服,历史上曾经无数次泛滥,无数次改道,不知道淹没了多少良田,吞噬了多少无辜的生命。经过一代又一代人的探索,人们终于发现在上郡的青铜峡口,有可能将黄河水引出来灌溉农田,但是这需要巨大的组织力量去完成。不少有识之士跃跃欲试,最后都由于人力财力的不足而告失败。直到扶苏来到塞外,才组织起这样的力量。多少代人的梦想在扶苏手中实现了。第二年,毛乌素沙漠和腾格里沙漠之间,大片荒芜的土地开始长出了绿油油的庄稼,在塞外一望无际的荒漠中,出现了一块儿绿洲,人们称之为"小江南"。由于水源丰富,不仅能种小麦、玉米,还可以种水稻。这里产的稻米,因为生长期长,比江南的米要好吃得多。后来他们把北地的大米送到京城,不仅公卿贵族们说好,连始皇帝吃了都说好。灌溉网修成之后,当地黔首给扶苏送了一块儿金匾,上书八个大字:功被千秋,水到渠成。至今宁夏吴忠市境内还保留着秦渠的遗迹。

这一天,扶苏和蒙恬从长城工地视察回来,刚进了蒙恬的大帐,忽报朝廷使者到,两个人事先谁也不知道,都觉得有点意外,互相对望了一眼,急忙出门去迎接。

使者面无表情,见了他俩,什么也没说,径直走进大帐。他随身带了几十个人,这些人很不客气,上来就缴了侍卫们的械,连蒙恬和扶苏身上的佩剑都摘走了。蒙恬和扶苏都感到诧异,大帐里的气氛顿时紧张起来。使者坐在蒙恬日常升帐理事的座位上,也不让座,扶苏和蒙恬只好站在一旁听令。御史道:"传裨将王离。"

王离是大将王翦的孙子,和蒙氏一样,也是三代事秦了,当年攻打楚国,王翦是主将,蒙骜为副将,今日镇守边关,蒙恬做了主将,王离做了副手,两家从祖上就已经在战场上结下生死之交,因此,到塞外之后,两个人配合得十分默契。北部万里边界,匈奴有四十万大军而不敢南犯,不是因为修筑了万里长城,而是由于蒙恬和王离的威名。此刻王离就在帐外候着,听见传他,大步跨进帐来,恭立在蒙恬身旁。御史站起身,从袖子里掏出一块儿黄绢,高声唱念道:"扶苏、蒙恬听旨!"

扶苏、蒙恬急忙跪下接旨。

"朕巡天下,祷祠名山诸神以延寿命。今扶苏与将军蒙恬将师数十万以屯边,十有余年矣,不能进而前,士卒多耗,无尺寸之功,乃反数上书直言诽谤我所为,以不得罢归为太子,日夜怨望。扶苏为人子不孝,其赐剑以自裁!将军蒙恬与扶苏居外,不匡正,宜知其谋。为人臣不忠,其赐死,以兵属裨将王离。"

御史读完圣旨,命人拿过一口宝剑递给扶苏。面对这惊天巨变,扶苏简直傻了,半天没有回过味来。临来边境时,父亲曾与他彻夜长谈,对他寄予无限的希望,他无

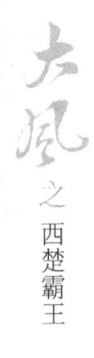

论如何也不相信这是父亲对他最后的处置。但是仔细看了看手中的那把剑,的确是父亲常年佩带的。反过来想,他与父亲的矛盾又是那样的不可调和,父亲主张严刑苛法,而他却一味强调仁政,多少年来父子两个谁也说服不了谁,自己位居长公子,与父亲政见不和,父亲对于他亲手打下的江山怎么能放心?父亲圣旨中说他祈祷山川以求长寿,而他却直言反对,这是他们父子矛盾的又一个焦点。在扶苏看来,这完全是胡闹。他曾多次上书劝谏,可是父亲一意孤行,谁敢劝阻就杀谁的头,扶苏的脑袋能保留到今日已经是万幸了。想到这里,扶苏认定圣旨不会是假的,不禁悲从中来,拔出宝剑便要自刎,蒙恬一把将剑夺了过来:"公子且慢!依我看,此事蹊跷,其中必有诈。我不相信皇上会做这样的处置。陛下将三十万大军、万里边境交与你我,万一有人假冒皇上的名义杀害你我,公子就这样去了,岂不误了军国大事,辜负了皇帝的重托?"

听了蒙恬的话,使者大怒:"蒙恬休得胡言,圣旨岂能有诈!这上面有皇帝的玉玺,你自己看去!惑乱军心、抗旨不尊是要罪加一等的。"说完,将手中写有圣旨的黄绢往蒙恬脚下一扔。蒙恬拾起圣旨,与扶苏两人仔细验过,看不出有什么破绽,扶苏又欲自尽,蒙恬拼死拦住说:"即便死也要死个明白,依我看,可修书复请一次,托使者带回,如若不准,再死不迟。"

不等蒙恬说完,御史在一旁催促道:"臣负皇帝圣命,不敢违拗,请公子、将军勿再迟疑。"

蒙恬把眼睛一瞪:"你懂什么!兵者,国之大事也。你知道我有多少事要向王将军交代吗?"

御史知道这是在蒙恬的地盘上,害怕激出变故,自身性命难保,语气缓和了许多:"那就请将军交出帅印,赶快移交,本使也好回去复命。"

蒙恬正在和使者争辩,没留神公子扶苏已经拔剑自刎了。鲜血溅了他一身,蒙恬抱起扶苏,绝望地喊道:"公子!公子!"

载着秦始皇尸骨的队伍从沙丘出发迤逦向西北而去。他们现在还不能回咸阳,只是漫无目的地向前走。扶苏未除,现在回咸阳能否安定局势,顺利地将胡亥推上皇帝宝座,还是一个问号。万一被蒙恬、扶苏识破,起兵讨伐,那后果简直不堪设想。队伍走到代郡(今河北省井陉县),接到使者的快报,说扶苏已经自尽,蒙恬不肯就死,已被囚禁在阳周。胡亥、李斯和赵高听了,大喜过望。扶苏一死,他们的阴谋就成功了一半。三个人举杯相庆,正在商量怎样处置蒙恬,来人报告说蒙毅从会稽山回来了。

蒙毅是他们实现篡逆阴谋的最后一个障碍。三个人互相望了望,谁也没说话。早在半个月前始皇帝刚死的时候,赵高就秘密地派了人去跟踪蒙毅。蒙毅若还没有察觉他们的阴谋,就会直接追赶大队;万一他有所察觉不再归队,派去的人就会就地将其"解决"。现在扶苏死了,蒙恬被囚,蒙毅又自投罗网,赵高、李斯的阴谋可以说已经大功告成。三个人一商量,决定暂时把蒙毅囚禁在代郡,留待以后处置。大军继续前行,但是他们依然不能回咸阳,因为原路返回与秦始皇的性格不符,为了使这场假戏演得更真实,李斯和赵高选择了绕道九原的路线。九原在秦国土的西北角上,要绕加倍的路还不止。这支载着一个曾经威震天下现在依然余威不倒的死尸的队伍走了一个多月才到达九原。正值盛夏季节,嬴政的尸体已经完全腐烂,臭气熏天。李斯为了不使众人察觉,命令所有随行车辆每车载一石鲍鱼(咸鱼)。这样一来,鲍鱼的臭味和尸体的臭味混合在一起,谁也分不出是什么味了。那些鲍鱼搞得整个车队臭气熏天,走到哪里臭到哪里。人们不知道内情,直埋怨丞相带这么多鲍鱼干吗,运回咸阳也吃不成了。最受罪的是赵高,他必须每天三番五次地钻进温凉车去"请示"、"报告"、"服侍"皇帝,以掩人耳目。给皇帝的一日三餐不能原封不动端出来,他还不得不守着那具已经腐烂的尸体吃上几口再退出来。绕道九原的另一个目的是要查看一下王离的动静,李斯等看到王离大军还在紧锣密鼓地忙着修长城,对秦始皇的死毫无察觉,这才放心回咸阳。

从九原到咸阳是蒙恬花了多年心血组织修筑起来的直道,全长一千八百里,还没有全线完工,但是大部分路段已经通车,所以没用几天大队便赶到了咸阳。按照预先拟定好的程序,将始皇帝驾崩的消息昭告天下,并确定了日期为秦始皇举行国葬。紧接着,胡亥宣布继任大统,为二世皇帝。改元为秦二世元年。由秦二世主持葬礼。

九月,秦始皇藏于骊山。

骊山在咸阳东,山势雄伟,逶迤如一条巨龙盘踞咸阳之侧。始皇帝还年轻的时候,就有一些靠堪舆吃饭的术士来向他游说,说此处有帝王之气,若在此处修陵寝,可保万世基业。于是嬴政继位不久就开始穿凿骊山。秦统一天下之后,又花了十年时间,动用了七十多万徒隶修建骊山陵寝,挖三重之泉,然后用金属浇铸,塞住地下流水,在里面置放棺椁。棺椁两面设有百官位次,以石人石马充之。冢内修筑的宫室和咸阳宫一样豪华,冢顶绘有天文星图,墙壁上画着山川地形图,地上还有沙盘,灌入水银做成江河海洋。鱼油做的蜡烛可以燃烧数年之久。陵寝中还精心设计了重重机关,以防被盗,人一接近,或有利箭射出,或有重锤砸下,不知底细的人贸然进去休想活着出来。

秦始皇下葬那天,咸阳城里所有百姓和役夫均要上街戴孝哭丧。送葬的队伍不亚于皇帝平日的出行。步兵、骑兵、车兵、仪仗队、鼓乐队,之后才是拉棺椁的马车。胡亥扛着招魂幡走在最前面,棺椁的两侧和后面由二十多位公子和十几位公主簇拥着,后面是文武百官和皇亲国戚。队伍拉了十几里长,每个人都在哭,有真哭的,有假哭的,有哭皇上的,也有哭自己的。哭得最伤心的是皇帝的后宫姬妾,有上千人,她们是去殉葬的。为了防止她们逃跑,全用绳子绑了由武士们押着。秦始皇统一天下后，从全国各地搜罗了两万多美女藏于后宫，按照赵高的意思，要把这两万多宫女全部殉葬，但是胡亥要把她们留下自己享用，于是取了个折中的办法，凡是被始皇帝宠幸过而又没有产子的宫女一律殉葬。同时殉葬的还有几百名黄门侍者，如果不是因为赵高自己也是黄门，殉葬的黄门人数还要大得多。宫女们有的提前知道了消息，当时就晕死了过去；有的因害怕活埋而自杀，还有的企图逃命，也提前去见了始皇帝。这些黄门却被瞒得死死的，一点都不知道，到了墓穴门口，见宫女们一个个都不肯进去，而他们就排在宫女后面，这才知道大事不好，转身去夺押送他们的侍卫的刀枪，在墓穴门前展开了一场厮杀。侍卫们早有准备，三下五除二就把那些企图反抗的黄门解决了。余下的宫女、黄门被赶进了墓穴。几百名役夫扛着锹镐来封墓穴门。门封好了，武士们奉命开始屠杀役夫。这里正在厮杀，外面隧道的门又被封闭了，几百名刚刚杀完黄门和役夫的武士全部被封在里面。紧接着，大批军队开了过来，把最后完成地下施工的几万名役夫包围了。

为了保住墓穴入口的秘密，这一天，在这座墓穴旁，死了几万人。

胡亥登基后，也学着他父亲的样子，出巡了一圈。这一次赵高没有随行，因为胡亥刚刚登基，害怕京城不稳，赵高得留在咸阳观望风向。李斯陪着二世先到了碣石，然后沿海南下，一直到达会稽。本来还要再巡视一些地方，但是赵高从咸阳派人送来密信，说咸阳城中舆论四起，对扶苏之死议论纷纷，表面上是为扶苏鸣冤，暗中影射的却是二世篡位。接到这封信，不但胡亥坐不住了，连李斯都有点慌了，于是日夜兼程赶回了咸阳。

回到咸阳后，胡亥发现情况并不像赵高说的那么严重，于是一头钻进了后宫。

胡亥突然得到父亲留给他的两万美女，已经乐昏了头，秦始皇下葬之前，他便偷偷选好了一批美人，分藏在各个宫室之中。出巡的路上，他一直在惦记着这些美女。赵高找到他的时候，他正在看几个宫女跳舞，那些宫女披着薄如蝉翼的白纱，身体的各个隐秘部位隐约可见，看得胡亥心旌摇摇、热血沸腾，伸手拉过一个宫女坐在自己的腿上，浑身上下乱摸起来。正玩得兴浓，赵高来了。胡亥只好放开手，假作正人君子问道："什么事呀？"

赵高看了看那几个舞女，欲言又止，胡亥本想三言两语把赵高打发走了接着玩耍，看赵高的样子不是三言两语能打发的，只好很不情愿地挥挥手让宫女们退下："什么事？说吧。"

赵高跪下奏道："臣斗胆进一言，陛下新登基，立足未稳，切不可沉溺于酒色。"

胡亥一听，满脸的不高兴："我当是什么大不了的事，这个用不着你来劝我。该怎么做，朕自己知道。"

"那是那是。臣该死！该死！"说着，赵高打了自己两个嘴巴。胡亥见状笑了："唉，也难得你一片忠心。可是人生短暂，如骋六骥之过决隙。朕既然当了这个皇帝，就要悉耳目之所好,穷心志之所乐,如此才不枉活一生。"

"陛下所言极是,非贤主不能如此。只是蒙氏兄弟尚在,恐陛下难以安享清福,还望陛下早做决断。"蒙恬、蒙毅是赵高的一块儿心病,这两个人一天不死,赵高就一天睡不着觉。自从杀了扶苏,赵高就像得了一场大病,整日里心神不宁,夜里常常被噩梦惊醒。虽然整个事情做得十分诡秘,除了胡亥、李斯,没有任何人知道,但是赵高自己却总有一种被人剥光了衣服满街走的感觉。他知道,如果现在不杀蒙氏兄弟,蒙氏兄弟迟早有一天会杀他。加之赵高与蒙毅有旧仇,赵高更是不肯放过这兄弟俩。但是在杀不杀蒙氏兄弟的问题上,胡亥一直下不了决心:"蒙氏乃大秦三代功臣,素有忠信之名,朕若杀之,恐天下不服。"

"陛下错了,蒙氏所忠者,扶苏也。当年始皇帝欲立陛下为太子,就是蒙毅从中作梗,加之蒙恬以三十万大军胁迫圣上,圣上才不敢下此决心。如今扶苏虽已死,但是诸公子不服,舆论已经闹得满城风雨,如果诸公子与蒙氏兄弟联合起来追究扶苏之死,恐陛下难保不被他们所害。蒙氏一日不除,臣一日不得安寝,实乃为陛下之安危担忧。陛下,当此生死存亡之秋,大事上切不可糊涂啊!"

"这事恐怕还得跟丞相商量。"

"那是那是。"赵高本来不想再让李斯参与,企图单独控制胡亥,但是眼下他还离不开李斯,他需要李斯的名望来遮掩沙丘阴谋,需要李斯这块挡箭牌来抵挡舆论的攻击,离开了李斯恐怕控制不了局面,于是立刻命人去召李斯。不料去传信的黄门回来报告说,李斯病了。胡亥气急败坏地说道:"他怎么早不病晚不病,偏偏在这个时候病了?"

"陛下不必着急,我知道丞相得的是什么病。"说完,赵高起身奔李斯府上去了。

李斯此刻的心情并不比赵高轻松。杀了扶苏,蒙氏兄弟怎么处置?再杀了蒙氏兄弟,还有许多公子大臣不服,又怎么处置?难道把他们都杀光?胡亥无能,诸公子不服,这还好说,还有时间慢慢处理。可是对扶苏之死,诸公子和大臣们个个心存疑问,就连咸阳城里的百姓也在议论此事,一旦有人发出诘难,将是一场巨大的风波,到时候保得住保不住这颗脑袋都难说。李斯后悔不该听信赵高的胡言乱语,如今把天捅了个窟窿,这个摊子可怎么收拾!他一生经历了无数风风雨雨,还没有碰到过这么大的难题,整日唉声叹气不思茶饭。想来想去,只有一条路,退隐山林,回上蔡老家种地去,哪怕天塌下来也不管了。可是,退隐谈何容易!首先自己的儿子就不同意。长子李由现任三川郡守,集军政大权于一身。三川郡乃咸阳东面之门户,六国后裔无时无刻不在谋划着反秦复国,一旦天下有变,三川郡便是咸阳的最后屏障。三川在战略上的重要性决不亚于北部边境,朝廷把这么重要的使命交给李由,可见皇帝对李家的信任。次子李唐也在朝廷为官,受到重用是迟早的事。自己告老还乡倒是容易,可是一旦他这棵大树没了,孩子们在朝廷里立刻失去了依托,将来丢官倒是小事,只怕保不住性命,甚至株连九族啊!让几个孩子和他一起辞官?那不是明摆着和皇上过不去嘛！思来想去没什么好办法，于是采取了一个消极的办法——躲，躲一天算一天。从沙丘回来之后，他闭门谢客，很少到朝中去，事情能推就推，能不管的就不管，他打算把善后的事情全部推给胡亥和赵高。可是，这么大的事岂能躲得过去？李斯想起了人们常说的一句话：上了贼船下不来。

赵高仿佛已经钻到李斯肚子里看过一般，见了面，开门见山说道："丞相，如今我们已经是一条船上的人了。想躲是躲不过去的。你我都没有退路。只有一条路，往前闯，能闯过去还有一条活路，闯不过去就是死。"

李斯有被一箭射中的感觉，二话没说，打起精神跟着赵高来到宫中。

听说要杀蒙恬、蒙毅，扶苏的长子子婴急忙赶来劝谏。子婴比胡亥小几岁，从小在一起长大。本来，按照赵高的意思，是要斩草除根将子婴也一起杀掉的，但是胡亥不忍心下手。子婴与他的父亲很像，有一副悲天悯人的慈悲心肠，对祖父的严刑苛法一直持有异议，因此直言不讳地劝道："陛下，蒙氏兄弟乃朝廷重臣，世代有功于国，如若杀之，恐天下人不服。历史上因枉杀功臣而导致亡国灭种的例子比比皆是，陛下不可不察。"

胡亥道："不杀怎么处置？难道等着他们造反？"

"陛下不可听信传言，蒙氏世世蒙受皇恩，一家人都是高官厚禄，怎么可能谋反？说蒙氏兄弟谋反，天下人都不信，若杀之，必致天下大乱。"

"天下大乱？恐怕是危言耸听吧？"

"并非危言耸听。臣闻轻虑者不可以治国，独智者不可以存君，诛杀忠臣而立无节行之人，必然导致群臣人人自危，而与朝廷离心离德，臣窃以为不可。"子婴太年轻了，言语间已经冒犯了胡亥，自己还不知道。

"行了行了，朕虽年轻，也不至于由晚辈来教导我。"

子婴还想再说什么，可是胡亥决心已定："来人哪，传御史曲宫！"

子婴见胡亥摆出了长辈和君王的架子，知道再说什么也没用了，怏怏地退了下去。

曲宫到了代郡，从狱中提出蒙毅，问道："蒙毅，你知罪吗？"

"不知。我蒙氏一族，三代事秦，对大秦忠心耿耿，为大秦立下功勋无数，何罪之有？"

"昔日先主欲立太子，而你从中作难，这难道不是罪吗？按你的罪过，足可以诛灭九族了。但是皇帝陛下不忍心这样做，只赐你一死，对你已经够宽大的了，难道你还有什么说的吗？"

"有。臣追随先主数十年，为臣没有不忠，做事没有不信，忠心耿耿辅佐先主治理天下，未曾有过半点过失。至于立太子一事，先主自有考虑，岂是臣子所能妄议的？况且先主从未在臣面前提起过立太子之事，更谈不上从中作难，望御史大人明察。"

"此案乃陛下亲自审定，无可复议。"

"我大秦素来提倡以法治国，依法论罪。臣并不畏死，只求死个明白。夫用道治者不杀无罪，而罚不加于无辜。今御史治我死罪，是什么罪名，望大人给我一个说法，我在九泉之下也好瞑目。"

曲宫情知理屈，但是来时丞相李斯和赵高都有交代，无论碰到何种情况，都要不顾一切将蒙毅斩首。如果提不回蒙毅的首级，就拿自己的首级来见。因此，曲宫不再与蒙毅理论，冲旁边的刽子手使了个眼色，早有一人绕到蒙毅身后，一剑刺穿了他的胸膛……

在曲宫杀害蒙毅的同时，另一位御史已经到了阳周。御史准备了一碗鸩酒，命蒙恬喝下去，蒙恬申辩道："请问处死我是何罪名？"

"你的罪自己还不清楚吗？与公子扶苏诽谤先帝，其一也；拥兵自重，串联公子扶苏策划谋反，其二也；其三，你弟弟蒙毅犯有大罪，依法牵连到你。"

"我要谋反？我要谋反随时随地可以反，还要与公子扶苏商议策划吗？就是你们把我押在这里，我照样可以反。只要我一声号令，三十万大军立刻就会杀到阳周来，你就是有十颗脑袋也早就搬家了。我之所以不反，是因为我不敢辱没先人的教诲，是为了不忘先主之恩。请你转告陛下，我不怕死，只想临死之前能进几句忠言。这么多天我没有死，并不是为了免于一死，只是想以忠言进谏而死。愿皇帝陛下以万民为虑，行正道以治天下！"

"可惜将军没有这样的机会了。我不敢把将军的话转告皇上。"

"你这个贪图利禄的小人，大秦江山就毁在你们这些人手里！"

"将军息怒，臣故小人，然今日小人执行的是皇上的旨意。望大人不要难为小人。"

"苍天啊，我究竟犯了什么罪呀！"蒙恬长啸一声，端起那碗鸩酒一饮而尽。

赵高、李斯自以为事情做得诡秘，无人知晓，企图瞒天过海。但是人们猜也能猜到是怎么回事。况且还有蒙恬和扶苏的旧部在，他们对扶苏和蒙恬之死心中不服，要堵住他们的嘴谈何容易！蒙氏兄弟死后，京城里的传闻更多了。说什么的都有，矛头直指胡亥、赵高和李斯。还有人传说，蒙恬的旧部已集结塞外，准备杀进京城为扶苏和蒙恬报仇。每日上朝，只有胡亥和李斯两个人说话，大臣们一个个缄口不言，胡亥点到谁谁出班答话，问一句答一句，多一句话都没有。胡亥知道这些人心里不服，于是便在朝廷上大发淫威，大臣们任由他怎么耍威风，就是不开口。胡亥每日如坐针毡，再也没有心情去和宫女们调笑了。

这天散朝之后，他命赵高组织人马去街头巷尾探听，凡是有妄议朝政者，无论官民，一律当场斩首。赵高笑笑说道："陛下不是读过兵法吗？岂不闻赏贱罚贵之说？

赏贱才能人人奋勇争先，罚贵才能人人震恐，威慑三军。如今要想在街头巷尾杀几个草民来堵住人们的嘴是不可能的，结果只能适得其反，越杀舆论越大。要杀就得杀大的，从上面动手。"

"从上面动手？先杀谁？"

"您说呢？"赵高故意卖了个关子，停顿了一下，然后反问道，"如今百姓们敢在街头巷尾议论是为什么？是因为有官吏们在议论。官吏们敢在下面议论是因为朝中大臣们在议论，大臣们敢议论是因为有您的兄长们在议论。您说应该先杀谁呢？"

"那就先杀几个朝官给他们看看。"

"恐怕还是不管用，您仔细想想，朝官们能威胁到您的皇位吗？李斯能取代您吗？"

"不能。"

"冯去疾能取代您吗？"

"不能。"

"能取代您的有谁呢？只有您的兄长们。他们是祸根，如果不除掉他们，您就别想安安稳稳做好这个皇帝。"

"你是说让我杀我的兄长？"胡亥禁不住打了一个寒战，刚刚杀了扶苏，又要杀别的兄长，胡亥实在下不了这个手。

"为政者不可以妇人之仁处事。今日你若不杀他们，将来必定为他们所杀。否则你就别做这个皇帝。可是如今不做也得做了，你杀了扶苏，就是不做皇帝，诸公子也不会放了你。所以摆在面前的只有一条路。"

"可是要杀他们也得有个罪名啊。"胡亥犹豫着说。

"私通叛逆扶苏、蒙恬，这不是现成的罪名？臣听说近来扶苏和蒙恬的下属不断地潜入京城，在诸公子和大臣们府上游说，企图推翻陛下，另立新君，为扶苏、蒙恬复仇。"

"有这等事？"

"他们不仅到诸公子府上游说，还到各位公主府上去了。"

"看来不开杀戒是不行了。"胡亥恶狠狠地说。

"是呀，再这么下去，您和我的脑袋都要保不住了。"

"那就杀！先把他们统统抓起来再说。"

"可是没有依据。诸公子都知道事情的严重，大臣们各个老谋深算，绝不会轻易让你抓住把柄的。按照现在的法律，要治哪一个的死罪都不容易。"

"那怎么办？"

"办法只有一个——制定新法。"

"那你还不赶快去办？"

赵高没费多大劲，便把新法拟订好了。新法规定：

一、煽惑黔首以背叛新君者,斩。
二、为扶苏、蒙恬等叛贼鸣冤叫屈者,斩。
三、亲近蒙氏者,斩。参与其谋者,族。
四、诸公子及诸臣阳奉于外、阴违于内者,斩。
五、诽谤二世皇帝者,磔。
六、妄议朝政者,斩。
七、私藏蒙氏余党者,斩。
……

新法共十二款,由于新法对犯法的界限界定不清楚,执法者可以任意解释,这样天下就没有不可杀之人了。胡亥看过之后,交给李斯。李斯大惊。他搞了一辈子法,深知法律的严肃性,哪怕变动一两个字,就会多杀许多人。秦法虽严苛,但是还从来没有这样滥杀过。他不禁倒抽了一口凉气,有心和赵高理论一番,又怕惹火烧身,把起草新法的事情揽到自己身上来,于是又一次让步,未置可否地把新法律文书递了回去。胡亥见他没有反对,便说道:"好,就按这个办!马上颁布执行。"胡亥当即委任赵高为郎中令,负责实施新法。所有违反新法者,上至诸公子大臣,下至普通黔首,一律由赵高处置。

赵高拿到了生杀大权,立即在咸阳城里展开了一场疯狂的大屠杀。他以私通扶苏、蒙恬余党为名,将十二位公子、十位公主下狱,严刑拷打,打得诸公子死去活来,诸公子熬不住,最后一个个被迫承认了私通扶、蒙余党的罪名,被处死在咸阳街市;十位公主平日里娇生惯养,哪里禁得起这样的酷刑折磨,也都一个个认了罪,公主们的封地多在杜陵(今西安市西南),赵高为了制造恐怖气氛,震慑天下,特地将十位公主押往杜陵,以磔刑(分裂肢体)杀之。公子将闾和两个弟弟是一母所生,兄弟三人是从来不问政事的,平时为人也比较忠厚,自料不会有什么事情,但是赵高也没有放过他们。弟兄三个被捕之后要求见二世皇帝,胡亥不见,只是赐书一封,催其速死,将闾在绝望中与两个弟弟一起自杀了。公子高本也想随兄弟姐妹们一起去,但是看到兄弟姐妹们死后不但被抄了家,而且子弟们也差不多被杀光了,于是想了个舍身保家的办法,给二世皇帝上书,要求给秦始皇殉葬:

"臣高冒死谨奏:昔先帝无恙时,臣入则赐食,出则乘舆。御府之衣,臣得赐之;中厩之宝马,臣得赐之。臣当从死而不能,为人子不孝,为人臣不忠。不忠者无名以立于世,臣请从死,愿葬骊山之足。唯上幸哀怜之。"

胡亥看了公子高的上书,大喜过望,把赵高叫来让他看了,说:"你看,急得走投无路了吧?"

赵高狞笑着说:"这就对了,让他们忙着去死还来不及呢,看他们还有没有工夫谋反!"于是,胡亥准了公子高所请,赐钱十万将其葬于骊山。

处置完诸公子,该轮到大臣们了。赵高对胡亥说:"先帝之臣,能从心里服陛下的人不多,应尽皆除之,陛下可另选贤德,使贫者富,贱者贵,这样他们才会对陛下感恩戴德,忠心耿耿地为大秦效力。"胡亥甚以为然,没用多久便把一班老臣们杀头的杀头、下狱的下狱了。

赵高有两个帮凶,一个是弟弟赵成,一个是他的女婿阎乐。赵成是宫廷侍卫官,郡守以下官吏,赵高顾不上,一律交赵成处置;阎乐现为咸阳令,负责咸阳城里的屠杀。这两个人比之赵高有过之而无不及。由诸公子和大臣们株连的官员无数,一连十,十牵百,一直牵连到普通百姓,这些人尽皆被绑缚市曹问斩。咸阳城里只要是议论过新帝和朝政的,无论是皇亲国戚还是普通百姓,一个不留,整个咸阳城成了一座屠宰场,每日都有成百上千的人被杀。咸阳城里,一片血雨腥风。

秦王朝的统治,已经走到了它的尽头。

第十章 芒砀山中

刘邦躺在路边的石头上睡得正香,忽然听见有人叫他,原来是后边的人赶上来了,大家怕他着凉,把他叫醒了。刘邦揉了揉惺忪的睡眼,坐了起来,想起刚才的一幕,还真有点后怕。

不一会儿,人到齐了,大家围坐在路边休息。其中走在最后边的一个小伙子说,看见一个老太太在路边哭。问她为什么哭,她说有人杀了她儿子,问她儿子在哪儿,老太太说:"我儿乃白帝之子,化作白蛇躺在这里,如今被赤帝之子所杀。"刘邦十分惊讶,说:"有这等事?走,带我去看看。"那小伙子领着众人又回到刚才刘邦斩蛇的地方,老太太不见了,刚刚被斩作两段的白蛇也不见了。众人都觉得诧异,其中一个念过几天书的年轻人说道:"刘大哥释刑徒斩白蛇,带着咱们造反,看来是应了天命的。"

"那当然,刘大哥就是当今的真龙天子。"樊哙迫不及待地说了一大串关于刘邦的故事,众人听得目瞪口呆,忽有一人说:"那还愣着干什么?咱们就拜刘大哥为皇帝,领着咱们干吧。"说完,那人扑通一声给刘邦跪下了,接着,众人纷纷跪下给刘邦叩头,甚至连万岁都喊出来了。这一次,刘邦不像在樊哙家中那样使劲推辞了,半推半就地由着他们闹,因为现在他需要权威。

等众人闹哄得差不多了,刘邦看看天也快亮了,说:"既然大家信得过我刘邦,那我就不客气了,我给大伙当个领头的。但是有几句话我得说在前面。第一,咱们现在跑出来,不是造反,不是打天下,是逃亡……"

刘邦话还没说完,樊哙就泄了气,一屁股坐在地上说:"那有什么意思?弟兄们跟着你出来就是要造反,就是要推翻朝廷,就是要跟着你打天下。不造反折腾什么,那还不如回家搂着老婆睡觉去呢。"

"就是。"听了樊哙的话,有笑的,也有随声附和的。刘邦十分严厉地说:"听我把话说完!咱们不是造反,也不是不造反。要造反!但是现在还不到时候,就凭咱们这几个人,明天是去打官军呀还是攻县城啊?"众人见他说得有理,便不再吭气了,"所以,咱们要等待一个时机,这个时机已经不远了。现在普天下百姓都已经活不下去了,马上就要天下大乱了。到那个时候,咱们扯起一面旗帜跟他们干到底!"

听到这里,众人一起叫起好来:"好!听大哥的。"

"既然准备造反，那就得有个造反的规矩。不能像现在这样，鸡一嘴鸭一嘴没大没小的。大家听好了，"刘邦一面说，一面顺手砍下身边一根胳膊粗的树杈，"今后有谁敢不听号令，就像这根树杈一样，我立刻把他的脑袋砍下来。"

众人见刘邦如此说，人人震悚。

"现在大家想好喽，要干的，跟着我走；不想干的，现在离开还来得及。今后要是逃跑被抓回来，杀无赦！"

众人你望望我，我望望你，没有一个想走的。刘邦接着说道："眼下，咱们首先得活下去。要活，就得有组织，有规矩。天马上就亮了。大家记住，白天碰见人，可以说是做买卖的，可以说是逃荒的，就是不许提造反二字，更不能像草寇一样动不动就和人动武玩硬的。大家记住四个字，咱们现在是藏身、活命。听懂了吗？"

"听懂了！"

"樊哙，你能做到吗？"

"能！"

"做不到我就先割下你的脑袋来示众。大家能做到吗？"

"能！"众人一起喊道。

芒山位于今河南省永城市，砀山位于今安徽省砀山县。两山首尾相连，绵延几百里，山中峭岩如壁，沟壑纵横，山上密树浓荫，到处都有洞穴，要藏起十几个人来太容易了。可是刘邦这一行人马要吃要喝，就不得不经常暴露自己，加上官府通缉，刘邦的大名不胫而走。尽管刘邦一直压着部下低调行事，可是慕名而来投奔的还是络绎不绝。芒砀山中到处都是逃役逃捐的流浪汉，还有些小股的"盗贼"也来投奔，几乎天天都有人入伙，不管他们藏得多隐秘，这些人总能想办法找到他们，就连卢绾也带着十几个人找到山里来了。刘邦的队伍很快发展到了上百人。这么多人，衣食住行都成了问题，过去没粮了，派人下山掰几穗玉米就能解决问题，现在不得不去找大户们要粮了。所谓要粮，实际上就是抢。被派了粮的大户不断向官府提供刘邦的行踪线索，安全也成了大问题，有几次被官军咬住差点脱不了身。围剿他们的官军和周围的大户勾结在一起，布下了一个消息网，只要刘邦一下山，官军立刻就跟着屁股到了。打粮越来越困难。眼看要入冬了，弟兄们还都穿着单衣，而且，开始有人逃跑了。这是一个危险的信号。这些人对刘邦的行动规律十分熟悉，一旦被官军抓住作为向导，后果不堪设想。刘邦不得不整肃军纪，下决心杀了两个人。但是这还不能从根本上解决问题，要想让军心稳定下来至少先要解决好眼下的衣食问题。这一天，刘邦把周勃、樊哙、卢绾等人叫到一起，几个人在一个山洞里商量如何解决冬衣问题。

芒砀山中有一条山谷，里面长满了黄桑树，名曰黄桑峪，后来刘邦做了皇帝，人们便把这里改名为皇藏峪。峪中有口泉，名曰拔剑泉。传说当年刘邦被官军追捕，逃到这里，众将士口渴难耐，周围又没有人家可以讨口水喝，刘邦无奈把剑叉在地上休息,不料往出拔剑的时候一股泉水喷涌而出,泉水因此得名。离泉边不远,有个山洞,可容纳数百人,洞口有块天然巨石,恰似一张床,据说刘邦当年常在这里睡觉,后来人们把这张石床称为仙人床。现在泉、床依旧,可是当年的刘邦却没有这么轻松浪漫,为了躲避官军的追捕,队伍不得不分散行动,这里只是他和众头领们定期会面的地方。

已是深秋季节,满山的树叶都黄了,随着阵阵秋风洒落下来,铺满了山谷。刘邦坐在仙人床上,望着满山的落叶说:"你看这山里景色多美,等将来世道太平了。老子就在这儿盖一院房子,住下不走了。"

卢绾性子急,骂道:"我说刘季,臭美什么哪?都他娘的什么时候了,你还顾得上看风景。快说吧,弟兄们怎么过冬啊?"

让卢绾这么一骂,刘邦十分扫兴:"我说你他娘的别一天到晚刘季刘季的好不好?老子现在是,现在是……"现在是什么,刘邦也说不出来,一时语塞,说,"啊?起码也是你大哥吧?"

"你他娘和我同一天的,也不比我大,不过叫你声大哥也行。大哥,你说吧,这冬衣怎么办?是买还是抢?就等你一声号令了。"

樊哙说:"那还不好办?出了山不远就是官家修的直道,官府运粮运货的车辆天天打那儿过,截他两辆车就什么都有了。"

刘邦道:"说得倒轻巧,截了官府车辆,还不把官军招到山里来?要么简单,我还用找你们商量吗?"

樊哙道:"那你说怎么办?整天在这山里转来转去,窝憋死了,不如趁早痛痛快快干一场算了。"

卢绾也说:"就是。刘季,咱们怎么还不起事呀?再这么转下去,人都快跑光了。"

"起什么事?眼下咱们是逃亡,顶多不过是杀头之罪;惹了官军,那就是造反,是要灭族的。你干了,痛快了。老婆孩子呢?让他们跟你一块儿死?"

卢绾说:"那这日子什么时候算到头啊?"

"别着急,快了。我不是不想干,还不到时候。我在等着有人挑头。只要有人挑起这个头来,天下立刻就会响应,天下一乱,官府就顾不上去灭你的九族了。到时候,咱不灭他九族就算便宜他了。到那个时候,咱们就可以痛痛快快干一场了。"

卢绾道:"可是大家都这么想,谁也不肯出头怎么办?不如咱们挑这个头,把火烧起来!"

"咱们?"刘邦摇摇头说,"凭这么几个鸟人能起事?凭你们几个能和官军打仗?"

樊哙不服气:"怎么不能打?官军有什么了不起?老子早他娘的手痒痒了,就是因为大哥有令,咱才这么老实没动手。"

"就是,刘季也忒小瞧我们了,要是不敢打官军,咱们出来干什么来了!"

"能打!"周勃半天没说话,这会儿也附和了一句。卢绾笑着说:"你的话真他娘的精贵,憋了这么半天,就憋出这俩字来?"

刘邦也笑了,说:"你别看周勃这小子不吭气,肚子里可有数。"

卢绾接着刚才的话题说道:"那咱们也不能在这山里头傻等啊,不如派几个人出去打听联络一下。我听说南边不远有个叫桓楚的,已经跟朝廷干上了,据说有一千多人,官府剿了一年多了也没剿灭,甚是头疼。咱们要不要和他们联络联络?"

刘邦说:"这倒是个好主意,明天你就带几个人下山去找桓楚。"

几个人正说着话,忽然有一名弟兄气喘吁吁地跑来报告说:"大哥,我们在山下截住一个贩绸缎的。"

刘邦一拍大腿:"正好,这不送冬衣的来了?这回咱们还要穿绸缎呢。走,下山看看去。"

刘邦一行来到山下,见鄂千秋领着十几个人围住了一个汉子,那汉子手持利剑站在中央,脚边躺着几个被他刺伤的刘邦的弟兄,围着的人各个手里都拿着兵器,却不敢上前,那汉子大声说道:"我与尔等素无仇怨,放我过去,咱们相安无事;否则,叫尔等统统送命于剑下!"周勃见这人如此狂妄,提着腰刀冲了上去。两人交手数十回合不分胜负。周勃勇力过人,但刀法却略逊一筹,几次差点给对方刺中,打到中间,那汉子使了个计策,冲着刘邦等人喊道:"有种的都来呀,一起上!"周勃被他激怒了,冲着刘邦等喊道:"不用,看我怎么杀他!"就在周勃一分神的瞬间,那汉子一剑刺了过来,周勃来不及格挡,那人的剑尖直指他的咽喉。周勃身体僵直站在那里一动也不敢动,只要稍微一动,那剑立刻就会刺穿他的喉咙。樊哙见此情景,从身边一个弟兄手中夺过一根木棍就冲了上去:"看你樊爷爷来也!"那汉子不防,马上回身挥剑招架,周勃这时腾出手来,两个人一左一右围着那汉子厮杀,那汉子且战且退,退到了一块儿绝壁下面,身后已无退路,樊哙举棒要打,刘邦喝道:"慢着!休要伤他性命!"

三个人住了手,刘邦上前问道:"壮士何方人士?请问尊姓大名?"

那汉子拱手拜了一拜,说:"在下乃濉阳贩缯之人,姓灌名婴。敢问大王可是刘邦刘大人?"

"你怎知我姓名?"

"官府已将大王绘成图像到处张贴。还有这两位,可是周勃、樊哙将军?"

樊哙和周勃对眼一望,哈哈大笑:"咱俩什么时候成了将军了?"

灌婴当即跪下给刘邦磕了一个头,道:"在下有眼不识泰山,多有得罪,还望大王见谅。"

"壮士请起。"刘邦扶起灌婴,说:"不是你得罪我们,是我们把你得罪啦,还请灌婴兄弟多多原谅。说起来丢人呀,眼下我势单力孤,还不敢明目张胆地跟官军干,只好干点打家劫舍的勾当。什么大王、将军,其实就是他娘的一群草寇。没办法呀,弟兄们缺衣少食,不偷不抢怎么活?都是他娘的官府逼的!"

"既是如此,那我就把这几车绸缎送与大王,给弟兄们做几件冬衣吧。"

"哈哈,难得你这么慷慨,我就喜欢你这样的人。可是绸缎我不要,我要你这个人!"

灌婴一听这话,脸色大变:"这么说大王还是不肯放我走了?我虽然伤了你几个弟兄,可我并没有杀一人。"

"看你想到哪儿去了?不瞒你说,我迟早是要起事的,这种偷鸡摸狗见不得人的日子我也过够了。可是起事需要人哪,我看你武艺高强,要不是手下留情,我那些弟兄早见阎王去了。我想请你留下共举反秦大业,不知道壮士肯不肯留?"

"臣乃商旅之人,受尽歧视凌辱,臣的一家也都死在暴秦的刀剑之下,早有反秦之心,可惜没个领头的。今日蒙大王不弃,收留帐下,臣万死不辞!只是此去还有几笔旧账未收,想一并了结掉,也好给大王做个起事的本钱。"

"哈哈,我知道你不肯留。不愿意也没关系,上山歇一宿再走不迟,弟兄们陪你喝一杯,压压惊。"

灌婴见刘邦不相信他,也未多作解释,跟着刘邦等人上了山。

众人来到黄桑洞,一起喝酒叙话,闹腾了一晚上。第二天,刘邦亲自把灌婴送到山下,几辆装着货物的毛驴车原封不动停在那里,灌婴坚持要把货物留下,刘邦也不好再推辞,就把那几车绸缎留了下来。刘邦送了他一匹快马、二十两黄金作为盘缠,并托他去看看吕雉和家人,灌婴满口答应下来。

送走灌婴,一行人说说笑笑往回走,走到半山腰,突然有个小伙子慌慌张张从山上跑下来,说:"不好了,官军把黄桑洞抄了。"

刘邦心里一惊,因为在各个山口他都派了探子,官军要来怎么也能得到点消息,可是让人摸到家门口都不知道,实在是出乎意料。看来官军这次来头不善。他表面上仍然不动声色,问道:"他们有多少人?"

"不知道,反正树林子里到处都是,至少也得好几百。"

"你往山下跑他们看见了吗?有人追你吗?"

"有,不过我跑得快,把他们甩掉了。"

刘邦道:"别慌,还是分头行动。樊哙、周勃,你们赶紧整理自己的队伍往两边山上去,三天以后在梨树沟碰头。卢绾带一路,跟我一起下山,出了山口你往南,我往北,然后再想办法从别的路口进山。"

樊哙不依,说:"下山太危险,大哥还是带着人马上山吧,我和卢绾下山。"

周勃也争着要走下山的路线,刘邦说:"这都什么时候了?别争了。赶快走!"

樊哙对鄂千秋说道:"千秋,你可把大哥保护好。大哥要是有点闪失,我可找你算账。"

"放心吧,有我在大哥绝不会有闪失。"

刘邦和卢绾还没出山口,就见灌婴牵着马回来了。刘邦迎上去问道:"你怎么没走？"

"大路上全是官军，把我的货物和随身带的东西都抢光了。百姓们说这些官军是进山围剿大哥的，所以我赶紧跑回来给大哥报个信。"

"多谢多谢，我知道了，你赶紧走吧。"

"看样子是走不了了，就是走得了也不走了，今后我就跟着大哥干了。"

刘邦一把抓住灌婴的肩膀说："真是太好了！"

卢绾在一旁说："大哥，怎么办？看来咱们也得上山了。"

刘邦皱着眉头说："这一次官军是有备而来，只怕山上也有埋伏。要多加小心。队伍还得再分散，三个人一组分头跑，否则目标太大。"

"大哥，既然分散，那我得跟着你，否则我不放心。"卢绾说。

"不行。咱们分头带队，弟兄们觉得有主心骨，咱们几个人聚到一起，大伙就没信心了。鄂千秋，你也带几个人往外冲，不要跟着我了。"

"不行！我死也要和大哥死在一起。"

自从进山以来，鄂千秋一直跟着刘邦寸步不离，实际上是刘邦的侍卫队长，在这危难时刻，他怎么能离开刘邦呢？

"什么死不死的？这还没碰到官军呢，就说这种丧气话。灌婴跟我走，你放心了吧？"鄂千秋把周勃从县里带来押送役夫的两个武士留在了刘邦身边，这才恋恋不舍地带着几个人走了。

果然不出刘邦所料，他们才爬上一座山梁，就和官军遭遇了。事后刘邦才知道，原来官军昨晚抓住了一个刘邦派出去的探子，那探子禁不起拷打，把官军领进山来了。刘邦的整个大队已经被包围了。

十几个官军士卒呈扇形朝他们逼了过来。跟随刘邦的两个武士受过专门训练，武艺都不错。灌婴居中，两个武士一左一右，三个人拉开距离，抽出刀剑准备迎敌，把刘邦挡在了身后。刘邦抽出腰里的佩剑，说："别把老子当成妇人，老子也他娘学过几招剑法。"说着就要往前冲，灌婴一把将他拽回身后，说："这几个小蟊贼不需大哥亲自动手。"说着，大吼一声向官军冲过去，只见寒光一闪，一个官军士卒已经躺倒在地。两个武士也跟着冲进敌群，左劈右砍放倒了五六个。官军一看这三个人武艺这般厉害，纷纷向后退。不料这时身后又来了十几个官军士兵，灌婴对两个武士说："你们留神正面，我去对付后面的。"刘邦手持宝剑想与灌婴并肩形成一个犄角态势，灌婴挡在他前面，不想让他往前靠，刘邦哪里肯听，一个箭步窜出去，挥手斩了一个官兵。灌婴见他剑法还可以，不至于招架不了，就放开手脚和官军厮杀起来。只见他忽进忽退，忽左忽右，一支利剑在他手里耍得风起云涌，边杀边拿眼睛的余光瞟着刘邦，生怕他有什么闪失。官军死的死伤的伤，连连后退。他们见不是灌婴的对手，便站在几十步之外放箭，灌婴怕伤着刘邦，一面用剑格挡对方的箭雨，一面护着刘邦退到一棵大树后面，不料后边的官军也放起了箭，两位武士为了护住刘邦，身上都中了箭,对面的敌人掩杀过来。两个武士带着箭伤和敌人拼死格斗,终因寡不敌众,为官军所杀。灌婴一个人失去了依托,形势顿时逆转。他正琢磨着怎样突围,不防右肩中了一箭,于是他把剑换到左手,指着前面对刘邦说:"大哥,咱们从那边突围!冲出去之后你就跑,我来对付他们。"说完,怒吼着朝敌群冲去,官军已经尝到了灌婴剑法的厉害,纷纷向两边躲闪,两个人趁机冲出了包围圈。

官军呐喊着追过来,灌婴对刘邦说:"大哥快跑!"刘邦不忍心,还在犹豫,灌婴使劲把他一搡,"快跑啊,弟兄们全指望你哪。大哥放心,我死不了!"刘邦这才走了。灌婴回过身来冲着敌军仗剑一立,大吼一声,"不怕死的就过来吧!"竟然没有一个人敢靠前,于是官军又开始放箭。

刘邦走了,灌婴心里没了负担,箭又是来自一个方向,他翻花一般挥剑格挡,竟然没有一箭能够射中他。官军越聚越多,仗着人多势众又开始往上冲。灌婴想,这次无论如何也不能再让他们包围在里面,于是且战且退,最后退到了一块儿绝壁边上。上百名官军围了上来,灌婴身上已经到处是伤,一个军官喊道:"不要射箭,抓活的。"灌婴心想,死也不能落在官军手里,于是转身一跳,跳进了深渊……

刘邦一口气跑出几里地才停下来,刚要喘口气,又被一伙官军盯上了。于是换了个方向继续跑,可是体力已经不支,越跑越慢。官军一面追一面放箭,那箭带着呼啸声从他耳边擦过,刘邦忽然觉得后心好像被人重重地击了一拳,他知道自己中箭了,于是停了下来,手扶着一棵大树喘了口气,伸手拔出了宝剑。官军不知道他的武功如何,不敢贸然进攻,见刘邦停下来,也都在几十步开外停了下来。嘴里嚷着:抓活的!抓活的!一面嚷脚下一面悄悄地移动,企图包围刘邦。刘邦已经累得筋疲力尽,任凭他们怎么移动也不管了,他已经抱定了必死的决心,这时反而镇静了。伸手摸摸背上的箭杆,想在临死之前把它拔出来,可是角度不对,用不上劲,心想,真他娘的倒霉,临死还得带着这么个东西。刘邦正想着临死前说几句什么,忽然听见空中"嗖"的一声,对面一个领头的军官"扑"的一声仰面朝天倒在地上,紧接着又是"嗖嗖"几声,几个士兵也跟着倒了下去。

"不好!树上有人!"一个士卒叫起来。他话音未落,也跟着扑倒在地。刘邦抬头望去,只见对面树上有个人影,一身黑衣,脸上包着黑纱,看不清面目,使用的是什么暗器也不知道,箭不像箭,飞镖不像飞镖,一下子打倒了五六个官军士兵。于是官军开始朝树上放箭。官军只注意了那边,不料这边树上也有人,只听"嗖嗖"几声,又有几个官军扑倒在地。刘邦从声音判断,那人就在自己头顶这棵树上。刘邦知道树上的人是自己人,于是灵机一动,仰天大笑道:"哈哈哈,你们想抓我?没那么容易。告诉你们,这树林里到处是我的人。赶快给我滚,否则老子叫你们全死在这儿!"

士卒们低声议论着:"他就是刘邦?"

"说对了,我就是刘邦。你们不是花千金购我的头吗?来吧!"说着,刘邦把手中的剑一亮。

一个军官喊道:"快上啊,活捉刘邦!"刚喊完,又听树上"嗖"的一声响,那个军官又倒下了。几个官军士卒又要放箭,可是还没等他们挽起弓来,就被两棵树上飞来的暗器打得纷纷跌倒在地。一个官军士卒喊道:"不好了,我们中了刘邦的埋伏了!"

他这一喊,官军阵脚大乱,已经顾不得刘邦,纷纷转身逃跑,有几个士卒不甘心,临走,又冲着刘邦放了一阵乱箭,只听树上那人喊了一声"不好",说时迟那时快,那人"嗖"的一声从树上跳下来,正好把刘邦挡住。那人挥手去抓空中那些飞来的箭只,不料却被一支飞箭射中了胸膛,顿时扑倒在地。那几个官军士卒没射中刘邦,转身跟着大队跑了。对面树上那人跳下来,一下扑到倒下的那人身旁,大声哭喊着:"娘,娘!"边哭边扯下包头的黑纱巾,原来是个十六七岁的小姑娘。刘邦帮着她将她母亲扶到一块儿岩石上躺下,那妇人也把纱巾摘了,冲刘邦微笑了一下,说:"终于找到刘大人了。"

只见她脸色惨白,看上去十分吓人,但是却遮不住眉宇间流露出的那种高贵气质:"大人请坐,老身不便施礼,有几句话想和大人说。"

刘邦道:"大嫂这是哪里的话,你是我的救命恩人,该我给你施礼才是,咱们都别客套,得赶紧离开这个地方。来,我帮你把箭拔出来。"

"不,您听我说。"妇人两手握住胸前的箭杆说,"这是我的女儿佩佩,大名袁佩瑶。我把她托付给你,她有一身好武艺,可以助你打天下,你要是不嫌弃,就收她做个妾,这样打起仗来身边好有个人照应,我也就放心了。"

"大嫂,这话以后再说,咱们得赶紧走。"

妇人也不答话,转身对佩佩说:"佩佩,你可听清楚了?"

佩佩羞怯地点点头。妇人脸上露出了微笑,接着说:"想不到大人竟是这等英武,佩佩,娘给你找的这个夫婿你可满意?"

佩佩害羞地说道:"娘,您说什么呀?"

妇人收起笑容,严肃地说道:"现在你们俩答应我一件事。"

刘邦和佩佩一起点头,妇人用手指着悬崖边说:"把我扶到那边去。"

刘邦一看那悬崖,心里吃了一惊,道:"大嫂,你这是干什么?就是抬我们也要把你抬回去。"

"我不行了,抬回去也是死。你们俩听我的,不要管我,赶快跑,官军马上就会杀回来。我本来不愿意把尸首落在官军手里,可是你们不听话。"说完,她握着箭杆的手使劲一用力,将箭杆深深地插进了胸膛。

"娘!"佩佩扑倒在娘身上放声大哭起来。那痛彻肺腑的哭声震撼了山谷,也感动了上苍,天上忽然下起了瓢泼大雨。

正是这场雨救了刘邦。官军害怕再中埋伏,没敢冒雨前来追捕。刘邦和佩佩借着大雨给他们的一点时间,把佩佩的母亲抬到一个隐秘的地方先遮盖好,然后顺利地逃脱了官军的追捕。

天擦黑的时候,他们找到了一个山洞。刘邦曾在这里住过,里面还有过去存下的柴米和简单的生活用具。佩佩从小习武,对治疗外伤并不陌生,随身还带有治疗箭伤的药。她顺利地帮助刘邦取下背上的箭,敷了药。刘邦受了箭伤又淋了点雨,刚躺下就发起高烧来,一睡下去就什么都不知道了。醒来的时候,天已经亮了,一缕阳光撒进洞口,把这个不大的山洞照得亮堂堂的。佩佩不在,靠洞口有几块大石头围成了一个火炉,炉子上还架着一口锅,从锅里飘出一阵阵诱人的香味。刘邦知道她并没有走远。不一会儿,就见她手里提了一只野兔蹦蹦跳跳进来了。

"大人醒了?看,我打了一只兔子,待会儿给大人炖着吃。"

佩佩已经换了一身女儿装,虽是村姑打扮,却遮不住她从娘胎里带来的那种高贵气质。发结高高挽起,显得十分利索。脸上还带着孩子般的天真,弯弯的眉毛下面,两只纯真的眼睛带着天然的笑意。一笑,露出两排细碎洁白的牙齿和两个深深的酒窝,走起路来又轻又快,没有一点声音,动作十分敏捷,透着一股一般女孩子所没有的英武之气。佩佩性格很开朗,爱说爱笑的,她放下兔子,像只燕子一样飞到刘邦身边:"大人,你可醒了,都睡了两天两夜了。你饿了吧?想不想吃点东西?昨天我打了一只野鸡,炖了一锅鸡汤,还在锅里煨着呢。我去给你盛来。"说完,也不等刘邦答话,转身去盛了一碗鸡汤回来,一面用嘴吹着,一面说:"什么作料都没有,就放了点盐。"

刘邦挣扎着想坐起来,可是一动牵动了背上的伤口,疼得他头上冒出了汗珠。

"大人躺着别动。"佩佩用毛巾给刘邦擦了擦额头上的汗,坐在床边,用羹匙给他喂汤,舀一匙吹一吹,手里动着,嘴里还在说着:"大人可真有意思,睡觉说梦话,把什么都说出来了。做梦还在给部下训话呢,'今后,有谁再敢私自下山,老子砍了他的脑袋!'哈哈!我要是官军哪,抓住您不用审问,先熬你三天三夜,等你睡着了就什么都说了。"

刘邦这时已经恢复了知觉,只觉得浑身疲惫,四肢酸软,背上的伤钻心地疼,几乎连说话的力气都没有,可是佩佩给他带来了满室的阳光,顿觉疼痛减轻了许多。

"是吗?哈哈!我知道我有这么个毛病,所以就不叫他们逮住,对吧?"

"这两天我已经把你们的事情知道得差不多了。"

"是么?你碰见人了?"

"哪儿呀,我就听您说呗。"佩佩吃吃地笑着说。

"这丫头,忒夸张。我还忘了问你,你既不带弓又没有箭,拿什么打的野鸡、兔子?"

佩佩把脑袋一晃,调皮地说道:"这是一个秘密,不告诉你。"说着,从口袋里掏出一枚铜钱。

"买的？你下山了？"

佩佩摇摇头。

"该不会是用这个打的吧？"

佩佩往四周望了望，见刘邦的竹冠挂在洞壁上，一抬手，那枚铜钱"嗖"的一声飞了出去，竹冠被穿了个半寸多长的口子。

"哎呀，我的竹冠！"

佩佩不知道那是刘邦的心爱之物，笑着说道："想不到大人这么看重帽子，倒甚过看重脑袋呢。"

刘邦只是下意识地失口喊了出来，这会儿自己也觉得可笑，道："你们那天就是用这个打的官军？"

佩佩点点头。

"这玩艺儿也能当暗器？真是绝技。我连听都没有听说过。"

"其实主要在功夫，功夫到了，随便什么东西都可以当暗器。"说着，佩佩从地上捡起一个小石子，又瞄准了刘邦的竹冠，刘邦道："行了行了，我相信你的功夫，那顶竹冠我还得戴呢。"

佩佩转了个方向将石子朝洞口甩去，洞口垂着一朵黄色的山菊花，佩佩一抬手，只听"嗖"的一声，山菊花落在了地上。刘邦忍不住叫起好来。

几口热汤下肚，刘邦顿时觉得饥肠辘辘，已经等不得佩佩一口一口地给他喂了。他让佩佩扶他坐起来，端起碗一口气把汤喝光了，又用手抓起碗底的几块鸡骨头没命地啃着，恨不能把骨头都嚼碎咽下去。佩佩看着刘邦的吃相，既好笑又心疼。

"大人急什么呀？锅里还多着呢。"

"是么？再来一碗。多盛点肉，饿坏了。有没有干粮？"

"您别急，先喝点鸡汤。我这就去做饭。"

吃完饭，刘邦问清了佩佩的家世。佩佩的母亲姓袁，名娇娥，原是楚国人，丈夫是个才子，秦灭楚之后，因有才名，被征召到咸阳做了御史，袁娇娥也跟着到了咸阳。袁娇娥本是有名的美人，琴棋书画样样精通。有一次，始皇帝听说她琴弹得好，便叫她丈夫带她进宫去演奏，不料始皇帝一眼看中了她，千方百计想把她弄到手，便设计害死了她的丈夫。秦始皇只知道她才貌双全，却不知道袁娇娥还有一身家传的绝世武功，正高高兴兴地派人去宣她进宫，不料她却带着不满七岁的女儿佩佩跑了。袁姣娥发誓要为丈夫报仇。十年来，她带着女儿隐姓埋名、东躲西藏，总算等到了这一天。听说刘邦在芒砀山中聚集了不少天下豪杰，准备举旗造反，便带了佩佩前来投奔，不料第一次跟秦军交手就中箭身亡。说到这里，佩佩眼泪流了下来。刘邦也不劝解，由着她哭了一阵，说："唉！都是为了我。我一定要给你娘报这个仇！来，扶我下地。"

"大人，你的箭伤还没好，现在还不能下地。"

"不行,我必须得下地,还有好多事呢。这点伤算什么,带着箭还不是跑回来了!走,咱们先去把你娘安葬了。"

"我已经把我娘埋好了,还做了记号。可怜我娘连口棺材都没有。"说着,佩佩又哭了起来。

刘邦劝了几句,说:"真是难为你了。"

等佩佩情绪安定下来,刘邦问:"你刚才说我睡了多长时间?两天两夜?"

"是呀。"

"现在是什么时候?"

"太阳才出来。"

"今天是我和弟兄们约定的接头的日子。你在这里等我,我天黑以前回来。"说着,刘邦又要下地。佩佩拦住他说道:"你不能去。在哪里接头?我去!"

"你去他们不认识你。再说,我也不放心。"

"有什么不放心的,我戴上你的竹冠他们不就相信了?你躺下,我去!"

"不行,你不熟悉路。"说着,刘邦已经下了地。可是他身上烧未退,治疗箭伤又出了不少血,身体已经非常虚弱,刚往前迈了两步就栽倒了。佩佩眼快手快,一把拉住了他,才没有摔着。

佩佩扶着他重新躺下,问清了接头地点,戴上他的竹冠走了。

佩佩没有找到樊哙等人。官军还在山里搜捕刘邦的残部。凭着樊哙、周勃等人的武艺,刘邦估计他们不会死在官军手里,想必他们已经去过梨树沟,只不过有官军在,没法接头罢了。

每隔两三天佩佩就要出去一次,早出晚归,寻找弟兄们的踪迹,可是直到官军撤走很久也没找到他们。

冬天来了,天上飘起了雪花。刘邦的伤势一天天好了起来,气色逐渐恢复,身上也觉得有了力气。可是两个人身上还都是一身单衣,幸好原来洞里还有两床被子,否则真要把他们冻死了。白天,他们靠练武取暖,佩佩没想到刘邦的武功这样差,几乎是从头对他进行训练,根据刘邦体力恢复的程度,每天训练的强度逐步加大。晚上就只有靠生火取暖了。冬季山里没有树叶遮蔽,生火有烟,很容易被人发现,为了安全,他们不得不经常更换藏身的地方。

佩佩不光没有料到刘邦的武功这样差,更没料到刘邦这样粗鲁,一张口就是他娘的。外面传说的刘邦是个文武双全的大英雄,可是眼前这个人既没有文也没有武。不过,她觉得和刘邦在一起挺有意思,他身负重伤,大山里的生活又是这样艰苦,可是从来没见他发过愁,整天笑呵呵的,不停地给她讲故事说笑话,没有,他也能编出来,佩佩又是那样开朗,以至于这小小山洞里整天充满了笑声。一天晚上,两个人坐在火炉边聊天,佩佩忍不住问道:"我原来还以为大人是个读书人,怎么一张口就是他娘他奶奶的?"

刘邦哈哈大笑,说:"当土匪,读那么多书干吗?"

"不,你不是土匪,你是反秦的英雄。"

"英雄也罢,土匪也罢,反正读书没什么用。我最讨厌那些儒生,张口之乎者也,其实肚子里什么也没有。"

"可是,英雄也不该是这样子的呀!"佩佩两手捧着脸,望着刘邦说。

"哈哈,那你说英雄应该是什么样?"

"应该,应该,我也说不好。对了,你那天就挺像的。"说着,佩佩站起来,学着刘邦的神态和语气说,"你们说对了,我就是刘邦,你们想抓我?没那么容易。告诉你们,这树林里到处都是我的人。赶快给我滚,否则老子叫你们全死在这儿!"

刘邦望着她那副天真的样子,觉得十分可爱,心里一动,不由自主地伸手将她揽在怀里,在她那薄薄的嘴唇上狠狠亲了一口。佩佩还从来没有过这样的经历,慌得心怦怦直跳,脸上觉得火辣辣地发热,她从刘邦怀里挣脱出来,不知道说什么好:"大人,大人坏!"

和刘邦在一起,佩佩觉得很有安全感。她一直把刘邦当成长辈。由于这种特殊的环境,晚上睡觉,天天都和刘邦挤在一起。天冷,她就使劲往刘邦怀里钻,就像小时候偎在妈妈怀里一样,从来没有意识到男女之别。开始刘邦伤病在身,也没有什么感觉,随着健康的恢复,浑身的活力又重新焕发出来。佩佩每天躺下就睡着了,可是刘邦已经度过了许多个不眠之夜。刘邦的一吻,突然唤醒了佩佩的青春,她也失眠了。今晚她没有和刘邦挤着睡,而是隔着火堆睡在了另一面。到了半夜,刘邦听见她还在翻来覆去睡不着,于是说道:"睡不着还是过来吧。说说话,两个人在一起也暖和。"

佩佩犹豫了半天,还是过去了。两个人紧紧地抱在了一起。佩佩的身体已经觉醒,浑身火一样的激情开始燃烧,她躺在那里,任凭刘邦的嘴唇在她脸上狂吻,手在她身上游弋。刘邦见她已经觉醒,便伸手去解她的衣服。佩佩抓住他的手不让:"你可以这样,但是不能那样。"

"为什么?你娘已经把你交给我了。"

"我娘说你可以纳我为妾,你还没纳呢。"

"傻丫头,我这不是在纳吗!"

佩佩惊呼道:"啊?怎么会是这样!"

第十一章　患难夫妻

佩佩给刘邦带来了无尽的欢乐和幸福,可是这种亡命生涯毕竟不是好挨的。冬天吃不上蔬菜,两个人的牙龈都烂了,为了偷一件棉衣,又差点被人盯上,东躲西藏的,今天换一个地方,明天换一个地方,身上生满了虱子,两床破棉被脏得都能拧出油来了,刘邦也不敢让佩佩去洗,害怕晾晒的时候暴露目标。他苦一点倒没什么,只是不忍心看着佩佩和他一起受苦,心想,等和大队会齐了,得想办法把佩佩送出去。可是他已经离不开佩佩了。这段时间多亏了佩佩,否则,刘邦即使从官军手底下逃出来也活不到今天。佩佩有一身绝世武功,几次遇险都是佩佩在前面抵挡。如果没有她,别说碰上官军,就是碰上只野兽他也对付不了。洞里存的那点粮食早就吃完了,他们就靠佩佩每天打猎来充饥。这些还都是小事,目前刘邦最担心的一是弟兄们是否都还活着,二是这次重创官军之后,官府会不会对他的家人进行报复。按秦律,造反是要灭族的。每到夜深人静的时候,刘邦便想起妻子儿女和年迈的父母,如若真的给他们带来灭门之祸,自己还活在这世上干什么!每当想到这里,刘邦就感到万箭穿心般地难过。在这次大搜捕之前,吕雉曾经托人给他带过话,说一家大小都平安。一颗悬着的心刚刚放下,现在又重新提了起来。白天,为了不让佩佩难过,他把这些都深深地埋藏在心底,整天说说笑笑没事人似的,可是一到晚上这些事就又重新涌上心头。望着洞外的明月,刘邦在心里呼唤着:雉儿,父亲,我对不起你们呀!

樊哙和周勃突围时都受了点轻伤,只有卢绾没有和官军遭遇。卢绾从小和刘邦在一起,学得鬼机灵,他带了几个人从官军包围圈的缝隙里钻出去了。他们相互寻找了半个多月,最后碰到了一起。可是唯独不见刘邦和灌婴。过了几天,鄂千秋也带着几个人回来了。樊哙见刘邦没和他在一起,当时就火了:"你他娘的还有脸回来呀?大哥呢?我不是跟你说了吗,大哥要是有个三长两短我找你算账。"说着,揪住鄂千秋就要打。卢绾上前拦住,说道:"这不关他的事,是大哥让大家分散行动的。"

"还有你,光知道自己逃命,把大哥一个人扔下就走了?都是他娘的怕死鬼!"

卢绾一听这话也火了:"你说谁是怕死鬼?你他娘的才是怕死鬼呢!"说着,两个人就要打起来,周勃拦住他们说道:"吵什么?大哥没事。"

樊哙道："你怎么知道没事？"

"他机灵，官军抓不住他。大哥要是有事，不用咱们打听，官军自己早就吹开了。"

大家觉得他的话有道理，于是又商量着怎么去找刘邦。为了防范官军，他们把以往的联络信号、记号和地点全部废除了，行动变得越来越隐蔽，这是刘邦和佩佩找不到他们的一个原因。同时，刘邦和佩佩也藏得比较隐蔽，两个人目标小，平时尽量躲着人走，樊哙他们想找百姓们打听都没处打听去。他们把原来住过的地方都找过了，有几次发现了刘邦的踪迹，也给刘邦留下了记号，可是刘邦凡是住过的地方就不敢再回去住了，所以始终没有看到这些记号。但是他们知道了刘邦还活着，这对整个队伍都是一个很大的鼓舞。刘邦还活着！这消息很快就传开了，不仅他们知道，山外面也在传，连官府都知道了。新的通缉令又下来了，张贴得大街小巷到处都是，这下反而壮大了刘邦的队伍，进山来投奔刘邦的人更多了。刘邦不在，樊哙、周勃、卢绾三个人不得不担负起领导这支队伍的责任。一天，三个人正在一起商量事情，忽见一只狐狸打草丛里溜过，狐狸皮可是过冬的好东西，于是三个人站起来，分三路包抄了过去。樊哙和卢绾负责把狐狸往周勃这边赶，周勃箭法好，只要到了他的射程之内，那狐狸肯定跑不了。不一会儿，狐狸被赶进周勃的射程之内，眼看围剿就要成功了，周勃拉满了弓在那里等着，想等那狐狸再靠近点，好更有把握，可是那只狐狸突然倒地死了。三个人不约而同跑到跟前，仔细一看，那狐狸的后脑勺上有条半寸多长的口子，正汩汩地向外流血，三个人立刻警觉起来，抽出身上的刀剑向四周张望着，还没找到目标，只听树上有个声音说道："别动，那只狐狸是我的。"说着，一个小姑娘从树上跳下来。三个人一看，是个十几岁的女孩，立刻放松了，纷纷把刀剑插回鞘中。樊哙道："谁说是你的？明明是我们三个围住的嘛。"说着，樊哙伸手去提狐狸尾巴。不料被那女孩在肩上一点，点中了穴位，樊哙一只胳膊立刻没了知觉，卢绾上前问道："你是干什么的？打猎的？小姑娘长得还挺漂亮嘛。"说着，伸手想去摸她的脸蛋，被那姑娘用手格开了："放尊重点。"

只见那姑娘又在卢绾身上点了两下，卢绾立刻站在那里不会动了。周勃一看，知道是高手，立刻把腰刀抽了出来。姑娘咯咯笑道："干吗？想杀我？我要是想杀你，哪有你抽刀的工夫！"说着，"啪"的一声投过一个小石子，正打在周勃手腕上，周勃手中的刀掉在了地上。

樊哙见状，害怕在这儿耽搁久了出事，说道："狐狸你拿走，咱们井水不犯河水，各走各的路好不好？"

"那不行，你得说清楚你们是干什么的，否则休想走。"樊哙见软的不行，又用另一只手去抽刀，姑娘喝道："别动！再动我让你那只胳膊也废了。"

这时，只听不远处一个声音说道："好啦，佩佩，得饶人处且饶人，你连胜我三员大将还不满足啊？"

"大哥!"周勃和樊哙一齐惊叫道。刘邦从山坡上走下来,道,"这是周勃,这是樊哙,那位是卢绾。这几位都是我的大将。"

"大人不用说,我早把他们认出来了。"

"那你为什么还要动手啊?"

"他们抢我的狐狸。"

"哈哈,抢了他不还得送回来嘛。快把他俩的穴位解了。"

佩佩伸手一点,把樊哙的穴解了,却不肯解卢绾的。刘邦催促道:"快呀!"

"让他站一会儿。谁让他不老实!"

"别闹了,我们还有好多事要商量呢。"

佩佩这才不情愿地给卢绾解了穴。卢绾问道:"大哥,这位姑娘是谁呀?"

"这是佩佩,这回你可知道她不好惹了吧?来,佩佩,见过几位大哥。"

佩佩叫了声樊大哥、周大哥,到卢绾面前却不叫了。卢绾道:"我们三个数我最大,怎么单单到我面前不叫了?"

佩佩想了想说:"你该叫我嫂子才对。"

"啊?什么?嫂子?哈哈哈,好、好,嫂子就嫂子。不过得加个小字,小嫂子,好不好?"卢绾开始没反应过来,等到反应过来,笑得收不住了,樊哙和周勃也跟着笑起来。众人这么一笑,佩佩立刻觉得失言,羞得脸通红,躲到刘邦身后去了。

春天来了。杨柳抽出了新枝,漫山遍野开遍了五颜六色的野花,山里到处回荡着布谷鸟的叫声。刘邦的队伍经历了严冬的考验,已经发展成了一支像样的武装。上次官府大搜捕行动之后,没敢宣布刘邦是造反,害怕天下响应。只好打掉牙往肚子里咽,吃个哑巴亏。官府仍是以逃犯的名义通缉刘邦。刘邦抓住了官府的这一弱点,开始明目张胆地截官军的粮草辎重,碰到小股的官军也不怕开战了。刘邦给队伍制定了编制。队伍里还有一些年轻妇女,也组织起来由佩佩率领,成了刘邦的卫队。鄂千秋已经开始独当一面当分队长去了。他们与官府达成了一个默契,官府不说他们是造反,他们也不打出造反的旗号,所以刘邦的人马现在还师出无名,只能叫队伍。整个队伍现在纪律严明,训练有素,说聚就聚,说散(分散行动)就散,只等一个起事的时机了。灌婴到现在还没有消息,据说是跳崖死了,可是刘邦多次派人沿着那天战斗的路线寻找,始终没有找到尸首。这一天,刘邦和周勃、樊哙、卢绾等人一起到各分队视察,忽见远处有几个人朝他们走来,有男有女,卢绾眼睛尖,喊道:"大哥,你看,那不是嫂子吗?"

刘邦定睛一看,果真是吕雉上山来了,忍不住眼泪"刷"的一下流了下来。

自刘邦亡命大泽之后,官府一直没有放过吕雉。先是派人抄了刘邦的家,然后又留下几个士卒埋伏在刘邦家中,企图等刘邦偷着回家时将他抓获。这些人吃在刘家,住在刘家,稍不如意就破口大骂,有时还动手打人。领头的是县里的一个狱吏,名叫王仲。王仲见吕雉长得漂亮，便经常拿话来挑逗她，甚至动手动脚的。吕雉敢怒不敢言，只是默默地抵抗着，尽量不使他下了不了台，以免招致祸端，可是这家伙得寸进尺，半夜里竟然钻进吕雉的卧室企图不轨，吕雉伸手在两个孩子身上分别掐了一把，两个孩子大哭起来，才把王仲吓跑了。从那以后，吕雉再也不敢一个人带着孩子睡了，搬进了公公婆婆住的北房。这些士卒在家里骚扰了十多天，整个中阳里的人都知道，料也瞒不过刘邦，再住下去已经没有什么意义，这才撤走了。临走，把刘家稍微值点钱的东西统统拿走了，还规定刘太公和吕雉每隔十天必须到县廷来一次，报告刘邦的行踪。

　　刘家经历了这一次劫难，已经一贫如洗，入冬的时候，家里一粒粮食都没有了。先是街坊邻居和吕公伸手支援一点，可是这么一大家子人，不可能靠施舍活着。眼看家里要断顿了，吕雉已经做好了打算，实在不得已就准备把还不满周岁的刘盈交给婆婆，自己带着元子去要饭。正在难得揭不开锅的时候，审食其来了，扛来了一袋米，还留下几两金子。秦时由于冶炼技术的原因没有赤金，所谓金子不过是含金的铜块，几两金子值不了多少钱，可是也够吕雉支撑一阵子的了。吕雉感动得热泪盈眶。审食其家也不富裕，能拿出这些东西已经是倾其所有了。

　　家中仅有的一点粮食，只能给老人和孩子们吃，还得掺上野菜和拾来的干菜叶子，白天没事，她就带着两个嫂子和孩子们到别人家地里去挖红薯须子和白菜根，可是那些地已经被饥民们挖过无数遍了，很难再有什么收获，偶尔挖出指头粗一块儿红薯就乐得像挖着金块一般。没多久，三妯娌就开始浮肿，脸肿得发亮，额头上用指头一按一个坑，半天起不来。公公婆婆看不下去，煮了饭强行要她们吃，可是她们哪里吃得下？三个人都偷偷端回去给自己的孩子吃了。

　　如果仅仅是经济上的困难，还可以勉强支撑，可是正在家里最难的时候，县里突然来人把刘太公和吕雉抓了起来。两个能主事的人都被抓走了，家里立刻塌了天。

　　到了县里吕雉才知道，刘邦他们在山里打死了一百多名官军。审她的人既不是县里的，也不是郡里的，而是直接从咸阳派来的一位御史。开始御史一直开导她，说只要供出刘邦的藏身地点或者召回刘邦，可以免她一死，否则灭族。吕雉有办法找到刘邦，但是她一口咬定说不知道，连过了几次堂，身上被打得皮开肉绽，还是没有开口。御史见她软硬不吃，没办法，将她和刘太公一起判了死刑，押到城里游街示众。一连半个月，每天把她和公公一起押到县城中心的鼓楼前，胸前挂着死刑犯的牌子，脖子上插着草标，供来来往往的人们围观。吕雉从中看出了官府的虚弱，知道这是在吸引刘邦的人马前来劫狱。她在心里默念着：刘邦啊，你可千万不能上当啊！当时刘邦正在养伤，处于与世隔绝的状态，这些事后来他才听说。官府见示众半个月也没有引出刘邦，又把他们押回监狱关了起来。曹参派人偷偷给她带了信，说咸阳来了指令，要留着她钓刘邦上钩，所以暂时不会杀他们。有了生的希望，倒比死还难受,吕雉立刻想到了两个孩子,家里没有了主心骨,不知道两个孩子怎么活,该不会饿死吧?那两个笨蛋嫂嫂能把这个家撑起来吗?就算能讨到一口吃的,恐怕也轮不到元元和盈儿,还不够他们自己的孩子吃的呢。她在,家里还有个公道;她不在,善良的婆婆可管不了这两个嫂子。一想到两个孩子在挨饿,她心里就刀扎般地难过,眼泪止不住地往下流。

官府钓不到刘邦,对他们公媳俩也失去了兴趣,关在大狱里没下文了。尽管犯人的伙食猪狗不如,但至少顿顿能见到点粮食,这比她在家里好多了。吕雉脸上很快有了血色,身上的伤也渐渐好起来。吕雉爱干净。即使在大牢里,她也要利用有限的条件把自己收拾得利利索索的。她还年轻,这么一收拾,她的漂亮就遮不住了。那个叫王仲的狱吏早就对吕雉垂涎欲滴了,有天晚上他值夜,把看守牢房的狱卒支开,偷偷打开了吕雉的牢房门。

"你要干什么?"吕雉无助地瑟缩在墙角里,想抓一件临时的武器,可是牢房里什么也没有,只好把两只手抱在胸前,大喊道:"来人哪!救命啊!"

王仲狞笑着说道:"别喊了,喊也没用。这里的看守都归我管,不会有人来救你的。来吧,美人!"说着,上来就把吕雉按倒在地扒她的衣裳。吕雉拼命地抵抗着,衣服被撕破了,身上雪白的肌肤裸露在外面。正在这时,一个名叫任敖的看守,闻声跑了进来,大喝一声:"住手!"

王仲听见喊声吓了一跳,站起身看见是任敖,一脸的扫兴:"多管闲事,一个死刑犯关你什么事?"说着转身要走。

任敖喝道:"站住!死刑犯怎么了?死刑犯也是人,你这是执法犯法,知道么?"

王仲本是任敖的上司,见任敖对他这般无礼,骂道:"少他娘的教训我,当心我告你一个私通刘邦。"

"老子今天就是要教训教训你。"说着,任敖照着王仲脸上就是一拳。任敖生得五大三粗,又练过几天武,一拳把王仲打倒在地,鼻子里流出了血。王仲从地上爬起来,挥手也给了任敖一拳,打得任敖一个趔趄,这下把任敖的火勾起来了,上来一顿乱拳打得王仲没法招架,当时就躺在地上起不来了。王仲躺在地上,嘴里还不干不净地骂着:"任敖,你小子等着,老子早晚要报此仇。"任敖见他还不肯干休,索性又在他屁股上踢了两脚,这下王仲才不吱声了。值勤的狱卒听见这边打起来了,纷纷赶来劝架,任敖道:"你不是要报仇吗?索性今天咱们就把事情闹大。"他转身对一个狱卒说道:"去请曹狱掾来。"

一听说要请曹参来,王仲挣扎着爬起来要跑,让任敖一脚撂倒了:"你先老实待会儿。"说着,把自己身上的衣服脱下来给吕雉披上了。

过了一会儿,曹参来了,王仲躺在地上来了个恶人先告状:"曹大人给我做主啊,你看他把我打成什么样了?"

曹参问清了情况,气不打一处来,骂道:"简直是畜生,该打!我和你们说过多少遍了,勿扰狱市,勿扰狱市,就是不听。来人哪!再打五十大板!就在这里打,当着受害人打,看他以后还敢不敢!"

监狱里的犯人一直从门上的小窗里望着这边,见曹参如此处置,都觉得解气,一起喊道:"打得好!使劲打!"

"曹大人英明!"

曹参站起身,来到过道里,对众犯人说道:"大家听好了,你们犯什么法服什么刑。谁要是超出律法欺负你们,你们就到我这里来告他,我一定严惩不贷!"

犯人们一起喊道:"谢曹大人!"

曹参处理完这边的事走了,任敖转身也要走,吕雉叫住他问道:"这位兄弟且慢走,你叫什么名字?"

"任敖。我认识刘大哥,那真是人中豪杰。我任敖就服这样的人。"

吕雉小声说道:"别说了,当心被人听见。"

任敖仍然高腔大嗓地说道:"怕什么!现在就是告到官府都没人管了。现在和过去可不一样了,满大街都在骂朝廷,抓得过来吗?不光是刘大哥反了,整个天下都要反了,我看这秦朝的气数快尽了。大嫂也不会在这儿待太久了。"

"但愿如此,可是眼下还是小心为好。兄弟多保重,今天多亏了你。"

"大嫂别客气,这是应该的。"

果真如任敖所说,吕雉和刘太公不久就被放了出来。吕雉心急火燎地赶到家,看到两个孩子还都活得好好的,一颗悬着的心立刻放了下来。

太公问道:"这几个月你们是怎么过来的?"

大嫂答道:"多亏了审食其,要不是他,咱这一家子可能早都饿死了。对了,你们应该去看看他,那孩子正病着呢。"

太公和吕雉没停脚,立刻来到审食其家里。审食其正发着高烧,躺在院子角落的一间小茅屋里说着胡话。审食其的父母不久前相继去世,家里只剩了他一个人。为了帮助刘邦一家活下去,他把自家的房子和地都卖了。这间茅屋还是房子的新主人开恩允许他临时住在这里。和吕雉的那段往事,大大刺伤了审食其的自尊心,他觉得已经没脸在这个世界上活下去了。他发誓要为自己挽回名誉,他实现了自己的诺言,尽了他最大的努力来报答吕雉。吕雉得知这些情况以后,立刻把审食其接到了自己家中。

在吕雉的精心照顾下,审食其很快就恢复了健康。太公对审食其说道:"你先住在这里吧,这个家有一半是你的。等将来有条件了,我让他们兄弟几个给你盖一座新院,比原来的要大两倍。"

"太公说到哪里去了?三哥是为了咱沛县的乡亲们才逃亡的,我帮一把是应该的。您放心,院子我自己会盖的。大丈夫行事,只要一身豪气在,不会长久穷困的。"

听了这几句话,吕雉心里一动。过去,她以为审食其不过是一介书生,想不到他竟有这样的肝胆。吕雉就喜欢这样的男人。再一看审食其,似乎和从前不一样了,眉宇间透着一股勃勃英气,其实那只是因为她对审食其的看法变了。

春天来了,吕雉带着孩子们到地里去挖野菜。苦菜、灰菜,还有柳芽、榆叶,这些东西可比冬天吃干菜强多了。尽管日子过得十分艰难,可是最困难的时候已经过去了。春天来了,就不会饿死人。吕雉背上背着刘盈,手里领着元元,不但没有悲伤,反而觉得有几分快乐。她热爱生活,对生活依然充满了希望;她喜欢春天,喜欢大自然那生机勃勃的景象。她带着孩子正朝大堤上走着,忽见远处两匹马飞奔而来,快到跟前了,听见马上的人在喊她:"嫂子!嫂子!"吕雉定睛一看,原来是夏侯婴,旁边还跟着一个陌生人。两人来到跟前翻身下马,夏侯婴道:"嫂子,这位兄弟是从大哥那儿来的,他叫灌婴。"

吕雉一听是从刘邦那里来的,忙不迭地问道:"刘邦还活着?他还好吧?"

灌婴道:"我也几个月没见到大哥了。不过我知道他还活着,而且活得很好,嫂子放心。我这就准备进山去见大哥,出来时大哥嘱咐我一定来看看嫂子和太公,所以我来问问嫂子有给大哥带的话和东西么?"

吕雉什么也没说,心中百感交集,眼睛里充满了泪花,她用手擦了擦眼睛,道:"你这就进山去?我和你一块儿去。"

"嫂子不能去,太危险。"

"不!我一定要去。你等等,我把孩子放回家去。"

"嫂子不用急,我天黑才走呢。"

吕雉把客人领到家里,夏侯婴从马背上拿下一袋米,说:"这是萧大人和曹大人让我带给你的。现在米太贵,大家凑了不少钱,才买了这一点。"

吕雉当然知道这点米有多精贵,感动得不知道说什么好。灌婴一看家里困难成这样,心中十分难过,道:"我要是早来几个月就好了。"说着,从马背上拿下一个装钱的袋子递给了吕雉。

灌婴命大。那日跳崖之后,恰好落在了崖半腰一棵树杈上,当时就昏了过去,是那场大雨把他浇醒了。醒来后,活动一下手指脚趾,虽然疼得直冒汗,还都能动,知道没有大碍,可是往四周一看,立刻绝望了。那棵树长在悬崖的石缝里,上不着天,下不着地,他躺在(严格地说是挂在)树杈上一动也不敢动。稍不小心就有掉下去的危险。他冷静地观察了一下,悬崖上没有任何可以落脚攀登的地方,就是有,以他现在的体力也攀不上去。就这样,他在树上困了五天五夜。有几次他都想跳下去一死了之,可是心中仍然抱着一线希望,希望有人能路过这里发现他。绝望之中,一个放羊的孩子从山沟里过发现了他,那孩子找来一群山里的老乡从上面用绳子把他拉上去了。

老乡们知道他是刘邦的人,可是没有一个人说破。他们把他送到了山外。灌婴养好了伤,便来沛县收账。那晚在山上喝酒,听刘邦说起过沛县的一帮旧友,便偷偷见了萧、曹和夏侯婴,想听听他们对外面局势的看法。萧何、曹参都是有识之士,没有一天不关注时局的发展。是时天下汹汹,民怨沸腾,到处布满了干柴,反秦的大火就要燃烧起来了。萧、曹一合计,觉得有必要派个人和刘邦联络一下,就以出公差的名义私下派了夏侯婴和灌婴一起进山。夏侯婴与刘邦情同手足。自从刘邦逃亡之后,夏侯婴一直没有见过他,但是他早已打定主意要跟刘邦去了,只是在等待一个时机。见萧何给他派了这样一桩美差,乐得孩子似的。萧何嘱咐他快去快回,不能留在那里,暂时还要保持现在的身份,以便两边联络。

　　三个人进山见了刘邦,刘邦只顾与灌婴、夏侯婴没完没了地聊着别后之情,倒把吕雉冷落在了一边。佩佩觉得自己应该主动招呼吕雉,便跑前跑后地伺候这位正房夫人喝水洗漱,一口一个姐姐不停地叫。她不这么忙乎还好,一忙乎,倒引起了吕雉的注意。吕雉知道刘邦那点德性,身边有这么个小妖精,准没好事。佩佩年轻,纯洁得像一滴水珠,经不住吕雉的盘问,一会儿工夫,吕雉就把实情都审出来了。吕雉的心一下子凉了。两眼直呆呆地望着山下,一句话也说不出来。

　　吃过晚饭,夏侯婴要连夜赶回去,吕雉道:"等等,我跟你一起走!"

第十二章　大风起

秦二世元年(公元前209年)七月,就在秦二世刚刚埋葬完他的父亲,正忙着诛杀诸公子和大臣们的时候,陈胜、吴广在蕲郡大泽乡(今安徽宿州)发动了中国历史上最为波澜壮阔的一场农民起义。

陈胜字涉,阳城(今河南登封县)人。年轻时家贫无田产,到处给人扛长工打短工。陈胜人穷,却很有志向,总想干一番惊天动地的大事业。可是日复一日,他仍在田间替人耕作,仍过着吃了上顿没下顿的穷苦日子。一天,几个一起干活的长工在地头歇响,大家七嘴八舌地抱怨雇主太苛刻,日子没法过,陈胜道:"苟富贵,毋相忘啊!"

一个长工嘲笑他说:"富贵不过是说说而已,你一个扛长工的,能有什么富贵?"

陈胜被噎得没话说,躺在地头上长叹了一声:"唉!燕雀安知鸿鹄之志?"

那位伙计没听懂,问:"你说什么?"

陈胜道:"别问了,说了你也听不懂。"

秦二世元年七月,朝廷征发闾左百姓屯戍渔阳(今北京密云县西南)。陈胜、吴广均在被征之列,而且被指定为正副屯长,带队去渔阳。走到半路,下起了连阴雨,一下就是半个月。大雨汇成洪水,淹没了田野,冲垮了道路。九百人的队伍走到大泽乡,再也无法继续前进。陈胜心急如焚,天天派人前去探路,估计等雨停了、路修好,起码还得十天。规定的期限是一个月到达,陈胜和吴广愁眉苦脸地掐着指头算日子,怎么算也无法按期到达了。按律,如不能按期到达,要全体处斩。陈胜和吴广喝着闷酒,望着屋外淅淅沥沥的雨幕直发愁。

吴广字叔,阳夏(今河南太康县)人,为人素来仗义,是条宁折不弯的汉子。喝了一阵子酒,他把桌子一拍说道:"去,是死路一条;逃跑,抓回来还是死路一条。反正没有活路,不如反了算了!"

陈胜也有此心,但是他比吴广有心计,道:"要反不难,天下苦秦已久,老百姓早就要反了。只要有人振臂一呼,不怕没人响应。不过你我都是无名之辈,怕闹不大。要想闹大,就得师出有名,打出一个像样的旗号来。咱们不反则已,反就反他个天翻地覆!"

吴广道:"说得好!不过打什么旗号好呢?"

"我听说二世是篡位，本来应当是公子扶苏继位，可是胡亥把扶苏偷偷杀了。扶苏素有仁爱之名，百姓们都知道，可是百姓们并不知道他死了，咱们就打他的旗号，你说好不好？"

"好！要是再有一员武将就更好了。"

"武将就打项燕的旗号。项燕能征善战，爱兵如子，天下无不知晓，楚人到现在都还在怀念他，有这两杆大旗，不愁天下没人响应。"

吴广道："古人出兵时都要占卜，咱们是不是也找人算一卦？"

"也好。"

也许是天意，吴广才说要找人占卜，第二天便有位老先生打门前过，口里吆喝着："预卜吉凶祸福，替人排忧解难！预卜吉凶祸福……"吴广赶紧把老先生请到了屋里。那老先生已是满头银发，身体却十分健康，紫红色脸膛，左眼眉心上方有一颗大大的黑痣，雪白的牙齿整整齐齐一颗不少，说起话来声如铜钟。听谈吐，满腹经纶，很值得信赖，于是吴广恭恭敬敬把老先生请了进来。按照老先生的要求，先把房间打扫得干干净净，然后把睡觉的床抬到屋子的正中央，老先生把随身携带的一个十分精致的小木匣子放在床上，洗了手，然后向南拜了三拜，问道："二位先生所占何事？"

陈胜和吴广互相望了望，不知道如何回答好。老先生也不再追问，继续说道："有道是心诚则灵，先生所占无论何事从现在起就要在心中想着这件事，这样出来的卦才更灵验。"

陈胜、吴广虔诚地点了点头。老先生打开木匣，从里面拿出一把蓍草，一根一根地数了一遍，共五十根。老先生郑重其事地取出一根，放回匣中，将其余四十九根蓍草随意分成两把，两手各拿一把，再从右手这一把中抽出一根，夹在左手小拇指与无名指之间。然后，从左手中四根一组往外数，数到最后剩了一根，将它夹在中指与无名指之间，再四根一组数右手这把，数到最后剩下三根，又将这三根蓍草夹在左手中指与食指之间。这样从左手指缝中共得到五根蓍草，老先生把五根蓍草放在床上，用同样的方法去数余下的四十四根蓍草，如此反复了三遍，然后用竹棍在地上划了一根阳线"——"，如此反复了六次，老先生在地上画出了卦象：

画完了，老先生说："是个随卦。"

吴广迫不及待地问："是什么意思？"

"从卦象上来看，上卦为兑，是泽，是悦，此地名为大泽乡，又逢连日大雨，想是应了这个泽字；悦呢，是说二位雨天到此，当有喜事临头……"

开始陈胜、吴广见老先生神神道道地忙活这么半天，以为他是在故弄玄虚，可是老先生一开口，两个人立刻感到这老先生的卦不一般。

"可是这喜从何来呢？"吴广脱口而出问道。

"先生别急，听我慢慢说。下卦为震，是雷，是动，二位君子想必是要动，要做什么事情,而且不是一般的事,是一件惊天动地的大事。"

陈胜、吴广听到这儿脸都白了,吴广差点跪下给老先生磕头,陈胜暗中拉了他一把,他才没有太冲动。陈胜想,即使被老先生看破,也还是心照不宣的好。吴广道:"可我还是不明白,这喜从何来?"

"先生不要急,我还没说完呢。这卦辞上说:刚而下柔,动而悦,随。上卦所说的悦是从下卦的动而来,所以说动而悦。你们要干的这件事就是件大喜事。"

陈胜依然不动声色地问道:"那什么时候动好呢?"

"从卦名上还看不出来吗?随卦,随时而动。卦辞上说:随,元、亨、利、贞,无咎。也就是说,你想什么时候动就什么时候动,想怎么动就怎么动。"

"先生真乃神人也。"陈胜拿出五串钱递给老先生。老先生不收,道:"这一卦是我送的,算我对你们的襄助。要收钱,这卦钱你可付不起。"

陈胜见老先生已窥破天机,有心想把他留下,道:"看样子老先生已经算到我们要干什么了。何不留下帮我们出出主意,下一步该怎么办?"

老先生已收拾停当,很神秘地冲他俩笑笑,说:"何不问问鬼神?"说完,飘然而去。

吴广摇摇头,道:"这老头,多一句都不肯说,让他出出主意,他跑了。问鬼神,鬼神知道个屁!"

一句话提醒了陈胜,他想起老先生临走那一笑似大有深意,一拍脑门说道:"不对,老头给咱们出了主意啦,他不是说让我们去问鬼神吗?"

"对呀,我怎么没想到这一层!"

说完,吴广就去准备。他找了块白绢,用丹砂在上面写上"陈胜王"几个大红字,塞在鱼肚子里,暗中令渔人到戍卒们住的地方来卖,戍卒买了鱼,发现了书帛,一下子就在营中传开了。当天晚上,吴广又跑到驻地附近的树丛里学狐狸叫,那声音隐隐约约像是在喊:"大楚兴,陈胜王。"他隔一会儿喊几声,戍卒们都跑出来,远远地望着那片树丛。只见树丛里有几股鬼火飘飘忽忽,时隐时现,大家十分惊恐,没有人敢近前去。

这一夜,营里乱了套,戍卒们几乎一夜没睡,都在谈论这件事:"陈胜王,是不是说咱们屯长啊?"

"不是他还有谁?有几个陈胜啊?"

"可别瞎说啊,这可是掉脑袋的事,到时候害了屯长,也害了我们大家。"

"怕什么,屯长真要是应了天命称了王,咱们大伙还不都跟着沾光呀!"

"就是,这死不死活不活的日子,我就巴不得有人领着咱们反了呢。"

"……"

事有凑巧,连下了十几天的大雨,就在陈胜计划起事的时候,天晴了。陈胜让吴广带了人到集市上买来酒肉,就在院子里摆开了宴席犒劳大家。陈胜、吴广和押送戍卒的两个校尉坐在一桌,酒喝到半醉,吴广故意拿话刺激两个校尉:"喝吧,弟兄们,往死了喝,反正已经失期了,没几天活头了,临死喝他个痛快!"

一个戍卒说道:"不能跟官府说说吗?迟到是因为下雨又不是我们不愿意走。"

吴广道:"说顶个屁用,就算不杀你,戍边的有几个活着回来的?到头来还不是个死!"

坐在吴广身边的那个校尉听不下去了,对吴广道:"你身为屯长,怎么能这么说话?"

"老子就这么说话,你管得着么?少在老子面前逞威风,你那颗狗头还不知道保得住保不住呢。"

"你敢骂人?"

"骂你还是轻的,老子还他娘的揍你呢。"说完,照着对方脸上就是一拳。

"对!揍他,揍他!"这两个校尉一路上对戍卒们不是打就是骂,大伙恨透了这两个家伙,一见吴广动手,呼啦一下围上来一群人,为吴广叫好助威。那校尉"刷"的一下抽出腰刀:"干什么?你们要造反哪?"

"你说对了,老子今天就是要造反!"说着,吴广一脚踢飞了校尉手中的刀,另一个校尉刚要动手抽刀,陈胜早有防备,从背后勒住了他的脖子。众人上来七手八脚把两个校尉打翻在地,吴广拾起地上的刀,噌噌两下结果了他们的性命。一见杀了人,众人都有点紧张,院子里一片寂静。陈胜跳上一张桌子,高声说道:"弟兄们,我等戍边,路遇大雨,到今天为止,已经失期,按律,我等皆当斩首。刚才有位弟兄让我去求朝廷开恩放过我们,可是他们是不会放过我们的。就算去了不杀头,我们能活着回来吗?弟兄们可以掰着指头算算,自从秦始皇当政以来,你们的左邻右舍、你们的父老兄弟,去充军戍边的、去服徭役的,有几个活着回来的?去求官府,没用!现在,我们失期是死,不失期也是死;去,是送死,不去,让官府抓住还是死,我们没有活路。但是,我们不能就这么白白地去死,男子汉大丈夫,死,也要死得轰轰烈烈。王侯将相,别人当得,难道我们就当不得?我决定跟朝廷拼了!愿意跟我走的,袒出右臂!"说罢,陈胜用左手把自己身上那件破褂子一抓,从右肩到袖子一把扯了下来,露出了结实的肩膀和胳膊。

九百人,一个不少,齐刷刷地袒出了右臂。

陈胜没有想到人心这样齐,激动得热泪盈眶,还想再说点什么,可是嗓子有点哽咽,只是挥着拳头喊了一声:"从今天起,我们反了!"

"反了!"

"反了!"

"反了!"

九百人齐声高呼,声音震天动地。这声音,穿过田野、穿过云霄、穿过三山五岳,传遍了华夏大地。

陈胜反了!
刘邦反了!
项梁反了!
田儋反了!
黥布反了!
吴芮反了!
天下,反了!
大风起,云飞扬。

第十三章 名士风流

起义之后，陈胜自立为将军，封吴广为都尉。起义军皆袒右臂，称大楚。陈胜命人搭起祭坛，以两个校尉的头祭了天地。起义军先占领了大泽乡，然后很快攻下了蕲县。之后，陈胜命符离(今安徽宿州市东北)人葛婴率领一部分部队向东进攻，自己亲率主力向西，拿下了銍(今安徽宿州西南)、酂(今安徽永城市西南)、苦(今河南鹿邑县东)、柘(今河南柘城县西北)、谯(今安徽亳县)五座县城，接着准备攻打陈郡郡治陈县(今河南淮阳县)。天下百姓苦于秦暴政已久，听说陈胜起义，纷纷前来投奔，起义军到达陈县时，已有战车六七百乘，骑兵千余，步卒数万人。起义军削竹为兵，折木为戈，作战英勇无比，所向披靡，一路浩浩荡荡开到陈县城下，把陈县围了个水泄不通。

陈县是郡治所在，郡守、县令闻风而逃，只剩下一个不知死活的守丞还想抵抗，被义军不到一个时辰就把城攻破了。

义军在陈县驻扎下来。

雨过天晴。陈县城里仿佛过节一般，百姓们杀猪宰羊，欢迎陈胜大军的到来。陈胜申明了军纪，将军中组编、训练诸事交与部下，腾出空来让人去请县中三老、豪杰前来议事。正在布置，门外忽报张耳、陈余求见。入城之前，陈胜就开始打听陈县有哪些人物，早已听说张耳、陈余的大名，正要派人去请，他们却自己来了，陈胜喜出望外，急忙说："快请客人进来。"

张耳是大梁(今河南开封市西北)人，四十岁上下，仪表堂堂。年轻时曾做过魏公子无忌的门客。张耳素有大志，自比战国时魏人张仪，常言：大丈夫在世，若不能封侯拜将，枉活一生。后来，张耳吃了官司，逃到外黄(今河南省民权县西北)躲避。初到外黄，连个住的地方都没有，便四处打听着租房子。张耳找到一户杜姓人家，男主人叫杜放，是个老实巴交的读书人，既不会种田，又不能经商治产业，做了几天小吏，上司嫌他太迂腐，于是被开缺回家，终日里子曰诗云，闭门读书。张耳找上门来租房，杜放却做不得主，进屋把娘子叫了出来。杜放的娘子名叫婉娘，是这一带有名的美人，听见有客人来，趿拉着一双绣花鞋，扭动着杨柳般的腰肢走出来，靠在门框上，嘴里嗑着瓜子，边嗑边扑扑地吐着瓜子皮，眼睛里闪动着不安分的目光，盯着张耳问道："租房啊？"

张耳初见婉娘，觉得她有点放荡，尽量不去看她，可是婉娘的美貌吸引着他不由得不看。一看，心里忽悠一震，心想，真是个绝色女子，今生今世若能娶这样一位娘子也不枉来世上一回。

"是，租房。"

"带家眷么？"

"在下并无家眷。"

婉娘听了，目光一闪，接着问道："租几间？"

"一间足矣。"

"那三间南屋空着呢，你住去吧。"

"在下并无许多银两，只需一间即可。"

"什么银两不银两的，你住去吧，我也不指望那点房租过日子。"

听了这话，张耳倒觉得这女子有些大气不凡。婉娘看他的时候那种眼神和闪动的目光张耳也都看在眼里，心中为之一动。张耳毕竟是读过书的人，加上逃难至此，更是小心翼翼，不敢多想，暂且住下了。

住下之后张耳才知道这是个是非之地。因为婉娘长得漂亮，常常碰到麻烦，城里的一些地痞无赖经常来纠缠她，吓得她连家门都不敢出。后来，这些地痞摸透了杜放懦弱无能，竟然欺负到家里来，时常提些酒肉来找杜放"喝酒"，喝醉了便讲些荤笑话挑逗婉娘，有时还动手动脚的，杜放敢怒不敢言。婉娘的父亲是个商人，很有钱，婉娘和杜放住的房子就是她父亲给置办的。可是在秦代，商人是社会的最底层，没有社会地位，父亲只有她这么一个女儿，没有弟兄为她撑腰，婉娘有心去告官，又怕给父亲结下仇家，便一直忍着，一个人和他们周旋。婉娘是极聪明的一个人，这帮恶少整天苍蝇似的围着她转，却哪一个也挨不得她的身。虽不曾失身，嫁给这样一个懦夫，婉娘心里也觉得很窝囊，常常一个人偷偷落泪。

张耳见此情景，想趁早搬走，免得将来卷进房主家的是非之中，可是一来找不到合适的房子，二来这家人口清净，读书、练武都是不可多得的好地方，又有点舍不得走，这么一犹豫就耽搁下来。

婉娘见张耳能文能武，长得又仪表堂堂，对他十分敬重，家里做什么好吃的，不是给张耳端一碗来，就是请他过去一起吃，房费也不收他的。张耳无以为报，便每天早早起来，把院子打扫得干干净净，水缸挑满，算作报答，然后练一阵子剑再去读书。时间长了，张耳发现婉娘并不像最初给他的印象那样坏，她那几分放荡是用来对付那些恶少的，因为嫁了这么个不争气的丈夫，没有心思过日子，所以一天到晚也懒得梳洗，凑合着混一天算一天。自从张耳来到这个家，婉娘完全变了一个人，每天把自己收拾得利利索索，一日三餐按时做，女工也捡起来了。因为有了张耳这个房客，那些纨绔子弟也收敛了一些，来得少了。一天早晨，张耳正在院子里舞剑，婉娘也提着一把剑来到院子里，张耳惊奇地问道："娘子也懂剑术？"

婉娘笑着说："我哪里懂剑术，不过我想跟先生学学，将来再有人欺负我，就拿这个对付他。"说着，晃了晃手中的剑。

张耳听了，觉得既好笑又可悲，丈夫无能，竟至于把一个女人逼成这样。既然她要学，张耳便认认真真教她。婉娘学得很快，没用多久，剑已经舞得有点样儿了，这天早晨，张耳出去挑水，回来看见婉娘在院子里练剑。她舞了一个四十八式太极剑给张耳看，舞完，问张耳："怎么样？"

张耳道："样子是有了。可是光会舞不行，这叫耍花枪，跟着戏班子上台演戏可以，要用来防身却还差得远。"

"那怎么样才能防身呢？"

"得练功。武行有句话叫拳假功夫真。这么舞两下谁都会，真正剑术高低那要看功夫深浅，要想用来防身，没有三年的工夫怕是练不出来。"

一席话，说得婉娘有点泄气："原来学剑这么难。公子恐怕在这里住不了三年吧？"

"那倒没关系，我可以教你一些基本的练功方法，功夫要靠自己练。"

张耳以为婉娘不过一时新鲜，学会耍花枪也就罢了，谁知道她竟然真的练起功来，每天早早起来，弯腰抻腿，风雨不误。她还把杜放叫来和她一起学。杜放学了没几天就坚持不住了，婉娘却一直没有放弃。初学练功，筋骨没有抻开，走路一瘸一拐，疼得龇牙咧嘴的。张耳见她真的要学，便鼓励她："这是一个坎，过去这个阶段就好了。真要学就要坚持。"

由此，张耳对她越发敬重了。

一天早上练功，婉娘不小心扭伤了腿，坐在地上起不来了，恰好那日杜放去会一帮诗友，早早就出门去了。张耳只好把婉娘抱回上房。婉娘对张耳早有爱慕之心，此刻，搂着张耳的脖子，眼睛火辣辣地望着他，叹了口气说："唉！当初嫁的要是你就好了。"

一句话说得张耳面红耳赤。他抱着婉娘进了上房，问："把你放在床上还是榻上？"

"床上榻上都不好。"

"那放在哪里好？"

婉娘大着胆子说："就这样最好。"

张耳还是个没结过婚的小伙子，一听这话，心里像擂鼓一样咚咚跳了起来，放下婉娘就逃之夭夭了。

那天晚上，张耳一夜没睡。婉娘的影子总是在他眼前晃，挥之不去。他害怕再住下去把握不住自己，开始到处找房，准备搬家。可是，还没容他把房找好就出事了。

一日，张耳外出回来，天色已晚，听见上房里婉娘在喊："臭流氓！你们这帮混蛋，猪狗不如的东西，放开我！放开我！"

张耳一听声音不对,三步并作两步冲进上房。只见杜放已经被灌醉了,睡倒在一旁,几个不三不四的男人把婉娘按在榻上,手伸进她的衣襟乱摸,张耳大喝一声:"住手!"

几个人看见张耳进来,纷纷住了手,呆呆地望着张耳,一时不知该怎么对付。其中一个比较油,端起一碗酒捧到张耳面前:"这位公子是这里的房客吧?来来来,喝一碗。"

张耳看见那几个人虎视眈眈的样子,知道这碗酒不是那么好喝的,但还是把酒接了过来,一饮而尽。

"好酒量,来来来,再来一碗。"那人又给他斟了一碗。张耳连喝了三碗,等着那人的下文,那人见他还没有走的意思,只好说道:"我们不过和婉娘开个玩笑,没你的事,公子早点休息去吧。啊?"

张耳往桌前一坐,说道:"这玩笑恐怕开得大了点吧?"

"大不大和你有什么关系?杜公子在这儿都没说话,你算干什么的?你是她丈夫呀,还是她相好的呀?"

"我就是她相好的,怎么了?我还要娶她呢。"

"你他娘的别敬酒不吃吃罚酒啊!"

"你说对了,我这个人就爱吃罚酒!"说完,张耳又端起一碗酒喝干了。喝完,把酒碗往桌子上一撂,用手轻轻一按,那只陶碗立刻变成了碎片。几个家伙悄悄站到了他身后,打算动武,张耳装作没看见,抓起一把碎陶片在手中一攥,那把陶片立刻变成了粉末。张耳将手高高抬起,碎陶末冒着一股红色的烟尘撒了下来。那帮家伙见这人如此神功,纷纷向门口退去,出了门,撒腿就跑。张耳也不去追赶,回自己房里歇息去了。

张耳躺在床上睡不着,想起刚才一进正房门,看见了婉娘掩怀的动作。在那一瞬间,他看见了婉娘胸前那对雪白的小兔子一闪,当时并没有在意,现在却在他眼前浮动起来。正在胡思乱想,听见门吱扭一响,婉娘闪身进来了。他再也控制不住自己,一跃而起,把婉娘搂在了怀里……

从此,婉娘经常在夜里来找他,有时候甚至不背着杜放。张耳虽然尝到了禁果,却没有一点幸福感,这件事反而成了他的心病,白天做贼一般低着头走路,不敢正眼去看杜放,出来进去尽量拣杜放不在家的时候。过了一段时间,他实在不能再忍受这种做贼的日子,另租了一间房搬走了。临走,他去向婉娘告别,婉娘问他:"为什么要搬走?"

张耳道:"这种偷偷摸摸的日子我受不了了。"

"那我呢?你怎么不为我考虑考虑?"

"我不知道该怎么办。"

"原来你没有打算娶我?"

"那天不过是为你挡驾说说的。"

"可是你后来还说过的。"

"那,那怎么能当真?"

"你,你这个混蛋!"婉娘气得浑身发抖,不知道说什么好,"好吧,你走,你走。你给我滚,滚得越远越好!"

张耳搬走了。可是走后婉娘的骂声不断在他耳边响起。他越想越觉得不妥,他只顾了自己的自尊,难道婉娘就没有自尊?他不是不爱婉娘,只是觉得夺人之妻不道德,可是看着她跟这样一个男人过一辈子,自己就能心安理得?他搬出来是为了解除自己的心理负担,没想到负担反而更重了。过了半个月,他又回到杜家去找婉娘。婉娘把脸一拉问道:"你又来做什么?"

"我要娶你。"

就这样,婉娘的父亲托人从中说和,让杜放退了亲,并且给了他一笔足够娶亲的钱,婉娘现在住的房子也一并送给了杜公子。杜公子也乐得了结这门惹祸招灾的亲事,给了婉娘一纸休书,婉娘终于如愿以偿,嫁给了张耳。

婉娘的父亲对这位新女婿格外看重,他只有婉娘这么一个女儿,见张耳是个可造就的材料,便倾其家产任张耳用度,希望他有朝一日能出人头地,混出点名堂来。张耳从此没有了后顾之忧,每日除了读书练武之外,广交天下豪杰,不久便名传遐迩,原来的官司也不了了之。魏公子无忌到处派人找他,希望他重新回大梁,帮他筹划治国安邦之策,张耳不愿再回大梁和那班清客相公们在一起空谈,一再推脱。魏公子见他不肯来,便委他做了外黄县令。

张耳治外黄,颇得民心。百姓称颂,四方豪杰也前来投奔,其中有个少年叫陈余,是张耳的同乡,张耳对他十分器重。陈余好儒术,谈吐不凡,常与张耳纵论天下大事,张耳觉得他很像年轻时的自己,便将其收为义子,委以县中主吏,县里大小事宜全部交给陈余办理,一方面让他经受锻炼,一方面腾出工夫来四处交游。陈余行事不离张耳的大谱,而且如此年轻干练,做主吏时间不长,上上下下便交口称赞,很快就出了名,在魏国,陈余几乎与张耳齐名。提到张耳不能不说到陈余,张耳陈余几乎成了一个名字。

张耳最要好的朋友是刘邦,两个人相距数百里却相互仰慕对方大名,刘邦几乎每年都来外黄,来了就住在张耳府上,有时一住就是几个月。刘邦自然是空着手来,而且每次都是连吃带拿,满载而归。张耳并不在乎这些,他喜欢刘邦那种豪爽不拘的性格,两个人一聊就是一整天。张耳的儿子张敖比刘邦的女儿元元大两岁,两个人就给孩子定了娃娃亲,后来刘邦果真把女儿嫁给了张敖。

秦灭魏后,朝廷得知张耳、陈余乃魏国名士,出千金(斤)购张耳的头,五百金购陈余的头。张耳、陈余四处逃命,辗转逃到了陈县。在陈县,张、陈父子给人做里(社区)门的守卫以糊口。有一次,陈余值夜,里中失盗,里正不分青红皂白将陈余鞭笞一百。那年头不太平,里中失盗是常有的事,鞭笞一百也太过分了点。陈余不服,欲要争辩,张耳知道陈余武艺高强,若要争执起来,一脚就能把人踢死,他生怕陈余按捺不住惹出事来,使劲踩了一下他的脚。陈余还不理会,张口大骂里正,于是张耳夺过里正手中的鞭子狠狠地抽了他几鞭子,陈余这才不吭气了。打完了,里正走了,陈余皮开肉绽躺在那里动不得了,张耳将陈余背回住所,陈余还愤愤不平:"我非杀了这个家伙不可。"张耳一面为他上药一面责备道:"匹夫之勇!大丈夫能屈能伸,这么点小事就忍耐不了了?为一个小吏送了命,你觉得值吗?"陈余听了,十分惭愧,对张耳越发钦佩。

这一天,陈余伤还没好,里正拿了一打子通缉令来,说:"这是通缉张耳、陈余的,你们俩去把它贴到街上去。张耳接过告示,笑着问陈余:"怎么办?往哪儿逃?"

陈余道:"父亲这是考我呀?这题目太简单了,咱们哪儿也不去,就去张贴告示,来他个贼喊捉贼。"

说完,两个人哈哈大笑。

张耳、陈余主动前来投奔,给了陈胜很大的信心。这样的英雄都能归附,说明天下百姓对他、对起义军充满了信心。陈胜执着两人的手走进议事大厅,还未来得及深谈,所请三老豪杰已经陆陆续续来到了。陈胜向众人简单介绍了一下起义的经过和目前的打算,然后说道:"胜乃布衣,起自垄亩,初起事时未料天下人对我寄予如此厚望。然当此大任实感力不从心,今日请诸位到此,是想和诸位商量一件大事,即公推一位德才兼备之人号令三军,一举推翻暴秦,监临天下,让黔首安居乐业,方乃不违起义之初衷。"

话音未落,座中一位老者起身说道:"将军首义天下,披坚执锐,率士卒以诛暴秦,复立楚社稷,存亡国,继绝世,功德比天高,若推举领袖之人,舍将军其谁也!"

老者所言并非阿谀之词,恰恰代表了百姓和在座诸人的心声。接着又一人说道:"非但无人可以替代将军,且将军宜称王,这样才可以监临天下。"

众人异口同声表示赞成,陈胜推让再三,最后说道:"那就烦请诸位帮助拟个号吧?"

刚才那位老者说道:"称楚王。将军起义时,即打的大楚旗号,如今还是以不变为好。"

"称楚王亦无不可,然似可再斟酌一番。在下以为,陈县乃大都市,将军可将陈县作为首府,故称陈王为宜。"另一位老者说道。

陈胜也觉得称楚王似有窃取之嫌,很赞同陈王这个名号。见张耳、陈余一直没有说话,便问道:"二位英雄有何见教?"

张耳道:"依我之见,目前还是暂不称王的好。"

一句话把大家都说愣了,陈胜问:"为何?"

"依在下看来，起义军之所以发展如此之快，是因为秦无道，破人家国，灭人社稷，绝人后世，罢百姓之力，尽百姓之材，百姓苦之久矣。因而将军振臂一呼，冒万死不顾一生之计为天下除残贼，天下立即响应。然刚刚攻破陈县，立足未稳，若立即称王，天下人会误以为将军是为一己之私利才出此计策，故早称王必然有失民心。目前当务之急一是引兵向西攻打秦军，若不以灭秦为号召，则人心立刻涣散，起义军顿时土崩瓦解；二是遣人立六国之后，以为同盟。六国之后复国之心切，难以用言语形容。将军虽有天下百姓支持，若置六国之后于不顾，这些人必然懈怠，将军将失去一支重要的党援。若许其复国，他们必拼死而战，这就为秦增树了诸多敌党。敌多则力分，与众则兵强。如此则野无交兵，县无城守，不日即可诛灭暴秦，直捣咸阳以令诸侯。诸侯国亡而复立，必对将军感恩戴德，到那时再称王称帝，如水到渠成，愿将军思之。"

张耳这一番宏论确实有一定道理，但是从起义军后来的发展来看，也有许多弊端，六国后裔痛恨秦王朝的统治，确有反秦的积极性，但是他们中的许多人为了自己小集团的利益往往不顾大局，给这场农民战争带来了许多不必要的损失，甚至付出了惨重的代价。

陈胜并不赞成张耳的主张，他认为称王的时机已经成熟，否则无法号召各地的起义军，反秦事业也无法再向前发展。但是他刚刚征求过张耳的意见，又不好直接把他驳回，正琢磨怎么回答，吴广说道："现在立六国之后，分封诸侯，难以统一号令，大家都忙着复国去了，各有各的打算，谁来打咸阳，谁来灭秦？"

吴广说话很直，但是多数人赞成他的意见，立六国之后的意见被否定了。陈胜怕张耳下不了台，出来打圆场说："不过张先生所说急引兵西击秦是对的，这样才可以号召天下。"

于是，陈胜自立为陈王。

此时，诸郡县皆已反，各地百姓、义士纷纷杀了郡守、县令以应陈胜，前来投奔的起义军队伍越来越多，还有许多郡县由于路途遥远，不便直接前来会合，已经在当地打出陈胜起义军的旗号，派人前来联络，等待陈胜的号令。尤其是原楚国境内，数千人而聚者不可胜数。陈胜没有想到形势发展得这么快，觉得民心可用，如果不及时抓住这个大好时机，时间一长，民心就会逐渐涣散。他原准备先收复关外，待关外平定之后再做进攻关中的打算，并做好了长期与秦军作战的思想准备，但是他没想到秦军如此不堪一击，按照原来那种按部就班的打算，反而给了秦以喘息的机会。因此，陈胜决定直接入关，攻取咸阳。

张耳的意见被否决之后，回到寓所，有点闷闷不乐，陈余道："道不同不相与谋，让他们折腾去吧，咱们先观望一下再说。陈胜不过一介匹夫，起于垄亩，我料他很难驾驭这么复杂的局面，不久事情就会有变，到那时还得靠父亲这样的英雄来收拾局面。"

张耳道:"不,此乃天赐良机,不可错过。他不听我们的,我们可以自己干。不过得借他一点力。这样,你明天再去找他一趟,跟他要点兵马,就说……"

第二天,陈余按照张耳的嘱咐,来见陈王。寒暄了几句之后,陈余问道:"不知大王下一步的战略是怎么考虑的?"

陈胜胸有成竹地反问道:"你猜呢?"

陈余道:"我猜大王下一步的部署一定是引兵向西,直接入关攻打秦的老巢咸阳。"

陈胜道:"正是。先生觉得这样部署如何?"

"大王趁热打铁直接攻打咸阳是正确的,然而还须有其他战线的配合。尤其是驻守边塞的王离大军,随时都可能反扑过来。这是秦军的主力,不可不防。"

"先生有什么好办法吗?"

"在下曾多次游历赵国,熟悉其山川地理及豪杰人物,愿请兵三千为大王收赵地,一方面作为起义军主力入关之策应,另一方面可以牵制王离大军。"

陈胜一听大喜,当即给了陈余三千人马。

为了配合主力进关,陈胜还部署了几支策应部队,以牵制各地秦军无法腾出手来支援咸阳。他命令汝阴(今安徽阜阳)人邓宗率军向南直取九江郡(治所在寿春,即今安徽寿县),加上葛婴已先期出发攻打东城,以这两支部队牵制东南部的秦军;然后派魏人周市率兵北徇魏地,并派武臣、张耳、陈余另率一支人马收复赵地,以此两支人马给北部秦军造成压力,以牵制正在和匈奴作战的秦王离大军。西进的队伍由吴广亲自率领,这一路是进军咸阳的主力,陈胜几乎把所有的精锐都投到了这个方向,并封吴广为假(代理)王,以监诸将。

此时秦王朝驻守各地的部队,已经土崩瓦解,只剩了两支主力,一支是驻守北部边境的王离大军,另一支就是驻守在三川郡的李由的部队。三川是关中的大门,李由部队可以说是秦王朝的御林军。陈胜已经充分估计到和李由军作战的困难,所以把主力统统拨给了吴广,只留了三万兵马。这三万兵马并不是用来保卫陈郡的,陈胜还另有打算。在部署正面作战的同时,他又派出了两支奇兵,一路由铚人宋留率领从南阳入武关,绕道袭击咸阳;另一路准备趁吴广与李由军正面作战的时机,穿插到李由军的后方,直捣咸阳。这一路兵马至关重要,陈胜正考虑派谁前去,坐中一人起身自荐,愿领兵前往。陈胜寻声望去,乃陈人周章。

第十四章 高举义旗

陈胜起义的消息很快传到了沛县。萧何立刻派夏侯婴火速赶往芒砀山中去给刘邦送信。夏侯婴刚走,周让派人来请他和曹参前去共商大事。

周让的官声不好,他为人刻薄,贪财好色,对待下属薄情寡恩,平日里拼命盘剥百姓,已经积下了民怨,眼下听说各地百姓纷纷杀了地方官员以应陈涉,害怕百姓们也会杀他,慌了手脚。见了萧何、曹参,第一句话就问:"你们的亲戚朋友里有没有认识陈胜的?赶紧想办法和他联系。我准备向他献城。"

头天晚上,周让已经想了一夜,目前要想保住脑袋,只有一个办法,那就是争取主动。只要他率先打出迎接义军的旗号,别人就不好把他怎么样。但是萧何和曹参都无法与陈胜联系,萧何道:"臣闻陈胜起自布衣,素与官场无往来。恐怕一时难以找到。"

"那怎么办?咱们得想办法自保啊!我听说各地都已经起兵应陈涉,我也打算组织一支队伍保境安民,同时准备迎接义军。"

平心而论,周让平时待萧何不薄,萧何也就设身处地为他考虑,道:"恕我直言,这支队伍恐怕您带不动。"

"为何?"

"您是秦朝的官员,百姓们不会听您的。况且,眼下局势尚不明朗,若有反复,大人岂不是进退失据?您若真要组织队伍,不如请刘邦回来。臣听说刘邦现在已经有几百人了,拉出来就能打仗,在此基础上稍一扩充就是几千人马,何必再去号召呢?您退居幕后,进退尚有余地。不知我说得对不对?"

周让拿不定主意,犹豫再三,最后说:"那好,听你的。马上派人去和刘邦联络。"

"不必了,我已经派夏侯婴去了,如果快,他三两天就能赶回来。"

听了这话,周让觉得十分诧异:"这么说你们早就和刘邦有联系?"

萧何这才意识到不该说实话,他对这位县令大人过于信任了。话已出口,没法再收回,只好承认。周让顿时起了疑心,他担心刘邦已经和底下吏员们串通好了,回来怕是要杀他的头,仔细想想,又觉得萧何不是那样的人,否则也不会当面把实话说出来。可是在这生死存亡的关键时刻,他谁也不敢相信,于是脸上马上堆起笑容,说道:"好啊,还是萧主掾有眼光,比我看得远。那好,咱们就等夏侯婴的消息吧。"

周让把萧何、曹参打发走了,立刻把县尉曹无伤找了来。这个曹无伤与周让有点亲戚关系,所以周让一直把他当做心腹。曹无伤在县里也不是个等闲之辈,他武艺高强,在沛县几乎无敌手,并且读过几天书,素有大志,做县尉做了多年,总有怀才不遇之慨。他自知才干不及萧何、曹参,可是心里又不服气。萧、曹、刘邦等人在一起的时候,他也经常往跟前凑合,可是他总觉得他们没把他放在眼里。陈胜起义后,曹无伤觉得机会来了,该是自己大显身手的时候了。他一边听周让介绍局势,一边在脑子里迅速地盘算着,看来刘邦进城是挡不住的,可是若跟着刘邦走,他身边有萧、曹、周、樊、卢绾等一大帮朋友,哪里有他曹无伤的位置。周让虽然势单力薄,可是周让要是起事,除了依靠他曹无伤,再无别的选择。于是他迅速拿定了主意,说道:"他们这是要杀您的头啊!那还有什么说的,立刻把萧、曹逮捕下狱,我们不能等着束手就擒。"

"可是我又怕抓错了人,萧何好像不是个搞阴谋的人。这一步一旦迈出去,想回头可就难了。"

"宁可信其有,不可信其无。在这种生死存亡的关头,谁也不能相信,宁可错抓错杀,也要把主动权掌握在自己手中。"

周让早已乱了方寸,他觉得曹无伤说得有道理,刘邦回来肯定是要杀他的。好在他已经把萧何、曹参稳住了,否则想动手都来不及了:"你说得对,你马上带人去把他们抓起来。"

"这事我看还是派王仲去比较好。"曹无伤留了个心眼,没有直接出面。

王仲带着几个人,趁萧何、曹参没有戒备,把他们抓了起来。接着,周让又派曹无伤和王仲等去四乡招募人马,准备组建一支军队,可是响应者了了,因为百姓们不知道他们是为朝廷招人还是为自己招人。几个人忙活了好几天,几乎一无所获,周让只好把城中的百姓强行组织起来守城。

刚刚拼凑起一支人马,忽然有人报告说看见樊哙回来了。周让心里一惊,他问曹无伤怎么办,曹无伤毫不犹豫地说道:"一块儿抓!"

樊哙是奉刘邦之命来找萧何的,他们在山里已经得到了陈胜起义的消息,但是樊哙和夏侯婴走岔了,没碰上面。樊哙进了城,觉得自己蓬头垢面的,怕吓着吕媭和岳父岳母,先回自己的老宅洗了把脸,换了身干净衣服。刚要出门,曹无伤派来的人到了,说县太爷周让和萧何、曹参正在等他去商议大事。樊哙跟着那人来到县衙,却不见萧、曹的影子,只有周让一个人坐在那里,樊哙问:"萧何呢?"话才出口,四周埋伏好的士卒一下子冲出来把他抓住,捆了个结结实实。

夏侯婴到达山里的时候,刘邦正在整顿兵马准备下山。见了夏侯婴,刘邦觉得不用再等樊哙回来了,以免坐失良机,于是下令立即出发,直奔沛县而来。来到城下,只见城门紧闭,周让正在城上等着他呢。周让冲着刘邦喊道:"刘邦,你听清楚了,你身为秦朝官吏,为人臣不忠,私放役夫,聚众为寇。我已率城中军民起义,将城池献给陈王,你又勾结旧秦吏萧何、曹参等人欲加害于我,罪不容诛,然为使沛县百姓免遭涂炭,本县暂且饶你不死,赶快逃命去吧,否则,休怪我手下无情。"

刘邦没有料到周让竟然倒打一耙,气得火冒三丈:"周让,你也给我听着。你为官八载,祸害四方,鱼肉百姓,你有什么资格率军民起义?赶快把城池给我交出来,饶你不死,否则,待我义军攻破城池,把你碎尸万段!"

刘邦话还没说完,城上乱箭射来,周勃急忙上前将刘邦挡在了身后。周让又从城墙垛口伸出头来喊道:"刘邦,老夫劝你还是马上撤退为好,萧何、曹参、樊哙,还有你岳丈一家都在我手上,你若不听劝阻,继续纠缠,我先杀了他们。"

正说着,周勃一箭射了过去,正中周让头盔上的红缨,吓得他急忙把头缩了回去。刘邦这时才知道周让抓了人质,他还没有做好攻城的准备,这几个人又不能不救,于是下令暂时后撤。

刘邦将周勃、卢绾等人叫到一起商量对策,众人都觉得攻城并不难,守城的都是些未经训练的百姓,毫无作战经验,而且很容易瓦解,难的是萧何等人在他们手里,把周让逼急了,他随时都可能把他们杀掉。可是要救他们出来谈何容易?周让已经封了城,不准任何人进出,大白天城门都是紧闭着的。大家想了许多办法,诸如挖地道、掘城墙之类的都想到了,佩佩在一旁说道:"这些办法都不行,还是让我去救人吧。"

刘邦看了看她,说:"你能有什么好办法?"

众人也都用怀疑的眼光望着她,佩佩说道:"大人还不知道我有攀岩的功夫吧?"

"就算你能攀岩,那光溜溜的城墙怎么攀?"

"刚才我在城下仔细看了一下,那城墙已经破旧,可以徒手攀登。"

"可是你人生地不熟的,能带几个人去最好。"

"不用了,人多目标大,反而容易坏事。"

刘邦沉吟了片刻,说道:"也只能如此了。"

当晚,刘邦派夏侯婴和周勃带了十几个强弓手掩护佩佩登城。到了城下,夏侯婴还不死心,派了几个小伙子沿着城墙转了一周,想找个缺口跟着一起进城,可是没有一点空子可钻。佩佩说:"大哥,别费劲了,我走了。"说完,像只壁虎一样爬上了城墙。周勃命令弓弩手们做好准备,只要城墙上一有人露头,立刻射死。不一会儿,佩佩爬上了城头,月光下只见她身影一晃就不见了。本来已和佩佩约好,顺利登城之后他们就可以返回了,可是两位老大哥不放心,一直眼巴巴地望着城墙,直到天快亮了也没听到什么动静,这才转身回去。刘邦还没睡,问道:"怎么样?进去了吗?还顺利吧?"

夏侯婴道:"早进去了。非常顺利。"

刘邦骂道："他娘的,顺利你们也不给老子报个信,害得我一夜没睡。"夏侯婴和周勃也不答话,只是站在那里傻笑。

这一夜,还有一个人没睡,那就是吕雉。她也知道了陈胜起义的消息,但是还不知道刘邦已经回到了沛县。

那日在山里见了佩佩,她的心顿时冷了。过去再苦再累都觉得没什么,因为她心中有个刘邦,因为她对生活、对未来充满了希望。可是现在,她觉得自己什么都没有了,沉重的生活负担使她感到疲惫不堪,每天起来什么都不想干,只是对着镜子发呆。过去她一直以为自己还年轻,可是和佩佩一比,顿时觉得自己老了。还不到三十岁,眼角已经有了鱼尾纹;由于长期营养不良,皮肤又老又黄;伸出双手,自己都不敢看,不知道什么时候,那水葱般细嫩的十指已经变得树根一样粗糙了。她觉得生活对她来说似乎才刚刚开始,她好像还没有看见序幕,就已经草草结束了。接下来的日子怎么打发,她完全不知道,也不想知道。陈胜起义了,刘邦会怎么做？他会跟陈胜走吗？会建功立业、封侯拜将吗？过去,这是她十分关心的问题,可是现在对她已经不重要了。

就在她对生活已经绝望的时候,审食其像一缕阳光照进了她的心中。她后悔当初不该那么伤害他,现在搞得她良心负担很重,甚至有承受不起的感觉。她觉得唯一的办法是以身报答。可是那样将来怎么面对刘邦？尽管刘邦在感情问题上从来没有考虑过她的感受,她也很难迈出这一步。她是女人,不为刘邦考虑,自己也要自重。但是反过来想,刘邦为这个家做了什么？为了刘邦她舍身赴死,那时刘邦在哪里？一家人将要饿死的时候,刘邦在哪里？在她日日夜夜为刘邦担心,担心他会不会饿着、冻着,会不会死在外面的时候,刘邦在做什么？是审食其救了他们一家。为这样一个男人献身难道还有错吗？天知道了都会原谅她的。其实,这些都是她给自己找的借口,她还不知道,她已经从心里喜欢上了这个年轻人。

这会儿,吕雉脑子里一片混乱,一会儿是审食其,一会儿是刘邦。两个男人在她眼前交替着晃来晃去。最后,她鼓足了勇气悄悄走进了审食其的房间。审食其还没睡着,看见吕雉进来,叫了声嫂子,吕雉伸手把他的嘴捂住了："小点声。"说着,钻进了审食其的被窝。审食其吓得直往一边躲,生怕碰到她的身体："嫂子这是做什么？"

"别怕,我问你,你喜欢嫂子吗？"

有了上次的事情,审食其不知道该怎么回答。

"说呀！"

审食其道："喜欢是喜欢,可是嫂子不属于我。"

"既然你喜欢嫂子,嫂子今晚就给了你。"

"不,那不是君子所为。"

"可是你对我们一家的大恩大德嫂子无以报答,想来想去,大概只有这样才能报答你。"

"不，嫂子。你把我看错了。我不需要报答，要是那样我可真成了小人了，嫂子千万别这样看我。我失足一次，不能再有二次，那样你会一辈子瞧不起我的。"

说着，审食其已经穿衣起来了，吕雉也坐起来说道："原来我把你看错了，以为你不过是个酸腐儒生，那天你在院子里说的那几句话让我知道了，你是个大男人，不折不扣的男子汉。说实话，我就喜欢这样的男人。你刚才这几句话更让人敬重。你是个大男人，我就喜欢大男人。也许我刚才的话说得不对，若不是为报答，是嫂子喜欢你呢？"

不知道是审食其没听出话音还是故意搪塞，他说："那嫂子就把我当成你的亲弟弟吧。只要嫂子不再为上次的事瞧不起我，我已经很满足了。"审食其说的是真心话，他付出的所有这些如果说要图什么回报的话，那就是还给他尊严。现在他得到了。他曾经在吕雉身上失去，现在又在她身上找回来了。可是他没有站在吕雉的立场上来替她想一想，他正在把吕雉抛进他曾经经历过的痛苦和尴尬之中。黑暗中，吕雉觉得脸上直发烧。幸好审食其看不见。吕雉满面羞愧地回到了自己的房间。

佩佩攀上城墙，警惕地向四周望了望，不远处有几个守城的百姓在那里喝酒、猜拳，并没有发现她，她蹑手蹑脚地贴着箭垛躲开他们，然后从腰上解下一根拴着铁爪勾的绳子，将铁爪找地方挂牢，顺着绳子溜了下去。按照夏侯婴的指点，她顺利地找到了任敖的家，也不敲门，直接翻墙进了院子。房子里还亮着灯。她悄悄走到窗前，听见里面几个男人在说话，所谈的内容，正是如何营救萧、曹等人，这下佩佩放心了。因为夏侯婴嘱咐她，对任敖要提高警惕，见机行事。根据他的观察，任敖十之八九会帮忙，但是也要防备他已经投靠了周让。只听里面一人说道："出来以后就藏在我家，我家有个地窖。"

"那是下一步的事，只要出来了，萧何、曹参比咱们有办法，现在关键是怎么对付曹无伤，万一碰上他，咱们几个加起来都不是他的对手。"

"我不信我们哥儿俩还对付不了他一个。"

"他手下那几个人也很厉害，不可小瞧。"

这个曹无伤是谁，佩佩不知道，但是现在已经可以认定任敖是可靠的，于是她敲了敲门。

屋里的灯立刻被吹灭了，一个汉子严厉地低声问道："谁？"

"任大人，是我。我叫袁佩瑶，是刘邦大人派我来的。"

这时，从屋里走出一个人来，迅速把佩佩打量了一眼，说："屋里请。"

任敖重新点亮了灯。屋里还坐着两个三十多岁的男人，两个人长得很像，佩佩看着面熟，却想不起来在哪里见过。佩佩说明了自己的身份和来意，并带来了夏侯婴的亲笔信，任敖确信无疑，向她介绍另外两个人道："这是吕泽吕大哥，这位是吕释之,他们是兄弟,你知道吧,他们还是刘大人的大舅哥。"

"原来是这样,怪不得看着面熟。"佩佩脱口而出说道。

"怎么?你见过我妹妹?"吕释之问。他们兄弟俩已经多年没见过妹妹吕雉了。听说陈胜起义的消息之后,他们才偷偷潜回沛县。刚到城中,周让就封了城,而且抓了妹夫樊哙。兄弟俩都是一身豪气,当然不能坐视不救,于是便来找任敖商议对策。

"见过。"佩佩有点不好意思,好在他们不知道她和刘邦的关系。她马上把话转到正题上说:"你们刚才说有个曹无伤不好对付,这是个什么人?"

任敖道:"此人是县里的县尉,武艺高强,在沛县几乎没有敌手。"

"我来对付他。"

"你?"三个大男人一齐用惊奇的眼光望着她。佩佩从容地说道:"三位兄长不用疑惑,赶快把关押地点告诉我,我不出一个时辰就把他们救出来,你们在这儿等我的消息。"

任敖见这小姑娘说话如此大言不惭,笑笑说:"算了吧,还是你在这儿等消息吧,万一再把你抓去,我怎么向刘大哥交代呀!"说着,几个人就要走。佩佩早一步跳到院子中去了,任敖见拦不住她,只好把她带上了。

王仲抓了萧、曹等人之后,并没有把他们关在县大狱里面,因为那里都是曹参过去的部属,王仲害怕曹参和他们串通,就把他们关到了曹无伤的县尉廷,所以任敖想救萧何,却一直找不到下手的机会。几个人摸到了地方,任敖和吕氏兄弟还是用搭人梯的笨办法翻墙,佩佩早已攀上墙头,四下望望无人便先跳了下来,让他们踩着自己的肩膀下,可是几个大男人不好意思,扑通通全都自己跳了下来,这一下声音大了点,被值夜的士卒发现了。

"谁?"两个士卒提着刀朝这边跑来。佩佩是无法说服这些男子汉们,否则她真不愿意带他们来,要是她一个人,可能要利索得多。已经被发现,藏是藏不住了,只好应战,等那两个士卒走近,佩佩摸出两枚铜钱,嗖嗖两声甩了出去。两个家伙一声没吭就倒在了地上。这时,又有几个士卒冲过来,佩佩对任敖说道:"我来抵挡他们,你们快去救萧大人。"

任敖还是不放心,让吕泽留下帮她,自己带了吕释之去救人。佩佩身上只带了把短剑,不便厮杀,便又掏出铜钱打倒了两个狱卒,其余的向后退去。这边任敖他们碰到了一个硬对手,半天都没有解决掉,正在刀光剑影地厮杀,佩佩又反过身来帮助解决这几个看守。等把萧何他们从狱里放出来,他们已经被包围在院子里了。曹参和樊哙虽然吃了些皮肉之苦,但是未伤筋骨,各自从死掉的士卒手上拿了一把刀,如猛虎下山,率先冲了出去。门前围的人虽然不少,可是他们哪是曹参、樊哙的对手,不一会儿,就被杀得四散奔逃了。任敖和佩佩断后,吕氏兄弟护着萧何,很快消失在夜幕中。

天亮前,佩佩回到了刘邦大营。

刘邦重整旗鼓来到城下，对着城上的百姓喊道："父老乡亲们！你们为谁守城？暴秦气数已尽，天下豪杰并起，杀的就是周让这样的贪官污吏。你们若为他守城，必然要牵连城里的父老乡亲，牵连你们的兄弟姐妹。我刘邦今日不攻城，陈王大军一到也要攻城屠杀，你们何苦为他卖命？还不快快打开城门，共诛县令，迎义军，好不好？"

周让夜里就知道了萧何越狱的事，一大早便爬上了城墙，听完刘邦的话，周让喊道："乡亲们休听他胡说，我已经和义军联系好了，义军不日进城。刘邦，你休要在这里摇唇鼓舌，还不赶快逃命？否则……"

周让正喊着，他身后一人拔出腰刀，一刀将他的头砍了下来。那人提着周让的头冲刘邦喊道："刘大哥，我已将周让斩首，这就让人去开城门，欢迎刘大哥进城主持县政。"

刘邦认得那人是曹无伤，喊道："曹无伤，好样的，干得漂亮。拿下沛县你是第一功！"

萧何等一干人也没闲着，他们觉得已经不需要再躲躲藏藏了，一大早就起来，沿着大街小巷动员百姓们起来反抗，那些被周让强行裹胁去的百姓纷纷反水，加入到萧何的队伍里来，嘴里高喊着：杀贪官！迎义军！不一会儿就聚集了几百人，萧何、曹参领着这些人直奔西门而去。这时城上曹无伤已经斩了周让，萧何令人打开城门，那个不知死活的王仲还想抵抗，被任敖一刀斩了。城门大开，两支队伍汇合了。刘邦骑在马上，率领起义军来到钟鼓楼前，全城的百姓差不多都来了，鼓楼前挤满了人。人们跷着脚伸着脖子，都想看看刘邦长得什么样。刘邦刚一下马，就被众人抬起来抛到了空中。百姓们终于可以扬眉吐气了，他们呼喊着、跳跃着，来庆祝这个百年不遇的盛大节日。等人们稍稍安静一点，刘邦一行登上了鼓楼。

萧何、曹参、樊哙、周勃、灌婴、卢绾、夏侯婴、曹无伤、鄂千秋、吕泽、吕释之、任敖、袁佩瑶等人先后跟着登上了鼓楼。萧何不知道什么时候派人把城中三老和吕公等几个德高望重的老者也请到鼓楼上来了。刘邦见起事的主要骨干都到齐了，于是说道："诸位，我刘邦今日破城并非为一己之私利，乃为全县百姓着想。如今周让已死，为了一县的百姓，咱们得选个领头的，如若置将不善，一县的人都跟着遭殃。今日破城我刘邦虽尽了一点微薄之力，但毕竟德薄才浅，统军治政恐不能胜任，请大家推举一人主事好不好？"

众人几乎众口一词推荐刘邦，萧何站在刘邦身边，也说："看来这个主事之人非你莫属，就不要推辞了。"

刘邦道："不是我推辞，我是怕办不好这个差事，沛县城里比我强的人多得是，我看你就比我强多了。"

萧何连连摆手道："哪里哪里。我不行。"

对于刘邦做起义军的领袖是否是最合适的人选，萧何心里并没有十分的把握，但是对于自己,他有十分清醒的认识,他觉得自己魄力不足,做个副手还行,难以担当统帅三军的大任。而县里那些文官们参加起义,多少是出于不得已,秦王朝和起义军谁胜谁败还难说,万一事情不成将来是要灭族的,所以各个都不愿意出头。即使有不怕死的,看见萧何都不敢出头,就更没有人敢出头了。刘邦虽然不一定是最佳人选,但是历史已经把他推到了前台,事态发展到了这了地步,这个带头人已经是非刘邦莫属了。因此,萧何力主由刘邦担任起义军头领。

　　正在推来让去的时候,一位老者说道:"平日即闻刘季诸多奇闻珍怪,当是贵人,且刘季率众反秦已一年有余,今日破城池杀贪官又立大功,刘邦当立!"刘邦推让再三,可是众人不依。萧何见众人已无异议,冲着围在鼓楼下面的百姓们喊道:"我们公推刘邦做沛县起义的首领,大家赞成吗?"

　　百姓们立刻山呼海啸般跟着喊了起来:刘邦!刘邦!刘邦!

第十五章　八千子弟

　　项羽带着妙逸在外躲了一年多,大部分时间住在伯父项伯那里。项伯与项梁是堂兄弟,他这些年的经历和项梁颇为相似。楚国灭亡后,他逃到了吴中,在水运码头上给人做苦力。一日,正在卸船,看见几个秦军士卒押着一队囚犯走过来。一个犯人渴急了,蹲到河边捧了口水喝,不料被押运的伍长一脚踢下水去。项家子弟各个中情烈列,项伯看不过去,抬起一脚将那个军官也踢了下去。谁知他脚上的功夫太深,一脚竟把那个伍长踢死了。项伯只好逃出吴中,几经辗转,最后在下邳落了脚。项伯已经多年没见过项梁叔侄了,当年分手时,项羽还是个七八岁的孩子,如今看见侄儿已经长大成人,而且又有这么好的武功,别提多高兴了。

　　项羽住在伯父家里,整日无所事事,全靠习武来打发时间。可是手中那把剑似乎总觉得太轻,特别是作为马上兵器很不合适,因此一直想找一件合手的兵器,恰好项伯家里藏有无数兵器,这下项羽可以满足了。

　　项伯有两项爱好,一是喜欢收集各种兵器,二是喜欢好马。只要看见好剑好马,他不惜倾家荡产也要想办法把它买回来。他家里养了十几匹马,新近又从北边买了一匹宝马,名乌骓。这匹乌骓马性情暴烈,无人能够驾驭。项伯为了驯服这匹马已经摔伤了好几次,项羽听说之后想去看看,项伯怕他摔着,一直推脱着不让他去。一日,项伯正在驯马,项羽来到马厩,看见了那匹马。那马果真是匹好马,一般的战马都要比耕马高出一头,这匹乌骓马比一般的战马还要高半头,项伯站在那里,头还不及马背高,那马浑身毛色黝黑,光亮耀眼,鼻子上一抹白,一直伸展到头顶,十分英俊。项羽顿时喜欢上了这匹马。乌骓马也好像认识项羽,看见他进来,打了个响鼻,使劲用前蹄刨着地面。项伯对项羽说道:"你先别急,等我把它驯服了就送给你。"说完,一下跃上马背,乌骓马立刻扬起前蹄,直立了起来,企图把项伯甩下来,它已经用这种办法把项伯摔了好几次了。这一次项伯早有防备,双手抓住马鬃,任凭它怎么跳就是不松手。乌骓马连着立起来三次都未能把项伯甩掉,似乎觉得丢了面子,第四次站起,仿佛在和项伯斗智,在原地转了一个圈,然后猛地一停,将项伯甩了下去。它像一个胜利者,以嘲笑的目光看了一眼趴在地上的项伯,然后高傲地扬起了头。项羽扶起伯父,说:"我来试试。"说完,也不等项伯允许,一跃跳上了马背。乌骓马似乎并不服气这位新主人,还想故伎重演,项羽双腿紧紧地夹住马腹两侧,乌骓马顿时感到不那么轻松自在了,试着扬了两下前蹄,由于腹部受制,扬不起来,于是就地在马厩里转了几个圈,身子朝后退了几步,长啸一声,腾空跃起,从栅栏上越出了马厩,直向大门外冲去。项伯吃了一惊,生怕项羽有什么闪失,跟着追出门去,那马已经载着项羽跑远了。

不一会儿,项羽骑着马回来了。项伯一看项羽骑马的姿势,就知道这匹烈马已经驯服。等到了跟前,项伯高兴地牵过马来交给马夫,对项羽说:"好样的,是项家的种,你不是还想要一件合手的兵器吗?走,跟我挑去。"

项伯的兵器库里有不少宝贝,光是好剑就有几十把。有长剑、短剑、佩剑、曲剑、劈剑、刺剑、三棱剑等等不一而足,最短的怀剑只有七八寸长,而挂在墙上的一把巨剑则有六尺多长。还有一些作为收藏和礼仪用的玉剑和避灾驱邪用的木剑。春秋战国时期,冶铁技术有了长足的发展,铸剑、煅剑的技术已经达到了登峰造极的地步,吴越一带出了许多传世名剑,传说中的越王勾践剑、吴王夫差剑、干将莫邪剑等都出自这里。这些名剑倒有一大半被项伯收集来了,所有的剑都平放在剑架上,项羽一一抽出来欣赏着,一边看,项伯一边给他介绍,把那些名剑看完,项羽发现还有一把剑用红绸子拴着挂在房梁上,剑鞘上镶满了珠宝,项羽问:"那是把什么剑?"

项伯蹬着凳子解下那把剑,抽出鞘来,只见剑面上涂了一层薄薄的油,剑锋锋利无比,闪着寒光。项伯四周看了看,从地上拾起一把准备丢弃的铁剑,右手一挥,左手的铁剑立刻被削作两截。项羽十分惊讶,接过剑来端详了半天,连连说道:"好剑!好剑!"

"你知道这把剑是什么剑吗?"

"不知道。"

"这就是那把吴王光剑。"

"啊!这就是吴王光剑!"项羽早就听说过这把剑,想不到今日在伯父这里见到。

"喜欢吗?喜欢就送给你。"

项羽把剑放在手上掂了掂,说:"还是太轻,我想找件马上用的重兵器。"

"你是想找马上兵器?有,有,我这儿什么都有。你自己挑。"

项伯的兵器库里,枪、矛、斧、钺、钩、叉、鞭、锤,样样都有。项羽挑了一支丈八长矛,一把长柄马刀,拿到院子里耍了几下,仍然觉得不够分量。项伯道:"这把刀是八十斤(秦时一斤,相当于现在的半斤)的,已经够重的了。再重,那就是作为仪仗用的了,作为兵器,似乎太重了点,使用不灵活,携带也不方便。"

"还有重的吗?"

"有——"项伯扒开墙边平放着的一堆表演用的兵器,里面露出一支长戟,长约两丈,青铜柄,上面铸着一条青龙,因为经常被借去做仪仗和表演用,戟柄、戟锋都擦拭得明晃晃的。项伯道:"这支戟叫青龙戟,重一百二十斤,是不是太重了点?"

项羽拿在手里掂了掂,说:"正好!"

项羽抄起青龙戟到院子里舞了一阵,那青龙戟在他手中似一根轻飘飘的木杆,被他舞得天花乱坠,只听院子里风声忽忽,项伯一个劲地在旁边叫好。

从此,项羽便每天骑着乌骓马,提着这支青龙戟到城外去练武,他的马上功夫也有了很大长进。

一日,项羽从城外回来,看见妙逸正在自己房子里做针线,项羽见家里没有人,便溜进去搭话:"这是给谁做的?"

"不知道。明知故问。"

"我瞧瞧。"说着,项羽就往跟前凑,妙逸威胁道:"看书去,不然拿针扎你啦!"

项羽不听那一套,伸手去摸她的手,妙逸将手抽回,从墙上摘下一把短剑,抽剑出鞘,一下子指到了项羽胸前:"看剑!"项羽不防,吓了一跳,急忙后退,妙逸追了上来,项羽边退边从腰间拔出剑来抵挡。他看见妙逸屋子里常挂着一把短剑,那剑十分精巧,还不足两尺,像个玩具,项羽以为那不过是用来伴歌舞,舞着玩玩的,没想到妙逸舞起剑来完全不是碧云楼那个弱不禁风的小女子,只见她劈砍挑刺,着着中矩,闪转腾挪,忙而不乱,剑法柔中寓刚,俨然一个冲锋沙场的战士,一支剑在她手中舞得银蛇一般,项羽左格右挡,倒忙得不亦乐乎。项羽来了兴致,把叔父项梁所教的全部技巧都拿了出来,挑逗性地展开了反攻,只听风声呼呼,剑鸣叮当,两支剑在阳光下搅作一团,煞是好看。

舞了有半个时辰,妙逸感到有些体力不支了,在项羽咄咄逼人的攻势下连连后退,剑法也有些乱了,项羽怕伤着她,喊了一声:"停!"两人收了剑,妙逸已经累得气喘吁吁了,额头上冒出了细细的汗珠,项羽急忙跑回屋里拿了块湿帕子递给她,道:"姑娘剑法好凶,想不到你还给我藏着一手呢。"

"知道就好,看你以后老实不老实。"

"我偏不老实。"项羽看着妙逸胸脯一起一伏的,早已动了心,上前一把将妙逸抱住,在她红红的嘴唇上狠狠亲了一口,妙逸没防备,把帕子掉在了地上。

两个人站在院子里的老槐树下,抱在了一起。树上的鸟儿唧唧喳喳叫着,好像在为这一对年轻人歌唱。正在难解难分的时候,忽然听见一声咳嗽,两人赶紧松了手。原来是项伯回来了。妙逸是第一次和项羽这样,没想到却被项伯撞见,羞得脸通红,连招呼也忘了打,慌慌张张跑回自己房间去了。

项伯坐在老槐树下的一块儿石头上,对项羽说道:"如今你马也有了,马上兵器也得了,我再给你请一位师傅怎么样?"

"什么师傅?"

"这个师傅可不是一般人,想当年曾经在搏浪沙刺杀过秦始皇。"

"伯父说的可是韩国张良?"

"正是他。"

"他人在哪儿?我想见见他。"项羽在吴中跟着项梁见识了不少人物,也养成了一种习惯，凡是天下豪杰他都想结交一下。

"想见他不难，他就在城南住着。可是也不能随便去见，我得先跟他说好了，他若同意收你为徒，咱们得专门举行个拜师礼。"

"为何要拜他为师？"

"这个人满腹经纶，可为帝王之师。你将来若想成就一番大事业，恐怕没有比他更合适的老师了。"

项羽听了，不大情愿，心想，要拜师，还有谁能比得过叔父项梁？况且，他也受不了那种约束，于是说："结交一下倒可以，拜师嘛，以后再说吧。"

正说着话，张良来了。张良看上去很年轻，生得眉清目秀，像个美妇人，身着青色长衫，手拿一把羽扇，显得十分从容洒脱。他面带微笑，看上去和蔼可亲，眼睛里却透着一眼就能把你看透的智慧的光芒，一见面便让人有三分敬畏。项伯道："你看你看，说着说着就来了，快来拜过张叔叔。"

项羽看那人如此年轻，好像比他大不了几岁，叫叔叔有点张不开口，既没有拜，也没有叫。项伯很尴尬，张良装作没有看出来，问道："这位是——"

"小侄项羽。"

"哦，不愧是楚国世家，代代都是英豪啊！"

项羽问道："先生就是博浪沙击杀秦始皇的张良？"

张良道："不太像吧？"

"和我想象的不一样。"

张良笑道："所以秦始皇才抓不住我。"

项羽进屋泡了一壶茶出来，和张良寒暄了几句，项伯就把话题往兵法上引，一说到兵法，项羽就觉得脑袋大，勉强应付了一会儿，找了个借口，拉着妙逸骑马出去了。可惜他当面错过了这位帝王之师。

张良，字子房，本是韩国后裔，原姓姬，祖父姬开地做过韩昭襄王、宣惠王、襄哀王的宰相，父亲姬平做过韩釐王、悼惠王的宰相。父祖五世相韩。韩悼惠王二十三年，姬平去世。那时张良年纪还小，不曾在韩国做过官。姬平死后二十年，秦灭韩。此时张良已长大成人，为五世相韩故，发誓要为韩报仇。张良家有奴仆三百人，家财万贯，他的弟弟死了，都没有心思为他举行葬礼，一心只想着报仇复国。他辞退了奴仆，变卖了家产，到处访求刺客，谋刺秦始皇，几次都没有成功。他想起有一年去淮阳（秦时陈县）学礼，曾听人说过有位隐士，号仓海君，为人侠义，见多识广，并结识了不少天下名士，便四处打听，最后找到了仓海君的住所。仓海君已是满头银发，身体却十分健康，说起话来声如洪钟。张良见过礼后，直截了当地说道："晚生闻先生素有反秦之志，故特来求教于先生。"

"谁说我要反秦呀？秦若有道，顺民意应天命，我反他做什么？"

"那先生以为秦是有道还是无道呢?"

"秦虽无道,却正处于鼎盛时期,反之亦无益,如卵之击石,恐难以奏效。你可读过《易经》?"

"读过。"

"须知'阴在阳之内,不在阳之对。'秦若有道,则天下人奈何他不得;若无道,不待你反,他自己就会垮。"

"秦灭人社稷,侵人家国,鱼肉百姓,涂炭生灵,这还不算无道吗?"

"是无道,然其作孽未深,还不到垮的时候。当垮的时候自然会垮,你想扶都扶不住。"

"依先生的意思,天下人就任他作孽,等他垮台,什么也不用做了?"

"非也,'阴在阳之内,不在阳之对',只是半句话,还有半句,'阴在阳之内,亦在阳之对',反还是要反的,可是现在还不到反的时候,须等待时机。"

"等他垮,要等到何时?"

"呵呵,年轻人就是性急。这也合乎易理,不是也有荆轲等人不惜性命,冒死反秦吗?这好比阴到极处,即有阳生。反秦的火花已经星星点点地开始燃烧了,但是要燃成熊熊大火,则还需要时日。就好比坤卦变成乾卦,六根阴爻变成六根阳爻,中间还隔着三十一卦,还有很长的路要走啊!"

张良报仇心切,道:"先生所说的道理我明白,可是我宁愿做荆轲,宁愿做那一星点燃熊熊大火的火花。"

"公子既有如此肝胆,我也就不再阻拦了。老夫能帮你做什么呢?"

张良说明了来意,仓海君给他介绍了一位大力士。

这一次,张良做了充分的准备,铸了一个一百二十斤重的铁锥,那力士整日将铁锥舞在手中,已经运用自如。秦始皇二十九年,始皇帝东游,张良事先侦察好了秦始皇的行动路线和所乘车辆,与力士埋伏在博浪沙附近一座悬崖顶上。事前,力士反复进行了练习,从悬崖顶上可以准确无误地掷中大路上任何一个目标。当出巡的队伍走到博浪沙时,力士瞄准了秦始皇乘坐的温凉车,掷出了铁锥。铁锥将温凉车砸了个粉碎。可是那天秦始皇没有坐在自己的温凉车里,而是临时改乘了一个爱妃的车,侥幸没有毙命。秦始皇大为震恐,下令四处搜捕刺客,于是,张良改名换姓,逃到了下邳。

张良曾多次谋划过刺杀秦始皇,都没有成功。多次失败使他认识到,靠匹夫之勇是难以为韩复仇的,杀掉一个秦始皇也不可能从根本上推翻暴秦的统治。于是他开始发奋读书,一面读,一面到处求师访贤,立志要彻底推翻秦王朝的统治。他又去找过仓海君,可是仓海君居无定所,找了几次都没有找到。当时有四位著名学者,号称帝王之师,名号曰东园公、甪里先生、绮里季、夏黄公,人称"四皓",皆隐居山林不出。张良费尽周折,终于打听到了"四皓"的行踪。

一日，他去拜见甪里先生，老人正坐在院子里编柳条筐，张良以为先生必是仙风道骨，语出惊人，却不料那老者一身布衣，看上去和山里的农民没什么两样，说话也是满口的大白话。甪里先生见他进来，头也没抬，指了指身边一个树根做的木墩，示意张良坐下："是来拜师的吧？"

"正是。"张良给甪里先生施过礼，恭恭敬敬地站在一旁答道。

"古人云，十步之内必有芳草，三人行必有我师！何必跑这么远来拜师呢？我这里是不收学生的。"

张良简要地说明了自己多年来求师访贤的经历，末了说："这些鸿博名儒往往各执一端，相互间水火不容，而那些所谓高人隐士也常常故弄玄虚，让人不知所措，所以今日才投到先生门下。"

"那么多名师都解决不了你的问题，看来我也无能为力。"

"久闻先生学识渊博，还望收下我这个学生。"

"你都读过一些什么书啊？"

"孔孟老庄，荀墨管韩，都曾涉猎过一点。"

"噢，那就用不着再读了。我这里也就是这些东西。"

张良跪下恳求甪里先生收留他，老者将他扶起说道："不是我不收你。你读的书比我还多，让我教你什么呢？其实，书用不着读那么多，真正读懂一家就受用不尽了。"

张良似有所悟，问道："那怎么才算读懂了呢？"

"书不是光靠读就能懂的。你做过官吗？"

"没有。"

"孔子曰，学而优则仕，仕而优则学，为什么不去做官呢？"

"晚生誓死不仕秦。"

"种过田吗？"

"没有。"

"做过生意吗？"

"也没有。"

"那么你会干什么呢？会编筐吗？会劈柴烧火吗？自己会做饭吃吗？"

这一连串的问题把张良问懵了："这……"

"我知道你想说什么。你想说，我学的是修身齐家治国平天下的道理，这和种田经商烧火做饭有什么关系，对吗？去吧，小伙子，你试着学学这些，很多东西既不是老师能教会的，也不是书本上能读懂的。"

张良带着一脸的茫然离开了甪里先生。临走，甪里先生告诉他："先别急着找老师，按我说的去做。想找个好老师不容易，可是要找个好学生也不易，你要真是那块料，会有老师来找你的。"

后来,张良用光了所余的一点家私,不得不学着种田、经商,也学会了劈柴、烧火、做饭,甚至还学会了编柳条筐。他饱尝了人世的艰辛,从国运家道的衰落中,体会到了人情冷暖、世态炎凉。闲暇时,仍手不释卷地读书,现在再读过去读过的那些书,和从前感觉大不一样了。有一天,他突然悟出甪里先生那一连串问话的意思,拍着自己的脑门自言自语道:"原来这种田经商烧火做饭和修身齐家治国平天下是一个道理!"他兴奋得手舞足蹈,想找个人诉说一下却没处去找,一个人跑到山坡上,对着天空大声喊着:"我明白啦!我明——白——啦!"

从此,张良顿觉豁然开朗,心中所有的块垒,顿时消失得无影无踪,走路都觉得脚步比以前轻松了。一日,他在街上散步,信步走上一座小桥,只见桥上一位老者席地而坐,穿一身旧布衣,跷着二郎腿,脚上挑着一只破布鞋,那只鞋随着脚的晃动晃来晃去,眼看就要掉下来的样子。看见张良走过来,老者故意把脚一甩,把鞋甩到桥下去了,然后指着张良说:"小伙子,下去把鞋给我捡上来。"如果是过去的张良,非给那老头一顿拳头不可,可是现在,他心中已经意气渐平,不会为一点小事拔剑而起了。他看了看那老头,没说什么,下桥去把鞋子给他拾了上来。不料老头得寸进尺,跷着脚说:"给我穿上。"

张良觉得老头太过分了,但既然已经给他拾上来了,穿就穿吧,于是一条腿跪在地上把鞋给老头穿上,老头笑笑说:"这还差不多。孺子可教也。"说完,扬长而去。张良大惊,看那老头走路洒脱不拘的样子,一副仙风道骨,忽然想起甪里先生的话来,该不会是老师来找我吧?于是,快步跟了上去,可是老头越走越快,很快就消失在人群里。张良四处张望着,不见老头的身影,正在惋惜,老头又回来了:"你是在找我吗?"

张良欣喜若狂:"正是。"

"看来还有点悟性。五天以后一大早到这桥上来等我。"

"是。"张良知道遇上了真人,立刻给老者跪下了。老者飘然而去。第五天一大早,张良就跑到桥上,远远地看见老者已在桥上了。张良走到跟前,老者道:"与长者约而后到,让我在这儿等你吗?"说完,扭头就走,张良急忙追上去认错:"今日确是晚生失礼,还望先生见谅!"

老者看了他一眼,说:"那你就过五天再来吧。"

又过了五天,张良鸡叫头遍就起来了,匆匆忙忙赶到桥上,老者又先到了,老者不客气地说:"又让我老头子来等你吗?"

张良羞愧满面。老者道:"再给你一次机会,过五天再来!如果再迟到,我可就不等了。"

到了第四天晚上,张良索性没睡,天一黑就到桥头去等。等到半夜,老者来了,拿出一编书,递给张良:"这是我一生的心血,回去好好研读吧。"

张良道:"师傅何不当面指教?"

"仔细揣摩,自然会懂。若是没有那个悟性,教也教不会。此书读懂了,可为帝王之师。"

"那我什么时候才能再见到师傅呢?"

"十三年后,你会在济北谷城山下看到一块儿黄石,那就是我。"

说完,老人消失在黑夜中。张良跪下,朝着师傅的背影磕了三个头。

天亮之后,张良打开书一看,是一部《太公兵法》。张良带回家去,反复认真研读,后来果真成为一代帝王之师。

张良与项伯是莫逆之交,当初项伯逃到下邳来的时候,是张良收留了他,把他藏在自己家里。项伯身无分文,张良解囊相助,还帮助他建起了新家。张良先到下邳几年,已经有了一份不大不小的产业,项伯无事,便帮助他经营。张良本来心思就不在这上面,见项伯很能干,就放手交给了他,自己则到处去游学访友,乐得清闲。项伯很有些经营头脑,生意到他手上很快就变得红火起来,可是他能挣也能花,挣来的钱几乎全买了刀剑兵器和好马。那些兵器,有些是从那些不识货的人手中淘换来的,并没有花多少钱,有些却是真金白银换来的。有一次,为了一把剑,项伯几乎把张良的全部家当都贴了进去。是项伯的妻子偷偷告诉了张良,张良才知道的。张良笑笑说,由他去,他喜欢怎么花就怎么花,只要两家人有吃有喝就行了。可是这次项伯是把过日子的钱都搭进去了,连他老婆首饰盒里那点东西都没剩下。张良找到项伯,问道:"你收藏的那些东西呢?"

项伯嘿嘿笑着把张良领进了他的兵器库,带着炫耀的神气,一件一件地向张良介绍,介绍完之后,又要带张良去看他那些马。张良说:"行了,我不看了,你告诉我这些东西哪件最值钱?"

"当然是这把吴王光剑。"

"能值多少?"

"至少值一千(斤)金吧。"

"那把它卖了吧。"

"为何要卖?"

"把嫂子的首饰赎回来呀!"

"这个臭婆娘,她到你那儿告状去了?看我回去不揍她才怪。"

"呵呵,你光顾着收藏这些东西,可咱们也不能不吃饭呀。"

"这个可不能卖,宁可不吃饭也不能卖它。"

张良又提起一把剑问道:"那这把呢?"

"这个也不能卖。"

张良连拿了三四件,项伯都说不能卖。张良道:"你这个也不能卖,那个也不能卖,那咱们吃什么呀?你这些刀剑总不能吃吧?要不把你的马卖掉一匹?"

"那可是我一匹一匹挑着买回来的,都是上好的战马呀!"

张良笑道:"哈哈!你要是实在把嫂子和我逼急了,我们就杀你的马吃!"

"子房放心,生计不成问题,你别听那个婆娘胡说,这点钱用不了几天我就把它挣回来。"

俗话说,物以类聚,人以群分。这两个人,一个出身韩国卿相之家,一个是楚国名将之后,又都是避难来到下邳的,反秦之志、复国之心相同,因而一见如故,仿佛亲兄弟一般。论年龄,项伯要大几岁,论才学见识,却是张良更胜一筹。因而项伯常常不自觉地把张良当成了自己的兄长,什么事都听张良的。张良喜欢吹箫,项伯喜欢舞剑,尤其是在张良吹箫的时候,他情不自禁就要拔出剑来舞上一阵,而有了项伯伴舞,张良的箫吹起来也就更加韵味十足。两个人皆以此为乐,晚上没事时,常在项伯的小院子里耍上一阵。在那箫声剑影之中,两个人似乎有一种默契,不用语言就可以完成心与心的沟通。项伯一心想让项羽拜张良为师,可是项羽就是不认那个道,项伯也就罢了。一日傍晚,项伯请张良来家里喝酒。酒至半酣,张良来了兴致,随手拿起长箫吹奏起来。静夜里,那箫声显得格外深沉悠远,项伯忍不住拔出剑来随声起舞。席间,妙逸一直在跟前伺候着添酒上菜,听见张良的箫声,不知怎么触动了她的心事,忍不住流下了眼泪,哭着哭着,竟然哭出了声。项伯将剑插入剑鞘,问道:"这孩子怎么了?"

项羽在一旁答道:"没什么。她是被先生的箫声感动了。"

张良感到惊奇,问道:"姑娘也懂音律?"

妙逸擦了擦眼泪,说道:"小女略知一二,愿与大人合奏一曲。"说着,从房间里把琵琶抱了出来。

项伯道:"那好啊,子房与妙逸合奏,羽儿与我对舞,岂不热闹?"

说罢,四个人来到院中,张良问道:"姑娘要弹什么曲子?"

妙逸道:"小女只善楚韵。"

"那就随你吧。"

于是,小院中琵琶轻弹,箫声慢起,项伯拔剑起舞,妙逸边弹边唱道:

> 哀时命之不合兮,
> 伤楚国之多忧。
> 内怀情之洁白兮,
> 遭乱世而离尤。
> ……

张良觉得这曲子过于忧伤,心想,这姑娘这么年轻心事就这么重,对身体怕是不大好。他正这么想着,只听"啪"的一声,妙逸的琴弦断了。项伯收了剑对妙逸说道:"看来子房叔叔是你的知音哪。你知道吗?人有时一辈子也难遇到一个知音。"

妙逸惊讶地说道:"可是我遇到两个了。"

项伯问道："那一个是谁？"

妙逸指着项羽说道："他呀！第一次听我弹琴就把琴弦给听断了。"

张良也觉得惊奇。妙逸的琵琶弹得可以说出神入化，能让人忘记眼前的一切而完全进入乐曲所表达的意境中去，已经很久没有听到过这样高水平的演奏了。他一生从来没有碰到过听断琴弦的事情，可是这位姑娘说她遇到了两次，真是奇事。张良有一种不祥的预感，觉得这不是什么好事，况且刚才的曲调又是那样的悲切，可是他没有说出来。

回到吴中，项羽已经二十三岁了，项梁打算挑个好日子给他们完婚。就在这时，传来了陈胜起义的消息。对项羽的婚事，他又犹豫起来。战乱将起，还不知这场反秦大战要打多久，结局如何。如果他们结了婚，有了孩子，万一再像项羽这样，闹得有爹没娘的，岂不是对不起子孙后代？因此他想等一等再说。他把项羽和妙逸找来，说出了自己的想法，妙逸落落大方地说："叔父所言极是，婚事等灭秦之后再说不迟，不过小女有一个心愿，万望叔父能答应我。"

"什么心愿？"

"叔父起事的时候，一定不要忘了小女。小女想和叔父一起上阵杀敌，报仇雪恨。"

项梁听了直摇头，道："别的什么我都可以答应你，唯独这一条不行。"在项梁看来，带女人打仗是件很不吉利的事情，就是能打胜的仗也要打败，所以他无论如何不能答应妙逸。可是妙逸比他更坚决："别的什么我都不要，只要和你们一起去打秦军。"

两个人争执了半天也没争出个结果。

听说陈胜起义的消息后，吴中豪杰开始悄悄地聚集在项梁麾下，准备起事响应。项氏家族的人也纷纷来到吴中，除了项伯，还有项它、项声、项庄等几十口子，他们不断带来各地起义的消息，令人欢欣鼓舞。项家小院成了车马店、演武场。他们几乎是公开在这里练兵、比武，发泄心中多年的仇恨。

项氏子弟各个武艺高强，项羽的堂弟项庄剑法几乎和项梁不相上下，项它舞起长枪来也能和项羽较量一阵。渐渐地，人越聚越多，项家小院已经聚集不下这么多人，于是将演武场搬到了城东，借用钟离昧房东的场院进行活动。桓楚也派了人前来接洽。起义的时机已经成熟，只等项梁一声号令了。

这一日，项梁正在与众人商议起兵事宜，会稽郡守殷通派人来请他，项梁觉得这是一个难得的机会，对众人如此这般布置了一番，带着项羽、项庄来到郡府。他让项羽、项庄在外面等着，自己一个人走了进去。

殷通见秦王朝大势已去，也想拉起一支队伍自保，郡里原本就有一些地方部队，近日殷通又招募了一些人马，已有两千余人，项梁迟迟没有动手，顾忌的就是殷通这支地方军。昨晚他已经令桓楚将队伍悄悄拉到了东门外,是专门用来对付这支官军的。

殷通对于项梁的到来殷勤备至,执着项梁的手走到堂上,道:"久闻英雄大名,今日得见乃三生有幸。"

客套了一番,殷通转到正题上说:"今日请项公到此,是想和项公商量一件大事。如今江西皆反,此亦天灭秦也。吾闻先即制人,后则为人所制,故已召集军民两千余人,欲发兵举事。在下素闻公与桓楚乃吴中豪杰,想使公及桓楚统领这支部队,不知项公意下如何?"

项梁顺水推舟说道:"谢郡守知遇之恩。我也正有此意,今日不谋而合。既然郡守打算让桓楚将兵,何不请他来一起商议?"

"桓楚亡在泽中,至今不知其确切去处,我正派人寻找。"

"小侄项羽素与桓楚要好,当知其去处。"

"噢?贤侄现在何处?"

"就在府外。"

"快请他进来。"

项梁出得郡府门来对项庄说道:"告诉那边,可以动手了。"项庄领命而去,项羽跟着项梁走进郡府大堂,郡守起身来迎。项梁低声对项羽说道:"动手。"说罢,两人同时拔出剑来,项羽一剑将殷通刺死,项梁割下殷通的头,右手仗剑,左手提头,走出大堂。堂下顿时大乱,几个侍卫见项梁杀了郡守,呼喊着冲上来。还没容项梁动手,项羽几下就把他们解决了。郡府左右两侧院中还住着百十来名士卒,听见喊杀声,一起从两面冲了出来。项梁、项羽叔侄俩背对着背,互为依托,与这群士卒展开了厮杀。开始这群士卒不知深浅,仗着人多势众,没命地往上冲,项梁、项羽两支利剑左右挥舞,不一会儿,院子里就躺下了十几具尸体,这下士卒们才知道这两个人的厉害,纷纷缴械投降。项梁走出郡府,郡府门前已经围满了百姓。项梁站在郡府大门的台阶上,身披郡守印绶,高声说道:"诸位乡亲、官军弟兄们:你们听着,殷通为郡守数年,税民极深,苛罚无度,鱼肉乡里,草菅人命,助暴秦为虐。今天灭暴秦,我项梁顺应民意天命,斩殷通于堂。有不服者,杀无赦……"

正说着,只听得一阵齐刷刷的跑步声由远而近,不一会儿,钟离昧和桓楚带着一支队伍跑过来了。他们顺利接管了殷通的两千人马,加上桓楚的人马约有三千余人。这时,项庄跑来报告说,项伯、龙且已经接管了粮库,丁公和季布也派人来报,已经占领了吴县衙门。

大功告成。项梁公开在郡府招兵买马,前来报名者不计其数。经过筛选,得精兵八千。项梁自任会稽郡守,以项羽为裨将,其余各位将领,根据其德能,分别任以校尉、侯、司马等职,其中一人追随项梁多年,自视甚高,却没有得到任用,他找到项梁问:"项公是不是把我忘了?"

项梁瞥了他一眼说:"没忘,前年给王令史家办喜事,派你去管礼品,你把礼品管得一塌糊涂,连个礼品都管不好,还能带兵打仗?"

一席话说得那人满面羞惭,在场众将无人不服。

那人名叫宋义,读过不少书,能将《孙子》倒背如流,常与项梁谈论兵法,纵论天下大事,开始项梁很器重他,后来在一起共事,才知道他那点才学不过是纸上谈兵。项梁素来不喜欢这种人,来往便少了。项梁起事,宋义本以为大显身手的时候到了,没想到项梁对他却是这种看法,心中大失所望,但是他依然想在军中做点事情,总觉得自己满腹经纶,不肯就这样被埋没了。项梁觉得精神可嘉,便将他留在身边做了个清客。

项梁将众将安排完毕之后,觉得项羽还太年轻,再有个人协助他带兵才好,他在心中把诸将排了一个队,觉得都不合适,年轻人里面钟离眛和龙且、桓楚、季布等都和项羽年纪差不多,项伯和丁公虽然老练一些,但是要总揽全军,都还有些欠缺,正愁找不到合适的人选,蕲县狱掾曹咎来到了吴中。

陈胜起义攻下的第一座县城就是蕲县,当时陈胜起义军对秦旧吏的政策还不明确,甚至有些小吏并没做过什么坏事也被杀掉了,曹咎不敢贸然投奔,先躲了一阵子,想观望一下再说。他并不知道项梁起事,只是偶然来到吴中碰上了,便赶来郡府拜会项梁。两个人还没见过面,经项羽介绍,项梁才知道这就是他的救命恩人,急忙跪下给曹咎磕头:"恩公,请受项梁一拜。"

曹咎哪里消受得起,忙将项梁扶起。项梁将客人请至大堂,两个人从中午谈到日落西山,有相见恨晚之慨,项梁当即任命曹咎为楚军右司马。

项梁是个有远见的人,深知要推翻秦王朝的统治,单靠一己之力是不行的,必须联合各地义军一起行动。在平定江东诸县的同时,他接连派出了几路使者过江与陈胜联系,准备渡过长江,与陈胜大军会师,共同抗击秦军。

第十六章　沛　公

刘邦一行走下鼓楼,在百姓们簇拥下走进了县庭,这才顾上和新老朋友们打招呼。老泰山吕公把两个儿子领到刘邦面前,说:"我把稚儿已经交给你了,现在我把两个儿子也交给你。望你能放眼天下,干出一番事业,不要光是盯着沛县这块巴掌大的地方。"

提起吕雉,刘邦顿觉心中一阵悸痛,那日吕雉从山里走后,刘邦一直感到不安,"岳父大人所言极是,小婿一定谨记在心。这一年多让雉儿和你老人家都跟着受苦了。"

"这都算不了什么,不提它了。泽儿、释之,你们跟着刘邦好好干吧,不混出个人样来,就别回来见我!你们刚进城,公务繁忙,老夫就不打搅了。告辞!"

刘邦将岳父送走,萧何又领来两个人,指着其中的一个问刘邦:"你可认识他?"众人见了那人无不惊讶,那人长得竟然和刘邦一模一样,年岁也相仿。

众人纷纷猜测说:"刘大人,这是你兄弟吧?"

萧何将另外一个人推到众人面前,道:"这才是刘大人的兄弟呢。"那人原来是刘交,一直在外面逃兵役,听说陈胜起义的消息后才跑回来的。大家仔细看看,是和刘邦有点像,但是比起刚才那位却差得远。萧何道:"他叫纪信,这一年多,你跑了,可把他害苦了,官府把他当成刘邦抓起来了。郡里让我和曹参前去指认,连我们俩都辨不出真假,一说话才知道不是。可是郡里狱掾不信,后来曹参想了个办法,让狱掾看他腿上有没有七十二颗黑痣,若有便是,没有便不是,这才把他放了。"

刘邦也很惊奇,抓着纪信的手说道:"兄弟,让你跟着受罪了。谁让你长得像我呢?不过没关系,我倒霉的时候你跟着吃苦,将来我享福的时候也绝对忘不了你。有朝一日我要是做了皇帝,咱们就摆他两把龙椅,你坐一把,我坐一把,让大臣们认一认,哪一个是真皇帝?啊?哈哈!"

"小人恐怕没那么大的福分,不过,官府要是再来抓大人,小人愿意再去顶替一次。"

"好,像个男爷们儿,我就喜欢你这样的。不过,咱让他抓一次就够了,哪能让他们再抓一次?你放心,他们再也抓不了你我了。"

大家叙了一会儿离后别情,开始坐下来议事。刘邦道:"今日入城,旧制已破,新制未定,百废待举,大家先拣主要的说,小事以后再议。"

一位老者说道:"古人云:国之大事,惟祀与戎。如今兵戎既举,头一件大事当是祭祀。"

刘邦道:"老者说得对,那就烦请老先生指点祭祀的时间、地点、仪式诸事,我派人去准备。"

"时间越早越好,老夫以为,以明日辰时为最好。"

"那好,吕泽、释之,你们不必在这里议事了,马上跟这位老者去准备。"

"诺。"吕泽、吕释之领命跟着老者走了。吕氏兄弟本是刘邦的大舅哥,可是刘邦那一声亲切的释之,很自然地把双方的位置颠倒了过来,上下尊卑的关系也就从此确定了。萧何看在眼里没有吭气,刘邦的这种天生的聪明是无人能比的。接下来,另一位老者说道:"还有一事不可忽视,古人云:必也,正名乎!名不正则言不顺,言不顺则事不成。适才我观诸位对刘大人的称呼,有称大人的,有称大哥的,有直呼其名的,还有称刘季、刘三儿的,似这样哪像成事的样子?"

他这么一说,大伙都笑了。萧何道:"说得对,是该有个名号。可是眼下称王称霸都不到时候,依我看就叫沛公如何?"大家齐声说好。从此,大家称刘邦为沛公。

第三件事是招募兵马。刘邦正琢磨着派哪些人去合适,萧何道:"丰邑就不用派别人了,我去!"刘邦一听就急了:"你哪能走?你走了,我怎么办?这县里大大小小的事情全指望你呢。还不如我去丰邑,你在这里主政呢。"

萧何道:"那岂不是主仆颠倒了?我有何能?沛公强我十倍,还是我去吧!"

"干吗非得你去?曹参、周勃、樊哙、鄂千秋,这些老沛县不都可以去吗?"

"这是大事,自然大家都得动,可是丰邑还是我去更有把握。"

这句话提醒了刘邦,萧何在丰邑的影响比他大多了,丰邑人教子,家家都要求子弟以萧何为榜样,而且挂在嘴边的一句话就是:千万别学刘邦。想到这儿,刘邦心里有点酸溜溜的,道:"好好好,明天你们都去四乡招募人马,我在这儿给你们守城。接着往下议。"

曹无伤道:"接下来的大事莫过于整饬军纪。队伍似目前这样,不过是一群乌合之众,用来打仗,一触即溃,糟害百姓倒是绰绰有余。若不整饬,根本无法和官军作战。"

刘邦点头称是:"说得好。这事就交给你了,连整饬带训练,由你统管。"

曹无伤见得到了刘邦的认可,把话锋一转说道:"然治军之要,唯两个字,即赏与罚,治军者需赏信罚必,赏不逾时,罚不迁列……"

曹无伤还要说下去,刘邦打断他说道:"打住!你就别给我之乎者也古人云了,赶紧说正题,用大白话说,我这儿要议的事情还多着呢。"

"譬如今日攻城,有功者当赏,退缩不前者当罚。且不宜拖延过久,久了,就失去了赏罚的效应。"

大家一听这话，都很反感，因为大家都记得刘邦在城下说的那句话，曹无伤分明是在给自己邀功请赏，周勃道："这算什么大事，以后再说吧。"

卢绾也反对："什么功不功的，事情还没开头，就在这儿争开功了，以后天天打仗，那还有个完吗？"

曹无伤脸上有点下不来，辩解道："我绝不是为自己争功，这是治军第一要义，古人用血的经验总结出来的。若赏罚不明，队伍用不了几天就散伙，还打什么仗，诸位不要误会我的意思。"

樊哙道："狗屁！什么他娘的第一要义，难道治军就没有比这个更重要的了？"

"樊哙你嘴里说话干净点，别带脏字好不好？"

"老子就他娘的这么说话，你管得着么？"

"那我今天就要教教你怎么说话。"说着，曹无伤站起来要动手，樊哙也不示弱，跟着站了起来。刘邦喝道："都给我坐下，住嘴！反了你们了，还有没有点规矩！"

两个人气哼哼地坐下，刘邦缓和了一下口气说："无伤说得对，咱们就从现在做起，今日破城，无伤乃第一功。我委任你为沛军校尉，负责整饬军纪、训练部队，周勃、灌婴辅之。你们现在就去，后边的事，我们来议。"

众人见刘邦发话了，不再吱声，心里却不服气。散会之后，樊哙气还没消，问刘邦："你凭什么委任他做校尉？你知道他是什么人哪？"

"我不任他任谁？他当过县尉，读过兵书，受过正规训练。我任你，你干得了么？还有在座的诸位，训练部队，哪一位敢说自己比曹无伤强？"

刘邦这么一问，把大家都问住了，众人还是有些不服，卢绾道："我们在山里坚持了一年多，那时他曹无伤在哪儿？我们吃的那些苦，他知道吗？还没和秦军正式开战呢，就来争功来了，什么东西！"

刘邦道："诸位的辛苦我心里有数，可是那时我们没有打出反秦的旗号，封你们的功，别人不服气。咱们只能从今天算起。我知道诸位兄弟不计较，可是曹无伤说的是对的，今后咱们就得有个规矩。不仅是曹无伤，这次破城有功的都要封赏，不分远近亲疏。今后也是这样，绝不能以远近亲疏来论功过，一律平等看待。大家要想建功立业，封侯拜将，都得从头做起。"

刘邦一席话说得大家人人振肃，夏侯婴还有些担心，道："大哥说得对。可是曹无伤这个人可靠吗？把队伍交给他能放心吗？"

"他不可靠能怎样？上有我，下有周勃、灌婴，我就不信他还能把队伍给我拉跑了？不过我也提醒大家一句，今后做事，不能老是咱们这几个人的小圈子，咱们要广揽天下英雄，就要有点肚量。不要动不动怀疑这个怀疑那个，曹无伤开始是跟着周让跑了一阵子，可是他既然转过来了，咱们就应当信任他。大家听清楚了没有？"

这一番议论让众人心服口服，连萧何都对他刮目相看。

第二天，满城里插满了红旗，刘邦率众人杀猪牛羊三牲，祭了黄帝、蚩尤，然后以三牲之血衅旗鼓，誓师举事。因有赤帝之子斩白帝之子之说，故旗帜皆用红色。县庭中，公开招兵买马，萧、曹、樊、鄂等纷纷到四乡游说，不到三天，便聚得两三千人马。

这三天，萧、曹二人不在，县庭里乱了套。一听说公开招募人马，县庭里立刻挤满了人，有报名的，有看热闹的，有站着的，有坐着的，有聊天的，有吵架的。部队的组编、住所、粮草、武器、被服、旗帜等等一大堆问题摆在了刘邦面前。除了军务，还有许多政务和百姓的生活问题需要解决，诸如征粮的章程、纳税的政策等等，都是非常复杂的事情，不是一句话两句话就能解决的。刘邦的案头前面挤满了人，围着他请示这请示那，乱成了一团，把刘邦的脑袋都吵大了。

"都他娘的别吵了。夏侯婴，你去把曹无伤给我找来。"

"无伤在。"原来曹无伤早就候在那里等着请示问题，一直插不上嘴。

"你他娘的干得了干不了这个校尉？干不了给我交出来，我可要换人了。"一句话说得曹无伤脸上通红，刘邦不等他答话，接着说，"你看看，这组编、粮草、被服、旗帜、武器、住所，这些事全堆到我这里，要你这个校尉是干什么吃的？"

就这些问题，曹无伤已经派了三起人前来请示，都没有得到妥善解决，这才亲自来了。曹无伤也是一肚子火，顶撞道："沛公只让我整饬军纪、训练部队，并没有给我这些权力。"

"那你还要什么权力？说！"

"我什么权力也不要，只要一个人，专管这些事。"

刘邦恍然大悟，把事情分出去不就得了嘛："你怎么不早说呢！夏侯婴，你去，负责解决所有军中的粮草辎重等后勤问题。"

可是事情并没有那么简单，不一会儿夏侯婴就跑回来了，问征房的章程。刘邦道："我不管，事情交给你了，章程由你定，反正今晚得让新兵都住下。"

"那征粮呢？"

征粮是个大事，涉及全县家家户户，刘邦没有直接放权，道："哎呀，你先想办法搞来这两天吃的，章程以后再定。"

"还有，兵器严重不足，得马上组织打造兵器。这事我看得专门再派一个人去管。"

"嗯，我知道了。卢绾、刘交！你们俩去干这事，记住，所有的问题自己解决，不许回来再问我。"

"诺！"两个人领命去了。

不一会儿，刘邦身边的大将就派光了。最后不得已，把佩佩也派出去筹集被服、旗帜去了。

刘邦正忙得不可开交的时候，萧何从乡下回来了，刘邦如遇救星，骂道："你他娘的跑到乡下躲清净去了，把老子拴在这儿给你们看家，害得老子三天没睡了。这哪儿是人干的活？我原来以为当个县太爷挺神气，敢情是个拴驴的桩子。"

萧何取笑道："沛公不是还要当皇上呢吗？区区一个小县就累成这样了？"

"少他娘的说风凉话，这些事是皇上干的么？快点给我坐下。"刘邦上去揪住萧何的耳朵，把他按到了椅子上，萧何疼得直叫："哎呦，你要是再这样，我可不管啦？"说着，萧何又站了起来。

"唉唉，哪能不管呢，快请坐，坐！我派人去给你打酒，待会儿我陪你喝。还要什么尽管说，我在这儿伺候你还不行吗？"刘邦陪着小心，笑嘻嘻地说。

"先别忙啊，你看谁来了？"萧何用手往院子里一指，刘邦一看，是雍齿正站在院子里和人说话。刘邦一看见雍齿，脸立刻拉了下来："他怎么也来了？"

"你是说雍齿？有什么不妥吗？我还指定他带队呢。"

"让谁当头儿不行，怎么偏偏让他带队？"

萧何不知道刘邦和雍齿有过结，道："雍齿勇猛过人，丰邑子弟未有出其上者，不让他当头儿让谁当？"

"我恨不能杀了他才解恨，还让他当头儿？"

"沛公这是怎么了？那天处理曹无伤争功的事，我看你说得挺好，怎么就容不下一个雍齿呢？即便过去有什么过结，现在他可是来投奔你的呀，眼下正是用人之际，切不可为一点小隙而误了大事！"

刘邦眼睛望着院子里，心里不知道在想什么，嘴上却说："对，对对，我就说用雍齿呀，不用他用谁？就他最合适。"

正说着，雍齿敞着怀，大大咧咧地进来了："哈哈，刘季，出息啦！当了县太爷了！还记不记得当年你和卢绾套了我家的狗，让我抓住，把狗皮给你当帽子戴的事吗？啊？哈哈！"

刘邦怒从心起，伸手去摸腰间的剑柄，萧何看见了，心里一惊，狠狠地踩了他一脚，刘邦疼得直叫唤："唉——呦——我的雍大哥，你可想死我了，怎么不记得？那时候光知道淘气，一点正经事没有。快坐，来人，给雍将军泡茶！"萧何又好笑又吃惊，心想，这小子转得真快，当时就能变过脸来。

刘邦正和雍齿说话，一个士卒进来报告说："不好了，樊将军和王公子打起来了！"

刘邦道："别慌里慌张的，慢慢说，哪个王公子？"

"就是城南王陵啊。"

"为什么打起来的？"

"樊将军从乡下招募了二百多人，被王公子截去了一大半。"

刘邦对萧何说道："你在这儿盯着，我去看看。"

萧何嘱咐道："最好劝王陵并过来。"

"我知道。雍大哥，你先坐这儿歇会儿，我去去就来。"

说完,带了几个人骑着马奔城南去了。

王陵本没有打算招兵买马,陈胜起义后,他见天下大乱,害怕万贯家财不保,想招几个看家护院的,没想到告示一出,竟来了几百人。有人劝他,何不就此拉起一支队伍,聚党起事,将来或许还有个封侯拜将的结果。天下已然大乱,消极保家也未必保得住。王陵当即接受了这个建议,公开树起了旗帜,不仅招募了不少人,一些原来已投奔了刘邦的人也被他吸引过来,几个沛县子弟还到处为他游说拉人,仅三五天的工夫,就聚集了一千多人。这天樊哙从乡下回来,带了两百多新招募的士兵,刚走到南门外,就见有人在路边喊话游说,有的甚至直接跑到樊哙的队伍里来,拉那些新兵的胳膊往外拽,樊哙一问,是王陵的人,气冲冲地来到王家大院门口,骂道:"王陵,你他娘的给我滚出来!你干的什么偷鸡摸狗的勾当!我大哥刘邦与你兄弟之交,你却做出这等不仁不义之事,有何面目见人?你给我出来!"

王陵走出门来,本想解释几句,可是樊哙骂个不停,王陵也恼了:"樊哙!你不要在这里撒野,你募你的兵,我招我的人,干你何事?"

"你招人我不管,干吗跑到我的队伍里来拉人?赶快把人给我交出来,否则我跟你没完!"说着,樊哙带着人就要往院子里冲。王陵"刷"的一下抽出剑来指着樊哙说道:"谁敢动?我要他的命。"

樊哙一愣,过去乡里乡亲的,从来没红过脸,还在一起喝过酒,如今居然把剑拔出来了。

"好小子!我大哥举旗反秦,招兵买马,你小子倒和自己人干起来了,好哇,有本事照这儿捅!"樊哙指着自己的胸脯说:"来呀!你要是不敢,就他娘不是人养的。"

王陵火冒三丈,把手中的剑往地上一扔,说:"你这个屠夫,出口伤人,老子今天要教训教训你!"

"你敢骂你樊爷爷,看樊爷爷怎么收拾你!"说着,樊哙就冲了上来,被王陵当胸一拳打得倒退了几步。樊哙站稳脚跟,又冲上来,王陵身子向下一伏,一个扫堂腿过来,急如闪电,樊哙躲过,身子已有些不稳,转身退步的功夫背后又挨了一拳。樊哙连挨两拳,有点恼火,啊呀呀大叫一声又冲上来,拳头雨点般砸了过去。这一下来势凶猛,王陵连连后退,退到墙根,抓住樊哙一个破绽,一抬脚将他踢出老远,樊哙站立不稳,险些摔倒。三个回合下来,王陵的武功占了上风,一路长拳挥舞过来,逼得樊哙步步后退。樊哙学过一点摔跤擒拿,力气比王陵大,可是王陵闪转腾挪,十分灵活,樊哙近不得身,也就奈何他不得。樊哙一边招架一边寻找破绽,两个人来来往往二三十个回合,樊哙终于抓住王陵一个破绽,一个大背跨将王陵摔倒在地,骑上去挥拳就打。

"我叫你骂我,我……"

正在这时,刘邦赶到了,大喝一声:"住手!"

刘邦上前将王陵扶起,说:"这是怎么说的呢,王公子,大哥来晚了,让你受惊了。樊哙，还不过来给王公子赔礼？"

樊哙梗着脖子不肯服软，刘邦骂道："还不快给我滚？在这儿惹王公子生气。"樊哙气哼哼地走了。王陵将刘邦让至正房客厅，刘邦一边朝里走，一边赔不是，王陵气还未消，道："樊哙这小子，欺人太甚。"

"樊哙不懂事，王公子别跟他一般见识。愚兄这里给你赔礼了。"

"他为你招兵是为了反秦，我招兵也是为了反秦哪，多几支人马有什么不好？"

"是呀是呀，跟着你跟着我不都一样嘛，这有什么争的？"

来到客厅坐下，寒暄了几句，刘邦说道："王公子要招募人马，怎么不早跟我说一声，早说我早就投奔你来了。这么着吧，王公子，我那边也招募了一些人马，不如两处合为一处，由你统领，我刘邦甘愿给王公子当个小喽啰，效犬马之劳，如何？"

王陵知道刘邦不过是客套一下，真实用意还是想吞并这支队伍，也就拿话支应着："不妥不妥，前日众人公推先生做沛公，我怎能夺人之美呢？我还是干我自己的吧。"

刘邦早已盘算好，王陵若肯归附，就给他一个高于众人，仅次于自己的地位。一听这话，根本没有商量的余地，心里立刻凉了半截，但是他仍怀着一线希望："我这两下子，别人不知道，你还不知道吗？我哪当得了这个头，比起王公子来差远了，还是由你来当合适，免得一个县闹出两股子队伍，让外乡人笑话。"

不管刘邦是真是假，能说出这番话来，已经说明他器量不凡，换个位置，让王陵站在刘邦的角度，王陵自度恐怕说不出来，因此王陵虽不愿归附刘邦，心里对他依然很钦佩，顿时觉得自己比刘邦矮了半头。这时，王陵手下一人插言道："沛公既有诚意，何不把队伍拉过来合为一处？"

这可给刘邦出了个难题，不过他反应很快，眼珠一转，答道："那何苦呢？县庭里地方又大，又名正言顺，县令的椅子就在那儿摆着，王公子来坐就是了。不过不勉强，王公子再考虑考虑，什么时候你想好了盼咐一声，我就过来接你。这会儿我先走了。"

刘邦走后，又先后派萧何、吕公和县中三老分别来劝说王陵，王陵终不肯归附。最后，刘邦命曹无伤点出五百精兵送给王陵，遭到了樊哙、周勃和灌婴等人的强烈反对，樊哙道："眼下什么最珍贵？人哪！你送他金山银山我都不管，就是不能送兵马！"刘邦劝说众人往远处看，不要光看眼前，还是坚持把人送走了。

那日从王家大院出来，天已擦黑，刘邦还没忘记给萧何买酒。回到县庭，萧何已将一天的事情处理完毕，县庭里安安静静，只剩了他们两人，刘邦随手把街上买来的几样下酒菜往文案上一摆，两个人喝起酒来。连日来发生的一系列事情，使萧何不得不重新认识刘邦，他发现刘邦的胸怀、胆识、权变都超出常人一等。他三日不在，刘邦所理之事成百上千，新的政权体系大小事情已经初步有了头绪，如果没有过人的胆识和才气，这是不可能的。刘邦是个人才，大家没有选错人。眼下，全县百姓的性命安危都系在他一人身上,得想办法帮帮他才好。于是,萧何便有意识地把话题往古之圣贤先哲身上引,刘邦有一搭没一搭地听着,不时插嘴问一些毫不相干的问题:"唉,萧何,你说是驴耳朵长还是马耳朵长?"

第十七章 大厦将倾

周章名文,字章。陈县人。早年从戎,曾在项燕军中做过视日(占卜时日吉凶的官),懂天文、会占卜,曾随项燕打败过李信,抗击过王翦,既懂兵机,又熟悉秦军战法,还做过春申君黄歇的门客,可以说是文武双全。当下,周章向陈胜自荐愿领兵西征,陈胜与之交谈了一个多时辰,相见恨晚,当即拜周章为将军,将身边所剩三万兵马悉数拨给周章,令其伺机穿插到李由军背后,直捣秦王朝的老巢咸阳。

陈胜的战略目标直指咸阳是正确的,各路大军的部署也十分周密,充分显示了陈胜的军事才能。后来战况的发展也证明了这一战略决策是正确的。至此,陈胜已经把所有的部队全部派往前线,身边只剩了不到一千人,由中涓吕臣率领,负责保卫陈县。

陈县虽暂无兵马防守,但是秦王朝一时也腾不出手来袭击陈县。陈胜利用这个间隙整顿了一下新政权的内部结构,命蔡(今河南上蔡西南)人房君为上柱国,命朱房为中正,负责官吏的升降任免,命胡武为司过,专门监察群臣诸将的过失。同时还任命了一批文官。朱房、胡武皆为秦吏,为人贪狠,诸将顺之者昌,逆之者亡,由这两个人治吏,群臣、诸将很快便与陈胜疏远了。胡武刚一上任,便访得葛婴在东城擅自立楚国后裔襄彊为王。他立即将这一情况报告了陈胜。陈胜大怒,命胡武将葛婴逮捕治罪。胡武还没到东城,葛婴已听说陈胜自立为王,马上取消了王号,为了向陈王谢罪,还杀了襄彊。胡武到了东城不由分说,将葛婴押解回陈县,陈胜见葛婴已经知错,有心放过他,胡武在一旁说道:"葛婴立襄彊于前,开擅立之风,如不杀之,恐日后诸侯并起,大王将无以制天下;杀襄彊于后,坏我义军之名,两罪皆当诛,以儆效尤。如不诛之,后患无穷。"陈胜听了,觉得有道理,下令将葛婴诛杀于市。葛婴毕竟是首义之功臣,杀了葛婴,诸将无不感到心寒。

一日,陈王带着吕臣外出视察,回来的时候,在城门洞里看见一个乞丐躺在地上,已经奄奄一息。陈胜下车摸了摸他的头,正发着高烧,于是和吕臣将他抬到车上,带回陈王府诊治。那人名叫庄贾,病情并无大碍,只是饿得皮包骨头,身体极度虚弱,已经禁不起药力,郎中不敢用药,只让慢慢调养。郎中说,若能活过来,是他的福气。若急于用药,反而会送了他性命。陈胜一听这话,动了恻隐之心,就把他留在王府中调养,派专人守候,陈胜在繁忙的公务之余,还常过来看看他。庄贾渐渐恢复了健康，能够下地走动了，众人告诉他："若不是陈王吉人天相，恐怕没人能救得了你。"庄贾感动得泪流满面，跪在陈王面前，连连叩头，发毒誓誓死为陈王效命。病好之后，便做了陈王的车夫。

前线战况果如陈胜所料，各路大军进展顺利，几乎没有遇到像样的抵抗，独吴广这一路碰上了劲旅。李由稳扎稳打，步步为营，义军虽然打过几个胜仗，却一直没有伤到李由军的根本。吴广求胜心切，一心想找李由决战，李由见义军来势凶猛，退到荥阳附近据城死守，吴广趁机包围了荥阳，给周章部创造了一个极好的机会，周章顺利地穿插到了敌后。

三川一带，过去是秦的边境地带，秦往来征战都要经过这里，因此这里的百姓受秦戕害最深，时间最长，陈胜起义后，原六国属地皆已反，但三川还控制在李由手中。一听说义军来到，百姓们立刻蜂拥而起，箪食壶浆，夹道相迎，年纪轻一点的几乎全部加入了义军，原秦军的部队也纷纷倒戈，不到一个月的时间，周章的部队已经发展到数十万人，战车几千乘，骑兵数万人。队伍浩浩荡荡，旌旗遮天蔽日，秦军望风而逃，别说抵抗，吓都吓破了胆，周章顺利地拿下了函谷关，打到了戏水（今陕西临潼县东北）边，直逼咸阳。秦王朝摇摇欲坠，大厦将倾。

周章大军离咸阳只有几十里路了，可是周章却下令让部队停下来休整。他犯了一个致命的错误——没有立即攻打咸阳。

起义军发展这么快，是周章始料不及的。这么多人，又是孤军深入，粮草成了大问题，部队走到哪里吃到哪里，每到一地，不仅抢光了百姓的粮食，而且撸光了树叶，剥光了树皮，大军所过之处，所有的树木都变成了白花花的树干。入关以后，军纪败坏，滥杀无辜、抢掠民女、烧毁房屋的现象不断发生。周章三令五申，不断加强执法力度，但是由于队伍太庞大，依然约束不住。这支由乱民组成的队伍，不是打败而是吓跑了秦军，如若稍微遇到一点抵抗便会不堪一击。周章几次派出前锋部队试攻咸阳，都不成功，他觉得没有把握拿下咸阳，于是命令部队就地休整待命，等待粮草和援军。此时，吴广正在荥阳与李由军相持不下，武臣已收赵地数十城自立为赵王，周章给陈王、吴广和武臣各修书一封，请求粮草和援军，准备总攻咸阳。这一停，给了秦军以喘息的时间。

恰如仓海君所言，阴在阳之内，不在阳之对。秦经营了几百年，六国有多少名将死于秦手，何以让周章在一个月之内打到了戏下？原来是赵高弄权于朝中，欺上瞒下，报喜不报忧，朝中无人敢说实话，以至于天下乱成这样，秦二世却全然不知。

安葬了秦始皇之后，胡亥又动起了续修阿房宫的念头。阿房宫从秦惠文王时就开始兴建，惠文王死后工程暂停了下来，秦始皇当政之后又重新扩建，按照规划设计，阿房宫要从南山之巅一直修到渭河北岸的咸阳宫，东面有阁道一直通往骊山，中间离宫别馆，弥山跨谷，并有辇道相连，全长达三百余里。由于工程浩大，还没有完工,始皇帝就去世了。他死的时候,陵墓还没有修好,于是把修阿房宫的刑徒、役夫全部调到了秦始皇陵寝工地上去了。秦始皇下葬之后,二世重又将这些役夫、刑徒调回来,续修阿房宫。同时也为自己选定了墓地,与阿房宫同时开工,动用役夫、刑徒达七十万人,比其父有过之而无不及。这位昏庸的二世皇帝还不知道,他正在另一种意义上为自己修建真正的坟墓。

陈胜反后,秦的地方官吏及派往各地监察的御史、谒者不断向朝廷报告各地的反情,但是这些奏章全部被赵高压了下来。对前方的局势,赵高不是不清楚。但是,前方再乱,也威胁不到他的地位,相反,乱一点,倒有利于他在朝中弄权。

如果将外面的情况如实告之二世,二世必然要起用一批能臣武将,这些人一上来,哪儿还有他赵高说话的地方!保住自己目前的地位才是最重要的。

赵高将胡亥推上了皇帝宝座,也将自己推到了绝地。他不过是个宦官,朝廷里大小官员数百人,比他官阶高的、权力大的多得是,随便哪一个人要想发难,置他于死地,都不是没有可能。对沙丘之谋的议论,虽然暂时被压了下去,没有人敢再说什么,但是朝臣们各个心里都清楚,赵高是这场阴谋的主谋。因此,赵高夜夜不能安睡,走到哪里都觉得不安全,他觉得随时随地都会有人来杀他,因此也时刻准备着应付突然到来的事变。事情到了这种地步,赵高已经没有其他路可走,唯一的办法是把二世皇帝牢牢地控制在自己手里,然后再慢慢想办法,逐步把朝中大权全部控制起来。他单枪匹马,没有任何党援,要想彻底控制朝权谈何容易,他知道自己已经踏上了一条不归之路,没有别的选择,只有沿着这条路继续走下去。

目前赵高虽然深得二世宠信,但他毕竟只是个宦官,朝中许多大事他插不得手,将来的升迁余地也十分有限。靠正常途径,即使做了宰相,他也无法得到自己所要求的权力。因此,他必须另辟蹊径,直接控制最高权力,将权柄死死握在自己手中,这样才能保住性命和已经到手的荣华富贵。因而赵高置秦的江山社稷于不顾,走起了钢丝。

杀了诸公子之后,赵高开始动手清理朝中秦始皇时期的那些老臣,借二世之手关了几批,杀了几批,撤换了几批。在大清洗过程中,赵高唯一的帮手就是弟弟赵成和女婿阎乐。赵成对这样大规模的清洗感到很害怕,曾经劝他:"这些大臣可不是好惹的,一旦把他们逼急了,联起手来对付我们,那咱们可就完了。"

赵高道:"你放心,他们绝对联合不起来。"在这方面,赵高看得很透。他年轻时,有一次坐船,碰到了劫匪,船上坐了近百名乘客,劫匪只有三个人,如果大家联合起来,非把三个劫匪撕碎不可,但是却没有一个人带头反抗,任凭劫匪逐个将他们搜完身赶下船去。其中有几个穷人身上没有值钱的财物,劫匪当即就把他们杀了,即使在这样的情况下,也没有人挺身出来组织反抗,赵高自己也是交出所有财物之后被赶下来的。从那儿以后,他对人性的理解又深了一层。在大清洗过程中,赵高就是抓住了朝臣们人人都想自保的弱点,各个击破,才得以成功的。大清洗非但没有遇到像样的反抗，剩下的朝臣们反而很快就屈服了，纷纷向赵高靠拢。赵高在朝中呼风唤雨，几乎没有人能够遏制，就连冯去疾和李斯也拿他没办法。赵高为自己在这么短的时间内取得这样大的成果感到满足，但是他还不能有丝毫的松懈，他知道，越是接近最高权力，争夺越是激烈，风险也越大。

看到朝臣们一批批倒下去，右丞相冯去疾来到李斯府上，想与他联手遏制一下赵高的势力："李大人，咱们不能看着赵高这么折腾下去不管哪！"

李斯道："怕什么？多行不义必自毙！他这么折腾，迟早自己垮台。"

冯去疾道："不能这么看，我原来也是这么想，赵高杀了那么多人，迟早会遭报应的。可是一年多过去了，赵高非但没遭报应，反而活得越来越滋润，权势反倒一天比一天大了。"

"那是因为时候不到，他作恶还不够多，真到了恶贯满盈的那天，谁想救他都救不了。"

"李大人，恕我直言，您的话很有哲理，但是咱们不能等待上天垂怜。等他恶贯满盈的时候，你我恐怕都已经不在人世了。因此，咱们必须站出来和他斗，否则，任其发展下去，将来你我之属都要死在他的刀下。"

"冯大人言重了吧？赵高一个阉人能有何能为？"

"李大人切不可小视这个阉人，你看，才短短一年时间，他已经把大部分老臣干掉了。这些老臣是朝廷的支柱，也是你我赖以生存的基础，没有他们，你我很难在朝中立足。好比种树，单株独苗是禁不起任何风雨的，只有成了林才有生存的环境。赵高把这些老臣们一个一个干掉，最后就要来收拾你我了。到那时，咱们再想还手就来不及了。"

李斯目前仍深得二世信任，还体会不到这种危险，对冯去疾的话根本没往心里去，眼看着赵高把一批批前朝老臣整倒了。朝中还能在皇帝面前说几句话的只剩了右丞相冯去疾、御史大夫冯劫和左丞相李斯了。冯劫是冯去疾的儿子，曾任过大将军之职，秦始皇在世时，每次出游几乎都是由李斯陪伴，冯氏父子留守咸阳，可见对冯家父子的信任。如果这时李斯给冯劫和冯去疾以足够的支持，有可能一举扳倒赵高。历史可能是另外一种结局。但是在这关键时刻，李斯却动摇了。

赵高早就知道，冯家父子想联手扳倒他，并且在争取李斯，他绝不能让李斯站到冯家父子一边，否则他真的完了。冯去疾刚走，赵高便悄悄来到李斯府上，寒暄了几句，赵高转入正题说道："有人想扳倒你我，独掌朝中大权，丞相可曾知道？"

李斯佯作不知，说道："哦？会有这种事情？"

"丞相就别跟我装糊涂了，我来的路上看到了冯大人的马车，我知道他想拉您做同党，先把我扳倒，我猜得不错吧？"

李斯有点尴尬，说："我从来不参与别人之间的是非。"

"我也不想让您卷入这场是非，可是您想不卷入都不行啊。我来就是要告诉您，冯劫已经纠集了不少蒙恬余党，准备不日杀入咸阳，他们的目标主要是对着你我的，所以提醒您近日出门要多加小心，防止遭人暗算，不要被冯去疾的花言巧语所迷惑，他是想拉您做挡箭牌呀，千万不要上当。"

这话非同小可，李斯听了心里一惊，他的第一个反应是回忆一下刚才和冯去疾是否说了什么不该说的话，紧接着他就明白过来了，这是赵高搞的鬼，冯去疾父子不可能反。从冯去疾刚才的态度来看，至少现在还没有反的迹象。但是赵高说得这么肯定，他也不敢直接为冯家父子辩解，于是问道："你这么说可有证据？"

"当然有证据，这么大的事我怎敢信口胡说？"

"那为什么还不奏报皇上？"

"我已经报上去了，可是皇上不信哪？近日皇上可能就要找您，该怎么说，我想丞相自己知道，用不着我提醒。我只想说一句，不管怎么样，丞相千万别把自己卷进去。老夫告辞了！"

赵高的话分明带有威胁的味道，李斯却不能不认真考虑。看来赵高已经提前动手了，要不要给冯去疾通个气，让他有所准备？他想起赵高最后那句话，千万别把自己卷进去，他安慰自己道，冯氏父子既然没有造反，事情自然会真相大白，冯氏父子也知道该怎么对付赵高，用不着他去提醒，于是便觉得心安理得了。第二天上朝，二世果真把他留了下来，拿出几份密报奏折让他看。李斯越看越觉得荒唐，其中列举的事实毫无依据，但是他一句也不敢为冯劫辩驳。二世看来也不大相信这些奏报，问道："丞相，你觉得冯劫会反吗？"

根本不可能！这是李斯的心里话，刚要脱口而出，他想起了赵高那句话，千万别把自己卷进去，于是改口说："任何事情都是有可能的，不管怎样，先查一查吧。"

"那你就组织几个人调查一下吧。"

李斯接了个烫手的热山药，有苦难言。凭着良心和他多年断案的经验，李斯很快就能把事情搞清楚，可是有赵高夹在中间事情就大不一样了。李斯刚一接手案件，证人便一个接着一个出现，证据一件接着一件摆到了李斯面前，开始他还逐件进行核实调查，后来连李斯自己都分不清哪个是真哪个是假了。但是他依然相信冯劫不会反，二世一再催促，李斯迟迟不肯拿出结论，二世已经对他有点不信任了。一日下朝之后，二世对李斯道："丞相太忙，要不让赵高协助你办理冯劫一案吧。"

赵高一加进来，李斯再也抵挡不住了，不但没有救出冯劫，把冯弃疾也牵连了进来。

赵高一举扳倒了冯劫和冯去疾父子，但是他还不敢掉以轻心，目前冯氏父子还没死，他还不能完全控制局面，一旦二世知道了天下已反，重新启用那些老臣，冯氏父子随时都可能翻案，官复原职。如果是那样的话，这一年多的苦心经营就白费了，性命之危立即就在眼前。因此，陈胜起事后，赵高全面封锁了消息，不准任何人将外面的情况如实向二世皇帝报告。有一次，赵高不在宫中，一位谒者的使者持着一封十万火急的文书直接闯入兴乐宫,报告说反军已经占领陈郡,兵十数万。二世将信将疑,派人将赵高找来,问道:"天下已反乎?"

赵高笑嘻嘻地答道:"以陛下之圣明,哪有人敢反!不过是几个小蟊贼,不足挂齿。"

二世将奏章递给赵高,赵高略扫了一眼,说道:"谒者之言岂可全信,这些人常常危言耸听,以期引起陛下对他们的重视,先帝在世时亦如是。他们或道听途说,或夸大事实,切不可信以为真,臣刚刚派人去过陈郡,那里的百姓们安居乐业,对陛下感恩戴德,哪里有什么反贼,谒者误国,当杀之!"

二世对赵高之言深信不疑,当即命人将那位使者推出去斩首。这边正在行刑,又有前方使者送来急报,早有人附耳告之前情,二世问及反情,使者答:"不过几个盗贼,地方郡县早已将其悉数抓获。"

二世大喜,道:"来人哪,赏他二百金!"

即便如此,陈胜起义的消息仍然不断传到二世耳中,二世心中不安,问赵高,赵高还是那一套说辞,二世见朝廷里终日议论不止,人心惶惶,就召诸博士、儒生,想让他们出来说话,安定一下人心,诸博士儒生到齐后,二世问道:"你们对陈胜这件事怎么看哪?陈胜算不算造反?"

三十多个博士、儒生几乎是众口一词:当然是造反,陛下应即派兵围剿之!

二世听了很不高兴,脸色都变了。这与他期望的答案正好相反,虽然他心里不踏实,但仍然希望像赵高说的那样:百姓们安居乐业,对朝廷交口称颂,几个盗贼不足为忧。可是这些博士儒生却连一点面子都不给他。正在生气,有位叫叔孙通的儒生上前说道:"陛下息怒。诸生所言差矣,如今天下一统,人民安居乐业,先皇置郡县、明法度、销毁兵器,以示天下太平,永不用兵。今又有陛下这样的明君在上,百官尽心奉职,天下四方辐辏,哪里有人敢反!陈胜之属不过狗窃鼠偷之辈,不足为虑,陛下可高枕无忧矣!"

这一番马屁拍得二世舒舒服服,连连点头称是:"嗯。说得好,说得好!"

叔孙通原来是个待诏博士,二世当即下令将待诏两个字去掉,拜叔孙通为博士,赏帛二十匹,衣一袭。然后又问诸生:"你们接着说,陈胜到底是反贼还是盗贼?"

众人见二世变色,不敢再说话,二世却逼问不止:"说呀,都哑巴啦?"

"是反贼。"一个大胆的儒生站出来说。

"还有谁和他一样看法?都站出来。"

又有几个人站了出来。二世脸色铁青,厉声问道:"还有吗?"

这些读书人昧不得良心,又有七八个人站了出来。

二世高声吼道:"来人,把这些大胆的博士、儒生给我押进大牢!"

那些坚持说实话的全被关了起来。二世对剩下的人说道:"你们回去吧,没你们的事了。"

叔孙通是薛县(今山东滕州市南)人,博学多才,能言善辩,在诸博士、儒生中颇受人尊重,是儒生中的领袖人物,有一大批追随者常年跟随其左右。今日在朝堂上却说出那样一番话来,众人皆大吃一惊。回到住所,诸生一起声讨叔孙通:"先生平日里满口道德文章,唱得那么响,今日在堂上为何尽是阿谀之词?"

叔孙通被问得满脸通红,为自己辩解道:"保命要紧呀。咱们这是从虎口里逃出来的,难道还要责备我吗?"

"大家据理力争,或许还能使皇上回心转意,如此岂不害了诸公?"

"今日朝堂上的气氛大家都看见了,那么多人都被抓进去了,多我一个也无济于事,能逃一个算一个吧。要不是我那几句话,诸位说不定也都跟着进去了。来来来,大家把这二十匹帛分了吧。"

"君子不食嗟来之食,还是留着你自己用吧!"

叔孙通知道在这里已经待不下去了,当晚就逃出了咸阳。

前线一天天吃紧,别人不清楚,李斯是再清楚不过了。起义军已经打到三川,吴广包围了荥阳,李由不断向朝廷奏报,请求粮草、援兵。然而,那些奏报犹如石沉大海,没有半点回音。派回去的使者不是被杀被关,就是空手而归。无奈,李由只好求助于父亲,希望李斯能在朝中为他疏通。他还不知道,李斯在二世面前说话已经不灵了。不但说话不灵,连皇上的面都见不上。每次李斯要见皇上,赵高总是推说皇上正忙,而专瞅着皇上和宫女们玩得正热闹、丑态百出的时候让李斯去见,皇上不愿见,他就说李斯有急事,而有时见了,事情却也并不那么急。二世在人背后那点丑态全被李斯看在眼里,慢慢地,二世开始讨厌李斯了,一听说李斯求见就满脑门的官司。李斯明知道是赵高捣的鬼,却没办法向二世解释,对这样一位昏君,他也懒得解释。过去,李斯从来没有把赵高放在眼里,以为赵高不过一个宦官,再折腾也翻不了天,皇帝要治理天下,还得依靠他们这些文臣武将。对赵高玩弄的那点权术,李斯认为不过是些雕虫小技,翻不起什么大浪来,因此他根本不屑一顾。没想到,赵高居然用这些小伎俩把朝臣们治得服服帖帖,二世皇帝胡亥成了赵高手中的玩偶,他拿着这只玩偶便可以随便对天下人指手画脚,说东道西,而无人敢说半个不字。过去,李斯看赵高不过是个跳梁小丑,现在却像个丈八恶魔高高地矗立在他面前。他眼看这个恶魔一天天长大,却拿他没有一点办法。他在官场上混了一辈子,手中曾握有重权,可以毫不费力地把赵高打败,但是他不知道这权力的意义和潜力有多大,他对权力的理解远不如赵高。他觉得自己深通兵法谋略,用来对付赵高是绰绰有余的,可是他那些谋略在赵高面前似乎都失灵了,无效了。赵高就是用这些小伎俩把他打得节节败退,几乎站不稳了。权力究竟是个什么东西,他越来越搞不明白了。他的职务一个没少,可是权力却被剥夺得一干二净;赵高的职务一个没多,却权倾朝野。他眼看着那些直言敢谏的御史、谒者被关、被杀或被抽去了筋骨不敢说人话了。

过去的老部下死的死、关的关，余下的都变成了赵高的人，几乎没有一个人敢和他来往。他的丞相府，早已是门前冷落车马稀了。李斯在朝中说话再也不灵了，大家都看着赵高的脸色行事，没有人把他这个丞相放在眼里。那时李斯曾经想过，哪怕满朝只剩他一个人，他也要坚持。过去，他以为他能够做到，可是每当上朝议事，作为唯一的反对派举起自己的拳头时，他深深地感到了那种透彻骨髓的寒冷和孤独。他感到，赵高那张血淋淋的网已经向他张开，不知道哪一天就会扑过来把他死死地罩在下面。

大厦将倾，独木难支啊！

周章打到戏下，李斯觉得无论如何不能不报，他不顾一切地闯入兴乐宫。二世正和一群宫女们调笑，又被李斯撞见，心中好不窝火："你又来干什么？"

李斯跪下奏道："陛下，如今陈胜已反，天下大乱，陛下不能再沉溺于酒色，该理理国政了。"

"放屁！少来教训我，亏你还是丞相，几个小蟊贼就把你吓成这个样子？我怎么沉溺于酒色了？朝中哪一件事不是我处理的？我刚歇息一会儿你就看见了，你每次早不来晚不来，专赶这个时候来，是什么意思？专来揭我的短吗？"

"陛下息怒，臣该死，臣只是希望陛下能做个尧舜之君，以保天下太平。"

"狗屁！做尧舜之君，那都是哄傻子的故事。像尧那样，吃粗米稻饼，像禹那样脸晒得像锅底一样黑，让你过那种日子你肯吗？你的丞相府有多奢侈，你以为我不知道吗？"

李斯见胡亥不可理喻，而且话中有话，知道赵高又进了谗言，没法再说下去，只好直言相告："陛下，反军数十万人已经打到戏下了！"

"啊？！"二世一听这话，眼睛都直了，半天说不出话来，宫女们见状主动退下了。二世问道，"不是说就几个小蟊贼，早就悉数抓获了么？"

"陛下休要听他们胡言，陈胜反了几个月了，整个关东已经不属于大秦了。"

"啊？那怎么办？赵高！赵高！"

"陛下不要喊赵高了，事情坏就坏在他身上。"

话刚说到这儿，赵高已经进来了。自从李斯进门，他就一直在门外盯着，此刻见李斯指名道姓地在皇帝面前诋毁他，他岂能善罢甘休，道："陛下可知反军为何这么快就打进关来？皆因李由不抵抗，望见反军就跑。三川失守，等于给反贼打开了大门！"

胡亥转身问李斯道："是呀！你儿子呢？李由干什么去了？不是派他守三川吗？他的二十万大军是干什么吃的？"

"陛下休听赵高胡言，谁说三川失守？李由尚在与反贼拼死奋战，已经两个月了，现被困在荥阳城中，危在旦夕，一日数报，恳请朝廷支援粮草，派出援兵，可是这些奏报全部被赵高扣押了。"

"他血口喷人,哪有什么奏报?李由为保全自己,按兵不动,非但不抵抗,连个消息都不透,他父子是何居心,请陛下明察。"

"好了好了,你们别吵了,还不马上给我召集人?上朝!"

听说义军已打到戏下,朝堂上乱成了一锅粥。有人建议立即调王离的边塞大军回救咸阳,可是远水解不了近渴,反军近在咫尺,说来就来,王离大军要调回京师,至少也要十天以后才能到达。有人建议让李由撤回关中,但是李由在荥阳牵制着反军的主力,李由不撤,咸阳尚有周旋的余地;李由一撤,吴广大军必尾随而来,咸阳就更保不住了。众人议了半天,也拿不出一个像样的办法来,气得二世骂道:"要你们这些饭桶有什么用?要是蒙恬在,早把反贼打得落花流水了。你们这群吃货,光知道拿朝廷的俸禄,到了危急时刻,没一个顶用的。"

正在大家七嘴八舌、莫衷一是的时候,少府章邯出班奏道:"如今陈胜已兵临城下,无论调王离大军还是叫李公子后撤都来不及了。臣以为只有在关内想办法。"

二世道:"可是关内哪里有兵可调?除了五万御林军哪里还有人马!区区五万人怎能抵挡反贼几十万大军!"

"陛下,还有一支大军可用,那就是修筑骊山陵寝和阿房宫的七十万刑徒。"

章邯话一出口,立刻有人反对:"那些刑徒没有经过任何训练,不过是一群乌合之众,哪里能够打仗?"

"不然,这些刑徒本已是待死之人,毫无前途,今陛下若赦免其罪,还其自由之身,准其建功立业,必对朝廷感恩戴德,奋勇杀敌,这股士气当比任何训练更加有效。骊山尚有监工部队数万人,这些官兵可做将校,就地整编,突击训练训练,可速得一支强悍大军。"

众人虽不能完全接受章邯的看法,但是这也不失为一个没办法的办法,于是多数人同意了章邯的主张。二世见众人没有大的异议,也同意了章邯的主张,立即下令赦免骊山刑徒。可是这样一支大军由谁来统帅呢?正为难之际,李斯出班奏道:"章邯文武兼备,胆识过人,呈请陛下委章邯以大将军之职,统帅骊山刑徒,抗击反贼。"

二世皇帝当即准奏,并派长史司马欣、董翳为副将,协助章邯编练刑徒,抗击反贼。

第十八章 千古英魂

英雄人物往往是在危难时刻才显示出他们的与众不同，章邯这个还不到三十岁的年轻人就是在秦王朝即将灭亡的危难时刻脱颖而出的。他刚作少府不久，朝中的官员大都还不认识他，让他去统军打仗行不行，多数人心里都没有底，可是他却成了不可替代的人物，因为满朝文武没有一个人有他这样的自信。章邯读过不少兵书，陈胜起义后，他也一直在关注着战局的发展，研究双方的态势及农民起义军的弱点，对战胜陈胜的农民军充满了信心。他受命于危难之际，带着一腔挽狂澜于即倒的豪情，开始着手编练刑徒。

文官带兵和武将就是不同，章邯首先把驻守骊山监工的官军校尉们召集到一起训话，强调今后任何人不得把新编士卒作为刑徒对待，所有将士一律平等，有功者赏，有过者罚，有敢于虐待刑徒者斩。然后，让司马欣和董翳组织关中百姓劳军，在所有送往骊山和阿房宫的劳军慰问品上，都拴上了写有"大将军章邯"字样的红布条。这些刑徒从来没有受过这样的待遇，见到白米饭、炖猪肉抬到工地上，激动得热泪盈眶，山呼万岁，对这位解救他们出来的大将军更是感恩不尽。章邯令将老弱病残剔除，准其回家，经过筛选，得到二十万人。他只用了三五天时间对这支临时组建的部队进行了简单的训练，便陆续开往前线，与周章军展开了血战。

这些刑徒虽然武艺不怎么样，但是受了章邯的鼓动，士气十分旺盛，打起仗来不要命，很快就打败了周章大军。周章等不来援兵粮草，仓皇退往关外。原来的几十万众一哄而起，很快也就一哄而散了。起义军退至曹阳(今河南灵宝县东北)，还剩下不到五万人，被章邯大军包围得水泄不通。周章一面坚守，一面向陈王、吴广和武臣请求支援。等了一个多月，没有消息，周章只好率军突围，撤到渑池(今河南渑池县西)，章邯军又尾随追击而至，义军坚持了十几天，十一月，被章邯攻破城池，周章自刎而死。

周章的求援信送到武臣军中的时候，武臣和张耳、陈余正忙着攻城略地，给自己扩大地盘，准备称王，所以根本没把周章的信当回事。

武臣从白马津渡过黄河，命人拟了一篇讨秦檄文，每到一县便四处张贴，曰：

秦为乱政虐刑以残贼天下，数十年矣。北有长城之役，南有五岭之戍，致使外内骚动,百姓疲敝,横征暴敛,以供军费,财乏力尽,民不聊生。加之以苛法峻刑,百姓摇手即犯法,天下父子不相安。今陈王奋臂,高举义旗,天下莫不响应。家自为怒,人自为斗,各报其怨而攻其仇,杀郡守、县令以应陈王。今陈王已张大楚旗帜,使吴广、周文将卒百万直捣咸阳。此正天下英雄建功立业之时,于此时而不成裂土封侯之业者,非人豪也。诸君试相与计之!夫天下同心而苦秦久矣。因天下之力而攻无道之君,报父兄之怨而成割地有土之业,此士之一时也。

这一篇说辞,与其说是一篇檄文,倒不如说是一篇悬赏告示,立刻勾起了人们的功利之心。各地豪杰之士看了之后,纷纷响应,拉起队伍前来投奔,武臣军很快发展到几万人。武臣自封为武信君,攻下赵地十座城池。其余的城邑还在坚守,武臣准备先打范阳(今河北定兴县南),于是率兵包围了范阳城。

范阳县令已经听说义军声势浩大,所向披靡,难以抵挡,但身为秦吏,食朝廷俸禄,一家大小又都在城中,不能不守。正在两难之际,忽报有人来献计,心中大喜,忙令将客人请进来。一见面,大失所望,原来是本县破落户子弟蒯通。

蒯家原是本县大户,后来几经战乱,家道逐渐衰落,到了蒯通这一代,子弟们更是不争气,家里只有出没有进,没几年工夫便把祖上留下的一点家当折腾光了。蒯通曾拜师学易、学礼,皆无所成。平日里专爱看些奇谋妙计之类的杂书,说起话来口若悬河,滔滔不绝。朋友们相聚,说起儒道荀墨、兵家纵横,他都知道一点。可是问他专攻什么,他却没有一门精通。自称专攻帝王之学,可为王者之师,被朋友们当做笑柄。因为家贫又不事生产,蒯通经常向朋友们伸手,到处蹭酒蹭饭,很被人瞧不起。陈胜起义后,天下大乱,蒯通觉得自己大显身手的时候到了,他仔细揣摩了武臣的讨秦檄文,准备就从这里开始,先立一功给他们看看,于是来见县令。县令见了他,一脸的不屑,问道:"你来干什么?"

"我是来吊县令大人的。"

县令怪他说话唐突,拉下脸来说道:"不要危言耸听,几个蟊贼何足挂齿!"

"几个蟊贼?城外义军有数万人马,所到之处,攻无不克,战无不胜,凭范阳这点兵马能挡住义军?"

"贼寇人数虽多,不过乌合之众,我早有准备,城中现有精兵数千,城池坚固,民心可用,反贼能奈我何?"

"哈哈哈哈,民心可用?笑话!君为县令十年矣,杀人之父,孤人之子,断人之足,黥人之首,不可胜数。你知道百姓有多恨你吗?他们恨不能拿刀子剐了你。过去他们不敢,是因为畏惧秦法,今天下大乱,秦法不施,恐怕百姓们要杀君以响应义军了,此吾所以吊公也!"

一席话说得县令毛骨悚然,脊背上直冒冷汗:"难道蒯生今日来就是为了讥笑我吗?"

"非也。吾来既是吊公,亦是贺公。"

"贺我什么?贺我一死?你给我出去!"

蒯通笑道:"县令大人不要那么大火气嘛。大人若听我一言,我可保大人得通而生。"

"得通而生?什么意思?"这下县令可不敢小瞧这个蒯通了。

"今诸侯皆已叛秦,天下大乱,公若坚守范阳,城中少年必杀君以应武信君,不若开城门以迎义军,如此,义军不杀君,城中少年亦不敢杀君。"

"如此甚好,只是不知义军肯与不肯。"

"我自有办法说服他们。"

于是,蒯通出了城,来见武臣。张耳、陈余皆在座。蒯通道:"足下一定要用武力攻下范阳吗?"

武臣道:"有何不妥吗?先生可直说。"

"我担心足下兵力不足。"

"今陈王高举义旗,天下响应,义军所到之处从者如潮,何愁兵力不足?"

"足下料攻一座城池须多少时日?"

"少则三日,多则半月。"

"赵地数十座城池,足下若一座一座攻下来需要多少时日,多少人马?且每攻破一城,必诛杀其守军、官吏,如此则秦军、秦吏人人自危,拼死与君一战,恐君不能尽得赵地也。足下若听臣之计,可不攻而降城,不战而略地,传檄而千里定也。"

"先生有何妙计?快快请讲。"

"今秦吏所以整顿士卒,据城坚守,一是畏惧诛杀,二是贪图富贵,若允其投降,又保其富贵,则燕赵之地数十城可不战而下。今范阳令欲降,君何不赍臣侯印,仍拜其为令,令其朱轮华毂,使驱燕赵之郊,燕赵可不战而降也。此臣所谓传檄而千里定者也。"

武臣听了蒯通之计,当即派其回城说服范阳令,可保其性命无忧、官职不变、家产不动,令其投降。范阳令得到这三条承诺,立刻打开了城门。

消息传开,赵地各城果然纷纷投降,不战而降者三十余城。蒯通立了大功。武臣欲将其留在身边,张耳道:"万万不可。孔子曰:巧言令色,鲜仁矣。此人口若悬河,凭三寸不烂之舌到处游说,见人说人话,见鬼说鬼话,日后恐难以驾御,不如送他一份厚礼,打发他走人算了。"

武臣听从了张耳的劝说,蒯通十分尴尬地走了。临走,对武臣说:"张耳目光短浅,器量狭小,君若成大事,还须另外择人。"

武臣的兵马很快打到了邯郸。这时,周章军已至戏下,派人送信来,请求武臣率军入关,共同攻打咸阳,一举推翻暴秦。看了周章的信,武臣欣喜异常,欲引兵向西,支援周章。张耳劝道:"赵地初平,君若引兵而去,赵地何人镇之?此去灭秦虽速,然功劳却是周章的,君舍赵地而西攻秦,是步他人之后尘,不但灭秦之功属于他人,攻赵之功亦不属于君矣。望君三思。"

武臣觉得他说得有道理,问:"依先生之见当如何?"

"不如就地称王。"

武臣听了,心里一震:"反秦大业未成,如何便自称王?"

"若待反秦成功,恐别人早已王遍天下了。"

"这样如何对得起陈王?"

"陈王又对得起谁?吾闻诸将为之略地,多以谗毁得罪而遭诛杀,连葛婴这样的首义功臣都杀了,还敢指望他吗?若等陈王封君,恐无寸土可封。"

张耳对陈胜一直心怀不满,当初他就主张立六国之后,陈胜没有采纳。几个月来,他协助武臣攻城略地,连下数十城,陈胜对他没有丝毫嘉奖。那些阿谀奉承之徒有本事没本事的都做了将军,张耳至今还是个校尉,心中一直愤愤不平。可是武臣还是不肯称王,张耳继续劝说道:"大丈夫当仁不让。将军今以三千人马下赵数十城,功盖天下,无人不服,且公独介居河北,不王无以震慑天下,燕赵之地必将大乱。到那时后悔就晚了。"

"君欲陷我于不义乎?"

"将军若不肯自立,则需立一赵国后裔为王,此事不可再拖延,否则燕赵之地必将战端重开。"

于是,武臣自立为赵王,以张耳为右丞相,邵骚为左丞相,陈余为大将军。起义军发生了公开的分裂。

消息传到陈县,陈王大怒,欲杀武臣等人的家眷,发兵讨伐武臣。相国房君劝道:"大王不可意气用事,武臣固不当立,然反秦大业未成,不可两面树敌。今若与武臣开战,等于又树一秦。不如因而贺之,令其引兵向西,支援周章。"

于是,陈胜命人将武臣、张耳等人的家属接到宫中软禁起来,封张耳之子张敖为成都君,实际上不过一个空头衔。陈胜派了使者前往邯郸恭贺,并令武臣立即率军西进,以解周章之围。张耳早已识破陈王之计,对武臣说道:"陈王认可您为赵王,绝非其本意,不过出于无奈。如今我军立足未稳,灭秦不可过急。秦存赵存。陈王若灭了秦,必加兵于赵。因而,大王切不可引兵西进,不如北徇燕、代,南收河内以扩大疆土,强盛自己。赵强,陈王即使灭秦,亦奈何我不得。"

武臣已经被张耳、陈余等人推到这种地步,也只好听他们的,置反秦大局于不顾,开始经营自己的小天地了。于是令韩广略燕、李良略常山、张黡略上党,眼睁睁看着周章被秦军吃掉了。

韩广本是燕人,在燕地颇有影响,入燕之后,振臂一呼,百姓们纷纷响应,很快便攻下数十座城池,成了大势。燕人劝韩广说:"楚已立陈王,今武臣又自立为赵王,将军何不也自立为王?燕虽小,亦万乘之国,愿将军自立为燕王。"韩广担心老母在赵,怕受到武臣的迫害。宾客们劝道:"方今赵国南有陈胜、西有强秦,自身尚且难保,哪里顾得上将军;况且以陈胜之强,尚不敢对武臣、张耳的家眷下手,赵岂敢害将军之家!"于是,韩广在燕地自立为王。

武臣得知消息后大怒,与张耳、陈余一起兴兵讨伐。没想到这个貌不惊人的韩广得势之后竟十分难对付,武臣几次兴兵每每失利,心中十分烦闷。一日,武臣一个人坐在帐中喝闷酒,喝多了,想出去走走,不料却误入燕军营中。于是,燕军以武臣为人质,要赵国割一半国土给燕,方肯放赵王归国。张耳、陈余数次派人前去交涉,使者均被杀,于是张耳下令悬赏万金营救赵王。张榜至军中,无人敢应。有个伙夫叫冯武的笑嘻嘻地揭了榜,对一起看榜的伙伴们说:"我有办法救赵王。"

众人嘲笑他说:"使者去了十几个,都被砍了头,你能有什么办法?不要看赏钱多,性命要紧哪。"

冯武道:"你们瞧着吧,我带车去,保证和赵王一起回来。"

张耳、陈余抱着试一试的态度给冯武备了车。冯武以使者的身份来到燕军营中,一位燕将出见,冯武问道:"你知道我是来干什么的吗?"

燕将答道:"少废话,我们提的条件你们想好了吗?行,立即放赵王归国;不行,你也别想走。"

冯武并不正面回答他的问题,又问道:"将军可知张耳、陈余是什么人?"

"张耳、陈余乃天下英雄,无人不晓,你问这个干吗?"

"你知道张耳、陈余现在想干什么吗?"

"当然是想救赵王回去。"

"错!张耳、陈余都不是久居人下之人。昔日,他们挥鞭一指就拿下赵地数十城,这样的人能甘居人下乎?此两人救赵王是假,欲借燕王之手杀赵王是真,然后两人分立为王。现在一个赵国且不把燕放在眼里,将来这两人若称王,左提右挈,两面夹击,以杀赵王之罪讨伐燕国,燕国离灭亡可就不远了。"

燕将将这番话报告给韩广,韩广当即放了武臣。

冯武载赵王而归,众人皆大欢喜,武臣当即赏冯武金万斤,并将其擢拔为将军,张耳叹道:"天下大乱,英雄辈出啊!想不到一个伙夫竟有如此才干。"

武臣派出略地的三路人马进展十分顺利,李良出兵不久就平定了常山,捷报传回邯郸,赵王传令嘉奖三军,并令李良乘胜攻打太原郡(治所在晋阳,即今太原西南古城营)。军至石邑(今河北获鹿县东南),与章邯大军遭遇。秦军刚破了周章军,新近又打败吴广,士气正盛。章邯军在井陉口(亦称井陉关)扎寨,李良试攻了几次,攻不下来。两军阵前对峙,相持不下。章邯以二世的名义给李良写了一封劝降信,以荣华富贵引诱其降秦。李良不从,暂且退兵回邯郸请求援军。半路上,碰见赵王武臣的姐姐赴宴归来,阵势十分浩大,随从有一百多人。李良远远望见,以为是赵王,便跪

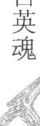

在路边迎接,赵王的姐姐喝醉了,不知道李良是赵国将军。路过李良身边连车都没下,只派了一个骑士和李良打了个招呼。李良见了骑士才知道原来是赵王的姐姐,他已在路边跪了良久,见她这么大架子,连车都不下,感到受了奇耻大辱,立即派人追上去把她杀了。接着,李良又袭击了邯郸,杀了武臣和邵骚。张耳、陈余因为耳目众多,得以逃脱。

武臣死后,有人建议张耳称王,宾客中有人劝张耳、陈余说:"你们二位都是外乡人,欲赵人信服,难。最好拥立一位赵国后裔,扶以正义,可成大功业。"张耳从其言,立赵国后裔赵歇为王,暂将治所设在信都(今河北邢台)。

李良杀了武臣,还不依不饶,又来寻衅,被陈余打败,投了章邯。

武臣称王,开了一个极坏的先例。紧接着,六国后裔纷纷自立为王。魏人周市借着起义军的攻势,开始替魏收复旧日的领地。一日,周市率军攻打狄县,攻了几日攻不下来,周市十分恼火。正在进退两难之际,城上忽然有人喊话,说齐人田儋已经率领城中少年杀了县令,请义军退兵。

田儋是狄县人,属故齐王田氏一族。族中人丁兴旺,在当地颇有势力。田儋和他的堂弟田荣、田横都是豪杰之士,平日里助弱除强、扶危济困,颇得人望。听说义军来攻打县城,田儋和田荣、田横兄弟聚集了百来个年轻人,打算配合周市拿下狄县。田儋设计杀了县令,自立为齐王,来到城上喊话,告诉周市已杀秦县令,让周市撤军。没想到周市只顾给自己略地,不顾反秦大义,还要继续攻城,田儋大怒,率城中子弟杀了出来,杀得周市大败而逃。

周市退回魏地之后,燕赵派使者来齐游说田儋说:昔日六国,燕、赵、齐均已复国,然我等立足未稳,一旦秦反扑过来,很容易被其各个击破,我等何不拥立周市为魏王,也复立魏国,这样可以互为屏障,共同对付秦军。田儋对于周市打自己人的做法非常不满,可是毕竟同为义军,多一个党援多一份反秦的力量,便同意了拥立周市为魏王。于是,齐、赵、燕三国一起派使者怂恿周市自立。周市坚决不肯,道:"天下昏乱,忠臣乃现,如果一定要立,那就立魏国之后。"周市提议立原魏国后裔宁陵君魏咎为王。当时魏咎在陈,陈王扣住不放,周市五次派车马来接,给陈胜造成了很大压力。陈胜几次欲杀魏咎,但是为了反秦大局,他最终还是妥协了,封魏咎为魏王,周市为相国,吹吹打打地送魏咎回了国。至此,起义军已经四分五裂,完全不在陈胜的控制之下了。周章败走曹阳,陈胜到处发号施令调兵支援,但是除了陈县城里仅有的一点兵马,他已经调不动一兵一卒了。

周章军败不久,又传来一个令人震惊的消息:吴广被人杀了。

两个月前,吴广围了荥阳,准备一举消灭李由的秦军,与周章会师咸阳。没想到李由军战斗力极强,攻了一个多月也没攻下来。荥阳就像一颗拔不掉的钉子,死死钉在关中大门外面。义军攻城付出了惨重的代价。周章的求援信一封接着一封,吴广有些急躁,将军田臧等人出主意说:"可留少数部队佯攻荥阳,大部队绕道进关支援周章。"

吴广道:"那是下下之策。放出李由,秦军要么扑向陈县,要么后撤关内,两者皆于我军不利,还不如围在这里,反能减轻陈王和周章两面的压力。"

如果在周章军没有战败之前,吴广围住荥阳不撤是对的。可是周章军败之后,吴广依然围住荥阳不撤,与李由打起了意气仗,非要拿下荥阳不可,这就犯了兵家大忌。章邯大军已打出关外,起义军面临腹背受敌的危险。吴广手下几员大将都劝他撤兵,但是吴广不听,于是大将田臧等人私下商议道:"秦军已破周章,旦暮且至,我若还不撤围,秦军一到必大败无疑。吴广不懂兵权又这样刚愎自用,若不杀之,恐三军皆死其手。"于是,田臧等人假借陈王名义杀了吴广,并派人提了吴广的头来报陈王。

陈王得知吴广被杀,悲痛欲绝。但是,这是起义军剩下的唯一一支还能听他指挥的部队了。无论他心中怎样难过,都必须冷静对待。几个月来的锻炼,已使他变得十分沉着老练了,他有一个基本的判断,田臧虽然不该杀吴广,但是田臧依然是反秦的,杀吴广也是出于无奈。于是他立即封田臧为楚令尹,并任其为大将军,全权指挥吴广部。

田臧调整了战略部署,令李归率一部分人马继续留在荥阳牵制李由,自己亲自率军抗击章邯,在敖仓(秦设在敖山的粮仓,在今郑州市西北)与章邯军遭遇,两军展开了殊死大决战,义军全军覆没,田臧战死。

李归在章邯和李由内外夹击之下,也战死在荥阳城下。

章邯大军乘胜直扑陈县,起义军已经到了生死存亡的关头。陈胜将新近聚集起来的义军兵马聚集到一起,亲自披挂上马来到前线,义军士气大振,杀得章邯军一退十里。章邯不知陈胜虚实,暂且避开了义军正面,先把四周小股义军一个个剿灭了,使陈县完全陷于孤立,之后又卷土重来,再次攻打陈县。义军终因寡不敌众战败,陈县陷落,相国房君战死,陈胜被迫出走。

逃出陈县以后,陈胜身边只剩下了一个人——车夫庄贾。晚上,陈胜和庄贾住在一家车马店里,庄贾劳累了一天,很快就入睡了。陈胜睡不着,回忆起起义以来的一幕一幕。那一张张熟悉的面孔在他眼前闪过,其中多数已不在人世,心中不由得感到一阵悲哀。他想起当初在陈县刚刚称王的时候,老家的乡亲们到王府来找他,说起他小时候的种种趣事,心中涌起一阵阵甜蜜的亲切感,可是这些乡亲们不懂规矩,在王府里住下就不肯走了,他动员他们回去,其中一个质问他:"你忘了当初你说过的话啦?苟富贵,毋相忘!今日富贵了,就要撵我们走啦?"

陈胜无言以对,这些人住在王府,整日里大呼小叫,陈胜陈胜地乱喊,的确有损于他的权威。前线战事失利,将士们不断地阵亡,陈胜还没到坐天下的时候,每日繁忙的公务累得他连饭都吃不下,哪里还有心思和他们去谈什么童年趣事?他对这些乡亲们冷淡起来，可是这些人仍不知趣，见了面就抱怨，不分场合地指责他无情无义。有一次，陈胜和他们理论起来，一个年轻人竟然上来揪住他要打，陈胜一怒之下命将那人斩了。从此，陈胜恶名远播，再也没有故人来找他了。

他想起任用的两个旧秦吏朱房、胡武，这两个人治吏制造了许多冤案，使陈胜错杀了不少功臣，等他发现的时候，诸将早已经和他疏远了；还想起在用人上，在政治策略和军事指挥上的许多失误，由于这些失误造成的损失是永远也无法弥补的。但是，他并没有丧失信心，他还要重整旗鼓，再振雄风，于是开始考虑下一步怎么办。如果义军再重新聚起，他会总结以前的经验教训，少犯许多错误。就这样，他整整想了一夜，天还没亮，他就把庄贾叫起来备车去了。庄贾备好了车，问陈胜："大王要去哪里？"

"往东走。"

"东边哪里？"

"叫你往东就往东，别问了。"其实陈胜也不知道去哪里。他只知道西面、北面的义军已经被章邯剿得差不多了，从直觉上他感到东面还有不少义军的残余部队，他要将这些部队集结起来继续战斗。一路上，不断碰到小股旧部和伤员，每碰到义军兄弟，陈胜便下车向他们问寒问暖，道声辛苦，并给他们指明集结地点。这样走走停停，一天下来，掐指算算，差不多能召集起近万人，陈胜立刻又充满了信心，再这样巡视几天，便可收拾起三五万人马，有三五万人马还愁什么！当初大泽乡起义不是才九百人吗？

就这样走了三天。第三天下午，陈胜和庄贾来到汝阴，远远地看见城门口聚集了一群人，陈胜令庄贾前去察看发生了什么事情。庄贾去了片刻就回来了，什么话也没说，赶起马车就走，陈胜问道："怎么回事？"

庄贾紧张地说道："这里已经让秦军占了。"

"围着那么多人在干什么？"

"在看官府的告示。"

"什么告示？"

"是悬赏捉拿您的。"

陈胜一笑，问："赏金多少？"

"一万金。"

"哈哈，看来我这颗脑袋还值不少钱哪！庄贾，要是真碰上秦军走不脱，你就把我的头拿去卖了，可以当个大富翁啦，啊？哈哈！"

"大王把我当成什么人了！当初是您把我从阎王爷那里抢回来的，大王就是我的再生父母，我要是干那种事，就连畜生都不如。"庄贾说这话的时候，脸色惨白，十分吓人。

"你脸色怎么那么难看？"

"是么？可能刚才跑得急了点。"

庄贾赶着马车飞奔着，一路上没敢停。半夜十分，到了下城父(今安徽涡阳东南)，庄贾先进城侦察了一番，不像有秦军驻扎的样子，这才进城敲开一家车马店的门。时值腊月，天空飘起了鹅毛大雪。两个人跑了一天，又累又饿，陈胜让庄贾找店家弄些酒肉来，一个人往床上一歪就睡着了。他实在是太累了。

庄贾沽了酒回来，看见陈胜睡着了，怎么叫也叫不醒。只见他一身脏衣服已经好久没有洗过了，裤腿上到处是泥点子，头发乱蓬蓬的，胡子也好久没刮过了，他从来没有见陈胜这么狼狈过。陈王在他心目中历来是神圣的，高高在上有如天神，此刻他才意识到，原来他也是一个普通的人。一个普通人哪里来的那么大权威？为什么他能称王？为什么他可以享受荣华富贵我就不能？想到这里，庄贾心底那个折磨得他脸色惨白的恶魔开始出现了，他想起了那一万斤黄金，一万斤啊！他乍着胆子抽出了腰间的佩剑，突然，天空中响起一声炸雷，吓得他赶紧把剑插回鞘中。他看了看陈胜，只见他翻了一个身，又睡着了。庄贾半天没敢动，这雷声把他吓坏了。寒冬腊月打起雷来肯定不是什么吉兆，他害怕了。可是，一万斤黄金的诱惑还在吸引着他，他哆哆嗦嗦重又抽出剑来，心一横，猛地向陈王刺去。

陈王死了，但是他开创的事业并没有结束。第二年，刘邦率领农民起义军打进了咸阳。

第十九章 父老乡亲

刘邦在城里忙了七八天，一直没顾上回家。尽管忙，他心里还是惦记家，惦记父母儿女，更惦记妻子吕雉。吕雉从山里走后，刘邦心里一直惴惴不安，他欠她的太多了。正打算抽空回家看一看，吕雉和老父亲刘太公来了。吕雉怀抱着刘盈，手里领着元元走进县庭，刘邦看见他们，心里别提多高兴了。伸手接过才一岁多的刘盈，一把将他抛到了空中，吓得吕雉和太公直嚷："别把孩子吓着！"刘邦不由自主地想起了刘肥，问道："肥儿呢？他还活着吧？"

刘太公道："活着，活着，活得好好的。你这个当爹的不要儿子了，我还要孙子呢。"

和太公一起来的还有二哥刘仲和审食其。刘邦将众人领到县庭后院安顿下来，还没顾上详细问家里的情况，老父亲就让他给审食其跪下磕头："这是我们一家的救命恩人哪！没有他，你恐怕已经见不着你爹了。"

刘邦欲跪，审食其哪里肯依，急忙将他扶住。接着，刘太公说起这一年多审食其对刘家的种种好处，倒把刘仲冷落在了一边。刘邦一直想问问刘仲是怎么逃出关中的，半天才轮到他开口。原来是章邯下令把他们释放了，连刘仲都对章邯心怀感激之情。刘邦道："感激他做什么？他们是到了穷途末路了，被逼的，否则他才不会放过你呢。不过，秦朝官员里竟有这样的人，反倒不好对付。"

审食其道："是啊，他们比二世和秦始皇聪明。"

说起局势，太公和刘仲都插不上嘴，只是在一旁听着。

众人说了一会儿儿话，太公说要带着孙子孙女到城里转转，刘仲和审食其也借故出去了，想给他们夫妻留点时间单独在一起。

刘邦抓着吕雉的肩膀说："这一年多，你受了多少罪，吃了多少苦，我都知道，我刘邦对不起你。"毕竟是多年的夫妻，有刘邦这一句话，吕雉心中顿时冰消雪化，眼泪一下子流了出来。

正在这时，佩佩闯了进来。进城之后，佩佩也忙得不可开交。她既要负责刘邦和县庭的警卫，还要负责为整个大军筹集被服。义军公开招募人马，前来报名的妇女也不少，几天工夫已经发展到一百多人，刘邦专门成立了一个健妇营，由佩佩统领指挥。人手不够，佩佩又要了一百名男兵。十七岁的佩佩，俨然成了一个叱咤风云的将军。可是，她平日里舞刀弄枪惯了，并不喜欢筹集被服的事情，整天和派往各乡征集被服的下属们吵来吵去，从早到晚有解决不完的矛盾和纠纷，吵得她脑袋都大了。她几次要求刘邦换个人，可是刘邦始终没有答应，事实上刘邦一时也找不到更合适的人选。这天下午，刚刚集中了一批被服，还没入库，就被樊哙的部下抢光了。她找樊哙理论，想讨回来，樊哙嘿嘿地笑，就是赖着不给，她这才来找刘邦。守门的侍卫给她使了个眼色，说沛公有客，佩佩把眼睛一瞪："是我管你呀，还是你管我？"门卫一听这话，不好再说什么，因为她是侍卫长。一进门，看见吕雉在，一肚子的话赶紧咽了回去，当即跪下拜道："小女佩瑶拜见夫人。"

　　生活的磨难使这个十七岁的孩子过早地成熟了。在山里，和刘邦一起度过的那段无忧无虑的日子，也许是她向童年的最后告别。吕雉进山之后，佩佩才意识到自己在刘家是什么角色，她有点怨恨刘邦，不该这么早夺去了她的青春。她宁愿这一辈子不嫁人，也不愿处在这样一种尴尬的境地。可是，事已至此，再埋怨刘邦也没有用了，只好面对现实，她开始考虑怎样和吕雉相处。佩佩毕竟是大家闺秀，她决心把自己的位置摆到最低，绝不能在家里闹出争风吃醋的笑话来，所以，这一跪是她早就事先想好的。

　　吕雉见了佩佩也是一脸的尴尬，脸一下子红到了脖子根。她倒不是害羞，是气的。她刚进门，佩佩就来了，心中刚刚平息下去的怒火，一下子又窜了上来。马上站起来说："这是什么意思？别跟我演戏了。你们在这儿享你们的荣华富贵，我还是回我的家去吧。"说着就要走。

　　刘邦堵住门说道："夫人不能走，你听我慢慢给你解释。"

　　"你不用说了，我什么都明白。"

　　"上次在山里你就这样走了，总得给我一个说话的机会吧？"

　　其实吕雉并不想走，来之前她是有准备的，知道这场遭遇不可避免。她是刘家明媒正娶的媳妇，她为什么要躲着这个小妖精？就算刘邦已经纳她为妾，自己也是正房，何况她还连个妾的名分都没有！吕雉冷静了一下，半推半就地重又坐下，听他们怎么说。刘邦道："佩佩和她娘救过我的命，为了救我，她娘死在官军手里。如今她只身一人，是个孤儿。你不能这么对待她！"

　　"我对她怎么了？我是打她了还是骂她了？两次见面，我连一个不字都不敢说，你们合起伙来欺负我，还要倒打一耙呀？"吕雉一肚子的委屈，再也忍不住了，放声大哭起来。刘邦知道是自己话说得不合适，害怕这样大哭大闹的让人听见笑话，劝解道："别哭了，都是我不对，看在她们母女救过我的分上，我求你了，把她收留下。"

　　佩佩一直跪在地上，没敢起来，她想，无论如何今日要把自己的诚意表达清楚，免得今后不好相处，于是说道："夫人息怒，小女今后愿像伺候母亲一样伺候夫人。"

　　听了这话，吕雉心里的怒气稍稍平息了一点，擦了擦眼泪，道："哼！别说得那么好听，我敢指望别人来伺候我？只望将来老了能给我口饭吃，别把我扫地出门就行了。"

刘邦见事情已经有所缓和,对佩佩说道:"起来吧!你怎么也不分个时候,偏偏在这个时候来添乱!"

"我是来找大人说理的,事先并不知道夫人来此。"

"说什么理?"

佩佩趁这个机会把樊哙部下乱抢被服的事情说了。刘邦看了看吕雉说道:"正好,你来了就别走了,明天就留在这里帮我干这个事吧,她一个孩子家干不了,太难为她了。"

佩佩不服气,说道:"我不是干不了,我不愿意干这个,大人干脆让我带兵去吧。"

"以后再说,你先去忙你的事。"

第二天,吕雉让太公把两个孩子暂且带回丰邑,果真留下来帮助刘邦筹集被服。她干这个,比佩佩老练多了,也不像佩佩那么忙乱,每日只是往那儿一坐,指挥调度得井井有条,从来没见她和谁大声嚷嚷过,可是诸将却一点不敢怠慢,底下的人办事,来来去去都是小跑,生怕有半点差错。和吕雉一比,佩佩立刻感觉到了自己的差距,对这位正房夫人心里十分佩服。在吕雉面前,佩佩一直是小心翼翼地赔着笑脸。吃饭时,她从来不上桌,一定要等刘邦夫妇吃完,自己再吃;晚上睡觉,无论白天再忙再累,她都要亲自为夫人站一班岗。她想以此来表达对吕雉的诚意,可是吕雉一看见她,心里就起腻。佩佩又聪明又漂亮,和她一比,吕雉觉得自己简直丑陋不堪,任何男人在她和佩佩之间都不会选择她的。眼下矛盾虽然暂时缓和了,表面上吕雉吆五喝六的,在家里家外好像很有权威,但是天长日久,刘邦怎么能抵得住她的诱惑?将来这个家里哪还有她存身的地方!吕雉越想心里越不是滋味。一天早上,夫妻俩出去办事,一出门,看见佩佩在门外站岗。已经立秋了,夜里天气冷,佩佩冻得小脸通红,鼻子上不知道什么时候还抹了一道黑,刘邦看着心疼,不由自主地伸手帮她擦了擦鼻子,吕雉顿觉心中酸溜溜的一阵疼痛。从那时起,她下决心要除掉这个小妖精。

吕雉是个心计很深的人,她越是恨佩佩,越是不动声色,反而对她越发热情了,张口闭口妹妹、妹妹地叫,倒真像是亲姊妹一般。一日,刘邦出城去办事,晚上住在城外没回来。吕雉便亲手做了几样菜,让佩佩早点回来吃饭。佩佩立在桌旁不肯坐,一定要等夫人吃完再吃,吕雉道:"哪来那么多礼数,今后都是一家人了,不许再这样。"说着,把佩佩硬按在座位上,给她盛了一碗鱼汤,说:"你先尝尝我做的鱼汤鲜不鲜,我去厨房再炒两个菜来。"

佩佩心中十分感动,说:"不用了。"可是吕雉已经转身进厨房去了。这时,佩佩养的一只小花猫闻见鱼腥味,"噌"的一下蹦到了她的腿上,喵喵地直叫唤。这只猫是她从山里带来的。她知道猫想吃鱼,便用筷子夹了鱼头鱼尾喂它,刚喂了几口,小花猫突然口吐白沫躺在地上直蹬腿,佩佩还没明白过来是怎么回事,吓得大叫:"夫人!夫人!你看这猫怎么了?"

吕雉跑过来一看,脸都吓白了。佩佩突然一下明白了,不禁怒从心起,"刷"的一下从腰间拔出佩剑,怒目望着吕雉。吕雉慌了,道:"妹妹,你别误会。"

"谁是你妹妹!"佩佩把剑插回鞘中,夺门而去。

回到自己房间,她抱头痛哭了一场。她曾经设想过和吕雉相处最坏的结果是什么,她想到她可能会打她、骂她、当众羞辱她,给她气受,她准备承受这一切。在这个世界上,刘邦是她唯一的亲人,推翻暴秦,为父母亲报仇是她活着的唯一目的,只要能跟着刘邦反秦,什么样的苦她都能吃,什么样的气她都能受,但是,她万万没有想到,吕雉会对她下这样的毒手,她没法再待下去了。当晚,她带着健妇营走了。

刘邦回到城里,发现佩佩走了,马上派人四处寻找,可是找了几天都没有踪影。刘邦从直觉上感到佩佩的出走和吕雉有关,但是没有证据。大军正准备出师作战,家里不能再乱,于是,他命人把吕雉送回丰邑,在县城举行了隆重的仪式,誓师讨秦。不日出征,以樊哙、灌婴为先锋,曹无伤、周勃为左右军统领,前去攻打胡陵(秦县名,在今山东鱼台县东南)、方与(秦县名,今山东鱼台县西北)。

刘邦没有料到,秦军已经盯上了他这支刚刚诞生的农民起义军。泗水郡守季壮、郡监薛平亲自率秦军占领了刘邦的老家丰邑,并抓了刘邦的全家和几十名义军家属。刘邦急忙回救丰邑。雍齿一马当先,率领三百名丰邑子弟首先冲了上去。眼看着自己的家乡遭人侵凌,丰邑子弟各个义愤填膺,作战十分英勇,一以当十,十以当百,秦军不能抵挡,退出丰邑向北逃去。被抓的义军家属,官军来不及带走,大都安全回来了,但是秦军带走了吕雉。

刘邦拨给雍齿一千人马,令其守丰邑,并专门拨了几个人给审食其,让他留在丰邑,保护太公和他一家老小的安全。然后,他亲自率兵继续追击秦军。秦军退至薛县(今山东滕州市南),被义军团团围住。秦军紧闭城门,不敢出战,义军攻了两天攻不下来。刘邦下令:有率先冲入城中者,赏金百两;活捉郡守季壮者,官升三级。号令一出,人人奋勇争先,不到半日便攻下薛城,救出了吕雉。郡守季壮只身骑马跑了,义军中一名士卒认得季壮,骑着马便去追,一直追到戚县(今山东滕州市南)境内,将季壮生擒。那士卒得意洋洋地押着季壮往回走,看见一匹快马从薛城方向奔来,走至近前,士卒认得是校尉曹无伤,笑呵呵地迎上去打招呼:"曹大人,我把这小子给抓回来了。"

曹无伤翻身下马问道:"他是谁?"

"郡守季壮啊。"

"你认得他?"

"怎么不认识,扒了他的皮我认得他的骨头。"

"冒功领赏可是要杀头的。"

"曹大人放心吧,错不了。"

那士卒正得意,不料曹无伤已经抽出佩剑,从背后一剑刺穿了他的胸膛。那士卒扑倒在地,还没咽气,一翻身,用手指着曹无伤,怒目圆睁,却说不出话来,曹无伤又在他胸前补了一剑。曹无伤看了看季壮,怕他把实情说出去,索性连季壮也杀了,提了季壮的头来见刘邦。刘邦大喜,当即任曹无伤为沛军左司马。

曹无伤刚走,樊哙押着一群郡府的官吏走了过来。这群官吏,平日里趾高气扬,今日做了俘虏,一个个都耷拉着脑袋不敢吭气,等候义军发落。

"大哥,这些贪官污吏怎么处置?"

"统统给我杀了。"

俘虏中一人高喊道:"不可,不可……"

刘邦问道:"什么不可?"

"大王要杀,杀,杀这些人,臣,臣……"

"你他娘的说话能不能利索点?快说!"

"臣期期以为不可。"

刘邦一听,笑了:"原来是个磕巴。你说为什么不可?"

那人口吃得厉害,越着急越说不出话来:"臣以为,臣以为……"

"一个磕巴还跩他娘的什么文,你就别跟我'臣以为'了,拣要紧的说,说大白话,说不出来唱着说!"

"这——些——人——为——混——饭——吃——在——官——府——为——吏——多——数——不——是——贪——官——污——吏——要——区——别——对——待——不——可——枉——杀!"那人果真按照刘邦的要求一字一长声地唱着说起来,这么一唱,果真不磕巴了,不过把在场的人全逗笑了。

刘邦问道:"你叫什么名字?"

"周昌。"

"干什么的?"

"泗水卒——(阿就)使。"

周昌个子很高,人很瘦,因为磕巴,说话时老眨么眼,显得有点滑稽,但是他自己却一脸的严肃。他穿了件布衣,上面打着好几个补丁,一看就不像个贪官。刘邦问道:"好!老子不杀你,那你说拿这些人怎么办?"

这时,俘虏群中又有一人站出来说道:"大王可派专人审理,逐个定案,有罪的治罪,无罪的释放。大王当下正是用人之际,还可以从中遴选人才,为大王效力。"

那人长得和周昌有点像,只是比周昌显得更结实,更老成。刘邦问道:"你是什么人?"

"在下周苛,也是泗水卒使,周昌是我堂弟。"

"听你们哥儿俩的口音倒像是老乡。"

"在下正是沛县人。"

"那好吧,就派你们哥俩协助樊哙审理这些人。限三天给我审清楚。"

樊哙是个粗中有细的人,他怕上这哥儿俩的当,先找曹参去了解了他们俩的情况,曹参果真认识这兄弟俩,樊哙一听人可靠,索性就把这些人交给他们兄弟俩去审,自己找地方喝酒去了。

周苛、周昌兄弟没用多少时间就把所有的官吏审完了,只有一个人定了死罪,其余人等均做了甄别处理。两个人来给樊哙报告审理结果,樊哙对这样处理有点吃不准,带着他们来见刘邦。刘邦听了兄弟俩的报告,觉得十分满意,把哥儿俩夸奖了一番,并问他们愿不愿意留下来一起干。两个人早就听说了刘邦斩蛇起义的故事,正求之不得。刘邦还没考虑好怎么安排他们,周昌又提出了新的问题:"连日来,大军军纪败——败坏,抢劫——那个民财,强——强奸妇女,时有发生。"

周苛怕周昌说不清楚,急忙把话接过来说道:"周昌的意思是说,应该成立一个执法队,维护军纪,否则,起义军就成了乱军、土匪,很快就会失去民心。"

刘邦觉得他们说得有道理,正愁这哥儿俩没处安排,于是说道:"那好,我给你们二十个人,你们俩就去干这个事吧。"

周昌磕巴,性子还特别急,总爱抢着说话:"光——光给人不行,还得有——有个章程。"

"章程你们去定,定完了给我看看就行了。"

周苛道:"沛公这样信任我们,我们一定把事情干好,可是,我们俩都是新投奔来的,由我们兄弟俩来执法,弟兄们未必会服,所以,除了章程,还要有沛公的尚方宝剑才行。"

"该打就打,该杀就杀,谁不服让他来找我!"

"我就要您这一句话。"说完,弟兄二人领命而去。

周苛、周昌弟兄二人办事很有条理,他们制定了若干条军纪,传达到每一个什伍,并在城里到处张贴安民告示,凡有违反军纪者,无论军民,人人皆可检举。然后,把二十个执法队员分成两人一组,轮流在大街小巷巡逻,抓住违犯军纪的官兵,视其情节轻重给予不同的处罚,还杀了几个严重违犯军纪、造成恶劣影响的义军官兵。一天下午,周昌兄弟俩正在审理一桩强奸民女案,樊哙找上门来,要他们放人。原来当事人是他手下一个伍长,是吕媭娘家的远房侄子。樊哙以为周昌兄弟一定会给他这个面子,没想到周昌六亲不认:"我不但——不放人,我还要杀——杀他的头。"

樊哙一下子火了:"你他娘算老几呀?敢杀我的人!"说着,樊哙"刷"的一下抽出了腰刀,搁在了周昌脖子上,"你放不放人?"

周昌面不改色,答道:"不放!"

周苛上前劝说道："樊将军休得无礼,我弟兄二人是奉沛公之命来执法的,沛公有令在先,有不服的,可以去找他。"

"哼!沛公怎么了?沛公也不能这么随随便便乱杀人。"说完,樊哙出去了。不一会儿,果真把刘邦找来了。

刘邦笑嘻嘻地说："看在樊将军和我的面子上,就饶他这一回吧,下不为例。"

周苛道："沛公若是不要军纪,我们弟兄俩也就告辞,回家种田去了。"

事情僵在那里,刘邦下不了台,脸色很难看。周昌冲着两个执法队员说："放,放人。"

两个执法队员将那个伍长押过来,松了绑。樊哙笑嘻嘻地说道："这还差不多。"

樊哙和刘邦说了一会儿话,带着那个伍长刚要走,只见周昌、周苛兄弟俩进屋收拾了行李出来,周苛和刘邦打了个招呼说："沛公,我们兄弟走了,你多保重。"

刘邦一看不对劲,急忙说："这是怎么回事?怎么说走就走了?"

"这里不需要我们,我们留下也是给沛公增加负担。"说完,两个人朝门外走去,樊哙带着那位伍长也要走,刘邦喊了一声："都给我站住!"

刘邦脸色铁青,看看这个,又看看那个,最后,冲着樊哙吼道："把人留下,你他娘的给我滚!"

刘邦在薛城打了胜仗,乘胜追击,一举攻下了亢父(秦县名,今山东济宁市南),之后,又回师包围了方与。正待攻城,忽报雍齿降了魏国。于是刘邦再次回师去救丰邑。

却说魏人周市从陈王那里讨回魏咎之后,自己也捞到一个相国之位,便更加疯狂地四处略地,东侵齐,北略赵,见谁打谁,把起义军反秦的宗旨完全丢在了一边,只要能扩大自己的地盘,什么手段都使得出来。听说刘邦率兵追击秦军去了,只留了雍齿率领一千人守丰,便派人来劝说雍齿归顺魏国。使者言："丰邑本是魏国迁都之地,魏迟早要将丰邑收回。今相国周市已平定数十城,马上就要来攻打丰邑,雍将军若肯归顺魏国,可以封你为侯,仍率原班人马替魏国驻守丰邑。如若不肯,大军一到,立即屠城。"雍齿本来就不愿意追随刘邦,是萧何反复劝说才勉强同意了。跟了刘邦以后,刘邦虽然表面上对他客客气气,但是心里始终没把他当成自己人。于是,雍齿答应了魏使的条件,背叛了刘邦。

刘邦率军赶到丰邑时,雍齿正在加固丰邑四周的城墙,准备长期抵抗。刘邦来到阵前喊道："丰邑的弟兄们,父老乡亲们,我刘邦又回来了。雍齿不顾反秦大义,叛我降魏,乡亲们与我共诛之!"

雍齿也在城墙上喊："乡亲们,别听他胡说!刘邦这小子平日里偷鸡摸狗,大家还不了解他吗?跟着他走,迟早要倒霉,别听他的,放箭!"

刚说完,城上一阵乱箭射下来,刘邦当胸中了一箭。他怒火中烧,强忍着疼痛下令攻城,一阵乱箭射向城上,几个丰邑的小伙子中箭倒下了。雍齿趁机鼓动道:"乡亲们都看见了吧?刘邦杀起自家人来了。咱们跟他拼了!"说着,城上又是一阵乱箭射下,卢绾走过来劝道:"大哥,丰邑不能打呀,打胜打败都是败,今日丰邑子弟若死得太多,大哥今后对天下人都不好交代。"刘邦心里虽窝火,可是卢绾所说的道理他却听进去了,于是下令撤退。这时,雍齿率领一支人马趁机从城中杀出,大军被丰邑子弟杀得人仰马翻,撤退成了溃败。雍齿骑了一匹快马,紧盯着刘邦不放,这时,周勃、灌婴拍马过来,一左一右拦住雍齿厮杀,这才解了刘邦的围。夏侯婴紧随刘邦左右,护着他逃走了。

其实刘邦也没想打丰邑,刚才阵前喊话,他满以为会像那日攻打沛县县城一样,只要他振臂一呼,丰邑子弟马上就会站到他这边来,即使不杀了雍齿,也会把城门打开。自从做了沛公,沛县人提起刘邦来无不交口称赞,人们把刘邦当成了沛县人的骄傲,可是想不到今天在自己的家门口,竟会出现这样的事情,他无论如何也想不通。卢绾叫来随军郎中,替他拔出箭来,包扎了伤口,刘邦问卢绾:"难道我在家乡人眼里,连雍齿都不如吗?"

卢绾道:"大哥别那么想,老百姓是墙头草,哪边风硬跟哪边跑。况且,乡亲们都在他手里控制着,不听他的怎么办?"

刘邦还是想不通,心里窝了一股火。看着被打得七零八落的队伍,他不想回沛县去了,怕丢人。前几日他就听说有位东阳宁君和一个叫秦嘉的义军首领已经在留县(今江苏沛县东南)拥立楚国后裔景驹为王,于是打算率军前去投奔。刚走到留县境内,刘邦就觉得身体有些不支,胸口发闷,"哇"的一声吐了一口鲜血,从马背上跌了下来。

刘邦病倒了,发起了高烧。一连几日水米未进。妻子吕雉在身旁日夜伺候着,使他不由得想起了佩佩。那一次也是中箭之后发高烧,要不是佩佩,他早已死在芒砀山中了。想到佩佩,他心里针扎一样地疼痛,这孩子,不知跑到哪里去了,已是深秋,和去年是同样的季节,这个寒冷的冬天,她可怎样度过?如果她是只身出走,或许还安全一些,带着一支队伍,会不会被秦军盯上?会不会遇到危险?想到这里,脑子又有点迷糊,模模糊糊看见仿佛是佩佩端着一碗鸡汤走过来,走近前一看,却是吕雉。吕雉将他扶起,给他喂药,他心中烦闷,看见那药汤就觉得恶心,同时,想起吕雉逼走了佩佩,心里恨她,不耐烦地说:"你让我安安静静躺一会儿好不好?"说着,一抬手,把吕雉手里的碗打翻了,药汤撒了一地。他仿佛看见吕雉眼睛里流出了泪水,身子一歪,又迷糊过去了。

刘邦病得这么重,把诸将都吓坏了,他们四处打听,寻访名医,请了几位郎中来看,都说不要紧,可是诸将还是不放心。这一日,樊哙又请来一位郎中。

"大哥,这位先生说他能看好你的病。"

刘邦这会儿精神稍好一点,正靠着床头坐着,他抬了抬眼皮,望了那人一眼,说:"算了吧,我的病看不看都是那个样,那些一把胡子的老先生都没什么办法,你个毛孩子能有什么好办法?"

"沛公,在下已届中年,不是毛孩子了。"

"什么什么?你说你多大?"刘邦睁大眼睛问道。

"三十五岁了。"

"你不是蒙我吧?"

"这有什么可瞒人的!"

"你吃了什么灵丹妙药,长得这么年轻?"

"不瞒您说,在下倒是懂得一点养生之道。"

"何不给我也教教?"

"只怕沛公军务繁忙,静不下心来。其实养生之要贵在一个静字。心情宁静,胸中容得丘壑,万事不起波澜,自然就能百病不生,健康长寿。"

刘邦点点头道:"有道理,那就请先生看看脉吧。"

郎中把过脉,说:"沛公乃急火攻心,没什么大要紧,我开个方子,吃了就会好的。"

"算了算了,来了几个郎中都这么说,我看你和他们也差不了多少,方子不用开了,你们那些狗屁方子,我自己都会开。樊哙,送客!"

刘邦虽然粗鲁,可是那郎中并没有生气,出得门来对樊哙说:"沛公想是遇到了什么事情,心里搁不下。"

"也没什么大不了的事,就是前几天打丰邑吃了败仗。本来也不至于这样,只是丰邑是他的老家,丰邑子弟背叛他,他有点受不了。"

"噢,原来如此。烦请将军取笔墨来。"

"我说就算了,你开了方子他也不会吃药的,他的脾气我知道。"说着,樊哙掏出几两银子递给郎中。

"沛公的病我能治。"郎中固执地说。

樊哙命人取来笔、墨、绢,郎中开好方子递给樊哙,走了。樊哙不识字,把方子递给刘邦看,刘邦大吃一惊。只见上面写着:

  主将之法,赏禄有功,通志于众。故与众相好靡不成,与众同恶靡不倾。治国安家,得人也;亡国破家,失人也。

这些话说到了刘邦的病根上。刘邦看了,心中好像立刻打开了一扇窗户,他急忙问樊哙:"你从哪里请来的这位郎中?"

"昨天他自己投奔来的,还带了几十号人。当时有股秦军追他们,我带了些弟兄把秦军赶跑了。"

"你怎么事先不说清楚,他是从哪儿来的?"

"不知道。"

"叫什么名字?"

"张良。"

"他人呢?"

"走了,带着他的人马投秦嘉去了。"

"赶快给我追!"

第二十章 渡　江

项梁派出与陈胜联系的几路使者均无消息。正发愁找不到陈胜，忽报陈胜使者到。项梁大喜，急忙将使者迎到郡府。

使者姓召名平，广陵（今江苏扬州市西南）人，两个月前，奉陈王之命率军攻打广陵。广陵未下，陈王已死，秦军随后杀来，召平军处于前后夹击之下，眼看就要败亡，他不甘心反秦大业就这样销声匿迹，听说项梁已在江东聚起数千人马，便渡江来找项梁。未渡江前，他已听说项梁文武兼备、足智多谋，因此，在怎样动员项梁渡江抗秦的问题上，他很动了一番脑筋。他没说陈胜已经败亡的实情，而是以陈胜的名义给项梁封了一个楚上柱国，命其渡江抗击秦军。项梁并没有把这个上柱国的头衔当回事，只是因为与陈胜取得了联系感到十分兴奋，渡江抗秦也是他早已经拿定的主意，即使最终联系不上陈胜，他依然会渡江。

秦二世二年（公元前208年）初，项梁率领江东八千子弟兵从丹徒渡过了长江。

项梁轻而易举地攻克了广陵，然后继续向北，朝东阳（今安徽天长县西北）进发。大军行到半路，听说东阳令史陈婴已经聚兵起事，占领了东阳，便派人前去联络。

陈婴在东阳的官吏中是个有名的清官，处事公正，廉洁不阿。东阳少年听说陈胜起义后，杀了县令，并聚起数千人，然而却没有一个合适的头领，于是推了几个人来请陈婴。陈婴平时爱读老、庄，处事比较超脱，是个与世无争的人，况且家中又有老母在堂，所以不肯出山。但是起事的年轻人已经把他的旗号打出去了，官府也下令在通缉他，他已经没有了退路，于是不得已做了义军的头领。陈婴一出面，众人皆知不是儿戏，东阳子弟纷纷参加了义军，队伍很快发展到两万多人。

陈婴的母亲是个明白人，又读过几天书，闻知此事后，对陈婴说道："自我嫁到陈家来，从未听说陈家祖上出过什么大人物，我看你也未必行，今暴得大名，不是祥兆，不如归属个名主，事成可以封侯拜将，不成也有个退身的余地。"

母亲这番话和陈婴的想法完全一致，恰好这时项梁派使者来联络，陈婴将众将召集到一起商议道："我陈婴德薄才浅，不堪当此重任。今有项公派使者来，欲与我联兵抗秦。项氏乃楚国望族，世世为将，战功赫赫，吾闻项梁叔侄皆吴中豪杰，今欲属之。倚名族，投名主，共图亡秦大业，不知诸位意下如何？"

诸将早已闻项梁大名,见陈婴执意不肯当这个首领,只好同意归属项梁。

项梁大军开进了东阳。两支大军合在一处有三万多人,声势大振。在东阳,项梁对起义军队伍进行了整训和改编,然后继续挥师北上,渡过淮河,准备与陈胜的大部队会合。这里离项梁的老家下相已经不远了,项梁准备晚上就在下相安营扎寨,于是令龙且为前锋,项羽、桓楚断后,钟离昧和曹咎率领五千人马为左军,丁公和季布率五千人马为右军,项梁与陈婴率中军向下相开进。中午时分,队伍行至下相西,龙且率领的前锋部队突然受阻,龙且派人来报,前面有一支大军拦住了去路。项梁传令让左右后三军主将一齐到前方察看敌情。

项梁和陈婴来到阵前。只见前面旌旗蔽日、杀声震天,对方帅旗上赫然醒目地书着一个"英"字。龙且正在与一个黑脸大汉厮杀,那大汉脸上刺着一个"贼"字,座下骑一匹枣红马,手使钉锤,左劈右搠煞是勇猛。龙且挥舞长枪迎战,两个人你来我往,战了十几个回合未见胜负,项梁心中赞叹:真是好身手。这时,曹咎、钟离昧、季布、项羽等皆已赶到,陈婴对项梁说道:"他们不像秦军,看样子也是一股义军。"

钟离昧道:"不如鸣金收兵,喊话收服他们。"

于是项梁命人敲响了铜锣,龙且回到阵中。钟离昧出阵喊道:"将军何方义士?为何不去攻打秦军,倒在这里跟义军兄弟过不去?"

"我正要问你呢,你们是哪路的贼寇?老子在前边打秦军,你们在背后打老子,是你们跟我过不去,还是我跟你们过不去?"

"既然同是义军,何不归顺我军,一同抗秦?"

"哈哈,跟老子想到一块儿去了。不过得弄清楚,谁归顺谁呀?就你们这群草包,让我归顺?我服气,我这些弟兄们还不服呢。还是你们归顺过来吧!"

"将军既有此意,何不下马来谈?"

"没什么可谈的!你们若有人胜得我手中这把钉锤,老子就归顺你们;若是胜不了,你们就老老实实归顺过来,否则别怪我手下无情。"

"一言为定,将军不可食言!"

"一言为定,绝不食言!"

钟离昧手持双鞭,才要出战,龙且早已冲到前面去了。钟离昧拍马追上龙且,喊道:"龙将军且回营歇息,让我与他一战。"

龙且顾不上答话,拍马冲上前去。对面大汉喊道:"你我交战数十回合,尚不知你何人,来将报个姓名,老子不杀无名之辈。"

"我是你龙且龙大爷,你是何人?看枪!"

说着,挺枪向对方刺去,对方抡起钉锤将龙且的长枪拨开,直朝龙且前胸擊去,钟离昧见这一招十分凶险,害怕龙且不防,挥起双鞭将钉锤挑开了。

那大汉勒住马头说道:"哈哈,你两人来战,这回输了可没说的了吧?"

龙且喊道:"钟离将军退下!"

钟离昧不肯,道:"龙将军退下!"

两个人正争执不下,那大汉已经拍马杀了过来,于是两个人同时迎了上去。

才战了几个回合,项梁阵营后面有一人骑马飞奔来到阵前,大声喝道:"住手!别打啦,都是自家兄弟!"原来是桓楚。他本在后军随项羽行动,听说前面打起来了,他猜到可能是他江湖上的朋友,便随项羽之后赶了来,远远一望旗帜,正是老朋友英布,急忙赶到阵前,制止了这场厮杀。

英布是六县(今安徽六安市东北)人,十五岁那年,有位算命先生给他看相,说他有王侯之相,只是当刑而后王。英布当时也没在意,后来,因为聚众抢劫被官府抓住,受了黥刑,英布非但不觉得沮丧,反而到处对人说:"这回老子该他娘的称王了。"大伙听了,都拿这话当笑柄嘲笑他,从此便叫他黥布,真名反倒被人遗忘了。英布受了黥刑之后,被发配到骊山秦始皇陵寝工地服劳役。他是条血性汉子,因为受不了监工的打骂,在一个漆黑的夜晚,率领几百名刑徒逃出了关中,在鄱阳湖一带落草为寇,干起了杀人越货、打家劫舍的勾当。

黥布做了山大王,自号当阳君。朝廷令鄱阳(今江西波阳)县令吴芮率兵搜剿。吴芮剿了一年多,非但没有把黥布剿灭,反倒让黥布把他的独生女儿掳了去,做了压寨夫人。从此,吴芮再不敢认真追剿,害怕伤了女儿性命。于是,黥布公开活动于鄱阳湖畔,毫无顾忌。

陈胜起兵后,黥布带着夫人来见吴芮,两个人已经有了儿子,吴芮望着胖乎乎的小外孙,无可奈何,只好承认了这门亲事。黥布劝吴芮起兵响应陈胜,吴芮本来也想起兵自保,正拿不定主意,经黥布一劝,坚定了决心,将县里的官兵和黥布的兵马合为一处,树起了反秦的旗帜。吴芮坐镇鄱阳,命黥布率军北上来找陈王。

黥布从九江渡过长江,到处寻找陈王,碰到几股义军,皆不知陈王的去向。有的说在这儿,有的说在那儿,还有的说陈王已经死了。最后得到消息说陈王被围困在清波(今河南新蔡县西南),于是便率军来解清波之围。在清波,黥布碰到了章邯率领的秦军主力。秦军正在攻城,城墙上赫然飘着红色的陈字大旗,黥布认定这就是陈王的部队,于是从背后向秦军展开了进攻。

话说庄贾杀了陈胜,去投奔章邯,章邯给了他一笔赏金,并委任他做陈县令。庄贾小人得志,真的以为从此可以尽享荣华富贵了,没想到早有一路义军盯上了他,要为陈王报仇。这支义军便是吕臣率领的苍头军。

吕臣是陈王的中涓,专管王府的安全、警卫事务,三十多岁,长得白白净净的,看上去像个书生,处事十分机警、干练。当初陈王东巡,沿途碰到被打散的义军,就让他们互相传令,以黑布裹头为识别信号,到新阳集中。几天之内,新阳就聚集了几万人马。因为集结的义军弟兄都裹着青色头巾,所以称为苍头军。各路义军到了新阳,却不见陈胜,群龙无首,乱成了一锅粥。吕臣得知后,飞马赶到新阳,挺身而出,担负起了领导这支义军的任务。他没有宣布陈王遇害的消息,只说是庄贾叛变,引狼入室,秦军攻克了陈县。他以陈王的名义迅速整编了部队,下达了收复陈县的命令。

听说庄贾为秦军守城,义军将士各个义愤填膺,奋不顾身攻下了陈县,庄贾被义军将士抓住剁成了肉泥。吕臣在陈县重新举起了义旗,仍以张楚为国号,以陈县为都,三军大旗上仍然赫赫醒目地大书着"陈"字。为了不影响三军士气,吕臣只向几个心腹将领透露了陈胜遇害的实情。

章邯大军很快反扑过来。吕臣军不敌,再次退出陈县。义军边打边撤,撤到清波,被章邯大军团团围住。吕臣只有两万多人马,秦军将近二十万,吕臣几次组织突围都失败了。就在这万分危急的时刻,黥布率军赶到了。吕臣和黥布内外夹击,秦军不备,阵脚大乱,章邯急命撤退,两支起义军携手作战,追出几十里,斩敌无数,大胜而归。

回到营中,黥布来见吕臣,以为他就是陈胜,欲施大礼,吕臣急忙拦住。双方各自介绍了自己的情况,黥布感到有点失望,问道:"如今到哪里能找到陈王呢?"

吕臣道:"黥将军不必急着去找陈王,可先在军中住些时日,说不定陈王会来这里找我们。"

"吕将军能否给我个准信,陈王何时能来,或者说,他在哪里,我去找他。"

吕臣目前还不敢把实情和盘托出,因为黥布手下有两三万人马,部队训练有素,作战十分英勇,他害怕黥布知道实情之后会吞并他这点人马。心想,先稳住他,相处一段再说。

"陈王行事向来如此,来无影去无踪,具体在哪里我也不知道,正在派人打探,过上三五日或许就有消息了。"

于是,黥布暂时留了下来。

半个月过去了,仍无陈王的消息,军中到处传说陈王已死,黥布心中疑惑,又来问吕臣,吕臣道:"那是秦军散布的谣言,将军不可信他们的,近日闻陈王正在东面招兵买马,不久就会来此与我军会师西征,将军不妨再等几日。"

自从两军相遇之后,吕臣对黥布处处以上宾相待,除了好酒好饭劳军之外,吕臣还不惜重金笼络黥布及其下属,两军相处十分融洽。但是,黥布见不到陈胜是不会甘心的。又等了几日,黥布实在等不住了,于是告别了吕臣,率军向东来寻找陈王。

一路上,黥布到处碰到小股义军,旗号上打的不是陈就是楚,可是仔细一追问,都是些冒牌货。于是,黥布看见这些小股部队就打,先把对方打垮,再收编到自己麾下。一路上他也没少和秦军开战,但碰到的多是小股秦军。自从和章邯交过手之后,黥布便不大把秦军放在眼里了,可是这一日却碰到了劲敌。秦军主将名叫蒲臣,带了两三万人马,两军相遇正杀得难解难分,忽报背后又有一支敌军杀来,黥布以为是小股义军,没有放在心上,派了两员将领前去收服他们,遇到龙且,根本无法抵挡,于是黥布让前方暂且稳住阵脚,亲自来战龙且。

当下桓楚喝住众人,带了黥布前来拜见项梁,黥布勉强见过了礼,心中却是不服。过去曾听桓楚说过项家叔侄如何如何英雄,今日阵前比武,项家军居然会干出俩打一的事情,这让黥布很瞧不起,项羽也看出了这层意思,道:"刚才比武尚未分出胜负,想是将军心中不快。我倒愿意与将军比试一下。"

这话正合黥布心意:"那好,项将军请上马。"

说着,两个人同时跳上了马背,项梁喝道:"籍儿不得无礼!英将军请下马,适才比武,钟离昧和龙且两打一甚是无礼,老夫在这里给将军赔礼了。请受老夫一拜。"

黥布一听这话,心中块垒顿消,急忙跳下马来将项梁拦住了。

众人寒暄了几句,项梁邀黥布到军中叙话,黥布道:"前面还有一股秦军,待我将他们消灭了再来拜见项大人。"

项梁问道:"秦军有多少人马?"

"大约两三万。"

"如此则不可轻敌。我有一计,将军此去可佯装战败,将秦军引到这里来,然后……"

项梁如此这般向众将交代了一番,众将领命而去。刚才还是杀气腾腾的战场立刻变得安静下来。项梁对陈婴说道:"咱们今晚到下邳宿营吧?"

"不是说到下相么?大人不想回老家看看?"

项梁笑道:"想是想,可是秦军不让啊,他们要占下相,咱们只好先让给他喽。"说完,诡秘地一笑,陈婴已经明白了几分,也不多问,随大军向东北方向撤去。

项梁的中军刚刚撤离,黥布从西北方向"败退"下来。后面秦军紧追不舍,黥布按照预定计划,一直向南退,秦军呐喊着追上来,跑了约三四里路,项羽、桓楚兵分两路从两面山坡上杀了出来,秦军顿时大乱,死伤无数人马。秦军连连后退,想从原路撤回,已经不可能了,龙且率领一支人马早已截断了秦军退路。秦军又向西撤,走了三五里,被曹咎、钟离昧率军截住,秦军完全乱了阵脚,没头苍蝇般向东退去。东面季布、季心兄弟早已等在那里,缠住秦军又是一阵厮杀。此时,秦军死的死、散的散,只剩了不到一万人马,项梁四面大军合拢了来,将秦军团团包围在下相城西。天色已近黄昏,秦军主将蒲臣害怕被包围在这里,下了死命令:向东突围,天黑前占领下相。季布遵照项梁的指令,且战且退,天黑之前,看看秦军战斗力已经消耗得差不多了,便一路向东退去。秦军占领了下相。

蒲臣进到城中,大吃一惊。城中一个百姓都没有,大小水井全部被填平了。想喝口水都没处找去。原来是一座死城。秦军随军粮草早被楚军截掠一空,再想退出城外,已无可能,楚军已将下相围得水泄不通。黎明时分,蒲臣率领秦军突围,冲出了北门,一气跑出五六十里,来到下邳城下,身边只剩了百余骑。只见下邳城门大开,项梁早已候在那里,左面陈婴,右面龙且,三个人骑在马上,威风凛凛,项梁道:"蒲将军还要再战么？"

蒲臣回头看看，左面曹咎、钟离昧，右面丁公、季布已经率领追兵赶到，后面是项羽的追兵，将其围在核心，只好下马受降。

这一仗，俘虏了秦军两万多人，加上黥布的人马，楚军已有六七万众。

蒲臣投降义军，带来了一个确凿的消息：陈胜死了。至此，项梁才彻底弄清楚了义军目前所处的形势。

章邯接连打败了周章、吴广、陈胜三支义军劲旅，声势大振。二世令其继续东征，不必回咸阳复命，迅速平定齐、赵、燕、魏四国。为了迅速扑灭这场声势浩大的农民起义，二世连北部防御匈奴的部队都调回来了，令王离率领戍长城的二十万大军前来协助章邯作战，两军合计约有四十万人，加上李由的人马，秦军用于对付义军的部队将近六十万，气焰十分嚣张。义军陈胜的人马已经被围剿得差不多了，只剩了吕臣的苍头军，现被三川守李由率军，包围在襄城（今河南襄城县），王离大军正在进攻赵国，章邯大军也已经气势汹汹地开始进攻魏国了，形势十分严峻。

项梁原以为渡江是配合陈胜作战，没想到他率领的部队现在已经成了义军中最大的一支，反秦的大任已经历史地落在了他的肩上。他深深地感到了这副担子的沉重，同时也给他增添了几分豪情。

听说吕臣被围在襄城，黥布立刻请求率兵前去解围，项梁道："将军连日来与秦军作战太辛苦了，暂且让你的部下休整一下，打仗的机会有的是，让项羽和季布去援救吕臣吧。"

项羽走后不久，项梁便率领大部队向西北开进，准备与章邯开战，以解魏国之围。队伍行进至彭城，早有一支人马在彭城一带布下防线，阻止了大军前进。项梁派人前去打探，原来是秦嘉的人马。

秦嘉本是陈王部下，受陈王之命东徇东海郡。陈王派武平君袁畔做监军。后来，秦嘉打了几个胜仗，便欲独立，假借陈王的名义杀了武平君，自立为大司马。开始还遮遮掩掩，不敢打出旗号，后来听说陈王兵败出走，便迫不及待地抬出一个傀儡——景驹，立为楚王。景氏本是楚国望族，但不是王室后裔。虽然血统不够正宗，但是有了王号之后，秦嘉的队伍立刻壮大起来，已经发展到五六万人。项梁摸清情况后，准备派人前去谈判。听说有位东阳宁君在秦嘉军中，陈婴认识，便主动要求前去说服秦嘉取消王号，联兵抗秦，不料秦嘉不识时务，非但不取消王号，还要吞并项梁的人马，陈婴再三劝之不听，回来向项梁复命。黥布在一旁听了大怒，对项梁说道："我早就听说这小子不地道，背叛陈王，结党营私，起义军的事坏就坏在这些人手里，让我带人去灭了他。"

项梁沉思良久，说道："眼下敌强我弱，义军内部再不能自相残杀了，我打算再派一人前去说服他们，只要让开一条路，让我大军过去，其余事情一概不予追究。谁能前去说服他们？"

宋义跟随项梁多日，一直没有派他什么事情，此刻主动请缨前去说服秦嘉。项梁同意了。宋义去了两日，回来报告说秦嘉同意楚军从彭城东面过去，但是宋义担心秦嘉半路上设伏袭击，如果是那样，后果将不堪设想。项梁道："秦嘉若放我们过去便罢，如果硬要吞并我军，那我们就给他来个将计就计。"于是如此这般布置了一番，众将领命而去。大军行至半路，果真碰到了秦嘉的伏兵，龙且和黥布正面迎敌，两军战了一个多时辰，秦嘉开始感到棘手了，他根本吃不下这支义军。正在这时，桓楚又率领一支人马从侧翼杀来。秦嘉不得不分出部分兵力对付桓楚，只好又从彭城调出两万人马增援。钟离昧已在城外等候多时，见彭城内的兵马倾城出动，立刻发起进攻，拿下了彭城，活捉了景驹。秦嘉大军正与楚军战得难分难解，回头看见城墙上插满了项字大旗，景驹被押上了城墙，一下乱了阵脚，回军去救彭城。曹咎早已率领一彪人马埋伏在半路，此刻趁机杀出，秦嘉军大败，秦嘉率领一部分部队向北逃去，龙且、黥布紧追不舍，一直追到胡陵，斩杀了秦嘉。

这一仗彻底打垮了秦嘉，项梁收拾秦嘉残兵，得到三万人马，项梁的队伍已经发展到十万人。于是下令继续北进，进驻薛城。

在薛城，项梁听说有个叫刘邦的两个月前曾领兵攻下薛城，杀了郡守季壮。于是，项梁立刻派人去与刘邦联络，同时派出几路使者联络各路义军首领来薛城相会，共商反秦大计。

第二十一章 淮阴少年

初春的夜晚,天气仍十分寒冷,一弯残月悬在天空中,惨淡的月光照耀着空旷的田野。大路两旁到处是残破的兵器、被丢弃的战车,偶尔还有几具无人去收的士兵的尸骨。战乱的阴影笼罩着大地,提心吊胆忙碌了一天的百姓们早已纷纷躲进自己的小窝进入了梦乡,享受着暂时的安宁。大路上静悄悄的,没有一点声音,只有一个青年正冒着寒风在赶路。那青年名叫韩信,二十多岁,瘦高个儿,穿一身露着棉花的旧棉袍,腰挎一口宝剑。韩信长得特别瘦,所以显得脖子很长,脑袋很大,宽大的额头上,一根根青筋清晰可见,高眉骨、高鼻梁、深眼窝,下巴微微有点朝前撅,嘴角紧闭着,透着几分刚毅、几分英俊。因为急着赶路,头上冒出了汗,在月光下能看见一股白色的蒸汽从头顶向上升腾。走了一阵,韩信觉得累了,在路边一块儿石头上坐下来,从怀里掏出一块儿冰冷的干粮啃起来。

韩信是淮阴人,祖上曾是楚国贵族,后来家道逐渐衰落,韩信出生的时候,家里已经穷得连吃饭都成了问题。韩信从小就没了父亲,十二三岁的时候,母亲又去世了。街坊邻居们看他可怜,凑了些钱来帮助他料理丧事,可是临下葬的时候,韩信说什么也不同意把母亲安葬在那个已经挖好的墓穴里,他说那地方太狭窄,而且处于低洼地带,一下雨就会被水淹掉,于是他自己另选了一处宽敞的高地作为母亲的墓地。大家问他为什么,他说这里宽敞,墓旁可以置万家。乡亲们为此非常生气,但是看他还是个孩子,也就不和他计较,按照他的意愿重新挖掘好墓穴,安葬了他的母亲。

父亲留给韩信的,只是几件祖上用过的旧兵器和数十卷兵书。对这几件兵器,韩信十分珍惜,每天都要擦拭一遍,很艺术地把它们挂在墙上,排列好,再欣赏一会儿,然后才去读书。韩信从小就爱读书,尤其爱读兵书。他读起书来十分入迷,经常忘了吃饭,忘了睡觉,边读边揣摩,有时能掩卷沉思达一两个时辰,甚至别人叫他他也听不见,读到会心处,常常兴奋得手舞之,足蹈之,旁人看他就像个傻子。长大后,他对军事更加痴迷了,他的两间小茅屋里挂满了地图,地上摆满了用瓶瓶罐罐摆的作战沙盘,这里是"围魏救赵",那里是"声东击西",进门一不小心就会踢倒几座"城池"。

韩信满脑子装的是春秋五霸、战国七雄征战图,然而,却不懂得怎样养活自己。

他既不会种田,也不会治商贾,生计无着,经常饿肚子。淮阴下乡南昌亭长苏完与韩信的父亲是故交,苏完的女儿苏琴与韩信同岁,两个孩子从小就定了娃娃亲。韩信的母亲去世后,苏完便让韩信到他家里吃饭。韩信在苏完家里度过了他童年时代最后一个饱暖的冬天。时间久了,苏完的妻子越来越不能容忍韩信在他家里寄食,经常给他脸子看。有一天,韩信来吃饭,亭长妻子早已伺候一家人先吃罢了,韩信来了,她故意装做没看见,也不去做饭,韩信的自尊心受到了严重的伤害,从此再也没有去过亭长的家。小苏琴倒是有情有义,经常偷着从家里拿些吃的东西来送给韩信。看见韩信的衣服破了就帮他补补,家里乱得不成样子就帮他收拾一下。但是苏家对这门亲事十分后悔,有心悔约,和苏琴念叨了几次,苏琴都不同意。随着年龄的增长,家里对她管得越来越严,他们便很少能见面了。

街坊邻居看韩信可怜,东家送几斤米,西家请着吃一顿,有时恰巧大家都没想起他,他就得饿几天肚皮。夏秋季还好说,饿急了,跑到别人家地里掰穗玉米、刨几块红薯吃就能解决问题,到了冬季,就只好靠东家讨西家蹭了。时间长了,大家都讨厌他。人们常看见韩信穿着件旧棉袍、挎一把宝剑满街转悠。

一天,韩信从街上往家走,远远地看见苏琴站在门前等他。苏琴是偷着从家里跑出来的。韩信急忙把她往屋里让,可是苏琴不能久待,两个人就站在院子里说了一会儿话。她告诉韩信,父亲要把她嫁给一个商人,让韩信赶紧想办法。韩信有些窘迫,但是仍然满怀信心地对苏琴说:"你放心,等我做了大将军,一定回来娶你!"

"你这个呆子,谁指望你做将军了。等你做了大将军,我就成老太婆了。"

"不会的,不会那么久的,就算你成了老太婆我也要娶你!"

"你光说这些有什么用!眼下怎么办?"

"眼下……"韩信搓着两只手,拿不出任何办法,他身无分文,想把苏琴娶回家来是不可能的,就是娶回来也没法养活这个家。

苏琴道:"好了,我得走了,你赶紧想办法吧。你记住,他们要来找你退婚,你无论如何不能松口。我等着你。"

韩信无可奈何地送走了苏琴。第二天,苏完果然找了中间人来和韩信商量退婚,答应给他一大笔钱,韩信坚决不答应,事情就暂时拖了下来。

韩信读了许多兵书,很想找个人交流一下,因此只要碰上能识几个字的人,便大讲他的读书心得、兵法谋略,偶尔碰上能聊几句的,便蹲下来用石子、土块摆成沙盘和人研讨。然而,淮阴城里却没几个人愿意听他胡侃,人家谈别的事情,他也不感兴趣,因此,韩信显得很不合群,大家都觉得这个人是个半痴癫、疯子。年轻人给他起了个外号,叫韩大将。

"喂!韩大将,今日又攻下几座城池呀?"

"韩大将,你的兵呢?大将军怎么连一个兵都没有啊?"

大伙这样取笑他,他也不恼,总是一本正经地说:"我迟早是要做大将军的,不信你们等着瞧。"

他这样一说，年轻人就更来劲了，围着他没完没了地挖苦、取笑。有一次，韩信有点恼了："你们想干什么？有眼无珠。你们知道我是什么人？我韩信将来有一天真的做了大将军，你们不觉得羞愧吗？"

"呵！口气倒不小，你他娘的当什么大将军，别看你整天挎着把剑，装得像个人物似的，其实是个胆小鬼，你杀个人给我们看看？"

韩信道："你以为我不敢？"

"敢就来呀，来，今天你把我杀了，算你小子有种，要是没那个胆量，你就从我裤裆底下钻过去！"

说话的年轻人叫钱仲，是城里杀猪的，长得五大三粗，抱着胳膊横在韩信面前，一心想要他的好看。韩信怒从心头起，"嗖"的一声抽出了宝剑，想了想，又把剑插回了鞘中。他想起孙子的话："将有五危：必死可杀；必生可虏；忿速可侮；廉洁可辱；爱民可烦，凡此五者，将之过也，用兵之灾也。"韩信转身欲走，几个年轻人把他拦住了："别跑啊，有胆量来呀！"

"你不是口气大得很么？"

一群年轻人你推我搡地揪住韩信不放，韩信已经几天没吃东西了，饿得头昏眼花，连招架的力气都没有，街上围过来看热闹的越来越多，韩信不想再和他们纠缠下去，于是扑通一声趴在地上，从钱仲胯下钻了过去。从此，韩信胆小在淮阴出了名，钻裤裆的故事也跟着流传开来，一直流传至今。韩信走到哪里，这个故事跟到哪里。这故事给韩信的命运带来了许多波折。他去考吏员，门门成绩都名列前茅，就因为钻裤裆的事，没有被录用，以至于他成年之后仍然谋不上一个可靠的饭碗。后来先后投奔项羽、刘邦，也都因为这个故事而被人瞧不起，很长时间没有得到重用。

韩信考吏员没有录取是因为"无行"，即品德不好，这可实在是冤枉韩信。韩信不仅没有打砸抢偷之类的劣迹，而且非常注重个人修养。他完全是按照一个高级将领的标准来要求自己的。与人相约，从不迟到；答应人的事，一定想方设法办到，办不成的也一定有回话；他常找人借书看，说好什么时候还，保证一天都不拖延。只是吃饭一事，经常使他受窘，常常显得很没志气，仅这一条就把他所有的优点都遮盖了。不过韩信的聪明是有名的，民间一直流传着韩信走马分油的故事，说有一次有位卖油郎担了一篓油来卖，一篓油整十斤，买油的人要买五斤，但是卖油的没有称，只有一个空罐，能装三斤油，买油的拿了一个空葫芦，能装七斤，卖油的不知怎样才能给这位客户准确地称出十斤油来，恰好韩信骑马路过这里，问清了情况，说："葫芦归罐罐归篓，分完各自回家走。"说完，打马而去。买卖双方按照韩信指点的方法来回倒了几下，果真把五斤油准确无误地分了出来，各自高高兴兴回家去了。类似的故事还有韩信点兵、韩信分饼、韩信切西瓜等等，据说中国象棋也是韩信发明的，所以棋盘的设计才有楚河汉界之说。总之，在老百姓心目中，韩信就是聪明的化身，只是古时候还没有高等数学,如果有,人们大概也会编出韩信发明了微积分或者提出过什么韩氏猜想之类的故事。

　　韩信喜欢钓鱼,经常坐在淮河边垂钓,一坐就是半天儿。韩信钓鱼主要是为了练心性,专修一个静字。主将之心,不可任意涂抹,必须心澄如镜,才能准确地判断形势,正确地选择弃取。韩信钓鱼可以不受任何外来事务的干扰,只是肚子常常不做主。这一日,在河边坐了两个时辰才钓上来一条两寸长的小鱼,本来平静如水的心境,立刻被打破了,五脏六腑都跟着翻腾起来。他已经两天没吃饭了,抓起那条小鱼生着就把它吃了下去。河边有几个妇女正在洗衣服,这一幕恰恰被一个老太太看见了。她见韩信饿成这样,有点于心不忍,便把装食物的篮子提了过来,说:"公子怎么饿成这个样子?来,吃吧。"篮子里装的是老太太的午饭,韩信看看老太太,说了声谢谢,就狼吞虎咽地吃开了。等把篮子里的东西吃完了,韩信才想起老太太,脸上十分尴尬,说:"对不起,我把饭都吃了,您怎么办?"

　　"没关系,我洗完回去再吃。"

　　第二天,韩信又来河边钓鱼,饭食还是没有着落,心也静不下来,他偷偷瞟了一眼河边洗衣服的妇女,昨天那个老太太还在,眼睛便不由自主地看了一眼她身后的饭篮,老太太知道他没吃饭,便又把篮子提过来让他吃。一连数十日,老太太每天来这里洗洗涮涮,每天带饭给韩信吃。这一日,韩信又来河边钓鱼,天上下着毛毛细雨,那些洗衣服的妇女没有来,只有老太太一个人挎着个篮子站在河边等他:"公子,我今天是专门给你送饭来的。梅雨季节到了,从明天开始,我不来洗衣服了。你自己想办法吧。"

　　韩信十分感动,跪下给老太太磕了个头,说:"老人家待我恩重如山,日后我韩信必有重报。"

　　老太太听了十分生气:"大丈夫不能自食其力,还谈什么报答!我是看你这公子可怜才给你饭吃,你以为我图你的报答吗?"

　　为了生存,韩信忍痛卖掉了那几件祖传的刀、弓,最后只剩下一口剑,韩信说什么也舍不得卖。那是一口宝剑,父亲告诉他,这把剑叫干将剑,是古时候一对名叫干将、莫邪的夫妻铸出来的。传说吴人欧冶子善铸剑,曾铸出不少名剑,天下无人能与之相比,后来欧冶子去世了,他的徒弟干将继承了他的技艺,比他更胜一筹。于是吴王阖闾令干将为他铸剑,干将采了五方名山的铁矿来为吴王铸剑,然而这些铁矿十分难于提炼,在炉中烧了几个月,铁汁就是流不出来。莫邪问丈夫,这可怎么办?如果铸不出来,是要杀头的。干将说:从前先师欧冶子也曾碰到过类似情况,看来这次铸出的剑不是一般俗物。可是要出名剑,就得死人。当年先师铸的那把吴王光剑,就曾以女子许配炉神,铁汁乃化。莫邪听了这话,毫不犹豫地跳进炉中,铁水当即就流了出来。干将用这些铁水铸出了两把剑,雄剑叫"干将",雌剑叫"莫邪"。干将知道这两把名剑一问世,吴王肯定要杀他,因为吴王不会允许他再为别人铸出这样的剑。

于是他只将莫邪剑献给了吴王,而将雄剑干将留给了儿子莫干。吴王不知干将同时铸了两把剑,得到莫邪剑后,果真将干将杀了。莫干长大后,背着干将剑来找吴王,亲手用那把剑杀了吴王,将两剑合一,在当年的铸剑炉旁为父母双亲建了坟墓,并将干将、莫邪剑作为陪葬埋入墓中。后来不知过了多少年,人们在修筑城墙的时候挖出了这两把剑,使之重见天日。但是随着岁月的流逝,两把剑又重新分开了,属于不同的主人,又不知辗转经过了多少人的手,最后到了韩信手中,韩信拿的这一把是莫邪剑,是雌剑,另外一把是雄剑,已不知去处。据说,并得两剑者必得天下。淮阴城中,人们都知道韩信有一把宝剑,却没有人知道它的真正价值。韩信此时武学已经融会贯通,几乎达到炉火纯青的地步,经常抚剑长叹:何人能识此剑?又有何人能识持剑人?

淮阴城中,并非一个识剑的人都没有。一日,韩信在街上走,被一个卖柴的看见了,那人一眼盯上了他腰中的宝剑,连柴担子都不要了,韩信走到哪里他便跟到哪里,韩信在街上转了一天,那人跟了一天,一直跟到傍晚,跟到了韩信家中。其实韩信早就发现那人在跟踪他,故意在街上转来转去,看看他究竟想干什么。

韩信进了自家小院,一闪身躲到了院门后面,那人进了院子,不见了韩信,喊了一声:"主人在家吗?"

韩信抽出宝剑直指他的后心,道:"在。你是什么人?为何老是跟着我?"

那人站下,不慌不忙地答道:"在下钟离眜。我并无恶意,只是想看看先生的宝剑。"

"既是想看剑,你跟了我一天,为何不说?"

"在下怕在街上拦住问剑,给先生带来麻烦,故而跟到了家中,实在冒昧,请先生见谅。"

韩信见他并无恶意,将剑插回鞘中,道:"让钟离先生受惊了,屋里请。"

钟离眜进了房子只扫了一眼,就大致知道了韩信是怎样一个人:"想不到淮阴城里藏龙卧虎,竟有先生这样的奇人!"

"那就请先生说说我是怎样一个人呢?"

"你看这地图、这沙盘、这宝剑,还用说吗?"

韩信一听,心花怒放。倒不是为了钟离眜几句夸奖的话,而是因为碰到一个知音。他把地上摆沙盘用的坛坛罐罐往一边归拢了一下,拿了个小板凳让钟离眜坐下,把佩剑摘下来递给他,说:"先生想看剑,且慢慢看,我去给先生烧点水来。"

"先生不必客气,说会儿话吧。若有幸听听先生论兵,则胜于任何美味佳肴。"

韩信听了这话,更是高兴得不得了,坐下来和钟离眜聊起了兵法。聊了一个多时辰,越聊越投机。看看已经日落西山,天快黑了,两个人还没吃饭,韩信道:"可惜我这里没有什么可招待钟离兄的。"

"不须刻意招待,你这里有什么随便吃点就是了。"

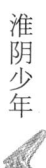

韩信苦笑了一下,说:"连随便吃的也没有。"

"啊?先生何至于如此窘迫?"

"就是如此窘迫。"

这样一位天下奇才,居然落魄到这种地步,让钟离昧感到一阵心酸:"走,我们外面吃去,我请韩兄喝两杯。"

"那我就不客气了。"

两个人站了起来,钟离昧道:"有一事我不明白,韩兄挎着这样一口宝剑整天在街市上行走,不怕引起别人注意?"

"嘿嘿!我是淮阴城里有名的穷光蛋,谁会注意我呀?"

"不注意先生,难道不注意这口宝剑?"

"实话告诉你,钟离兄,淮阴城中无人能识得这把剑,你是第一个。"

"怪不得韩兄生活这样窘迫。不过以兄之才干,这样的日子不会久了。"

钟离昧爱不释手地将宝剑还给韩信,问道:"韩兄有这样一口宝剑,想必剑法也是出类拔萃的了。可否领教一二?"

"剑法倒是一直在学,只怕气力不支。既然钟离兄有兴致,我就跟你学两招吧。"

说着,两个人来到院中,练起了剑法。才过了十几招,韩信就觉得眼前一阵阵发黑,气喘吁吁地后退了几步,一下子晕倒在地。

钟离昧没想到韩信会饿成这样,后悔不该急着和他比武。他将韩信背回屋里,拧了条湿毛巾敷在他额头上。不一会儿,韩信醒了过来,冲着钟离昧惨然一笑,钟离昧差点掉下眼泪来。他到街上一家小饭馆叫了两碗粥端回来,让韩信喝了,韩信脸上立刻有了血色。他站起身来还要拉着钟离昧去喝酒,钟离昧道:"你这样的身子哪能禁得起酒力?先将养几天,等好了再说吧。"

"没事,我就是这种贱命,好活。"

"那也不行,你赶快躺下。"

钟离昧怕他饿急了一下吃撑着,陪他聊了好一阵子,才又到街上买了些吃的来。那天晚上他没有走,两个人整整聊了一夜。

有了钟离昧这个朋友,韩信心里充实多了。钟离昧时常用卖柴的钱接济他,他也常到钟离昧那里去学剑、下棋。剑术、围棋都不是韩信的长项,常常输得一塌糊涂,渐渐地钟离昧就有点轻视他。可是接下来发生的事情却又让钟离昧对韩信刮目相看了。

一日,钟离昧卖完了柴,拿扁担挑着绳子往回走,发现有两个人远远地在后面跟着他,他只瞟了一眼,就看出那两人都是武林高手,他猜想一定是官府派来追杀他的,以他的武艺,对付这两个人没问题,可是若杀了这两个人,官府会更加变本加利地追杀他。他不想把官司越闹越大,心里琢磨着脱身之计。他没敢回家,害怕那里有埋伏,于是加快脚步转了几条小巷,回头看看那两个人没跟上,这才绕了个弯来到韩信家里。韩信见钟离眛神色慌张,急忙问道:"怎么了,出什么事了吗?"

"官府追杀我的人来了。"

此前韩信已知道钟离眛到淮阴是逃命来的,所以听了这话并不吃惊,问道:"他们有多少人?"

"我看见两个,不知道还有没有接应的。"

"那两个人过去你认识吗?"

"不认识。"

"不认识就好办。赶紧把你的衣服脱下来,咱俩换换。"

于是,两个人迅速换了衣服,韩信拿了一把梳子,说:"替我梳梳头,梳成你那样。"

钟离眛平时总是把发结挽在头上,利利索索的,而韩信历来是披头散发不梳头的。趁着钟离眛给他梳头的工夫,他伸手把钟离眛的发结打开了,把他的头发弄了个乱七八糟,然后又抓了把柴灰抹在钟离眛脸上。刚刚准备完毕,门外响起了咚咚的敲门声,钟离眛以为韩信会先出去把他们引开,没想到韩信的想法和他正相反:"你先走,就从大门出去。"

钟离眛有点犹豫,韩信道:"你放心走,没事。"

钟离眛犹犹豫豫地打开大门,没想到两个捕快把他往旁边一推,直扑韩信。韩信这时已爬上墙头,两个捕快扑过去追他,钟离眛趁机跑掉了。

钟离眛逃出了淮阴,辗转来到吴中,一年以后,参加了项梁的起义军。他曾几次托人给韩信带话,希望他到项梁军中来,但是都没有回音,也不知道韩信是否还活在世上。

……

韩信吃了口干粮,又打开随身带的军用牛皮水袋,喝了几口凉水,继续向前赶路。

陈胜起义后,韩信一直在关注着战局的发展。淮阴周围不断有打着各种起义军旗号的部队出现,但是韩信仔细观察,发现这些人都不是能成气候的样子,所以他一直在等待时机,想投一位名主以大展宏图。在各路义军中,他选中了项梁。他从淮阴赶到下邳,又从下邳追到彭城,一直追到薛县才追上项梁的大部队。

离开淮阴前,韩信偷偷见了苏琴一面。苏琴消瘦了许多,这几年,为和韩信的婚事,她一直在和父亲抗争。整个淮阴城里,没有一个人相信韩信能成为大将军,可是她信。父亲觉得她是走火入魔,想尽办法开导她,她就是不听。后来,韩信出了钻裤裆的丑闻,着实让苏琴难过了一阵子,父亲趁机劝她回心转意,并且借这个机会强行逼迫她与那个商人成婚,苏琴拿起剪刀对父亲说:"如果一定要逼我,那我就死给你们看!"苏完这才作罢。

苏琴一直把韩信送出城外,临走,塞给他两双自己亲手做的布鞋,摘下耳朵上的一对玉坠,递给韩信:"留着做个念想吧。"

韩信告别了苏琴,毅然决然地离开了故乡和他心爱的姑娘。

也许是缘分,韩信一进城就碰见了钟离眛。钟离眛安排韩信洗了澡,换了一身干净衣服,带着他来见项梁。

此前,钟离眛早就向项梁提起过韩信,但是项梁用人绝不会轻易听别人怎么说,一定要亲自考察过才放心,一阵寒暄之后,项梁问道:"能带兵上阵打仗吗?"

"信自幼学过一些武艺,不过,上阵冲杀不是信的特长。"

"那你到军中来做什么呢?"

"信酷爱兵法,所学乃指挥作战之道。"

"看你瘦骨嶙峋的样子,你能带兵?"

"能。"

"你自认为能指挥多少兵马?"

"多多益善。"

"哈哈哈哈,真是初生牛犊不怕虎,口气不小啊!这么说,至少得封你个将军喽?"

"如此则定不负大人重托。"

"可是,我还从来没听说过哪位将士入伍头一天就做将军的。"

"怎么没有?古来文官为将者不在少数,将才不一定非要拔自军旅。远的不说,眼前就有一例,我闻秦军章邯即是文官出身。"

"知道赵括这个人吗?"

"知道。不过,信绝非纸上谈兵之辈。"

"像你这样的年轻人我也见过一些,读了几卷兵书,自以为了不起,上阵打仗却未必行。孙子曰:兵者,死生之地,存亡之道,不可不察也。打仗可不是闹着玩的,动不动就是成千上万的人头落地呀!"

"将军若不信我,可给我一支部队,打一仗试试。"

"我会给你机会的,你先到钟离那里歇息去吧。"

来之前,韩信对天下大势做过一番周密的分析,还绘制了起义军与秦军作战的形势图,打算献给项梁,本来还有一肚子话要说,但是项梁并没有想听的意思,韩信十分失望。项梁这样给钟离眛交代了之后,就没有下文了。过了十多天,项梁仍然不提此事,钟离眛以为项梁太忙,把韩信忘了,便找了个机会提醒他,项梁道:"我听说此人胆小如鼠,还有过钻裤裆的丑闻,可有此事?"

钟离眛道:"那是儿时戏耍的事,怎么能当真?"

"将无勇,三军恐。这样的人恐怕不能用。"

原来,项梁的侍卫中有一名淮阴子弟,认识韩信,早把韩信钻裤裆的事当故事讲给项梁听了。所以,无论钟离眛再说什么,项梁也听不进去。结果,韩信不但没有受到重用,反而把钻裤裆的故事带到军中来了。韩信十分气恼,有心投奔别处,钟离眛劝道:"大丈夫能屈能伸,暂且留下忍耐一时。目前天下大乱,正是英雄大显身手的时候,不愁没有用武之地。"

韩信一想,也是,胯下之辱都忍了,还有什么不能忍的,便留了下来。

却说项羽带了两万人马杀奔襄城(今河南襄城)来援救吕臣。一路上与秦军一日三小战,三日一大战,到达襄城时,吕臣早已率军突围不知去向,秦军占领了襄城。

项羽下令攻城。

守城的是李由的部队,纪律十分严明。吴广围荥阳时,李由部曾坚守数月,富有守城的经验。加之李由父子在关中颇得民心,百姓们自动跑来帮助运送粮草,照顾伤员,甚至直接上城协助秦军作战。项羽攻城,一连数日不下,伤亡很大。项羽恨得咬牙切齿:"他们怎么帮助秦军?等我破了城,非把他们杀光不可。"这些百姓不仅帮助秦军守城,还帮着叫骂:"项羽小儿,别在这儿撒野了,赶快滚回老家去,当初你爷爷都不是秦军对手,今日再不后撤,叫你死于城下。"

项羽正在阵前,听见这话,气得肺都要炸了,啊呀呀大吼一声。这一声吼,震得地动山摇,城上喊话的人不防备,吓得一头从城墙上栽了下来。

季布见项羽杀红了眼,劝道:"眼下还不是和秦军硬拼的时候。既然吕臣已经突围,不如暂且放弃襄城,日后再缓图之。"

项羽不听,道:"我就不信天下有攻不破的城池。"

于是,项羽将部队分成两组各十个梯队,从南北两个方向同时攻城,项羽下了死命令:只准前进,不准后退。事实上士卒也没有后退的余地,第一梯队攻城时,第二梯队已经列阵出发了,有前队退下来的,一律斩首。二梯队才上去,第三梯队又出发了,后队就是前队的督战队。士卒们向前冲,只有秦军一道防线,向后退却有十道防线堵着,所以没有一个人敢于后退。这种战法,不是项羽发明的,是他从兵书上看来的。不一会儿,楚军将士就像蚂蚁一样爬满了城墙。

襄城被攻破了。同时,楚军也付出了惨重的代价。望着城下一片一片楚军将士的尸体,项羽怒不可遏,下令封闭城门,在城里展开了血腥的大屠杀。城中人口,无论男女老少,一个也不放过。

襄城城里,血流成河。

大屠杀之后,部队撤出了城外。项羽是最后一个离开的。整个城里一片死亡的沉寂。项羽好像突然从那种疯狂的仇恨中解脱出来,他就像被从天上抛下来一样,感到一阵悲哀。这是怎么了?这是为什么?难道这就是起义?这就是战争?我为什么要下这样的命令?我疯了吗?望着满城的尸体和血迹,他感到了恐惧,他多么想找一个可靠的、结实的肩膀,把头枕在上面歇一歇,寻找一丝心灵的安慰。在他二十四岁的生命里,他所经历的除了苦难就是仇恨,叔父教给他的做人的信条几乎只有两个字:坚强。成年之后,他几乎忘了什么叫软弱。在他的记忆中,长这么大,他只靠过两个人的肩膀,小时候,靠过叔父的肩膀;成年后,靠过妙逸的肩膀。此刻,他想起了妙逸。

　　大军出发时,妙逸吵着闹着要跟大军走,项羽听从了叔父的意见,没有让她来。项梁担心妙逸会私自跟着走,特地嘱咐留守部队把妙逸软禁起来,半个月之后才准放她出来。一想到妙逸,项羽的心都感觉到了疼痛。他后悔不该听叔父的,这兵荒马乱的年月,把她一个人留在吴中怎么能放心?想到这里,他恨不能立刻见到妙逸,于是,他将部队交给季布带回去复命,一个人骑着马向东南去了。

第二十二章 帝者师

刘邦骑了马来追张良,因为病了几天没吃饭,待追上张良时,已经累得气喘吁吁了:"先生慢走,我有话说。"

张良翻身下马,问道:"沛公何事?"

"你他娘的就这么走了,怎么连个姓名都不留?"

"在下张良。"张良拱手施礼答道。

"我知道你叫张良,怎么临走也不和我打个招呼?"

"多谢沛公部下搭救之恩,日后必当重报。"

"你也太小看人了吧?你以为我刘邦是图你的报答?我不是那个意思。走走走,跟我回去,我有话跟你说。"刘邦不由分说,牵过张良的马就往回走,"别以为我刘邦不识货,其实我见你第一眼就觉得你不是一般人。"

刘邦说话虽然粗鲁,但是张良明白他的意思,见他一片诚心,便转身跟着他又回来了。进得屋中,刘邦拿起那块白绢问:"你这药方是从哪儿抄来的?"

"说来话就长了。沛公身体不适,快快躺下,容我慢慢说给沛公听。"

张良和樊哙扶着刘邦躺下,吕雉端来一碗粥,服侍刘邦喝了,刘邦立刻觉得精神多了,半靠在床上听张良说话。吕雉和樊哙也坐下来,静静地听张良讲他拜师的故事。讲完之后,刘邦问:"怎么听着像编故事似的,这是真的?"

"真的。我开的方子就是这书上的。"

"那书呢?还在么?"

"在。"

"给我看看。"

"书我没带来。不过我已将内容全部记下了,可为沛公抄录一部。"

"也不用抄录了,你就拣主要的给我讲讲吧。你怎么知道这方子对我的症?"

"是樊将军大略讲了讲沛公目前的处境。"

"说得真是太好了。我一看你开的方子,立刻就明白了,我就不该去打丰邑,那是自己的乡亲呀。你连家乡的乡亲都打,谁还敢帮你呀!你说我现在是不是该去给乡亲们赔个不是,跟雍齿讲和?"

"那倒不必。现在去,雍齿也未必愿意讲和。等他遇到难处的时候帮他一把,怨就自然解了，那时候再给乡亲们道歉不迟。"

张良在刘邦军中住了下来，每天定时给刘邦讲《太公兵法》。他发现刘邦天分极高，虽然读的书不多，但是很有悟性，有些句子他似懂非懂，但是总能抓住问题的要害。过去他也和别人一起探讨过此书，但是没有人能真正理解。张良感叹道："沛公真是个天才，才几天工夫就差不多把一部书的精华吃透了。"

"不就那么点东西嘛，有什么了不得的！"

"沛公可别小看这点东西，为求这点东西，我花了整整十年的工夫。"

"你们读书人就是爱客套，你这么聪明的人，学东西肯定比我快多了。"

"那可不一样。我是靠自己努力，沛公乃天授。"

刘邦的伤势和病情都不重，就是心火窝憋的，和张良在一起待了几天，顿觉豁然开朗，伤也渐渐好了，病也没了。这一天，两个人一起去散步，刘邦问张良："你不是要去投奔秦嘉吗？我也想去，明天我带上队伍咱们一起走吧？"

"我现在不想去了。"

"为什么？"

"投秦嘉是为了寻个名主，可是近来我听说秦嘉器量十分狭小，难以容人。他杀了陈王的监军，还吞并了不少义军队伍。我观沛公为人倒十分豁达，有山河气度，我一生阅人无数，尚未见过有出沛公之上者，良不胜钦佩之至。"

"看你说的，你没来之前，我差点窝憋死，多亏你帮我打开了这把心锁。"

"沛公过奖了。"

"既然你瞧得起我刘邦，那就留下跟我一块儿干怎么样？说实话，我真舍不得你走。"

"多谢沛公，然自古忠臣不事二主，烈女不嫁二夫，臣已有所属。"

"你刚才还说打算投个名主，这会儿怎么突然又有所属了？"

"臣本是韩国人，父祖五世相韩，故早已立下灭秦复韩之志。臣已为此奋斗半生。"

"噢，不过我想问问你，复韩就那么重要吗？"

"年轻时，臣以复韩为终生职志，可是随着年岁的增长，我也觉得未必值得为之奋斗终生，可是韩国王室后裔、公卿贵族乃至普通百姓都知道臣已立志复韩，对臣寄予无限希望，韩王室后裔韩成现就在臣军中，臣不能半途而废。"

"可是你现在只有百十来号人，也没那个力量啊。不如先在我这里待下，等日后壮大了，你要走，我也不拦你。"

"臣也正是这个意思，想在沛公这里暂时栖身一段时间，不过羞于出口，一直不敢启齿。"

"看你说的。我刘邦连这点忙都不能帮，算什么朋友！再说，你留下也是帮我呀！"

"臣自幼多病，体质欠佳，手无缚鸡之力，不能上阵厮杀，留下恐怕也给沛公帮不了多少忙，如沛公不嫌弃，臣愿意为沛公做些养马赶车、运送粮草之类的事情。"

"那好，我就先封你个厩将，你别嫌官小，这样不会太引人注意。将来你走时也不至于在我这里引起震动。"

刘邦养好了伤，正琢磨着沛军下一步如何行动，忽有项梁的使者来，请刘邦到薛城与各路起义军将领共商反秦大计。刘邦详细问了问楚军的情况，这才知道，他病的这段时间，秦嘉已将大本营移往彭城，而且已经被项梁消灭了。

第二天，刘邦和张良带了一百名骑兵，来到薛城。

阳春三月，天气渐渐暖和起来，地上长出了毛茸茸的小草，河边的柳树抽出了嫩绿的枝芽，成群的小鸟落在树上，唧唧喳喳地叫着，给正在经历战火洗礼的大地带来一片生机。一大早项梁便起来了，骑了匹枣红马到各营视察部队训练的情况。本来项梁打算立刻北进解救魏国之急，经过与各路义军将领商议之后，项梁暂时改变了主意。渡江以来，部队迅速扩张，使得起义军的成分变得十分复杂，必须经过休整训练才能形成有效的战斗力。虽然楚军已发展到十万之众，比起秦军来仍然十分弱小。以这样的部队迎战秦军，无异于以卵击石。同时，他向齐、赵、燕、魏四国以及所有能联络上的义军部队发出了邀请，请他们到薛城来，共商反秦大计。利用这个间隙，项梁再次对起义军部队进行了改编和整训。

他来到城北龙且营中，项梁从江东带来的八千子弟，有一多半在这里。几个月前，这些士卒还带着一身农民习气，打起仗来没个阵形，只知道一窝蜂地往前冲，休息的时候，不是扎堆聊天，就是喝酒赌钱，袒胸露臂，横躺竖卧，没一点军人的样子，特别是沿途收编的这些部队，虽然经过一点实用性的应急训练，但基本上还是农民。只有蒲臣的部队是秦的正规军。部队进驻薛城之后，项梁组织了一次会操，让蒲臣的部队做了一番示范表演。蒲臣部军容肃穆，步伐整齐，一出场就把全军都震住了，特别是阵法和队形的变换，让这些农民弟兄们大开眼界。接着，各路兵马都拉上来表演了一番，各部将士这才知道了什么叫真正的军人，也看到了自己的差距。会操之后，项梁将蒲臣的部队分出一半编到了各营，担任教官，并且要求各部队在一月之内初步达到蒲臣军的水平。

现在，这些士兵已经有点军人的样子了。操场上杀声震天，士卒们个个精神饱满，斗志昂扬。项梁下了马，走到一个士卒跟前，突然抽出腰间佩剑向他刺去，那士卒举起盾牌将剑格过，右手马上举刀砍将过来，项梁见这小伙子反应挺敏捷，来了兴致，便又接连刺了几剑。小伙子虽然刀法不够老练，但是心不慌，手脚不乱，左格右挡居然还招架了一阵子。项梁看看周围的士卒，都还随着指挥官的口令在做各种规定的动作，没有一个人朝这边看一眼。整个队伍并没有因为项梁的突然闯入而发生混乱，项梁心中十分满意，心想，现在可以与秦军一战了。

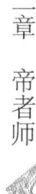

龙且新近被提拔为楚军左司马,正在一个临时搭建的土台子上指挥训练,远远地看见项梁来了,急忙跑过来打招呼:"项大人早!"

项梁的脸立刻拉了下来,充满喜悦的心情被破坏得干干净净:"什么项大人早,你正在干什么呢?"

龙且不知道项梁为什么发火,答道:"训练部队呀。"

"训练如同打仗,平时就是战时,你正在训练怎么可以把部队丢下到这里来?"

龙且大惨。回头看看自己的部队,训练已经停了下来,士卒们站在原地没动,都在往这里看。项梁道:"你现在是军中司命,已经不是吴中那个龙铁匠了,知道吗?"

"知道。"

"记住,甲胄之士不拜,就是皇帝来到军中,也不能丢下三军不管。明白吗?"

"明白!"

项梁回到城中已是中午,各路义军将领已经陆陆续续到了。项梁连饭都没吃,急忙前去馆舍探望,探望的结果令项梁十分失望,魏国因正遭秦军围困,没有派使者来,燕、赵使者也不积极,虽然答应来,可是人还在路上,只有齐国使者到了。而其他各路义军多是些小股部队,只有刘邦和彭越两支稍大一点,也不过各有四五千人马,最大的一支是吕臣的苍头军,有两万多人,还没有到。项梁令陈婴和宋义专门陪同各路义军首领,宋义趁机献策道:"我观各路义军不是农民就是些市井无赖之徒,无法与我大军形成战略配合,不如就此将其收编了算了。"

项梁一时拿不定主意,问:"怎么个收编法呢?"

"软硬兼施。臣愿以三寸不烂之舌先去劝他们归顺,如若不成,可以武力解决之。"

"可以试试,但不要弄巧成拙。还是要争取他们自愿,去留听便,切不可以势压人,更不能使用武力。"

"诺。"

刘邦一行刚在馆舍住下,宋义便来劝刘邦归顺项梁,还说有几支义军已经归顺了。刘邦刚到,对项梁和楚军并不十分了解,不知这事是吉是凶,恰好张良看望老友项伯去了,不在馆舍,也没个可商量的人。他从直觉上感到事情不那么简单,心中立刻警觉起来,一面与宋义周旋,一面在心里琢磨对策,宋义也看出刘邦一时难下决心,起身说道:"这只是在下个人的浅见,大主意您自己拿。当然,去留听便,决不勉强。"

宋义走后,刘邦坐立不安,越琢磨越不对劲,项梁该不会吃掉他们吧。晚上,张良回来了,刘邦将事情和盘托出,问张良怎么办,张良道:"昔日蹇叔曾劝百里奚:大丈夫莫将身轻许与人,弃之不义,守之不智。"

"我也是这么想,可是我怕不答应,他们会吃掉我们。"

"以项梁之心胸气度,应当不会。即便他有这个心,也不会在这个时候对义军动手,况且还有这么多义军首领在,沛公可以放心。"

正说着话,有人推门进来,是同住在馆舍中的义军首领,昌邑(今山东金乡县西北)人彭越。

彭越字仲,三十多岁,原是巨野泽中渔民,平日里为人豪侠仗义,很受渔民们尊重。鲁西南一带民风剽悍,历来是响马出没的地方,吕雉的家乡单父出响马最为有名,后来的义和团就是在单县起家的,梁山好汉的故事也发生在这一带。彭越脸上似乎就刻写着这一带的民风,额头大大的,嘴唇厚厚的,浓密的眉毛,眉梢向下垂着,眼睛一瞪如铜铃般大小,谁见了都害怕。陈胜起兵后,巨野泽中一帮年轻人来找彭越,劝他拉起队伍造反,彭越道:"如今豪杰并起,天下大乱,形势还不明朗,看看再说吧。"

又过了些日子,这些年轻人等不及了,自动组织起来,聚了一百多人,又来找彭越,让他做首领,彭越还是没有答应:"凭你们这些鸟人,能做什么?一群乌合之众,一出门就让人打垮了。"

年轻人不依,赖在他船上不走,非要他当这个首领不可,彭越见这些年轻人真的要干,便来到船头,对众人说道:"你们真要起事,那咱们就得有点规矩,今天想爹,明天想娘,后天回家看老婆,那可不行。我给你们一天时间,回去把家里的事安顿好,明天一早日出之前到这里会齐,迟到者斩,听清楚没有?"

"听清楚了!"

第二天,多数人天不亮就到了,可是迟到的也不少,最后一个日上三竿了才来。彭越把脸一沉,对迟到的人说道:"昨日约好,日出会齐,迟到者斩。你们这些迟到的人自己说,该怎么处罚?"

那些迟到的人并没有觉得迟到是多大的事情,笑着说:"我们下次不迟到了还不行吗?"

"当然不行,今日起事,就得有个起事的规矩,否则以后怎么打仗?谁是最后一个到的?站出来!"

那个最后到的小伙子站了出来,彭越拔出腰刀,一刀将小伙子的脑袋砍了下来。年轻人各个震悚,知道起义不是闹着玩的。彭越在军中的权威一下就树立起来了。

彭越一进门,刘邦已经把他的来意猜到了八九分,果然,彭越和刘邦、张良寒暄了几句之后,将话锋一转说道:"有件事想请教刘大哥。"

"有话尽管说,别客气。"

"今日项公派了两位说客,劝我率兵归顺,不知他们是否来过大哥这里,大哥如何打算?"

"噢,是这个事。昔日蹇叔曾劝百里奚:大丈夫莫将身轻许与人,弃之不义,守之不智。依我看,这事不忙点头,看看再说。"

刘邦现趸现卖,连地方都没挪,吕雉在里间屋听见了,忍不住"扑哧"一声笑了出来。彭越问道:"这是谁?"

"是你嫂子。雉儿,出来,见见彭大将军。"

吕雉嘴里嗑着瓜子,扭动着腰肢从里屋走了出来,她平时操持家务,不怎么打扮,近日在刘邦军中没多少事,每天便认真梳起妆来,吕雉毕竟年轻,打扮起来依然光彩照人。无论男人女人,装束整洁就会令人心生敬畏,彭越几乎不敢正眼去看吕雉,倒是吕雉大大方方地打了个招呼:"彭大将军辛苦啊。"说完,坐在一旁,边嗑瓜子边斜着眼睛打量彭越,彭越抬头看了她一眼,不知道为什么,彭越才见吕雉第一面,就觉得这个女人很厉害,不好对付,吕雉看他的眼神让他心里直发毛。他转过头和刘邦说话,不再去看她,但是第六感官告诉他,吕雉似乎还在盯着他琢磨,他觉得很不自在,下意识地用手挠了挠头。

"听彭将军说话的口音,好像咱们还是老乡呢。"

"是呀,我听夫人说话也觉得耳熟,夫人是哪里人?"

"单父,将军呢?"

"昌邑。"

"怪不得呢,昌邑离我们老家不过一百多里。"

几个人正在说话,忽听外面人声嘈杂,街上传来沉重的脚步声,像是部队开过来了,那脚步声越来越近,不一会儿,就有士兵冲进了院子,有人喊着:"快搜,别让他跑了!"

"你带几个人上房顶。你们几个,去包围上房。"

刘邦道:"不好,八成是要出事。"

张良道:"先别急,我出去看看。"张良说着,推门走了出来,刘邦和彭越也跟着来到院子里。只见一群士卒从上房押出一个人来,刘邦一看,大吃一惊,原来是王陵,急忙上前问道:"王公子,你怎么也来了?"

"刘季,还不赶快跑?他们这是要吃掉咱们呀!"

刘邦心里一紧,心想,真不该到这来。几个士卒押着王陵喝道:"快走!"

刘邦拦住说道:"且慢!王将军可是项大人请来的客人,你们随随便便到馆舍里来抓人,有项大人的许可吗?"

一个校尉答道:"我们是奉了龙大人的命令来的,不关先生的事,请先生回屋里去。"

"我不认识什么龙大人虎大人的,我只知道我们是项大人请来的客人,要抓,连我们一块儿抓,否则,休想把人带走。"

彭越也上前说道:"我也是项大人请来的,连我也抓了吧。"

"我也是!"

"我也是!"

十来个义军首领一下子把王陵围了起来,领头的校尉不知道怎么办好,恰在这时,吕臣率领他的苍头军到达了薛县。项梁陪着吕臣来到馆舍中,恰好碰上这一幕。一看这个局面,十分尴尬,厉声问道:"谁让你们跑到馆舍里来胡闹的?"

士卒们不敢吭气,项梁指着身边的校尉问道:"这些人是你带来的?"

那校尉点头说是,项梁道:"来人,把他给我押出去,就在馆舍门前斩了。"

项梁的随身侍卫上来把那个校尉押走了,那校尉连喊冤枉,可是喊了没几声就被砍了头。项梁亲手为王陵松了绑,然后抱拳作揖对众人说道:"我项某治军不严,军纪败坏,致使发生这样的事情,请各位将军海涵。"

毕竟是在项梁的地面上,大家没敢再说什么就散去了。

这出戏本是宋义一手导演的,但是主角龙且没有演好。王陵是带部队来的,部队就驻扎在龙且营地旁边,宋义急于在项梁面前立功,便把王陵部作为重点争取对象,建议龙且设法收服这支部队,必要时可以来点硬的,并且说这是项梁的意思。龙且一听是项梁的意思,立刻软硬兼施对王陵的部队展开了瓦解攻势,没想到王陵不吃这一套,给部队下令说:"如果龙且再派人来游说,来一个杀一个。"今日龙且又派人前来游说,被王陵的部下杀了,龙且大怒,居然到王陵军中来抓人,于是两军发生了冲突。龙且下令将王陵的部队团团包围,逼迫其归顺,王陵见势不妙,跑回馆舍来请各路义军首领出面说情,龙且的部下一直追至馆舍,于是发生了刚才的一幕。

项梁走后,义军首领人人自危,不知道后面还会发生什么事情,大家齐集在吕臣房中,要吕臣出来说话,制止这种吞并行为。吕臣刚到薛城就发生了这样的事,心中当然也不愉快,但是,他深知团结对于义军的重要,短短几个月的战争锻炼,已经使吕臣变得十分老练,他一面不动声色地听着大家七嘴八舌地说,一面在心里琢磨,他觉得项梁的行为似乎有些前后矛盾,既然项梁想要吞并这些义军部队,为什么还要派项羽到襄城来救他呢?若说是设计赚他前来是为的吃掉他,项羽又为何花那么大的代价去攻襄城?从他对项氏叔侄的了解来看,项梁不是那种目光短浅的人,这中间一定是受了什么人的影响,于是对众首领说道:"各位将军不要惊慌,依我看,今日之事完全是一场误会,项将军绝没有吞并诸军的意思,大家可先回各自房中歇息,我这就去见项将军。"

吕臣走后,张良也悄悄离开了馆舍,想通过项伯探探消息。张良来到项伯营中,将刚才的事情一五一十说了,项伯立刻带了张良来见项梁。

吕臣刚走,项梁正在和龙且发脾气:"谁让你这么干的?"

"不是您的意思吗?"

"什么我的意思?一点脑子都不长,有人说让你来杀我,说是我的意思你也信吗?记住,军令自有军令的传递渠道,不然谁都可以调动部队了,你身为司马,连这点都不明白吗?"

"我明白了。"

"包围王陵的部队撤了没有？"

"撤了。"

"你马上到馆舍去，亲自去给王陵赔罪，顺便带上五百精兵送给他。"

"这……"

"这什么这，马上给我去，否则明天各路义军首领就跑光了，难道靠你我二人就能完成反秦大业吗？快去！"

"诺！"

龙且走了，项梁这才转过身来和张良打招呼。项梁已经数次听项伯提起张良，只是军务繁忙，还一直没来得及见。今日见了，感到十分意外："你就是博浪沙刺杀秦始皇的壮士张良？"

"在下正是张良。"

"想不到竟是一位书生。"

项伯本是项梁的堂兄，和项梁说话比较随便："这位书生可是位不得了的书生啊，你将来要想得天下，这可是用得着的人。"

张良虽有经天纬地之才，然而项伯在项梁眼中并没有多大分量，只是因为他是项氏宗亲，才给他个官做，所以当下并没有太在意项伯的话，心里还在想着刚才的事，总觉得有点不放心，于是拉着张良一起来到馆舍，逐个房间安抚各路义军首领。龙且刚刚来过，众首领气也消了，临走，众人把项梁送到院子门口，项梁拱手对众人说道："各位将军千万不要误会，前者有义军愿加入我楚军，在下便让宋义等人打探一下还有无愿意加入者，绝没有吞并友军的意思。非但没有吞并的意思，我项梁还要帮助各位发展壮大，各位如若需要粮草人马可以提出来，我可以给诸位赠送一些。眼下秦军气势汹汹，反秦大业不是我项梁一个人能完成的，诸位发展壮大了，就是对楚军的支持。请各位相信我项梁的一片赤诚之心。"

这时，各路义军首领心里才算真正安定下来。刘邦道："项将军刚才说的话当真？"

"君子一言，驷马难追。"

"那我就不客气了，项大人能否赠我五千人马？"

这种当场将军的做法项梁没有料到，但是话已出口，不能反悔，项梁当场答应下来，并问："各位还有什么要求？尽管说。"

其他人没有刘邦脸皮那么厚，大都没好意思说。不过，大家的心倒是放回肚子里了。

却说项羽离了襄城，心急如火，恨不能立刻赶到吴中见到妙逸。他日夜兼程，跑了一天一夜，第二天晚上，连马都跑不动了，远远地望见前面有个不小的集镇，想去那里投宿，不料走到半路乌骓马突然被绊倒，连人带马滚到路边一条沟里，项羽还没反应过来是怎么回事,上来几个士卒不由分说把他捆了个结结实实。一行人押着项羽朝前走,乌骓马远远地在后面跟着主人。士卒们企图去牵马,那马又踢又咬,根本近不得身。于是士卒们搭起弓箭要射死它,项羽喝道:"住手!马有何罪?你们杀它做什么?那是一匹宝马,若能驯服,送给你们长官;若不能驯服,何不放它一条生路?"士卒们这才住了手。

士卒们把项羽押进村里一所大宅院,交给了一个领头的,那人把他盘问了一阵,项羽见他头上包着青色头巾,不像是秦军,于是问道:"你们可是吕臣的苍头军?"

"你管我是谁,你先说你是干什么的?"

"快快叫吕将军来说话。"

"你好大口气,吕将军是什么人都能见的吗?"

项羽一脚踢翻了桌子,喝道:"叫你去你就去,啰嗦什么?快去!"

项羽眼睛一瞪,把那人吓得三步并作两步跑出去了。不一会儿,他领来一个三十多岁的人,那人长得白白净净,蓄一绺稀疏的胡须,看上去面善,不像个军人,倒像是个教书先生。项羽看那人目光炯炯,不是寻常人物,于是问道:"请问先生可是吕将军?"

"在下吕臣,先生怎知我姓名?"

"哼!我项羽千里迢迢跑到襄城来救你,死伤了几千人马,你就这样对待我?"

"原来是项将军,失礼失礼!"说着,吕臣上来亲手为项羽松绑,"他们是埋伏在路口捉奸细的,不料冒犯了将军,吕臣代部下给将军赔罪了。"

说着,吕臣就要给项羽跪下,项羽拦住,道:"将军请起,捉奸细何罪之有,只是把我绑得太紧了点,说了句气话。"

两个人正说着话,不防乌骓马冲进了院子,朝吕臣冲了过去,项羽急忙挡在前面,喝了声:"吁——"那马见主人平安无事,这才安静下来。

吕臣道:"前日听说将军拔了襄城,斩杀秦军无数,正欲前去与将军会合,不料在这里碰上了,将军为何孤身一人到此?"

于是项羽将项梁如何起兵,如何渡江,他如何受命前来解救襄城的经过说了一遍,最后说到了妙逸。

"去接虞姑娘何须将军亲自出马?将军且在我军中住下,明日我派一支轻骑去将姑娘接来就是。似将军这样单枪匹马地到处跑,实在是太危险了。"

当晚,吕臣备酒给项羽接风,想把他留下来,但是没留住,第二天,项羽还是走了。项羽回到吴中,没有找到妙逸。大军走后,根据项梁的安排,妙逸被软禁了半个月,"刑期"刚满,妙逸就跑掉了。尽管她跟谁都没说,可是大家都知道她是追赶项梁大军去了。项羽怀着十分不安的心情回到吕臣军中。刚好项梁的使者也找到了这里,于是两个人一起率军来到薛城。

第二天，项梁升帐，各部将领分立两旁，轮流出班一一陈述近日军务，煞是严整肃穆，项羽离开一个多月，不知军中变化，还没见过这样正规的升帐议事，心中叹服叔叔治军有方。正独自沉思，项梁已将诸事处置完毕，突然喝道："来人！将项羽给我绑了。"

尽管这命令如此令人震惊，但是军中无人敢违抗项梁的命令，几个侍卫上来将项羽捆了个结结实实。

"项羽，你知罪吗？"

"知罪。"

"该当何罪？"

"任凭叔父处罚。"

"军中只有军法，没有叔侄。"

"诺！"

"你身为主将，丢下三军不管，去会一个风尘女子……"

"上柱国大人，羽故当罪，然妙逸并非风尘女子，且为楚军立过功，不宜丢在吴中不管。"

"你还敢顶嘴？你知道擅离职守是什么罪吗？来人，把他推出去斩了。"

众将一听要斩项羽，齐刷刷跪下来给项羽求情，项梁仍不依不饶。听说项梁要斩项羽，早有人跑到馆舍中把吕臣和各路义军首领请了来，吕臣道："项大人，项羽罪故当斩，然念其破襄城有功，暂且饶他一回，容其戴罪立功。况且秦军大兵压境，大战迫在眉睫，正是用人之际，军中不可无项羽，这次就免其死罪吧。"

项梁当然不会杀项羽，只是想教训教训他，同时也用以震慑三军。见吕臣和各路义军首领都跟着求情，项梁顺水推舟说道："看在吕将军和各位义军首领的面子上，暂且饶你不死。来人，将项羽拖下去打一百军棍。"

执法的士卒都认识项羽，还算手下留情，打得不是太重，可是一百军棍下来，项羽已经爬不起来了。

项羽正在军中养伤，一日，忽然一个士卒推门进来，那士卒长得眉清目秀的，看上去十分眼熟，项羽从床上一跃而起，惊呼一声："妙逸！"

妙逸一下子扑到项羽怀中，两行热泪扑簌簌流了下来。

第二十三章　军中女人

妙逸日夜守护在项羽身旁，为他擦洗伤口，煎汤换药，洗衣做饭。项羽本来就伤得不重，没几天就能下地了。一天晚上，项羽出去练剑，回来时，妙逸已经躺在床上睡着了，眼角还挂着几颗泪珠，她实在太累了，面容显得有些憔悴。项羽怜爱地用手为她擦去眼泪，轻轻地坐在她身边，目不转睛地望着她。妙逸突然惊叫起来："项郎！项郎！我和你一起去，别把我一个人丢在这里！"喊了两声，稍微安静了一会儿，又大声喊了起来："你们放开他，放开他！"

项羽摇摇她的肩膀，轻声唤道："妙逸，妙逸，醒醒，我在这儿。"

妙逸睁开眼睛，还没有完全清醒过来，带着惊恐的眼神望着项羽，等她醒过来看清楚了是项羽，一下子扑到他怀里大哭起来。项羽也不劝，只是用手轻轻地抚摩着她的后背，让她把这几个月来的苦水彻底倒一倒。哭了一会儿，妙逸抬起头来，擦了擦眼泪，望着项羽，不好意思地笑了："我刚才梦见你让秦军抓走了，他们还要砍你的头。"

"是吗？我可真让人抓过一次，不过不是秦军。"于是，项羽把回吴中去接她，途中误中吕臣埋伏的事讲了一遍。

"傻瓜，一个人走多危险，谁让你去找我的，我不会自己来吗？"

"那你不是比我还傻？"

"还说呢，也不知道想个办法把我带出来。就知道自己跑，恨死你了！"说着，妙逸抡起两个小拳头就来打项羽……

两个人一直缠绵到深夜，项羽道："好了，不早了，你回去睡吧。"

"你让我回哪里去？"

项羽这才想起，还没给妙逸安排住处。这几日，妙逸一直住在他这里，打地铺伺候他，项羽道："那好，今天你睡床，我睡地铺。"

"不，今天我要和你睡在一起。"

"啊？！"项羽一听这话，脑子里"轰"的一声，仿佛要爆裂开来，心怦怦地狂跳不止，他没有想到妙逸竟会这样大胆。他定了定神，十分坚决地说道："不行！万一哪一天我死在战场上，如何对得起你？你还这么年轻，要是有了孩子怎么办？"

妙逸伸手捂住项羽的嘴，道："不许胡说，你不会死的。要死我也要和你死在一起。"

"打仗天天都死人,这也没什么忌讳的。"

"正因为如此,我才要这样。我不怕怀孕,我就是想给你生个孩子。这次出来,我几次差点被秦军抓住,我真担心这辈子会见不到你了。这兵荒马乱的年月,说不定我们俩哪一天突然就有一个不在了。所以,我早就想好了,趁我还活着,一定要给你生一个小项羽。你别说我不害臊,我今天就是不害臊了……"说着,她搂住了项羽的脖子,胸前那两团软软的东西紧紧地贴在项羽的胸膛上,项羽顿时觉得浑身热血沸腾,一下子将她按倒在床上……

第二天,妙逸哼着歌,迈着轻快的步伐,来到河边洗衣服。她还在回想昨晚那一幕,想着想着,不自觉地羞红了脸,心中泛起无限柔情。河边一个女人悠闲地朝他走来,嘴里嗑着瓜子,边走边吐瓜子皮。

"小兄弟,给谁洗衣服啊?"

妙逸没防备,吓了一跳,随口答道:"项羽。"

"项羽?你是他的亲兵?不对,你好像是个女孩。"

妙逸一身戎装,难怪人家叫她小兄弟。她抬眼望了望那女人,反问道:"你是谁?"

"我叫吕雉,是刘邦的老婆。"

"刘邦是谁?"

"噢,你大概还不知道吧?各路义军首领在这儿开会,刘邦是沛军的头儿。你叫什么名字?"

"我姓虞,叫妙逸。"

"你是项羽的老婆?"

妙逸摇摇头说不是,她很不喜欢老婆这个词。

"是他们半路上把你抢来临时做压寨夫人的吧?"

"才不是呢。"

"那是什么?哦,我知道了,你们还没结婚对吧?"

妙逸点点头,半天没说话,过了好一阵,突然说道:"我就是项羽的老婆。"

"哦——明白了!"

妙逸一听这话,脸红到了脖子根,道:"你明白什么呀?哎呀,一下子跟你说不清楚,反正,反正……"

"行了,你说不清我也不问了。怎么项将军的女人还自己洗衣服呀?让亲兵来洗不就行了?再说,你还没过门,给他洗得着吗?我告诉你,咱们当女人的得拿着点架子,这样男人才把你当回事,别一天洗呀涮的,要学会让人伺候你,你别不信我的话,像你这样,一辈子有受不完的苦。"

妙逸见吕雉说话很随便,也就不戒备和她聊了起来。

"你们是从沛县来的？沛县离这儿远么？刘将军想必也是个大英雄了？"

"单看还行，要是和项将军比起来，那可就差多喽。"

"你见过项羽？"

"昨日在操场上他和刘邦说话，我看见了。项将军可真威风，又年轻又英俊，一看就是大将之才。看他们叔侄俩这气象，必是要得天下呀！"

"姐姐过奖了。"

"你可真有福气。等将来项将军当了皇上，你可就是皇后啦。"

"我倒没想过这些，只要两个人能在一起就好。"

"你不想让你男人坐天下？我可是想，连做梦都想。只怕我们那位不是这块儿料。"

"叔父和项羽是楚国后裔，只是一心想着灭秦复楚，并没想当皇帝。"

说了一会儿话，两个人慢慢熟悉起来，妙逸问道："姐姐生过孩子吗？"

"傻丫头，谁没生过孩子呀！"

"你有几个孩子？"

"两个，一儿一女。"

"姐姐真是好福气。生孩子难吗？"

"你问这个干吗？"

妙逸脸"腾"的一下红了。吕雉笑道："啊，我知道了，你是不是有喜了？"

"没有。"

"那你问这个干吗？"

"我想要个孩子。"

"……"

两个人坐在河边正聊得热乎，妙逸突然惊叫道："哎呀，蛇！"

一条青绿色的水蛇朝他们游过来。吕雉道："别害怕。"说完，她踩在一块儿石头上朝前探了探身子，手一伸，十分敏捷地抓住了蛇尾，然后迅速将蛇提出水面，使劲抡了几圈，又倒提着抖了几下，扔在地上，那蛇还活着，已经不能动了。这是打蛇的诀窍，一抡一抖，蛇的各个关节就脱开来，不能再爬了。吕雉用两个指头捏住蛇头下面的部分，将蛇拿起来，那蛇狰狞地张着嘴，露出两颗尖利的牙齿，血红的舌头伸出来哧溜溜乱窜，把妙逸脸都吓白了，她急忙从身上抽出剑，喊道："它还活着，快扔掉！"

"别怕，没事，我从小就玩这玩意儿，这样捏着，它干着急，咬不着你。你看，它这两颗上牙是毒牙，把它放在铜碗上，它一咬，毒液就流到碗里了，蛇毒是名贵药材，还有蛇胆，是明目祛风湿的，蛇肉也能吃，蛇一身都是宝。"

吕雉拿着那条蛇还在把玩，妙逸扭过身去连看都不敢看，吕雉玩够了，咯咯笑着把蛇扔在地上，妙逸挥剑剁去，将那条蛇剁成了几节。

吕雉和妙逸在河边说话的时候,各路义军首领正在县庭商议反秦大计。会上,吕臣讲述了陈王起义的经过和自己三个月来孤军奋战,屡遭失败的痛苦经历,号召各路义军首领加强团结,共同抗秦,首领们一致接受了联合抗秦的主张。一个戏剧性的结果是,项梁本来要称王,却没有几个人赞成;吕臣本来没这个意思,大家却公推吕臣继陈王之位。吕臣知道,在这里是要以实力说话的,如果撇开项梁,即使义军不发生内讧,也难以抵挡秦军的攻击。于是,吕臣力排众议,说服了大多数人,最后,推举项梁为义军盟主。立王之事缓议。这个结果是大家都能接受的。最后,项梁详尽地分析了军事形势,说道:"目前秦王离大军已入赵境,章邯大军开始大举进攻魏国,魏国危急,我们不能坐视不救。一旦秦军攻破魏、赵,我等将更加孤立,势必被秦军各个击破。项某不才,愿为前锋……"

项梁正说话间,魏国使者到了,急着要见项梁,项梁道:"想必是军情紧急,不如就请他们到这里来说,刚好诸位首领都在,大家一起商议一个解决的办法。"

魏国的使者不是一般人物,而是相国周市,大家见周市亲自来搬救兵,知道情况已经十分严重了。原来章邯已经率军包围了魏国都临济。双方实力相差悬殊,魏国危在旦夕。项梁当即派项它率五千人马先随周市去了,大军准备随后出发前去救魏。

第二天,大部队陆陆续续准备出发,可是前锋部队才走出不远就停了下来,一名校尉跑回来报告说,有一个怪老头挡在桥头不让大军北进,声称大军北去必将全军覆没,口口声声请你们主将来说话,前锋将官不敢做主,特令他回来报告项梁,项梁一惊:"这是何人?走,看看去!"

项梁带领众将来到桥头,只见一老者坐在桥上,肩上扛着鱼竿,背朝着水面在钓鱼。那样子不像是钓鱼,倒像荷了把锄头在歇响,看起来很潇洒,还有点滑稽。老者一身布衣,满头银发,饱经风霜的脸上布满了深深的皱纹,如沟壑纵横,仿佛切割出来的一般。老者精神矍铄,两只眼睛炯炯有神,项梁一看便知,老者绝非寻常人物,下马拜道:"老者莫非姜子牙再世乎?"

"昔日姜太公垂钓于渭水之滨,鱼钩不弯,离水面三尺,不钓鱼虾,专钓王侯,文王车载与归,成就天下大业。老夫不敢比之于太公,然亦欲钓王侯子孙,共成一番大业。来者莫非项燕之子项梁乎?"

"在下正是项梁。项某不自量力,举三尺之剑欲成反秦复楚之大业,正愁无人指点迷津,今遇恩师在此,乃天助我也,太公请受我一拜。"说着,项梁就要跪下给老者施礼,老者急忙将他扶起,道:"将军请起,在下范增,乃村夫野老,呼我范公、范叟皆可,何敢比之于太公!如蒙不弃,老朽愿助将军一臂之力,共图天下大业。"

范增是居巢(今安徽巢县西南)人,年轻时曾在楚国做过小吏,因有些才气,养成了一副桀骜不驯的性格,与同僚们格格不入,也不得上司赏识,后来索性辞官归家,以耕读自娱,没事时喜欢研究奇谋妙计,常为邻里排忧解难。陈胜起兵时,范增已经七十岁了,不禁感叹人生之短暂。他满腹经纶,不愿意将其带进坟墓,因而毅然决定出山。在众多的起义军将领中,他选择了项梁。当下,项梁将范增请至中军大帐,简要叙述了起义以来的情况和北上攻击章邯、解救魏国的计划,范增道:"将军之意我已大致知晓,我只问将军渡江以来可曾遇见过像样的对手?"

项梁道:"不曾。"

"将军之所以没有遇到劲敌,是因为江南江北恰恰是秦军鞭长莫及之处。正可作为楚军之后方,将军可派了得力之人镇守之?"

"没有。"项梁的心"忽"的往下一沉,心想,这老头果真有眼光,这正是他所担心而又无力解决的问题。

"如此千里沃土,正可作为楚军之根据地,供粮草、输兵员,进可以攻,退可以守。将军若能巩固之,与秦军作战可立于不败之地。孙子曰:'昔之善战者,先为不可胜,以待敌之可胜。'将军伐秦心切,在下以为有些操之过急,以此新建之师孤军深入,秦军若派出一支劲旅,劫我粮草,断我归路,将军势必处于进退两难之地。即便秦军不取此地,倘若再有人振臂一呼,从之者亦众,不难在此成事。那时将军岂不是前功尽弃,为他人做了嫁衣裳?故而我言大军此去必将全军覆没,并非危言耸听,实乃取败之道也。"

听到这里,项梁头上已经冒出了冷汗。

"我再问将军一句,大军此去,师出何名?"

"讨秦。暴秦无道,天下人尽可以诛之。"

"然将军何人,竟可以号召天下?"

项梁答不出。这是他的另一块儿心病。

"贼寇!孔子曰:名不正则言不顺。言不顺则事不成。将军连个名分都没有,将军拿什么来号召民心?"

"在下在薛城停留一月,是要准备称王,然时机未到,众将不服,故暂时打消了称王的念头。"

"将军称王亦无不可,然并非上策,上策以立楚后为宜。夫秦灭六国,楚最无罪。自怀王入秦不反,楚人怜之至今,故楚南公曰:'楚虽三户,亡秦必楚。'今君起江东,楚将之所以蜂起而争相附君者,是因为将军是项燕之后,项家世世楚将,日后必能复立楚国。今若立楚后裔,则在楚地树起了一面大旗,今后楚地无人敢再称王。有楚王坐镇后方,将军则可放手经营天下,既无后顾之忧,亦不做众矢之的,岂不两全其美哉?"

项梁一心想着自立为王,却没有想到立楚后这一层,经范增这么一点拨,茅塞顿开,然而刚刚与各路义军定下救魏大计,怎好又节外生枝?项梁说出自己的难处,范增道:"各路义军不过乌合之众,加起来不足楚王一面旗帜的力量大,可去可留,并不足惜。可以和诸位首领商议一下,去留听便,将军何必受制于他人?"

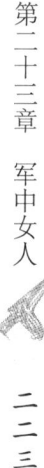

于是，项梁又把各路义军首领请到大帐来，范增把刚才所谈的立楚王的种种理由慷慨激昂地讲了一遍，众将有拥护的，有反对的，但是项梁决心已定，项梁不出兵，其他首领谁也牵不了这个头，于是，援魏大军又在薛城停了下来。项梁派出人马开始四处寻找楚王后裔，最后找到了楚怀王的孙子芈心。

芈心是怀王唯一的嫡孙，项梁找到他的时候，他正在民间为人放羊。虽说沦落乡间多年，但是芈心一刻也没有忘记恢复自己的国家。陈胜起义后，他一直在关注着时局的发展，准备收拾旧河山，东山再起。但是他不敢轻举妄动，害怕事情不成反丢掉性命。他不怕死，但是他是王室唯一的嫡系继承人，他死了，王室的根脉就断了，所以他一直在等待时机，终于等来了这一天。

秦二世二年六月，项梁立芈心为王，号仍为楚怀王，定都盱眙。

芈心还不到三十岁，雄心勃勃，很想有一番作为，但是他一到薛城就看明白了，他只不过是项梁的一个傀儡。他不甘心做别人的玩偶，还想有所作为，可是这个局面只能慢慢改变。于是怀王任命陈婴为上柱国、任命吕臣的父亲吕青为令尹，同时也加紧对吕臣和其他将领的笼络，目的都是为了制约项梁。项梁对此十分不满，自号为武信君。

当初陈婴将兵权交与项梁，就是退步抽身的打算，如今怀王却将一国之任加于自己身上，况且又是针对项梁的，陈婴怎肯答应？他坚辞不受，无奈怀王再三恳求，陈婴碍不过情面，只好答应下来。

有不愿意干的，也有抢着干的。宋义在项梁军中没有得到重用，一直有怀才不遇之慨。怀王到来后，宋义觉得这是个机会，于是买通了侍卫，自荐于怀王，怀王正想再给项梁派一个监军，又怕和项梁的关系闹得太僵，未敢贸然从事，他听宋义谈吐不俗，是个可用之才，刚好可以充当一个秘密监军的角色，于是就劝宋义暂且留在项梁军中，日后必有重用。宋义对怀王的意思心领神会，高高兴兴回到了项梁身边。

大军在薛城一停就是几个月。妙逸已经有了身孕。项羽与妙逸捅破了那层窗户纸，便也不背人了，在军中公开以夫妻身份住在了一起。项梁也知道此事，但是他一直觉得愧对两个孩子，也就睁一只眼闭一只眼，装作没看见。此事被范增看在眼里，他怕影响军心士气，曾经几次对项梁说过："带女人打仗，于军不利呀！"

项梁叹了口气说道："是呀，可是有什么办法？生米已经做成了熟饭，只好由他去了。"

"将军可否将此事交给老叟来处理？"

"好啊，你要是有办法让他们分开那是再好不过了。"

于是范增趁着项羽不在，悄悄来到妙逸帐中，妙逸正在抚琴，见范增来了，急忙起身施礼。范增坐下问道："姑娘弹的可是《离骚》？"

"正是。"

"姑娘可知屈原为何而死？"

"因忧愤而死。"

"屈大夫为何而忧愤？"

"因为他看不到楚国的前途。他料到了楚国今天的结局，不忍心看着楚国灭亡，所以忧愤而死。"

"对，姑娘说得太对了。可你知道项羽叔侄为何千里迢迢跑到这里来打仗吗？"

"当然是为了复楚。"

"你爱楚国吗？"

"爱。"

"你喜欢项将军吗？"

"喜欢。"

"既然你爱楚国，既然你喜欢项将军，那就该多为他想想，多为楚国想想。"

"我不明白大人的意思。"

"这还不明白吗？你想想，你在军中，是帮了项羽呢，还是给他添了麻烦？"

"您的意思是……"

"你应该立刻离开军中。自古以来，军中打仗绝不准带女人，你是我见到的唯一的一个。"

"可是我也想上阵杀敌，亲手斩杀几个秦军，以报父兄之仇。"

"这根本不是女人干的事，尤其是你现在有了身孕，打起仗来只能给项将军带来麻烦，到时候不仅害了项将军，搞不好还要害了全军。"

妙逸仔细一想，的确是这么回事，于是说道："先生说得对，等项羽回来，我立刻让他派人送我回去。"

"还等什么！项将军回来如果不让你走呢？你如果真是为他考虑，就应该马上离开这里！"

妙逸是个烈性女子，当即收拾了东西，跟着范增走了。

项羽从操场上回来，忽然不见了妙逸，一打听，是范增派人把她送走了，立刻骑马去追。

范增派了二十名骑兵护送妙逸回吴中，队伍刚出薛城不远就碰上了一股秦军。二十名江东子弟护着妙逸且战且走，一直战到天黑，最后全部战死，只妙逸一人骑着马逃脱了。甩掉秦军之后，她稍稍松了口气，找了个人家要了口水喝，才喝了几口，突然觉得肚子疼，疼得她脸上冒汗，捂着肚子蹲在地上起不来了。房主老太太过来一看，只见她蹲的地方一片血迹，老太太急忙把她扶到屋里躺下。妙逸流产了。在老太太家里躺了三天，撑持着自己能下地了，就又要走。老太太死活留不住，她还是走了。才出村不远，后面又有一队骑兵追了上来，妙逸顾不得身体虚弱，扬鞭狠狠抽了坐骑几鞭,飞速地向南跑去。可是后面的追兵越追越近,忽听后面有人喊她:"妙逸!妙逸!"

妙逸听出是项羽的声音,掉转马头停下了。刚一下马,就昏倒了。

妙逸醒来的时候,是在项羽的大帐里。项羽伺候她吃了饭,吃了药,问她:"你千里迢迢地找到这里,为何又要走?"

"我不能给你带来负担,更不能给楚军带来负担。"

"这是谁跟你说的?是范先生?"

妙逸摇了摇头说不是,项羽又问:"范先生和你说什么了?"

"他什么也没说。"

"那他为什么要派兵送你走?"

"是我让他派的。"

过了几天,妙逸身体稍稍恢复了元气,便又开始琢磨着逃走。一天早上,趁着大军正训练的工夫,她牵了匹马骑上又要走,跟随她的侍卫拉住马缰绳说什么也不让她走,同时有人报告了项羽。这边妙逸正在和侍卫争执,项羽赶到了,问她:"你为什么一定要走?"

"我说过了,我不能给大军添累赘。你放手去打你的仗吧,我回吴中去等着你。"

"不行,你走了,我放心不下。你要走,我也走!"

这下把妙逸难住了,暂时打消了走的念头。她得想办法先说服项羽。一日,她独自到林中散步,几个侍卫跟在她身后,生怕她再跑掉。只见范增远远地走过来,把那几个侍卫打发走了。妙逸上前施礼道:"范先生能帮我劝劝项郎吗?"

"恐怕劝不动。"

"那可如何是好?他现在把我看得死死的,我根本走不掉,我怎么和她说他都不听,范先生有什么好办法吗?"

"办法倒是有,只是不知姑娘有没有这样的心胸器量。"

"大人说吧,只要能说服项羽让我走,让我做什么都行。"

"姑娘读过《论语》吗?"

"读是读过一点,大人问这个做什么?"

"孔子曰:志士仁人,无求生以害人,有杀身以成仁。"

妙逸心中一惊:"范先生的意思是让我……"

"对!你在军中一天,项将军就一天不会让你离开,你在世上一天,项将军心里就不安一天,所以,要想让项将军安心军中事务,你只有永远地离开他。怎么样,能做得到吗?"

妙逸脸色惨白,犹豫了许久,说道:"只要对楚国有利,对项郎有利,我没有什么做不到的。"

"好,果然是个英雄烈女,你放心去吧,你死后,我会好好地安葬你,反秦胜利之日,我让项将军为你举行……"

"住口!"项羽不知什么时候追了上来,拔出佩剑顶着范增的胸口问道:"你哪里来的这些奇谈怪论,我叔侄以国师之礼待你,为何要害我爱姬?"

范增并不畏惧,正色说道:"我这是为你着想,为楚国的江山社稷着想。怎么是害她?若想成就一番事业,没有几个人做出牺牲怎么行?"

"放屁!这么多热血男儿,打不下江山,难道要一名弱女子去牺牲吗?先生既然满腹经纶,难道没有战胜之计、立国之策吗?在我爱姬身上打的什么主意?你要是当得了这个国师,就拿出反秦复楚的计策来,当不了就给我滚蛋!我告诉你,妙逸要是有个三长两短,你也休想活在这个世界上!"

妙逸道:"项郎,不得对先生无礼!"说着,她手执剑锋,把项羽的剑拨开了。这时项梁也赶到了,厉声对项羽说道:"籍儿不得放肆!快给先生赔礼!"

项羽见项梁来了,感到事情有点不妙,但事已至此,只有横下一条心闹到底了,于是说道:"要我给先生赔礼,叔父需答应我,让妙逸留在军中,否则侄儿立刻死在这里!"说完,项羽拔出宝剑,横在了脖子上。项梁气得一跺脚:"你这个不争气的东西!"

就在这边吹吹打打忙着立王的时候,秦军向魏国发起了猖狂的进攻,在包围临济的同时,秦军还派了一支部队前去"收复"丰邑,张良对刘邦说道:"收服雍齿、挽回民心的时机到了。秦军忙着攻打临济,进攻丰邑的,不过是支偏师,不难取胜。"

刘邦的父母儿女皆在丰邑,当然不能坐视不救,当下便来和项梁告别:"你们在这儿争权夺利,没我什么事,我先走了。"

项梁道:"谁说我在争权夺利?我是在给大家分权分利。"

"好好好,你是个大好人,既然给大家分权分利,给我也分点呗!你上次答应我的五千人马呢?"

"沛公真的要走?"

"谁说我要走?我去给你打秦军。打完我还回来呢,舍不得你老兄啊!"

"打秦军不忙,等这边忙完,咱们整体筹划一下,一起去嘛。"

"等你忙完,我老婆孩子恐怕都死在秦军手里了!"

"哦?怎么回事?"

"秦军把我老家围了。"

"噢,那是自当去救。可是沛公怎么说是给我打秦军呀?啊?哈哈!"

"都他娘的一回事,反正是打秦军嘛,我在那边打,你们这边争权争利也消停一点,不受干扰。你说是不是?"

"要不要项羽和你一起去?"

"不用,才他娘一万多人,我一个人就把他们全收拾了。"

项梁如约给了他五千人马。

雍齿万万没有想到,才投靠魏国几个月,魏国就支撑不住了。秦军来打丰邑的有一万多人,而雍齿只有两千人马,面对数倍于己的秦军,雍齿几乎绝望了。他带着丰邑子弟兵拼死抵抗,眼看丰邑就要被秦军攻破,刘邦带着救兵赶到了。雍齿简直不敢相信自己的眼睛了,刘邦怎肯来救他?可是秦军背后那红色将旗上分明大大地写着一个"刘"字,随着刘邦部队的推进,几乎都能看清卢绾、樊哙等人的眉眼了。雍齿大喊一声:"弟兄们,刘邦率兵救咱们来了,跟着我往外冲啊!"喊完,雍齿一马当先冲了出来,刘邦和雍齿里应外合,杀得秦军大败而逃。

刘邦和吕雉迫不及待地回到中阳里,看见一家大小都健在,心里这才安定下来。一家人才说了没几句话,乡亲们带着各式各样的慰问品来看他来了。见了刘邦,大家都不好意思地低着头,因为上一次是他们把刘邦打跑的。

从此,刘邦获得了仁义之师的美名。雍齿心里已经服气了,可是嘴上还不肯认输:"你还不是为了救你家人,否则你才不会来呢。"刘邦气得恨不能立刻杀了他,可是现在的刘邦已经不比当年了,他忍了。

和刘邦在一起生活了一段日子,吕雉喜欢起军旅生活来,她恨自己没生成个男人,否则一定会大有作为的。她天生就喜欢带点冒险的生活,真想跟着刘邦一起走,可是见了两个孩子,心立刻就软了,有了这一次的教训,吕雉也舍不得再和他们分开了,在丈夫和孩子之间,她还是选择了孩子。

第二十四章 血战东阿

魏国军队在秦军的强大攻势下节节败退,一直退到临济城中。就在这时,魏相周市带领援兵赶到了。齐将田巴、楚将项它各率领五千人马前来救援,周市亲自披挂上阵,与秦军血战数日,终因寡不敌众死于阵前,齐、楚援军全军覆没。项它只身逃回薛城。在城外浴血奋战的同时,魏王又连续派出几拨使者前去请田儋、项梁立即发兵解救危急。

因有周市曾率军攻打齐国领土狄县这一层过节,魏王估计齐国不会再发兵了,齐派田巴率领五千人马来援已经给了他很大面子。没想到田儋不计前嫌,竟然亲自率了五万人马前来救魏。章邯对于齐、楚发兵来援早有准备,半路上设好了伏兵,然后令正面阻击部队佯装战败,将田儋诱至临济城下,两支伏兵从背后杀出,齐军大乱,田儋战死于城下。

魏王咎见周市、田儋皆已战死,项梁援兵无望,知道必败无疑。为使城中百姓免遭屠戮,亲自来到阵前,叫章邯讲话:"章大将军率大军来此,不过为我魏咎复立魏国。今咎愿一死,请将军放过城中百姓。"

章邯道:"只要你们取消魏国号,放下武器,不再图谋造反,危害朝廷,我章邯可以免开杀戒。"

"三军阵前,望大将军勿食言,我即令放下武器,取消国号。"

"我章邯绝不食言。"

魏王咎得到章邯的许诺,命人在阵前堆起干柴,并命令将士们放下武器、卷起旗帜,向秦军投降,然后自己走上了柴堆,向身边的士卒命令道:"点火!"

两个士兵把柴火点燃了,熊熊大火燃烧起来。临济百姓无不为之落泪。

章邯心想,魏咎此举正可以收买人心,留下这一城军民,日后必是祸患,不如趁早图之。于是,向已经缴械投降的魏国将士发起了攻击,并在城中展开了大屠杀。城中军民四散奔逃,魏咎的弟弟魏豹在军民们掩护之下逃出了临济。

田儋死后,田荣、田横兄弟率领残部杀出重围向东退去。不料回到狄县却进不了城。原来是田氏的另一支,一个叫田假的,听说田儋已死,便自立为齐王,以田角为相,以田角的弟弟田间为将。田假令田荣将部队留在城外,只身一人进城"谒见",田荣大怒,在城下骂道:"我兄弟在前方打秦军,还没死呢,你们就在这里称起王来了,什么他娘的齐王,奸贼,给我杀!"说完,便率领部队开始攻城,城上早有准备,一时矢石齐下,田荣攻了半日攻不下来,后面秦军追兵又至,只好向东阿撤去。章邯紧追不舍,将田荣部团团包围在东阿城中。

刘邦赶在秦军到来之前撤出了丰邑。回到薛城,怀王正准备前往盱眙就国,刘邦急忙赶来觐见。怀王已经听说刘邦在丰邑打了胜仗,十分高兴,专门为刘邦举行了一个庆功会,并且给沛军颁发了一面锦旗,上书"仁义之师"四个大字。这是怀王小题大做之笔,他有意要把这些小股势力扶植长大,以制约项梁。刘邦并没有想那么多,酒宴上有点得意忘形。项梁却是满脸的不高兴。张良踩了踩刘邦的脚尖,问道:"沛公回薛后可曾去拜见过项大人?"

"不曾。"

"沛公把顺序搞错了,应该先去项大人那里。"

"是啊是啊!谁是爹谁是爷都没搞清楚,我怎么这么糊涂啊!"刘邦后悔得直拍大腿。他端起酒杯走到项梁面前,想给他敬一杯酒,项梁很冷淡地应付了一下,就转过头和别人说话去了。刘邦讨了个没趣,但并不气馁,又斟了一杯酒来敬项羽:"来来来!兄弟,咱哥俩儿干一杯!"

项羽道:"沛公大概是喝醉了吧?您一直与我叔父以兄弟相称,怎么又和我称起兄弟来了?"

刘邦已经三十九岁了,和项梁的年纪差不多,项羽才二十四岁,所以项羽感到诧异。刘邦道:"是那么称呼来着,可是我觉得不大合适,项大人乃当今天下独一无二的大英雄,我见了项大人腿肚子都发软,怎敢与项大人称兄道弟?我要是能有你这么个兄弟就已经知足了。你要是认我这个大哥,咱们今天就来个歃血为盟,当众结拜了如何?"说着,刘邦从腰间拔出一把匕首,当场割破了自己的手腕,将血滴在两个人的酒杯中,然后把短剑递给了项羽。项羽并不愿意与一个陌生人搞得这么近乎,但是碍于情面也不得不照着刘邦的样子做了。这个马屁把项梁拍得舒舒服服,只见他脸上立刻露出了笑容:"羽儿,沛公乃仁厚长者,以后你可得好好向沛公学习。"

刘邦趁机端起酒杯说道:"来,兄弟,咱俩就当着叔父大人的面喝了这杯结拜酒。"

第二天,吕臣护送怀王去了盱眙。怀王刚走,齐国田荣的使臣便到了,报告说章邯率领二十万大军将齐军包围在东阿,请求项梁立即发兵援救。范增道:"现在可以与秦军一战了。"

这段时间,项梁一直在研究敌我双方的态势,心中早有了成熟的作战方案,怀王一走,他立刻召集众将升帐,先将总体作战意图向众将交代了一番,然后开始下达作战命令:

"龙且！"

"末将在。"

"你率一万精兵为先锋，即日渡过黄河，从南面杀入东阿城，然后会同田荣军向外杀出，我带两万人马随后接应，与你会合。"

"诺！"

"这一仗是我与秦军主力作战的第一仗，整个战役的成败就看你这个先锋能否顺利突破。这是一场硬仗，只准打胜，不能打败。"

"诺！"

"黥布！"

"在！"

"你率两万人马从东面佯攻，配合正面作战。"

黥布有些不情愿，道："末将愿做正面先锋。"

项梁道："公切莫以为佯攻是偏师，我料秦军必把东面作为主要防御方向，因而东线压力最大。你可多布旗帜疑兵。然而佯攻不是不攻，要真攻才能将秦军的主力吸引在东面，明白吗？"

黥布这才心甘情愿地答了声诺。

"钟离昧！"

"在！"

"你率两万人马在阳谷一带待机，我料秦军战败后必向西逃窜，与李由军会合，你可在半路设伏拦击。"

"诺！"

"蒲臣！"

"在！"

"你率一万人马在黄河南岸设伏。秦军遭到钟离昧袭击后，必然向南渡过黄河，此时秦军已成惊弓之鸟，一触即溃，你的主要任务是收容俘虏。"

"诺！"

说完，项梁又对彭越说道："彭将军，秦军渡河方向恰在巨野泽北一带，那里彭将军比较熟悉，将军可否助蒲臣一臂之力？"

"臣义不容辞！"

"曹咎、桓楚！"

"在！"

"你二人随我正面作战，接应龙且。"

"诺！"

"项羽！"

"在！"

"你率两万人马向西作战，要死死咬住李由主力不放，务使其不敢来援。季布、丁公随项羽行动。"

"诺！"

项梁分派完自己的人马，又问刘邦："沛公可愿意与项羽一同向西作战？"

刘邦道："正求之不得。只怕人马军力有限，给大人帮不了多大忙。项大人可否再给我几千人马？"

自从酒席宴上刘邦与项羽结为兄弟，项梁顿时觉得与刘邦亲近了许多，但是眼下人马已经指派完毕，他手头已经没有可调之兵了。于是说道："这次西线作战，人马统由沛公指挥，至于沛公所求我一定放在心上，等这一仗打完，立即给你补充兵马。"

说完，项梁又指着张良和魏咎问道："二位公子可愿意在我帐中做个谋士？"

张良道："项大人立了怀王，如今六国后裔皆已复国，独韩国未立，何不趁此机会也使其复立，以增树秦之敌党？"

魏豹见张良提出这样的要求，也趁机说道："魏国虽然再次为秦所灭，然人心尚在，臣亦望大人能准臣复国。"

项梁道："既然二位公子皆有此志，那我就每人给你们一千人马，你们自己折腾去，如何？"

张良和魏豹齐声答道："如此甚好。"

出得大帐，刘邦恋恋不舍地拉住张良的手问道："子房，你真的要走了？"

张良道："与沛公相处数月，实难分舍，然复韩乃子房半生之心愿，身不由己，望沛公见谅。"

"出去要是不顺当，还回来呀，我等着你！"刘邦是个很重感情的人，说这话时，眼泪一直在眼圈里打转转。

几个月来，章邯一直在关注着楚军的动向。进攻魏国时，章邯最担心的是齐、楚一起发兵。当时王离大军还远在塞外，刚刚集结，如果魏、齐、楚联合起来与之抗衡，章邯很难战胜诸侯军。在魏、齐、楚三国之中，章邯最为忌惮的又是楚军。楚军历来能打能拼，主将又是项燕的儿子项梁，就更不可轻视，因此，章邯将主力的一半分出来准备对付楚军，但是楚军走到半道不知为什么又回去了。及至战胜了项它，章邯对楚军就不那么害怕了。在临济城外，章邯将周市和田儋各个击破，而项梁又没有及时来援，失去了战胜秦军的最好时机，章邯便有些轻视项梁，原来项燕的子孙也不过如此。然而，东阿的战事却并不像他想象的那么顺利，田儋之死确实让齐军乱了一阵，但是田荣、田横兄弟俩很快就稳住了阵脚。打散的部队迅速向东阿集中，附近的齐军也纷纷来援，在东阿城内外，齐军又重新聚集起五万多人马，秦军虽然四倍于齐军，但是一时也难以啃动这块硬骨头。就在这个时候，龙且率领楚军先头部队渡过了黄河。

章邯判断,楚军的主攻方向不在正面,而在东面,于是一面派兵阻击龙且,一面调兵遣将部署东线防御。不一会儿,果然在城东发现了楚军大部队,人数要比南线多得多。章邯暗自庆幸自己判断准确,并亲自到城东督战。龙且很快突破了秦军正面防线,秦军南线主将是董翳,见龙且孤军深入,喜不自胜,一面向章邯报告情况,一面调集部队从四面包围龙且的部队。秦军根本没把龙且的一万人马放在眼里,四面的部队一齐发起攻击,气势汹汹冲了上来,但是他们没想到龙且的一万人马是楚军中最精锐的部分,包围龙且的部队被杀得人仰马翻。两军从早晨一直战到中午,正杀得难解难分,项梁率领的两万人马也投入了战斗,秦军不得不分出一部分兵力来对付项梁的二梯队。项梁居中,曹咎在左,桓楚在右,兵分三路杀入重围。董翳发现情况不对,急忙向章邯报告:楚军的主攻方向在南边。但是东线黥布的攻击也十分猛烈,章邯坚持认为楚军主攻方向是东线。楚军早已与齐军约定南线突破,田横率领齐军从内向外发起了猛烈攻击,秦军南线渐渐撑不住了,黄昏时分,田横与龙且在南线会合,田横将楚军接入城中。秦军立刻收拢四面的部队,对项梁形成了包围,董翳请求章邯趁着黑夜将东线部队悄悄调回,集中消灭项梁主力,但是东线黥布咬得很紧,而且齐军田荣在东线指挥,因而章邯依然坚持自己的判断不变。第二天拂晓,龙且和齐军主力悉数从南门杀出,章邯才知道上当了,急忙将主力调往南线,然而,双方几十万人作战,战线拉了几十里长,临时调兵谈何容易!中午时分,章邯率领阻击黥布的秦军主力赶到了南线,董翳的部队已经溃不成军,东线秦军主力一撤,也顶不住了,黥布跟着掩杀过来,章邯急忙下令全军撤退,大军仓皇向西逃窜,跑了四五十里,天已黄昏,正准备安营扎寨,钟离昧率领的两万人马突然从半路上杀出,秦军不知虚实,慌忙中只好向黄河边撤退。章邯连夜组织船只渡河,又被蒲臣和彭越截住厮杀了一阵,章邯让各部清点人数,只剩了不到两万人马,又遭到蒲臣和彭越的袭击,已经成了惊弓之鸟,他们摸不清楚军到底有多少人,董翳和司马欣两员大将护着章邯且战且退,退进定陶城中。

在章邯大军气势汹汹地进攻齐魏两国的时候,李由也一直在严密注视着楚军的动向,他把主力摆在定陶、城阳、濮阳一带,随时准备寻找战机和楚军一战。刘邦和项羽为了配合东阿战役,以迅雷不及掩耳之势拿下了城阳,将李由的主力分割成了两半,一半在定陶、雍丘一线,一半在濮阳。就在这时候,东阿战役打响了,濮阳之敌蠢蠢欲动,准备增援东阿。一旦濮阳秦军出动,将对东阿战场项梁大军造成极大压力,于是,刘邦和项羽只留了少量部队监视定陶之敌,率军北渡黄河,摆出了一副进攻濮阳的架势,秦军见楚军来势凶猛,不敢轻举妄动,又缩回了濮阳城中,项羽下令攻城,刘邦道:"濮阳城垣坚固,易守难攻,只要把秦军困在濮阳动不了,就已经达到战略配合的目的了。大军还要保持机动,不可陷入胶着状态。"

项羽听了,觉得很有道理,就一面佯作攻城,一面静观战局的发展。两天以后,传来东阿大捷的消息,章邯南渡黄河,撤进了定陶。项羽与刘邦一商量,认为章邯新败,正可以趁其立足未稳将其彻底消灭,于是又杀回黄河南岸,直扑定陶。

章邯退入定陶之后,秦军被打散的部队纷纷向定陶集中,很快聚集了几万人马,加上定陶城中原来的守军,有四五万人。刘邦和项羽连攻了几日攻不下来,他们一面调整部署,一面等待项梁大部队的到来。

东阿大捷后,项梁让部队稍作休整,准备再战。这时,刘邦和项羽已经打到定陶,项梁欲约田荣一起南渡黄河,乘胜追击,打算一举歼灭章邯残部,但是田荣拒绝了。田荣对于田假称王一事始终耿耿于怀,突围后的第一件事就是攻打狄县。田假抵挡不住,逃往楚军营中,请求项梁的庇护,田角、田间兄弟逃往赵国。田荣要求项梁把田假交出来才肯发兵,项梁十分恼火,刚刚浴血奋战将田荣救出,他就这样不顾大局,真是岂有此理,项梁对齐使说道:"回去告诉田大人,田假来投我,我项梁绝不干出卖朋友的事,他不愿意出兵就算了,没有他,我照样打败秦军。"

然而,项梁大军还没到,李由却率军先到了,刘邦、项羽受到两面夹击,只好暂时后撤。

李由的大本营设在雍丘。这位刚刚三十岁的大将军,鬓角已经有了白发,一张苍白的脸显得十分憔悴。一年多来,与义军作战,东征西讨,他是尽心竭力地为朝廷卖命,不但无功,反而招来许多非议。周章打到戏下,二世皇帝险些杀了他的头,只是看在老父亲的面子上,才赦免了他。章邯出师之后,连战皆捷,相比之下,李由几乎没有打过一个像样的胜仗,无形中更增加了他的压力。朝廷中有人责让李由,诬他与陈胜、吴广勾结,甚至说他与陈胜、吴广有书信往来,李斯拼了老命上下疏通,为他辩解,仍不能洗清这不白之冤。李斯再三来信,要他打几个漂亮仗给朝野上下看一看,然而,由于赵高作梗,李由的粮饷经常接济不上,部队士气低落,打胜仗谈何容易!相反,对于章邯,二世却十分倚重,要什么给什么。单是战场上的压力,李由还能承受,最要命的是后院起火。近来老父亲在朝中已经自身难保,二世对他越来越不信任了,连见皇帝一面都很难,甚至怀疑他们父子有谋反之心。章邯在东阿失手,逃到定陶,朝廷命李由前去增援,无奈李由被刘邦、项羽拖住,寸步难行。赵高趁机在二世面前进谗言说,李由见死不救,导致东阿惨败,二世闻言,严令李由率军前往增援。赵高派了两个心腹黄门前来监军。其时章邯已退至定陶,李由在雍丘,两军恰好成倚角之势,完全可以与楚军一战,但是监军的黄门定要李由亲自率军增援定陶,李由无奈,只好按照监军的命令行事。

章邯见到李由,大吃一惊:"李将军到这里来做什么?"

"按照朝廷指令,增援章将军。"

"李将军为何出此下策?雍丘乃将军大本营,粮草辎重皆在雍丘,守住雍丘,我军进可以攻,退可以守,怎么能置雍丘于不顾,倾巢出动来援,这是取败之道啊!将军若不来，你我配合起来，尚可与楚军一战，将军来这里，你我皆死于定陶矣！"

李由叹了口气说道："我何尝不知雍丘重要！无奈朝廷监军在，命我将雍丘守军悉数带出，不准留一兵一卒，如若违令，立即斩我的头。"

"啊？这么说雍丘完全没有守备？"

李由点点头说道："是的。"

"你我今日休矣！此时项梁若派一支人马夺了雍丘，你我在这里困守孤城，不死何待？这些阉党，狗屁不通，简直是误国！将军何不斩其首级？"

李由叹了口气说道："唉！说起来也真是窝囊，将军以为我怕这几个阉党？我是怕连累老父亲和一家大小啊！"

"别说了，将军的难处我知道。现在当务之急是保住雍丘，趁楚军尚未察觉，将军可率原班人马速回雍丘，如若再有人阻拦先斩了监军再说，皇上那里我去解释。"

于是，李由又率军返回了雍丘。刚到城下，只听城上金鼓齐鸣，城门大开，两员大将率一彪人马从城内杀出，军旗上大书一个"季"字，李由见雍丘已失，急忙后退，才退出二三里，后面楚军已经切断其归路，周勃、樊哙率军杀出，其势不可阻挡。秦军又向南突围，南面有曹参、灌婴拦住去路，李由下令三军就从这里突围，不再改变方向，但是前面楚军越杀越多，不知究竟有多少人马，李由眼看向南突围无望，一面严令部队继续向南突围，一面却带了几十骑人马向北去了。走出四五里，突然面前张起无数楚军旗帜。楚军阵容严整，仿佛从地底下冒出来的一般，阵前一匹黑马一匹白马，那位骑白马的长者说道："李由，我和项将军在此恭候多时了，还不快快下马受降？"

李由问道："你是何人？"

"沛县刘邦！"

"这位可是项梁项将军？"

"我是你爷爷项羽！"

李由大惊失色，知道自己的末日到了，仰天长叹一声，拔剑自刎。

在刘邦、项羽占领雍丘的同时，项梁包围了定陶。章邯坚持了两天两夜，闻雍丘失守，李由自杀，无心再守下去，趁夜间突围向北去了。

项梁大军开进定陶，刘邦、项羽也赶来会师。项梁令将城门打开，欢迎西线的英雄们归来。刘邦和项羽，一个骑黑马，一个骑白马，率领着整齐的队伍从西门从容而入，街道两旁军民们齐声呼唤着他俩的名字：

"刘邦！项羽！"

"项羽！刘邦！"

晚上，项梁在定陶城里大摆宴席，为众将庆功。众将皆已到齐，唯独刘邦不知跑到哪里去了。

咸阳城里，依然是笙歌鼎沸，看不到一点战争的痕迹。二世皇帝胡亥照样每天喝得醉醺醺的，钻到后宫不出来，朝中大小事情一概委之于赵高，很少过问。始皇帝在世时，曾有人献谶纬之书，言：亡秦者，胡也。嬴政以为指的是匈奴，于是派蒙恬率三十万大军驻守北部边疆，防止匈奴南窜，没想到亡秦之胡并非胡人，乃胡亥也。

周章打到戏下后，胡亥曾经老实过一段时间。他看到了亡国的现实危险。对义军的恐怖和对江山的担忧，使他茶不思饭不想，连赵高从全国新选来的美人都懒得去看了，终日里愁眉不展，时不时让赵高把前方的战报拿来给他看。赵高怕他急出病来，千方百计想哄他高兴，只要看见他跟前没人，立刻让宫女们前来逗他开心。一日，赵高看见胡亥又一个人坐着发呆，便示意让他最宠爱的一个侍姬名叫四娘的前去帮他排解，四娘为了讨二世欢心，着意打扮了一番，可是，刚刚靠近二世，就被搡了出来："去去去！没看我烦着呢吗？"

四娘知道胡亥的脾气反复无常，很知趣地退了出来，可是赵高堵在门外不让她走："再去，再去，皇上烦闷，你们得想办法让他高兴才是，哪能说走就走呢！"

四娘无奈，又回到二世身边，二世一把将她揉倒在地："滚！说了不要来烦我，怎么又来了？"四娘不防备，摔得重了，一面往起爬一面掉眼泪，二世吼道："哭丧什么？还不快滚！"说着又在她肚子上踢了两脚，这两脚踢得重了，四娘疼得满地打滚，爬不起来了。二世见她还不起来，不禁怒从心起，喝道："来人！把她给我拖出去活埋了！"

两个黄门上来拖起四娘便走，四娘喊道："皇上，看在往日的情分上饶了我吧！"

这时赵高走了进来，跟着说道："是呀，皇上，就饶了她这一回吧，杀了她您会后悔的。"

胡亥将脖子一梗，说道："我不后悔！三条腿的蛤蟆不好找，两条腿的人还有的是，拖出去！"

"皇上！你不能这样无情无义呀！看在往日的情分上就饶我这一回吧。"

二世一听这话，"噌"地站了起来，抽出身上的佩剑，指着四娘问道："你说谁无情无义？"四娘吓得脸色煞白，嘴唇哆嗦着说不出话来，二世瞪着一双恶狠狠的眼睛，一剑刺穿了四娘的胸膛……

随着章邯大军连连告捷，胡亥已经把往日的忧愁忘得干干净净，又开始了他那荒淫无度的生活。战争的消耗使国库越来越空虚，秦王朝还能控制的地区赋税更加沉重，人们流离失所，许多县份已经看不到十五至六十岁的男子，他们全部被征去当兵或作民夫去了，咸阳城里到处是无家可归的难民，街市上公开卖儿卖女，一些地方甚至出现了人吃人的现象。虽然章邯等将领打了不少胜仗，但是起义军人数却有增无减，灭了这里那里又生了出来。这场农民大起义，有如扑不灭的火焰，越烧越旺。

然而，胡亥听到的全部是胜利的消息。没有人敢把真实情况报告给这位残暴昏庸的皇帝。

一天晚上,李斯正在家里长吁短叹,冯去疾突然来到了府上。李斯心中十分不快,拉下脸来说道:"冯大人,恕我不恭,您怎么这个时候还到我这里来,这不是授人以柄吗?"

冯去疾道:"李大人休要怪罪,老朽也是出于无奈,我知道我在外边待不了几天了,趁着我还有人身自由,有些话必须要和李大人谈谈。"

李斯接手冯劫的案子之后,冯去疾从来没有找过他,害怕连累他。几个月不见,冯去疾的头发已经全白了,一副老态龙钟的样子,他拿出一封上二世皇帝书,上面有十几位老臣的签名,其中大部分是已经被罢了官的。李斯接过上书看了看,内容主要有二,一是减轻赋税徭役,给百姓以喘息的机会;二是弹劾赵高。李斯问道:"令公子的案子还没结,您在这个时候上书,皇上能听得进去吗?"

"听得进去要谏,听不进去也得谏,这是我最后的机会了。不给百姓们喘息的机会,他们怎么活?没有百姓,哪有朝廷的江山?"

李斯苦笑一声道:"恕我直言,您现在还没有彻底被扯进令公子的案子里面去,这样是加速给人以口实呀!"

"可是还能有什么好办法?不瞒大人说,老夫曾考虑过兵谏,可是我们手中没有一兵一卒,目前能够这样做的,只有令公子李由,大人肯让他这样做么?"

听了这话,李斯立刻紧张起来,他下意识地四处望了望,说道:"冯大人这话只当没说,我也不曾听见。这是万万不可以的。"

"既然如此,那就只有冒死一谏了。"

"即便皇上还能听您的,冯大人料这样能扳得倒赵高吗?"

"扳得倒要扳,扳不倒也要扳,否则他会把朝中仅存的几个老臣一个个全部干掉,大家这样做也是为了助你一臂之力呀。大秦江山现在全靠你了!"

"冯大人别这么说,在下实在担当不起。"

"李大人就不必客套了,看看奏折写得如何?"

李斯扫了几眼奏折说:"冯大人的文章自然是没说的。可是其中许多事情是赵高背后指使,皇帝出面做的,这样激烈的指责,皇上能接受吗?"

"老夫在措辞上也试图将二人分开,可是已经分不开了。皇上若是明白,可以尽管把这些事情推在赵高身上。"

"要是皇上不明白呢?"

"那就只有一死了。"

"我并不怕死,然而死又何益?留下我们几个老臣,关键时刻或许还能起点作用,一旦被他们赶尽杀绝,大秦江山可就彻底完了。所以,我劝冯大人还是要慎重。万一扳不倒赵高,反倒让人家把我们一网打尽了。"

"我想情况未必会那么糟,赵高虽然在朝中安插了不少人,但是以赵高的为人,谁能真心为他卖命？只是惧怕其权势而已。无论新臣老臣，对天下大势都看得清清楚楚，如今只是瞒着皇上一人，只要给皇上捅破这层窗户纸，赵高立刻就会失宠。朝臣们对赵高恨之入骨，若有人振臂一呼，大家恨不能立刻剐了他。李大人切不可错过这个机会。大人在朝中的影响，当胜过赵高十倍，只要大人一开口，不怕没人响应。民心可用啊！"

"冯大人可能过于乐观了，你看我这府上现在还有人来吗？我知道大臣们对赵高不满，可是真到说话的时候，那些大臣们哪个敢站出来？"

"胜负在此一举，大人要早做决断。我只是来给大人通报一声老臣们的想法，不管大人做何打算，老夫明日定要冒死一谏。老夫告辞了！"

冯去疾这番话，显然是对李斯的态度不满。对于老臣们拼死相救，李斯不能无动于衷，他拦住冯去疾说道："等等！这样吧，冯大人，你们上你们的书，我再另外上书一封，这样既可以加重劝谏的分量，也不至于让人说我们结党营私。"

"这样也好。李大人千万不可再犹豫，这恐怕是最后的机会了。"

"冯大人放心，这次我一定不会袖手旁观的。"

送走了冯去疾，李斯开始起草上书。平日里他才思如泉涌，下笔走龙蛇，今天却一个字也写不出来。一肚子的苦衷，不知道从何说起。自从周章打到戏下，朝廷里就传出了一股风，说李由与吴广勾结，两人达成了协议，故意放周章进关，如果不是这样，以李由二十万大军，无论如何不至于让周章这么快就打进关来。这种说法对李斯父子极为不利，李斯又无法向人解释，解释的结果只能是越抹越黑。因而，李斯才一再写信要李由在前方打几个胜仗给朝野上下看一看，这是洗清自己的唯一办法。可是，大厦将倾，天怒人怨，靠李斯父子是撑不住的。陈胜起义时，朝廷用来对付义军的主力只有李由一支，打不胜似乎还可以申辩搪塞，但是章邯出师却连战皆捷，这又如何解释呢？二世话里话外已经明着表示出对他们父子的不信任，在这个时候参与冯去疾的上书，只能加深皇上对李家的猜疑。因此，他不想参与上书，但是，冯丞相这是在为他拼老命，他又怎能袖手旁观？冯去疾的分析是对的，赵高的势力一天比一天大，如果再不下手，他们迟早都要死在赵高手里，这是已经看得见的结局了。李斯手中的笔似有千斤重，上书写好之后，他又犹豫了。就在这时，一个老家人从前线回来，带来了李由阵亡的消息。听到这个消息，如五雷轰顶，李斯顿时乱了方寸。悲伤暂且撂在一边不说，整个家族的安危立刻摆在了面前。李斯知道，赵高之所以迟迟不敢下手把他搞掉，就是因为李由手中握有二十万大军。就连二世皇帝对此也要有所顾忌。李由一死，整个家族有如天塌地陷一般，立刻失去了依托，他不得不重新考虑这封上书了。

第二天上朝，一位不怕死的朝臣将冯去疾起草、由十几位大臣签署的奏折当场递了上去。二世皇帝只扫了两眼，脸色就不对了，只见他脸上青一阵黄一阵，还没把奏折看完就扔在了地上："冯去疾到底想干什么？把那个老东西马上给我叫到这儿来！"

冯去疾早已被免去右丞相之职了，他料到皇上看了奏折后会叫他到朝堂上来，不是叫他来当堂申辩，便是当堂逮捕下狱。因此，他一大早就在宫外候着，听到传他，立刻来到了堂上。二世铁青着脸说道："冯去疾！你这份奏折写得好啊！可以用八个字来形容：文采飞扬，杀气腾腾！我问你，这是弹劾赵高还是弹劾朕哪？你儿子勾结蒙恬余党企图谋反，朕看在你三朝元老的分上，没有杀你的头，难道你还要杀朕不成？"

冯去疾跪下答道："陛下圣明。臣所列十大罪状皆赵高所为，与陛下无关。"

"与朕无关？这续修阿房宫指的是谁？诛杀诸公子指的是谁？这鱼肉百姓，生灵涂炭，天下汹汹，兵连祸结，罪魁祸首又是谁？这分明是指桑骂槐嘛，明里说的是赵高，暗里指的不就是朕吗？只差把我嬴胡亥的名字点出来了。"

这时，那位递交奏折的大臣出班说道："陛下，臣等上书绝无冒犯陛下之意。然朝中奸臣当道，蒙蔽圣聪，他们结党营私，编造谎言，颠倒黑白，欺上瞒下，致使陛下无法了解实情，判断真伪。为了达到欺骗圣上的目的，他们拉帮结派，剪除异己，顺之者昌，逆之者亡，因而朝中大臣皆缄口不敢言……"

"够了！你给我住嘴！你当朕是三岁的小孩子吗？什么蒙蔽圣聪，不辨真伪，你干脆说朕是个傻瓜得了。你说天下大事哪一件朕不知道？"

"陛下，当初周章打到戏下时，连咸阳城里的百姓们都尽人皆知，唯独皇上一人被蒙在鼓里，如今依然如是，他们只向您报告章邯打胜仗的消息，殊不知反贼目前越打越多，越战越强，已经天下大乱了……"

"胡说！"这时赵高按捺不住了，急火火地跳了出来，"陛下休听他胡言。章大将军继战胜陈胜、吴广之后，新近又灭了魏国，杀了齐王。王离大将军已从边塞撤回，正在进攻赵国，胜利指日可待，此公夸大反情，危言耸听，当诛之！"

二世冷笑一声，问那位大臣："赵高所言可是实情？"

"章邯灭魏不假，可是刚刚灭了魏国，又冒出了一个楚国，比魏更加强大，人言楚虽三户，亡秦必楚……"

"住口！"二世喝道，"你这是在替谁说话？长他人威风，灭自己志气。来人，把他押下去，打入死牢！"

那位大臣刚刚被押走，又有一位不怕死的站出来与赵高理论，才说了没几句，就又被押走了。二世这会儿气急败坏，心烦意乱，大声喊道："还有谁敢效法他们？统统给我站出来！"又有三四位大臣站出来，还没容他们开口，二世就令将他们押下去了。

二世气得直发抖，他站起身来，来回踱着步子，赵高向几个心腹大臣使了个眼色，立刻有人出班唱起了颂歌，赵高耳目多，早已经探听到冯去疾等人要发难的消息，因此提前做了准备，一封封歌功颂德、粉饰太平的奏章相继呈上来。二世脸上渐渐露出了笑容。他见李斯一直没说话,问道:"丞相可有什么高见哪?"

大臣们一起回头朝李斯望去。李斯一夜没睡,脸色苍白,目光呆滞,如死人一般。他精神恍惚,六神无主,听见二世点他的名,忙答应了一声:"臣在!"

赵高阴阳怪气地说道:"丞相往日里口若悬河,今日却是金口难开呀!冯大人昨晚不是到你府上去了吗?你不是也写了一份奏折吗?快给皇上呈上来吧!"

李斯心里一惊,赵高怎么连他家里发生的事都知道了?他顾不上多想,慌慌张张掏出了一份奏折。头一天晚上,他准备了两份奏折,上朝时左边袖子里揣的是弹劾赵高的,准备和冯去疾一起冒死一谏;右边袖子里揣的是批驳冯去疾、阿谀二世的,准备到万不得已时拿出来自保。刚才的廷辩中,他一直在犹豫是拿哪一份奏折出来,到最后也没有拿定主意。这会儿听见二世点他的名,慌慌张张拿出了右边袖子里的奏折,说道:"臣以为如今盗贼蜂起,战乱频仍,粮饷匮乏,国库空虚,赋税非但不能减,反而要增加,徭役非但不能停,反而要力征,如此方能迅速平定关东之乱。近日朝野上下对于纳税征夫颇有微词,此乃误国之言,似这样飞短流长,如若不加以制裁,任其泛滥,必然影响民心士气,故臣以为陛下当对各级官吏严加督责,以正视听。为此,特奏报如下:

夫贤主者,必且能全道而行督责之术也者。督责之,则臣不敢不竭能以徇其主也。此臣主之分定,上下之义明,则天下贤不肖莫敢不尽力竭任以徇其君矣。是故主独制于天下而无所制也,能穷乐之极矣。贤明之主也,不可不察焉!

……

李斯这封奏折洋洋千言,通篇讲的是一些颠倒黑白、阿谀奉承的混账话,他在奏折中说尧、禹身体力行为天下民众操劳是因为他们没有掌握申、韩之术,享有天下而不能随心所欲,是把天下作为桎梏,是不懂督责之术,若遵循他们则大错特错了。只有行督责之术,君主才能"身尊而势众",才能"灭仁义之涂,掩驰说之口,困烈士之行,塞聪掩明,内独视听。"若果能行督责之术,"则臣无邪,臣无邪则天下安,天下安则主严尊,主严尊则督责必,督责必则所求得,所求得则国家富,国家富则君乐丰。故督责之术设,则所欲无不得矣。群臣百姓救过不给,何变之敢图?若此则帝道备,而可谓能明君臣之术矣。虽申、韩复生,不能加也。"

这种荒谬无耻之言出自李斯之口,连李斯自己都有点不敢相信,可是他观察赵高这样说话每每都能取悦于二世,危急之中便照着学了来,果真奏效,二世大喜,道:"姜还是老的辣,你们这些人,光知道拍马屁,也不知道给朕出点主意。"

李斯对于儿子的死连提都没敢提,他想尽量淡化此事,以减轻它给李家带来的影响,但是,这封奏折却给百姓们带来了巨大灾难。从此二世行"督责"益严,朝廷以税民深者为明吏,杀人众者为忠臣,百姓们更加困苦不堪,"刑者相伴于道,而死人日成积于市"。

冯去疾万万没有想到李斯竟会写出这样的奏折,还没等李斯念完,当场昏了过去。二世命人用凉水将他泼醒,问道:"冯去疾,你还有什么话可说吗?"

冯去疾站起来,冷笑道:"哼哼,老夫是行将就木之人,离死已经不远了,可是你们也快活不了几天了。今日能说出我想说的话,老夫死而无憾,我在九泉之下等着你们,看看你们这群昏君逆臣有何面目去见先君!"

二世道:"你这老家伙还敢嘴硬,来人,把他也给我拖下去,打入死牢!"

第二十五章　将星陨落

刘邦进了定陶城,本想先和项羽一块儿去见项梁,走到半路,远远地看见夏侯婴在和人争吵,于是就让项羽先走一步,看看究竟是怎么回事。刘邦到了跟前,双方还在吵,夏侯婴道:"我们只是借宿,又不妨碍你什么,为何这样凶?"

只见一个十七八岁的姑娘插着腰堵在门口,身后站着一位老者。姑娘道:"借宿也不行。你们大军进城时有约法三章,别以为我不知道。军队驻城外,当官的住官府,不准住在百姓家,对不对?你身为将校,为什么不遵守军令?你马上带着你的人给我走开,否则,我到项将军那里去告你们!"

那姑娘柳眉倒竖,杏眼圆睁,一张樱桃小口说话甚是伶俐,夏侯婴说一句,她倒有十句在后面等着。夏侯婴耐着性子说道:"你知道在你这里借宿的是什么人吗?"

"我不管他什么人,说不行就是不行,天王老子来了也不行!你找别人家去吧。"

"你这小丫头好不识抬举,我这么好好跟你说都不行,我可来硬的啦?"

"你敢!你长了几个脑袋,敢违抗项将军的命令?不怕死你就来,照这儿砍!"姑娘指着自己的脖子说。

"小姑娘,你别一口一个项将军来吓唬我,我还就不怕。项将军他偏偏就管不着我。"

"你也不要吓唬我,你才多大个官,项将军就管不了你了?"

"告诉你,姑娘,今晚来这里借宿的是刘邦刘大人。沛公刘邦,你听说过没有?"

"没听说过。听说过又怎么样?刘邦有什么了不起?就是他本人来了,该不借照样不借,不信你把他叫来。"

"不用叫了,我就是刘邦。"刘邦就在夏侯婴身后站着,夏侯婴只顾了和姑娘说话,没注意他的到来。姑娘听说他就是刘邦,一下愣住了。这时,那位老者从姑娘身后闪了出来,说道:"原来是刘大人,快快屋里请!"

刘邦看那老者眼熟,仔细一看,竟是当年在地头给他算命的那位老先生,老先生也认出了他,两个人几乎同时喊了起来:"原来是你!"

老者拉着刘邦的手进了院子。院子里收拾得干干净净,前后共有两进房,正房是标准的一堂两内式建筑,中间是一个能容纳十几个人吃饭的厅堂,两侧一边一间卧室,与厅堂组成一个凹字形。秦汉时期的民居大多如此,单调但是实用。后面一进房是一字形,也是三间。院子东面是猪圈、厕所,西面是厨房。两个家人,男的在喂马,女的在择菜。连续多年的战乱,定陶城里能保有这样一套院子的人家不多,夏侯婴之所以选中这里,是因为沛军进城晚,城中的官府衙门和那些豪门大户的房子都已经被楚军占了。唯独这家院子还像点样子,所以就想把刘邦的住处安排在这里。

老者和刘邦进了厅堂,厅堂正中间是张案几,一面放了一把椅子,地上摆着一架琴,擦得闪闪发亮,刘邦伸手拨弄了一下琴弦,那琴发出悦耳的声音,老者问道:"先生会弹琴?"

刘邦道:"我哪会这玩意!不过这声音倒挺好听。"说着,像个老熟人似的在案几旁坐了下来,老者坐在案几的另一边,说道:"早就听说刘大人率领了一支仁义之师,没想到竟是你呀。"

"还多亏了老人家,当初您那一席话给我增添了不少信心哪。"

"老朽了,没法像你们一样上阵冲杀啦。不过尽点微薄之力还是应该的。"

"这么说老者是知道我要造反,前来给我打气的?"

老者笑而不答。刘邦又问道:"那我倒要问问老人家,那日给我看相,说的可是真话?"

老者依然笑而不答。这时,姑娘把茶端了上来,刘邦道:"姑娘好厉害的一张嘴,我看我那几员大将加到一起也说不过她。"

"这是我孙女,叫玉君。从小任性惯了。玉君,还不快给刘大人谢罪?"

"诶!谢什么罪呀?姑娘说得对,本来就不该做这种扰民的事情,是我的部下没规矩,我还得让他们来给姑娘谢罪呢。"刘邦一边说一边打量着玉君,这会儿玉君的气已经消了,脸上恢复了平静,还带着几分羞涩,粉红色的脸蛋如盛开的桃花,两道弯弯的眉毛又细又长,长长的睫毛下面闪动着一双明亮的眼睛,有一种摄人心魄的力量,尖尖的俏鼻子仿佛象牙雕出来的一般,两片红红的嘴唇秀丽可餐,一头黑发高高地挽在脑后,显得十分利索,泛着光泽的前额透露出她的聪明。刘邦不禁在心中感叹,天下竟有这样美丽的女子!

"就是嘛,明明是他们不对,凭什么让我给他们谢罪呀?"

"我给你说过多少遍了,你这争强好胜的脾气得好好改改。老子曰:柔能制刚,弱能胜强。你这样一味地逞强,将来要吃大亏的。有时间好好读读《老子》,对你会有好处的。"

"我才不读呢。一天到晚之乎者也摇头晃脑的,跟傻子似的,留着你老人家自己读吧。"

老者见夏侯婴等一群人还站在院子里,便说道:"都进来吧,今晚就把这前房腾给你们住,我和孙女住后面。"

玉君道:"那不行,刘大人要住可以,其他人一律不许进来。"

"这孩子,怎么说话呢,惯得有点不成样子了。还不快到厨房帮着做饭去!"

刘邦道："玉君姑娘说得对，不让他们住。夏侯婴啊，你们自己找地方去吧，不用管我了。"夏侯婴要给刘邦留几个人，刘邦挥挥手说不用，夏侯婴有点不放心，临走，还是在大门外留了两个侍卫。

送走了夏侯婴，玉君到厨房安排晚饭去了，老者重新坐下说道："这孩子还没成年父母就去世了。我经常在外云游四方，没有好好教育，就惯成了这样。"

刘邦道："我看挺好，不就是厉害点嘛，厉害点不受人欺负。哦，我还忘了问老人家尊姓大名？"

"敝姓戚，早年曾在齐国宫廷里做过乐师，后来我儿子继承了这一行。谁知他才干了没几年，秦军就打到了家门口，这孩子是个烈性子，扔下乐器，参军抗秦，死在了战场上。"

刘邦听了老人家的身世，跟着唏嘘了一阵，转而说道："老人家学识渊博，见多识广，在下倒想拜先生为师，不知先生肯不肯到我军中来，行军打仗时能随时帮我出出主意。"

"老朽已经不中用啦。再说，你这样的学生岂是老夫能教得了的？老夫才疏学浅，还要继续出去游学，只是孙女还未出嫁，不得脱身，正好今日你来了，这也是天意……"

话刚说到这里，玉君端着菜进来了，戚公打住了没再往下说。刘邦惊讶地问道："您说什么？您还要出去游学？您都这把年纪了还要学？"

"学问可不在年龄大小。"

"可是您既不出仕，又不从军，学那么多干什么呀？"

戚公顾左右而言他，把话岔开了。等玉君出去，又接着说道："将军今日来，也许正是天意。玉君今年十八了，尚未婚配，老夫想许与将军做个妾，不知将军可愿意？"

刘邦正求之不得，一听这话，心花怒放："老先生既然如此器重我刘邦，我自当善待玉君，只是不知姑娘肯不肯？"

"老夫放浪山林惯了，早就想超脱人世间的烦恼，随赤松子一游。唯独这个孙女放心不下，今日有了交代则无后顾之忧了。将军若是愿意，我来和这孩子说。"

玉君出出进进的，一会儿就上满了一桌子菜，刘邦让她坐下来一起吃，戚公道："你该给刘大人敬杯酒才是。"

玉君大大方方端起杯子，给刘邦敬了一杯，自己也干了，然后放下酒杯说道："爷爷陪大人喝酒，我来弹个曲子给大人助兴如何？"说着，玉君拨响琴弦，弹了一曲《高山流水》。乐曲开始悠缓、舒扬，渐渐引入流水主题，就是不懂音乐的人，也可以辨别出流水的声音；之后，进入了婉转起伏的旋律，仿佛泉水汇成的小溪在山石间辗转奔流；继而转向高昂激越的旋律，似清泉出峡谷，条条小溪汇成江河，一泻千里；随后，曲调渐渐变得深沉、浑厚，让人联想到水天之际，波光粼粼的景象；临终，曲调又渐渐和缓，恰如轻舟刚过，时而余波激石，泛起层层浪花，令人心神荡漾。

刘邦并不知道是什么曲子,只是觉得十分悦耳动听。玉君弹起琴来特别投入,一脸的庄严圣洁,和刚才那个掐着腰跟人吵架的女孩儿完全判若两人。刘邦一面听琴一面盯着玉君看,嘴里还一个劲地夸奖:"到底是音律世家,弹得真好!"

玉君得到刘邦的赞扬,十分兴奋:"原来大人也懂音律?"

"我哪儿懂啊,不过是听着好听。"

"大人可知道这曲名?"

"不知道。"

玉君满脸的失望:"原来大人只是应付我,哼,白弹了。"

"这丫头,怎么这么没礼貌?接着来。"戚公责备道。

玉君重又拨响琴弦,边弹戚公边介绍:"刚才那首是《高山流水》,这首叫做《阳春白雪》。这首曲子每一段都有个题目,现在弹的是'风摆荷花',接下来是'一轮明月'……这一段是'玉版参禅'……这段叫作'道院琴声'……"

刘邦虽然不懂音律,但是对音乐却有一种天然的感悟,加上戚公这么一解说,他仿佛已经完全领悟了琴声所表达的意境,情不自禁地跟着音乐的节拍摇着脑袋晃着脚。平时刘邦也是很喜欢唱唱跳跳的,只是生活在社会的底层,没有接触高雅音乐的机会而已。

一曲奏罢,戚公道:"不错,大有长进。"

玉君道:"爷爷也来试试?"

戚公被孙女撩拨得手痒,亲自操琴弹了起来。琴声悠远深沉,和前两首风格大不相同。玉君随着琴声唱了起来:

　　　　大孝备矣,休德昭明。
　　　　高张四弦,乐充宫庭。
　　　　芬树羽林,云景杳冥。
　　　　金枝秀华,庶旄翠旌。
　　　　……

这是一首宫中祀神的乐歌。乐曲一开始,十分庄严肃穆,渐渐地变得平和舒畅起来,之后又由平和舒畅转向欢快活泼。刘邦为祖孙俩的情绪所感染,情不自禁地站起身来,跟着音乐的节拍跳起了舞。他的舞蹈动作完全是即兴的,但是却十分刚劲优美,玉君受他感染,边唱边和他对舞起来。玉君从小受过严格的训练,身材保持得非常好,跳起舞来如风摆杨柳,在厅堂里飘来飘去,三个人差不多是三代,但是完全忘记了自己的年龄和周围的一切,一起陶醉在优美的音乐歌舞中。

舞罢,三人哈哈大笑,重又坐在桌前。三杯酒过后,戚公道:"玉君,爷爷已经给你找好了夫君,不知道你可愿意?"

"爷爷,您当着刘大人说这些干什么?"

"因为爷爷给你找的夫君就是他。"

"啊?!"玉君一惊,差点把手里的碗掉在地上。正在这时,樊哙闯了进来,说是项梁那边已经摆好了庆功宴,众将皆已到齐,就等刘邦了。刘邦略一思忖,觉得应该给戚公留点时间和玉君说明情况,便站起身说道:"戚公,我得到那边去,应付一下就来。"

刘邦走后,玉君问爷爷:"为何要把我嫁给他?"

戚公道:"天下大乱,爷爷必须给你找一个强者,一个能保护你的人。"

"可是他都那么老了。看样子和我爹年龄差不多。"

"太年轻不行,成不了大事,也护不住你。"

"可是您怎么就知道他能成事呢?"

"爷爷的眼力不会错的。你嫁了他,一辈子肯定有享不完的荣华富贵。"

"可是您也不问问人家有没有妻室?"

"有。但是不能计较这些,眼下保住性命才是最要紧的。你想找个白马王子,但是你嫁过去吃不上喝不上,搞不好还把命送了,那样行吗?听爷爷的话,嫁过去之后,好好和夫人相处。"

对于刘邦,玉君还勉强能够接受,但是一想到他已经有了妻子孩子,心里就觉得不是滋味,道:"不行,他必须得把他那个老婆休了,否则我不嫁!"

"玉君,听我的,别固执了,爷爷不会把你往火坑里推的。"

"要不我自己去和他说。"

刘邦回来已经很晚了,玉君烧好了洗脚水还在等他。等刘邦洗完了脚,玉君问道:"刚才大父和我说了你的事情,我想问问你,你在家是不是有老婆了?"

刘邦知道这事瞒不过,只好如实承认:"是,还有三个孩子。"

"你得把你老婆休了,否则我不能嫁给你!"

刘邦笑嘻嘻地说道:"玉君姑娘,你和她计较什么呀,她已经是黄脸婆了。"说着,就来拉玉君的手,玉君"啪"的一下把他的手打了回去,"干什么?老实点!"

刘邦笑嘻嘻地说道:"好好好,我回去就把那个黄脸婆休了。"

玉君信以为真,问道:"真的?你说话算数?"

"算数。"刘邦一面说一面将玉君抱住了,玉君使劲挣脱了出来,说道:"大人放规矩些!我还没有答应你呢。"

"咱们不是说好了吗?"说着,又要来抱她。玉君一面躲闪一面说道:"那也不行,大人不能这样。"

刘邦还要纠缠,玉君见实在躲不过,照着刘邦脸上给了一拳,转身跑了。第二天早上,刘邦一照镜子,眼窝黑了一大块,心想,这要是让戚公看见可怎么好?他偷偷摸摸走出房门,听见后房里有啜泣声,便悄悄走了进去,看见玉君正趴在桌子上哭,左手抓着一块儿白帛,右手边放着一编书,刘邦不知道是什么原因,小心翼翼地问道:"姑娘哭什么?是不是不愿意嫁给我?"

玉君道：“不是因为你。”

“那是为什么？”

“爷爷走了。”

“什么？爷爷走了？”

“你看。”

玉君把手中的白帛递给他，只见上面写着：

孙儿、孙婿：

  此去我不再回来了，不要找我，安心度日。留下老子《德道经》一部，望仔细阅读之，立身处世、立国安邦之道尽在其中。

大父 即日

刘邦看完戚公的留言，又拿过那编《德道经》打开看了看，似懂非懂。刘邦感叹道：“老人家莫非神仙？”

“大人！”玉君转过身来，一下扑到刘邦怀里，放声大哭起来。

  楚军经过半年时间的准备，一举击溃了秦军章邯、李由两支主力，全军上下一片欢腾。定陶城里锣鼓喧天。上上下下都被这突如其来的胜利震得有点头脑发晕了。项梁在城里大宴众将，论功行赏，驻扎在城外的下级官兵也在纷纷举行各种庆祝活动。到处都是喝得醉醺醺的士兵，喝醉了就在大街上横躺竖卧，嘴里骂骂咧咧的，谁也约束不了。宋义见到这种情况，对项梁说道：“项大人，大军军纪涣散，武备松弛，这可不是祥兆啊。军不可一日无备，倘若此时有一支秦军杀来如何是好？”

项梁道：“没关系。秦军新败，三两个月之内恐怕都难以还手，让将士们休息几天，高兴高兴！”

过了两天，军纪涣散的状况依然没有改变。那些有点头脸的将领们还都待在城里，每天聚在一起饮酒作乐，把自己的部队抛在城外不管了。大敌当前，将不在军中是十分危险的，宋义找到范增，让他去劝项梁，可是范增也劝不动。过了几天，宋义见大军依然松懈如故，又来劝项梁：“秦军虽然新败，然我料其很快就会反扑过来，我军宜早做准备才是。兵法云：战胜而将骄卒惰者败。大军这样松懈，臣真为大人担心啊！”

“你懂什么兵法！放心吧，我心里有数。”

宋义还要再劝，项梁有点不耐烦了，道：“好了好了，你不用说了。我知道了。这样吧，你到齐国去一趟，找找田荣，一来报告一下胜利的消息，给他们看看，没有他田荣咱们照样能打败秦军；二来问问他下一步如何打算，还是尽量争取他出兵一起抗秦。”

宋义受了项梁一顿抢白，很没趣地走了。第二天，他收拾行装去了齐国，途中住在一家馆舍里，恰逢齐国派来使楚的使者高陵君也住在那家馆舍。两个人互相道明了身份,高陵君立刻觉得自己比宋义矮了半头,因为楚刚刚救了齐,齐却没有发兵,楚国又取得了这样辉煌的胜利。高陵君这次出使定陶,一是向项梁表示祝贺,二是来道歉的,所以说话气不壮:"楚军真是神勇之师呀,想不到竟取得这样辉煌的战绩。"

宋义叹了口气说道:"咳!谁胜谁败还难说呢。"

"将军这话从何而来?"

"一言难尽哪。走,咱们喝几杯去。"

两个人喝酒喝到很晚才回来,宋义喝醉了,是高陵君把他扶回来的。第二天,高陵君准备起身去定陶,宋义将他拦住了:"高陵君别忙走,在这里再住几天,我陪你喝酒。"

"可是臣有王命在身,不能耽搁太久。"

"着什么急呀,听我的没错,就在这里住下。君走得慢点还能保住性命,快了恐怕就没法活着回去见齐王了。"

高陵君大惊,问道:"将军何出此言?"

"我料秦军马上就要进攻定陶了,楚军毫无戒备,必败无疑。"

宋义走后,项梁依然没有采取任何防御措施,将领们骄横不可一世,连项梁自己都整天喝得醉醺醺的。

刘邦并没有被这场胜利冲昏头脑,因为他知道,这是项梁的胜利,不属于他。于是带着玉君回自己军中去了。他的几员大将也都随他回到了军中。

楚军中还有一个头脑清醒的人,这个人就是韩信。韩信从军后虽然没有得到重用,但是身体却比从前好多了,因为能吃饱肚子了。他每日和士卒们一起刻苦训练,武功也长进了不少。他在钟离眛手下做了一名校尉,打仗十分勇敢,救东阿、打定陶两个战役他都参加了,每次上阵都冲在前面,他想以此来洗雪胯下之辱,同时,也想走出一条从士兵到将军的进身之路,但是,毕竟从小身体和武功底子太差,想要通过战场上的拼杀让别人来认识自己的才能,几乎是不可能的。

两次战役下来,韩信觉得自己长进了不少。他一面打仗一面总结楚军作战上的成败得失,把昔日书本上所学结合到实战中来,发现了不少战略战术上的问题,正打算和钟离眛探讨一番,以便通过钟离眛反映到最高指挥官项梁那里。可是钟离眛进城去了,一连几天都没回来。下面军纪如此涣散,韩信从一个军人的职业敏感上感觉到要出问题。当整个大军都沉浸在胜利的喜悦之中的时候,只有韩信率领的这一百多号人还整天穿着铠甲,没有放松警惕。士卒们对他有意见,同僚们嘲笑他做事呆板不会变通,但是韩信坚信自己的感觉没有错。钟离眛进城几天没回来,韩信等不住,就向自己的直接上司谈了他的担忧,结果又被上司嘲弄了一番。韩信感到危险越来越逼近,不能再等了,于是他把自己手下的士卒派出去侦察,发现秦军大部队正在黄河两岸秘密集结。得到这个消息后,他立刻进城来找钟离眛。钟离眛听了,一刻也不敢延误,急忙带他来见项梁。项梁已经有了几分醉意,看见钟离眛进来,一把拉住他的手说:"正想你呢你就来了。来,陪我下盘棋。上次在吴中输给你一子实在是窝囊,今天咱爷儿俩好好较量一番。"

"项大人,有紧急军情。"

"什么紧急军情?"

"韩信,你直接跟项大人说吧。"

"哦,原来是你呀,如果我没记错,你就是钻裤裆的那个小伙子吧?叫什么名字来着?"

"韩信。"

"什么紧急军情?你说吧。来,钟离,他说他的,咱们下咱们的。"说着,项梁已经把棋盘棋子摆在了桌上,用中指和食指夹起一颗白子"啪"的一声拍了下去。

韩信咽下心中的屈辱,把秦军集结的情况简要叙述了一遍,项梁道:"我知道了,你先回去吧。"

韩信恭恭敬敬地退了出去,项梁又接着下他的棋。钟离眛道:"项大人,是否先让各军将领回到军中去?"

"你们这些年轻人啊,就是沉不住气,还得历练哪!秦军几个残兵败将在黄河边集结一下有什么大惊小怪的?黄河离这儿不是还远着呢么?别说不是什么紧急情况,就算有紧急情况,也得沉住气。什么叫大将风度?泰山崩于前而色不变,麋鹿兴于左而目不瞬,那才算真正的大将风度,来,放心下你的棋,没事。"

钟离眛觉得韩信所说的情况绝非主观臆断,这几天大军实在是太松懈了,的确很危险,因此想草草输了这盘棋算了,免得误了大事,但是项梁不依:"有你这么让的么?你是看不上我的棋力是不是?年轻人,别以为你赢过我一盘我就真的下不过你,这盘不算,重来!"

钟离眛见糊弄不过去,只好认真和他下,那盘棋杀得难解难分,下了一个多时辰还没分出胜负,最后,棋盘上竟出现了三个劫,两个人几乎同时喊了出来:"三劫无胜负!"

围棋千古无同局,而三劫无胜负的情况也是百年不遇的。下棋的人都知道,一盘棋出现三个劫是不祥之兆。联想到韩信所说的情况,钟离眛顿时紧张起来,脸色都变了。项梁这会儿酒也醒了,道:"那小伙子说的情况是该引起重视。他叫什么名字?"

"韩信。大人,是否通知各部将领立即回到军中去?"

"这么晚了,我估计他们早都睡下了,明天一早让他们立即各回各部。"

"诺!"钟离眛从项梁那里出来,还是放心不下,一个人骑马出城回到自己军中去了。到了军中,他立即去找韩信,韩信一身便装,肩上挎着个小包袱,正要出门。钟离眛道:"韩兄这是干什么,要走吗?"

"秦军马上就到,不走,还在这儿等死呀?"

"韩兄不要意气用事,我知道你屈才,可是眼下无论如何要留下来,打完这一仗,项大人就知道你是何人了。"

"打完这一仗恐怕就见不到项大人了,你我都不知道还能不能相见。"

"别说这种话,解救危机要紧,我马上去集合队伍。"

钟离眛一面集合队伍,一面派人去给项梁送信,但是秦军已经截断了通往城里的道路。拂晓前,秦军发起了进攻。项梁十几万大军被秦军分割成了几十块,楚军还在睡梦中,被秦军打得晕头转向。由于将领们都不在军中,部队失去指挥,乱成了一团,十几万大军几乎没有任何抵抗能力,顷刻之间就土崩瓦解了。

定陶城几乎是一座空城,除了将领们的随身侍卫,就没有什么战斗部队了。秦军轻而易举地攻进城中。楚军将领并没有住在一处,听到动静之后,仓促披挂上马,各自为战,向城外突围。项羽和妙逸住在北门附近,项羽找了匹马让妙逸骑上,嘱咐道:"紧紧跟着我,一步也别落下。"说完,就朝北门冲去,十几个侍卫尾随于后,护着妙逸。秦军潮水般从城门涌进来,项羽抡起青龙戟挥舞着向前冲,秦军士兵一片一片地倒在他面前。开始项羽还能照顾着妙逸,嘴里不停地喊着跟紧,后来秦军越来越多,终于将他们冲散了,项羽看见秦军士卒已经登上了城楼,他最担心的是秦军关闭城门,封锁出口,于是拼命向前,冲到了城楼下面,回头看看几个侍卫簇拥着妙逸也跟了上来,离他不远,于是放手厮杀,冲出了城。他刚刚冲出来,秦军将城门关闭了。妙逸被关在了城里。城外的秦军又围了上来。项羽单枪匹马冲出重围,已经是中午时分了。

其他将领因为没带妻室,大都三三两两地住在一起,丁公和季布从西门突围没有成功,秦军已经将城门封死,于是两个人且战且退,向南门附近迂回,半路上碰见了曹咎、范增等人,众人不见项梁,欲回头去找,范增道:"我看见项大人与龙且、桓楚在一处,当不会有事。况且这么乱也没法找,不如先杀出城去集合队伍,回头再打进来。"众人见他说得有理,便一齐向南门杀去。

钟离眛走后,项梁躺下就睡着了。连日来的劳累和兴奋使他感到十分疲惫。这一夜,他睡得特别死,听到侍卫们喊他的时候,秦军已经攻进了定陶城。项梁连铠甲都没来得及穿就上了马。出门碰上龙且和桓楚来接应,三个人向东门方向杀去。这三个人的武艺联起手来可以说天下无敌,秦军近前不得,只好爬上两边的房顶放箭。项梁没穿铠甲,不一会儿就身中数箭,桓楚见他没穿铠甲,急忙将自己的脱下来扔给他,就在一抬手的工夫,当胸中了一箭,一头从马上栽了下来。项梁急忙下马将他扶到马背上,秦军趁机从大街两头掩杀过来,龙且用一杆长枪挡住前面敌军,项梁步战对付后面的,根本腾不出手来去穿铠甲。桓楚趴在马背上已经一动都不能动了。不一会儿,项梁已身中数十箭,像卖糖葫芦的草靶子一般,项梁知道自己不行了,他无论如何不能让自己落在秦军手里,拔出短剑欲自刎,被龙且回头看见,一枪将他手中的剑挑飞了。就在这时,钟离眛带着他的部队攻破了东门,士卒们将项梁架上马,扶着他和桓楚冲了出去。

钟离眛率军跑了数十里才把追兵甩掉。桓楚早已经死在马背上了,连一句话都没留下。随军郎中过来要给项梁拔箭疗伤,项梁让把背上的几支箭拔了,躺下说道:"不要再拔了,一流血死得更快,去把项羽找来。"说完就昏厥过去了。

黄昏时分,突围出来的将领们大部分找到了这里。项羽见桓楚去了,趴在他身上大哭了一场。钟离眛拍了拍他的肩膀说:"现在还不是哭的时候,快去项大人那里。"于是项羽跟着钟离眛来到了项梁的中军大帐。

项梁眼看就要不行了,他对立在床前的项羽说道:"籍儿,这血的教训你已经亲眼看见了,千万别再犯这样的错误。"项羽郑重地点了点头,项梁继续说道:"我为灭秦复楚奋斗了半生,未能亲眼看见暴秦灭亡实在是憾事。复兴楚国的重任已经落到你的肩上了,可是你还这么年轻,经历的事情太少,真让我放心不下,我给你找了一位老师,这就是范增范先生。你要像尊重父亲和叔父一样尊重范先生。"

"诺!"

"范公,拜托了。"

"项大人,老夫一定不负大人的重托。"

"籍儿,来,这就拜先生为亚父。"

项羽对这事感到十分突然,犹豫了一下,项梁催促道:"快呀!"

项羽给范增跪了下去,叫了一声亚父,范增将他扶起说道:"公子不必拘礼,老夫自当尽力。"

项梁接着说道:"孙子曰:'知兵之将,民之司命,国安危之主也。'因而,切不可意气用事,遇事要多听亚父的。"

"叔父放心,叔父的话孩儿一定谨记在心。"

项梁微笑着点了点头,闭上了眼睛。

"叔父——"项羽扑倒在项梁身上,放声大哭。

天空中响起一阵雷声。不一会儿,淅淅沥沥下起了小雨。楚军将士们肃立在雨中,为项梁唱起了楚歌:

> 哀时命之不合兮,
> 伤楚国之多忧。
> 内怀情之洁白兮,
> 遭乱世而离尤。
> ……

第二十六章　三个女人一台戏

那晚刘邦和沛军将领们去参加项梁举行的庆功会,会上楚军将领们争功不绝,骄横不可一世,根本没把沛军将领放在眼里,周勃等人十分不快,酒喝到一半就纷纷退出了。戚公走后,刘邦觉得定陶城里已经没有什么可留恋的了,于是带着玉君和一班将领回到了军中。

进得大帐,樊哙指着刘邦问道:"大哥脸上怎么了?"

"哦,哦,没事,不小心碰到门框上了。"

玉君在一旁忍不住想笑,众将立刻明白了是怎么回事,寒暄了几句便纷纷往外走,刘邦把他们叫住了:"大家别走啊,这是我新娶的夫人,还要请大家喝杯喜酒做个证人呢。夏侯婴,拿酒来!"

玉君在一旁羞得满脸通红,不知该说什么好,众人已经嫂子长嫂子短地叫开了。众将喝完酒,闹哄了一阵走了,刘邦指着自己的脸对玉君道:"你看看你干的好事,让我怎么见人?"

"实在对不起,大人,我弄条热手巾给大人敷一下吧,这样淤血散得快。"说完,拧了一条热手巾来递给刘邦,刘邦趁机把她的手抓住了,玉君把手一甩,说道:"眼窝都青了,还不长记性,小心那只眼睛再碰门框,那就成熊猫了。"

"熊猫就熊猫,反正已经这样了。"说完,抱起玉君就往床上按,玉君又惊又恼:"你要干什么?就是纳妾,也要明媒正娶,你这样偷偷摸摸的算怎么回事?"

"兵荒马乱的,哪来那么多规矩!刚才不是已经让大家喝了喜酒了嘛!"

"不行!你不要胡来!"

刘邦不管那一套,伸手就去解她的衣服,玉君说什么也不答应,刘邦和她撕扭着说道:"我就喜欢你这样的烈性女子。哎呦,你怎么咬我呀?"

刘邦一松手,玉君挣脱出来,嘻嘻笑着说道:"看你老实不老实!"

刘邦一个饿虎扑食扑了过去,将玉君按倒在床上,说道:"你说谁不老实?我马上就让你老实。"

……

第二天,萧何和夏侯婴认认真真地派了人到四处去采买东西,准备给刘邦和玉君热热闹闹地办一场婚礼,谁知刘邦却说:"这兵荒马乱的,还办什么婚礼?已经结过了！"

"啊?！"萧何和夏侯婴几乎同时愣在那里,张着嘴说不出话来。

刘邦也没能逃脱秦军的袭击。好在将领们都在军中,还能迅速组织抵抗,部队很快就进入了战斗状态。但是突围的时候,部队被秦军冲散了,身边大将只剩了曹参和樊哙两个人。玉君不会骑马,刘邦只好和她同乘一匹马,几乎腾不出手来战斗。范哙紧紧地护着刘邦,寸步不离,曹参在前面开路,秦军三四员大将围住曹参厮杀,曹参身上已经几处负伤,渐渐感觉有点敌不住了,一不小心被对方抓住破绽,腹部挨了一枪,这一枪刺得很重,连肠子都流了出来。樊哙见此情景,急忙冲到他前面。几个士卒过来把曹参搀扶下马,曹参已经杀红了眼,喊了声走开,三把两把将肠子塞回肚子里,用一根绳子在外面使劲一勒,挥舞着长矛又冲了上去。曹参估计自己不行了,想拼死杀出一条血路,把刘邦保出去,不知道他从哪里来的力量,回手将秦军一员大将挑于马下,秦军见这人肠子都出来了还这么凶,一个个吓破了胆,纷纷向两面退去,刘邦等人冲出了包围圈。

又跑了几里路,曹参支持不住了,一头从马上栽下来。刘邦下马摸了摸曹参的鼻孔,还有呼吸,急忙命人给他包扎了,这时后面秦军又追了上来,刘邦让玉君下马跟着大队往南跑,自己回过身来和樊哙一起对付秦军追兵。这样且战且退,没走出多远,又被秦军咬住了。眼看秦军越来越多,马上又要形成新的包围圈。刘邦四处望望,目光所及,看不到一支自己的部队,心想这下完了。就在这时,从斜刺里杀出一彪人马,为首一员小将身披银色铠甲,手使长矛,武艺十分精湛,只一刻工夫便连斩秦军几员大将,秦军慌忙向后退去,那小将拍马过来,刘邦定睛一看,惊得差点跌下马背:"佩佩！"

"大人！"

刘邦和佩佩几乎同时下得马来,刘邦抓住佩佩的肩膀说道:"你让我找得好苦啊！"

佩佩顾不得众将士都在旁边看着,一下子扑进刘邦怀里哭了起来,刘邦抚摩着她的背说道:"让你受苦了。"

刘邦甩掉了秦军的追击,按照事先约定的地点在黄昏前和各路突围的人马会合了。清点了一下人数,损失还不算太大,众将也都安好,刘邦轻轻松了一口气,急忙和众将一起来看曹参。曹参已经不省人事,只见他脸色惨白,呼吸急促,一位随军郎中正在旁边照料着,刘邦焦急地问道:"怎么样？还有救么？"

郎中摇了摇头说:"失血过多,恐怕是不行了。"

刘邦一听就急了,揪着郎中的脖领子吼道:"不行！你必须得想办法把他救活！"

"大人的心情我理解,可是到这个份上,神仙来了也没办法。"

"你给我想办法,想！快想！必须得想出来！"刘邦眼睛都红了。众人将刘邦拉出门外,七嘴八舌地安慰着他,刘邦眼睛里流出了泪水。

从曹参那里出来,刘邦又带着萧何、卢绾、樊哙、佩佩等将领们到各营视察了一圈,以安定军心。一面视察一面悄悄让夏侯婴去给两位夫人安排住处。各营快走完了,夏侯婴来了,他悄悄附在刘邦耳朵上说:"我已经安排戚夫人在一个大户人家住下了。我告诉她今晚大人有紧急军务,可能不回来住。"于是刘邦领着佩佩回到大帐。吃过晚饭,佩佩脱下铠甲,简单梳洗了一下,换上一身丝绸睡衣,头发散披在肩上,脸上红扑扑的,像是一朵出水芙蓉,看得刘邦心旌摇摇,他一把将佩佩揽在怀里,才温存了一会儿,听见大帐外一阵吵嚷声,是玉君的声音:"什么紧急军务,难道还要背着我不成?你闪开,我非进去不可。"

刘邦急忙松手放开佩佩,玉君已经冲进帐来。三个人全都尴尬地站在那里,谁也不说话。过了一会儿,玉君指着佩佩问道:"她是谁?这就是你的紧急军务?"

刘邦道:"早点捅破也好,反正迟早得见面。她是我的救命恩人,袁佩瑶,她比你进门早,你应该叫他姐姐才是。"

"放屁!我哪来那么多姐姐!你这个无赖,口口声声跟我说回去就把那个黄脸婆休了,原来还藏着这么一个骚狐狸精。"

"玉君,不许胡闹!大敌当前,你不能让我后院起火。"

"我不管,我今天就要闹,而且非闹清楚不可,这屋里有她没我,有我没她,留她留我你自己挑吧,你要是留她,我马上就走。"

刘邦按着玉君的肩膀让她坐下,说道:"你听我慢慢说。"

"我没工夫听你说,你马上把这个骚娘儿们给我赶走!"

佩佩没有料到会遇上这种事情,三下两下把戎装穿好了,听见玉君嘴里还在不干不净地骂,气得肺都要炸了:"你嘴里放干净些,不要骂人好不好?"

"我骂你了怎么样?骚娘们,骚狐狸精……"

佩佩不会撒野,实在气得没办法,伸手打了她一个嘴巴,佩佩没敢使劲,可是玉君脸上已经出现了五个红指印,玉君从小到大还没受过这种气,扑上去要和佩佩撕扯。佩佩是习武之人,她哪里近得了身,被佩佩一掌打得倒退了十几步,绊倒在床上。佩佩夺门而出。刘邦要去追,玉君过来拉他,刘邦气得"刷"的一下抽出佩剑,指着玉君说道:"你也闹得太过分了,老实在这儿待着,你要是真把老子惹火了,老子现在就杀了你!"玉君吓得脸色惨白,一声也没敢吭。

佩佩出得营帐,一口气跑到一条小河边坐下,放声大哭起来。刘邦追到跟前,想安慰安慰她,佩佩厉声说道:"不许靠近我!"

刘邦只好远远地站在一边劝她:"我以为你不回来了,所以才……"

"你不用和我解释,那是你自己的事,和我没关系。"

"佩佩你听我说,我们是患难之交,加上今天,你已经两次救了我的命,我心里对你是什么感情,你还不知道吗?"

"你不要再说这些了,我没有怪你,只怪我自己不该再来找你!"

"佩佩……"

这里气还没消,夏侯婴追到河边报告说:"戚夫人吞药自杀了。大人赶快回去看看吧。"

"自杀了好,死了干净。"刘邦嘴上这么说,心里却是一惊。俗话说,一日夫妻百日恩,何况玉君又是那样一个绝色女子。刘邦附在夏侯婴耳朵上说:"你劝劝她,这次无论如何不能再让她一个人走了。"说完,撒腿就往大帐跑。进了大帐,只见玉君躺在床上,口吐白沫,直翻白眼,郎中也来了,刘邦问郎中:"她这是怎么了?"

郎中道:"大概是吃了砒霜。"

"她从哪里搞来的这东西?"

"不知道。"

"有什么办法吗?"

"得赶紧让她吐。"

"那还愣着干什么?快动手啊!"

"大人最好自己动手。用一个指头使劲按天枢穴就能吐出来。"

刘邦道:"我哪知道天枢穴在什么位置!"

"就在肚脐上面大约四指左右的地方。"

"这都什么时候了,还讲这些斯文,你就赶快上手吧!"

郎中命人将戚夫人架起,腹部面部朝下,伸手按住她的穴位,玉君"哇"的一下吐了出来。幸好刚吃过饭,这一吐连食物带药物基本上全吐了出来。

玉君躺在床上喘息着,郎中摸了摸脉搏和鼻息说道:"应该不大要紧了。"

刘邦这才把心放在了肚子里,可是心里还在惦记着佩佩,害怕她一怒之下又带着队伍走了。正在着急,夏侯婴来了,告诉他说佩佩已经同意留下来了,但是有一个条件,刘邦问是什么条件,夏侯婴道:"她没说,她说要和您当面谈。"

第二天,刘邦来到佩佩营中。佩佩一身戎装,带领全体将士来到营外列队欢迎。佩佩的队伍已经发展到两千多人,不再是单一的女兵而以男兵为主了。进得营内,佩佩又让官兵们操练了一阵给刘邦看,刘邦十分高兴:"想不到佩佩也学会治军了。"

"这都是大人教导的结果。"

佩佩陪着刘邦进到自己帐中,刘邦坐下说道:"我听说袁大将军要跟我提条件?什么条件?说吧。"

佩佩进来时还是笑嘻嘻的,当年那种顽皮的神情还挂在脸上,一听这话,立刻严肃起来:"我要大人给我写一份休书。"

刘邦想了想,说道:"谁休谁呀?这不明摆着是你休我吗!怎么了?走了这半年多,是不是碰上意中人了?如果是那样,我刘邦成全你。"

"大人把我看成什么人了？我生是大人的人，死是大人的鬼，这辈子绝不会再嫁了。"

"既然是这样，你瞎闹什么呀？"

"我不是瞎闹。我不能去和她们争风吃醋，我受不了那份屈辱。我只想跟随大人左右，帮助大人完成反秦大业，以报国恨家仇。"

"佩佩……"刘邦伸手去抓佩佩的手，佩佩很严肃地把手抽了回去："大人若答应我，我就留下来；如果不答应，我马上就走。"说着，把早就准备好的笔、墨、绢拿到了刘邦面前。

"你这是何苦？我们当初也没有订婚约，你现在想怎样就怎样，何苦这样逼我？"

刘邦是想要个无赖先把事情拖下来，也好留下转圜的余地，可是这话恰恰刺到了佩佩的疼处。佩佩含着眼泪说道："当初没订婚约，是因为我不懂事，不明不白的就把自己给了你，所以让人家骂我是什么东西。现在我要一份休书，是让大人明确我曾经是你的妾，给我的过去做一个证明。同时也是为了给别人看的，否则我没法在你身边待下去。"

刘邦猛然想起还没问佩佩出走的原因，于是问道："当初到底发生了什么事情，你怎么连个招呼都不打就走了？"

"这个您就别问了，我走自有走的道理。"

"那个老醋坛子！本该休的是她。"

刘邦在佩佩的逼迫下，写了休书。虽然心里很不是滋味，但是毕竟可以看着佩佩在自己眼皮底下待着，不用再整天为她担惊受怕了。

从佩佩营里出来，刘邦想去看看曹参怎么样了，一进门，只见曹参疼得满床打滚，郎中叫进来几个身强力壮的士卒强行将他按住了，刘邦看见曹参这副样子，心中十分不忍，悄悄对郎中说："如果不行了，就让他少受点罪吧。"

郎中道："不，曹将军有望了。"

刘邦听了，喜形于色："真的？"

"他要是感觉疼得厉害，那就有望了。"

"那可太好了。"

郎中解去曹参的衣服，开始为他擦洗伤口。

过了两天，曹参果然好转了许多，刘邦来看他，已经能说话了。刘邦道："你可把人吓死了，我以为咱们兄弟这辈子再见不着面了呢。"

"没有大哥的命令，我怎么能就这么随便走了呢？"

"就是。走了我也得把你抓回来。"

"多亏了这位郎中，要不是他，我早就一命归西了。"

郎中在一旁说道："曹将军是天佑，开始怎么看都不行了，可是将军就是不肯走，有什么办法？我也只好死马当活马医了。"刚说完，觉得话不得体，改口说道："不对，死人当做活人，也不对，你看我简直高兴糊涂了。该死！"说完，照着自己脸上打了一巴掌。

看着郎中那副尴尬样子，曹参和刘邦都笑了。曹参道："说死马死人有什么关系？你把死马都医活了，还不咋说咋有理！"

为了安全起见，部队不敢在一个地方久住，每隔三两天就要转移。这一天，行军走到半路，刘邦下马小解，发现远处草丛中有人向这面窥探，于是让侍卫们去搜，侍卫们回来报告说是几个要饭的，刘邦害怕是秦军奸细，让把那几个人抓来审问，那几个人见大军停下不走了，似乎感觉到了什么，撒腿就跑，几个侍卫骑了马去追，不一会儿就把那几个人带到了跟前，刘邦一看，大惊失色，原来是吕雉和审食其带着三个孩子，除了刘盈和元元，还有刘肥。

三个孩子看上去还算健康，可是吕雉和审食其都是蓬头垢面，一脸菜色。审食其和吕雉带着孩子已经在外面流浪了一个多月了。

大军到了宿营地，刘邦让人安排他们住下，亲自到伙房给孩子们拿来一堆吃的东西。刘肥已经十四岁了，个子蹿得很高，快赶上大人了。三个孩子见了吃的，没命地吃起来，刘邦看着心疼，在一旁说道："慢点吃，别噎着。"

这一次，玉君没有大吵大闹，而是在一旁冷眼看着，吕雉也早就看见她了，两个人谁都没说话，都在心里掂量着对方的分量。对于吕雉的到来，玉君有一定的思想准备，不像看见佩佩那么突然。吕雉虽然稍感意外，但是她知道刘邦迟早会有三妻六妾，因此也算是在意料之中。她不会再像在芒砀山中那次一样，一走了之，她要想在这个家再待下去，必须接受这个现实，但是她也要让这些后来的丫头片子们明白，谁是刘家的女主人。她有这个资本，她不仅是正房，还是两个孩子的母亲，这次逃难她把刘肥也带上了，刘邦见了非常高兴，更增加了她在这个家里的分量。刘邦问了问太公和家里的情况，听说父母亲都还活着，心里稍稍感到一点安慰。审食其见屋里又多了一个女人，知道事情复杂，说话十分谨慎，草草吃了点东西就退出去了。刘邦对玉君说道："过来见过夫人。"

玉君坐着没动，懒洋洋地说道："你不是说这次见面就把她休了么，我倒要看看你怎么休她。"

吕雉没想到刘邦会说出这种话来，气得脸色铁青，盯着刘邦问道："可有这事？好哇，我就等着这一天呢。肥儿，元元，你爹不要咱们了，咱们走！"说着，抱起刘盈，拉着两个大的就要走，刘邦拦住她说道："你休听她胡说！我怎么会干出这种事来！"

"呦！男子汉大丈夫敢作敢当，怎么昨晚上说的话今天就不敢承认了？"

刘邦恼羞成怒，又抽出了佩剑，可是这次不灵了，玉君站了起来，往前走了两步，用胸膛抵住剑锋说道："你别动不动就拿杀人来吓唬我，我已经死过一回了，我怕什么！要杀就痛快点，杀了我你心里就干净了！"

刘邦气得火冒三丈，扔掉手里的剑，伸手摘下墙上的马鞭，照着玉君没头没脸地抽了下去。刘邦只顾了出气，没留神吕雉带着三个孩子出去了。门口侍卫们听见动静不对，赶紧去找夏侯婴。不一会儿，夏侯婴和萧何来了。夏侯婴听说吕雉带着孩子走了，急忙去追，萧何坐下来说道："沛公何必发这么大的火！有话好好说嘛。戚夫人，我也得劝您几句，您既然嫁了沛公，就得面对沛公有妻子有孩子这个现实，否则这个家就没法维持下去了。"

"是他自己说的，见面就休了那个黄脸婆，现在他又不敢承认了。"

"唉！不怕夫人见怪，我也是过来人了，两口子被窝里说的话怎能太当真？这话更不能端到人前来说呀！俗话说，打人不打脸……"

刘邦在一边听着，脸上有点挂不住，把马鞭往地下一扔说道："萧何，你好好开导开导她，这丫头太不懂事了。"

刘邦出了门，来找吕雉，有人告诉他夏侯婴已经另外给他们母子安排了住处。刘邦知道吕雉还没吃饭，怕惹她生气，没敢直接去找她，先在各营转了转，估计吕雉已经吃完饭了，才来找她，想解释一下。夏侯婴还在，看见刘邦来了，便找个借口退了出去。吕雉正在气头上，无论刘邦说什么，只是闷着头不说话，三个孩子都跑累了，吃完饭就横躺竖卧地睡着了。刘邦小心翼翼地把孩子们一个个放到枕头上，接着刚才的话说道："这么多年的夫妻，你也该知道我对你是什么感情，怎么能听那个小丫头片子胡说。我这个人你知道，在外面沾花惹草是有的，可是那不过是逢场作戏，玩玩而已，我对天发誓，我心里可只有你一个人。"说着，就要去抓吕雉的手，吕雉眉头一皱，十分厌恶地把手甩开了。刘邦也不在意，接着说："你为刘家生儿育女，为我操持这个家，没有你，一家人早都饿死了，这些我心里都明白。我刘邦就是再没有良心，也不能干那种事呀。"

吕雉还是不说话，听他一个人说，说到最后，刘邦也没得说了，屋子里陷入了可怕的沉默。过了半天，吕雉问道："说完了？"

"完了。"

"从今以后，你在外面怎么沾花惹草我不管，可是既然有办法养小，那还得有办法治。我读的书不多，可是也知道国有国法，军有军规，这家里也得有个家里的规矩吧？连个丫头片子都管不了，真要是娶个三妻六妾我看你怎么办？还打天下呢，羞死人！不如你回家带孩子，我来替你带这点儿兵吧？"

这几句话说得刘邦羞愧难当，同时也提醒了他，的确得有个长远的办法，这两天让这三个女人把他治得团团转，在部下们眼中，实在有损他的尊严。

"夫人说得极是，不过我已经把佩佩休了，明天我再好好教训教训那个玉君，让她在你面前规矩点。"

"什么？！你把那个小狐狸精也弄回来了？你还让不让人活？"吕雉脑袋"嗡"的一下，差点没晕过去。刘邦自知说漏了嘴，还想往回圆，吕雉已经怒不可遏，指着门外说道:"你给我出去!"

刘邦乖乖地退了出来。

天黑了,一弯残月挂在天上,几颗星星在天上眨着眼睛,仿佛在嘲笑这个狼狈不堪的男人。刘邦一个人在月夜里漫无目的地走着,心里在想,如果老天只准他在这三个女人中选一个,他会选谁?吕雉和他是患难夫妻,这个家如果没有吕雉撑着,恐怕早就家破人亡了;佩佩是他的救命恩人,为了他,佩佩的母亲献出了自己的生命;三个女人中似乎只有玉君没有什么长处,他也不欠她什么,可是玉君身上却有一种钩魂索魄的力量,一想起她,刘邦的心都一阵阵地颤动,一看见她就好像眼前立刻出现了一片阳光,他不能没有玉君,他不能想象生活中失去玉君会是什么样子,假如没有她,那生活中的一切都会改变颜色。玉君这么不懂事,他真恨她,气头上那一阵恨不能杀了她,可是真要杀了他,生活还有什么意思?这个世界还有什么可留恋的?他把三个女人比较来比较去,最后还是觉得佩佩最好。她那么单纯、善良,纯洁得像一滴水珠,一眼就能看到底,他想起在芒砀山中的日日夜夜,想起佩佩为他擦洗伤口,为他打野味、熬鸡汤,想起她十六岁就没了母亲还要像个大人一样照顾自己,佩佩真是太可怜了,他想,这次佩佩回来一定要好好待她,好好报答她,然而,他却把她休了!这不行,他还得找她要回那份休书。想到这里,刘邦不由自主地来到了佩佩营中,佩佩见刘邦来了,赶紧起身相迎:"大人有什么事,这么晚了还亲自来这里?"

"咳!别提了。"

刘邦把刚才家里发生的事说了一遍,佩佩道:"大人不要生气了。我去给大人泡杯茶来。大人还没吃饭吧?"

"气都气饱了,还吃什么饭!"

不一会儿,佩佩把茶端了上来,又吩咐伙房给刘邦做了点可口的东西。吃完饭,刘邦道:"今晚就住你这儿,不走了。"

"那怎么行?大人不是给我写过休书了吗?"

"那都不算数的,不过哄着你别生气,哪能当真?"

"我可是当真的!"

"越说你还越来劲了,婚姻大事哪能那么随便?"

"这话该我说才是。正因为不能随便,我才要大人给我一张休书。您不能刚写完就反悔呀!"

"哎呀,我说你烦不烦哪,快坐下,陪我说会儿话。"

"我不!大人说清楚了,您今晚到底走不走?您要是住这里,我就走,我马上就去集合队伍。"说着,佩佩真的站了起来。

"好好好,我走,我走!"

刘邦带着一脸的沮丧出了佩佩的营门,心情灰透了。今晚三个女人都不容他,他也谁那里都不想去,懒得再和她们费口舌。他想到夏侯婴那里凑合一晚上,躲躲清净。

夏侯婴还是老习惯,住在马棚里。这不仅因为他喜欢马,还因为这些马是大家的命根子,交给别人他不放心。睡在这里,他可以随时照料这些立下无数战功的马匹,万一有个紧急情况,也可以立即为大家备好马投入战斗。刘邦进来的时候,夏侯婴正光着膀子给马添草料,夏季的夜晚闷热闷热的,蚊虫在马灯下来回飞舞,夏侯婴一边干活一边拍打着叮咬他的蚊虫,嘴里不停地说着:"我让你咬!我让你咬!"

刘邦笑道:"这么恶狠狠的,跟谁较劲哪?"

"哦,是大哥呀,嘿嘿,蚊子。走,那边坐。"

夏侯婴睡觉的地方就在马棚的一头,地上铺了点干草,算是褥子,夏天不用盖,找件衣服把肚子一搭就行。夏侯婴点着一根蒿绳熏蚊子,然后和刘邦并肩躺在草铺上聊天。起事以后,他们还没有这样清闲地聊过,刘邦顿时把战事的不顺和家里的烦恼忘到了一边,心里轻松了许多。刘邦问夏侯婴:"你猜我现在心里在想什么?"

"你那点心思还用猜?无非两件事。"

"哪两件?"

"第一是你那几房漂亮媳妇,要不是想她们,那准是又看中了别的什么女人。"

"第二呢?"

"第二就是琢磨怎么当皇上,当不上皇上起码也得封个什么侯什么王的。你说我猜得对不对?"

"不对。"

"那你在想什么?"

"我在想要是不打仗该多好。人哪,到手的东西总是不珍惜,现在想起当年那老婆孩子热炕头的日子,真让人留恋。要是再有那样的日子,我说什么也不出来打仗了。"

"说是这么说,可是我敢打赌,真要再给你一次机会,你还是不会老老实实过那样的日子。"

"嘿嘿!那倒也是。"

"……"

聊着聊着,夏侯婴就扯起了呼,他实在是太累了。刘邦也很疲惫,但是蚊虫咬得他睡不着,一肚子的烦恼重又涌上心头。他忽然想起,晚上还没见到萧何,不知道他和玉君谈得怎么样了,玉君那烈性子,该不会又去自杀吧?想到这里,他的心忽悠一下又提了起来,于是爬起来就往大帐跑。进了大帐,看见玉君已经睡着了,一颗心这才放到肚子里。他脱了衣服打算好好睡一觉,一上床,惊醒了玉君。她"忽"的一下坐了起来:"谁?!"

刘邦捂住她的嘴说道:"嚷什么?是我。"

"你回来干什么？你给我滚！"说着,就把刘邦往床下推,刘邦一把将她抱住,说道:"你这是干什么,夫妻拌两句嘴,你还真和我记仇啊？"说着,就去扒她的内衣。玉君一边挣扎一边骂:"有你这么不要脸的么？刚打完人就回来钻人家被窝？"

"嘿嘿,打是疼骂是爱嘛！"

"不行！你必须先给我说清楚,你给我下去,你这个混蛋！流氓！无赖……"

玉君拼命地厮打着,叫喊着,越喊声音越大。门外的侍卫听见了,以为要出人命,不知如何是好,只好又去找夏侯婴。夏侯婴提着马灯赶来的时候,大帐里早已安静下来,没动静了……

第二十七章　重整旗鼓

吕雉几乎一夜没睡。刘邦走后,她躺在床上流了一会儿泪,又起身去烧水,彻底梳洗了一番,打扮得整整齐齐的,仿佛要出门的样子。她点亮了油灯,在灯下对着镜子发了一会儿呆,出门向营门外走去。她不想活了。这兵荒马乱的年月,她带着两个孩子,说不上哪一天会死,哪一天会让秦军抓去,她对生活的唯一希望是将来战争结束了,能守着丈夫、孩子过几天平平安安的日子,可是丈夫已经不属于自己了,随着岁月的流逝,她已经渐渐衰老,丈夫会离他越来越远。即使不死在战乱中,这种生活还有什么意思?出了营门,她下定了决心,毅然向河边走去。

"三嫂,你要去哪里?"原来是审食其一直跟在她身后。

"你跟着我干什么?"

"三嫂,你有什么不痛快就和我说说,千万别想不开。"

"上次在井边你救我干什么?还不如一把把我推下去算了,让我又受了这么多苦。"

"看来三嫂真是想不开了,你坐下听我说。"

他们在河边坐下来,吕雉说道:"你能说出什么来?人活着是因为有盼头,我现在一点盼头都没有了,还活个什么劲?"

"三嫂,凡事要往开了想,大哥是要称王称霸的人,普通大户人家还要娶个三妻四妾呢,大哥如今做了将军,娶个妾,依我看不算过分,你还要想,大哥日后如果真是得了天下,还得有三宫六院呢,就更不能计较那么多了。"

"就是,还不如早点死了算了。"

"你看你又钻牛角尖了,你想啊,他三妻四妾也罢,三宫六院也罢,不管娶多少,您是正房,是他的原配夫人,这一点,三宫六院谁也没法和您争。三哥真要是坐了天下,您就是国母,别人看您羡慕还羡慕不过来呢,您怎么老是往坏处想啊?真要是这么撒手走了,岂不是把这国母的位置拱手让给别人了吗?"

一把钥匙开一把锁。审食其两次救她都说到了点子上,吕雉之所以不离开刘邦,之所以能忍受这种常人不能忍的苦难和屈辱,是因为她对刘邦抱有极大的希望,如果说别人不了解刘邦,她是再熟悉不过了。她相信他是个大英雄,相信他能成就一番大事业。审食其说的话她爱听,她还想听听他怎么往下说。

"我看他不是那块儿料。"

"我看是,越看越觉得是。这次见了三哥使我更坚信他一定能得天下……"

天亮之前,吕雉跟着审食其回到了住处。

一大早,吕雉的哥哥吕泽、吕释之特地从几里地以外赶来看她。这兄弟俩对刘邦另娶新欢,把妹妹抛在一边早就不满了,又听说吕雉带着孩子讨饭来到军营,反倒要受玉君的气,更觉得咽不下这口气,进门一坐下,就开始骂刘邦,哥俩儿平时也没少受刘邦的气,身为大舅哥,在刘邦面前却像个受气的小媳妇,稍不如意刘邦就指着鼻子破口大骂,平日里哥俩儿不敢吭气,今日可算得着机会了,越骂越生气,越骂声音越高,吕雉听着有点不像话了,问道:"你们骂完了没有?"

哥俩儿看看吕雉,不知道她是什么意思。吕雉接着说道:"你们在他手底下窝囊,不服气,干吗不自己去打一番天下呀?你们现在就把队伍拉出去,跟秦军较量较量,跟刘邦较量较量啊,有那个胆量么?"

吕释之道:"怎么没有?现在拉杆子的多了去了,三个人就可以扯起一面旗来招兵买马,有什么了不起的?再说,哪次打仗不是我们兄弟冲在最前面,刘邦才杀过几个秦兵!哥,干脆明天咱们把队伍拉走,自己干得了。"

"胡说!"吕雉怒目喝道,"你别以为学过几天武艺,会几下拳脚就能树旗造反打天下!我敢说,你把队伍拉出去,不出一个月就让秦军把你们消灭得干干净净。两位哥哥别生气,我说句实话,就你们肚子里那点东西,加起来不抵他一根手指头。他这个人就是粗点,爱骂人,可是里外他心里分得清楚着呢,哪像你们这样,一股火上来就什么都不顾了。甭说别的,就冲你们现在说话这个样,就成不了什么气候!以后再不要瞎想了,更不能由着性子胡说,跟着他好好干吧,有你们的好前程。"

吕泽道:"我们受点气倒没啥,可是我们这当哥哥的看着妹妹受气,心里不是滋味。"

"那有什么办法?该忍的还得忍。"

吕释之道:"我明天就把那两个小娼妇杀了。"

"二哥怎么这么不听劝,连我这当妹妹的都不如。这是军中,动不动就要人头落地的,这话是能随便说的吗?"

吕释之不吱声了。吕雉接着说道:"凡事要往远处看,现在我这个黄脸婆不值钱了,可是将来他真要是得了天下,这个黄脸婆的位置可有的是人来争。至于我和他的事,你们就不要操心了,我自有主张。"

兄妹三人正说着话,刘邦进来了,于是赶紧打住了话头。刘邦一看气氛有点不对,立刻猜着了是怎么回事,心里咯噔一下,他第一次明确地意识到,吕雉和他已经不是一般的夫妻关系了。他脑子里的念头只是一闪,立刻笑着说道:"大哥二哥,你们都在呀。平常打仗没空,今天刚好聚到一起了,咱们今天要摆个家宴,好好喝几杯。"

从初次见面起，刘邦就从来没有这样称呼过两位大舅哥，历来是直呼姓名，今日算是把毛病改过来了。刘邦坐下，没事人一样和两位大舅哥拉起了家常。屋里的气氛很快就融洽了。说了会儿话，刘邦站起身说道："你们稍坐一会儿，我让人去备酒菜来。"

刘邦走后，吕雉道："看见了吗？就这个场面的应付，你们是他的对手吗？别瞎想了，跟着他好好干吧，你们在他跟前得力，他就不会对我怎么样；反过来，有我在这儿，他也会更重视你们。明白这个道理吗？"

现在，两个当哥哥的对妹妹的眼光、见识有点服气了。

不一会儿，刘邦回来了，身后还带着玉君。天知道他是怎么做通了玉君的工作，玉君跪下来当着吕泽、吕释之的面给吕雉磕了个头，承认了这位正房夫人，而且还邀请吕雉带着孩子回大帐去住。于是众人皆大欢喜。

吕雉还有一块儿心病，她害怕佩佩对刘邦说出她在沛县下毒的事，她必须得想办法堵住佩佩的嘴。于是，她找了个机会，从刘邦刚刚给她的珠宝首饰中拿了几样最值钱的来到佩佩帐中。佩佩见了她，冷冰冰地问道："刘夫人有何贵干？"

叫出这句刘夫人，佩佩心中感到无比的畅快，她再也不用唯唯诺诺受这个女人的气了。这是以割断她和刘邦的感情换来的，但是她觉得值。

"妹妹别这么见外，我……"

"别跟我套近乎，我不是你妹妹。"

"你听我解释，那天你连个招呼都不打就走了，你一定以为是我下的毒，这真是天大的冤枉，我平时踩死个蚂蚁都不忍心，怎么能对妹妹下这样的毒手？肯定是有人想害咱们俩。"

"你就是为这事来的？你放心，我不会把这事说出去的。"

"可是你得相信我，我……"

佩佩不愿意和她纠缠，道："我相信你，行了吧？还有别的事么？我这儿军务还忙着呢。"

"有，我来是想接你回去的。"

"刘大人把我休了，我已经不是刘家的人了。"说着，佩佩拿出了那张休书，吕雉看了一眼，想不明白这中间究竟是怎么回事，说道："妹妹不要任性，我是真心实意的。"

"你不用劝了，我是不会回去的。"

吕雉见说下去无益，从怀里掏出一个丝绸裹着的小包，放在案几上，道："这是送给妹妹的。"

佩佩冷冷地说道："你留着自己用吧。"

"妹妹不要跟我这么客气。"说完，吕雉起身走了。

佩佩说道："把你的东西拿走！"吕雉没有回头，佩佩生气地抽出佩剑，挑起那个包包,一下甩出了帐外,差点砸着吕雉的脑袋。

项梁死后,反秦起义进入了最困难的时期。项羽麾下的将士不断逃亡,一度只剩了不到两万人,留下的将领们也各个心存疑虑,不知道这位年二十五岁的将军会把他们带到何处去。黥布、蒲臣等皆以怀疑的目光看着项羽,事实上这两支部队项羽已经指挥不动了。楚军撤到了彭城。项羽满心焦虑,整日喝得烂醉。叔父去了,妙逸生死不明,他不知道活下去还有什么意义,整天烦躁不安,坐卧不宁,谁劝也没用,对将士们张口就骂、抬手就打,使得军心更加涣散,逃跑现象更加严重了。就在将士们纷纷离他而去的时候,刘邦却率领他的人马前来会合,这给了项羽不小的安慰。

突围以后,刘邦收编了不少楚军的散兵游勇,又连续歼灭了几股秦军,实力大增,已经发展到了三四万人马,号称五万。他本欲先去朝见楚怀王,让萧何劝住了:"楚军虽然新败,然而以楚军数百年来的传统,是不会就这么销声匿迹的,项梁虽然死了,项羽还在,江东子弟还没散,既然已经结交了项羽,现在又得罪他,岂不是前功尽弃?况且,义军还弱小,需要联合对付秦军。救人于危难之中,必能厚交之,今后会有用得着的时候。"

刘邦反映极快,马上说道:"是呀是呀,我就是说先去会合项羽呀,怎么能先见怀王呢,怀王算个屁!"

于是,刘邦率军来到彭城。见了项羽之后,刘邦才知道,妙逸在定陶突围时走散了,于是他亲自在佩佩军中选了两个美女,让吕雉给项羽送过去。吕雉来到项羽的中军大帐,只见房子里乱成了一锅粥,到处是项羽脱下来的脏衣服、装酒的坛子散乱地扔了一地,屋子里一股说不出来的臭烘烘的味道,让人直想吐。项羽见吕雉来看他,心中很受感动,道:"怎敢劳嫂子大驾,亲自来军中看我!"

"谁让我跟妙逸是姐妹呢。我来看将军是怕将军着急。可千万别上火,妙逸吉人自有天相,加上她人又机灵,不会有事的。"

"但愿如此,借嫂子的吉言,希望她能平安回来。"

"肯定会平安无事的,你放心吧。唉,这屋子里没个女人真不行,你看你这日子过成啥了?你们俩别愣着啦,还不快点帮着收拾?"

两个姑娘开始动手打扫房间,项羽道:"妙逸不在,我也没心思收拾。算了吧,你们别管了,就让它这么乱着去吧,等她回来再说。"

"那哪儿成啊,她们干她们的,咱们说咱们的。她们干着,将军旁边看着,要是觉得眼眉还行,将军就收她们俩做个妾,将军要是看不上,就把她俩留下做个使唤丫头。"

"嫂子这可使不得,实话跟您说,自打妙逸走散之后,我一看见女人就烦,不过可不包括嫂子啊!"

"将军可真是有情有意,妙逸不知道是几世修来的福分,嫁给了将军。不是我当面奉承您,这才叫男人呢。哪像我们那口子,见一个爱一个,花花得不得了。"

"哈哈哈,刘大哥风流惯了,我可不行,没那份闲心。我听说大哥最近又纳了个小妾,有倾城倾国之貌,是不是?我还没见过呢,哪天我还得看看我这位小嫂子去呢。"

"什么倾城倾国呀,不过眉眼还看得过去就是了,将军休提她了,不看也罢。"

从项羽那里出来,吕雉心中真羡慕妙逸,嫁了这样一个好男人。回来把话向刘邦学了一遍,刘邦笑道:"他还年轻啊。"

"你年轻时不也是现在这副德性?"

"我反正已经这副德性了,你知道就行了呗!"

"一副无赖相!"

"哈哈哈哈!"

刘邦正和吕雉说着话,下面报告说,怀王已经从盱眙到彭城来了,命各部将领中午到南门外迎接。

定陶战败后,怀王听说前方军心不稳,在盱眙待不下去了。为了稳定军心,他决定将都城北迁至彭城。吕青、吕臣、陈婴等一班大臣都来了,后面还跟着一个宋义。

宋义出使齐国回来后,项梁已死,宋义没有回军中,直接去了盱眙。项羽对此非常不满,但是现在宋义已经深得怀王信任,用不着再看项羽的脸色了。高陵君也去了盱眙。定陶之役,宋义救了高陵君一命,高陵君不仅心怀感激,而且深为钦佩,他在怀王面前把宋义使劲夸了一通,怀王道:"兵未战而先见败征,可谓知兵矣。可惜寡人不识人,若是早用宋义,也不至于败得这么惨。"

怀王进城后,刘邦、彭越、黥布、蒲臣等将领争相前去觐见,唯独项羽没有去,一个人躲在大帐中喝闷酒。范增问道:"将军为何不去拜见怀王?"

"我羞于与这些小人为伍。那种阿谀奉承、诌媚于人的事情,我做不出来。当初叔父在世时,他们一个个趋之若鹜,谁也没把怀王放在眼里,叔父尸骨未寒,他们却都打起自己的小算盘来了。"

"趋炎附势乃人之本性,何必跟他们计较?"

"刘邦、彭越去见怀王还说得过去,人家本来就没有同意归顺我们,可是蒲臣、黥布都是叔父麾下将领,他们有什么资格直接去见怀王?"

"此一时彼一时也。他们动摇,那是因为他们信任项大人而不信任你,不必和他们计较,以后打几仗给他们看看就服气了。可是怀王那里是一定要去的,否则怀王会怪罪的。"

"我才不怕他怪罪呢,反正他对我们叔侄俩也信不过。当初立他就是个错误。"

立怀王是范增的主意,项羽直接指责这件事,范增有些下不来台,但是他并没有和项羽计较,继续劝说道:"是对是错让后人去评说吧,现在当务之急是要加强和怀王的沟通,好让怀王更了解你。"

可是无论范增怎么说,项羽就是不去。

过了两天,怀王收回了项羽的兵权,将项羽和吕臣两支兵马合为一处,由他亲自指挥。怀王这样做主要不是因为项羽没来拜见他,而是因为众将对项羽心存疑虑,军心有些不稳。

楚军内部的形势对项羽十分不利,范增见说不动他,只好代他来见怀王。范增向怀王详细叙述了东阿、定陶两次大捷的详细情况,并报告了刘邦、项羽破雍丘、斩李由的经过。怀王近日来一直是听宋义一个人说,因此在他心目中,项梁是一个嫉贤妒能、心胸狭窄,既不懂兵法又刚愎自用的家伙,诸将前来拜见也都是各讲各的功劳,仿佛取得这么大的胜利,和项梁叔侄没有一点关系,只有定陶惨败是属于他们叔侄俩的。听了范增一席话,怀王才知道项氏叔侄为楚国做出了多大贡献,深为失去项梁这样一位栋梁之才感到惋惜。在此之前,他还在为项羽不来见他而耿耿于怀,此刻却要起身去看项羽。范增已经撒了谎,说项羽病了,现在不好往回圆,只好说:"项将军只是微有不适,何劳大王亲自探望,老夫把大王的心意转达到就足够了。"

怀王道:"那怎么行?无论是作为名将之后还是作为烈士遗孤,我都应当亲自去看望,何况他本人还是大功臣!"说罢,便同范增一起来到军中。

项羽没料到怀王会亲自来看他,觉得十分过意不去,道:"大王日理万机,还要让您为我操心,真让我心中不安。"

范增怕他说漏了嘴,提示道:"怀王听说你病了,放心不下,一定要亲自来看你。"

项羽并非没有听出范增的意思,但是他不想作秀,说道:"其实我什么病也没有,只是不想助长那种阿谀奉承之风。"

"将军不愧是将门之后,做事光明磊落,可为三军典范。"

为了安定军心,鼓舞士气,怀王封吕臣为司徒,封项羽为鲁公,封刘邦为武安侯,并任砀郡长。楚军内部很快安定下来,又重新恢复了往日那种生气勃勃的景象。楚怀王苹心开始考虑下一步的作战方案。一日,怀王召集众将商讨作战事宜,怀王主张派出一支部队前去攻打咸阳,这和当初陈王的战略目标完全一样。可是打咸阳谈何容易,千山阻隔,路途艰险,众将都和秦军交过手,知道不是儿戏,因此没有一个人敢吭声。怀王环视众将,看谁敢请缨,众将一个个低着头,不敢看怀王,半天没有人应声。怀王来到彭城之后,先后前来觐见的将领有十几位,都想从怀王这里得到点什么,可是这会儿却都退缩了。怀王见无人应答,以为是筹码不足,于是说道:"寡人亦知此去咸阳路途遥远,困难重重,谁愿担此重任,寡人可与众将当堂约定,先入关中者为关中王。"

还是没有人吭声,这时项羽出班说道:"既然众将都不肯去,微臣愿领命。"说完,看了看刘邦,"沛公可愿与我一同前往？"

刘邦一直没有说话,怀王提出的赏格实在太诱人了,他有心去又怕偷鸡不着反蚀把米,正在犹豫,项羽提出与他同往,胆气立刻壮了起来,一下打消了顾虑,道:"那还有什么说的,恳请怀王允准就是。"

散朝之后,宋义劝怀王道:"项羽为人剽悍狠毒,攻破襄城后将一城百姓尽皆屠之,自吴中起事以来,所过之处,无不残灭,若派项羽西征,恐难以收复民心。不如更遣长者,扶义而西。百姓苦秦久矣,怀王诚能遣一长者安抚之,则咸阳不攻自破。"

怀王深然其言,转身问陈婴、吕青等人,谁人可以胜任,众人皆推刘邦。可是怀王在朝堂上已经当众许下先入关中者为王,觉得不好向项羽交代。恰在此时,赵国使者来到彭城,请求楚国发兵救赵。

章邯攻破定陶之后,觉得楚军已不足畏,将下一个目标转向了赵国。魏国已灭,齐、楚新败,目前诸侯国中只有赵国实力最强。在章邯与项梁作战的同时,秦军驻守边塞的王离部开始大规模南侵,很快就打到了赵国国都邯郸城下。章邯也将主力转到了邯郸一线,与王离协同作战。章邯认为,只要击败赵国,其余三国不攻自破,朝廷天下便大致可以安定。因此,秦军集结了四十万大军,从南北两面浩浩荡荡向赵国都邯郸杀来。赵国不敌,邯郸失守,张耳、陈余保着赵王歇撤往巨鹿(今河北省平乡县西南)。王离、涉间率二十万大军将巨鹿团团包围。章邯率二十万大军驻扎在巨鹿东南的棘原,以策应王离,企图将赵国军队彻底歼灭。章邯在他和王离部之间筑起了甬道,用来供应粮草和调动部队。张耳、陈余不断向各路诸侯和义军部队发出紧急求援信,请求支援。各路义军纷纷前往巨鹿救援。这是义军对秦军的一场决战,胜败对于双方都至关重要,怀王听了赵国使者的陈述,立即召集众将商讨对策,众将众口一词要求立即发兵救赵。于是怀王决定兵分两路,由刘邦率领五万人马西征,目标直取咸阳;由宋义率领十万大军立即出兵救赵。怀王封宋义为上将军,号卿子冠军,以项羽为副将、范增为末将,黥布、蒲臣等诸别将统由宋义指挥。项羽不服,欲当堂争辩,范增使劲踩了踩他的脚,他才勉强咽下了这口气。

一个漆黑的夜晚,李斯打着灯笼来到狱中看望冯去疾和冯劫。这是他们父子在人世间的最后一个夜晚,明天,他们将被腰斩于市。李斯想尽了办法试图保住二人性命,但是赵高像个鬼影一般跟随在左右,给他们罗织了一大堆罪名,没有人证,赵高立刻就能找来,没有物证,赵高立刻就能提供,天知道是真是假,而李斯为了自保,又敢说哪一条是假的？莫须有的罪名一条条加在二人身上,本来冯去疾就是个抗旨不尊的罪过,怎么也不至于杀头,最后却变成了结党谋反,不仅原来签名上书的人都判了死罪,还牵连进来四五十个人,赵高把朝中和冯去疾、冯劫父子稍有瓜葛的人都扯进了此案。他就像一个魔术师,突然间从地底下唤出成百上千的证人证据,搞得李斯眼花缭乱。李斯不甘心这样受他摆布,想对这些证人、证据一一做出甄别,然而,赵高却使出了杀手锏,他拿出了两件东西,一件是李由守荥阳时给吴广的信,一件是他那天上朝时左边袖子里揣的那封没有拿出来的奏折,天知道他是怎么把这封奏折搞到手的。李斯相信李由不会干出通匪的事,可是那封信的字迹连李斯自己都辨不出真假,到二世面前怎么说得清楚!那封上书则千真万确是李斯的笔迹,李斯清清楚楚地记得,当天下朝就把奏折烧了,可是现在他才明白,烧掉的那封是被人替换下来的,假的,眼前这一封才真正是他自己写的。是谁替换了这份上书?想来想去,只有他最信任的那位老家人。怪不得那位老家人前几天说什么也不干了,非要回老家不可。李斯不能不从心里佩服赵高的手段。看了这两样东西,李斯头上直冒冷汗,他矢口否认,赵高笑嘻嘻地说道:"是真是假谁能说得清楚?不过丞相不用担心,你我共事二十余年,我不会害丞相的,幸亏这东西落在我手里,若是落在别人手里就麻烦了。"说完,赵高当场把两份文件还给了他。这下李斯真的害怕了,他不知道赵高还会玩出什么花样来,他斗不过这个魔鬼。就这样,一件件证据都在李斯手里"核实"了,冯去疾、冯劫一案,在赵高的导演下,由李斯一手铸成了翻不了的铁案。

李斯走进牢房,宣读了判决,然后屏退左右,说道:"丞相,冯大夫,斯苟且偷生,对不住二位大人,悔当初不该卑躬折节,落得万世骂名,二位大人要打要骂悉听尊便。"

冯劫道:"打你怕脏了我的手,骂你怕污了我的口!"

冯去疾一言不发。

李斯有一肚子的话要说,可是他知道,任何辩解都是没有用的。沉默了一会儿,李斯道:"二位大人放心去吧,我会善待二位大人的眷属的。斯还想问问二位大人还有什么话留给家人吗?"

冯去疾道:"我没有什么好说的。我一生为朝廷尽忠,不愿受辱于市,请李大人转告皇上,臣请求自裁。"

冯劫道:"我也是。"

李斯迈着沉重的步伐离开了牢房。第二天,他派人送去了两把剑。

唇亡齿寒。冯去疾一死,赵高马上将矛头转向了李斯。李斯、李由父子通匪谋反的证据一件件摆到了二世面前,开始二世无论如何不相信:"丞相不把朕放在眼里倒有可能,但绝不会谋反,他要反早就反了,何苦等到今日?"

赵高也不辩驳,只是顺着二世的意思说:"就是,我与丞相共事二十多年,看他对朝廷忠心耿耿,绝无二心,丞相怎会反朝廷呢?陛下千万不可相信这些东西,枉杀了功臣,现在大秦江山可全指望丞相了。"说着,赵高当着二世的面把那些证据毁掉了,可是过了没几天,又有新的证据呈上来,而且来的渠道与赵高没有半点关系。二世将这些东西拿给赵高看,赵高又要将其毁掉,二世道:"先不要毁,暂且留下。"这样反复了三次,二世就有点坐不住了,心里将信将疑,让赵高私下里派人查一查,赵高道："我是个阉人，官职不过是个郎中令，怎敢擅自调查丞相？丞相在朝树大根深，满朝上下都是他的人，臣去调查，恐怕这颗脑袋都保不住啊！"

"有朕呢，你怕什么？"

于是赵高开始着手调查，而且阵势拉得很大，事情没做多少，却吵得满朝文武都知道了。赵高还故意把所有的证据线索都透露给李斯，并把他在皇上面前如何替他开脱的事一五一十说了。李斯坐不住了，即使赵高嘴里说出花来，李斯也知道这出戏是他一手导演的，于是拼了老命来见二世，将二世登基以来赵高的所作所为彻底揭露了一番，最后说道："陛下！现在满朝之中皆是赵高的人，赵高一呼百应，跺一跺脚，三山五岳都跟着颤动，您不能不防啊！朝中老臣如今只剩了臣一人，臣是赵高篡权的最后一块儿绊脚石，把我搬开，他就可以为所欲为了。"

二世根本不相信："他一个黄门侍者，官不过郎中令，能有多大势力？要说丞相跺跺脚江山都颤朕相信，说赵高朕绝对不信。最近有几封奏折是告你的，我让他查一查，丞相不必多心，朕只是为掩人口舌而已，千万不要迁怒于赵高。现在朕只有靠你们两个了。"

李斯还想申辩，但是二世已经下了逐客令，说什么也没用了。李斯知道赵高又抢在前面了，近来他对赵高的手腕已经有所了解，想了一些以牙还牙的办法来对付他，甚至连自己一生的名节都不顾了。但是赵高羽翼已成，很难扳得动了，他现在只能后悔当初没有痛下决心除掉这个恶魔。

此刻赵高正在家里和女婿阎乐悠闲地喝着酒，如今朝中到处都是他的耳目，他坐在家里就能知道二世正在做什么，大臣们在想什么。如果有什么事情，他的那些爪牙都知道怎么应付，他已经用不着整天辛辛苦苦地盯在二世左右了。除了固宠一事必须由他亲自来做，其余的事情他都可以交代给爪牙们去做，哪个做不好立刻就收拾掉。翁婿两个正喝着酒，赵成回来了。赵高问道："李斯走了吗？"

"走了。"

"傻二说什么了？"近来他在家里一直这样称呼二世。

赵成把李斯见二世的经过一五一十说了一遍，末了说道："今天可是有些凶险，傻二虽说没全信李斯的话，但是他也不相信李斯谋反。李斯也可以用同样的手段对付咱们，我看不能这么慢悠悠的了，得加快节奏，否则还说不上傻二最后会信谁的。"

"急是急，可是我们不能去告诉傻二李斯要谋反，那样越说他越不信，必须得让他自己得出这个结论。你把李斯的那个老家人藏在哪儿了？"

"在我府上。"

"好，明天就让他出马。"

第二天，那个李斯的家人按照赵成的安排前去闯宫告状，半路上被人追杀刺了几刀，到了宫门口，血流不止，恰好二世的车辇路过，看见了浑身是血躺在地上的老家人。二世到宫门口的时候，门前围了一大堆人，车辇过不去，就走下车来看看是怎么回事，那位老家人见了二世，从怀里掏出一张写好的告李斯谋反的状子，递给了二世，二世还想问点什么，那人已经咽了气，二世看了看状子，内容让他胆战心惊，他密令赵高立刻会同廷尉和几位大臣调查此事。没想到第二天，赵高也在宫中"遇刺"，同时遇刺的还有新任廷尉和参与调查的几位朝臣，除了赵高，几乎没有一个活了下来，赵高身上被"捅"了七八刀，躺在床上起不来了，二世亲自前来探望，并下令逮捕李斯。

李斯终于落入赵高的魔掌。面对前来逮捕他的狱吏，李斯仰天长叹道："嗟乎，悲夫！不道之君，何可为之计哉！昔者桀杀关龙逢，纣杀王子比干，吴王夫差杀伍子胥。此三臣者，为臣不忠乎？为人不信乎？然终不免一死，何也？所忠者非也。今吾智不及此三人，而二世之无道过于桀、纣、夫差，吾以忠死，不亦宜乎？该死，该死！且二世之治岂不乱哉！夷其兄弟而自立，杀忠臣而贵贱人，作阿房之宫，赋敛天下。吾非不谏也，是其不听也。凡古圣王，饮食有节，车器有数，宫室有度，出令造事，加费而无益于民利者禁，故能长治久安。今行逆于昆弟，不顾其咎；侵杀忠臣，不思其殃；大为宫室，厚赋天下，不爱其费。三者已行，天下不听。今反者已有天下之半，仍不思悔改，而以赵高为左，吾必见寇至咸阳，麋鹿游于朝也。"

李斯这一番牢骚早有人报至二世跟前，二世大怒，命赵高亲自审理此案，从严治罪。赵高撕下最后一层假面具，不再伪装，对李斯用尽各种酷刑，终于使李斯招认了"谋反罪行"。

按照秦律，像李斯这样的重大案件，廷尉署定案后，还要有御使监督、复查，犯人可以申诉。赵高害怕李斯翻案，于是找人假扮御使来到狱中察看案情，李斯见御使来了，抱着最后一线希望给二世皇帝上书一封：

  臣为相治民三十余年矣，初遇先王之时，秦地狭隘，不过千里，兵数十万。臣尽薄材，谨奉法令，以金玉之资，使谋臣游说于诸侯，阴修甲兵，饰正教，官斗士，尊功臣，盛其爵禄，故终以胁韩弱魏，破燕、赵，夷齐、楚，卒兼六国，虏其王，立秦为天子，罪一焉。

  平定六国之后，秦地非不广，又北逐胡貊，南定百越，以见秦之强。罪二矣。

  尊大臣，盛其爵位，以固君臣之谊。罪三矣。

  立社稷，修宗庙，以明主之贤。罪四矣。

  平斗斛、度量，定礼法制度。罪五矣。

  治驰道，兴游观，以树威天下。罪六矣。

  缓刑罚，薄赋敛，以使主得众之心，万民戴主，死而不忘。罪七矣。

  若斯之为臣者，罪足以死固久矣。上幸尽其能力，乃得至今，愿陛下察之！

李斯将上书交给了假扮的御使,"御使"又将它交给了赵高。赵高道:"一个死刑犯上什么书!"随手就把这份上书扔到了火炉里。赵高知道李斯还不死心,他害怕李斯再通过什么别的渠道上书翻案,于是先后派了十多个人假扮御史、谒者、侍中,装作代表皇帝来查询此案,询问李斯,只要李斯以实话相告,马上就是一顿酷刑,如是者十余次,李斯再也不敢辩白了。后来二世果真派人来查询此案,但是李斯已辨不出真假,对"所犯罪行"供认不讳。二世拿到李斯的供词后,十分感慨:"多亏了赵高,不然险些让这个老东西卖了!"

　　秦二世二年,定李斯谋反罪,处以五刑(黥、劓、刖、宫、大辟),夷三族。李斯和他的次子李唐同赴刑场,李斯挽着儿子的手问道:"还记得小时候我带你牵着黄狗出上蔡东门猎兔的情景吗?"

　　"记得。"

　　"那是多么美好的时光啊!可惜再不会有那样的日子喽!"

　　言罢,父子俩抱头痛哭。

第二十八章 西 征

西征的道路充满了艰险。

刘邦本来说好和项羽一起去,但是怀王中途改变了作战计划,把他晾在了那里,有点骑虎难下。既然已经答应了怀王,刘邦也不好反悔。再说,关中王的地位对刘邦来说实在是太有诱惑力了,刘邦不忍放弃。当初冒着生命危险起事,不就是为了今天吗?于是他不再畏缩,决心干出一番惊天动地的事业来。他联络了彭越一同前往,彭越不想去冒这个险,刘邦劝道:"走吧,怀王答应先入关中者为关中王。真打下关中,你我一人一半分了它。"

"只怕是没到关中,先让人家把我们吃了。"

"说实话,项羽不来,我心里也没底,不过,咱们可以见机行事,打得下来就打,打不下来就跑,反正不能干赔本的买卖,你说是不是?"

彭越让刘邦忽悠得动了心,于是二人约好先去打昌邑。

刘邦号称五万人马,实际上只有三万多,加上彭越的几千人马也不到五万。两军把昌邑围了半个月,也没有攻下来,反倒死伤了几千人马。彭越道:"沛公,我看咱也别想当什么关中王了,先保住眼前这点实力再说吧。"刘邦见彭越开始打退堂鼓,只好下令撤兵。彭越带着自己的人马回巨野泽中去了。

刘邦征求众将意见,诸将皆主张继续西征,去打咸阳,于是刘邦引兵向西,不料半路又中了秦军的埋伏,樊哙、夏侯婴皆受重伤,曹参伤刚好,不得已只好披挂上阵,解救危急,大军冲出重围,曹参又身中数箭,被士卒们抬着回来了。

突围之后,大军在陈留附近住了下来,刘邦和萧何一起来看几个受伤的将领,樊哙和夏侯婴还问题不大,不至于有性命之忧,曹参却昏迷不醒了。还是上次那个郎中,又向刘邦报告说曹参病危,刘邦道:"不会的,他不会死的,你有办法,我相信你一定能把他救活。"

"曹将军本来就伤了元气,眼下脉息微弱,臣实在不敢枉夸海口。"

一连几天,曹参一直处于昏迷状态,开始是吃不进东西,只能给他喂点水,后来连水也喂不进去了。只见他牙关紧闭,面色青紫,郎中知道事情不好,让人通知刘邦,刘邦见实在没办法了,只好让人准备后事。众将听说曹参不行了,纷纷跑来,想再看他一眼,几个士卒抬来一口棺材,给曹参换上了老衣,只等他一咽气就入殓。正在这时,外面一阵大乱,一名侍卫跑进来报告说秦军来了。众人望着奄奄一息的曹参,不忍离去,刘邦道:"大家赶快各回各军,准备应付秦军,这里我来处理。"

众人领命而去,刘邦令两个士卒抬来一副担架,把曹参抬走了。大军冲出秦军的包围圈,两个抬担架的士卒实在跑不动了,正在上山坡的时候,前面那个士卒腿一软,跪在了地上。一下将曹参跌下担架,滚到山谷下面去了。一群秦军官兵冲上来,把那两个抬担架的士卒杀了。刘邦亲眼看见了这一幕,心疼得眼睛一闭,心里默默地念道:"曹参兄弟,对不起你了,打完这一仗我一定派人来好好安葬你!"

沛军冲上山顶,占据了有利地形,把秦军挡在了山坡下面,一时冲不上来,天黑以前,山下的秦军撤走了。刘邦一面下令埋锅造饭,一面派人到山谷里去找曹参的尸体。天黑了,士卒们什么也没找到,垂头丧气地回来了。众人围着篝火默默地吃饭,没有一点声音,正在这时,从人群后面爬上一个伤员来,两个侍卫将伤员扶起,刘邦走近前一看,正是曹参。刘邦喜出望外:"曹参!你还活着?我就知道你死不了!"

刘邦扑上前去一把抱住曹参,曹参身子一软,又昏了过去。

出征以前,刘邦动员吕雉带着孩子回丰邑去,因为丰邑目前还在楚军控制之下,吕雉不肯,一定要随大军一起走,这兵荒马乱的日子,家里没个男人,日子没法过不说,连安全都没有保证,这次她决心不走了,用她的话说:"死也要死在一块儿。"两仗打下来,吕雉的想法就变了,军中实在太危险了,孩子们就是不死在乱箭之下,整天这么跑跑颠颠的也得折腾死,无论如何不能让孩子在军中再待下去了,于是,她准备和审食其领着孩子离开军营。可是刘肥这次说什么也不走了,他要参军打仗。刘肥还不到十五岁,已经长得和大人一样高了,可是再高他也是个孩子,而且正窜个子,瘦得像根麻杆,哪能让他上阵打仗?刘邦说了半天,刘肥就是不肯走,而且口口声声说即使把他撵走,他一个人还是要找回来,刘邦怕他真的自己跑回来,半路遇到危险,只好让他留了下来。

送走了吕雉,刘邦垂头丧气地回到了大帐。看见玉君,他心里稍稍感到轻松了一些。近来玉君越来越知道体贴人了,每逢刘邦心情不快,她总能想方设法使他高兴起来,可是今天玉君却有些不适,老说恶心。刘邦一进门,看见玉君吐得满地都是,急忙叫侍卫进来收拾了。玉君很勉强地笑了笑就躺到床上去了。刘邦道:"你这是怎么了?这伤的伤,病的病,让我可怎么办?侍卫,叫郎中来。"

玉君道:"大人不必叫了,郎中已经来过了,我没病,我这是有喜了。"

"是吗?看我多粗心,怎么就没想到这一层!"

"大人若是军务忙,就别管我了。我自己会照顾自己的。"

"那哪行?待会儿我让佩佩派两个女兵来专门伺候你。"

不一会儿,侍卫叫来了两个女兵,她们在那里洗涮收拾,刘邦心烦,便一个人出来在军营里转悠,顺便安定一下军心。他转来转去转到了马棚,这才猛然想起夏侯婴受伤了,他刚要转身走,忽然听见吆喝马的声音很熟,走进去一看,竟然是萧何。刘邦大为惊讶:"你怎么在这里?那么多大事等着你,你还顾得上这些!"

"诸事皆已安排妥当了,只有这里我觉得还不放心,所以过来看看,顺便给马添点料。"

起事以来,真是苦了萧何,他白天要和其他将领们一样行军打仗,到了宿营地,别人都休息了,萧何却还得张罗粮草、住房、伤员救治以及吃喝拉撒睡等一系列琐事。有萧何在,刘邦省心多了。平时他也想不起萧何,可是只要萧何一不在,马上各种问题就堆到了他这里。起事一年多,萧何瘦了许多。刘邦拉着他的手说道:"你赶快回去歇息,这些小事让别人来办,你要是再给我累倒了,我可真没辙了。"

"没关系,累不倒的。沛公何时也学会关心人了?从小到大你给我的印象就是张口就骂人,不骂人不说话。今天怎么日头从西边出来了?"

"你他娘的真不识抬举,不骂你难受是不是?"

"你看你看,说着说着就来了。"

"合着我怎么都不是,骂人不对,不骂人也不对!你不累是不是?不累叫你的人给我安排个住处。"

"怎么?又和戚夫人吵架了?"

"没有,她怀孕了。"

"恭喜沛公了!"

"有什么可恭喜的!这兵荒马乱的年月,能不能顺利生下来还不知道呢。"

"吉人自有天相,沛公不必担忧。"

萧何一边和刘邦说着话,一边让人去安排住处,安排好了,他把刘邦一直送到下处,自己又察看别处去了。剩下刘邦一个人在房间里,觉得心里空落落的。房间很大,越发使他感到孤独,他独自坐在床边想心事,刚才去看伤员,他虽然脸上带着笑容,和他们谈笑风生,但是心情却十分沉重。此刻,他一是惦记妻子,二是想念张良。起事以来,军中冲锋陷阵的人倒不少,有樊、曹、周、灌和吕氏兄弟一班武将,碰上什么样的对手都可以应付一阵,可是却缺一个指挥调度这些将领的人。萧何已经几次向他建议,请几位得力的谋士,可是一直没有碰到能让他满意的。他真后悔不该放张良走,当初怎么也要想办法把他留下来。想着想着,觉得累了,想睡觉,往常这时玉君早已把洗脚水打好了,伺候他洗漱上床,今日没人管了,觉得很不适应,他冲着门外喊道:"侍卫,弄点洗脚水来!"

不一会儿,一个侍卫端来一盆洗脚水,另一个伺候他脱了鞋袜,刘邦嘴里发着牢骚:"萧何真他娘的不会办事!"说完,把脚往盆里一放,立刻又拿了出来:"你们想烫死我呀?加凉水!"

一个侍卫急忙跑出去端来凉水加上,刘邦又试了试,道:"太凉了!他娘的,萧何不会办事你们也不会办哪?不洗了!"说着,刘邦一脚踢翻了铜盆,两个侍卫吓得无所适从,赶紧收拾了退了出去。刘邦的侍卫都是些精挑细选、千灵百怪的人物,其中一个叫赵尧,人极聪明,立刻明白了刘邦是什么意思。第二天,他从外面领来两个年轻女子,本来找一个就够了,他怕刘邦不中意,特地找了两个,让刘邦自己挑。赵尧很会办事,他不直接把人领进去,而是打好洗脚水让她们自己端进去。刘邦一见这两个女子,虽说长得不算漂亮,但是眉眼也还周正,脸上立刻露出了笑容。两个姑娘见了刘邦十分紧张,刘邦道:"你们别害怕,我这个人向来怜香惜玉。你们是哪儿的人?"

其中一个说道:"我们就是当地的。"

"哦,是谁叫你们来的?"

"是赵将军。"

"赵将军?哪个赵将军?"

"赵尧。就是门口站着的那个。"

"哦,是他呀,去把他叫进来。"

赵尧进来了,刘邦问道:"这两个女子是不是你强迫他们来的?"

"不是,是她们自愿的。不信大人问她们。"

原来两个姑娘都是无家可归的难民,正在街上结伴讨饭,被赵尧碰上了,赵尧拦住她们,问愿不愿意到军中做事,可以吃饱肚子。两个姑娘情知到军中不会有什么好事,但是能吃饱肚子总比饿死街头要好,便答应说愿意。赵尧把她们领到军营,让她们吃饱了饭,洗了澡,换了衣服,来伺候刘邦。见刘邦问,两个姑娘抢着说道:"是我们自愿的。"

刘邦又问赵尧:"听你的口音,和他们差不多,你也是当地人?"

"是。"

"这里离你家多远?"

"只有十几里路。"

"你想不想回家看看?"

"当然想。"

"那好,明天我准你一天假,回去顺便打听一下,你们这里有没有什么人物?"

"我从小生在这里,也略识几个字,从未听说出过什么大人物。"

"我管他出没出过,那些做了古的人和我有什么关系?我只让你打听有没有能打仗的,能出谋划策的。不过有一条记住了,儒生不要!"

"我记住了。"赵尧准备告辞,临走,望着两个女子问道,"大人让她们俩谁留下?"

刘邦问那两个女子:"你们谁愿意留下陪我?"

开始两个女子都不好意思说,羞得脸通红,于是刘邦一个一个地问,两个人又都表示愿意留下,刘邦一本正经地说道:"那就让她们都留下吧。"

赵尧家在高阳,回到乡里,果然打听到一个人物,这人名叫郦食其,年已过六十。郦食其生于贫苦人家,一生落魄,惟喜好读书。因无以为生,便做了个看管里门的小吏。四乡皆知郦生有才,但因其性格狂放不羁,官府一直不敢用他,所以郦食其一生都郁郁不得志。陈胜起兵一年多,诸将往来过高阳者无数,也有一些将领张榜招贤,但郦食其暗中观察,这些人都不是能成大事的样子。今日刘邦大军过此,郦食其见其部伍整肃、军纪严明,还贴出了招贤榜,便有心前去看看,恰好赵尧回家探亲碰上了他,郦食其细细打听了一下刘邦的为人,果然是他所期望的,于是便让赵尧给他引见:"你就说有个同乡叫郦食其,六十多岁,身长八尺,人称狂生,其实不狂,问他愿不愿意见我。"

赵尧道:"我可以为你引见,不过你要记住,见了沛公,千万别说自己是儒生,沛公不喜欢儒生。"

"看样子比我还狂,没关系,你就按我说的去报吧。"

赵尧回到军中,向刘邦推荐了郦食其,刘邦道:"那就让他来见一见吧。"赵尧给郦食其带了话回去,郦食其却没有按照赵尧说的去做,穿了件儒服来了。恰巧那天当值的不是赵尧,侍卫不认识他,把他挡在了门外,郦食其让侍卫进去通报,侍卫报告说有位先生求见,刘邦问:"是什么人?"

侍卫没有记住郦食其的名字,道:"服儒服,冠儒冠,看样子是个大儒。"

"你告诉他,老子正忙着打天下,没工夫跟儒生聊天!"

侍卫出来如实对郦食其说了。郦食其道:"你告诉他,我不是儒生,是高阳酒徒!"说着掏出一张名刺(名片)递给侍卫,侍卫接过名刺来,端详了半天,怕挨刘邦骂,不想再去通报,郦食其生气了,大吼一声:"快去!还愣着干什么!"侍卫吓得急忙跑进去了。

刘邦见到名刺,知道是赵尧推荐的那个人,这才准他进来。郦食其走进大帐,看见两个女子正跪着给刘邦洗脚,心中十分不快。刘邦打了个招呼,示意他坐下,郦食其皱着眉头问道:"我不知道沛公是想打败秦军呢,还是给秦军去送礼呢?"

"混账儒生!你他娘的怎么说话呢?什么意思?找死呀!"

"我见贵军的招贤榜上口口声声说要招贤纳士,共图天下大业,可是今日见了沛公却看不出一点得天下的气象。昔日周公为纳天下之士,一浴三握发,一饭三吐哺,天下英雄竟相追随,终于成就了天下大业。今日沛公果欲得天下,恐怕不应这样对待长者。"

刘邦一听,觉得这话有理,急忙说道:"先生说得对。快把这脚盆撤了!"两个侍女把脚盆端了出去,刘邦擦干了脚,整了整衣冠,对郦食其深深地施了一个大礼,延之上座。

郦食其坐下,从容谈起天下大势,从七国纵横一直谈到项梁兵败,说得头头是道。刘邦听得十分认真，一面命人摆上酒席，一面问道："那眼下呢，现在该做什么？"

"这里离陈留（今开封市东）不远，我看可以先取陈留。陈留乃天下要冲，四通八达，为兵家必争之地，攻下陈留就等于打开了西进的门户，进可以攻，退可以守，将军今欲西入关，非拿下陈留不可。陈留还有秦军的粮仓，足以养数十万大军。据此粮仓将军则可以放手招兵买马、扩充实力了。"

刘邦越听越兴奋，迫不及待地问道："先生可有取陈留之策？"

郦食其胸有成竹地答道："有。陈留县令与老夫认识，老夫可前去说降，若其不听，将军可率军攻城，老夫愿为内应。"

"你一个人为内应？"

"然也。"

"你别跟我然也了，我怎么听着有点玄哪。"

"沛公以为我老了是不是？军中无戏言，到时候你看吧。"

"既然先生有这个意思，那我可以派几员得力干将配合先生行动。"

第二天，郦食其带了一个小书童动身前往陈留，刘邦命周勃带了一百名精兵化装成难民也跟着混进了城。城门口盘查得很严，周勃的一百士卒不能带兵器，全部赤手空拳进了城，打算相机从秦军手中夺取武器。郦食其见了陈留县令，以天下大势相说，晓以利害，没想到那位县令顽固不化，对郦食其的话一句也听不进去，还表示要与陈留共存亡。郦食其笑道："呵呵，与陈留共存亡，真乃迂腐之至，以先生这点兵马，想与沛公对抗，那无异于以卵击石。我劝先生还是早早出降迎接沛军的好，否则先生死无葬身之地！"

县令火了："大胆儒生，竟敢口出狂言，来人，把他给我推出去斩了！"应声进来几名士卒，上来就要对郦食其动手，那位小书童手疾眼快，掏出两枚铜钱，嗖嗖两声甩了出去，两名秦军士卒顿时扑倒在地，原来那书童是佩佩扮的。郦食其伸手抽出县令身上的佩剑，架在了他的脖子上，一群士卒站在地中央不敢动弹，县令急喊："都给我退下！"

郦食其喝道："站着别动！把刀剑统统放下！"

那些士卒乖乖放下武器，郦食其对佩佩使了个眼色，佩佩转到士卒们身后把门关了，然后，郦食其令那些士卒将地上两具尸体抬到后面，然后相互捆了，再让佩佩一个个仔细检查捆结实了没有，捆好之后把这些人关进了一间内室，然后，郦食其对佩佩说："我看着这个老家伙，你去叫周勃他们进来。"

"诺！"

佩佩出了县庭，看见周勃化装成一个卖竹器的，正在门外不远处等着，佩佩来到跟前，周勃急着问道："情况如何？"

佩佩道："郦先生要我们悄悄解决县庭的士卒，最好不要惊动外面的秦军。"周勃将头上的竹冠一摘，跟着佩佩朝县庭走去，这是事先规定好的暗号，附近一群讨饭的、做买卖的一齐向县庭门口走来。门口两个侍卫拦住说道:"你们要干什么?"周勃和郦食其一人牵住一个侍卫的手说道:"进去再说。"他们不由分说把两个侍卫拖进了县庭院子,郦食其冲身后的弟兄们说道:"一个传一个,不准出声,最后进来的把门关死。"

这边院子里的秦军看见涌进来一群叫花子,急忙过来驱赶,周勃挑选的这些士卒各个武艺高强,很快从秦军手中夺取了武器,没用一刻钟的工夫便把县庭里的秦军解决了,然后,他们换上了秦军的服装。郦食其对县令说道:"有劳大人陪我们走一趟。"

县令哪敢说半个不字,乖乖地跟着郦食其出了县庭。郦食其拉着县令的手,郦食其紧跟在一旁,周勃带着一百名士卒尾随于后。不一会儿,众人来到了北门,县令令守门的秦军放下武器,打开了城门。刘邦率军长驱直入,占领了陈留。

刘邦见郦食其有勇有谋,深为得其人而感到高兴,当即封郦食其为广野君。

刘邦打下陈留,靠着秦军粮仓,又扩充了不少人马。许多义军小股部队也前来投奔,人数从三五十到一两千不等,其中一股比较大的有四五千人,自称是陈王部下,那位主将刘邦看着十分眼熟,问道:"将军尊姓大名?"

"在下姓郦名商,本地高阳人。"

"你等着,我给你引见一个人,兴许你能认识。来人,请广野君。"

郦食其一进门,郦商惊呼了一声:"哥哥!"

原来郦商是郦食其的弟弟。当初陈王起义,郦商就与哥哥商议准备投奔陈王,郦食其主张再看一看,但是郦商等不住,自己先带着一帮年轻人走了。这一走就是一年多,兄弟俩完全失去了联系,连生死都不知道。今日在这里相遇,两人激动得热泪盈眶,郦食其拉着弟弟的手对刘邦说道:"今我兄弟二人共投明主,以助沛公成就天下大业,此非天意也?"

刘邦大喜,当即封郦商为裨将,率军一同西征。有了郦氏兄弟,刘邦如虎添翼,加上新征的人马,队伍几乎扩大了一倍,这下刘邦觉得胆气壮多了。拿下陈留之后,刘邦又向开封发起了进攻。秦军派大将杨熊率领十万大军来援,郦食其建议将攻城的主力撤下来,重点放在打击援军上,来个围点打援,于是刘邦在白马(今河南滑县东)设伏,打得秦军大败而逃,杨熊率军撤到曲遇,又被郦食其料中,早已派了郦商等在那里,郦商拦住前军,后面刘邦追兵又至,杨熊不知道刘邦究竟有多少人马,向西逃到荥阳,十万人马损失过半。二世闻知,派人到荥阳杀了杨熊。

秦军似已察觉刘邦的战略意图,在荥阳集结了大量部队防守,刘邦绕开正面,军锋直指西南,又攻破了颍阳。刘邦和郦食其商量,准备避开荥阳秦军主力,越过嵩山,直取洛阳。一路上,郦食其利用攻心战,仅凭三寸不烂之舌就说服了十几座城池的守将来降,有刘邦大军做后盾,说不服的就打,沛军很快逼近了洛阳。

到了洛阳附近,刘邦听说赵将司马卬已经从平阴津渡过了黄河,准备攻打咸阳。这个司马印本是张耳和陈余的部下,此时张耳被秦军围困于巨鹿城中,陈余在城外被秦军挡住,欲救巨鹿而不能,楚国救赵的部队已经出发,尚未到达。诸侯军中,在地理上离咸阳最近的就是司马印率领的赵军,司马印听说楚怀王有先入关中者为关中王之约,就起了功利之心,置张耳和赵王被围于不顾,想趁秦军与诸侯军在巨鹿对峙的时机,钻个空子,率军偷偷打进咸阳。司马印这种想法有点异想天开或者说不自量力,以他个人的能力和手下这点人马,要打咸阳简直是儿戏。刘邦听说后,十分生气,骂道:"哪里冒出来的无名鼠辈,他想打咸阳,他有那个资格吗?即使怀王有约,也是当着诸将在彭城约定的,有他什么事?"

刘邦本来是来打洛阳的,听说司马印已经渡河,连洛阳也不打了,直接绕到洛阳西面的平阴来打司马印。司马印的部队,刚刚占领平阴津,人马才渡过一半,就遭到了刘邦的袭击,顿时阵脚大乱。刘邦令部队占领了河津渡口,司马印的后续部队过不来,已经渡河的部队被刘邦打得四散奔逃。刘邦正在得意之际,洛阳城里的秦军杀了出来。刘邦腹背受敌,只好撤出平阴,向南撤退。本来,刘邦是想走周章进关的老路,直取咸阳,但是碰上司马印,把他的整个战略部署全打乱了。刘邦愤愤不平地骂道:"司马印这个混蛋,把老子的战略部署全打乱了!"

郦食其道:"这怪不得司马印,是我们自己没有计划好。"

刘邦道:"不怪他怪谁?要不是他,老子这会儿早把洛阳拿下来了!"

"打咸阳不可操之过急,即使拿下洛阳,后面还有无数艰难险阻。司马印的部队我见过,根本没有一点成大事的气象,他想进咸阳是不可能的。咱们这一撤,司马印若不被秦军歼灭,就得回头去汇合诸侯军,沛公不必和他争短长。"

果然如郦食其所言,刘邦撤退后,秦军集中对付司马印,司马印残部已经遭到沛军重创,再让秦军一围剿,渡过河来的那点人马,很快损失殆尽,司马印率领余部回到了河北,沿河向西,企图在临晋、蒲坂一带渡河进入关中,但是还没走到一半,就被秦军打得溃不成军了。这下司马印知道了秦军的厉害,不敢再孤军游荡,害怕一不小心被秦军吃掉,于是掉头向东到巨鹿一带汇合诸侯军去了。

撤出平阴之后,刘邦一时不知该向何处去,郦食其建议暂时撤回颍阳、阳翟一带,刘邦道:"这不是来回折腾吗?为了绕开荥阳,来来回回跑了好几百里,好不容易绕到洛阳了,又往回跑,这是跑路啊还是打仗啊?"

郦食其指着地图问刘邦:"沛公可知从这里到咸阳哪条路最近?"

"当然是走洛阳、函谷关一线最近。"

"百姓计算路程是如此,可是兵家不这样计,兵家是以迂为直,以患为利。欲其东,先其西,欲其速,先其缓,这样才能出其不意,攻其不备。有时候最远的路是最短的。咱们要想早到咸阳,要跑的路恐怕还多着呢。"

"是呀是呀,这个道理我早就明白,还用你说吗?啊,对了,你说怎么走来着?"

郦食其一笑说道:"我说先撤回颍阳、阳翟一带。"

"对呀,我也是这么说,传我的命令,全军立即向南,撤回颍阳!"

这一次,郦食其没有算准,队伍刚过轩辕关,就中了秦军的埋伏。这里离嵩山不远,山势险峻,怪石嶙峋,刘邦几万大军悉数被困在一条山谷里,山谷长约七八里,后面是轩辕关,秦军已派了重兵把守;前面谷口秦军燃起了熊熊大火,两面山上到处都是秦军的旗帜和疑兵,部队只要一动作,山上立刻巨石、檑木齐下,根本别想从山上突围。大军在山谷里困了十几天,刘邦想尽了各种突围的办法,都没能走出去。粮草将尽,眼看就要到了绝境,忽然南面山上的秦军旗帜大乱,有一彪人马从山上杀来,秦军重兵都在两头谷口,山上本没有多少人马,遭到袭击后,立刻溃不成军了,不一会儿,山上树起了一面"韩"字大旗,刘邦惊呼道:"张良!"

刘邦令前后军守住两头谷口,几万大军从南山上撤了出来。虽然丢了一些辎重、马匹,主力总算保留下来了。

薛城别后,张良与韩成一直在故韩地颍川、阳城一带活动,曾经攻下几座城池,但是毕竟势单力薄,攻下的地方没有多余的兵力驻守,部队一撤,秦军就又回来了,所以一直还没有一块儿稳定的地盘作为根据地,处于游击状态。听说刘邦已经率军西来,张良便率军赶来会合,几次追到了沛军驻扎的地点,刘邦却又撤走了。刘邦这次打洛阳声势很大,张良猜测刘邦是准备进关,想赶到洛阳助他一臂之力,走到半路,探听到刘邦被包围在这条山谷里,张良只有两三千人马,没法和秦军硬拼,于是抄小道上了山,打了秦军一个措手不及。

刘邦爬上山顶,看见张良正站在一棵大树下四处瞭望,他上去就给了张良一拳:"子房,可想死我了,这回差点见不着你啦,你怎么知道我在这儿?"

"我追了沛公一路,追得好辛苦!"

"当初让你留下你不留,这会儿又到处追着找我,何苦呢?怎么样,复韩之事可有进展?"

张良苦笑了一下,道:"进展不大。"

"进展不大就算了,还是到我这儿来吧,这次见面说什么我也得把你留下。"

"我知道沛公乃当今天下英雄,跟着沛公定能成就一番事业,然沛公亦知我的为人,复韩之事没个结果我是不会罢休的。"

"这好办,咱们两兵合为一处,我帮你复韩,你帮我进关,如何?凡打下的城池,原来是韩国地盘的都归你,和韩国地盘搭界的也归你,我一寸土地都不要,行了吧?"

正说着,韩王成走了过来,刘邦和他已经很熟了,见过礼之后说道:"我想跟你做一笔交易如何?"

"沛公怎么又治起商贾来了?"

"是呀,我想和你做笔大买卖。"

"什么买卖?"

"我要跟你借一个人。"

"那要看借什么人。"

"我借的就是他。"刘邦指着张良说道。

"沛公真会开玩笑。子房乃韩国擎天之柱，怎肯借人？沛公可听说过向邻居借房梁的吗？"

刘邦笑道："我知道你不肯，不过这笔买卖还是你合算。不信我给你算算账……"接着，刘邦把合兵一处共图天下的打算说了一遍，韩成知道自己实力弱小，正巴不得与人联合，借力来发展自己，于是当即就同意了。

刘邦说话算数，在张良的协助下，很快平定了阳城、阳翟和颖阳等几个县。刘邦在这里对部队进行了休整，并和张良、郦食其等人一起制定了放弃北线，从南线进关的战略。

阳翟本是韩故都，打到阳翟后，韩成有了一块儿自己的根据地，便有心在此经营，不想再往西去了。于是刘邦给了他几千人马，让他暂时留守阳翟，准备和张良一起继续西征。开始韩成不大同意，但是秦南阳郡守吕齮奉二世之命，已经率领几万人马越过伏牛山向阳翟杀来，准备南北夹击，"收复"阳翟，夺回旧韩地，刘邦劝说道："韩兄看清楚了吧？不把秦军彻底打垮，六国谁也别想安生。"于是当场定下破敌之策，刘邦率主力迎击南来之敌，韩成率一部分军队，对付北面秦军。韩成担心北面压力过重，张良道："北面秦军重点在于荥阳、洛阳一线的防守，绝不敢出兵太远，我料北面之敌只是佯攻，主公不必担忧。沛公说得不错，不灭秦，韩国难复，复了也难长久。故臣欲与沛公一起打到咸阳去，望主公多保重。到了咸阳我就回来。"

第二十九章 决战巨鹿

赵王歇和张耳退到巨鹿时，只剩了几万人马，被王离二十万大军团团围住。当时赵在常山还驻有几万人马，陈余奉命将其带回以解巨鹿之围。陈余回到巨鹿时，遭到了秦军的猛烈阻击。陈余几次率军冲击，都被打退回来。驻守北疆的王离大军，是秦军最精锐的部分，陈余率领的几万赵军根本不是对手，于是暂时驻扎在巨鹿北面，等待诸侯援军的到来。张耳、赵歇被困在城内，粮草将尽，兵马死伤越来越多，于是张耳一而再再而三地派人给陈余送信，让他立即向秦军发起进攻，以解巨鹿之围。陈余情知敌不过秦军，故而按兵不动。张耳心中十分怨恨陈余，觉得他太不够朋友，于是又派了张黡、陈泽化装成秦军士卒混出城来找陈余，并带给他一封亲笔信：

　　始吾与公为刎颈之交，今赵王与耳危在旦夕，而公拥兵数万，不肯相救，当初公我曾言生死与共，君竟食言乎？苟必信，胡不赴秦军俱死？且十有一二相全。苟有疑惧，必将同归于尽，君其三思之！

陈余看了信后对张黡、陈泽说道："并非我陈余畏死而不敢发兵，然死又何益？今秦四十万大军横于前，其势汹汹，以区区几万人马去打秦军无异于以肉委饿虎，何济于事？"

张、陈二人道："将军既与丞相是生死之交，倘若真是诚信君子，就是死也应死在一处，不能再瞻前顾后了！"

陈余道："你们懂什么用兵？王离大军战力极强，我军根本不是对手。"

"君未与秦军交锋，焉知必败？"

"谁说未与秦军交锋？二位若不信，我可以给你们五千人马，你们自己去试试看。"

张、陈二人领了人马立即向秦军阵前冲去，不到一个时辰，五千人马被秦军消灭得干干净净，张黡、陈泽也死于阵前。

陈余的看法并没有错，当时张耳的儿子张敖就在陈余军中，他亲眼看到了两军较量的经过，知道硬拼不是办法，于是积极协助陈余向各路义军和诸侯求援。赵王和张耳坚守了几个月，诸侯军先后来了十几支部队救援，先后都与秦军较量过，也联合发动过几次进攻，可是秦军阵地就像一架吃人的机器，部队填进去多少死多少。义军不敢轻易再战，纷纷在巨鹿周围扎下营寨，等待楚军的到来。各路义军早就听说楚已经派出十万大军前来救援,但是却迟迟不见踪影。

原来,宋义率领楚军走到安阳就停下了,一连驻扎了四十多天没有动作,时值深秋,连阴雨不断,之后又是雨夹雪的天气,士卒们饥寒交迫,军心涣散。初来时,将士们各个情绪高昂,指望破了秦军因敌而食,但是宋义迟迟不下达进军的命令,将士们已无战心,而宋义却与一班文臣武将日日饮酒高会,仿佛没事人一般。项羽报仇心切,恨不能立刻冲到秦军阵前,杀他个人仰马翻,见宋义迟迟不肯发兵,实在按捺不住了,来到宋义帐中说道:"秦军围赵于巨鹿已数月,我军若再不前进,恐赵将亡。秦军虽盛,几个月下来也已经是疲惫之师,我与赵内外夹击,破秦军必矣,将军还在等什么?"

宋义道:"君只知战而胜之,可知兵法云不战而屈人之兵乃上之上者也?如今两虎相争,义可不费一兵一卒而坐收其利。秦胜则兵疲,我承其敝;秦败则我可引兵鼓而西行,唾手可得咸阳,岂不是左右皆逢源?你只知道舞刀弄枪,也学学动动脑子,用点计谋。夫披坚执锐,义不如公;坐而运策,公不如义。靠匹夫之勇是打不了天下的。"

项羽见宋义不但不采纳他的建议,反而当众羞辱他,也回敬道:"你那些计谋不过是纸上谈兵,我不懂什么非战屈人,可我知道唇亡齿寒,秦军灭了赵国转过身来就可以全力以赴对付我们。将军若不下令,我就带着我的人马先走了。"

"你敢!这是上将军大帐,不是你项家宅院。来人!传我的命令,部队继续原地待命,任何人不得擅自离开,有违令者,斩!"然后,又盯着项羽说道,"有猛如虎,狠如狼,强不可使者,皆斩之!"

项羽肺都要气炸了,他从来没受过这种窝囊气,出得帐来,他把黥布和蒲臣找来商议道:"我今欲率军先行,前去救赵,两位将军可愿同往?"

定陶战败后,黥布等人对项羽是有些不服气,但是和宋义比较,他们觉得项羽强他十倍,他们早就按捺不住了,今见项羽挑头,两个人都表示愿意一同前往,并一致同意由项羽统一指挥。

"那好,咱们今天夜里就开拔。"

蒲臣道:"宋义耳目甚多,这么多人一起行动怕是走不脱。"

黥布道:"不行就杀了这个狗日的。"

蒲臣道:"楚军大部分兵力在我们三人控制之下,索性明天升帐议事时强谏之,由不得他不同意。"

第二天升帐,项羽、黥布、蒲臣三人力陈进兵救赵的理由,宋义知道是项羽鼓动的,心中十分恼火,又将昨日的话搬出来重说了一遍,项羽道:"今岁饥民贫,军中无粮,士卒以野菜充饥,将军却日日饮酒高会,不引兵渡河因敌而食,却言承其敝。以秦四十万大军,攻新造之赵,势在必举,赵举而秦强,何敝之有?我军新败,怀王寝食不安,扫境内之兵委于将军。国家安危在此一举。你按兵不动,是何居心?"

宋义道："放肆！怀王属兵于我，还是属兵于你？这里我是上将军！你竟敢置军法于不顾，可别怪我手下无情！来人，把项羽推出去斩了！"

项羽大怒，拔出剑来一剑刺死了宋义。黥布、蒲臣随着也都拔出剑来，以防不测。项羽对众将说道："宋义抗怀王之命，拒不发兵救赵，反而勾结齐军欲反楚，今奉怀王密令杀之。众将有不服的吗？"众将虽然明知所谓怀王密令纯属子虚乌有，但素知项羽豪勇，加上黥布、蒲臣和一帮项梁旧部将领各个剑拔弩张，没有一个人敢支吾，况且宋义本来就不得人心，杀了他也无人怜惜。范增一直在一旁没说话，这会儿见时机到了，赶紧出来帮助收拾局面："当初怀王命项羽为副将，本将为末将，如今宋义伏法，大军当由项将军指挥，有不服从指挥擅自行动者，斩！"

黥布道："楚国天下本是项氏叔侄打出来的，宋义小人窃位，德不当其任，能不胜其职，当杀！我黥布愿听项将军调遣！"

接着，蒲臣也表了态，众将见此情景，都纷纷表示愿意听从调遣。范增道："我已派人前去彭城请旨，请各位将军暂候几日，一面准备北进事宜，一面等待怀王旨意。"

众将散去，范增立刻派钟离眜前往彭城，将宋义畏缩不前，导致兵变的情况报告了怀王。怀王听了大为不快，但是害怕前方军中有变，不得不接受这个现实，命项羽为上将军，接掌宋义的兵权。

在等待怀王命令期间，项羽派黥布、蒲臣率两万人马先行北进，以免贻误战机。黥布、蒲臣星夜兼程赶到了巨鹿，并与陈余取得了联系。陈余盼星星盼月亮般终于将楚军盼来了，听说楚军前锋已到，便迫不及待地向秦军发起了进攻。王离早就想拔掉陈余这颗钉子，但是陈余一直坚守不出，王离无从下手。今见陈余倾巢出动来战，心中大喜，他早就预备好了一支人马，陈余大军一出动，立刻夺了陈余的大营。陈余战不利，退无路，只好向东北方向撤去。秦军紧追不舍，两军战于巨鹿东北，杀得难解难分，正在这时，黥布出现在秦军背后，切断了秦军退路。黥布和陈余两面夹击，打垮了前来追击的秦军部队。第二天，陈余、黥布等继续向巨鹿方向冲击，以减轻巨鹿城里的压力，但是秦军已在东北方向集结了大量部队，打了一天，也没有多少进展，反而损失了不少人马。陈余估计城里张耳他们已经支持不了多久了，于是再次派人前去，请项羽立即发兵。

项羽已得楚王之命，率领全军很快渡过了漳水。

楚军刚一过河，诸侯军的使者们就陆陆续续来到了，使者们七嘴八舌地向项羽介绍情况，各路使者几乎是众口一词言王离军如何如何厉害，希望项羽多加小心，不可贸然行动。项羽听了十分窝火，道："你们都让秦军吓破胆了是不是？我又不是没见过秦军，回去跟派你们来的人说，明天我就对秦军发起进攻。愿意一起上的，大家配合起来打，要是害怕，那就干脆撤走，回家抱孩子去，别在这儿给义军丢脸！"诸路使者见项羽如此不近人情，也就不再说什么，一个个悄悄地回去了。

为了加快进军速度，项羽准备直接从正面突破。钟离眜和韩信一起来劝他，希望选择迂回路线。这是不言而喻的道理，正面秦军肯定集结了重兵。韩信还私下拟了一个作战方案想呈给项羽。项梁死后，钟离眜又在项羽面前力荐韩信，但是依然没有引起项羽足够的重视，项羽听说韩信深通兵法谋略，就让他在身边做了个郎中，相当于侍卫长，以便随时给他出出主意，但是对韩信的话并不重视。韩信给他讲了半天以迂为直的道理，项羽道："如今我与秦军拼的是勇气、士气，秦军新胜，其气正骄，不把秦军士气打掉，则秦军弱兵也是强兵。秦有四十万大军，能说他哪一边薄弱？我固知迂直之计，然焉知哪一面是直，哪一面是迂？迂其途或许不免碰上重兵，故尔不如以直为直。"

钟离眜听他说得也有道理，就没有再劝，项羽道："狭路相逢勇者胜。今无论从哪一面进攻，都是一场恶战。施小计、打巧仗已经无济于事，这是我与秦军的一场生死决战，唯需一个勇字。来人！传我的命令，烧毁所有渡河船只，砸碎造饭釜甑，丢掉一切车辆辎重，每人只带三天的干粮，准备出发！"

韩信急切地说道："将军不可操之过急，现在敌强我弱，力量对比悬殊，应避免决战才是。带兵打仗不是赌博，只要军在，胜机处处都有。何必争一日之短长！"

"韩信，我知道你读过几天兵书，我也读过一些，我这种战法叫置之死地而后生，兵法上也是有的吧？我决心已定，不要再说了。"

大军准备就绪，项羽来到军前，大声说道："弟兄们，摆在我们面前的敌人是四十万秦军，而我军只有十万，要想打胜，只有拿出楚军往日的威风来，奋勇向前！我们已经没有退路了，巨鹿一仗，不仅是解救赵国之危，也关系到楚军存亡，关系到反秦起义还能否坚持下去，这是一场生死较量，胜负在此一举，你们有没有决心打败秦军？"

"有！"将士们齐声振臂高呼，呼声震天动地。

楚军分成三路，由龙且率领两万人马，从左侧迂回截断秦军运粮的甬道；由钟离眜率领一万人马，从右侧迂回去劫秦军棘原粮仓，另外一路由项羽亲自率领，从正面向秦军发起了进攻。

章邯几乎把二十万大军全部摆在棘原以东以南一线，准备迎击楚军援兵，项羽拿出攻襄阳的老战术，把五万人马分成五个梯队，他亲率第一梯队率先发起冲锋，而将后军（第五梯队）交给了范增。这一次不用后面的梯队督战，项羽带领第一梯队刚刚冲进去，马上就被四面八方的秦军包围了，第二梯队紧接着投入了战斗，又淹没在秦军人海之中，接着第三梯队杀进了重围，等到范增的后军投入战斗时，秦军已没有力量包围他们了，钟离眜趁机夺了秦军的粮仓。

面对四十万秦军，楚军没有任何退路，唯有奋力向前厮杀，项羽如入无人之境，挥起青龙戟转瞬之间斩杀了数十人，秦将平时自以为能战的将领先后十余人前来与项羽较量，皆死于马下。这边正杀得难解难分，龙且已经插到敌后，把甬道断成了几截,他一面与秦军作战,一面分出一部分士卒在甬道上到处挖沟设坎,秦军即使要修复也得几日工夫。

正午时分,项羽率领的正面突击部队到达了巨鹿城下,与龙且部会师。张耳派人来接项羽进城,项羽让丁公、季布等人率领一部分部队进城休息,自己却在棘原与巨鹿之间安营扎寨,准备迎接第二天的战斗。章邯本以为项羽杀入重围站不住脚还要向东撤退,不料项羽却在他和王离两军之间驻扎下来,章邯大喜,心想:项羽不过匹夫之勇,如今将主力摆在两军夹击之下,不死何待?于是暗中调动兵力于夜间从南北两面同时向楚军发起攻击。谁知项羽安营扎寨只不过是虚晃一枪,天一黑部队就悄悄撤出了营寨,章邯劫寨扑了个空,刚要撤出,项羽带着部队又杀了一个回马枪,吃掉了章邯一万多人马。

项羽指挥部队迅速从西面撤离战场,让将士们睡了几个小时,第二天一早,再次杀入重围,前一天留在城里的部队又重新杀出,两军再次会师于巨鹿城下。王离大军从边塞远道奔袭而来,未带粮草,二十万大军每日吃食全指望甬道运送,此刻断了粮道,军中立刻发生了恐慌,黥布、陈余趁机夺了王离的大营,秦军大乱。张耳、陈余和项羽三支大军会师于巨鹿城下。章邯急于夺回粮仓、修复甬道,一面围住项羽主力,一面对据守粮仓的钟离眛发起猛攻。

这边项羽对众将说道:"我两次突破秦军防线,秦军人数虽众,然士气已经受挫,我应一鼓作气,彻底将其打垮。"说完,又如此这般布置了一番,然后,黥布、蒲臣率领所部进城休息,龙且率兵随同陈余一起向东北方向杀出,其余人马悉数随项羽杀向东南,去援助钟离眛。

黄昏时分,项羽与钟离眛会师于秦军棘原粮仓。大军经过两天奋战,已经十分疲劳,但是,为了不给秦军以喘息的时间,项羽决定第三日拂晓继续再战。当晚,范增派出十几路使者去联络诸侯军队,希望他们一起发兵相助,这两天楚军孤军奋战,除了陈余部之外,诸侯将领均作壁上观,谁也不敢发兵。范增将诸侯将领召集至阵前,道:"诸位看见了吧,秦军虽有四十万之众,可是依然抵挡不住我军攻击,我已两战两胜,足以证明秦军不足畏,明日谁敢与我军一起出战?"

诸侯将领你看看我,我看看你,谁也不敢应承。虽然楚军两战两胜,但是秦军依然是人山人海,巨鹿城外已经是尸横遍野,诸侯将领都吓破了胆。于是项羽说道:"既然诸位不敢出战,那就请诸位明日随亚父在这里观战,看看我怎样打垮秦军!"

次日拂晓,楚军发起了第三次攻击,项羽在东南方向,目标十分明显,因而秦军全力以赴防守东南,两军阵前,秦军士卒将五尺多高的盾牌竖在地上,一个挨着一个,这种盾牌是专门用来防御的,人躲在盾牌后面,刀枪不入。钢铁的盾牌排出几里地远,而且是一排接着一排。要想以血肉之躯跨过这道盾牌阵,真比登天还难。楚军试攻了几次攻不下来,范增走到项羽跟前,悄悄耳语了几句就走了。这边一直战到天黑,也没有攻破秦军阵地。由于秦军改变了战法,张耳的城内军和陈余的部队战果也不大。阵前观战的诸侯将领暗自庆幸,幸亏没有发兵,同时也为楚军捏了一把汗,这一仗如果打不赢,义军三两年内就别想再和秦军较量了。

秦军稳住了阵脚,立刻猖狂了起来,不断在阵前叫骂,项羽忍了又忍,下令让楚军暂时撤退。

部队休整了两天,趁这个时间,范增组织了一千辆战车,车上拉满了干柴,里面撒上了硝碳。第三天早上,楚军又发起了进攻,一千名驭手敢死队分成数路,将战车点燃朝秦军的铁甲阵冲去,秦军顿时大乱,士卒们四散奔逃,铁甲阵顿时土崩瓦解。楚军势如破竹般冲了进去,直冲到防御另外两个方向的秦军背后,秦军转过身来对付项羽,陈余和龙且趁机从东北方向杀来,城内黥布、蒲臣军早已养好了精神,冲出城来把秦军穿插分割成无数小块,首尾不能相救,这一下,秦军的士气受到了毁灭性的打击。项羽占据着粮仓,每日部队轮流进城休息,士气越打越盛,如此九进九出,秦军渐渐顶不住了,到了第十天,诸侯见秦军已经不支,纷纷率军杀了出来。秦军开始大规模溃退,部队逃得四面八方皆是,王离见部队已经失去指挥,溃不成军,只身骑马向西逃去,项羽这几日一直盯住王离厮杀,两人阵前已经交过几次手,然而总是有人为王离保驾,项羽未能痛痛快快与之一战,今见其孤骑逃跑,紧追不舍,坐下乌骓马甚是得力,追了几里路便跑到王离前面去了。

王离乃大将王翦之孙,当年项羽的祖父项燕即死于王翦之手。今日仇人相见,分外眼红,项羽拨回马头拦住王离喝道:"王离小儿,你知罪否?昔日乃祖助纣为虐,杀我父祖,灭我家国,今日你又重蹈其覆辙,荼毒百姓,残灭诸侯,十恶不赦,死有余辜,还不快快下马受降!"

王离嘲弄道:"哈哈,项羽!我不揭你的短你倒不打自招了,你祖父乃我祖手下败将,你叔父又败与秦军,世世败将,剩下你这丧家之犬,也敢来阵前挑战?看枪!"说着一枪朝项羽刺来,项羽大怒,挥戟来迎,战不几个回合,秦军大将苏角、涉涧前来助战,三个人围住项羽厮杀,几支长枪虽舞得天花乱坠,却近不得项羽跟前。这时,季布、丁公追了上来,苏角、涉涧不得不腾出手来对付他俩。两员副将不在了,王离心中一慌,被项羽挥戟挑掉了长枪,王离见势不妙,拨马便逃,项羽追上去,将王离从马上生擒。项羽将王离夹于腋下,问道:"你说谁是丧家之犬?"

王离不服软,说道:"你!"

"啊呀呀!——"项羽怒从心起,大叫一声,将王离生生夹死于肋下。

季布、丁公于阵前斩杀苏角,生俘涉涧。涉涧不肯投降,拔剑自刎。

楚军胜利了。将士们抑制不住内心的狂喜,漫山遍野地欢呼起来:

"我们胜利啦!"

"胜利啦!"

"嗨!——"

"噢!——"

欢呼声震动了山野。

楚军大获全胜，诸侯将领纷纷前来拜见项羽，因为当初各路诸侯皆不敢发兵，致使楚军孤军奋战，今日来见项羽，各个心中惴恐，视项羽如神人。进了项羽大帐，一个个吓得腿肚子发抖，纷纷跪下来，膝行而前，低着头不敢去看项羽的脸。当下，诸侯尊项羽为诸侯上将军。

项羽将部队撤到了漳水南岸，暂作休整。从俘虏口中，项羽得知妙逸还活着，已经被押往咸阳去了。一想到妙逸，项羽心中就感到一股钻心的疼痛，又放开饮起酒来。韩信在一旁劝道："主将之心当澄净如水，不可沉浸于胜利之中。此役虽然击溃秦军主力，然并未将其彻底消灭，秦军已在漳水北岸重新集结，后面还有大战，将军不可松懈。"

"我知道。来了再打，有什么可怕的？"

"将军应切记项梁将军的教训。"

"你没完没了地唠叨什么！你要是愿意在这儿待会儿，就陪我喝一杯，否则就给我出去！"

韩信转身要走，项羽又把他叫住了："韩信，你说这一仗打得怎么样？"

说老实话，这一仗打胜完全出乎韩信的预料。如果让他来指挥，他会用调虎离山之计把秦军调开拉散逐步消灭之，至少要分成几个战役来打，胜利不会来得这么快，但是他坚信他一定能打胜。没想到项羽竟然毕其功于一役，这不能不让他感到佩服。平日里论起兵法，项羽并没有多少惊人的见解，可是打起仗来他却能运用自如。虽然这次楚军的胜利关键在一个勇字，但是截粮仓、毁甬道、回马枪截营以及火攻等战术的运用都非常成功。韩信不能不佩服项羽的军事才华。但是他也看到了楚军的许多弱点，于是答道："将军盖世之勇在下是见识了，然亦有许多可检讨之处。不仅此役，每一仗下来都应检讨一番，以利今后再战。"

"你说这一仗都有哪些可检讨之处？"

"主要是代价高，伤亡多，风险大。尤其是作为主将，不能存侥幸心理。"

项羽听了这话很不高兴，道："你认为这一仗是侥幸取胜？"

"至少有三分侥幸。只是对手没有找到我军弱点，如若对方换一位主将则胜负还难料。"

"你可知道成王败寇之说？"

"然这不是最后的胜利，谁王谁寇还很难说。东阿之胜同样辉煌，然而定陶之败我军就成了寇，如若没有认真检讨，难免重蹈定陶惨败的覆辙。"

这话激怒了项羽，他大声吼道："放肆！诸侯将军们到我这里都是膝行而前，你一个小小郎中怎敢如此无礼！来人，把他拖下去给我痛打一百军棍！"

打完之后，项羽仍然怒气未消，恨恨地说道："让你长长记性，看你以后还敢不敢胡说八道。"

韩信冷笑道："将军不听我忠告，我已见将军败于阵前矣！"

一百军棍打完之后，韩信的心彻底凉了，他决心脱离楚军，另投明主。

赵王和张耳突围后，先去拜见了项羽，然后又到诸侯军中致谢，最后来到陈余军中。张耳见了陈余，气不打一处来，质问道："我问你，你我生死之交，为何见死不救？"

陈余为救张耳和赵王已经尽了全力，见张耳还如此责难他，也生气了："你问你儿子去，问问他为何不救你？"

张敖也在座，本想为陈余辩解几句，但是双方已经翻了脸，他站在哪一边都不是，想等事情缓和一下再向张耳解释，因而没有说话。张耳继续责问道："张黡和陈泽呢？"

陈余没好气地答道："死了。"

"你杀了他们？"

"我怎敢杀丞相的人，是他们自己找死。当时我说不能进攻，他们硬要我发兵，我给了他们五千人马，结果全军覆没。"

"哼！鬼才相信，一定是你杀了他们。"

"丞相既然这么信不过我，这个将军我也不干了。丞相另请高明吧！"说着，陈余将印绶解下来，往案上一摔，扬长而去。张耳又问张敖："陈将军说的可是实情？"

张敖道："句句属实。当时楚军未到，秦军极其猖獗，我军根本无法与之作战。"

张耳知道错怪了陈余，心中后悔不迭，忙命人去请陈余回来。座中有清客劝道："既然丞相与陈将军已有了嫌隙，不如暂且收其兵权，以免生变。"张耳觉得有道理，于是趁机收了陈余的兵权。陈余气不过，带了几名亲信走了。

楚军撤到漳水南岸之后，章邯收拾残兵败将，居然还有二十万人马。虽然这一仗打得一败涂地，但是章邯并不气馁。胜败乃兵家常事，当初在东阿败给项梁，定陶一战不是也打胜了吗？他仍将部队摆在棘原一线，与项羽隔(漳)水对峙，双方都戒备森严，但是谁也没有主动出战。他们碰到了一个同样的问题：军中缺粮。秦军大本营远在咸阳，缺粮的情况比楚军尤甚。但这不是章邯担心的主要问题。他知道楚军也缺粮，下一仗的胜负取决于谁先补充了粮食。章邯早已料到了这个问题，部队还未集中，他已派了几拨使者分别到荥阳、洛阳、咸阳等地去筹办粮食，但是一粒粮食也没要到。二世非但没有给他解决粮食问题，反而三番五次派人前来责让章邯，并说要杀他的头。章邯急忙派了副将司马欣亲自去咸阳面见二世，当面说明一下情况。司马欣到了咸阳，想面见二世，陈述军情，二世不见。不仅二世，司马欣连赵高的面都没见上。他在咸阳等了三天，听到朝野上下一片斥责声，大臣们纷纷上书要求杀章邯以谢国人，司马欣见形势不妙，急忙逃离了咸阳。出城不远，就看见了朝廷通缉他的告示,司马欣不敢走大道,抄小路赶回棘原,向章邯报告了咸阳的情况:"李丞相已死,现赵高任丞相,朝中大小事宜皆决于赵高一人。今朝廷有功之臣皆已死于赵高之手,我等在外拼死奋战,然最终胜亦死,败亦死,恐怕要早谋退路了。"

对于朝中赵高弄权的情况,章邯早就知道。赵高当权,在外众将人人畏惧,说不上哪一天打了败仗就会被抓回咸阳问罪杀头。朝中有李斯在,大家心里多少还踏实一些,如今李斯、李由父子皆已死,朝中再也没有一个能主持公道的人了。章邯沉思良久,对司马欣说道:"既然你已经把话说到这个地步,我就给你看一样东西。"说着,他拿出了一封信。信是巨鹿战败前陈余写给他的:

章邯大将军帐下:

  昔日白起为秦将,南征鄢郢,北坑马服,攻城略地,不可胜计,而竟遭赐死。蒙恬为秦将,北逐戎人,开榆中地数千里,竟斩阳周。何者?以白起、蒙恬之功尚不能全身而退,将军料能自保乎?今将军为秦将三岁矣,亡失将士数十万数,而诸侯并起,愈剿愈多。彼赵高弄权于朝中,专杀有功之臣。今事急,亦恐二世诛之,必欲诛将军以塞其责,使人更代将军以脱其祸。夫将军居外久矣,朝内攻讦不绝,有功亦诛,无功亦诛。且天之亡秦,无愚智皆知之。今将军内不能直谏,外为亡国将,而欲独立而长存,岂不哀哉!将军何不还兵与诸侯为纵,约共攻秦,分王其地,南面称孤。此孰与身伏鈇质,妻子为戮乎?望将军三思之。

赵国大将军 陈余

章邯收到这封信时,正是秦军围攻巨鹿得手之时,根本没把陈余的话放在心上,如今看来是句句在理。

这封信说到了章邯和司马欣的疼处,其中"有功亦诛,无功亦诛"一句,打中了要害,他们没有退路。章邯见司马欣已经动了心,又命人将副将董翳找来,三个人商量了一夜,决定率军降楚。

第三十章 人间罪孽

　　秦南阳郡守吕齮接到咸阳的命令,率领南阳守军前来阳翟围剿刘邦。自陈胜起义以来,南阳一带还没有出现过大股义军,几次小的暴动都被吕齮轻而易举地镇压了,前线又不断传来秦军战胜义军的消息,因此,吕齮一直认为起义军不过是一群乌合之众,根本不足畏惧。听说刘邦进犯阳翟,吕齮心想,这下为朝廷立功的时机到了,于是,率领驻扎在南阳的五万秦军气势汹汹地向阳翟杀来。在犨县,秦军遇到了刘邦大军的强烈抵抗。两军大战了三天,秦军伤亡很大,吕齮这才知道刘邦不是那么好对付的。要想突破犨县阵地,解救阳翟,靠他这点兵马恐怕难以完成。于是放弃了进军阳翟的打算,准备回师自保。刘邦乘胜追击,越过了伏牛山,一直追到吕齮的老巢宛城(秦南阳郡治,今南阳市)。

　　吕齮退进城中,据城死守,刘邦攻了半个月也没攻下来,此时,传来巨鹿大捷的消息,刘邦有点着急了,他想起了怀王之约,项羽攻下巨鹿,破了秦军主力,进军关中只是个时间问题了,似这样一座城一座城地攻下来,何日能到咸阳?于是下令放弃攻城,继续西进,一定要赶在项羽之前打到关中。

　　在刘邦围攻宛城的时候,张良回了一趟阳翟,他害怕韩王成势单力薄,抵挡不住北线秦军的攻击。一到阳翟便听到巨鹿大捷的消息,秦军已经无力再攻韩国,将全部兵力撤回对付项羽去了。这下他可以放手协助刘邦进军关中了。可是等他赶到宛城,刘邦大军已经撤围西进了。张良策马狂奔,追上了刘邦,问道:"沛公为何要撤围?"

　　"你还不知道吗?项羽已经拿下巨鹿了,我在这儿再耽搁下去,人家恐怕早进了关中了。"

　　"虽说如此,也不可操之过急。宛城未破,秦兵尚骄,必定尾随而来向我挑战。若急于西进,前有险关,后有追兵,秦军前后夹击,于我军不利。"

　　"那你说怎么办?"

　　"回军攻宛城。"

　　"咱们攻了半个月也没攻下来,我看再有半个月也难说,那样岂不是让项羽抢了先机?"

　　"如果真让他抢了先机,那也是天命。欲速则不达,后方不定,是无法进关的。"

正说着，后军一匹快马来报，说吕齮率南阳秦军追上来了。刘邦看了看张良道："看来还是你说得对，抢先入关的想法得放一放了。怎么办？咱们给他来个伏击？"

"沛公和我想到一块儿去了。"

于是，刘邦命樊哙、灌婴率领一支人马在左，周勃、鄂千秋率领一支人马在右埋伏下来，卢绾、曹无伤等将领其余人马继续西进，布成了一个口袋，专等吕齮来钻。自己则和张良、佩佩等人前去迎敌，引诱吕齮来战。曹参的伤这时已经养得差不多了，随刘邦一起行动。

来到阵前，吕齮气势汹汹地叫骂了一阵，曹参出阵前去挑战，战了几个回合，佯装不敌，败下阵来。秦军趁机掩杀过来，佩佩上前拦住杀了一阵，又败下阵来。为了使吕齮相信沛军战力不济，刘邦又亲自上前战了几个回合。吕齮见刘邦亲自出战，高声嚷道："有活捉刘邦者，赏万金！"

秦军顿时士气大振，刘邦拍马而逃，一直把秦军带进了沛军的预伏阵地。左面樊哙、灌婴，右面周勃、鄂千秋率军杀了出来，秦军企图后撤，已经没了退路，只好向前冲，前面正是卢绾等人布下的口袋底，三路人马将秦军围在核心，杀得秦军人仰马翻，顿时乱了阵脚。刘邦笑呵呵地站在山坡上，手捻着胡须对张良说道："幸亏子房来得及时，否则就铸成大错了。"

张良道："哪里哪里，我不来，沛公的口袋阵布得也不错嘛。"

正在这时，西面有一股秦军杀来，是来援救吕齮的，刘邦闻报，身上冒出了一身冷汗，这是他事先没料到的。果真如张良所说，南线秦军骄横无比，对沛军形成了前后夹击之势，战场上形式顿时逆转，本来吕齮已经被沛军三面包围，只有束手就擒的份儿了，转眼间就反守为攻向沛军发起了攻击。原来，秦军在武关一带驻守着重兵，早在刘邦围困宛城的时候，吕齮就与武关守军取得了联系，要求武关的秦军来救宛城，武关守军将领不敢弃关出动，一直按兵不动。刘邦撤了围宛城的兵马之后，吕齮再次与武关秦军联系，拟定了一个前后夹击沛军的作战方案，武关秦军已经在刘邦西行的路上设好了埋伏，专候刘邦前来，刘邦还没有进入秦军的埋伏圈，张良赶到了，沛军停止西进，就地伏击了吕齮的部队。武关秦军见刘邦没有上当，反而包围了吕齮，急忙赶来救援。

刘邦问张良，"现在怎么办？"

张良道："穷寇勿迫，我已重创秦军，可以收兵了。"

于是刘邦让卢绾、曹无伤首先撤出战场，允许秦两军会合，之后全军撤出了战斗。三军正要埋锅造饭，张良道："目前大军还不能歇息，我料秦两军会合后，还要回守宛城，我们可以趁机再给他一个伏击。"

于是，刘邦下令三军掉过头来，火速向宛城前进，在宛城外又布下一个口袋阵。吕齮与西路秦军会合后，首先想到的是刘邦可能回头劫城，这一仗吕齮遭到了重创，但是仍不敢停留，部队稍事休息后立刻回返，在城外遭到了刘邦大军的毁灭性打击。吕齮只带了几十骑人马冲入城中,刘邦将宛城铁桶一般地包围了。

天亮之后,吕齮登上城墙一望,四面尽是刘邦的旗帜,宛城已成了一座孤城。吕齮拔剑欲自刎,其门客陈恢一把夺下他手中的剑,将他拉回了郡府。吕齮惊魂未定,陈恢道:"大人何苦为他人送命?今秦朝气数已尽,何不开城出降?"

"连日来两军对垒,我军斩杀敌数千人,只恐其不允。"

"这有何妨?两军阵前厮杀不过各为其主。我去见刘邦,不由他不依。"

于是,陈恢出城来见刘邦。

见了刘邦,陈恢道:"我听说楚怀王与诸将有约,先入关中者为关中王,是吗?"

"是又怎样?"

"我担心将军这样打下去恐误了咸阳之期。"

"此话怎讲?"

"如今将军将宛城死死围定,城中军民皆以为必死,因而众志成城,准备与宛城共存亡,将军若想拿下宛城,恐非一日之功,即便攻下宛城,西去咸阳仍有十数座城池摆在前面,将军一座一座攻下来得到何年何月?到那时,咸阳恐怕早已被攻破,关中也早有人为王了。"

"那依你的意思呢?"

"不如准其出降。同时封秦吏为守土之官,如此则大军西进,诸城未下者,必开城门而待,何劳将军如此耗甲兵费时日?"

刘邦见吕齮已经拜服,而且陈恢之计也符合怀王扶义而西的宗旨,于是,封吕齮为殷侯,封陈恢为千户侯。宛城不攻而破。

刘邦先后平定了宛城周围郦城、胡阳、西峡、丹水等十余座城池,彻底扫平了西进咸阳的障碍,终于叩响了武关的大门。方要攻关,张良劝道:"如今打到武关,秦王朝朝夕不保,沛公可派一人前往与赵高谈判,以减轻进关的阻力。"

刘邦听了这话感到十分吃惊:"和赵高谈判?我闻赵高乃秦朝第一大奸臣,我与他谈判,岂不坏了我沛军名声?"

"如今秦朝大权尽在赵高掌握之中,不与他谈,更与何人谈?"

"可是咱们和这么个阉党谈判,难道不怕天下人耻笑?"

"两军交战以获胜为准则,谈判以减轻士卒伤亡为目的,果真谈判成功,百姓们可少受许多战乱之苦,是为天下人谋利,何人敢耻笑沛公?"

于是刘邦一面作攻城的准备,一面秘密派出使者进关与赵高谈判。

吕雉和审食其带着孩子离开了军营。从昌邑到丰邑不到三百里,他们却走了七八天,路上到处是伤兵和小股乱兵,有秦军的,也有义军的,那些受了重伤者躺在路边呻吟着,无人过问,轻伤者则仗着手中有武器,见什么抢什么,从军营里带出来的一点吃的,早已被乱军抢光了。离开军营时,刘邦让审食其带点人马,但是审食其害怕目标太大反而会招致秦军注意，因此一个人也没带，还是化装成难民走了。这兵荒马乱的年月，讨饭也不是好讨的，他们饥一顿饱一顿地往前挨，眼看着就要到丰邑了，一股乱兵骑着马冲了过来，审食其抱起刘盈，吕雉拉着元元没命地向前跑，没跑多远就被乱兵冲散了。吕雉想等这股乱兵过去再找审食其，不料被一伙秦军围住了。

"站住！干什么的？"

吕雉双手护着元元答道："讨饭的。"

一个校尉不怀好意地笑笑，说道："讨饭的？讨饭的还穿这么干净？小娘们儿，长得还不赖嘛，跟我们走吧，我管饭。"说着，就要来摸吕雉的脸，吕雉朝后躲着说道："将军饶了我们吧，我还有两个孩子走散了，家里老父老母等着我讨饭回去给他们吃呢。"

"那不正好嘛，到我们那儿吃饱了走，再拿上点回去孝敬老爹老娘。"

"将军，你也是有父母儿女的，求求你就放过我们吧。"

"你少来教训我！要是不听话，我就在这儿把你毁了！"

"你敢！你们知道我是谁？"

"我管你是谁，来吧！"说着，那军官上来抓住吕雉粗暴地撕扯着她的衣服。

"你放开我，我告诉你，我是刘邦的老婆！"

吕雉情急之中亮出了自己的身份，她想起前一段秦军专门悬赏抓她，心想，宁可被抓去当人质，也不能让这帮乱兵糟蹋了。这一招果然奏效，那军官一听说是刘邦的老婆，立刻放了手，道："哈哈！看来今天该老子发财了。到处找你找不到，送上门来了。那你更得跟我们走一趟了。把她捆起来！"

几个士卒上来把她捆了，推推搡搡地往前走，元元一边哭喊着一边跟着跑，那个校尉一脚把元元踢倒了，孩子半天没爬起来，吕雉撕心裂肺地喊了起来："你们这群畜生！畜生！"可是那些士卒根本不理她，硬是把她押走了。吕雉一步一回头地望着元元，喊道："快去找审叔叔！"

吕雉自救的办法果真灵验，秦军没敢把她怎么样，而是层层上交，把她押解到了咸阳。此时刘邦已经打到洛阳，刘邦的名字在朝野上下已经无人不知，无人不晓，因而吕雉的身价也大大提高了，赵高亲自审问了她。

"你丈夫刘邦有多少人马？"

"不知道。"

"他今年多大？"

"不知道。"

"还是个烈性女子。小模样还不错嘛，可惜我赵高是个阉人，无福消受，不过我可以把你交给那些刑徒们去玩一玩。怎么样？你是愿意老老实实说话呢，还是让我把你交出去？"

吕雉心里恨不能一口把这个老黄门吃掉,但是她害怕赵高真把她交出去,言语上不敢过于刺激他,于是顺嘴胡编了一些情况,真真假假地与他周旋。

赵高问了一些关于刘邦的情况,然后说道:"朝廷准备招降各路反军,前来归顺的非但不追究,还可以给官做,你能不能想办法说服你丈夫来降啊?"

"当然能啊,他早就不想干了。你现在放我出去,我保证不出一个月把他领到咸阳来。"

"哈哈哈哈!你真聪明。那好,我权且相信你一回,你可愿意给你丈夫写封劝降信?"

吕雉一想,有封信也好,可以让刘邦知道她还活着,但是她不能真的劝他投降啊,于是说道:"愿意倒是愿意,可是我不会写字,您就替我写一封吧。怎么写你看着办。"

"那你给我件信物如何?"赵高也想让刘邦知道吕雉在这里,至少可以用来作为对付义军的一个砝码。吕雉从头上拔下一根簪子给了他。赵高道:"你就先在咸阳住着吧,我给你介绍一位朋友,你或许认识。"说着,赵高冲门外挥了挥手,不一会儿,走进一个女子来,吕雉惊呼道:"妙逸!"

章邯与项羽隔河对峙了几个月,朝中不但没有给章邯补充粮草兵马,反而派使者前来追究巨鹿之败的罪责,使者奉了密令,欲将章邯、董翳和司马欣三人逮解回咸阳问罪,章邯已经彻底没了退路,于是扣押了咸阳使者,派军侯始成前来约降。

章邯当然不会白白投降,他手里还有二十万大军,这是他的资本,他要用这点资本来换取他和诸将在楚军中的地位和今后的荣华富贵,因此,提出了若干谈判条件,项羽看了这些条件,十分恼火,道:"败军之将,还提什么条件!来人,把使者推出去斩了!"

范增上前拦住说道:"上将军息怒,既然章邯有意归降,不如先让来使住下,慢慢商议。"于是,范增安排使者住下,并派了曹咎和钟离眜与之周旋,回过头来对项羽说道:"眼下正是青黄不接的时候,我军粮草不足,不如准其投降。"

"正是这话,我军粮草自给尚且不足,他还要我保证他的粮草供应,还有什么所有将校一律保持原官职不动,这样的条件能答应他吗?"

"当然不能。但是我们可以想办法让他答应我们的条件!"

"什么条件?除非是无条件投降。"

"我也是这个意思。"

"可是章邯手里有二十万大军,怎么会答应无条件投降?"

"光靠口说不行,当然要给他点颜色看看。"

"那还谈什么?打就是了。"

"谈是要谈的,打也要打,咱们给他来个边谈边打。章邯与我军对峙数月,战线拉了几十里长，可以选择一个突破口，集中优势兵力，以迅雷不及掩耳之势先吃掉他一部分，看他还提不提条件！"

当天晚上，项羽派蒲臣带了三万人马，从三户渡过汙水，袭击了章邯驻扎在汙水上游的一股部队，消灭了秦军两万多人。第二天，曹咎告诉始成，同意接纳章邯部投降，但是不能有任何附加条件。始成回到棘原，向章邯报告了谈判情况，章邯已经识破范增的计谋，对始成说："我们也打一仗给他看看。你再回去告诉项羽，我的谈判条件不变，否则就战场上见。"于是章邯组织了十万人马渡过漳水，来战项羽。项羽、范增早有防备，趁秦军后方空虚，派黥布率军夺了棘原秦军的大本营，而章邯进攻的部队却扑了个空。章邯两战失利，气焰不那么嚣张了，大大降低了谈判的条件。项羽看了看始成带来的新的谈判条款，道："这还差不多。"范增将条款接过来看了看，说："上将军若觉得可以接受，就同他们谈，若觉得勉强，还可以再打。"

"亚父的意思呢？"

"我意还要再打，不使其存任何侥幸心理，直到把他打服了为止。"

就这样，两军谈谈打打，打打谈谈，一直谈了三个多月，秦军虽然还没到山穷水尽的地步，但是因为章邯扣押了咸阳来的使者，二世和赵高已经把他这支部队当做叛军对待，正在集结兵力准备讨伐他，章邯腹背受敌、粮草将尽，无奈，只好答应无条件投降。

两军在洹水南岸的殷墟相会，章邯交出了秦军旗帜、印信，欲给项羽叩头施礼，项羽将其扶起说道："章将军乃天下英雄，项羽仰慕已久。既已弃暗投明，不必拘泥于礼节，你我今后就是兄弟了。"

章邯深为项羽的这几句话所感动，既激动又惭愧，道："邯助秦为虐两载有余，今蒙将军不弃，得以苟延残喘，败军之将，还谈什么英雄不英雄，将军才是当今天下真正的英雄。"

项羽道："秦之天下全赖将军一人支撑，真乃秦国的擎天之柱，我与将军作战两年，虽侥幸取胜，亦深服将军之德能。"

一句话，钩起了章邯的伤心事，止不住流下了眼泪："唉！二世昏庸无能，赵高弄权于朝中，秦不亡何待？"

"既是如此，将军又何必为他伤心呢？走，诸位请到我帐中一叙。"项羽将章邯、董翳、司马欣三人请至大帐中，曹咎指着司马欣对项羽说道："这位就是我的老友司马将军。"

项羽道："我认识司马将军。适才两军阵前不便言私，公当日救我叔父于危难之中，每每思欲报答，一直没有机会，今且受项羽一拜。"说着，就要给司马欣跪下，司马欣哪里承受得起，急忙将他拉住，道："区区小事，举手之劳，何足挂齿！"

"昔日两军阵前交锋，亦多有得罪，还请司马公原谅。"

"阵前之战乃各为其主，何罪之有？项将军若阵前徇私，反让我司马欣瞧不起了。"

当下，项羽封章邯为雍王，封司马欣为上将军，统帅秦军作为先头部队，继续西进。眼看项羽即将得天下，诸侯都想趁机捞一把，于是纷纷尾随于楚军之后迤逦向西而来。

章邯投降以后，秦的东面门户洞开，不得不将所有的兵力集中于荥阳、巩、洛一线，以防项羽进关。虽说秦军主力已丧失殆尽，但是秦军仗着地利优势，依然在负隅顽抗。项羽进关的路途并不平坦。大军打到荥阳，地形、地貌都和中原一带大不一样了。这里是典型的黄土高原地貌，山不算高，但到处是雨水冲刷出来的深沟，有的深达几十丈，随便一道沟坎后面都可能埋伏着千军万马。部队一旦开进去，想出都出不来，难怪当初吴广攻荥阳几个月攻不下来。从荥阳再向西，海拔逐渐增高，山也渐渐变得陡峭起来。部队在山谷中行进，拐过一道山谷又一道山谷，一路上不断遇到秦军的袭击，义军虽有几十万人马，但是在这黄土高原的山沟沟里却施展不开，刚把兵力调集起来，秦军又跑得无影无踪了。因此，大军每攻下一座城池，都要花费许多时间来清剿附近的秦军，扫清前面道路的障碍才能继续前进。大军走了几个月，先后攻克了荥阳、洛阳、平阴等重镇，十月底，部队到达新安（今河南渑池县东）。这里，山势变得更加险峻，秦军小股部队的袭击也愈加频繁，部队每前进一步都要付出相当大的代价。正在这时，内部矛盾也变得尖锐起来，越是接近关中，秦军降卒越不听指挥，不断地与诸侯部队发生冲突。

从东阿之战起，义军和秦军打了一年多，双方已经打出了仇恨。过去，秦军对待义军俘虏十分残忍，剜眼剖心什么都干过，一些诸侯部队的士卒气不过，反过来虐待秦军士卒，一路上，秦军士卒分不到粮，喝不上水，抢不到住处，一有战事，秦军士卒必须冲在最前面，而到分战利品的时候，却没有他们的份，为了争夺粮食和战利品，甚至发生了残杀秦军降卒的事情。这些情况不断地反映到项羽的耳中，项羽根本没把它当回事，于是矛盾愈演愈烈，最后发展到了小股部队之间的武力冲突。在这些事情上，降卒更占不了上风，一旦发生冲突，前来处理纠纷的长官往往不问青红皂白即将参与此事的秦卒全部处死。秦卒忍无可忍，开始秘密串联，准备重新把队伍拉出去。项羽这才感到问题严重，派人将章邯找来商议对策。章邯对这种局面也无能为力，士卒们早已经和他离心离德，甚至密谋要杀掉他，他在秦军中说话已经不灵了。范增建议将秦军士卒化整为零编到诸侯军中去，分而治之，慢慢消化。按说这是个不错的主意，但是整编消化需要时间，刘邦已经打到武关了，再一拖延，恐怕关中已先被刘邦占了。几个月来，刘邦和项羽就像赛跑一样，拼命向关中推进。他们都还记得楚怀王那句话：先入关中者为关中王。几十万大军本来就缺粮，带着这些人是个累赘，于是有人建议将这些降卒全部杀掉，特别是赵国的将领们，对秦军一直怀有刻骨仇恨，当初秦赵长平之战，秦军坑杀了赵国四十万大军，赵人永远不会忘记这笔血债。项羽听从了他们的建议，决定将秦军降卒全部坑杀。

当晚,项羽传下命令,说城南葫芦峪发现秦军粮仓,命令全部降卒放下武器去运粮,秦卒不知是计,听说有粮食,个个兴高采烈,放下武器就跟着长官们奔城南去了。

葫芦峪长约十几里,前面的部队已到达出口,后面的还没有进山谷。司马欣带队,走了十几里不见粮仓,心中纳闷,忽然前面一个校尉骑着马奔来,告诉司马欣,项羽在前面等他,有要事相商,部队先留在原地待命。司马欣跟着那人出了谷口,才走出三四里,只见身后谷口方向燃起了熊熊大火,大屠杀开始了。后面的部队已经全部进了山谷,进口也被封锁了,士卒们见两面谷口皆是火光,知道上当了,开始向两侧山坡上跑,山上巨石、檑木齐下,又将士卒们逼回谷底。接着,从两面山上射出了无数支带着油布条的火箭,原来谷底早就事先布满了干柴,一见火就"腾"的燃烧起来,整个山谷顿时燃成一片火海。士卒们没命地向四周山坡上冲去,又一阵石雨砸下来,山上开始滚下一个个大火球,山谷中,响起一片令人恐怖的嚎叫声。

黎明时分,山谷中渐渐安静下来。突然,一阵喊杀声起,埋伏在两面山上的楚军将士冲了下来,那些还没烧死的秦军降卒,无处躲藏,很快便一片片地倒在了血泊之中。大屠杀一直持续到中午,直到山谷中找不到一个活口为止。

项羽带着章邯、董翳前来查看"战场",章、董二人一句话也不敢说,小心翼翼地在旁边陪着。路边一个秦军士卒不知道什么时候从昏迷中醒了过来,看见章邯,怒不可遏,他已身中数箭,仍然挣扎着爬起来,艰难地走到章邯面前,照着他的脸上狠狠唾了一口。章邯脸色惨白,不知如何应对是好。项羽拔出剑来,一剑刺死了那个士卒。

天空中乌云翻滚,一道闪电划过天空,那刺眼的白光照在那些奇形怪状、惨不忍睹的尸体上,让人看了感到毛骨悚然。紧接着,一声闷雷响起,震得人心里发颤,章邯和董翳都禁不住打了一个寒战。不一会儿,下起了瓢泼大雨,雨水冲刷着满地的鲜血,然后渐渐汇成一条红色的河流向谷口流去。老天爷似乎是在为那些无辜的生命哭泣,同时,也在用它痛苦的泪水洗刷着人间的罪孽。

第三十一章　白马素车

李斯死后，二世任命赵高为中丞相。赵高终于把所有的大权都揽到了自己手里，但是他仍然不满意，因为毕竟上面还有一个二世皇帝。表面上还得皇帝说了算，这样狐假虎威地假他人之手行使权利很不方便，而且，二世是个活生生的人，思想是会变的，一旦他哪一天醒悟过来，思想上有了变化，就难以控制了。赵高有心把二世废掉，自己亲掌天下，但是心里又没把握，害怕弄巧成拙，暂时没有动。但是他要让大臣们明白，这个朝廷究竟是谁说了算。一日上朝，赵高命人将一只鹿牵到朝堂上来，二世觉得诧异，大臣们也莫名其妙，不知道他又要玩什么新花样。二世问道："正在议事，丞相牵一只鹿来是何用意？"

赵高笑嘻嘻地说："这是北方匈奴进献给陛下的一匹宝马。"

"丞相想必是糊涂了，明明是鹿，丞相怎么说是马？"

"陛下再仔细看看，这确确实实是一匹马。不信你问问大家。"

二世转身问了几个大臣，大臣们早已看明白了赵高的用意，没有一个人敢说是鹿，或者闭口不言，或者说分辨不清，多数人则说是马。从此，赵高成了朝中的太上皇，再也没有人敢和他分庭抗礼了。

二世大感不解，以为自己精神上有了问题，急忙召太仆来问是怎么回事，太仆不敢告之以实情，只说是郊祀中斋戒不明，冒犯了鬼神，故而至此。唬得二世急忙到上林苑中斋戒了几天，既不敢粘荤腥，也不敢到后宫去和宫女们调笑。好不容易把斋戒期挨过，准备回宫，赵高在一旁说道："陛下久未打猎了，近日上林苑中鸟兽颇多，况且天尚早，何不顺便打点猎物带回宫中去？"一时说得二世兴起，于是一行人兴冲冲地骑着马往林深处而来，远远地望见一只鹿跑过来，二世和几个卫士一阵乱箭射去，那鹿受了伤跑了，二世边追边射，追到林中，鹿没追上，却见一个人身中数箭躺在地上，二世命人下马去看，那人已经中箭死了。赵高向太仆使了个眼色，太仆会意，说道："完了，这几日斋戒之功全白费了。"说完，立刻下马冲着东西南北四个方向乱拜起来。二世也不知道拜的是哪方神仙，一见太仆那架势，知道事情非同小可，也翻身下马跟着他胡乱拜起来。拜完之后，二世问："死了个人，有那么严重吗？"

太仆道："天子无故贼杀无辜之人，此乃上帝所禁也。况在斋戒之期，我观天象，恐有大祸降临。"

二世后悔不迭,忙问:"那怎么办?"

"如今只有远离后宫,沐浴斋戒,或可禳解。"

二世连连叫苦,道:"刚刚斋戒完,又要斋戒?这次又得几天?"

"至少三个月,否则难以奏效。"

于是,赵高将二世骗到望夷宫去斋戒,自己独揽了朝中大权。赵高梦寐以求的最高权力终于到手了,他俨然成了不戴皇冠的帝王,而那顶皇冠也是可以随手摘下来戴在自己头上的。站在权力的顶峰,赵高得意洋洋了几天,接踵而来的是一种巨大的无名的恐惧。此时,他才真正知道了这份权力的分量,千疮百孔的天下需要治理,堆积成山的问题亟待解决,然而,周围除了一个昏庸的皇帝和一群唯唯诺诺的下属,他连个可以商量的人都没有。他仿佛站在万仞绝壁的边缘,一不小心就会掉下去,摔得粉身碎骨,他从心里颤抖起来。当初,群盗初起,赵高认为不过几个蟊贼,成不了什么气候,后来他知道农民起义的烈火已成燎原之势,但是他仍持这种论调,一方面是为了保自己,另一方面是为了夺取最高权力。他也希望章邯、王离能将义军打败,但是没想到巨鹿之战败得那么惨。为了推脱罪责,赵高欲加害于章邯、司马欣等人,此举逼反了章邯。章邯投降后,函谷关以东已完全失控,这一线的防御还没着落,南线刘邦已经打到了武关。赵高如热锅上的蚂蚁,急得团团转,正在这时,刘邦的密使魏人宁昌来到,赵高喜出望外,急忙将宁昌请进密室细谈:"久闻沛公威名,正欲前去觐见,今使者先来,高不胜欣喜之至。夫暴秦无道,天下共诛之,不亦宜乎?臣亦早有反秦之心,然阉宦之人,老弱无力,无能为也,今大军欲进关,理应箪食壶浆相迎于道,贵军如有用得着老夫的地方,老夫不惜肝脑涂地,为贵军效劳。"

宁昌道:"在下正是为此而来。丞相如今重权在握,沛公希望丞相能明天下大义,诛二世以为内应,开关迎接义军。"

"杀他没有问题。不过,不知道沛公对杀二世之后有什么考虑?"

宁昌知道他在要价,便直截了当地说:"沛公有言,只要能诛二世,灭暴秦,丞相的一切要求皆可满足。"

"不知宁君对谈判之事可有权做主?"

"丞相请放心,一切事宜,本使均可代沛公做主。丞相有何要求尽管提。"

"君可转告沛公,老身有把握除掉二世,开武关以迎义军,只是事成之后,老夫要与沛公分王关中。"

"一言为定?"

"老夫说话算数,只怕是宁君做不得主,我可派人同你一同前去见沛公,若得沛公亲口许诺,我便开关。"

这里刚刚谈妥,一个小黄门气喘吁吁地跑来报告说:"皇上请丞相速去望夷宫,有要事相商。"

"什么事这么急?"

"丞相难道不知道？反贼已经打到武关了。"

"我当什么大不了的事，皇上也知道了？"

"宫中尽人皆知，皇上怎么会不知道？"

"皇上还说什么了？"

"小人不敢说。"

"但说无妨。"

"皇上说丞相误国。"

赵高冷笑了一声说道："哼！想归罪于我，没门！你去告诉他，我这会儿没空，等我闲了自会去找他。"

小黄门走后，宁昌趁机鼓动赵高："丞相可看清楚了，二世现在就要拿丞相去做替罪羊，何不就此杀了他，然后派使者随我一同去见沛公？"

二世胆敢这样指责赵高，确实让赵高火冒三丈，但是现在杀二世还不到时候，有二世在，毕竟还可以维持一种暂时的平衡，一旦杀了他，能不能稳住局面，赵高心里没把握，于是赵高说："宁君放心，我赵高说话算话，一旦和沛公谈妥，我立即就办。"

宁昌不甘心这样离去，进一步逼迫道："本使此来目的就是要说服丞相诛杀二世，若不亲眼看到二世之死，回去无法向沛公交代；况且，不杀二世，丞相即使派了使者随我一同前往，何以表示您的诚意呢？我来无功而返，丞相派人去恐怕同样是无功而返。义军南北两路都在飞速向关中推进，哪还容得一往一返耽搁时间？那样的话，似乎我们的谈判也没什么必要了。"

赵高略一思忖说道："宁君且暂回馆舍歇息一两日，容我和大臣们商量商量。"

宁昌站起来说道："我等着丞相的好消息。"

宁昌走后，赵高将赵成和阎乐找来，将和宁昌谈判的过程以及二世企图嫁祸于他的情况说了说，阎乐道："何不就此废了二世，将人头送与刘邦，也好做个筹码，留着他还有什么用！"

赵高道："我担心废了他稳不住局面。"

赵成道："朝中事什么不是哥哥说了算，他能起什么作用？"

赵高道："留着多少还有点用，废掉他情况就大不一样了。"

阎乐道："有什么不一样？那些大臣们保证连个屁都不敢放。岳父大人还可以趁此称帝，以皇上的身份和刘邦谈判，到那时我们的腰杆子就硬多了。"

这句话，将埋藏在赵高心底的那个欲望的恶魔呼唤了出来，他煞费苦心，已经控制了最高权力，现在废掉二世自己登基，已经可以不费吹灰之力，还等什么？他梦寐以求的不就是这个皇帝宝座么？赵高已经利令智昏，顾不得天下大势，决心废掉二世，自己当皇帝，于是当机派阎乐带领一千人马去望夷宫诛杀二世。

阎乐在赵高面前说得头头是道，可是真把诛杀二世的任务交给他，他却有点害怕了。天下汹汹,义军南北两路夹击,马上就要打进咸阳,就是傻子也能看明白,秦军已经没有任何力量阻挡义军进关了。就算赵高当了皇上,也维持不了几天,杀二世毕竟是弑君之罪,朝中大臣可能会追究,义军进了城也可能以此为由杀他,就连赵高也保不准在必要的时候拿他做替罪羊,他必须有所防备。于是,他一面调集人马,一面派了人回家,将妻子、老母接出来,安置到乡下去,谁知派去的人回来报告说,赵高已经派人将他的老母"接"进宫去了。阎乐骂道:"这个老东西,果真连我也算计了。"骂完想想,赵高的命令还得执行,于是带领一千精兵来到望夷宫。望夷宫的卫令仆射见他带兵进宫来,知道事情不好,刚要上来询问,早有几个大汉上来把他捆了个结结实实。卫令问道:"鄙人何罪?"

阎乐道:"有大盗闯入宫中,为何不禁止?"

"宫内宫外防备森严,日夜有人盘查,怎么会有贼人进来?"

阎乐见他不知好歹,懒得再和他费口舌,一剑将其刺死,率领士卒冲进宫中。士卒们拉开弓箭边走边射,宫内的侍卫和黄门对这场突如其来的变化毫无准备,有的撒腿便跑,有的挺身来战,阎乐已经下了死命令,见人就杀,不一会儿宫院内就倒下了几十具尸体,余下的人躲的躲、藏的藏,跑得无影无踪,阎乐冲进了二世的卧室。令阎乐惊讶的是,二世身边居然还有一大群宫女。原来,这次太仆要求的斋戒时间太长,二世在望夷宫中实在耐不住寂寞,又背着赵高私自将各宫中的宫女纷纷召进了望夷宫。赵高其实早知此事,但是只要二世不问政事,他也懒得管他这些。阎乐见一群宫女簇拥着二世,不禁勃然大怒,他冷笑着说道:"陛下,您的末日到了。"

二世吓得浑身发抖,瑟缩在墙角里,问道:"我能否见丞相一面?"

"不行,丞相正忙着呢。有什么话就和我说吧。"

二世急忙给阎乐跪下,道:"求阎大人开恩和丞相说说,这个天下我不要了,我可以把皇位让给他,只做个一郡之王。"

"哼,想得倒美,不行!"

"那么做个万户侯也行。"

"别做美梦了。"

二世见阎乐不允,膝行向前抱住阎乐的腿哀求道:"那就请阎大人饶我不死,我情愿做个普通百姓。"

阎乐一脚将他踢开,喝了一声:"来人!"

进来两个校尉,将一条白绢拴在了房梁上,阎乐用剑锋指着二世问道:"你是自己来呢,还是要我动手?"

二世用恐怖的眼神望着阎乐,他知道已经没有任何余地,颤抖着从地上爬起来,两个校尉架着他把他扶到地中间摆好的凳子上,他用颤抖的双手将白绢套在自己的脖子上,阎乐一脚踢翻了凳子……

赵高将宁昌领到望夷宫，宁昌亲眼看到了二世的尸体，这才放心了。于是赵高命赵成随同宁昌一同前往武关与刘邦谈判，临走时嘱咐赵成："记住，到了那里见机行事，如若刘邦强大，就答应他的条件，分王关中；刘邦若是没有这个实力，这笔交易还做不得，还得留着这张牌等待项羽，明白吗？我听说项羽比刘邦势力大多了。"

"可是刘邦已经打到武关了，项羽还远在千里之外，恐怕等不得。"

"能拖一时是一时，你看着办吧。走的时候顺便把刘邦的老婆带上，做个顺水人情，现在留着她已经没用了。"

"诺！"

赵成走后，赵高找了几个心腹大臣，透露了自己想当皇帝的意图，想看看他们的反应。若在往日，无论他说什么，大臣们都不会反对的，可是在称帝这件事上，没有一个人赞成，他们当面劝说赵高看清天下大势，不要引火烧身，背地里却在议论，赵高是不是疯了，在这个时候居然还敢称帝？

赵高得不到这些人的支持，仍然不死心，他还想试试朝中有多少人支持他这个想法。第二天，他通知上朝，自己身披绶带，手提玉玺，来到咸阳宫。大臣们都在宫门两边垂手侍立，按往常的规矩，要等皇帝下了御辇，进殿坐下，大臣们才能挨班进殿。今日大臣们迟迟没见到皇上，却见赵高披挂玺绶前来，都知道发生了意外之变，一个个在心中揣测，谁也不敢吭声。赵高往日也在侧旁侍立，今日却从正中向大殿走上来，大臣们无不惊讶万分。可是赵高刚刚踏上正殿的台阶，突然膝盖一软，双腿跪在了地上，大臣们见他突然跪下，不知道他要干什么，也没人敢吭气，都在两边站着，等他的下文。赵高也不知道自己是怎么了，站起来继续朝前走，只觉得天旋地转，脚底下仿佛踩着云彩一般，头一晕，忽然栽倒在地。若在往日，早就有人争着上去将他扶起来了，可是今天大臣们却像约好了一般，谁也没有向前跨进一步。赵高仰起头来看看，见没人理他，尴尬地从地上爬起来，继续朝前走，只觉得眼前的大殿突然晃动起来，脚下左摇右摆，怎么也上不去大殿，他确信自己是病了，于是招手叫过一个人来，传令散朝。

赵高大病了一场，这场病使他恢复了理智，终于明白了他是做不成这个皇帝的，经过和大臣们商讨，正式决定取消帝号，立扶苏之子子婴为秦王。

却说赵成到了武关，登上城楼一望，到处都是刘邦的旗帜，夕阳西下，四处冒起了炊烟，看样子至少有二三十万人。赵成多少有一些军事常识，他一看就知道这是刘邦在虚布疑阵，于是心里有了底，打算先拖住这边，等等北线的消息再说。于是赵成命人将吕雉送回刘邦军中，之后就没了消息。谈判一直在进行，今天秦军派人到刘邦营中来，明日刘邦派人到关里去，谈了几天，赵成始终没有承诺任何实质性的条件，刘邦问张良："怎么办？"

张良道："赵高已至穷途末路，今一再拖延时间，是不相信我有进攻关内的实力,谈判是以实力作为基础的,须打一仗给赵高看看,他才能老老实实坐下来谈。"

"那怎么个打法?"

"我闻秦将多为商贾之后,商人重利,可许之以重利,令其为内应。"于是刘邦派郦食其、陆贾秘密前往说服秦将,这边将计就计和赵成周旋着,为了不引起赵成的怀疑,刘邦亲自到关内谈判,要求见赵成,赵成见刘邦着急,越发得意起来,命人好酒好饭招待刘邦一行,就是不谈正题。刘邦表面上装作十分急迫的样子,在关内待了一天,临走,又约赵成第二天来沛军营中继续谈判。第二天,赵成如约来到关外,本来准备好好和刘邦周旋一天,可是刘邦却不谈了,把赵成一行晾在了那里,一直等到中午,刘邦才来,赵成一身的傲气,问道:"沛公今日为何姗姗来迟啊?"

刘邦一笑说道:"我去给诸位准备午饭去了。昨日承蒙将军厚待,我也不能亏待了将军啊!"

"这荒郊野外的,就不要讲究那么多了。"

"哪里哪里,赵将军来了,岂能慢待?今日我请将军到关内吃饭?"

赵成不解,问道:"到关内吃饭?"

"是呀,将军随我来。"

赵成随着刘邦出了大帐,往城上一看,不禁大吃一惊,原来城上已遍布沛军旗帜。刘邦对赵成说道:"你回去告诉赵高,不要跟我玩那些流氓手段,要耍流氓让他先到我这儿来学三年。"

赵成哆哆嗦嗦地答道:"诺!"

赵成走后,张良问刘邦:"秦军现在何处?"

"已经让他们撤出城外了。"

"沛公可趁其不备击之,免得留下后患。"

"既然秦军已经约降,为何还要打?"

"我观秦军尚强,其上上下下想法各一,赵成这一去,必然要重新组织反扑,不如趁其懈怠击之,将其彻底消灭。"

刘邦听从张良的意见,以迅雷不及掩耳之势将武关之敌消灭了。

进关之后,刘邦大军纪律严明,秋毫无犯,秦人皆称之为义军,所到之处,百姓们箪食壶浆以迎,不多日,大军便突破峣关,进至蓝田。这是秦军最后的防线,秦军集中了关内所有的生力军来抗击刘邦,做最后一搏。双方在蓝田大战了三天,终于被刘邦突破了防线,秦军开始溃退。刘邦下令乘胜追击,进一步扩大战果,就在这时,一个侍卫跑来报告说戚夫人不行了,让刘邦赶紧去看看。刘邦将战事交给张良,急急忙忙跟着侍卫来看玉君。

原来玉君怀孕已经足月,马上要生产了。只见她躺在一棵大树下,身子下面铺了两层棉被,周围围了一群妇女,吕雉也在场。

吕雉回到军中之后,见刘邦身边又多了两个女人,心里那个气就别提了,但是她已经顾不上和这两个女人争了,因为玉君怀孕了。吕雉从直觉上感到,来自玉君肚子里的威胁远远大于那两个新来的女人。刘邦眼看就要打进咸阳,王侯之业已成,如果玉君真的生下一个男孩,那她和儿子刘盈在这个家里的地位就很难说了。因此,这一段时间,她一直盯着玉君的肚子发愁。

玉君怀孕后,一直跟着刘邦跑跑颠颠的,刘邦怕她有什么闪失,就将她交给佩佩照管,佩佩很不情愿,一来玉君冲撞过她,两个人很难相处,她再也不愿意搅到刘邦的家庭矛盾中去了;二来眼看快到咸阳了,佩佩一心想着到前面去冲锋陷阵,率先打进咸阳,无奈刘邦苦苦相求,才勉强答应了。其实刘邦这样安排也是为了佩佩好,他不想让她像男人一样到阵前去厮杀,那生毕竟很危险。于是佩佩这支部队就成了收容队,每逢有战事,她的部队总是走在最后面,前方下来的受了伤的将士都送到她这里。佩佩不甘心,一心想到前面去作战,恰好这时,吕雉回来了,佩佩像抓住了一根救命稻草,立刻把玉君交给了吕雉。吕雉正盯着玉君的肚子发愁,见佩佩将玉君交到她手里,别提多高兴了。她欣然接受了这个差事,每天不辞劳苦,汤水茶饭、鞍前马后地伺候,熬得两眼通红,感动得玉君热泪盈眶,她想不到吕雉还有这样的胸怀,深悔当初不该那样对待她。她一个劲地给吕雉道歉,吕雉道:"既是一家人,就别那么客气了。我现在就盼着赶紧把孩子生下来就放心了。我这个人哪,天生就喜欢小孩。生下来你不用管,我替你带着。"刘邦见两个人亲姐妹一般,也就没有多想。可是,过了几天,玉君就开始拉肚子。开始玉君以为是行军打仗,吃的喝的不讲究造成的,可是没想到越拉越厉害,她开始怀疑吕雉了,可是看她那样子又不像,部队每到一地,吕雉就立刻忙着去打听郎中,晚上再困再累,也要伺候她吃了饭吃了药才肯去睡,经常累得靠在墙上就睡着了。怎么能怀疑她呢!

玉君很快消瘦下来,脸色蜡黄,可是孩子毕竟已经月份大了,加上玉君年轻,身体底子好,虽然人日见消瘦,却没有一点流产的迹象,吕雉又悄悄地找人开了一副打胎的方子,神不知鬼不觉地哄着玉君吃了,但是依然无效,玉君每天照样骄傲地挺着个大肚子在她面前走来走去。吕雉实在没辙了,只好拿出了最后一着,这一天行军,玉君骑在马上,吕雉趁人不注意,拿了把锥子照着马屁股使劲一扎,那马疼得没命地跑起来,把玉君从马背上甩了下来。

刘邦赶到现场,见玉君脸色蜡黄躺在那里,疼得来回翻腾,一个随军郎中站在一旁手足无措,刘邦骂道:"还愣着干什么?还不赶快给我想办法!"郎中道:"夫人大概是要生了,小的没干过这个,已经派人到附近请接生婆去了。"

恰好这时接生婆来了,刘邦和他手下的男人们远远地躲在一棵树下,等待消息。不一会儿,那边传来一声婴儿的啼哭声。刘邦看见那些妇女们在向他招手,于是飞跑着来到跟前,迫不及待地问:"男孩女孩?"

"男孩。"

"大人呢?没事吧?"

"没事。"

刘邦挤到跟前,看见玉君安安静静地躺在地上,身上盖着厚厚的被子,这才放了心,接生婆将孩子递给刘邦,说:"给孩子取个名吧。"恰好这时前方传来全面获胜的捷报,刘邦心中大喜,说:"就叫个如意吧。"众人纷纷向刘邦贺喜,只有吕雉心里酸溜溜的不是滋味,趁着众人不注意,悄悄地溜出了人群。

话说赵高已经和诸臣议定立子婴为王,命人通知子婴斋戒三日,准备于太庙中举行授玺大典。子婴知道秦朝大势已去,赵高不过拿他来做个替罪羊,心中十分不快,但是总得有人出来收拾局面,于是子婴决定趁这个机会除掉这个祸国殃民的阉党。他将身边几个贴身的人找来,商议好了对策,只等赵高前来自投罗网。 授玺那天,百官齐集太庙,准备举行大典,子婴却没有来。赵高见子婴迟迟不到,便派人来请,子婴带话来说:"子婴年幼无知,德薄才浅,不堪当此重任,请丞相另择他人。"赵高一听就火了:"真他娘的不识抬举,让他当王还这么别别扭扭的。你再去给我请,告诉他,这事由不得他,他来也得来,不来也得来!"传话的人往返三四次,子婴还是不来,赵高急了,道:"走,我去看看,我看他到底长了几个脑袋敢不来!"

赵高急火火地赶到斋宫,当面斥责子婴道:"国家大事怎么可以当儿戏?朝臣百官都在那里等着,你却迟迟不动,究竟是什么意思?你还想不想当这个王?"

子婴不卑不亢地答道:"我不想当别人的傀儡。"

赵高冷笑了一声,道:"你还知道是傀儡?既然是傀儡,那就由不得你,今天你是当也得当,不当也得当。"

"我若是不当呢?"

"那你还想不想活?"

"我倒要问你还想不想活?来人,把这个阉党给我抓起来。"

赵高根本没把这个十几岁的孩子放在眼里,因此来时未带一兵一卒,只有两个小黄门尾随于后,当即上来十几个刀斧手将赵高绑了了个结结实实,子婴害怕事久生变,立刻砍了赵高的头,带领众人来到太庙。

子婴只做了四十六天的秦王,刘邦便打到了蓝田。宫中的朝臣、侍卫、黄门差不多都跑光了,只剩了一座空荡荡的宫殿,从小跟着子婴的几个老仆没有跑,他们为子婴预备好了逃跑的车辆马匹,子婴道:"胡亥、赵高为虐,逼反天下,致使山河破碎,生灵涂炭,嬴氏自然罪责难逃。如今我不下地狱谁下地狱?你们愿意逃的赶紧逃吧。"说完,他拿起一条白绢系在自己脖子上,以示有罪当死,众人还以为他要自杀,急忙上去夺,子婴道:"我不会自杀的。我没有这个权力,以嬴氏之罪虐,腰斩市中、碎尸万段尚不足以谢天下,我有何权力这样死去?备车!不想逃跑的跟我一起去向义军和天下百姓谢罪!"

秦二世三年(汉元年)十月的一天下午,四匹白马拉着子婴乘坐的御辇向灞上驰去,车上糊着白纸,张着白色的旗帜,仿佛出殡一般。到了灞上,子婴缓缓地走下车来,命随行人等和他一起跪在轵道旁。

远远的,他看见刘邦的队伍开过来了。

第三十二章 约法三章

夕阳西下，落日的余晖洒在天边，将天空中漂浮着的云朵染成了血红色。一朵云彩飘过来，遮住了残阳，从云朵后面放射出几缕金色的光芒。子婴觉得，这黄昏落日是如此的凄惨，仿佛象征着秦王朝最后的回光返照。而在刘邦眼里，这夕阳的光辉却是那样的灿烂辉煌。

刘邦跳下马来，用马鞭指着子婴问道："你就是子婴吧？"

子婴郑重地向刘邦磕了三个头，道："罪臣子婴代父祖暨嬴氏宗族向大王及天下人谢罪！"

刘邦见他还是个孩子，不想难为他，道："你那个混账爷爷和胡亥这王八蛋确实是作恶多端，千刀万剐也不为过，不过这些事和你没关系。起来吧。"

卢绾、樊哙等走上前来说道："怎么和他没关系？他还不是喝咱们的血长大的？"

"就是，父债子偿，杀了这个狗日的。"

"就是，杀了他，杀了他！"人们围了上来，抑制不住多年来的仇恨和愤怒，纷纷要求杀子婴以谢国人。

子婴见众人不依，跪在那里不敢起来，一个劲地向众人磕头。刘邦道："当初怀王遣我大军西征，是因为我军乃仁义之师，不以杀戮取天下，今子婴既已投降，杀之不祥，暂且饶了他吧。"

众人见刘邦如此说，也就罢了。第二天，大军开进了咸阳。刘邦骑马来到咸阳宫前，不胜感慨。十年前，他来过这里。那时他只能远远地朝这里望一望，曾几何时，他已经成了这里的主人。众将大都没有到过咸阳，望着宫前的十二个金(属)人，惊叹不已。

秦灭六国前，咸阳城已经有了相当的规模，秦始皇统一天下后，更是大肆兴工营造宫室，仅上林苑中，就有离宫别馆一百四十六所。秦始皇二十六年，秦刚统一天下不久，有人报告说在临洮发现了巨人，高五丈，留下的脚印有六尺长，皆穿夷狄服装，一共发现了十二个。于是秦始皇命令将天下收缴来的兵器融化，铸成十二个金人立于咸阳宫前，以震慑天下。金人座高三丈，每个重三十四万斤。金人背后有铭文："始皇帝二十三年，初兼天下，改诸侯为郡县，一法律，同度量。"铭文由李斯撰，蒙恬书。李斯和蒙恬不仅是秦的开国元勋，还是当时著名的书法家。秦统一六国之前,文字多用大篆,很难书写辨认,据说在秦统一文字时,是李斯"删略繁者,取其合体,参为小篆"的。

秦始皇还令将剩余的兵器铸成了若干钟鐻,每个高三丈,重千石。这些钟鐻立在钟宫前,风一吹,真的能奏出优美的音乐,随着风的大小和风向的不同,奏出的乐曲也不一样。

众将随着刘邦进入咸阳宫,东看看,西摸摸,深为皇宫中器用之精美,陈设之考究感到震惊。来到正殿,刘邦往秦始皇曾经坐过的龙椅上一坐,煞有介事地挥了挥手,说:"啊,诸位免礼了,免礼免礼。朕初登皇位,也不知该说点什么,只是觉着,觉着屁股底下坐着挺舒服,啊?哈哈哈!"

说完,刘邦走下来,诸将轮着在那龙椅上坐了坐,一个个兴奋异常。大家说笑了一阵子,随着刘邦来到后宫,只见宫女、黄门黑压压一片跪在路两旁,刘邦十分惊讶,没想到会有这么多宫女,心里顿时乐开了花,回头对众将说道:"你们各自忙各自的去吧,我要在这儿歇会儿。有事去找萧何。去吧去吧。"

众将皆知刘邦好色,立即退了出来,只有夏侯婴没走,他得给刘邦安排下处。刘邦道:"想办法弄点吃的来,肚子饿了。"夏侯婴出去了,不一会儿,两个小黄门端了一盆水进来,给刘邦擦了擦脸,又有一个小黄门进来倒茶,刘邦很不习惯,问道:"怎么你们管这些事?要那些宫女干什么?让他们来!"

两个小黄门不敢违拗,叫进两个宫女来伺候刘邦。不一会儿,几个年龄大点的黄门将饭菜端了进来,转眼间摆满了一桌子。一个领头的黄门小心翼翼地解释道:"近日宫中混乱,做不出像样的东西,大王将就着先吃点。"刘邦一看桌子上,大部分是自己没见过没吃过的东西,他早就饿得饥肠辘辘了,于是狼吞虎咽地吃了起来,边吃边指着那个领头的说道:"嗯,先凑合一顿吧,下顿你要是再给我这么凑合,小心你的脑袋。"

吃到半截,刘邦好像突然想起了什么,于是问侍立在身边的一个黄门:"过去皇上是这么吃饭的么?"那个黄门不知道他是什么意思,吓得直哆嗦,刘邦又问道:"怎么没人奏乐?"

"哦,大王是问这个。皇帝不在这里用膳,今日是为了大王方便临时设在这里,故琴、筝等乐器都不曾搬过来。"

"那还不赶快去给我搬?"

"诺!"不一会儿,几个黄门就把琴、筝等大型乐器摆好了。十几个宫女随身带着琵琶管弦跟了进来。房间里到处都是帷幔,随着乐声轻起,从帷幔后面飘出两个天仙般的美女,接着又是两个,刘邦正看得出神,从他身后又飘进两个,刘邦伸手要去抓,稍一犹豫,那两个宫女已经舞远了。不一会儿,十六个舞女飘然进入大厅,翩翩起舞,刘邦眼睛都看直了。这会儿他肚子已经饱了,让小黄门把桌子撤了,又让人把夏侯婴找来吩咐道:"传我的命令,任何人不准擅自进来。"

刘邦不知道,就在他正陶醉在软语温香之中的时候,外面城中已经乱成了一锅粥。众将出得宫门之后,纷纷来找萧何,萧何却不见了踪影。群龙无首,开始各行其是,纷纷带着自己的人马自行安顿去了。卢绾首先抢占了兴乐宫,他这一带头,众将纷纷开始抢占皇帝的宫苑和诸公子大臣们的宅邸,官小一点的就去占领那些豪门大户的府院,一些士卒甚至直接冲进百姓的家里抢劫财物。后动的觉得吃了亏,要与先动手的部队分赃,于是发生了斗殴和流血事件。周昌、周苛兄弟两个带领的执法队已经无法控制局面,虽然杀了十几个违反军纪的官兵,仍震慑不住。满城里都是带着武器的乱兵,哭喊声、叫骂声响成一片。樊哙实在看不下去了,找到周昌,骂道:"你他娘干什么吃的?当初你整老子整得那么凶,这会儿你的威风跑哪儿去了?"

周昌急得脸通红,越急越说不出话来:"樊将军息——息怒,昌有,有苦难言……"

"得得得,你这个磕巴把人急死了,拣主要的意思说俩字我就明白了。"

周昌憋了半天才憋出三个字来:"人——不够!"

"这好办,我给你两千人,够了吧?"

"足——足矣!"

"你先去整治整治,见到乱抢乱拿的就他娘给我杀,不管是谁,出了事我顶着!我去找萧何。"

樊哙满城里找了半天,才在兰池宫里找到萧何。萧何正在翻看宫里保存的律令、图书、籍册。宫里负责管理图书、籍册的两个老黄门小心翼翼地在旁边陪着。萧何将一些重要的东西,随手拣了出来让两个黄门另外放好。皇家图书浩如烟海,他只是走马观花地挑了挑,就已经累得筋疲力尽了。他坐下来,喝口水歇歇,顺便和两个黄门聊起了天:"当初吕不韦集天下学人共同编写了一部《吕氏春秋》,据说悬在咸阳城门上让人挑刺儿,有能改动一字者赏千金,可有此事?"

"回大人,是有此事,不过我们也只是听说,那是多年以前的事了,并未亲眼见到。"

"那书呢?在哪儿?"

"书当时抄了几部,分藏在全国各地,宫中只留了一部,不巧刚刚让人拿走了。"

"哦?这兵荒马乱的,谁还到这里来找书?"

"是贵军的曹将军拿走了。"

"是叫曹参么?"

"正是。"

"哦?他要这个干什么?"

萧何正纳闷,樊哙闯了进来:"哎呀我的萧大人,城里都闹翻天了,你倒跑到这里来躲清闲,赶快跟我走,大家伙都等着你分派事情呢。"说着,拉起萧何就要走。

萧何问道:"等我干什么?"

"大哥说了,城里大小事情都交给你了,你不来不乱套么?"

"你告诉沛公,让他另外委派个人,我这里还有更重要的事情。"

"你有什么重要事,交给别人不行吗?那些破书要它有什么用,没这些书咱们不是照样打到咸阳了?"

"那是打天下,将来咱们要是治天下,可全靠这些东西呢。"

"你少来吓唬我,你走不走?不走我一把火把这些书全烧了。"

"你敢!"

"哎呀我的萧大人,我求你了还不行吗?外面乱套啦!"

"放心,天塌不下来。乱就让他乱去,乱一阵子就好了。"

樊哙见请不动萧何,只好来找刘邦。宫门外,早有周勃、郦食其、曹无伤等一大群将领等在那里,夏侯婴挡着硬是不让进:"沛公有令,任何人不得擅自入内!"樊哙憋了一肚子火,一膀子把夏侯婴扛到了一边:"去你娘的,天都塌了,还不让进。"说完,一个人闯进去了。到了后宫,找了半天才在一间耳房里把刘邦找着,刘邦一左一右搂着两个宫女睡着了。樊哙伸手把被子揭了起来,没想到,三个人竟是赤条条地躺在那里,樊哙又把被子扔给了他们。三个人被樊哙惊醒,吓了一跳,一下子反应不过来是怎么回事,争着把被子往自己身上拉回樊哙指着那两个宫女喝道:"还不快穿上衣服给我滚?"

两个宫女这才反应过来,急忙套上衣服跑了。樊哙道:"大哥,对不起,我是个粗人,你别计较。"刘邦这时也穿好了衣服,只是阴沉着脸不说话,樊哙接着说道,"不过我也劝大哥一句,咱们是打天下来了,不是来享受来了。"

"屁话,打天下还不是为了享受吗?"

"可是现在还不到享受的时候。咱们刚进咸阳,秦军还没消灭干净,项羽马上就要进关了,诸侯都盯着咱们呢,你怎么能在这个时候躺倒不干了呢?"

"看见我休息一会儿你们就受不得,你们多辛苦一点就不行吗?"

"不是小弟怕辛苦,这个队伍离了大哥谁能指挥得动啊!"

"萧何呢?"

"萧何正在兰池宫挑书呢。"

"挑什么书?"

"我哪知道啊,他说那些书对将来治天下有用。"

"那就让曹参先管管,或者周昌,要不你管起来也行,别再折腾我了好不好?我快累死了,让我好好睡一觉行不行?"说完,又躺在了床上。

"大哥!"

"我说你别烦我了行不行?赶快出去!"

"刘季!你这个混蛋!你他娘给我起来!"樊哙火了,上去抓着刘邦的领子一把把他从床上揪了起来,"你说,这个天下你还想不想要了?"

刘邦脸上挂不住,也火了:"放肆!松手!该做什么我知道,用不着你管,你给我滚!"

樊哙气得肺都要炸了:"好!好!算我多管闲事,我滚,你在这儿好好享受吧!"说完,樊哙气呼呼地走了出来。众将还在门口等着,看见樊哙出来了,都围上去问他找到刘邦没有,樊哙气得往台阶上一坐,一句话也不说。吕雉不知道什么时候来了,一看这种情况,心里立刻明白了八九分,她见这么多人围在这里很不雅观,赶紧为刘邦打圆场,道:"沛公病了,他昨晚上就上吐下泻,没见他今天脸色焦黄吗?这会儿躺下起不来了,大家有什么事和我说,能办的咱们商量着办,办不了的等我进去问他,好不好?"

大家见她如此说,都信以为真,开始报告各自的事情。曹无伤道:"函谷关秦守军来降,得立即派人接管。"

"得要多少人马?"

"函谷关乃东面门户,且项羽大军马上就要进关,依臣之见,恐怕至少要分出一半兵力来守关。"

"不是有秦军守着吗?既然他们要投降,那就让他们先守着,你带几个人前去接管。后面若再需要人,等我问了沛公再说。"

"项羽若来,是准其进关呢,还是拒之关外?"

"这个也等我问完再说,你先去,我随后就派人和你联系。"

曹无伤领命走了。周勃道:"在咸阳西面发现秦军粮仓,我已派兵把守,不知对这些粮食该怎么处理?"

"这事不急,先守住再说。"

"可是粮仓周围围了好几万饥民,我怕出事,所以来报告,是否将粮食分给饥民一些?"

吕雉想了想说道:"分恐怕是不够分的,这样吧,你先出个告示,从明天起,在城里城外设置一百个赈粥点,让这些人先散去,然后赶快去准备放赈的事情,明天早晨务必要把赈济的事情做起来,不要饿死人。"

"诺!"

周勃领命而去,郦食其道:"城里兵马太多,故而造成混乱,现需尽快将兵马撤出城外,以安定百姓。"

吕雉道:"这个我做不了主,等我问了再说吧。"

郦食其还有一肚子的话要和刘邦说,但都是今后战略方面的,他知道没法和吕雉探讨,也就先走了。不一会儿,吕雉就将众将报告的事情处理完了,只剩了樊哙和夏侯婴还在那儿站着,吕雉问夏侯婴:"你今天怎么这么清闲?我给你派个活儿。"

"得了,嫂子饶了我吧,我可不是没事干,只是众将在这儿闹哄,门卫挡不住才把我找来,我还有一大堆事情等着办呢。"

"我派你的事比这些都重要。"

"什么事？"

"这些宫苑不是都归你管吗？马上把虞妙逸给我找出来。"

"虞妙逸是谁呀？"

"项羽的未婚妻。"说完，吕雉又把妙逸的身材长相详细介绍了一番。

"哎呀，我当是什么重要事，不就是个女人吗？"

"她可不是一般的女人，这事关系到你大哥和项羽的关系，她可是咱们的一个大筹码。"

"这宫里这么多女人，项羽真要是进了关，恐怕早把这个未婚妻忘了。"

"你听我的没错，赶快派人去找。"

"我尽力找就是了。"

夏侯婴走后，樊哙以为吕雉真的要去见刘邦，站起来说道："姐，你快进去管管吧，大哥闹得实在有点不像话了。"

"我去管？那不是火上浇油么？"

樊哙瞪大眼睛问道："姐，你真的能咽下这口气？"

"咽得下得咽，咽不下也得咽。"说完，吕雉转身就走。

"唉，姐姐，等等。你真的不管呀？"

"你说我能管得了么？"

"你要是管不了那还有谁能管得了？就算姐姐能咽下这口气，也不能看着他这么胡闹啊，这不眼瞅着把他自己、把大家伙都毁了么？"

吕雉恨得直跺脚："这个不争气的东西！这么着吧，你去找子房，也就只有他说话，刘邦还能听。"正说着，张良骑着马过来了。樊哙上去一把拉住马缰绳，说道："正说你呢，你就来了，赶快跟我进宫去。"

"什么事这么急？"

"哎呀，别提了！"

樊哙和张良边走边说进了宫，刘邦还在那里躺着装睡，樊哙道："大哥，起来吧，我樊哙嘴笨，说不了你，我请个人来跟你说，行了吧？"

刘邦坐起来，看见张良来了，客气多了："呦，子房来了！你不是说要接韩王去吗？怎么还没走？"

"我先去给韩王安排了一下住处。刚要走，樊将军就把我拉到这儿来了。"

"这小子是不是又和你胡说八道来着？"

"樊将军所言句句在理，并非胡说。秦为何失天下？是因其荒淫无道！沛公为何能进咸阳？是因为您为天下除残贼，因为您有仁义之名。像现在这样，岂不是和秦始皇一样了吗？您是要等着百姓和诸侯再来征讨您吗？"

张良害怕劝不动刘邦，因此话说得很重，刘邦坐不住了："你听他胡说呢，我不过是在这儿休息休息,哪里做那种荒淫无道的事情了?"

樊哙道:"你还敢说你没做?"

"我就是没做。"

张良道:"秦军残部尚未剿灭干净,项羽大军已至关外,不日即可进关,来者不善,沛公宜早做打算。现在还不是止宫休舍的时候。"

"咳!这点道理我还能不明白么?就是这小子说话太难听,不然我早就出去了。"

"此正所谓'忠言逆耳利于行,良药苦口利于病'啊!樊哙是为沛公着想,望沛公听樊哙一言,即刻起身出宫。"

"好!听你们的。"刘邦站起来把衣服整理好,随着张良、樊哙走出宫来。张良道:"我要去接韩王,沛公若有事先和郦先生商量吧,我很快就回来。"

刘邦见张良走了,照着樊哙脑袋给了一巴掌:"你倒会找人治我!"樊哙嘿嘿一笑说:"你也得有人整治整治才好。"

当下,刘邦命各部将部队撤回灞上,只留下萧何、周昌、夏侯婴和吕雉等人处理城中善后事宜。回到灞上,清点人马,诸将皆在,唯独不见佩佩。刘邦命人去找,想着不会有什么大事,也就没有放在心上。于是,召集关中诸县三老豪杰至灞上,约法三章:杀人者死,伤人及盗抵罪。

刘邦道:"昔日暴秦严刑苛法,妄议朝政者灭族,语官吏之过者弃市,百姓摇手即犯法,天下苦秦久矣!今所有秦法一律废除,百姓们该种田的种田,该怎么过日子怎么过日子,官吏们一律保留原职,该管的事还照样管,一切如故。我刘邦这次率军前来,就是来解救关中百姓的。前日我军中有些人不顾军纪,做了一些对不起百姓的事情,我一定严加惩办。现在我把部队撤出来了,在这里等待诸侯进关,定个约束,今后大家就可以安居乐业了。"

会后,刘邦又派人与秦吏一起下到各县、乡、邑,逐级向下通报,务使百姓们家喻户晓。关中百姓闻知,无不欢欣鼓舞,杀猪宰羊,争相前来劳军,刘邦一律不受,让百姓们都抬了回去,又有些富裕的县份,前来献粮,刘邦道:"我新缴获了秦粮仓,军中粮食足够了,不用百姓们费心。"一时,刘邦的德名在关中传诵开来,百姓们唯恐刘邦不为秦王,刘邦自己也有点飘飘然起来,于是,召集众将一起商议,对于诸侯军进关是纳还是不纳。大家七嘴八舌莫衷一是,吵了半天,刘邦也没拿定主意。恰在这时,曹无伤派来的传令官飞马来到灞上,向刘邦报告,项羽正率诸侯军向西而来,前锋部队已到达函谷关,问刘邦是否放他们进关,刘邦看了看众将。众将仍不能统一看法,于是刘邦又请来几位当地的绅士豪杰,征询他们的意见,其中一个说道:"关中乃四塞之地,易守难攻,且八百里秦川,富十倍天下,正是放手经营、成就霸王之业的好地方,沛公万万不可放弃。而且,我听说,项羽已经封章邯为雍王,恐怕不会顺顺当当履行怀王之约。以沛公十万兵马加上秦新降的部队,守住函谷关应不成问题。"于是,刘邦对来使说道:"你回去告诉曹无伤,死死守住函谷关,没有我的命令,不许放诸侯军进关！"

吕雉留在城里，主要是为了寻找妙逸，可是这么大一座咸阳城到哪里去找啊？咸阳城里有名的大宫殿就有二十几座，吕雉几乎找遍了所有这些宫殿，但是没有一点线索，后来他想起是在赵高的丞相府见到妙逸的，于是又到丞相府来探问，丞相府里一个管事的说，自从她随赵成走后，妙逸就被押走了，后来听说她老是想逃跑，就把她下了狱，但是不知道关在哪个监狱。吕雉又到各个监狱中去寻找，可是刘邦进城后，把各个监狱里关的人差不多都放了，最后只好把所有监狱的头头都找来，挨个询问，其中一个见过妙逸，但是他管的那所监狱现在已经一个犯人都没有了。吕雉想，妙逸会不会不在了？如果她还活着，应该会来找她和刘邦的呀。就在她已经不抱希望了的时候，从函谷关押来一批俘虏，吕雉一眼就认出了队伍中的妙逸："我的好妹妹，你让我找得好苦呀！你既然还活着，怎么不来找姐姐？"

原来，妙逸被义军放出来之后，打听到项羽已经离函谷关不远了，便趁着咸阳城里大乱，换上了一套秦军士卒的军装，想混出城去找项羽，不料还没到函谷关，又被义军当做俘虏抓了回来。见吕雉问，妙逸答道："我听说项郎已经快进关了，所以就直接去了函谷关，没想到出不去关。姐姐能想办法送我出去吗？"

"哎呀，这兵荒马乱的乱跑什么呀？先跟着我在宫里住下，还怕见不着你的项郎？"

说着，吕雉让人套了一辆车，陪着妙逸来到朝宫。

朝宫位于上林苑中，建于秦始皇三十五年。因为秦始皇经常在这里打猎，有时一连几个月就住在这里，为了大臣们觐见方便，所以在这里修了一座朝宫。吕雉喜欢这里是因为这里到处是密树浓荫，格外清静。刘邦为了大局，没有能够尽情地享受咸阳的宫室苑囿，吕雉却可以不必顾虑这些。她安排宫女们伺候妙逸洗了澡，吃了饭，然后又拿来一大堆绫罗绸缎的衣服让妙逸挑选，妙逸随便拣了两件穿上，吕雉又陪着她在宫里细细地游览。吕雉对宫里的一桌一凳、一草一木都非常感兴趣，几天来她已经知道了不少宫中的事情和相关的知识，边走边给妙逸介绍。妙逸因为心里惦记着项羽，对这些东西毫无兴趣。吕雉问妙逸："你觉得这里好不好？"

"好。"

"还记得当初我问过你的话吗？"

"什么话？"

"你想不想让你男人当皇帝？"

"是这个话呀，我还是不想。"

"你看这宫里多漂亮，可惜我没这个福分。"

"为什么？你刚才不是说这里的宫殿都归你管吗？"

"我是暂时替别人管的，这里马上就要换一位主人了。"

"换谁？"

"你呀！"

"我？我可不想一辈子住在这里。"

"我的傻妹妹，你在咸阳几个月，大概还不知道吧，项羽已经做了诸侯上将军，这里已经是属于你们的啦！"

吕雉说这些话时，心里酸溜溜的，但是妙逸却全然不理会，一点不为眼前的奢华所动，这一点吕雉无论如何也不能理解。

"姐姐能帮我找匹马么？"

"干什么？你还是急着要走？"

"姐姐既然说了算，就送我出关去见项郎吧。"

"那边战事还没结束，我可不能放你走。万一出了事怎么办？"

"不会的。"

"还是小心点好。"

又过了几天，项羽已经到了戏下，吕雉还是不让她走，妙逸心里这才明白，她是没有自由的。

就在这边吕雉到处找妙逸的时候，刘邦也在到处找佩佩。佩佩进了城就不见了，问她的下属，说是进城的当天她就走了，身边只带了一个女兵。佩佩干什么去了呢？原来她是在寻找她父亲的坟墓。小的时候，母亲曾带她给父亲上过坟，她隐隐约约知道父亲埋葬的大致方向和地方，她记得父亲的墓前还有一块儿石碑，但是到了地方，怎么也找不到那块碑，她把附近方圆几里之内都查看过了，仍然没有找到一点踪迹。咸阳周围到处都是乱兵，跟随她的女兵怕不安全，一个劲地劝她回去，可是佩佩说什么也不肯，她一定要找到父亲的墓，好把母亲和他安葬在一起，这样她就完成了自己的心愿。佩佩不想在咸阳久待下去，秦王朝已灭，父母的仇已经报了，她将父母安葬之后就再也没有什么牵挂了，她想离开这个伤心之地，可是去哪里，她还没有想好，虽说故国楚地是她的家乡，但是她从小就没有在那里生活过，既没有牵挂也没有可投奔之人，在这个世界上，她唯一的亲人就是刘邦。可是刘邦现在已经是妻妾成群了，刘家哪有她的存身之地？想到这里，她又感到一阵悲哀。眼看太阳就要落山了，那位女兵劝她先回军中，明天再来找。于是两个人顺着山坡往下走。天已经黑了，两个人迷了路，一直走入了上林苑。这里到处都是树木，已经分不清东南西北，于是两个人就往有灯光的地方走。来到一处庙院，佩佩进去看了看，里面的人早就跑光了，既没吃的也没有水，便打算离开。刚要往外走，一群溃败的秦军官兵闯了进来，佩佩来不及躲藏，拉着女兵进了正殿。那群乱兵跟着也进了正殿，把两个人生生堵在了屋里。佩佩拉着女兵的手一跃上了房梁，这时，一个军官模样的人走了进来。往当中椅子上一坐，喝道："把那个舌头带上来！"

两个秦军士卒押着一个五花大绑的俘虏进来了,俘虏嘴里还塞着一块儿破布。那位军官命士卒取出俘虏嘴里的布问道:"朝宫里住的是什么人?"

那人已吓破了胆,答道:"回大人,宫里住的是两个女人,一个是刘邦的老婆,一个是项羽的老婆。"

军官一听,眼睛立刻亮了起来,进一步问道:"知道他们住在哪个殿吗?"

"知道。"

"宫里有多少刘邦的人马?"

"人数不多,只有百来号人。"

那军官一拍大腿:"真是天赐良机,先把这两个女人抓住再说。"说完,转身问身边的另一个军官,"你那里有多少人?"

那人答道:"大约有一千人。"

"马上把他们带到这里来!"

"诺!"

那位军官走了,这边还在商议如何偷袭朝宫,劫持两位夫人的方案。佩佩一听秦军要劫持吕雉和项羽的夫人,急得如热锅上的蚂蚁,恨不能立刻飞出去给她们报个信,可是下面这么多秦军,怕是难以顺利走脱,即便走脱了,也难保他们不去劫宫,二位夫人的安全就失去了保证,于是她耐心地忍着,一直等到正殿里的秦军都出去了,才悄悄从房梁上跳下来。佩佩来到庙院中,秦军已经在外面集合了。形势刻不容缓,佩佩对身边的女兵说道:"一会儿出门夺两匹马,我去给夫人报信,你赶快到灞上请沛公发兵。"女兵点了点头,趁着天黑,两个人蹭出门外,佩佩一抬手,甩出两支飞镖,两名秦军军官应声倒地,还没等秦军反应过来,两个人早已跃上战马飞驰而去。佩佩找了半天才找到朝宫,问守宫的侍卫,夫人住在哪里,侍卫不明她的身份来历,不肯告诉她。纠缠了半天,秦军到了。百来名侍卫分散在宫内各处,哪里抵挡得住秦军,秦军一拥而上,闯进了朝宫。佩佩躲在一边暗中观察着,现在只有跟在秦军后面了,这是找到夫人的最佳途径。她看见那个俘虏带着秦军往椒房殿跑,便知道了大致方向,她发起轻功,脚下如飞,赶在秦军的前面进入椒房殿。一进殿门便大声喊道:"夫人快快请起,秦军来了!"

吕雉睡得正香,忽听外面有人喊叫,穿着睡衣出门一看,是佩佩,忙问是怎么回事,妙逸此刻也听到了动静,从卧室走了出来。佩佩道:"两位夫人别问了,赶快跟我走!秦军劫宫来了。"吕雉和妙逸还要进去穿衣服,这两个人都没有怎么经过战阵,一进一出耽误了不少时间。秦军已经闯进了椒房殿,佩佩护着两位夫人且战且退,退到了屋外树林中。秦军从四面包抄上来,佩佩一个人抵挡不住,已经身中数箭,还在坚持着与秦军搏斗,妙逸也拔出剑来开始与秦军厮杀。两个人以树作依托,绕来绕去地与秦军周旋,居然坚持到了黎明。这时,只听得宫门外喊声大震,原来是刘邦率领的援军到了。吕雉躲在一棵树后,听见喊声,跑了出来,大喊道:"刘邦来了!你们这些王八蛋秦军还不赶快跑,让你们死无葬身之地！"她本来是想给妙逸和佩佩帮点忙,把那些秦军吓跑,可是没留心把自己暴露了,秦军一箭向她射来,躲闪已经来不及了,只见佩佩身子一跃,用身体挡住了她,那支箭正射在佩佩的胸口上。她一下子倒在了吕雉怀里。

刘邦的大部队掩杀过来,秦军开始撤退。佩佩脸色苍白,躺在吕雉怀中,她睁开眼睛望着吕雉,微笑着问道:"夫人没事吧？"

"没事,我没事。"吕雉抬头望望,只见刘邦率领大队人马冲了过来,嘴上高声喊着:"佩佩！你在哪儿？"

吕雉听到刘邦那焦虑的呼喊声,不由得怒从心头起,她低头看了看佩佩,见她已经昏迷过去,再看看妙逸,妙逸正朝刘邦来的方向跑去,于是她把心一横,双手紧紧握住佩佩胸前那支箭,猛一用力,向她的心脏深处刺去……

第三十三章 鸿门宴

项羽大军从新安出发，又走了一个多月，于十一月下旬到达函谷关。

项羽大军是沿着河水（黄河）南岸西进的，到达宏农涧口，大军面临两种选择，一是继续沿河水向西，再走一百里左右即到达潼关，这条路，左边是高山，右边是河水，连条像样的路都没有，如果从这里进关，只要山上埋伏下一支秦军，有多少人马都要丧身河底，何况路途有百里之遥；另外一个选择是向南溯宏农涧而上，从函谷关进入关中。函谷关的险要丝毫不亚于潼关，关口设在一条山谷的谷口，因"深险如函"而得名，据《灵宝县志》载，函谷关"西据高原，东临绝涧，南接秦岭，北塞黄河，一人当关，可以当百，由是函谷关遂雄天下"。且不说守住关口，部队难以攻破，即使放开关口也没人敢随便进入，因为关道在谷底，从函谷关到关中还有一百多里的路程，如果不摸底细贸然进入，在路途中任何一段都有可能遭到埋伏，有多少大军填进去都不敢保证能活着走出来。这里历来是兵家必争之地，从西周开始到1949年解放，这里曾打过一百多次著名的战役，其中有四十多次战役是改变中国历史进程甚至决定中国命运的大战役。这里不仅是兵家争夺的战场，还有许多名人在这里留下了他们的足迹。公元前491年，年届八十的东周守藏史老子李耳"居周久之，见周之衰，乃遂去"，出洛阳西行骑青牛来到函谷关，居住七个多月，著书上下两篇，"言道德之意五千余言"，然后离开函谷关"西出流沙，不知所终"。后来到过这里的帝王将相、文人墨客更是不计其数，为后人留下了许多精彩的诗文和成语典故。

部队到达函谷关口，项羽心里大大松了一口气，这是对秦军的最后一战，持续了两年多的反秦战争，马上就要见分晓了。

宏农涧是一条十分宽阔的枯水河，只在雨季有水，平时河底是干的。眼下已经入冬了，不会再有山洪下来，于是项羽把大帐设在涧底比较开阔的地方，一面饮酒，一面下令前锋部队攻关。连攻了几日攻不下来，于是项羽命章邯前去说降，章邯去了半日回来报告说："关上守军虽是秦军旧部，但是幕后指挥却是刘邦的部下。"

项羽听了这个消息，大吃一惊，他这才知道刘邦已经进了咸阳。刘邦居然敢把诸侯军拒之关外，项羽不禁勃然大怒："难道还有人敢与我争锋不成？黥布！你去看看是哪个不知死活的，把他的脑袋揪下来见我！"

"诺！"

黥布来到关前,请守关主将讲话。曹无伤来到城上一看,只见关外诸侯军黑压压一片,望不见首尾,领头的一个黑大汉骑在马上,他以为是项羽,于是拱手拜道:"来人可是项将军?"

"少他娘的废话,我是你爷爷黥布。你是何人,敢把诸侯军拒之关外?"

"在下曹无伤,奉沛公之命在此恭候诸侯军。"

"那为何还不把关门打开?"

"在下这就下令开门。"

早在项羽开始攻城的时候,曹无伤就知道函谷关守不住。巨鹿大战之后,楚军的神勇早已传遍天下,如今四十万大军黑压压地摆在涧底,一眼望不到边,曹无伤不由得感到一阵胆怯。他立刻派人骑快马到灞上去请示刘邦,并将楚军的实力和阵容向刘邦做了详细汇报。刘邦犹豫不决,放项羽进关,有点不甘心,不让项羽进来,又怕得罪了他日后不好办,于是传令说,让曹无伤见机行事,守得住就守,守不住就放他们进来。曹无伤见刘邦对于守关并没有信心,于是便打开关门,迎接项羽大军入关。

项羽大军来到戏下,将中军大帐设在新丰(今陕西临潼县东北)鸿门。范增对项羽这样安排十分不解,问道:"上将军为何在此设帐?前面离咸阳只有五六十里路,何不一鼓作气打进咸阳?"

"我闻刘邦已进咸阳,如今早一日晚一日都在他后面了,故而不急于进城。如今天下大局已定,我正要请教亚父,下一步该怎么办?"

"对于进城之后的安排,我已有所考虑,然当务之急还不是进城,而是立刻解决刘邦。巨鹿大战之后,诸侯皆已臣服,独刘邦不在。今刘邦又先入咸阳,居功自傲,恐不好驾驭。诸侯中将来能与将军争天下的,只有刘邦。我听说刘邦居关外时贪酒好色,而此次入关,财物无所取,妇女无所幸,封库府、赈百姓,深得民心。这些举动足以说明刘邦志不在小,不如趁早图之,攻灭咸阳,以绝后患。"

"哪里的话,我与沛公乃患难之交,情同手足,定陶之败,诸将皆欲离我而去,独沛公不弃我,何忍攻杀之?"

"此一时彼一时也。昔日大敌当前,诸侯皆弱小,刘邦依附于将军,乃出于不得已;今秦已灭,诸侯各个心怀鬼胎,都想趁此机会捞一把,刘邦则更是野心勃勃,切不可掉以轻心。若不早图之,是养虎遗患,日后必被他得了天下。"

"亚父可能过虑了吧?即便如亚父所言,也不至于失了天下。如今诸侯皆已归附,刘邦不过区区十万人马,料他也翻不了天。刘邦若真的反了再攻而杀之也不迟,如今天下初定,妄杀功臣恐背不义之名。"

两个人正在争论不休,侍卫报告说沛军左司马曹无伤求见。当初曹无伤主动要求前来守函谷关是有目的的,他在刘邦军中虽然做了左司马,但是依然觉得不得志。随着刘邦的节节胜利,前来投奔刘邦的人越来越多,文臣武将满堂皆是,刘邦虽然奖罚分明,给了他一个左司马之职,但那只是一个空头衔,既没有实权,也得不到刘邦的重视,在刘邦眼里,他一直是个外人,刘邦最信任的始终是萧、曹、卢、灌、樊、周等人,加之曹无伤为人贪狠刻薄,诸将也都不愿与之来往。进了咸阳之后,曹无伤料到刘、项必有一争,而且胜利者肯定是项羽,因此萌生了投靠项羽的念头。刘邦对于守关犹豫不决的态度,更坚定了他投靠项羽的决心。以他手中现有的资本,估计能在项羽面前卖一个好价钱。

项羽命人将曹无伤带进来,问道:"是沛公派你来的?"

曹无伤道:"非也,是臣闻上将军进关,特来拜见。"说着,命人抬进来两个大箱子,里面装满了日前在宫中搜刮的珠宝。他将这些珠宝献给了项羽。金银珠宝项羽见得多了,并不在意,命人收起,又问:"还有别的事情吗?"

曹无伤看了看左右,欲言又止,项羽道:"在座诸位都是我的至亲之人,有话但说无妨。"

"沛公马上就要称王了。"

"什么?难道他不知道我进关?"

"知道。他还等着您进关后去给他贺喜呢。"曹无伤怕项羽不信,又添油加醋地说道,"他们正忙着封官晋爵,已经定了,以子婴为相,萧何为御史,张良为大将军……"

范增见此人花言巧语,知道他的话不可信,但是却可以利用一下,于是也跟着在一旁敲边鼓,道:"上将军,不能再犹豫了,必须当机立断,否则后患无穷。"

项羽大怒,当即下令次日犒赏三军,准备血洗咸阳。

不料,这场谈话被一个人无意中听到了。这个人便是项羽的叔叔项伯,他是来请示别的事情的,无意中听到了项羽和曹无伤的谈话。听到项羽说要血洗咸阳,项伯立刻想到了老友张良还在刘邦军中,立刻骑了马来给张良报信。张良刚刚把韩王成接到灞上,见项伯匆匆忙忙跑来,急忙问道:"什么事,这么急?"项伯将刚才听到的消息一五一十对张良说了,张良又问:"沛公和令侄项羽亲如兄弟,为何要兴兵讨伐?"

"沛公令人据守函谷关,不让楚军进关,已经惹恼了籍儿,今又有沛公麾下一将告密,说沛公欲在关中称王,于是籍儿大怒。"

"此人姓什名谁?"

"我不认识,你就别管那么多了,赶快收拾收拾跟我走吧。"项伯说完,拉着张良就要走,张良道:"事关重大,我得去向沛公通报一声。"

"哎呀,逃命要紧,哪还顾得了他人!"

"沛公待我恩重如山,我不能撇下他不管。"

"我可是为了你才来的,若告诉了沛公,我这不等于泄露军情吗?你不能去。"

"你我相交多年,我从来没求过你任何事,这次就算帮我一回吧。"

项伯见张良说得恳切，只好答应了："好吧，你快去快回，我在这里等你。"

张良来到刘邦帐中，将刚才项伯所言一一告诉了刘邦，然后问道："当初是何人让您将项羽拒之关外？是郦先生？"

刘邦不好意思地说道："不是不是，是一个不知名的关中小儿。"

"他是怎么说的？"

"他说，凭借函谷关天险，完全可以将诸侯之军拒之关外，尽王关中之地。"

"此人可杀。天险何足凭？项羽斩王离，俘章邯，以摧枯拉朽之势尽灭秦军主力，况项羽有四十万大军，沛公只有十万人马，自料能战胜项羽乎？"

刘邦后悔不迭，连声说道："当然不能。这都怪我，误听了小人言，但事已至此，怎么办？"

"现在只有请项伯从中调解。"

"不知他肯不肯？"

"他与我是至交。"于是张良简要地介绍了一下他和项伯的交往经过，刘邦又问："你们俩谁大？"

"他大。"

"好，我把他当大哥敬，你赶快请他来。"

于是，张良将项伯请到刘邦帐中，项伯本不愿来，张良死说活劝硬是把他拉来了。这边，刘邦已经命人将酒菜摆好，项伯一进门，刘邦就端起一杯酒，双手捧到项伯面前，道："项大哥，久闻你的大名，无缘相见，今日初次见面，小弟敬你一杯！"刘邦这已经是和项家第三个人称兄道弟了，而且每次都差着辈分，但是刘邦却一点不觉得别扭。一杯饮完，他又倒上一杯举到项伯面前："来，大哥，再来一杯，我就愿意和你这样的英雄打交道，长见识。"说着，自己先一饮而尽，那项伯也是个豪爽之人，见刘邦这样豁达，心中十分高兴，二话没说就把酒干了。这时，两个侍女端出两盘宫中的珠宝递到项伯眼前，这都是近日从宫中得来的奇珍异宝，许多东西项伯连见都没见过："沛公太客气了，我怎敢接受如此厚礼？"

"初次见面，算是小弟的一点心意，还请大哥笑纳。"

然后，大家坐下来，续了年齿，果真是项伯大一岁，刘邦因而问起项伯的子嗣情况，恰好项伯有个儿子，和刘邦的女儿元元年龄相仿，刘邦道："既是如此，我可要攀个高枝了，你我做个儿女亲家如何？"刘邦只有这一个女儿，早就将其许配给了张耳的儿子张敖，此刻也顾不得那些，先拿出来做个交易再说。

项伯是个性情中人，几杯酒下肚，已经忘了自己此行的目的，道："只要沛公愿意，我正求之不得呢。"

刘邦见火候差不多了，这才把正题托出来："我听说上将军对我先入关中有些成见？"

"不是对沛公先入关中有意见，而是对将诸侯军拒之关外有意见。"

"我入关之后,秋毫无犯百姓,籍吏民,封府库,以待将军,何敢专擅关中一草一木?之所以遣将守关,是为了防范秦军乱兵盗贼,可能守关的将领不知是上将军的人马,因此才有这样的误会。请你转告上将军,我刘邦若有半点私心,天诛地灭!"

张良道:"沛公所言句句属实,还望兄在上将军面前多多美言几句,帮助疏通疏通。"

项伯道:"我已听子房说过沛公之为人,我这就去说与项王,然沛公明日一早还须亲自去向项王谢罪。"

"那是那是。"

项伯走后,众将纷纷来到大帐,大家都知道事情有点不妙,一直在等候着消息,听说刘邦明日要去鸿门谢罪,众人一起反对,刘邦道:"如若不去,恰好说明我们心里有鬼。"

樊哙道:"有鬼怎么了?明着告诉他,我大哥就是要称王,不服气就打。"

卢绾、周勃、灌婴等人也主张打,只有萧何不同意:"打还不是时候,去是一定要去的,不过用不着沛公去,明日我代沛公前去谢罪。"

曹参道:"你们都不用去,别太给他们面子了,我去就行了。"

萧、曹一提起这个话头,大家又都争着要代刘邦去鸿门。纪信因为官职低,在旁边一直没吭声,这会儿抢着说道:"既然是代,我看由我去最合适。他们肯定分不出真假来。"

夏侯婴道:"这倒是个好主意。"

萧何道:"恐怕不行,除非纪信不说话,一说话准露馅。"

张良道:"这事恐怕别人都代不了,只有沛公亲自前往,不过诸位放心,明日我陪沛公去,不会有什么差错的。"

众将心里还是放不下,刘邦说道:"怕什么?是福不是祸,是祸躲不过。起事以来也不是死一回两回了,不就一颗脑袋么?给他就是。我要是死了,萧何领着大家接着干!"

众将议论纷纷,吕雉在旁边一直没插嘴,这会儿憋不住了,说道:"出门别说那些不吉利的话,怎么就死了?你一定得活着回来。况且咱们还有一张牌没打呢,真到万不得已时,你告诉项羽,虞姬还在我手上呢。"

樊哙想起前些时候吕雉到处找虞姬的情景,心里暗暗佩服他这位大姨子的心计。刘邦道:"那就更不怕他了。你们放心,我死不了,明晚一定回来和弟兄们喝酒。"

第二天,刘邦带了百余骑人马来见项羽,张良、樊哙、夏侯婴、季信等四人跟随。至军门外,项羽的侍卫将樊哙等人拦在了外面,只放刘邦和张良两个人进去了。项羽坐在西面,满脸杀气;项伯坐在项羽旁边,附在项羽耳边正说着什么;范增坐在北面,面带嘲笑;刘邦随着侍者的指点,坐在南面;张良在东面陪坐。

刘邦刚一落座,范增端起一杯酒说道:"沛公入主咸阳,即将君临天下,我等臣民感戴天恩,欲在沛公手下做一个顺民,故特敬沛公一杯。"边说边站起身来到刘邦面前。

刘邦见范增出言不逊,连挑拨带挖苦,心想:这个老东西!跟我玩这套你还差点,刚想回敬他几句,张良早已举杯来到范增面前:"范公之言差矣,今日沛公觐见项王,你我皆为臣属,岂可逾越主仆之礼,当由沛公先给项王敬酒才是。范公若急于喝酒,我先敬范公一杯如何?"

一句话,噎得范增面红耳赤,刚要反唇相讥,刘邦起身说道:"子房说得有理,我先给项王敬一杯。我与项王情同手足,项王战河北,我战河南,虽然我侥幸先入关中,但是若没有巨鹿一战,我刘邦有天大的本事也进不了关。若论灭秦之功,项王居首,大我十倍。请项王干了这一杯!"

刘邦的话说到了项羽心坎上,他内心愤愤不平的正是这一点。四十万秦军主力是楚军消灭的,如果没有他项羽牵制秦军主力,秦军怎能轻易让刘邦得手?今见刘邦如此说,项羽气已经消了一大半,接过杯来干了。刘邦见气氛有所缓和,接着说道:"巨鹿之战项王出生入死,以区区十万人马战胜了章邯、王离四十万大军,真乃亘古未有之奇迹,可惜未能亲眼目睹项王之神威,不知项王是用了什么妙计打败秦军的?"说着,刘邦又递上一杯酒。

项羽一听问到巨鹿之战,立刻来了兴致,下意识地接过酒杯说道:"哪有什么妙计,无非一个勇字。我令全军破釜沉舟,断了退路,若有半点怯懦,死无葬身之地。故三军将士各个奋勇拼杀,一以当十,十以当百,故而秦军不敌。此乃兵法所云'置之死地而后生'耳。"

"我听说诸侯觐见项王时皆膝行而前,可有此事?"

"哈哈,别提了,开始他们都让秦军吓破了胆,谁也不敢近前,后来楚军打胜了,又都跟上来讨便宜,真让人瞧不起。"

"那项王又是如何收服章邯的呢?"

"……"

刘邦专拣项羽最得意的地方问,项羽越说越兴奋,大帐里的紧张气氛一扫而光。事先范增是与项羽约好的,准备席间干掉刘邦,以范增出示颈上所佩玉玦为号,可是项羽正说到得意之处,范增三次举起玉玦,项羽都没有理睬,急得他把玉玦摘下来拿在手里直晃。玦者,决也,范增反复示玦,是督促项羽赶快下决心杀掉刘邦。张良看在眼里,走到范增面前拿起玉玦问道:"范公所佩玉玦是何宝贝?这样反复举起示人?可否让在下饱饱眼福啊?"说完,把那块玉玦拿到自己座位上欣赏去了。范增两次遭张良戏弄,有点恼羞成怒,他不想再和刘邦周旋下去,直接岔开话题说道:"沛公既然知道项王乃灭秦首功,为何闭关自守,拒诸侯军于关外?如此则欲王关中之心昭然若揭,今巧言令色,岂能瞒过项王?"

项羽正兴致勃勃地大谈巨鹿之战,早已将事先和范增的约定忘得一干二净,经范增一提醒,这才想起兴师问罪的事。他两眼圆睁,直盯盯地望着刘邦,看他怎样回答。刘邦装作恍然大悟的样子说道:"我说今天范公见了我鼻子不是鼻子脸不是脸的,原来是为这个呀!这简直是天大的误会!我是派人守关来着,可是我为谁守关呀?我是为项王守关呀!我不仅为项王守关,还为项王守咸阳,守宫室,守府库,不信项王进咸阳看看,我刘邦进关之后没动过库里一粒粮食,没拿过宫里一颗珠宝,只等着项王来定约束章程,怎么倒冤枉起我来了!"

前者范增说刘邦封府库、守宫室是有野心,可是经刘邦这么一说,显然是另外一种逻辑,项羽顿时怒气全消,举起酒杯说道:"沛公率先入关,劳苦功高,来,我也敬沛公一杯!"

刘邦道:"这个酒我不能喝,咱们得把话说清楚。自从薛城相会,你我结为兄弟,我刘邦深念项大人赠我兵马之情,常思图报,一直没有机会,今一心一意辅佐项王打天下,项王反疑我,定是有小人从中挑拨。"

这话直指范增,帐中气氛又紧张起来,项羽赶紧出来和稀泥,道:"此乃沛公左司马曹无伤所言,沛公千万不要误会亚父。"

"原来是他,我说范公也不是这样的小人嘛!来,范公,咱们俩喝一杯!"

范增见刘邦主仆两人将他和项羽玩得团团转,觉得没脸再坐下去,装作没听见起身出去了,把刘邦晾在了那里。范增命人将项羽的堂弟项庄找来,如此这般交代了一番,项庄点点头,进了大帐,给每位客人敬了一杯酒,然后说道:"大王今日款待贵客,没有歌舞,甚是遗憾,臣愿舞剑助兴可乎?"

项羽正在兴头上,不知其用意,欣然允诺。项庄拔剑起舞,帐内顿时风声飕飕,银光闪闪,一片杀气腾腾。项庄舞了一圈,突然转身向刘邦刺去。刘邦脸色煞白,心想,完了,到底没有逃过范增的毒手。谁知早有一剑格挡在那里,原来是项伯。项庄大吃一惊,望着项伯不知道该说什么好,项伯微微一笑说道:"看侄儿舞剑,为叔的也技痒,为叔与你对舞一番如何?"

"如此甚好。"于是,两个人在大帐中舞了起来,项庄不顾叔叔的阻拦,每每将剑锋指向刘邦,项伯则左格右挡,处处护着刘邦。此时项羽已经有几分醉意,没注意这边的微妙变化,还一个劲地为叔侄俩叫好。张良见事情紧急,也顾不得许多,跑出帐外来叫樊哙。樊哙一听就急了:"他娘的,老子和他们拼了!"说着就要往里闯,两个侍卫来拦他,樊哙骂了声去你娘的,举起手中的盾牌吭哧吭哧两下子把两个侍卫撞倒了,然后一手提剑,一手持盾牌,冲进了大帐。项庄、项伯见樊哙闯了进来,停止了舞剑,大帐中鸦雀无声。樊哙怒发冲冠,两眼圆睁,直盯盯瞪着项羽,项羽喝得醉醺醺的正在欣赏项庄、项伯舞剑,忽见闯进一个凶神恶煞似的黑大汉,心里一惊,本来是跪坐在那里,立刻直起身呈长跪姿势,手握剑柄喝问道:"来客何人?"

张良道:"此乃沛公参乘樊哙是也。"

项羽这才放心坐下,道:"哦,原来是位壮士!赐酒!"

侍者端上来一大杯酒,樊哙一饮而尽。项羽十分欣赏樊哙的豪爽,见他喝得痛快,又说道:"给他一条猪腿。"

那些侍者都是范增事先安排好的,因而故意难为樊哙,给他拿来一条生猪腿。樊哙知道这是在向他挑衅,将盾牌往地上一放,掏出短刀割下一条生肉三口两口吃了。那些侍者以为他不过故意吃一条给他们看看,没想到,樊哙左一条右一条,不一会儿竟把一条生猪腿吃完了,惊得那些侍者直吐舌头。项羽问樊哙:"壮士能复饮乎?"

樊哙收起短刀说道:"出生入死都不怕,喝几杯酒算什么?拿大碗来!"

侍者换上一个带釉彩的大陶碗来,樊哙连喝了三碗,喝完,把碗"啪"的往地上一摔,说道:"我听说有人要杀沛公是吗?"

项伯道:"将军息怒,且请坐。此非项王之意,只是有些误会,沛公已经向项王解释清楚了。"

樊哙怒气未消,道:"说到项王,我倒有几句话相劝。昔日暴秦无道,杀人唯恐不多,用刑唯恐不重,故天下皆叛之。怀王有约,'先破秦入咸阳者王之'。今沛公先入关中,秋毫无所取,封闭宫室,还军灞上等待大王到来。大王非但不予奖赏,反而听信小人之言,欲加害于沛公,大王这样对待功臣,和秦始皇有什么两样?谁还肯为大王卖命?我是个粗人,尚且知道奖功罚过,大王难道连我都不如吗?"

起初,张良见樊哙怒不可遏,生怕他闹过了头,再生枝节,刘邦也为他捏了一把汗。没想到樊哙粗中有细,说得句句在理,项羽无言以对,对樊哙说:"坐!"

刘邦趁机起身说道:"我去上个厕所。"说完便出去了,樊哙紧随其后。张良道:"沛公想是醉了,我去看看。"说完,也跟着出来了。

一出军门,樊哙对刘邦道:"赶快走!"

刘邦道:"事情恐怕还没完,这么不辞而别走了,别把项羽惹怒了。"

樊哙道:"还辞什么别呀,眼下人为刀俎,我为鱼肉,先走掉再说。"张良追上来说道:"别急,这样走了,范增必派人来追,沛公先将衣服与纪将军换过。"

那边项羽见刘邦、张良出去半天没回来,于是让郎中陈平出来看看,张良远远地看见陈平过来了,说:"你们去厕所里换衣服。我来对付他。"刘邦嘱咐夏侯婴把带来的礼物交给张良,这才和纪信进了厕所。张良迎着陈平走过去,问道:"请问郎中尊姓大名?"

"在下陈平。久闻先生大名,今日得见,真乃三生有幸。"

张良并不认识陈平,走近一看,心里吃了一惊,心想,想不到项羽帐下竟有这等人才。那陈平才二十多岁,个子很高,生得仪表堂堂,两只眼睛顾盼神飞,一看就是个不寻常的人物。张良道:"难怪孔夫子言后生可畏,以先生之才干,恐我辈不及也。只是不知项王为何没有委先生以重任,真真屈了你这大才了。"

张良这话显然带有挑拨的意思,陈平也不是听不出来,但是表面上仍不动声色,道:"先生过奖了,晚生不才,不堪造就,将来若有机会能当面受教于先生,则晚生此生无憾矣。"

张良听出这话意味深长,但是顾不上细想,季信已经摇摇晃晃从厕所里出来了。张良急忙上前将其扶住,陈平问道:"沛公不要紧吧?""沛公"也不答话,陈平心中觉得有些蹊跷,也不便多问,扶着"沛公"进了大帐。

纪信进了大帐一言不发,坐下就佝偻着脖子打开了呼噜。张良道:"沛公不胜酒力,已然醉了。这是沛公献给项王的礼物。"说着,拿出白璧一双,呈给项羽,项羽接过来放在座位上,张良又拿出玉斗一对,放在范增面前:"这是沛公赠与先生的。"范增道:"老夫要这些东西有何用?"一挥手,将一对玉斗打掉在地上摔得粉碎。项羽心中十分不快,又不好当着客人的面发作,于是说道:"我也醉了,今天就到这里吧。来人,扶沛公下去歇息!"

范增见刘邦留了下来,心中窃喜,心想,这回落到我的手里,看你还说什么。

张良和纪信在楚军帐中一直睡到下午,醒来之后,张良看看日头已经偏西,料刘邦早已回至军中,于是走出帐来,只见门外三步一岗,五步一哨,早已将他们睡觉的帐篷团团围定,两个校尉匆匆忙忙向帐篷走来,张良拦住问道:"二位有何公干?"

其中一个校尉答道:"我们要找刘邦说话,先生无事可速速离去。"

张良道:"沛公不在这里。"

校尉道:"刚才还在里面睡觉,怎么说不在?"

"帐中睡觉的是沛公手下大将纪信,纪将军。不信你们进去看。"

正说着,纪信揉着惺忪的睡眼从帐中走出来,问道:"什么事呀?"

第三十四章 西楚霸王

刘邦回到灞上,众将正翘首以盼,见他安全回到营中,大家这才松了一口气。刘邦见曹无伤也在场,冷笑着说道:"曹大司马,你做过生意吗?"

曹无伤一听这话,知道事情不好,一面支吾着,一面琢磨着脱身之计:"臣不明白沛公的意思。"

"我的意思是说,卖东西应该卖个好价钱,我刘邦还是值几个钱的,你就这么便宜把我贱卖了?"

曹无伤见事情已经败露,伸手去拔佩剑,樊哙早已站在他身后,一把抓住了他的手腕,把他的胳膊反拧到背后,曹无伤疼得直咬牙:"沛公,这是怎么回事?可别冤枉好人哪!"

刘邦顾不上和他费话,厉声喝道:"来人,把这个好人给我斩了!"

曹无伤被押走之后,刘邦对吕雉说道:"子房和纪信还在楚营,你辛苦一趟,用虞姬把他俩换回来。樊哙、夏侯婴!"

"在!"

"你们俩路熟,陪着你嫂子再走一趟。"

"诺!"

傍晚时分,张良和季信回来了。双方已经言归于好,吕雉被虞姬留下再住几天。刘邦听了大喜,命人摆上酒宴要给张良庆功。张良道:"现在还不到庆功的时候,危险尚未解除。"

刘邦道:"不是已经说好了吗,项羽岂能这样言而无信?"

"如今只是两家私下说好,诸侯并不知晓,项羽、范增仍可以沛公闭关不纳诸侯为由讨伐我军。今将消息广泛散播于诸侯之中,把事情搁在明处,范增就无可奈何了。"

"子房虑事真是周密。"

正如张良所料,刘邦走后,范增仍在策划向刘邦发起军事进攻。

项羽酒醒之后,听说刘邦已经走了,而且还用个假刘邦来骗他,不禁大怒。他命人将张良、纪信先扣起来。正在这时,吕雉陪着虞姬回来了。定陶一别,项羽和妙逸已经一年多没见了,项羽心中百感交集,暂时把刘邦之事搁在了一边。吕雉能把妙逸找回来,他真是从心里感激不尽。

妙逸对吕雉的感觉非常复杂,虽然吕雉变相把她软禁了几天,但是在回灞上的途中又救了她的命,后来吕雉告诉她,为救她而死的那个佩佩是刘邦的爱姬,心中更觉得欠了刘邦和吕雉好大人情,鸿门宴前后发生的这些事她一概不知,加上她这个人素来就是只记人好不记人恶的,所以就将吕雉软禁她的一节隐瞒了下来,一个劲地说刘邦和吕雉的好话。项羽听了,当时就命将张良、季信放了。可是范增仍不死心,妙逸和吕雉刚一出去,就对项羽说道:"虽然让刘邦跑了,但是还有一个机会,趁诸侯还不知道内情,立刻兴兵讨伐,理由是现成的,刘邦拒诸侯于关外,企图独霸关中,重蹈秦始皇覆辙。此令一出,诸侯无不响应。"

项羽仍然有点犹豫:"人家救我爱姬,我反而去兴兵讨伐,如何下得了手?"

"项王可闻兵法上有'慈不掌兵'之说?项王与刘邦乃天下之争,今若不将其彻底消灭,日后我属必死于刘邦之手。项王切不可以妇人之仁对待此事。"

项羽被范增说动了,传令下去让各部秘密做好战斗准备,但是已经迟了一步。第二天拂晓,项羽正在集合队伍,准备出发,辕门上通报说萧何带了一百辆马车劳军来了。范增派人到诸侯营地去侦察了一番,刘邦派往各路诸侯处的劳军使者均已到达诸侯营地,这些使者带着金银珠宝和粮食来到诸侯军中,诸侯皆大欢喜,对刘邦此举交口称赞,范增一看,只好罢兵。萧何带着吕雉顺利回到了灞上。

萧何走后,范增道:"他说财物无所取,珍宝无所得,这些东西是从哪里得来的?"项羽气得把脚一跺,道:"这个滑头!让他给耍了。"项羽恼羞成怒,命令三军立即开进咸阳。

诸侯在戏下早已按捺不住了,看见刘邦得了那么多好处,各个馋涎欲滴,早就想进城去捞一把,但是没有项羽的命令,谁也不敢擅自行动。如今禁令一开,各路兵马犹如开了闸的洪水,一下子涌进了咸阳。别看诸侯部队打仗不行,可是抢起东西和地盘来却一点也不比楚军差,而且毫不相让,以至于为了财产经常发生火并事件,大军完全失去了控制。项羽命人占领了兰池宫、兴乐宫、华阳宫和章台宫等十几座主要宫殿,但是由于事先没有周密的计划,无法把宫室一一控制起来,士卒们烧杀抢掠,奸淫妇女,无所不为。诸侯各行其是,各自为政,完全不听指挥,每家占领几处宫室,各自逍遥享乐去了。项羽见如此情景,索性下令焚毁所有宫室,谁也别想得到它。士卒们拿着火把,见一处烧一处,开始是烧宫室,后来则烧大户,最后索性连百姓们的房屋也不放过,整个咸阳城成了一片火海,关中凡有宫室的地方都没能逃过这场劫难。大火烧了三个月才渐渐熄灭。

经过这场浩劫,整个咸阳城变成了一座废墟,只有那十二个金人还傻乎乎地站在那里。

项羽进城后,刘邦将子婴等秦王室俘虏全部移交给了项羽,由他发落,项羽杀了子婴,然后率领大军退出咸阳,还军戏下。有人向项羽建议:"关中土地肥沃,物产丰富,四周形势险要,阻山、河、四塞,进可以攻,退可以守,何不以关中为都,以霸天下?"

项羽听他说得有道理,但已经烧了宫室,心中又思念故乡,便搪塞道:"富贵不还乡,如锦衣夜行,谁人知之?"

那人见项羽固执,便退了出来,悄悄对人说道:"人言楚人沐猴而冠,果真如此。"这话传到了项羽的耳朵里,项羽道:"把那个混蛋给我抓回来烹了!"

诸侯进关之后,项羽派使者还报怀王,希望怀王收回先入关中者为关中王的成命。怀王对前方形势已大致知晓,听说项羽火烧咸阳,还坑杀了二十万降卒,觉得此人不能再用,因此,尽管使者一再施加压力,怀王仍坚持原议不变。听了使者的回报,项羽大怒,骂道:"这个给脸不要脸的东西,真以为他说了算呢,我马上废了他!"

范增劝道:"项王暂且忍耐一时,眼下安抚诸侯为要,怀王远在千里之外,和他治气又有何用?"

"依亚父之意,对诸侯怎么处置呢?"

"诸侯披坚执锐,暴露于野,追随项王左右,是何居心?无非望封土裂地耳。此乃当务之急,不可耽搁,各路逐鹿大军皆屯兵在此,如不早早妥善安置,必生变故。"

"要不要和诸侯商量一下?"

"如今天下权柄已在项王手中,切不可以授人。"

"可是名不正言不顺的,我以什么名义分封诸侯呢?"

"怀王若识时务一点,事情会顺利一些;怀王不配合,会有些麻烦,但总有办法可想。"

"亚父有何妙计?"

"先遵他个义帝,把他悬起来,项王可自称西楚霸王。这样就名正言顺了。"

"真是妙计。"

"这算什么计,不过有个说法能掩人耳目而已。"

于是项羽开始和范增商议分封之事。二十七岁的项羽对于突然取得的巨大成功毫无思想准备,他不知道他已经创造了历史,不知道后人将会怎样为他这位英雄扼腕叹息,甚至连打到咸阳之后该怎么办都没有考虑,因此,丧失了一个统一天下的绝好机会。在范增的谋划之下,秦始皇已经统一起来的天下,又重新被分割成无数诸侯国,这场轰轰烈烈的农民起义,表面上看起来是胜利了,结果却导致了一场历史的倒退。楚军的二号人物范增也是个缺乏远见的政治家,他的思想比之项羽甚至更为保守落后。在参加起义之初,便力主立楚王之后芈心为楚怀王,这已经明确地表明了他的政治志向仅仅是复楚而没有更远大的抱负。项羽之所以丢弃帝业,而选择霸业,恰恰是因为受到范增的影响。

分封是件很麻烦的事,一点都马虎不得,稍有差池,就可能导致兵戎相见。项羽和范增先把自己的地盘划了出来,然后考虑其余的地方怎么分。遇到的第一个难题是刘邦,范增建议将巴、蜀、汉中分给刘邦。项羽担心这样刘邦不服,范增道:"他有何理由不服?巴、蜀亦是关中之地,如若不服,刚好有了兴兵讨伐的理由。"范增始终念念不忘消灭刘邦。项羽觉得有道理,没有再说什么。

范增道:"然后将关中一分为三,命秦降将章邯、董翳、司马欣分而王之,这样既可以防止秦人反叛,亦可以阻挡刘邦出关。"

"妙!我意对齐国也采取分而治之的办法,否则齐国太强,今后于我不利。"

两个人正说着话,忽报燕将臧荼来访,项羽本不想见,但侍卫通报说臧荼带了一车厚礼,还有十二个美女,在门外等着,项羽不好拒绝,只好将臧荼请进来。臧荼是燕国的大将军,巨鹿之战他也参与了,楚军进兵之前,他和燕王韩广一直按兵不动,直到楚军快打胜了才跟在楚军后面呐喊了一阵子。但是此刻说起巨鹿之战,他却口若悬河,大谈他如何主张救赵,燕王韩广如何胆小,不敢出兵,后来他又如何力主参战以及如何配合楚军作战等等。项羽听了半天,也不明白他是什么意思,倒是范增见多识广,一下子就猜到了臧荼的来意,说道:"臧将军之功劳项王皆看在眼里,不会亏待你的。"臧荼这才觉得心里有了底,又寒暄了几句才告辞了。项羽对这种做法十分反感,道:"这种人,当初秦军强盛的时候,他们躲在营壁里不敢出来,现在反倒成了功臣了。"

范增道:"君子谕于义,小人谕于利,他来邀功着实可恶,不过我们刚好可以利用一下,把燕地一分为二,让他们君臣反目,岂不更好控制?"

正说着,赵将司马卬也来了,用意和臧荼差不多。却说司马卬渡过平阴津遭到刘邦的打击之后,又受到秦军的围追堵截,不得不退回河北,重新和义军部队会合。到了巨鹿附近,正是秦楚两军打得最激烈的时候,司马卬见了陈余,有点尴尬。陈余几个月没见司马卬,虽然对于他私自带着队伍出走十分有意见,但是大敌当前,顾不得追究,当即命他为先锋,向秦军发起进攻。司马卬知道,这次回来,不打几个硬仗给张耳、陈余看看,他们是不会重新接纳他的,于是便带头冲了上去。还好,几天之后,形势就发生了逆转,楚军大败章邯、王离。张耳从巨鹿城中出来,并没有原谅司马卬,表面上虽然没有说什么,但是心里却对他有了成见,司马卬在张耳手下已经混不下去了,这才来巴结项羽。

当下前来巴结项羽的还不止臧荼和司马卬二人,诸侯听说项羽进了关,纷纷尾随而来,生怕把自己落下,韩成就是其中的一个,还有故齐王建的孙子田安、义帝柱国共敖、黥布的老丈人鄱君吴芮,都不辞劳苦,千里迢迢跑到关中来了。这些人在灭秦及平定秦残余势力方面多多少少都有一些功劳,但是他们知道来与不来是大不一样的。

在诸侯眼中,天下就像一个大馅饼,正在等着分割,大家都仰着头望着项羽,看这位操刀手如何来切这个大饼。

诸侯屯兵戏下将近四个月,从十一月一直到第二年二月,分封方案还没有定下来。在各方势力的左右之下,方案变了又变,改了又改,直到最后仍不能尽如人意,还有许多平衡不了的矛盾,但是大体已经成型。二月初的一个早晨,项羽召集诸侯来到戏下,首先宣布遥尊怀王为义帝,然后宣布自立为西楚霸王。诸侯对项羽此举似乎早有预料,而且觉得这是理所当然的事情,并没有人提出异议,于是项羽继续说道:"当初天下发难,为号召民心,假立楚怀王之后为王,然三年来,风餐露宿,征战于野者,乃在座诸位与籍之力也,义帝有何功劳?今我等得分其地而王之!诸位意下如何?"

虽然此举有点名不正言不顺,但是既然能够裂地而王,诸侯哪还管那些,早已把廉耻丢在了一边,一齐欢呼起来。他们早就盼着这一天了。项羽待众人安静下来之后,接着说道:"怀王乃我家叔父所立,然少不更事,谁来主约?"

众人都明白,这只是卖个关子,于是齐声喊道:"项王!"

"既然大家公推我来主约,寡人不敢不从命。然天下之事,恐难尽如人意。考虑不周之处,还望各位多多包涵。"说着,项羽抽出剑来,一剑砍下他面前的一个桌角,厉声说道:"如有借机生事者,视同此木!"

大帐里鸦雀无声,静得掉下一根针都能听到。众人屏住呼吸,一个个心都提到了嗓子眼。项羽从怀中掏出一块儿黄绢,高声念道:

诸侯上将军、西楚霸王项羽奉黄天之命,受诸侯之托,立以下诸人为王:

立刘邦为汉王,王巴、蜀、汉中,都南郑;

立章邯为雍王,王咸阳以西,都废丘;

立司马欣为塞王,王咸阳以东至河,都栎阳;

立董翳为翟王,王上郡,都高奴;

立魏豹为西魏王,王河东,都平阳;

立韩成为韩王,王韩故地,都阳翟;

徙赵王歇为代王;

立张耳为常山王,都襄国;

立司马印为殷王,王河内,都朝歌;

立瑕丘申阳为河南王,都洛阳;

徙燕王韩广为辽东王;

立臧荼为燕王,都蓟;

徙齐王田市为胶东王;

立田都为齐王,都临淄;

立田安为济北王,都博阳;

立黥布为九江王,都六;

立吴芮为衡山王,都邾;

立共敖为临江王,都江陵;
……

项羽一口气封了十八个王,最后道:立项羽为西楚霸王,王旧楚、魏之地九郡,都彭城。

诸将有功者皆已封王,但是还有一个该封的人没有封,这就是齐相田荣。田儋死后,田荣立田儋的儿子田市为王。田市还是个孩子,实际上掌握齐国大权的却是田荣。项羽没有封田荣,反而封了两个名不见经传的小人物田都和田安,并将齐国一分为三,引起了田荣的极大不满,也给楚国后方的安定留下了隐患。赵国陈余因为和张耳闹翻了,弃将印而去,未跟随项羽进关,但是因为救赵有功,项羽还是给他封了南皮(今河北南皮)等三个县。鄱将梅鋗因作战有功,封十万户侯。

分封完毕,诸将有高兴的,有沮丧的,有不服的,但是谁也不敢表露出来,大帐里依然一片寂静,项羽问道:"有不服的吗?"

没有人吭气。

项羽又问了一句:"有不服的吗?"

"没有!"不知是谁喊了一声,众人皆跟着喊了起来,"没有!"

"那好。既然没有异议,就请各位签字画押。"

两个侍者抬来一张大案几,将写着分封名单的黄绢铺在上面,各路诸侯一个个上去签了名,最后项羽说道:"今日诸侯共签此约,有敢于违约者,天下共诛之!"

诸侯齐声应道:"天下共诛之!"

"拿酒来!"

秦二世三年,即汉元年(公元前206年)四月,诸侯兵罢戏下,各就封国。